ŞAFAK VAKTİ

ŞAFAK VAKTİ

Orijinal Adı: Breaking Dawn
Yazarı: Stephenie Meyer
Genel Yayın Yönetmeni: Meltem Erkmen
Çeviri: Demet Adıgüzel
Editör: Ayşe Tunca
Düzenleme: Gülen Işık
Düzelti: Fahrettin Levent

Kapak Tasarım: Berna Özbek Keleş
Film-Grafik: Onon Grafik

1. Baskı: Nisan 2009

ISBN: 978 9944 82-155-1

YAYINEVİ SERTİFİKA NO: 12280

© 2008 by Stephenie Meyer
Bu baskı Little, Brownd and Company, New York, New York, USA tarafından yayınlanmıştır. Bütün hakları saklıdır.

Türkçe Yayım Hakkı: Onk Ajans aracılığı ile
© Epsilon Yayıncılık Hizmetleri Tic. San. Ltd. Şti.

Baskı ve Cilt: Melisa Matbaası
Çiftehavuzlar Yolu
Acar Sitesi No: 18 Davutpaşa
Tel: (0212)674 97 23

Yayımlayan:
Epsilon Yayıncılık Hizmetleri Tic. San. Ltd. Şti.
Gürsel Mah. Nurtaç Cad. İcabet Sk. No: 3 Kâğıthane/İstanbul
Tel: 0212.252 63 96 pbx Faks: 252 63 98
Internet adresi: www.epsilonyayinevi.com
e-mail: epsilon@epsilonyayinevi.com

ŞAFAK VAKTİ

Stephenie Meyer

Çeviri
Demet Adıgüzel

epsilon

BİRİNCİ KISIM

bella

Çocukluk, sadece doğumdan belli bir yaşa kadar süren bir dönem değildir ve belli bir yaşı da yoktur.
Çocuk büyür ve çocukça şeyleri bırakır.
Çocukluk hiç kimsenin ölmediği bir krallıktır.

Edna St. Vincent Millay

ÖNSÖZ

Ölümle burun buruna gelme hakkımı fazlasıyla kullanmıştım; bu gerçekten de alışabileceğiniz bir şey değil.
Gerçi, ölümle tekrar yüzleşmek tuhaf bir şekilde kaçınılmaz görünmüştü. Sanki *gerçekten* de felaketleri çeken bir hedeftim. Tekrar ve tekrar kaçtım ama peşimden gelmeyi sürdürdü.
Yine de, bu seferki hepsinden o kadar farklıydı ki.
Korktuğunuz birisinden kaçabilir, nefret ettiğiniz birisiyle savaşabilirsiniz. Bütün tepkilerim bu tür katillere, canavarlara ve düşmanlara göre düzenlenmişti.
Bir vampiri sevdiğinizde, seçim hakkınız kalmaz. Bunun sevdiğiniz kişiyi inciteceğini bile bile nasıl kaçar, nasıl savaşırdınız? Sevdiğinize verebileceğiniz tek şey hayatınızsa, nasıl vermemezlik ederdiniz? Ya onu gerçekten seviyorsanız?

1. NİŞANLI

Kimse seni gözetlemiyor, dedim kendime. *Kimse seni gözetlemiyor. Kimse seni gözetlemiyor.*
Ama kendime yalan söylerken bile ikna edici olamadığımdan, bakmak zorundaydım.

Orada oturmuş, kasabanın üç trafik ışığından birinin yeşil yanmasını beklerken sağıma baktım, bana doğru dönmüş Bayan Weber'in aracının içine. Gözlerini tam üzerime dikmişti, ürktüm. Onu öyle gözlerini dikmiş bakarken yakaladığım halde, neden gözlerini kaçınmadığını ya da utanmadığını merak ettim. Artık insanlara gözünü dikip bakmak kabalık sayılmıyor muydu? Bu kural benim için geçerli değil miydi?

Sonra hatırlayıverdim. Bu camlar öylesine siyahtı ki, herhalde onu öyle alık alık bakarken yakaladığımı görmeyi bırak, içeridekinin ben olduğum hakkında bile en ufak bir fikri olamazdı. Rahatlamaya çalıştım. Yani sadece arabaya bakıyordu, bana değil.

Benim arabama. İç çektim.

Soluma bakıp sızlandım. Kaldırımdaki iki yaya, karşıya geçme şanslarını bana bakakaldıkları için kaçırmışlardı. Arkalarında Bay Marshall'ı gördüm. Hediye dükkânının camının arkasından aval aval bakıyordu. En azından burnunu cama dayamamıştı. Yani henüz.

Yeşil yandı ve ben kaçar gibi acele ettiğim için düşünmeden

gazı ökledim. Eskiden olsa benim antika Chevrolet kamyoneti hareket ettirmek için yumruklamam gerekirdi.

Motor, avlanan bir panter gibi hırladı ve araba öyle bir hızla sıçradı ki, vücudum siyah deri koltuğun üstünde zıplayınca sanki midemin de belkemiğime girdiğini hissettim.

"Ahh!" Aceleyle freni ararken nefesim kesildi. Bir yandan başımı tutarken frene hafifçe basabilmiştim. Yine de araba aniden durdu.

Çevredekilerin tepkisine bakmaya cesaret edemedim. Artık arabayı kimin kullandığına dair kimsenin şüphesi kalmamıştı. Bu kez parmağınım ucuyla nazikçe gaza bastım ve araba yine ileri atıldı.

En sonunda benzin istasyonuna gelmeyi becerebilmiştim. Eğer benzin derdim olmasaydı, buraya hiç gelmezdim bile. Bugünlerde insan içine çıkmamak için aslında ne çok şeyden vazgeçmiştim: gofretler ve ayakkabı bağları gibi.

Yarışırmış gibi hızlıca kaportayı açtım, kapağı çıkardım, kartı okuttum ve depoyu doldurdum. Tabii ki sayaçtaki sayılarla ilgili yapabileceğim bir şey yoktu. Sayaç, sanki beni sinir etmek için, inadına ağır ağır sayıyordu.

Hava açık değildi, hatta Washington Forks'un çiseleyen tipik bir günüydü ama yine de, sanki yalnız beni aydınlatan bir spotun altında, sanki bütün dikkatler sol parmağımdaki zarif yüzükteymiş gibi hissettim. Böyle zamanlarda, gözleri üzerimde hissederken, sanki yüzük de neon ışığı gibi yanıp sönüyordu: *Bana bakın, bana bakın.*

Bu kadar utangaç olmak aptalcaydı, bunu biliyordum. Annem ve babam haricinde, nişanlanmam hakkında kimin ne dediği önemli miydi? Yeni arabam hakkında? Gizemli bir şekilde, köklü, elit bir okula kabul edilmem hakkında? Arka cebimde kor gibi hissettiğim siyah parlak kredi kartı hakkında?

"Hıh, kim takar onların ne düşündüğünü," diye mırıldandım.

"Şey, hanımefendi?" dedi bir erkek sesi.

Dönüp baktım, keşke dönmeseymişim.

Son model ciplerinin üzerine yepyeni kayıklarını bağlamış iki adam, gözlerini dikmiş bakıyorlardı, bana değil arabaya.

Şahsen, ben arabalardan anlamıyordum. Ama tabii ki, üzerlerindeki Toyota, Ford ve Chevrolet sembollerini ayırt edebildiğim için kendimle gurur duyuyordum. Bu araba siyah, cilalı, pürüzsüz ve güzeldi ama benim için yine de sadece bir arabaydı.

"Rahatsız ettiğim için kusura bakmayın ama kullandığınız araba nedir?" diye sordu uzun olan.

"Şey, Mercedes, değil mi?"

"Evet," dedi adam kibarca. Daha kısa olan arkadaşıysa cevabımı duyunca sıkılgan bir ifadeyle gözlerini devirdi. "Biliyorum. Ama merak ettiğim, o kullandığınız, yani...bir Mercedes *Guardian* mı kullanıyorsunuz?" Adam bu ismi hayranlıkla söylemişti. Bu adam herhalde Edward Cullen'la iyi anlaşırdı, yani benim...benim nişanlımla (evlenmemize günlerin kaldığı gerçeğinden kaçış yoktu). "Bırakın Amerika'yı," diye devam etti, "bunlardan Avrupa'da bile yok henüz."

Adam heyecanla arabamı inceliyordu ama bu araba bana diğer Mercedesler'den farklı görünmüyordu ama ben ne anlardım işte. Kendi dertlerime dalmıştım: *nişanlı, düğün, koca* gibi.

Tüm bunları aklımda bir araya getirmeyi başaramıyordum.

Her zaman, beyaz kabarık elbiselerden ve fırlatı"buketlerden korkarak büyümüştüm. Daha da önemlisi, saygın ve tatsız bir kavram olarak gördüğüm *kocalığı,* bendeki *Edward* kavramıyla bağdaştıramıyordum. Bu sanki Mikail'in muhasebecilik yapması gibiydi; onu sıradan bir rolde hayal edemiyordum.

Her zaman olduğu gibi, Edward'ı düşünmeye başladığım anda, aklım, içinde fantezilerin olduğu bir çarka takılıp dönmeye başladı. Dikkatimi çekmek için adamın öksürmesi gerekti çünkü hâlâ arabanın modeli hakkında cevap bekliyordu.

"Bilmiyorum," dedim dürüstçe.

"Onunla bir fotoğraf çektirmeme izin verir misiniz?"

Söylediğini anlayabilmem saniyeler sürdü. "Gerçekten mi? Arabayla fotoğrafını çektirmek istiyorsunuz?"

"Tabii ki, kanıtım olmazsa kimse bana inanmaz."

"Şey, tamam, Olur."

Elimdeki hortumu çabucak bir kenara bırakıp ön koltuğa geçtim. Bu esnada adam sırt çantasından hevesle kocaman, profesyonel görünümlü bir fotoğraf makinesi çıkardı. O ve arkadaşı önce motor tarafında sırayla poz verip birbirlerinin fotoğrafını çektiler, sonra da aynısını arabanın arkasında yaptılar.

"Kamyonetimi özledim," diye sızlandım kendi kendime.

Çok çok kullanışlı hatta fazlasıyla kullanışlı kamyonetim hırıldayarak son nefesini vermişti, hem de Edward'la kullanılamaz olduğunda kamyonetimi değiştirebileceğine dair adaletsiz bir anlaşmaya vardıktan sadece haftalar sonra. O bunun ecel olduğuna yemin ediyordu. Kamyonetim uzun ve dolu dolu bir hayat yaşamıştı ve vadesini doldurmuştu. Edward'a göre. Ve tabii ki benim onun hikâyesini doğrulamak ya da kamyonetimi kendi başına diriltmek gibi bir şansım yoktu. En sevdiğim tamircim -

Bu düşünceyi hemen zihnimden kovdum. Bunun yerine dışarıdaki adamların içeri gelen seslerini dinledim.

"...internette gördüğüm videoda alev makinesiyle yaptı. Boyasına bile bir şey olmadı."

"Tabii ki olmaz. Bu bebeğin üzerine tank bile devirebilirsin. Doğu'daki diplomatlar, silah kaçakçıları ve uyuşturucu kralları için tasarlanmış."

"Sence bu kız?" dedi kısa olanı yumuşak bir ses tonuyla. Yanaklarım ateş gibi yanmaya başladı ve olduğum yere sinip kafamı sakladım.

"Hah," dedi uzun olanı. "Belki de. Buralarda insanın füze geçirmez camlara ve iki tonluk bir zırha niçin ihtiyacı olur hayal bile edemiyorum. Çok daha tehlikeli bir yere gidiyor olmalı."

Zırh. *İki* tonluk zırh. Ve *füze geçirmez* cam?

Güzel. Eski moda kurşungeçirmezlere ne olmuştu?

Eh, en azından bu biraz anlamlıydı, eğer hastalıklı bir mizah anlayışınız varsa.

Sanki Edward'ın anlaşmamızı lehine çekip kendi alacağından fazlasını vereceğini bilmiyordum. Kamyonetin gerektiğinde değiştirilmesini kabul ettiğimde bu arabanın bu kadar çabuk gelmesini beklemiyordum tabii ki. Kamyonetin, kaldırım kenarında duran klasik Chevroletler'in reklam fotoğraflarına övgüden başka bir işe yaramadığını kabullenmeye zorlandığımda, bu değiştirme fikrinin beni büyük ihtimalle utandıracağını biliyordum. Beni tüm bakışların ve fısıltıların odağı yapacağını da. Bu konuda haklı çıkmıştım. Ama en karanlık hayalimde bile bana *iki* araba alacağını tahmin etmemiştim.

"Önce" arabası ve "sonra" arabası, diye açıklamıştı ben çıldırınca.

Bu sadece "önce" arabasıydı. Ödünç alınmış olduğunu ve düğünden sonra geri vereceğini söylemişti. Tüm bunlar bana hiç mantıklı gelmemişti. Şu ana kadar.

Ha ha! Görünen o ki, çok narin bir insan olduğumdan, kazaya çok meyilli olduğumdan ve kendi tehlikeli kötü şansınım kurbanı olduğumdan, ancak tanklara dirençli bir araba beni koruyabilirdi. Çok gülünç. O ve kardeşlerinin benim arkamdan bu şakaya epeyce gülmüş olduklarına emindim.

Aklımda küçük bir ses, *bu bir şaka değil, sersem,* diye fısıldadı. *Belki de senin için gerçekten endişeleniyor. Seni korumak için fazla ileri gittiği ilk sefer olmasa gerek.*

İç çektim.

Henüz "sonra" arabasını görmemiştim. Cullen'ın garajının en derin köşesinde, bir örtünün altında saklıydı.

Biliyordum birçok kişi şimdiye kadar gizlice bakardı ama ben gerçekten bilmek istemiyordum.

Muhtemelen o arabada zırh yoktu, ne de olsa halayından sonra buna ihtiyacını olmayacaktı. Görünümsel dayanıklılık, sabırsızlıkla beklediğim bir dolu faydadan yalnızca biriydi. Bir Cullen olmanın en iyi tarafı pahalı arabalar ve etkileyici kredi kartları değildi.

"Hey," dedi uzun boylu olanı, ellerini cama koyup kendini göstermeye çalışarak.

"İşimiz bitti. Çok teşekkürler!"

"Rica ederim," diye seslendim ve gerilip motoru çalıştırdım. Pedalı ilk kez bu kadar usulca gevşetmiştim.

Kim bilir kaç kere o bilindik yoldan geçmiştim. Yine de, yağmurdan solmuş o posterler hâlâ bir türlü yerlerinden oynamamışlardı. Telefon direklerine zımbalanmış ve işaret tabalalarına yapıştırılmış her bir poster başka bir tokat gibiydi. Gerçekten hak edilmiş bir tokat. Aklım yine aynı düşünceye kaydı, geçmişte aniden uğradığım engeller fikrine. Bu yol boyunca ilerlerken bu düşüncelerden kaçamıyordum. Hele de *en sevdiğim tamirâmin* resimleri düzenli aralıklarla gözümün önüne gelirken.

En iyi arkadaşım. Benim Jacob'ım.

BU ÇOCUĞU GÖRDÜNÜZ MÜ? posterleri Jacob'ın babasının fikri değildi. Onları bastırıp tüm kasabaya dağıtan *benim* babam Charlie'ydi. Ve sadece Forks'a değil, Port Angeles'a ve Sequim'a ve Hoquiam'a ve Aberdeen'e ve Olympic Peninsula'daki diğer her kasabaya dağıtmıştı. Washington eyaletindeki bütün polis merkezlerinin duvarlarına da aynı posterin asılmasını sağladı. Kendi merkezinde tüm bir pano sırf Jacob'ı bulmaya adanmıştı. Çoğunlukla boş olan bir pano. Hayal kırıklıklarıyla dolu.

Babam daha çok, pek tepki gelmediği için hayal kırıklığına uğramıştı. Onu en çok hayal kırıklığına uğratan da Billy'ydi. Jacob'ın babası ve Charlie'nin en yakın dostu Billy.

On altı yaşındaki kayıp oğlunu aramaya katılmadığı için. Jacob'ın evi için tahsis edilmiş La Push çevresine poster asmayı reddettiği için. Oğlunun kayboluşuna sanki başka hiçbir şey yapamazmış gibi boyun eğdiği için. "Jacob kocaman adam artık. İstediği zaman eve dönecektir," dediği için. İşte bütün bunlar yüzünden Billy onu hayal kırıklığına uğratmıştı.

Ve bana da, Billy'nin tarafını tuttuğum için kızgındı.

Ben de poster asmazdım. Çünkü Billy de, ben de onun az çok nerede olduğunu biliyorduk ve BU ÇOCUĞU kimsenin görmediğini de.

Posterler her zamanki gibi düğümü boğazıma tıkadı, her zamanki acılı gözyaşlarını gözlerime dizdi. Edward'ın bu cumartesi avlanmaya çıkması iyi olmuştu çünkü bu halimi görseydi, o da çok kötü hissedecekti.

Tabii ki bu avlanma işinin cumartesi olmasının sakıncaları da vardı. Yavaşça bizim sokağa döndüğümde babamın polis aracını gördüm, evin önünde duruyordu. Bugün yine balık tutmaya gitmemişti. Belli ki, hâlâ evde düğün için surat asıyordu.

Bu yüzden evdeki telefonu kullanamazdım. Ama aramak *zorundaydım*.

Arabayı Chevrolet heykelinin arkasına park edip Edward'ın bana acil durumlar için verdiği cep telefonunu kılıfından çıkardım. Numarayı çevirip başparmağımı ne olur ne olmaz diye aramayı sonlandıracak düğmenin üzerinde tutarak arama sesini bekledim.

"Alo?" Seth Clearwater açtı ve rahatladım. Ablası Leah ile konuşamayacak kadar ödlektim. 'Başımın etini yiyor' tabiri Leah için tümüyle mecazi anlama geliyor sayılmazdı.

"Selam Seth, benim, Bella."

"Ah selam Bella! Nasılsın?"

Bir an tıkandım. Buna inanmam gerekiyordu: "iyiyim."

"Gelişmeleri mi öğrenmek istiyorsun?"

"Aklımı okudun."

"Pek de değil. Ben Alice değilim, sadece, seni tahmin etmek zor değil," diye takıldı bana. La Push'da bir arada kalan onca kişiden sadece Seth, Cullenlar'dan isimleriyle bahsedecek kadar rahattı ve tabii bir de, her şeyi bilen müstakbel görümcemin güçlerinden bahsederken şaka yapacak kadar.

"Öyleyim, biliyorum." Bir an duraksadım. "O nasıl?"

Seth iç geçirdi. "Her zamanki gibi. Konuşmuyor ama bizi duyduğunu biliyoruz. *İnsan* gibi düşünmemeye çalışıyor, anlıyor musun? İçgüdüleriyle hareket ediyor."

"Şu anda nerede olduğunu biliyor musun?"

"Kuzey Kanada'da bir yerde. Hangi bölge olduğunu söyleyemem. Ülke sınırlarıyla pek ilgilenmiyor. "

"Belki küçük bir ipucu?"

"Geri dönmeyecek Bella. Üzgünüm."

Yutkundum. "Tamam Seth. Biliyorum önceden de sormuştum. Sadece dönmesini umuyorum."

"Evet. Hepimiz bunu istiyoruz."

"Bana yardım ettiğin için teşekkürler Seth. Diğerleri seni pek rahat bırakmıyor olmalı."

"Sana pek bayılmıyorlar," diyerek katıldı bana. "Biraz saçma bence. Jacob kendi yolunu seçti, sen de seninkini. Jake onların bu tavrından hoşlanmıyor. Çünkü senin onu merak ettiğine dair bir şüphesi yok."

Nefesim kesildi. "Ben sizinle konuşmadığını sanmıştım?"

"Bizden her şeyi saklayamaz, ne kadar denese de."

Demek Jacob onun için endişelendiğimi biliyordu. Bu konuda nasıl hissetmem gerektiğini bilemedim. Eh, en azından güneşin batışına doğru kaçıp onu tümüyle unutmadığımı biliyordu.

"Düğünde görüşürüz o zaman," dedim, kelimeyi dişlerimin arasından zorlayarak.

"Evet, ben ve annem orada olacağız. Bizi çağırman çok hoş."

Sesindeki coşkuyu duyunca gülümsedim. Clearwaterlar'ı çağırmak Edward'ın fikriydi ve bunu akıl ettiği için çok sevinmiştim. Seth'in orada olacak olması iyiydi, benim kayıp sağdıcıma belli belirsiz bir bağ gibi. "Sensiz olmazdı."

"Edward'a selam söyle, olur mu?"

"Oldu bil."

Başımı salladım. Edward ve Seth arasındaki arkadaşlık hâlâ aklımı zorluyordu. Sonuçta bu her şeyin normal olabileceğinin kanıtıydı. Vampir ve kurt adamların istedikten sonra birbirlerini iyi idare edebileceğinin.

Herkes bu fikirden hoşlanmazdı.

"Leah," dedi Seth daha yüksek bir sesle. "Leah geldi."

"Ah! Güle güle!"

Telefon birden sessizliğe gömüldü. Onu koltukta bıraktım ve kendimi içeriye, Charlie'nin beklediği eve girebilmek için zihinsel olarak hazırladım.

Zavallı babam şu sıralar ne çok şeyle uğraşıyordu. Kaçak Jacob, sırtındaki ağır yüklerden yalnızca biriydi. En az bir o kadar da benim için endişeleniyordu; evlenecek yasal yaşa anca gelebilmiş, birkaç gün içinde soyadını değiştirecek olan benim için.

Ona söylediğimiz geceyi hatırlayarak yağmurda yavaşça yürüdüm...

* * *

Charlie'nin aracının geldiğini haber veren sesi duyunca birden yüzük parmağımda onlarca kilo ağırlaşmıştı sanki. Sol elimi cebime tıkıştırmak istedim ya da belki üstüne oturmak ama Edward sakindi, elini tam önünde, sıkıca, sağlamca tutuyordu.

"Kıpırdanmayı kes, Bella. Lütfen şunu aklından çıkarma, buraya bir cinayeti itiraf etmeye gelmedin."

"Senin için söylemesi kolay."

Babamın botlarının yürürken çıkardığı o kaygı verici sesi dinledim. Anahtar, zaten açık olan kapının deliğinde tıkırdadı. Bu ses bana korku filmlerinde kurbanın kapıyı sürgülemeyi unuttuğunu anladığı zamanları hatırlattı.

"Sakın ol Bella," diye fısıldadı Edward. Kalp atışlarımın nasıl hızlandığını duymuş olmalıydı.

Kapı hızla duvara çarparak açıldı ve ben, biri aniden arkamdan çıkıp "Böö!" diye bağırmış gibi ürktüm.

"Selam Charlie," diye seslendi Edward tümüyle rahat bir şekilde.

"Hayır!" dedim sessizce.

"Ne?" diye fısıldadı Edward.

"Silahını asmasını bekle!"

Edward kısık sesle güldü ve serbest olan elini karışık bronz saçlarında gezdirdi.

Charlie yanımıza geldi, hâlâ üniformalı ve silahlıydı. Ve bizi küçük koltukta öyle beraber otururken gördüğünde yüzünü buruşturmamaya çalıştı. Son zamanlarda Edward'ı sevebilmek için çok çaba harcıyordu. Tabii birazdan ortaya çıkacaklar bu çabaya çok çabuk bir son verecekti.

"Selam çocuklar. Nasılsınız?"

"Seninle konuşmak istiyoruz," dedi Edward sakince. "İyi haberlerimiz var."

Bir anda, Charlie'nin yüz ifadesi zoraki arkadaşlık halinden çıkıp şüphelerin içine gömüldü.

"İyi haberler mi?" diye homurdandı Charlie, dosdoğru gözümün içine bakarak.

"Otursana baba."

Tek kaşını kaldırdı, beş saniye beni süzdü, sonra kendini koltuğa bıraktı ve sırtı dimdik bir halde oturdu.

"Endişelenme baba," dedim sessizlik dolu bir andan sonra. "Her şey yolunda."

Edward'ın yüzü ekşidi ve bunun söylediğim yolunda kelimesine bir itiraz olduğunu biliyordum. Herhalde o olsa *harika, mükemmel* ya da *şahane* derdi.

"Eminim öyledir Bella, eminim öyledir. Eğer her şey o kadar iyiyse neden öyle saunadaymış gibi terliyorsun?"

"Terlemiyorum," diye yalan söyledim.

Onun o acımasız yüz ifadesinden ve çatılmış kaşlarından korunmak için korkuyla Edward'a sokuldum. Ve kanıtları ortadan kaldırmak için alnımı sağ elimin tersiyle sildim.

"Hamilesin!" diye patladı Charlie bir anda. "Hamilesin, değil mi?"

Soruyu bana yöneltmiş olmasına rağmen kızgın kızgın Edward'a bakıyordu. Bir an için silahına doğru yeltendiğine bile yemin edebilirim.

"Hayır! Tabii ki değilim!" Edward'ın göğsüne dirsek atmak istedim ama biliyordum ki bu sadece benim dirseğimi morartacaktı. Edward'a söylemiştim; insanlar çabucak başka çıkarımlar yapabilirler! Başka hangi sebeple aklı başında iki insan on sekiz yaşında evlenirler ki? (O zaman Edward'ın buna verdiği cevap sıkıntıyla gözlerimi devirmeme neden olmuştu: *Aşk,* tabii ki.)

Charlie'nin öfkeli bakışları biraz olsun normale döndü. Genelde doğruyu söylediğimde yüzümden kolayca anlaşılırdı ve şimdi bana inanmıştı. "Ah. Özür dilerim."

"Önemli değil."

Uzun bir ara oldu. Sonra herkesin *benim* bir şey söylememi beklediğini fark ettim. Panik içinde Edward'a baktım. Benim konuşmamın hiçbir yolu yoktu.

Edward bana baktı, omuzlarını doğrulttu ve babama döndü.

"Charlie, biliyorum bu konuda biraz tersten başladım. Aslında önce sana sormalıydım. Saygısızlık etmek istemedim ama önce Bella'ya sorduğumdan ve o evet dediğinden, onun bu konudaki seçim hakkına saygı duymak için onu gelip senden istemek yerine senden bize izin vermeni rica ediyorum. Evleniyoruz, Charlie. Onu hayattaki her şeyden, kendi hayatımdan çok seviyorum ve ne büyük bir mucize ki, o da beni böyle seviyor. Bize izin verecek misin?"

Çok kararlı ve sakin konuşuyordu. Son derece güven uyandıran sesini dinlerken, kısa bir an için, onu başkalarının gözüyle gördüm. Söyledikleri ne kadar da anlamlıydı.

Ve sonra Charlie'nin yüzündeki ifadeyi yakaladım, gözleri yüzüğe kilitlenmişti.

Yüzünün rengi değişirken nefesimi tuttum: yüzü önce kırmızıya sonra mora sonra maviye döndü. Yerimden kalkmaya yeltendim. Ne yapacağımı bilmiyordum. Belki de boğulmasın diye Heimlich manevrası* falan yapabilirdim. Ama Edward elimi sıktı ve yalnız benim duyabileceğim şekilde mırıldandı "Ona biraz zaman ver."

Bu sefer sessizlik çok daha uzun sürdü. Sonra Charlie'nin rengi yavaş yavaş normale döndü. Dudakları büzüşmüş, kaşları kalkmıştı; bu onun "derin düşünce" ifadesiydi. İkimizi uzun bir süre inceledi. Edward'ın oldukça rahat olduğunu hissettim.

"Sanırım hiç şaşırmadım," diye yakındı Charlie. "Yakında böyle bir şeyle uğraşmam gerekeceğini biliyordum."

Derin bir nefes verdim.

"Buna emin misin?" diye üsteledi Charlie kızgın kızgın bana bakarak.

"Edward'dan yüzde yüz eminim," dedim kararlı bir ses tonuyla.

"Ama evlilik? Neden bu kadar çabuk?" Beni yine şüpheyle süzdü.

Çabukluğun sebebi, benim her geçen gün on dokuzuma yaklaşırken, Edward'ın on yedi yaşının mükemmelliğinde donmuş olmasındandı, hem de geçmiş doksan yıl boyunca. Tabii bu benim kitabımda evlenme sebebi sayılmazdı ama yine de evlilik Edward'la bu noktaya gelebilmek için yaptığımız hassas ve karmaşık bir anlaşmadan dolayı, benim ölümlülükten ölümsüzlüğe geçeceğim bir eşik olarak gerekliydi.

Bunlar Charlie'ye anlatabileceğim şeyler değildi.

"Sonbaharda Dartmouth's gidiyoruz, Charlie," diye hatırlattı Edward. "Bunu yapmak istiyorum, yanı usulüne uygun bir şekilde. Ben böyle yetiştirildim." Omuz silkti.

Abartmıyordu, onlar 1. Dünya Savaşı zamanından kalma, eski ahlaki değerlerle yaşıyorlardı.

Charlie'nin dudağı aşağı doğru sarktı. Tartışma konusu yaratacak bir şeyler arıyordu. Ama ne diyebilirdi ki? *Günahkâr olarak yaşamanızı tercih ederim* mi? O bir babaydı, eli kolu bağlıydı.

---

* (Heimlich manevrası, kişinin göbek deliğinin iki parmak üzerinde, ellerin birbiri üzerine kitlenip kişinin diyaframına doğru yapılan basınçlı hareketin adıdır.)

"Bu anın yaklaştığını biliyordum," diye söylendi kendi kendine, suratı asıldı. Sonra birden yüzündeki ifade kayboldu.

"Baba?" dedim tedirgin bir halde. Edward'a baktım ama Charlie'ye baktığı için onun yüzündeki ifadeyi de göremedim.

"Hah!" Charlie yine patladı. Yerimde sıçradım. "Ha, ha, ha!"

İnanamayarak Charlie'ye baktım, kahkahası giderek katlanıyordu ve gülerken tüm vücudu sallanıyordu.

Bunun ne demek olduğunu anlayabilmek için Edward'a baktım ama onun da dudakları kenetlenmişti, sanki o da kahkahaya boğulmamak için kendini zor tutuyordu.

"Tamam, peki," dedi Charlie. "Evlenin." Sonra başka bir kahkaha nöbeti daha geçirdi. "Ama..."

"Ama ne?" diye üsteledim hemen.

"Ama annene *sen* söyleyeceksin! Renée'ye tek kelime etmeyeceğim! Bunu sana bırakıyorum!" Katıla katıla yüksek sesle güldü.

* * *

Elim kapı kolunda, gülümseyerek kalakaldım. Charlie'nin söyledikleri beni korkutmuştu. Dünyanın sonu: Renée'ye söylemek. Onun kara listesinde erken yaşta evlenmek, köpek yavrularını canlı canlı haşlamaktan daha üst sırada geliyordu.

Nasıl bir tepki vereceğini kim tahmin edebilirdi ki? Ben değil. Charlie hiç değil. Belki Alice, ama ona sormayı düşünmemiştim.

"Eh, Bella," dedi Renée, ben kekeleyerek, güçlükle o imkânsız kelimeleri söylediğimde: *Anne, Edward'la evleniyorum.* "Bana söylemek için bu kadar beklemene bozuldum. Uçak biletleri daha pahalı oldu şimdi." Kaygılanmıştı. "Sence Phil'in alçısı o zamana kadar çıkar mı? Eğer smokin giyemezse fotoğraflar rezil olur."

"Bir dakika dur anne." Nefesim kesilmişti. "Bu kadar beklememe mi bozuldun? Daha yeni niş-niş..." Nişanlandım kelimesini söyleyememiştim bile. "Yani her şey bugün belli oldu."

"Bugün mü? Gerçekten mi? Sürpriz oldu. Ben sanmıştım ki..."

"Ne sanmıştın? *Ne zaman* sanmıştın?"

"Nisanda beni ziyarete geldiğinde her şey olmuş bitmiş gibiydi. Çok da gizemli değilsin, hayatım. Ama hiçbir şey söylemedim çünkü biliyordum ki, bu çok iyi olmazdı. Tıpkı Charlie gibisin." Derin bir iç çekti. "Bir kere bir şeye karar vermişsen, senle konuşmanın anlamı yok. Tabii ki, tıpkı Charlie gibi, sen de kendi kararlarını uygularsın."

Ve sonra annemden duymayı hiç beklemediğim o son şeyi söylemişti.

"Sen benim yanlışlarımı yapmıyorsun, Bella. Biraz ürkek gibisin ve sanırım benden korkuyorsun." Gülmüştü. "Benim ne düşüneceğimden. Ve biliyorum evlilik ve aptallıkla ilgili bir dolu şey söyledim ve hiçbirini de geri almıyorum ama anlamalısın ki, söylediklerim özellikle benim için geçerliydi. Sen benden tümüyle farklısın. Sen de kendine özgü hatalar yapıyorsun ve eminim hayatta senin de kendi pişmanlıkların olacak. Ama bağlılık, asla senin için problem olmadı, hayatım. Bu işi yürütmek için bildiğim birçok kırklıklardan daha çok şansın var." Renée tekrar gülmüştü. "Benim küçük orta yaşlı çocuğum. Şanslısın ki, senin gibi yaşlı başka bir ruh buldun."

"Kızmadın mı? Kocaman bir hata yaptığımı düşünmüyor musun?"

"E tabii ki birkaç sene daha beklemeni dilerdim. Yani sence ben kaynana olacak kadar yaşlı görünüyor muyum? Neyse buna cevap verme. Ama zaten bu benimle ilgili değil. Bu seninle ilgili. Mutlu musun?"

"Bilemiyorum. Şu anda ruhum bedenimden çıkmış gibi."

Renée gülmüştü. "Bu çocuk seni mutlu ediyor mu Bella?"

"Evet, ama - "

"Hayatında başka birini isteyecek misin?"

"Hayır, ama - "

"Ama ne?"

"Ama dünyanın başlangıcından beri sırılsıklam âşık olup saçmalayan nice yeniyetmenin davrandığı gibi hareket ettiğimi söylemeyecek misin?"

"Sen hiç yeniyetme olmadın ki hayatım. *Kendin* için en iyi olanı biliyorsun."

Son birkaç haftadır Renée beklenmedik bir biçimde kendini düğün hazırlıklarına kaptırmıştı. Günün büyük bir kısmını, Edward'ın annesi Esme ile telefonda konuşarak geçiriyordu. Araları o kadar iyiydi ki. Renée, Esme'ye bayılıyordu ama yine de benim sevilesi müstakbel kayınvalideme başka bir şekilde karşılık verilebilir mi bilemiyordum.

Paçayı sıyırmıştım. Edward'ın ailesi ve benim ailem tüm bu düğün işlerini üstlenmişlerdi, hem de benim hiçbir şey yapmama, oturup kafa yormama ya da karar vermeme gerek kalmadan.

Tabii ki Charlie küplere binmişti ama işin iyi tarafı bunun benim yüzümden olmamasıydı. Hain olan Renée'ydi. Charlie sert oynayacağı konusunda ona güvenmişti. Şimdi en büyük silahı olan, anneme söyleme kısmı hiçbir işe yaramamışken ne yapabilirdi ki? Hiçbir şeyi kalmamıştı ve bunun farkındaydı. Bu yüzden de evde kederli kederli dolanıyor, dünyada kimseye güvenilmeyeceğim söyleyip homurdanıp duruyordu...

"Baba?" diye seslendim kapıyı aralarken. "Ben geldim."

"Dur Bella, olduğun yerde kal."

"Ne?" dedim ve bir anda durdum.

"Bana bir saniye müsaade et. Ah, hatırdın Alice."

Alice mi?

"Üzgünüm Charlie," diye cevap verdi Alice'in titrek sesi. "Şimdi nasıl?"

"Üzerine kan damlamıyor mu?"

"Bir şey yok. Kanayacak kadar derine girmedi, güven bana."

"Neler oluyor?" diye üsteledim, yerimden kımıldamayarak.

"Otuz saniye ver bize Bella, lütfen," dedi Alice. "Sabrın ödüllendirilecek."

"Aynen öyle," diye ekledi Charlie.

Ayağımı yere vurarak saymaya başladım. Otuza gelmeden Alice, "Tamam Bella gelebilirsin!" diye seslendi.

Dikkatlice hareket ederek oturma odasına giden köşeyi döndüm.

"Alı," dedim. "Baba. Biraz şey gözükmüyor mu - "

"Komik mi?" diye sözümü kesti Charlie.

"*Zarif* diyecektim."

Charlie kızardı. Alice onu kolundan tutup mat gri smokiniyle küçük bir manken turu attırdı.

"Kes şunu Alice. Aptal gibi görünüyorum."

"Benim giydirdiğim hiç kimse aptal görünemez."

"Doğru söylüyor baba. İnanılmaz görünüyorsun! Neyi kutluyoruz?"

Alice hayretle bana baktı. "Bu son prova. İkiniz için de."

Gözlerimi olağanüstü zarif Charlie'den ilk kez ayırabildiğimde, koltuğa özenle serilmiş o ürkünç beyaz giysi çantasını gördüm.

"Aaah!"

"Güzel şeyler düşün, Bella. Fazla uzun sürmeyecek."

Derin bir nefes aldım ve gözlerimi yumdum. Öylece, kapalı gözlerle sendeleyerek yukarı odama çıktım. İç çamaşırlarıma kadar her şeyimi çıkardım ve kollarımı açtım.

Alice, "Sanki tırnaklarına bambu kıymıkları geçirip işkence falan ediyorum sana," diye söylenerek peşimden içeri girdi.

Ona aldırış etmiyordum. Güzel şeyler düşünmeye çalışıyordum.

Güzel şeyler... Tüm bu düğün zımbırtısı olmuş bitmişti. Arkamda kalmıştı. Çoktan bastırılmış ve unutulmuştu.

Yalnızdık, Edward'la ben. Olduğumuz yer belli belirsizdi, hatta sürekli değişiyordu. Puslu bir ormandan, bulutlu bir şehre, bulutlu bir şehirden kutupta bir geceye. Bunun sebebi Edward'ın balayımızın olacağı yeri bana sürpriz yapmak için saklamasıydı. Gerçi beni ilgilendiren nerede olacağı değildi.

Edward ve ben beraberdik. Ve ben anlaşmada benim üzerime düşeni yerine getirmiştim. Onunla evlenmiştim. En önemlisi de buydu. Ayrıca tüm o aşırı hediyelerini kabul etmiştim ve boşuna da olsa Dartmouth Üniversitesi'ne sonbaharda başlamak için kaydolmuştum. Şimdi sıra ondaydı.

Beni vampire çevirip anlaşmada kendi üzerine düşen en büyük şeyi yapmadan önce bir şartı daha yerine getirmesi gerekiyordu.

Edward'ın, bırakacağım insan şeyleri hakkında, yani daha sonradan yapamayacağım insani şeylerle ilgili, neredeyse takıntı diyebileceğim bir kaygısı vardı. Bunların çoğunluğu, aynı okul balosuna gitmek gibi, bana aptalca geliyordu. Bir daha yaşayamayacağım için üzüldüğüm tek insani deneyim vardı. Tabii ki bu onun tamamen unutmamı isteyeceği bir şeydi.

Olay şuydu, insanlığımı bıraktığımda nasıl olacağım hakkında biraz bilgim vardı. Yeni vampir olanları kendi gözümle görmüşlüğüm ve gelin gideceğim ailenin o ilk vahşi günlerini dinlemişliğim vardı. Birkaç yıl boyunca, kişiliğimin en büyük özelliği *susuzluk* olacaktı. Tekrar *kendim* olabilmem içinse biraz zaman geçmesi gerekecekti. Ve tekrar kendi kontrolümü ele geçirmiş olduğumda da asla şimdiki gibi hissedemeyecektim.

İnsan gibi...ve tutkuyla âşık.

Bu kırılgan, feromon* duyarlısı bedeni çok güzel, güçlü...ve bilinmeyen bir şeyle değiştirmeden önce eksiksiz bir deneyim istiyordum. Edward'la *gerçek* bir balayı istiyordum. Ve o da, bunun beni düşüreceği tehlikeye rağmen denemeyi kabul etmişti.

Alice'in ve tenime değip kayan satenin hayal meyal farkındaydım. Sadece bir an için de olsa bütün kasabanın beni çekiştirdiğini umursamadım. Çok yakında yıldızı olacağım merasimi düşünmedim. Törenin yanlış yerinde güleceğimi ya da bunu yapmak için çok genç olduğumu ya da gözünü dikmiş bakan izleyicileri ya da en yakın arkadaşımın oturması gereken koltuktaki boşluğu bile umursamıyordum.

Güzel şeyler düşünüyordum. Edward'ı düşünüyordum.

---

* Feromon: Üremeden sorumlu hormon.

2. UZUN GECE

"Seni şimdiden özledim."
"Gitmem gerekmiyor. Kalabilirim..."
Uzun sessiz bir an boyunca, sadece kalp atışlarımın yüksek sesi, düzensiz nefeslerimizin kırık ritmi ve ahenkle hareket eden dudaklarımızın fısıltısı vardı.

Bazen bir vampiri öptüğümü unutmak çok kolaydı. Bunun sebebi bir insana fazlasıyla benzediği için de değildi. Zaten onu sararken, kollarımda insandan farklı melek gibi birinin olduğunu asla unutmazdım. Sanki dudaklarının benim dudaklarımda, yüzümde, boynumda gezinmesi hiçbir şey değilmiş gibi hissettirdiği için. Kanımın onu çeken cazibesini, beni kaybetme düşüncesi ile yenmişti. Ama biliyordum ki, kanımın kokusu ona acı veriyordu, sanki ateşten nefesler alırmışçasına hâlâ boğazını yakıyordu.

Gözlerimi açtığımda onun gözlerinin de açılmış ve yüzümü süzüyor olduğunu gördüm. Bana böyle bakması hiç hayra alamet değildi. Sanki ben yarışmanın inanılmaz şanslı galibi değil de, ödülüydüm.

Bakışlarımız bir an birbirine kilitlendi. Altın rengi gözleri öylesine derindi ki, ruhuna kadar her şeyi görebildiğimi düşündüm. Onun ruhunun varlığının hiçbir zaman aramızda tartışma konusu olmamış olması aptalca geldi, yani vampir olmasına rağmen. O en güzel ruha; parlak zekâsından, eşsiz yüzünden ya da muhteşem vücudundan bile güzel bir ruha sahipti.

Sanki ruhumu görebiliyormuş gibi, o da bana baktı. Sanki gördüğü ruhu sevmiş gibi.

Benim zihnimi okuyamıyordu tabii ki, yani diğer herkesinkini okuduğu gibi değil. Nedeni kim bilir neydi, belki de beynimde beni bazı ölümsüzlerin yapabildiği olağanüstü ve korkunç şeylere karşı bağışık yapan bir bozukluk vardı (Sadece aklım bağışıktı. Vücudum hâlâ Edward'ınkinden farklı güçleri kullanan vampirler tarafından saldırıya açıktı). Ama zihnimdekilerin sır olarak kalmasını sağlayan bu bozukluk her neyse, gerçekten de ona teşekkür borçluydum. Onun olmadığını düşünmek bile fazlasıyla utandırıcıydı.

Yüzünü tekrar yüzüme çektim.

"Kesinlikle kalıyorum," diye mırıldandı biraz sonra.

"Yo, hayır. Bu senin bekârlığa veda kutlaman. Gitmek zorundasın."

Ben böyle söylerken sağ elimin parmakları hâlâ saçlarındaydı, sol elimle de sırtından tutup onu daha çok kendime çekiyordum. Soğuk elleri yüzümde gezindi.

"Bekârlığa veda partileri bekârlıklarını bıraktıkları için üzülenler içindir. Oysa ben veda etmek için daha fazla bekleyemiyorum bile. Yanı buna aslında gerek bile yok."

"Doğru." Nefesimi boynuna, buz gibi tenine doğru verdim.

Bu aslında benim *güzel düşüncelerime* oldukça yakındı. Charlie habersizce odasında uyuyordu ve bu da yalnız olmak kadar iyi sayılırdı. Benim küçük yatağımda, birbirimizi olabildiğince örterek sarılmıştık, etrafımızı koza gibi saran ince örtü yetmiyordu. Örtüyü hiç istememiştim ama dişlerim birbirine vurarak titrerken zaten romantizmi çoktan kaçırmıştım. Ve ağustos ayında kaloriferleri açarsak, Charlie bir şeyler döndüğünü anlayacaktı.

En azından, eğer giyinmem gerekirse Edward'ın gömleği yerdeydi. Onun vücudunu ilk gördüğüm andaki şoktan asla kurtulamamıştım; beyaz, soğuk ve mermer gibi parlak vücudunu. Şimdi elimi taş gibi göğsünde gezdiriyor, parmaklarımı karnındaki düzlüğe sürüyordum; tek kelimeyle harikaydı. Bir an hafifçe ürperdi ve dudakları yine dudaklarımı buldu. Dikkatlice, dilimin ucunu pürüzsüz güzel dudaklarına bastırdım. Derin bir iç çekti. Tatlı nefesi yüzüme vurdu; soğuk ve nefis.

Sonra beni itmeye başladı. Bu, çok ileri gittiğimizi düşündüğünde verdiği otomatik bir tepkiydi, devam etmeyi en çok istediği zamanda ortaya çıkan bir refleks yanı. Edward ömrünün çoğunu fiziksel hazları geri çevirerek geçirmişti. Şimdi bu alışkanlıkları değiştirmek onun için çok korkunç olmalıydı.

"Dur," dedim omuzlarından tutup ona sokulmaya çalışırken. Bir bacağımı beline dolamıştım. "Ne kadar çok pratik yaparsak... "

Güldü. "E o zaman şu ana kadar mükemmele yaklaşmış olmamız gerekirdi, değil mi? Bu ay hiç uyudun mu ki sen?"

"Ama bu sadece prova," diye hatırlattım ona, "ve biz sadece belli sahneleri çalıştık. Artık risk almamız gerekiyor."

Güleceğini sanmıştım ama cevap vermedi. Vücudu bir anda gerilip dondu kaldı. Gözlerindeki altın da adeta donup katılıştı.

Ne söylediğimi düşündüm ve o kelimelerin içinde neyi duyduğunu anladım.

"Bella..." diye fısıldadı.

"Yine başlamayalım," dedim. "Anlaşma, anlaşmadır."

"Bilemiyorum. Sen benimle böyleyken konsantre olmam gerçekten çok zor. Ben – ben doğru dürüst düşünemiyorum. Kendimi kontrol edemeyeceğim. Sana zarar vereceğim."

"Bana bir şey olmayacak."

"Bella..."

"Şşşş!" Bu panik atağı durdurmak için dudaklarımı dudaklarına bastırdım. Tüm bunları daha önce de duymuştum. Anlaşmamıza uymalıydı. Hele de önce onunla evlenmem için ısrar etmesinden sonra, kesinlikle.

Bir an yaklaşıp beni öptü ama az önceki gibi ateşli olmadığını anlayabiliyordum. Endişeleniyordu, her zaman endişeleniyordu. Benim için endişelenmesi gerekmeyeceği zaman gelince nasıl da farklı olacaktı her şey. Ona kalacak bir sürü boş zamanda ne yapıyor olacaktı? Yeni bir hobi edinmeliydi belki de.

"Korkuların ne durumda?" diye sordu.

Evlenmeden önce duyulması muhtemel korkudan bahsettiğini biliyordum. "İyi."

"Gerçekten mi? Yani emin misin, son kararın mı? Fikrini değiştirmek için geç değil."

"Beni terk etmeye falan mı çalışıyorsun?"

Güldü. "Sadece emin olmak istiyorum. Emin olmadığın bir şeyi yapmanı istemiyorum."

"Ben senden eminim. Gerisi önemli değil."

Biraz durakladıktan sonra, "Gerçekten mi?" diye sordu. "Düğünden bahsetmiyorum ki. Tüm kuruntularına rağmen bunun üstesinden geleceğine zaten eminim. Ama sonrası... Renée'ye, Charlie'ye ne olacak?"

İç geçirdim. "Onları özleyeceğim." Daha kötüsü, onlar beni özleyecekti ama Edward'a bunu söylemek istemedim.

"Angela, Ben, Jessica ve Mike."

"Arkadaşlarımı da özleyeceğim." Hınzırca gülümsedim. "Özellikle de Mike'ı. Ah Mike! Onsuz nasıl yaparım?"

Hırladı.

Bu haline güldüm ama sonra ciddiyetle "Edward," dedim, "bunları defalarca konuştuk. Biliyorum zor olacak ama istediğim bu. İstediğim sensin ve seni sonsuza kadar istiyorum. Bir ömür bana kesinlikle yetmez."

"Sonsuza kadar on sekizinde kalacaksın," diye fısıldadı.

"Her kadının rüyası bu değil midir?" diye dalga geçtim.

"Hiç değişmeden...hiç ilerlemeden."

"Bu da ne demek?"

Yavaşça cevapladı. "Charlie'ye evleneceğimizi söylememizi hatırlıyor musun? Hani seni., .hamile sanmıştı?"

"Ve seni vurmayı falan düşünmüştü," dedim gülerek. "Kabul et, bir saniye için gerçekten de bunu düşünmüştü."

Cevap vermedi.

"Söyle Edward."

"Sadece...keşke bu doğru olsaydı."

"Ne?" Bir anda nefesim kesildi.

"Bunun doğru olabilmesi için bir yol vardı. Yani bunun için potansiyelimiz. Şimdi bunu senden alacak olmaktan da nefret ediyorum."

Bir dakika hiçbir şey diyemedim. "Ne yaptığımı biliyorum ben."

"Bunu nasıl söylersin Bella? Anneme bak, kız kardeşime bak. Bu anlayabileceğin kadar kolay bir fedakârlık değil."

"Esme ve Rosalie gayet iyi idare ediyorlar. Eğer bu sonradan bir problem yaratırsa, Esme'nin yaptığını yapar, evlatlık ediniriz."

İç geçirdi ve sonra sesi birden sertleşti. "Bu *doğru* olmaz. Benim için fedakârlıklar yapmanı istemiyorum. Sana bir şeyler vermek istiyorum ben, elinden bir şeyleri almak değil. Senin geleceğini çalmak istemiyorum. Eğer ben insan olsaydım - "

Elimi dudaklarına dayadım. "Benim geleceğim *sensin*. Şimdi dur. Bunalmak yok, yoksa kardeşlerini arar, gelip seni almalarını söylerim. Belki de bir bekârlığa veda partisine *ihtiyacın* var senin."

"Üzgünüm. Bunaltıyorum değil mi?"

"*Senin* korkuların ne durumda?"

"Benimki farklı. Seninle evlenmek için bir asır bekledim, Bayan Swan. Evlilik töreni ise artık beklemeyeceğim bir şey - " Sözünün tam orta yerinde durdu. "Ah, hadi oradan ama!"

"Ne oldu?"

Dişlerini gıcırdattı. "Kardeşlerimi aramana gerek yok. Görünen o ki, Emmett ve Jasper zaten yakamı bırakmayacaklar."

Onu biraz daha sıkıca kavradıktan sonra serbest bıraktım. Emmett'la mücadeleye girmeye hiç de niyetim yoktu. "İyi eğlenceler."

Camda bir gıcırtı vardı. Biri çelik tırnaklarıyla camı çizerek o dayanılmaz, kulak tırmalayan, tüyleri diken diken eden sesi çıkarıyordu. Tüylerim ürperdi.

"Edward'ı dışarı göndermezsen," diye tehditkârca tısladı Emmett. Karanlık gecenin içinde hâlâ görünmüyordu. "Gelip onu alırız!"

"Haydi, bunlar evi başımıza yıkmadan git," diyerek güldüm.

Edward isteksizdi ama çabuk bir hareketle ayağa kalkıp üzerini giydi. Sonra bana doğru eğilip alnımdan öptü.

"Haydi, sen de uyu. Yarın büyük bir gün olacak."

"Sağ ol! Eminim bu uyumama yardımcı olacaktır."

"Mihrapta görüşürüz."

"Beyaz giyeceğim, tanırsın herhalde." Sesimin bu kadar bıkkın çıkışma güldüm.

O da gülerek, "Çok inandırıcı," dedi ve birden çömeldi. Sonra da gözden kayboldu, gözlerimle takip edemeyeceğim kadar hızlı bir şekilde.

Derken dışarıdan bir gümbürtü duyuldu ve hemen arkasından Emmett'in küfür ettiğini duydum.

"Umarım onu çok geç bırakmazsınız," diye mırıldandım, beni duyduklarını biliyordum.

Ve sonra Jasper'ın yüzü belli belirsiz camın önünde göründü. Bal rengi saçları, üzerine vuran ay ışığında gümüşi bir renge bürünmüştü.

"Merak etme Bella. Onu zamanında eve getireceğiz."

Birden çok sakinleşmiştim, huzursuzluğumu yaratan her şey artık önemsiz geliyordu. Jasper, kendi çapında, öngörüleri esrarengiz şekilde doğru çıkan Alice kadar iyiydi. Jasper'ın medyumluğu ruh halleriyle ilgiliydi ve onun hissetmenizi istediği şeye karşı koymak imkânsızdı.

Olduğum yerde, hâlâ örtünün altında, sakarca doğruldum. "Jasper? Vampirler bekârlığa veda partilerinde ne yaparlar? Onu bir striptizciye falan götürmüyorsunuz, değil mi?"

"Ona bir şey söyleme!" diye homurdandı Emmett. Aşağıdan bir gümbürtü daha koptu ve Edward sessizce güldü.

"Rahatla olur mu?" dedi Jasper ve ben de öyle yaptım. "Biz Cullenlar'ın, bu konuda kendimize has yöntemlerimiz vardır. Sadece biraz dağ aslanı, birkaç boz ayı. Yani dışarıda sıradan bir gece gibi."

Bir gün ben de, vejetaryen vampir diyetiyle ilgili böyle rahat konuşabilecek miydim, merak ediyordum.

"Sağ ol, Jasper."

Göz kırptı ve gözden kayboldu.

Şimdi dışarısı oldukça sessizdi. Hatta Charlie'nin boğuk horlamalarını duymak mümkündü.

Yastığımın üzerine uzandım, kendimi uykulu hissediyordum. Ağırlaşan gözkapaklarının altından, küçük odamın ay ışığıyla ağarmış duvarlarına baktım.

Odamdaki son gecem. Isabelle Swan olarak son gecem. Yarın geceden itibaren artık Bella Cullen olacaktım. Tüm bu evlilik sıkıntısı bana çok fena batsa da, kabul etmem gerekiyordu ki bu isim hoşuma gidiyordu.

Aklımın düşünceler arasında biraz oyalanmasına izin verip uykuya dalmayı bekledim. Ama birkaç dakika sonra kendimi çok daha fazla tedirgin ve endişeden karın ağrıları içinde kıvranırken buldum. Şimdi Edward'ın yokluğunda, yatak fazla yumuşak, fazla soğuk geliyordu. Jasper uzaklaşmıştı ve o tüm rahatlatıcı, huzurlu hisler de onunla beraber gitmişti.

Yarın çoook uzun bir gün olacaktı.

Birçok korkumun aslında saçma olduğunun farkındaydım, bunları aşmam gerekiyordu. Dikkat çekmek hayatın kaçınılmaz bir parçasıydı. Her zaman dekora uyamazdım ya. Ama birkaç korkum vardı ki, işte onlar da oldukça haklı korkulardı.

İlk olarak gelinliğin kuyruğu vardı. Alice'in sanatsal algısı burada olaya hâkimdi. Cullenlar'ın merdivenlerinde, hem de topukların üzerinde olup bir de o kuyrukla manevra yapmak imkânsız olacak gibi görünüyordu. Şimdiye kadar prova yapmış olmam gerekirdi.

Ve sonra bir de konuk listesi vardı.

Tanya'nın ailesi, Denali klanı törenden önce orada olacaktı.

Tanya'nın ailesini Quileute kabilesiyle, Jacob'ın babasıyla ve Clearwaterlar'la aynı odaya koymak hassas bir konuydu. Denalılar kurt adamlardan hiç hazzetmezdiler. Aslında Tanya'nın kardeşi İrina düğüne hiç gelmiyordu bile. Hâlâ arkadaşı Laurent'i (tam da beni öldürmek üzereyken) öldürdükleri için kurt adamlara karşı büyük bir kin güdüyordu. Bu hınç yüzünden, Demliler Edward'ın ailesini en ihtiyaç duyuldukları sırada yüzüstü bıraktı. Yeni vampir sürüsünün gazabından hepimizin hayatını kurtaran, Quileute kurtlarının beklenmeyen ortaklığı olmuştu.

Edward, Denaliler'in Quileuteler'le bir arada olmasının tehlike yaratmayacağına dair söz vermişti. Tanya ve tüm ailesi, İrina hariç, yaptıklarından dolayı son derece suçluluk duyuyorlardı. Kurt adamlarla ateşkes yapmak bunu telafi etmek için ödemeye hazır oldukları ufak bir bedeldi.

Evet, büyük sorun buydu ama bir de küçük bir sorun vardı: benim kırılgan gururum.

Tanya'yı daha önce hiç görmemiştim ama onu görmenin egom için iyi bir deneyim olmayacağına da emindim. Bir zamanlar, ben herhalde henüz doğmamışken, Tanya'nın Edward'a karşı bir ilgisi olmuştu, Edward'ı istediği için onu da, başkalarını da suçlayamam. Bu kaçınılmaz bir şey. Yine de Tanya'nın hâlâ güzel ve çoğu kişiden muhteşem olduğuna emindi. Gerçi Edward nasıl olduysa beni seçmişti ama yine de karşılaştırma yapmadan duramıyordum.

Zaaflarımı bilen Edward kendimi suçlu hissettirene kadar biraz şikâyet edebilme fırsatı bulmuştum.

"Onlar için bir aileye en yakın şey bizleriz, Bella," diye hatırlattı bana. "Aradan bunca zaman geçmesine rağmen onlar hâlâ yetim gibiler."

Böylece somurtmayı keserek durumu kabul etmiştim.

Tanya'nın şimdi büyük bir ailesi vardı, neredeyse Cullenlar kadar büyük. Beş kişilerdi. Tanya, Kate ve İrina, Carmen ve Eleazer tarafından aileye katılmışlardı. Tıpkı Cullenlar gibi, birbirlerine normal vampirlerden daha şefkatli yaşama arzusu ile bağlanmışlardı.

Tüm bu kişilere rağmen Tanya ve kız kardeşleri hâlâ bir şekilde yalnızdı. Hâlâ yas tutuyorlardı. Çünkü çok uzun zaman önce onların da bir annesi vardı.

Aradan bin yıl geçmiş olsa bile bu kaybın bıraktığı boşluğu hayal edebiliyordum. Cullen ailesini, onu yaratan, onun odağı ve rehberi olan babaları Carlisle olmadan düşünemiyordum.

Carlisle, Tanya'nın hikâyesini, seçtiğim gelecekle ilgili elimden geldiğince çok şey öğrenip hazırlanmam için Cullenlar'ın evinde geç saatlere kadar kaldığım gecelerin birinde anlatmıştı. Tanya'nın annesinin hikâyesi, diğer tüm hikâyelerden farklı olarak uyarıcı, öğüt veren bir masaldı çünkü ölümsüzler dünyasına katıldığımda uymam gereken kurallardan birinden bahsediyordu. Aslında sadece bir kural, bin tane ayrı boyuta açılan bir yasa: *Sırrı tut.*

Sırrı tutmak bir sürü şey demekti: Cullenlar gibi dikkat çekmeden yaşamak için, insanlar onların hiç yaşlanmadıklarını fark etmeden taşınmak. Ya da James ve Victoria'nın eskiden beraber oldukları göçebeler gibi ya da Jasper'ın arkadaşları Peter ve Charlotte'un hâlâ sürdürdükleri gibi, insanlardan - yemek zamanları hariç - uzak durmak. Yarattığın yeni vampirleri kontrol etmek; Jasper'ın Maria ile yaşarken yaptığı gibi. Ya da Victoria'nın kendi yeni doğanlarıyla yapamadığı gibi.

Ve bu, baştan yeni şeyler yaratmak değildi, çünkü yarattığınız bazı şeyler kontrol edilemezdi.

"Tanya'nın annesinin adını bilmiyorum," demişti Carlisle. Saçlarının rengine yakın altın gözleri Tanya'nın acısını hatırlarken kederlenmişti. "Ellerinden geldiğince ondan bahsetmemeye, onu düşünmemeye çalışıyorlar."

"Tanya'yı, Kate'i ve İrina'yı yaratan kadının onları sevdiğine inanıyorum. Benim doğumumdan yıllar önce yaşamıştı, dünyamızda ölümsüz çocukların salgın olduğu zamanlarda."

"O zamanlarda bunu ne için yapıyorlardı, hiç anlayamıyorum. El kadar çocuklardan vampir yapıyorlardı."

Söylediklerini aklımda canlandırırken midem ağzıma geldiğinden yutkunmam gerekmişti.

"Onlar çok güzeldi, " diye anlatmaya devam etmişti Carlisle, benim o halimi görünce. "Öylesine sevimli ve büyüleyiciydi ki, hayal bile edemezsin. Belki edersin ama onların yanında olmak, onları sevmek kaçınılmaz bir şeydi.

Ama tabii onlara bir şey öğretemezdin. Onlar ısırılmadan önce, kim bilir gelişme çağlarının hangi safhasında kalmışlardı. Huysuzluk yaptığında bir köyü silip süpürecek güçte, yanaklarında gamzeleriyle tatlı mı tatlı iki yaşındaki çocuklar. Acıktıklarında karınlarının doyurulmasını istediler mi, hiçbir söz ya da ikaz onları zapt edemezdi. İnsanlar onları gördü, hikâyeleri dilden dile yayıldı ve korku ateş gibi düştü.

Tanya'nın annesi böyle bir çocuk yarattı. Diğerlerini anlayamadığım gibi, onun da bunu yaparken aklından neyin geçtiğini anlamıyorum." Derin, yatıştırıcı bir nefes aldıktan sonra devam etti. "Volturiler de işe karıştı tabii ki."

Her zaman olduğu gibi bu ismi duyduğumda yerimden sıçradım. Ama tabii ki eski İtalyan vampir kavimleri, onlara göre krallığı, bu hikâyenin temelini oluşturuyordu. Cezalar olmasa yasalar, uygulayacak kimse olmasa da cezalar olmazdı. Eskiler, Aro, Caius ve Marcus, Volturi kuvvetlerini yönettiler. Onları sadece bir kere görmüştüm ama bir kez bakıp bir aklın o ana kadar edindiği her düşünceyi görebilecek kadar güçlü bir akıl okuma yeteneğine sahip Aro'nun gerçek bir lider olduğunu anlamıştım.

"Volturiler ölümsüz çocukları, yurtları Volterra'da ve tüm

dünyada incelediler. Caius onların sırrımızı taşımaktan aciz olduklarına karar verdi. Yani hepsinin yok edilmesi gerekiyordu.

Söylediğim gibi, çok sevimliydiler. Yaratıcıları, onları korumak için sonuna kadar, güçleri tükenene kadar savaştılar. Katliam bu kıtanın güneyindeki savaşlar kadar yayılmadı ama tahrip gücü yüksekti. Eski vampirler, eski gelenekler, arkadaşlar... Çok daha fazlası kaybedildi. Sonunda, bu salgın tümüyle ortadan kalktı. Ölümsüz çocuklar bahsi bile edilemeyecek bir şey oldu, bir tabii gibi.

Volturiler'le yaşarken iki ölümsüz çocukla karşılaştım. Bu yüzden ne kadar tatlı olduklarını kendi gözlerimle de gördüm. Aro sebep oldukları yıkımdan sonra seneler boyu onları inceledi. Onun meraklı mizacını bilirsiniz, çocukların eğitilebileceğine dair umudu vardı. Ama sonuçta karar, oy birliğiyle verilmişti. Ölümsüz çocukların yaşamasına müsaade edilemezdi."

Ben Denalı kızlarının annelerini çoktan unutmuştum ki hikâye tekrar ona döndü.

"Tanya'nın annesine ne olduğu tam olarak belli değil," demişti Carlisle. "Tanya, Kate ve İrina, Volturiler annelerini ve yasadışı çocuğu almaya gelene kadar çocuktan tümüyle habersizlerdi. Tanya ve kardeşlerinin hayatını kurtaran bilgisizlikleriydi. Aro onlara dokunup tümüyle masum olduklarını gördü ve anneleriyle birlikte cezalandırılmadılar.

Hiçbiri küçük oğlanı görmemişti, hatta varlığını bile hissetmemişti, ta ki onu annelerinin kucağında yanarken izleyene kadar. Tahminimce anneleri, onları da böyle bir sondan korumak için bu sırrı saklamıştı. Ama küçük çocuğu başta neden yaratmıştı ki? O kimdi ve neden anneleri böyle bir cezayı işleyecek kadar ona önem vermişti? Tanya ve diğerleri bu sorulara asla cevap bulamadılar. Ama yine de annelerinin suçlu olduğuna dair şüpheleri yoktu ve onu asla tam olarak affedebildiklerini sanmıyorum.

Aro onların masumiyetinden ne kadar emin olsa da, Caius, Tanya, Kate ve İrina'yı da yakmak istedi. İlişkili oldukları için suçluydular. Aro o gün merhametli olduğu için şansları vardı. Tanya ve kardeşleri affedildi ama artık iyileşmeyen kalpleri ve yasalara karşı büyük bir saygıları vardı ..."

Tam olarak nerede bu hatıramı rüyaya çevirdim bilmiyorum.

Bir an hafızamda Carlisle'ı dinliyordum, yüzüne bakıyordum ve bir an sonra gri çorak bir tarlaya bakıyordum ve burnuma ince ince bir yanık tütsü kokusu geliyordu. Ve yalnız değildim.

Alanın tam ortasında toplanmış figürler kül rengi pelerinlere sarınmıştı. Bu beni korkutmalıydı, bunlar Volturi olmalıydılar ve ben onların son görüştüğümüzde buyurdukları üzere hâlâ insandım. Ama biliyordum ki, bazı rüyalarımda olduğu gibi yine görünmezdim.

Çevremde, dağınık yerlerde tüten kümeler vardı. Bu tümseklere dikkatle bakmadım. Yok ettikleri vampirlerin yüzlerini görmek için hiçbir istek duymuyordum ve aslında biraz da, o kesif dumanlar arasında tanıdığım birilerini yanarken göreceğimden korkuyordum.

Volturi askerleri bir şeyin ya da birinin etrafında halka şeklinde dizilmişlerdi ve seslerinin heyecanla titrediğini duyabiliyordum. Yavaşça onlara yaklaştım, rüya beni zoraki olarak onların böyle yoğun olarak incelediği bir şeyin ya da kişinin yanına götürüyordu. İki uzun pelerinlinin arasından sürünerek geçip nihayet tartışma konusu olan şeyi görebilmiştim, önlerinde bir tepecikte duruyordu.

Çok güzel ve sevimliydi, tıpkı Carlisle'ın anlattığı gibi. Bu küçük oğlan belki henüz yeni yürümeye başlamıştı, belki iki yaşında falandı. Açık kahve kıvırcık saçları, tombul yanakları ve etli dudaklarının, durduğu melek yüzünün etrafına uzanmıştı. Ölümün an be an ona yaklaşmasından korkarmış gibi gözlen donmuş, titriyordu.

Birden, Volturiler'in yıkıcı tehditlerine rağmen bu zavallı tatlı çocuğu kurtarmak için karşı konulmaz bir istek duydum. Varlığımı hissetmelerini önemsemeyerek onları iterek geçtim. Hepsini geçince çocuğa doğru atıldım.

Bir anda çocuğun oturduğu tepeciğin gerçekte ne olduğunu gördüm. Taşlardan, kayalardan falan oluşmuyordu. Kurumuş, cansız insan bedenlerinden oluşan bir yığındı bu. Yüzlerine bakmamak için artık çok geçti, hepsini tanıyordum: Angela, Ben, Jessica, Mike... Ve hemen oğlanın altında yatansa annem ve babamın vücutlarıydı.

Çocuk, parlak, kan kırmızısı gözlerini birden açtı.

3. BÜYÜK GÜN

Birden kendi gözlerim de açıldı.
Hızla nefes alarak ve titreyerek birkaç dakika sıcak yatağımda, olduğum yerde durup kendimi rüyanın etkisinden çıkarmaya çalıştım.
Tanıdık, dağınık odama tam olarak dönebildiğimde kendime biraz sataştım. Düğün günümden hemen önce görmek için ne de harika bir rüyaydı! Gecenin köründe öyle sinir bozucu hikâyelere takarsam olacağı buydu tabii.
Rüyadan arınmak için giyinip mutfağa doğru yollandım, hem de gitmem gereken zamandan çok daha önce. İlk olarak aslında toplu olan odaları bir güzel temizledim ve sonra Charlie uyandığında ona krepler yaptım. Kendim kahvaltı edemeyecek kadar gergindim, bu yüzden Charlie kahvaltısını yaparken ben de oturduğum yerde sallanıp durdum.
"Bay Weber'i saat üçte alıyorsun," diye hatırlattım ona.
"Zaten, nikâhınızı kıyacak kişiyi getirmekten başka bir işim yok, Bella. Herhalde bana verilen tek görevi de unutacak değilim." Charlie düğün için bugün tüm gün işe gitmeyecekti, bir dolu boş vakti olacaktı. O yüzden ara sıra gözleri gizlice merdivenin altındaki, balık tutma araçlarını koyduğu o küçük odayı yokluyordu.
"Bu senin tek işin değil ki. Ayrıca giyinmeli, şık ve bakımlı görünmelisin."
Mısır gevreklerinin yüzdüğü kâseye doğru bakarak kaşlarını çatıp, "Maymun kıyafeti" diye mırıldandı.
Biri heyecanla kapıyı çaldı.
"Sen yine dua et bence," dedim, yerimden yüzümü buruşturarak kalktığımda. "Alice bugün bütün gün üzerimde çalışacak."
Charlie kendi çilesinin bunu aşmadığını kabul ederek dü-

şünceli bir şekilde başını salladı. Kafasının üstünü öpmek için eğildim, doğrulduğumda kızarmış olduğunu gördüm. Sonra öksürdü ve kapıyı en yakın kız arkadaşım ve çok yakında görümcem olacak Alice'e açmaya gitti.

Alice'in kısa siyah saçları her zamanki dikenli modelinde değildi. Derli toplu olacak şekilde taranmış, peri yüzünün etrafında tokalarla tutturulmuştu. Bu tezat bir işkadını havası vermişti ona. Charlie'ye gelişigüzel bir selam verdi ve beni hemen evin dışına sürükledi.

Porsche'una bindiğimizde Alice beni baştan aşağı süzdü.

"Ah, Tanrım, şu gözlerine bir bak!" diye azarladı hemen. "Ne *yaptın* sen? Bütün gece uyumadın mı yoksa?"

"Sayılır."

Öfkeli bir bakış attı. "Ben her şeyi sırf *sen* mükemmel görün diye planladım, Bella, benim *hammaddeme* daha iyi bakmalıydın."

"Kimse mükemmel görünmemi beklemiyor. Bence daha büyük bir sorun var, o da tören sırasında uyuyakalmam ve sıra bana geldiğinde *Evet* diyememem ve en sonunda da Edward'ın kaçması."

Güldü. "Sıra sana gelince seni uyandırmak için buketimi fırlatırım."

"Teşekkürler."

"Neyse ki en azından yarın uçakta uyuyacak bayağı zamanın olacak."

Tek kaşımı kaldırıp düşüncelere daldım: *Yarın*. Bu gece yemekten sonra yola çıkıyorsak ve yarın hâlâ uçakta olacaksak... Hımm, demek ki Boise ya da Idaho'ya gitmiyorduk. Edward ufak bir ipucu bile bırakmamıştı. Beni böyle strese sokan sadece bu işin esrarı değildi, yarın nerede uyuyor olacağımı bilmemek garipti - yani umarım nerede *uyumuyor* olacağımı.

Alice bir ipucu vermiş olduğunu fark edip bozuldu.

"Bavulunu falan yaptın ve hazırsın, değil mi?" diye sordu aklımı konudan uzaklaştırmak için.

İşe yaramıştı. "Alice, keşke kendi eşyalarımı getirmeme izin verseydiniz!"

"O zaman uygun olmazdı."

"Ve keşke alışverişi senin yapma ricanı reddetseydim."
"On kısa saat içinde resmen kardeşim olacaksın... Artık yeni kıyafetlere geçme zamanı gelmiştir bence."
Eve varana kadar yorgun ve bıkkın bir halde ön cama dik dik baktım.
"Edward döndü mü?" diye sordum.
"Merak etme, daha müzik başlamadan orada olacak. Ama orada olsa da sen zaten onu görmeyeceksin. Her şey usulüne uygun olmalı, nikâhtan önce damat gelini göremez."
"Usulüne uygunmuş!"
"Tamam, gelin-damat hikâyesini bir yana bırakırsak."
"Biliyor musun o aslında bana gizlice baktı bile."
"Yo, hayır, seni o gelinliğin içinde bir tek ben gördüm ve Edward zihnime baktığında hiçbir şey göremesem diye bu konuyu o yakındayken hiç düşünmedim."
"Eh," dedim caddeye döndüğümüzde, "bakıyorum mezuniyet için kullandığın süsleri kullanmışsın yine." Beş kilometrelik cadde yine yanıp sönen yüz binlerce küçük ampulle kuşatılmıştı. Bu kez dekorda beyaz saten kurdeleler de vardı.
"Ziyan olsunlar istemedim. Bunu keyfini çıkar çünkü vakti gelene kadar içerideki süsleri göremeyeceksin." Ana binanın kuzeyindeki kocaman garaja park ettik, Emmett'in cipi hâlâ ortada yoktu.
"Ne zamandan beri gelinin içerideki süsleri görme hakkı elinden alındı?" diye karşı çıktım.
"Gelin beni görevlendirdiğinden beri. Senin merdivenlerden inerken onları görüp çarpılmanı istiyorum."
Mutfağa girmeden önce elleriyle gözlerimi kapadı. Kokuyu duyunca hemen içim açıldı.
"Bu da ne?" diye üsteledim, hâlâ ellerini gözlerimin üstünden çekmemeye devam ederek beni evin içinde gezdiriyordu.
"Çok mu fazla?" Alice'in sesi birden çok endişeli geldi. "Buradaki ilk insan sensin, umarım doğru yapmışımdır."
"Mükemmel kokuyor!" dedim ona. İnsanı kendinden geçirten bu koku hiç de bunaltıcı değildi. Farklı kokular, ustaca ve kusursuzca dengelenmişti. "Portakal çiçekleri...leylak...ve başka bir şey daha var...değil mi?"

"Çok güzel Bella. Sadece süsen ve gülleri söylemedin."
Gözlerimi devasa banyoya girene kadar açmadı. Bir sürü kuaför teçhizatıyla dolu tezgâha bakakaldım. Geçirdiğim uykusuz gecenin etkilerini hissetmeye başlamıştım.
"Bu gerçekten gerekli mi? Zaten ne yaparsan yapayım onun yanında çok basit görüneceğim."
Beni alçak, pembe bir sandalyeye sürükledi. "Senle işim bittiğinde kimse sana basit demeye cesaret edemeyecek."
"Evet, onların kanını emeceğinden korktukları için, değil mi?" diye söylendim. Arkama yaslandım ve biraz kestirebilmeyi umarak gözlerimi yumdum. Vücudumun her yüzeyini maskelediği, ovduğu ve parlattığı sırada ara ara kestiriyordum.
Rosalie banyo kapısının önünden parlak gümüş rengi uzun bir elbise içinde, altın saçları başının üzerinde taç gibi toplanmış bir halde süzülerek geçtiğinde, vakit öğle yemeğini biraz geçmişti. O kadar güzeldi ki ağlamak istiyordum. Rosalie ortamdayken giyinip süslenmenin ne anlamı vardı ki?
"Geldiler," dedi Rosalie ve bir anda çocukça kıskançlığım geçiverdi. Edward gelmişti.
"Onu buradan uzak tut!"
"Bugün sana karşı çıkmayacaktır," dedi Rosalie Alice'e. "Hayatına o kadar önem veriyordur, diye düşünüyorum. Esme onları son hazırlıkları yapmaları için dışarıda tutuyor zaten. Yardım etmemi ister misin? Saçı ben yapabilirim."
Ağzım bir karış açık kaldı ve nasıl kapatabildiğimi hatırlamam için epey çabalamam gerekti.
Rosalie beni asla sevememişti. Şimdi, bir de aramızdaki bu ilişkiyi daha da gergin bir hale getiriyordum çünkü verdiğim bu karar onun canını sıkıyordu. O erişilmesi imkânsız güzelliğine, sevgi dolu ailesine ve ruh eşi Emmett'a rağmen tüm bunları, her şeyini insan olabilmek için feda edebilirdi. Ve ben de kalkmış, tam karşısında, hiç de umursamadan onun sahip olmak istediği her şeyi çöpe atıyordum. Bu onun bana ısınmasını sağlayamazdı ki.
"Tabii ki," dedi Alice rahatça. "Örmeye başlayabilirsin. Karışık
olsun istiyorum. Duvak buraya, altına gelecek." Bir yandan da elleriyle saçlarımı tarayarak, kaldırarak, bükerek detaylıca istediği

modeli anlatıyordu. Yeterince anlattığına ikna olunca, Rosalie'nin elleri onunkilerin yerini aldı ve saçlarımı tüy gibi hafif dokunuşlarıyla şekillendirmeye başladı. Alice de yüzüme geri döndü.

Alice yardımı için onu takdir ettikten sonra Rosalie'yi, gelinliğimi almak ve sonra da, annem ve kocası Phil'i otellerinden almak üzere görevlendirilmiş Jasper'ı bulmak üzere gönderdi. Aşağıdan gelen sesleri, kapının defalarca hafif bir şekilde açılıp kapanmasını duyabiliyordum. Sesler bize kadar geliyordu.

Alice ayağa kalkmamı istedi, böylece saçım ve makyajım kolay bozulmayacaktı. Dizlerim öyle fena titriyordu ki, inciden düğmeler arkamda iliklerine geçirilirken, gelinliğin sateni aşağıya doğru ince ince dalgalanıyordu.

"Derin nefes al Bella," dedi Alice. "Ve biraz da kalp atışlarını dizginlemeye çalış. Terlersen makyajını bozacaksın."

Ona o an yapabildiğim en alaylı bakışı attım. "Hemen yapıyorum."

"Ben de gidip giyinmeliyim. İki dakika kendine sahip çıkabilir misin?"

"Hımm... Belki?"

Gözlerini devirip kapıdan dışarı fırladı.

Banyo ışığının eteğimde yarattığı parlak desene bakarak nefesime, ciğerlerimin her hareketine konsantre olmaya çalıştım. Aynaya bakmaya korkuyordum, kendimi bir gelinlik içinde görmek beni uçurumun kıyısına, tam bir panik atak nöbetine sürükleyecekti.

İki yüzüncü nefesimi verdiğim sırada Alice, narin hatlı vücudu-
nu gümüş bir şelale gibi gösteren bir elbise içinde geri döndü.

"Alice... Şahane olmuşsun!"

"Bu hiçbir şey değil. Bugün kimse bana bakmayacak bile. Sen varken yanı."

"Ha ha."

"Şimdi, kendini kontrol edebiliyor musun yoksa Jasper'ı buraya çağırayım mı?"

"Geldiler mi? Annem burada mı?"

"Şimdi girdi içeri. Buraya geliyor."

Renée iki gün önce gelmişti ve onunla elimden geldiğince, yani onu Esme'den, yani süslemelerden uzak tutabildiğim kadar, zaman geçirmiştim. Bu dekorasyon işlerine, bir gecesini Disneyland'de geçiren bir çocuktan bile fazla eğlenerek katılıyordu. Ben de bir şekilde Charlie gibi yüz üstü bırakılmış hissetmiştim. Renée bu evlilik konusuna beklediği tepkiyi vermediği için Charlie o kadar çok üzülmüştü ki...

"Ah Bella!" diye ayaklıyordu resmen. Coşkun bir sel gibi üzerime gelerek, "Ah hayatım, çok güzelsin! Ah ağlayacağım! Alice, harikasın! Sen ve Esme meslek olarak düğün organizasyonları falan yapmalısınız. Bu gelinliği nereden buldun? Göz kamaştırıcı bir şey bu! Çok zarif, çok *güzel*. Bella hayatım, bir Austen filminden fırlamış gibisin." Annemin sesi biraz uzaklaşır gibi oldu ve oda biraz bulanıklaşmaya başladı. "Çok yaratıcı bir fikir, düğünün temasını Bella'nın yüzüğüne göre yapmanız çok romantik! Hele bir de yüzüğün on dokuzuncu yüzyıldan beri Edward'ın ailesinde olduğunu düşününce!"

Alice ve ben birbirimize baktık. Annem gelinliğin bir asırdan eski bir stili olduğunu söylüyordu. Aslında düğünün ana teması yüzük değil, Edward'ın ta kendisiydi.

Kapı eşiğinde gürültülü ve sert bir öksürme duyuldu.

"Renée, Esme artık yerlerinize geçmeniz gerektiğini söyledi," dedi Charlie.

"Ah Charlie, ne kadar da gösterişli görünüyorsun!" dedi Renée, ses tonundan neredeyse şok olduğu anlaşılabiliyordu. Charlie'nin sesindeki huysuzluğun sebebi de bu olabilirdi.

"Bunu Alice'e borçluyum."

"Gerçekten zamanı geldi mi?" dedi Renée kendi kendine, neredeyse benim kadar heyecanlı görünüyordu. "Her şey çok çabuk oldu. Başım dönüyor!"

Yalnız değildi.

"Aşağı inmeden sarılsana bana biraz," diye üsteledi Renée. "Dikkatli olalım, hiçbir şey yırtılsın istemeyiz."

Annem belimden nazikçe tutarak bana hafifçe sarıldı. Sonra kapıya doğru ilerledi ve dönüp bana son bir kez daha baktı.

"Ah Tanrım, neredeyse unutuyordum! Charlie, kutu nerede?"

Babam ceplerini karıştırdıktan sonra beyaz bir kutucuk çıkarıverdi ve Renée'ye verdi. Renée de bana uzattı.

"Mavi bir şey,"* dedi.

"Aynı zamanda eski de. Büyükanne Swan'a aitti," diye ekledi Charlie. "Taşlarını safirle değiştirttik."

Kutunun içinde iki tane gümüş tarak saç tokası vardı. Dişlerinin üstünde koyu mavi safirden yapılmış karışık çiçek şekilleri vardı.

Boğazımda bir yumru hissettim. "Anne, baba...buna hiç gerek yoktu."

"Alice başka bir şeye müsaade etmedi ki," dedi Renée. "Denediğimiz her seferinde lafı boğazımıza dizdi."

Histerik bir şekilde güldüm.

Alice hemen elimden tokaları kapıp ince örgülerin kenarlarına taktı. "Mavi ve eski bir şeyler," diyerek düşüncelere daldı ve bana şöyle biraz uzaktan bakıp gülümsedi. "Ve gelinliğin de yeni... Al - "

Elime bir şey tutuşturdu ve sonradan bunun incecik beyaz bir jartiyer olduğunu gördüm.

"Bu benim ama sonra geri istiyorum," dedi bana.

Kızardım.

"Ha şöyle," dedi Alice memnuniyetle. "Biraz renklen, tek ihtiyacın olan buydu. Şu anda resmen mükemmelsin." Yaptıklarından çok memnun bir halde gülümsedi ve annemlere dönerek. "Renée, aşağıya inmeniz gerekiyor artık."

"Evet." Renée bana doğru bir öpücük göndererek aceleyle dışarı çıktı.

"Charlie, çiçekleri getirebilir misin lütfen?"

Charlie dışarıdayken Alice jartiyeri elimden kaptı ve eğilip eteğimin altına girdi. Soğuk eli ayak bileğimi tutarken ürperdim, hızla çekiştirerek jartiyeri yerine taktı.

Charlie elinde iki köpüklü buketle geri dönmeden önce Alice olduğu yerden çıkıp ayaklanmıştı bile. Güllerin, portakal çiçeklerinin, süsenin kokusu beni yumuşak bir sis bulutunun içine çekmiş gibiydi.

Edward'dan sonra ailenin en iyi müzisyeni olan Rosalie aşa-

---
*Ç.N: Geleneklere göre gelinin evlenirken üzerinde bir mavi, bir eski, bir yeni ve bir de ödünç alınmış nesne bulunmalı, bunun uğur getirdiğine inanılıyor.

gıda piyanoyu çalmaya başlamıştı. Pachelbel'in Kanonu. Ellerimle hızla yüzümü yelpazelemeye başladım.

"Sakin ol Bella," dedi Charlie. Heyecanla Alice'e döndü. "Biraz fena görünüyor. Sence yapabilecek mi?"

Sesi çok uzaktan geliyor gibiydi. Bacaklarımı hissedemiyordum artık.

"Yapsa iyi olur."

Alice karşıma geçip parmak uçlarında durarak gözlerime baktı ve gergin elleriyle bileklerimden tuttu.

"Kendine gel, Bella, Edward aşağıda seni bekliyor."

Soğukkanlı olmaya çalışarak derin bir nefes aldım.

Müzik yavaşça başka bir şarkıya dönüştü. Charlie beni dürtükledi. "Bella, sıra bizde."

"Bella?" dedi Alice, hâlâ gözlerime bakıyordu.

"Evet," dedim tiz bir sesle. "Edward. Tamam." Alice, koluma girmiş Charlie ile odadan çıkmama yardım etti.

Müziğin sesi holde daha yüksekti. Milyonlarca çiçek kokusuyla beraber yukarı doğru dağılıyordu. Edward'ın aşağıda beni bekliyor olduğu düşüncesine odaklanmaya çalıştım.

Müzik tanıdık geliyordu, Wagner'in bilindik marşıydı.

"Evet, sıra bende," dedi Alice şarkı söyler gibi. "Beşe kadar sayıp beni izleyin." Yavaşça, zarifçe dans eder gibi merdivenleri inmeye başladı. Alice'i nedime yapmanın iyi bir fikir olmadığını anlamıştım. Onun arkasından gelirken çok uyumsuz görüneceğime şüphe yoktu.

Birden yükselen müzikte ani bir coşku oldu, sıram gelmişti.

"Düşmeme sakın izin verme baba," diye fısıldadım. Charlie koluna girdiğim elimi sıkıca kavradı.

Adım adım, deyip duruyordum kendime. Bu arada marşın ağır temposuna uyarak aşağı inmeye başlamıştık. Kalabalığa tüm merdivenleri inene kadar bakmamıştım ama benim orada yavaş yavaş belirmemle birlikte izleyenlerden mırıltılar ve kımıldanma sesleri geldiğini duydum. Kanım yanaklarıma doğru çekiliyordu, kızaran bir gelin olacaktım.

O güvenilmez merdivenlerden iner inmez gözlerim onu aradı. Kısa bir an için, upuzun ve incecik kurdelelerle sarkan çelenklerin içindeki inanılmaz çokluktaki beyaz goncalar sayesinde dikkatim dağıldı. Canlı olan hiçbir şeyi görmüyordum. Ama gözlerimi gölgeliklerden çekip satenle örtülü sandalyeleri aşıp beni izleyen kalabalığı görünce, daha da kızararak en sonunda onu bulmayı başardım. İçinden daha da çok çiçeğin, daha fazla kurdelenin taştığı bir kemerin hemen önünde duruyordu.

Carlisle'ın onun yanında, Angela'nın babasınınsa arkalarında durduğunun pek de farkında değildim. Annemi görememiştim, en ön sırada oturuyor olmalıydı. Yeni ailemin diğer üyelerini ve diğer konukları da görememiştim.

Gerçekten gördüğüm tek şey Edward'ın yüzüydü, görüşümü ve kendini kaybetmiş aklımı tek dolduran oydu. Gözleri kaynayan bir altın parçası gibi görünüyordu, kusursuz yüzü duygularının derinliğinde iyice ciddileşmişti. Ve sonra, gözlerimiz kavuştuğunda, benim korkulu bakışlarıma, nefes kesici gülümsemesiyle, sevinçle karşılık verdi.

O sandalyelerin arasında yürürken, ona doğru balıklama atlamamı engelleyen tek şey Charlie'nin eliydi.

Marş o kadar yavaştı ki, adımlarımı müziğe uydurmakta zorlanıyordum. Neyse ki çok yürümem gerekmiyordu. Ve derken, sonunda vardım. Edward elini uzattı. Charlie elimi aldı ve yıllardır süregelen geleneği bozmayarak Edward'ın avcuna koydu. Soğuk elinin mucizevi dokunuşunu hissettiğim anda artık tanıdık topraklarda olduğumu anladım.

Yeminlerimiz sadeydi, o güne kadar defalarca söylenmiş bilindik kelimelerdi. Tabii bizim gibi bir çift tarafından hiç söylenmemişti. Bay Weber'dan ufak bir değişiklik yapmasını rica etmiştik. Bizim için "ölüm bizi ayırana kadar" kısmını "ikimiz de yaşadığımız sürece" olarak değiştirmişti.

Bay Weber üzerine düşeni söylediği o anda, çok uzun süredir ters-düz olmuş dünyam bir anda kendine gelmeye başladı. Şimdi bundan bu kadar korkmamın ne kadar aptalca olduğunu görebiliyordum, bu istenmeyen bir doğum günü hediyesi ya da okul balosu falan değildi ki. Edward'ın zaferle parlayan gözlerine baktığımda biliyordum ki, ben de kazanıyordum. Artık hep onunla birlikte olacağım için başka bir şeyin önemi yoktu.

O bağlayıcı sözleri söyleme zamanı gelene kadar ağladığımın farkına varamamıştım.

"Evet" kelimesi, ağzımdan neredeyse anlaşılmaz bir fısıltı gibi çıkmıştı, yüzünü görebilmek için gözlerimi kırpıştırıp temizlemem gerekti.

Sıra ona geldiğinde sesi açık ve zafer kazanmış gibi bir ses tonuyla çınladı.

"Evet!" O da yeminini etmişti.

Bay Weber bizi karı-koca ilan etti ve Edward'ın elleri uzanıp beyaz çiçekler kadar narinmişçesine özenle yüzüme dokundu. Gözlerimi kapayan yaşların arasından gerçeküstü olayı idrak etmeye çalışıyordum. Bu inanılmaz kişi artık *benimdi*. Onun altın rengi gözleri de ağlayacakmış gibi bakıyordu - tabii eğer böyle bir şey onun için mümkün olabilseydi. Başını bana doğru eğdi, parmak uçlarımda yükselip, kollarımı boynuna doladım.

Beni narince, taparcasına öptü; kalabalığı, olduğum yeri, zamanı, sebebi, her şeyi unuttum... Tek hatırladığım onun beni sevdiği, istediği ve artık onun olduğumdu.

Beni öpen oyduu ve artık durması gerekiyordu. Kalabalıktan gelen bütün o kıkırdanmaları ve öksürmeleri duymazdan gelerek ona öylece yapışıp kaldım. Sonunda elleriyle yüzümü geriye çekip bana baktı, çok kısa sürmüştü. Dışarıdan bakıldığında gülümsemesi ufak bir sırıtış gibiydi. Ama içeride, o kısa süreli eğlence anını derinlemesine yaşamıştı.

Kalabalık alkışlayarak ayağa kalktı ve Edward, kendisini ve beni, ailelerimizi ve dostlarımızı göreceğimiz yöne doğru çevirdi. Ama ben onun yüzünden başka bir yere bakamıyordum.

Beni ilk bulan annemin kollarıydı ve gözlerimi zoraki olarak Edward'dan ayırdığımda ilk gördüğüm şey onun yaşlı gözleri oldu. Sonra sırayla herkese sarılıp adeta *kucaktan kucağa* gezmeye başladık, kime sarıldığımın belli belirsiz farkındaydım. Bütün dikkatim Edward'ın elimi sıkıca tutan elindeydi. Bütün ilgimin Edward'ın üstünde olmasına rağmen insan dostlarımın yumuşak, sıcak sarılmalarıyla, yeni ailemin nazik, soğuk kucaklamalarının farkını hissedebiliyordum.

Sonra diğer tüm kucaklamalardan farklı olan kavurucu bir kucaklama hissettim. Seth Clearwater, bu vampirler kalabalığının göbeğine gelmişti, kayıp kurt adam dostum adına...

4. JEST

Alice'in kusursuz planlarının kanıtı olarak düğün kusursuz bir şekilde yemek davetine bağlandı. Nehrin üzerinde tam bir alacakaranlık vardı. Tören tam olması gerektiği kadar sürmüş ve güneş artık ağaçların arkasına düşmüştü. Edward beni arkadaki cam kapılardan çıkardığı sırada, ağaçlardaki ışıklar hafifçe parlayarak beyaz çiçekleri aydınlatıyordu. Dışarıya da binlerce çiçek yerleştirilmişti, iki yaşlı sedir ağacının altındaki dans pistine güzel kokular yayılıyordu.

Her şey, çevremizi saran bu yumuşak, tatlı ağustos akşamı gibi yavaşlamıştı. Misafirler, yanıp sönen ışıkların altında sohbet ediyorlardı. Az önce kucakladığımız arkadaşlarımız tarafından tekrar selamlandık. Şimdi sohbet zamanıydı işte, gülme zamanıydı.

"Tebrikler çocuklar," dedi Seth Clearwater, bir çelengin altında başını eğmiş duruyordu. Annesi Sue, hemen yanındaydı, tedbirli bir şekilde diğer konukları süzüyordu. Yüzü ince ve sertti. Bu ifadesi kısa, sade saçlarıyla daha da vurgulanıyordu. Saçları, kızı Leah'nınkiler kadar kısaydı, bilerek mi aynı şekilde kestirdiklerini merak ettim. Seth'in öbür tarafında duran Billy Black, Sue kadar gergin değildi.

Jacob'ın babasına baktığımda, her zaman bir değil de, iki insan görüyormuşum gibi gelirdi. Birincisi herkesin gördüğü, beyaz gülüşüyle, çizgili yüzüyle tekerlekli sandalyedeki adam; bir de güçlü ve sihirli reislerin soyundan gelen bir otoriteyle doğmuş başka birisi. Gerçi sihir, dağıtacak biri olmadığından onun neslini atlamıştı ama yine de Billy o güç ve efsanenin bir parçasıydı. Bu onun içinde akıyordu. Sihrin mirasçısı olarak bunu oğluna da akıtmak istemişti ama o buna sırtını çevirmişti. Bu yüzden Sam Uley sihrin ve efsanenin yeni reisi olmuştu...

Çevredekileri ve toplanış sebeplerini düşününce, aslında Billy, garip bir şekilde kaygısız görünüyor, siyah gözleri, sanki az önce güzel bir haber almış gibi parlıyordu. Sakinliğinden etkilenmiştim. Bu evlilik Billy'nin gözünde en yakın arkadaşının kızının başına gelen kötü bir şey, hatta olabilecek en kötü şeydi herhalde.

Billy için duygularını dizginlemek kolay değildi. Hele de bu evliliğin Cullenlar ve Quileuteler arasında yapılmış çok eski bir anlaşmayı bozacağı düşünülecek olursa. Çünkü bu anlaşmanın şartı CuUenlar'ın bir daha bir vampir yaratmamasıydı. Kurtlar bir ihlalin geleceğinin farkındaydılar ama CuUenlar'ın, onların bunu nasıl karşılayacaklarına dair en ufak bir fikirleri yoktu. Aralarındaki anlaşma olmasaydı, bu ani bir saldırı demek olacaktı. Bir savaş. Ama şimdi iki taraf da birbirini daha iyi tanıdığına göre savaş yerine bağışlama olamaz mıydı?

Seth, bu fikre cevap verirmiş gibi, Edward'a yönelip kollarını açtı. Edward da serbest olan koluyla ona sarıldı.

Sue'nun kibarca titrediğini gördüm.

"Her şeyin sizin için yolunda gittiğini görmek güzel," dedi Seth. "Sizin için çok sevindim."

"Teşekkürler Seth. Beni çok mutlu ettin." Edward Seth'ten ayrılınca Sue ve Billy'ye baktı. "Sizlere de teşekkürler. Seth'in gelmesine izin verdiğiniz ve Bella'yı bugün yalnız bırakmadığınız için."

"Rica ederiz," dedi Billy derinden gelen sesiyle. Aslında ses tonunun bu kadar olumlu olduğunu duymak şaşırtıcıydı. Belki de daha güçlü bir ateşkes söz konusuydu.

Arkalarında bir kuyruk oluşmaya başladığında Seth el sallayıp Billy'nin tekerlekli sandalyesini yemeklerin olduğu tarafa doğru itmeye başladı. Sue da yanlarında onları kolluyor gibi yürüyordu.

Onların ardından bizi, Angela ve Ben, sonrasında Angela'nın ailesi ve sonra sürpriz bir şekilde el ele tutuşan Mike ve Jessica tebrik etti. Mike ve Jessica'nın tekrar birlikte olduklarını duymamıştım. Bu beni sevindirdi.

İnsan arkadaşlarımın arkasında yeni kuzenlerim Denali vampir klanı vardı. En önde, sarı saçlarındaki hafif kırmızı tondan Tanya olduğunu anladığım vampir, Edward'a sarılmak için atıldığında nefesimi tuttuğumu fark ettim. Yanında, altın gibi gözlerini merakla açıp beni izleyen başka üç vampir daha vardı. Kadınlardan biri mısır püskülü gibi düz, uzun, soluk sarı saçlıydı. Diğeri ve yanındaki adam siyah saçlıydı ve tenleri kireç rengindeydi.

Ve dördü de o kadar güzeldi ki, karnıma ağrılar giriyordu.

Tanya hâlâ Edward'a sarılıyordu.

"Ah Edward," dedi, "özlemişim seni."

Edward güldü ve ustaca bir manevrayla kollarından sıyrıldı, sanki ona daha iyi bakmak istermiş gibi elini hafifçe omzuna koyup ondan biraz uzaklaşarak. "Evet, uzun zaman oldu Tanya. İyi görünüyorsun."

"Sen de."

"Seni karımla tanıştırayım." Kan-koca ilan edildiğimizden beri Edward bu kelimeyi ilk kez kullanmıştı ve sanki bunun verdiği tatminden patlayacakmış gibi görünüyordu. Denaliler kibarca gülümseyerek karşılık verdiler. "Tanya, bu benim Bella'm."

Tanya, bütün kâbuslarımın öngördüğünden çok çok daha güzeldi. Beklediğimden çok daha vurucu bir şekilde beni süzdü ve elimi tuttu.

"Ailemize hoş geldin, Bella." Gülümsedi ama sanki biraz kederli gibiydi. "Biz Carlisle'ın ikinci ailesi sayılırız. Ve böyle davranmadığımız o olay için, şey, özür dilerim. Seninle daha önce tanışmalıydık. Bizi affeder misin?"

"Tabii ki," dedim nefesim kesilerek. "Sizinle tanıştığıma çok memnun oldum."

"Cullenlar'ın hepsi çift oldu artık. Belki sıra bize de gelir ha Kate?" diyerek döndü ve sarışın olana sırıttı.

"Sen düşlemeye devam et," dedi Kate kaygısızca ve elimi Tanya'nın elinden alıp nazikçe sıkarak, "Hoş geldin Bella," diye ekledi.

Siyah saçlı kadın da elini Kate'in elinin üzerine koydu. "Ben Carmen, bu da Eleazer. Sonunda seninle tanıştığımız için hepimiz çok memnunuz."

"B-ben de," diye kekeledim.

Tanya arkasındabekleyen insanlara şöyle bir baktı: Charlie'nin yardımcısı, Mark ve eşi. Denali klanına dikkatle bakarken gözleri fal taşı gibi açılmıştı.

"Daha sonra seninle iyice kaynaşacağız. Bunun için sonsuza kadar vaktimiz olacak!" diyerek güldü Tanya ve ailesi ile yanımızdan ayrıldı.

Bütün o geleneksel şeyleri yaptık. Pastayı kesmek için beraber bıçağı tutarken gözlerime patlayan flaşlardan resmen kör olacaktım. Her şey, yalnız en yakın aile ve arkadaşlarla yapılan bir kutlama için fazla görkemliydi. Sırayla birbirimize pastadan yedirdik. Edward, ona uzattığım devasa parçayı bir hamlede yutarak beni hayrete düşürdü. Benden hiç beklenilmeyecek bir şekilde buketimi fırlattım ve çiçekler tam Angela'nın kucağına düştü. Ben renkten renge girerken Edward benim ödünç aldığım jartiyeri ki artık neredeyse ayak bileklerime inmişti, dikkatlice dişleriyle çıkarırken Emmett ve Jasper gülmekten kırılıyordu. Sonra Edward bana çabucak göz kırparak jartiyeri Mike Newton'ın suratına attı.

Ve müzik başladığında adet olduğu üzere, Edward ilk dansımız için beni kollarının arasına aldı. Dans fobime, hele de izleyenlerin olduğu bir yerde dans edecek olmama rağmen hevesle kalktım çünkü Edward'la dans edecektim. Bütün işi o yapmıştı, ben sadece bir çaba sarf etmeden dönüp duruyordum. Dans ettiğimiz sırada fotoğraf makinelerinin flaşları hiç durmadı.

"Eğleniyor musunuz Bayan Cullen?" diye fısıldadı kulağıma.

Güldüm. "Buna alışmam biraz zaman alacak."

"Zamanımız var," diye hatırlattı. Sesi sevinçliydi ve dans ederken eğilip beni öptü. Deklanşörler hararetle tıkladı.

Müzik değiştikten sonra, Charlie parmağıyla Edward'ın omzuna vurdu

Charlie'yle dans etmek hiç de kolay değildi. O da benden iyi sayılmazdı, o yüzden en doğrusunu yapıp olduğumuz yerden fazla kımıldamadık. Edward'la Esme ise çevremizde Fred Astaire ve Ginger Rogers gibi dönüyorlardı.

"Seni özleyeceğim Bella. Zaten çok yalnızım."

Sesimin titrememesi için uğraşarak şakalaştım. "Seni kendine yemek yapmak zorunda bıraktığım için gerçekten çok kötü hissediyorum. Aslında bu bir ihmal suçu sayılır. Beni tutuklamalısın."

Gülümsedi. "Sanırım yemek kısmını halledebilirim ama sen fırsat buldukça beni aramalısın."

"Söz veriyorum."

Herkesle dans etmişim gibi geliyordu. Bütün arkadaşlarımı görmek güzeldi ama ben her şeyden çok Edward'la baş başa kalmayı istiyordum. Bir ara yarım dakika da olsa araya girebilmesine sevinmiştim.

"Hâlâ Mike'tan hoşlanmıyorsun ha?" dedim Edward beni aceleyle döndürerek Mike'tan uzaklaştırdığında.

"Yorumlarını dinlemek zorunda kalmayı sevmiyorum. Onu dışarı atmadığım için şanslı. Ya da daha beter şeyler yapmadığım için."

"Haklısın."

"Hiç aynaya bakma şansın oldu mu senin?"

"Şey, sanırım hayır. Neden ki?"

"O halde ne kadar can yakıcı, büyüleyici göründüğünün farkında değilsin. Mike'ın evli bir kadın hakkında öyle yorumlar yapmasına şaşırmadım. Alice'in seni aynaya bakmaya zorlamaması da beni hayal kırıklığına uğrattı."

"Çok taraf tutuyorsun biliyor musun?"

İç geçirdi ve sonra durup beni eve bakacak şekilde çevirdi. Camdan duvar tüm kutlamayı uzun bir ayna gibi yansıtıyordu. Edward tam karşımızdaki çifti işaret etti.

"Taraf tutuyorum öyle mi?"

Edward'ın yansımasına takıldım, mükemmel yüzünün mükemmel aksine... Sonra aniden yanındaki koyu renk saçlı güzelliği gördüm. Teni krema ve gül gibiydi, kalın kirpiklerle çevrili gözleri heyecandan irileşmişti. Parıltılı beyaz elbisesinin astarı kuyruğa öyle ustaca bağlanmıştı ki, ters duran bir zambak gibi görünüyordu. Elbisenin kesimi öyle maharetle yapılmıştı ki vücudu zarif ve ince görünüyordu, yani en azından hareketsizken.

Daha ben karşıda gördüğümün kendim olduğunu anlamak için gözümü kırpmadan Edward birden gerildi ve birden, sanki biri onu çağırmış gibi başka yöne döndü.

"Ah!" dedi. Alnı bir an için kırıştı sonra tekrar eski haline döndü.

Birden mükemmel bir şekilde gülümsemeye başladı.

"Ne oldu?" diye sordum.

"Sürpriz bir düğün hediyesi."

"Ha?"

Cevap vermedi ve dans etmeye geri döndü. Bu kez beni daha önceden yöneldiğimiz tarafın tersine doğru çeviriyordu. Işıldayan dans pistinden uzağa, karanlığın içine doğru.

Devasa sedir ağaçlarının karanlık tarafına geçene kadar dans etmeye devam ettik. Derken Edward birden kapkaranlık gölgenin içine baktı.

"Teşekkürler," dedi Edward karanlığa doğru. "Gerçekten... çok incesin."

"İncelik benim göbek adımdır," dedi o taraftan tanıdık, boğuk bir ses. "Gelebilir miyim?"

Birden elim ayağıma dolaştı, Edward bana sarılıyor olmasaydı yere yığılabilirdim.

"Jacob!" Nefesim kesilmişti resmen. "Jacob!"

"Merhaba Bella."

Sesinin geldiği yere doğru sendeledim. Edward, karanlıktaki eller beni yakalayana kadar beni kolumdan tuttu. Jacob bana sarılırken, teninin sıcaklığı saten gelinliğin içinde tenimi yaktı. Dans falan etmeye çalışmadı sadece bana sarıldı, ben de yüzümü göğsüne gömdüm. Sonra da eğilip başımın üstünden öptü.

"Rosalie onunla da dans etmezsem beni hiç affetmez," diye mırıldandı Edward. Bunu bizi yalnız bırakmak için yaptığını biliyordum, bana kendince hediyesini veriyordu: Jacob'la bu an'ı.

"Ah Jacob." Ağlamaya başlamıştım. Kelimeler ağzımdan anlaşılır çıkmıyordu. "Teşekkürler."

"Ağlamayı kes, Bella. Elbiseni mahvedeceksin. Benim, bir şey yok."

"Bir şey yok mu? Ah Jake! Şu anda her şey mükemmel."

"Evet, kutlamaya başlayabiliriz. Sağdıç nihayet gelebildi."

"İşte şimdi sevdiğim *herkes* burada."

Dudaklarını saçımda hissettim. "Geciktiğim için üzgünüm, canım."

"Gelmen yeterli!"

"Olay buydu zaten."

Konuklara baktım ama dans edenler yüzünden, Jacob'ın babasının olduğu yere bakmak mümkün değildi. Aslında hâlâ orada mıydı bunu da bilmiyordum. "Billy burada olduğunu biliyor mu?" dediğim anda anlamıştım ki biliyordu, bu da o neşeli ifadesini çok iyi açıklıyordu.

"Eminim Sam ona söylemiştir. Gidip onu görürüm...parti bittikten sonra."

"Geri dönmene çok sevinecek. "

Jacob biraz geri çekilip doğruldu. Sol eliyle sırtıma dokunurken diğeriyle de benim sağ elimi tuttu. Ellerimizi göğsüne koydu, kalp atışını hissedebiliyordum ve elimi oraya kazara koymadığını anlamıştım.

"Bu danstan fazlasını yapmayacağım," dedi ve beni arkamızdan gelen müziğin temposuna hiç uymadan yavaşça sağa sola çekiştirmeye başladı. "O yüzden iyi değerlendirmeliyim."

Kalbindeki ritme göre hareket ediyorduk.

"Geldiğim için memnunum," dedi sessizce. "Olmam sanmıştım. Ama seni görmek çok güzel...bir kez daha. Düşündüğüm kadar acı da değil."

"Acı çekmeni istemiyorum."

"Biliyorum. Ve bu gece kendini suçlu hissetmen için gelmedim."

"Hayır, gelmen beni çok mutlu etti. Bana verebileceğin en iyi hediye bu."

Güldü. "Bu iyi çünkü durup gerçek bir hediye almak için zamanım olmadı."

Gözlerim karanlığa alışmıştı ve şimdi yüzünü görebiliyordum. Beklediğimden daha yüksekteydi. Hâlâ uzuyor olması mümkün müydü? İki metreyi geçmiş olabilirdi. Bu kadar zaman sonra tüm o tanıdık özelliklerini görmek çok ferahlatıcıydı: kalınca siyah kaşlarının altında gölgelenmiş derin gözleri, yüksek elmacık kemikleri, parlak dişleri, ses tonundaki alaya uyan gülümsemesi ve dudakları. Gözleri dikkatlice bana bakıyordu. Bu gece çok dikkatli görünüyordu. Beni mutlu edebilmek için, bunun ona ne kadar pahalıya mal olduğunu hiç hissettirmeden elinden geleni yapıyordu.

Jacob gibi bir dostu hak edecek kadar ne yapmıştım ki?

"Geri dönmeye ne zaman karar verdin?"

"Bilinçli olarak mı bilinçsiz olarak mı?" Kendi sorusunu cevaplamadan önce derin bir nefes aldı. "Bilmiyorum. Sanırım buralara doğru yol almaya başlamıştım. Belki de buraya dönüyordum. Ama bu sabah gerçekten *koşmaya* başladım. Yetişebilir miyim bilmiyordum." Güldü. "Sana ne kadar tuhaf geldiğini anlatamam, yani tekrar iki ayak üzerinde yürümenin. Ve kıyafetler! Ve şimdi daha da acayip çünkü *tuhaf* geliyor. Bunu beklemiyordum. İnsanlıkla ilgili yeteneklerim köreldi."

Olduğumuz yerde döndük.

"Seni böyle görmeyi kaçırmak da gerçekten ayıp olurmuş doğrusu. Tüm yolculuğuma değdi. İnanılmaz görünüyorsun, Bella. Çok güzelsin."

"Alice üzerimde epey zaman harcadı. Şimdi bir de karanlık olduğu için böyle görüyorsun."

"Benim için çok karanlık değil biliyorsun."

"Doğru." Kurt adam duyulan. Onun yapabildiklerini unutmak kolaydı, hele de bu kadar insan gibi görünürken. Özellikle de şu anda.

"Saçlarını kesmişsin," dedim.

"Evet. Böyle daha kolay biliyorsun."

"Yakışmış," diye yalan söyledim.

"Kendim yaptım, körelmiş mutfak makasıyla." Bir an için yüzünde geniş bir gülümseme belirdi ama sonra hemen yok oldu. Yüz ifadesi ciddileşti. "Mutlu musun Bella?"

"Evet."

"Peki." Omzunu silktiğini hissettim "En önemlisi de bu sanırım."

"Sen nasılsın Jacob? Gerçekten?"

"İyiyim Bella, gerçekten. Benim için endişelenmene gerek yok artık. Seth'ı rahatsız etmeyi bırakabilirsin."

"Onu sırf senin için rahatsız etmiyorum ki. Bence iyi birisi."

"İyi çocuk. Kimilerinden daha dostça. Bak, eğer kafamdaki seslerden kurtulabilseydim, kurt olmak mükemmel olabilirdi."

Güldüm. "Yaa, ben de benimkileri susturamıyorum."

"Senin durumunda bu senin aklını oynattığın anlamına gelir. Tabii ben senin deli olduğunu çoktan biliyordum," diye takıldı.

"Sağ ol."

"Delilik muhtemelen aklını başkalarıyla paylaşmaktan daha kolaydır. Deli insanların aklındaki sesler onlara göz kulak olsun diye birilerini göndermez."

"Ha?"

"Sam de burada. Ve diğerlerinden bazıları da. Bir şey olursa diye, bilirsin."

"Ne olursa diye?"

"Kendime hâkim olamam falan diye. Kutlamanızı mahvederim diye." Aklıma bir şey gelmiş gibi gülümsedi. "Ama ben buraya düğünü mahvetmeye değil..." Devam edemedi.

"Mükemmelleştirmeye geldin."

"Çok iyi sıraladın, boy sırası mı?"

"Uzun boylu olman iyi bir şey."

Kötü esprime iniltiyle karşılık verip iç geçirdi. "Buraya sadece senin dostun olmaya geldim. En iyi dostun, son bir defa."

"Sam sana daha çok güvenmeli."

"Belki de ben biraz abartıyorumdur. Belki de zaten buraya Seth'e göz kulak olmak için geleceklerdi. Burada oldukça fazla vampir var. Seth bunu olması gerektiği kadar ciddiye almadı."

"Seth tehlikede olmadığını biliyor. Cullenlar'ı Sam'in anladığından daha iyi anlıyor."

"Tabii, tabii," dedi Jacob. Kavgaya dönüşmeden önce konuyu tatlıya bağlamak istiyordu.

Uzlaşmacı kişinin o olması ilginçti.

"O sesler için üzgünüm," dedim. "Keşke düzeltecek bir şey yapabilseydim." Her konuda.

"Çok kötü değil aslında. Ben çok söyleniyorum sadece."

"Sen...mutlu musun?"

"Sayılır. Ama benden çok bahsettik. Günün yıldızı sensin." deyip güldü. "Eminim buna bayılıyorsundur. Dikkatlerin odağı olmaya."

"Ya, hiç sorma."

Güldü ve sonra başımın üzerinden bakınmaya başladı. Dudaklarını büzüp kutlamanın parıltılı ışığını izledi, dans edenlerin heyecanlarına, çelenklerden sarkan çiçeklere baktı. Ben de onunla birlikte baktım. Bu sessiz, karanlık yerden bakınca her şey ne kadar da uzakta görünüyordu. Kar küresinin içinde süzülen beyaz karı izler gibi.

"Haklarını yememek gerek," dedi. "Kutlama nasıl yapılır biliyorlar."

"Alice doğanın durdurulamaz gücü."

İç geçirdi. "Şarkı bitti. Benimle bir kez daha dans eder misin? Yoksa çok mu şey istemiş olurum?"

Ellerini daha sıkı tuttum. "İstediğin kadar dans edebiliriz."

Güldü. "İlginç olurdu. Ama sanırım iki kez dans etmemiz daha iyi."

Tekrar dans etmeye başladık.

"Şimdiye kadar sana veda etmeye alışmış olduğumu sanıyorsundur," diye mırıldandı.

Boğazıma düğümlenen şeyi yutmaya çalıştım ama yapamadım.

Jacob yüzüme baktı ve kaşlarını çattı. Parmaklarıyla yanaklarımdan süzülen yaşları sildi.

"Ağlayan sen olmamalısın, Bella."

"Düğünlerde herkes ağlar," dedim boğuk sesimle.

"İstediğin bu, değil mi?"

"Evet."

"O zaman gülümse."

Denedim. Beceriksizliğime güldü.

"Seni böyle hatırlamaya çalışacağım. Sanki sen..."

"Sanki ben ne? Ölmüşüm gibi mi?"

Dişlerini sıktı. Kendisiyle mücadele içindeydi. Buradaki varlığının yargılamak için değil, bir hediye için olduğu fikriyle. Ne söylemek istediğini tahmin edebiliyordum.

"Hayır," diye cevapladı sonunda. "Ama seni böyle düşüneceğim. Pembe yanaklar. Kalp atışı. İki sol ayak."

Ayağını kasten tüm gücümle ezdim.

Güldü. "İşte benim Bella'm."

Tekrar bir şeyler söyleyecek oldu ama hemen dudaklarını

mühürledi. Yine aynı mücadele içinde, söylemek istediği kelimeleri içinde tutmaya çalışarak dişlerini sıktı.

Jacob'la ilişkim eskiden çok kolaydı. Nefes almak kadar doğal. Ama Edward hayatıma döndüğünden beri sürekli gergindik. Çünkü Jacob'ın gözünde ben, Edward'ı seçmekle ölümden bile kötü olan ya da en azından ona eşit bir kaderi seçiyordum.

"Ne oldu Jake? Söyle bana. Bana her şeyi söyleyebilirsin."

"Benim-benim...benim sana söyleyeceğim bir şey yok."

"Haydi lütfen. Çıkar ağzındaki baklayı."

"Doğru. Aslında bu bir soru. Bana söylemen gereken bir şey var.

"Sor bana."

Biraz daha mücadele ettikten sonra iç çekti. "Sormamalıyım. Önemli değil. Sadece deli gibi merak ediyorum."

Onu çok iyi tanıdığım için neyi merak ettiğini hemen anlamıştım.

"Bu gece olmayacak, Jacob," diye fısıldadım.

Jacob benim insanlığıma Edward'dan bile çok takmıştı. Her kalp atışımı dikkatle dinliyor gibiydi, sayılı olduklarını biliyordu.

"Ah," dedi, nasıl rahatladığını gizlemeye çalışarak.

Yeni bir şarkı çalmaya başlamıştı. Bu kez şarkıların değiştiğini fark etmedi.

"Ne zaman?" diye fısıldadı.

"Tam olarak bilmiyorum. Bir ya da iki hafta."

Sesi değişti ve savunmayla alay arası bir tona büründü. "Neden o kadar bekliyorsunuz?"

"Balayımı acıdan kıvranarak geçirmek istemedim."

"Başka nasıl geçirmek isterdin ki? Dama oynayarak mı? Ha ha."

"Çok komik."

"Dalga geçiyorum, Bella. Ama dürüstçe söylemek gerekirşe, bunda bir anlam göremiyorum. Vampirinle zaten gerçek bir balayı yaşayamazsın ki, neden boşuna öyleymiş gibi yapasın? Gerçi bu senin bunu ilk erteleyişin değil. Ama bu *iyi* bir şey," dedi, birden ciddiyetle. "Bundan utanma."

"Hiçbir şeyi ertelemiyorum," diye parladım. "Ve evet gerçek bir balayı *yaşayabilirim!* İstediğimi yapabilirim! Sana ne!"

Aniden dansımızı kesti. Bir an acaba şarkının değiştiğini mi fark etti diye merak ettim, bana veda etmesine fırsat vermemek için bu ufak çekişmemizi yatıştıracak kelimeler aradım. Bu şekilde ayrılmamalıydık.

Ve sonra gözleri tuhaf, karmaşık bir korkuyla irileşti.

"Ne?" dedi nefes nefese. "Ne dedin sen?"

"Ne hakkında? Jake? Ne oldu?"

"Ne demek istiyorsun yani? Nasıl gerçek bir balayı? Sen hâlâ insanken mi? Dalga mı geçiyorsun sen, Bella!"

Ters bir bakış attım. "Sana ne, dedim ya Jake. Bu seni hiç mi hiç ilgilendirmez. Bunu sana söylememe, bu konu hakkında konuşmamız gerekirdi. Bu özel – "

Kocaman elleriyle kollarımı kavradı.

"Ah, Jake! Bırak!"

Beni hızla sarstı.

"Bella! Sen aklını mı kaçırdın? Bu kadar aptal olamazsın! Dalga geçtiğini söyle!"

Beni tekrar sarstı. Elleriyle sert bir şekilde beni tutup sarsarken bedenime yayılan titremeyi kemiklerime kadar hissedebiliyordum.

"Jake, dur!"

Karanlık bir anda kalabalıklaşmıştı.

"Çek ellerinin onun üzerinden!" Edward'ın sesi buz gibi soğuk, jilet kadar keskindi.

Jacob'ın arkasında bir hırlama duyuldu, sonra başka bir hırlama ona katıldı.

"Jake, kardeşim, çekil kenara," dediğini duydum Seth Clearwater'ın. "Kendini kaybediyorsun."

Jacob donmuş gibi görünüyordu, gözlerini dehşetle açmış bana bakıyordu.

"Onu inciteceksin," diye fısıldadı Seth. "Bırak gitsin."

"Hemen!" diye bağırdı Edward.

Jacob'ın elleri iki yanına düştü ve birden, kanın beklemekten neredeyse ağrıyan damarlarımda tekrar dolandığını hissettim. Daha fazlasını anlayamadan soğuk eller sıcak olanların yerini aldı ve birden kulaklarımda rüzgarın sesini duydum, hızın sesini.

Gözlerimi kırpıp açtığımda, durduğum yerden bir buçuk

metre kadar uzakta olduğumu fark ettim. Edward gergin bir halde karşımda duruyordu. Devasa iki kurt Edward ve Jacob'ın yanında duruyorlardı ama saldırgan bir halleri yoktu. Sanki kavgayı önlemeye çalışıyorlardı.

Sonra Seth, uzun kollarını Jacob'ın titreyen bedenine dolayıp kuvvetle onu kenara çekti. Eğer Jacob Seth'e bu kadar yakınken değişirse...

"Haydi Jake. Gidelim."

"Seni öldüreceğim," dedi Jacob. Sesi öfkeliydi ve derinden, adeta bir fısıltı gibi geliyordu. Edward'a kitlenmiş gözleri hiddetle yanıyordu. "Seni ellerimle öldüreceğim! Bunu hemen yapacağım!" Sarsılarak titriyordu.

Büyük ve siyah olan kurt sertçe hırladı.

"Seth, aradan çekil," diye tısladı Edward.

Seth, Jacob'ı yine çekiştirdi. Jacob öfkesinden öyle sersemlemişti ki, Seth az da olsa onu biraz geri çekebildi. "Yapma Jake. Haydi, gel gidelim."

Sam, büyük ve siyah olan kurt, Seth'e katıldı. Koca başını Jacob'ın göğsüne dayayıp sertçe onu itti.

Sonra üçü birden gözden kayboldular: Seth çekiyor, Jake titriyor ve Sam itiyordu.

Diğer kurtsa arkalarından bakıyordu. Cılız ışıkta postunun renginden emin olamadım. Kahverengi olabilirdi. Bu Quil miydi?

"Üzgünüm," diye fısıldadım kurda.

"Geçti artık Bella," diye mırıldandı Edward.

Kurt Edward'a baktı. Bakışları dostça değildi. Edward ona soğuk bir selam verdi. Kurt huysuzlandı ve diğerlerinin peşine düşüp onlar gibi gözden kayboldu.

"Tamamdır," dedi Edward kendi kendine ve sonra bana bakıp, "Haydi geri dönelim," diye fısıldadı.

"Ama Jake-"

"Sam'le beraber. Gitti."

"Edward, çok üzgünüm. Aptallık ettim -"

"Yanlış bir şey yapmadın -"

"Çok düşük bir çenem var! Neden sanki...neden bana bu kadar yaklaşmasına izin verdim ki. Neden?"

"Endişelenme." Yüzüme dokundu. "Kimse yokluğumuzu anlamadan geri dönmeliyiz."

Başımı salladım, kendime gelmeye çalışıyordum. Kimse anlamadan mı? Az önce olanları *görmeyen* var mıydı ki?

Sonradan düşününce anladım ki, yüzleşme bana felaket gibi gelse de, gerçekte, burada karanlıkta çok sessiz ve kısa süreli olmuştu.

"Bana iki saniye ver," diye rica ettim.

İçim panik ve büyük bir üzüntüyle karman çorman olmuştu ama önemli değildi, şu anda yalnızca dışım önemliydi. Güzel bir gösteri yapmak, artık ustalaşmam gereken bir konuydu

"Elbisem nasıl?"

"İyi görünüyorsun. Saçların da dağılmamış."

İki derin nefes alıp verdim. "Tamam. Gidelim."

Kollarını bana dolayıp ışığa çıkmama yardımcı oldu. Yanıp sönen ışıkların altından geçerken beni nazikçe dans pistine doğru çevirdi ve biz de dans eden diğer kişilerle birlikte dans etmeye başladık.

Konuklara göz gezdirdim, kimse korkmuş ya da şok olmuş görünmüyordu. Yalnızca oradaki en soluk yüzlerde bazı gerginlik işaretleri vardı ve onlar da bu işaretleri gizlemesini iyi biliyorlardı. Jasper ve Emmett pistin hemen bitiminde beraber duruyorlardı ve çıkabilecek her türlü olaya karşı hazırlıklı olduklarını tahmin edebiliyordum.

"Sen – "

"İyiyim," diye telkin ettim onu. "Bunu yaptığıma inanamıyorum. Benim sorunum ne?"

"Bir sorunun yok."

Jacob'ı burada gördüğüme ne kadar sevinmiştim. Bunun nasıl bir fedakârlık olduğunu da biliyordum. Ve sonra resmen hatırdım, sürprizini felakete çevirdim. Karantinaya falan alınmalıydım.

Ama bu salaklığımın bu akşam başka bir şeyi mahvetmesine izin vermeyecektim. Olanları aklımdan uzaklaştırıp daha sonra uğraşmak üzere bir çekmeceye kilitleyecektim. Kendimi yaptığımdan dolayı cezalandırmak için daha sonra çok vaktim olacaktı, şu anda yapacağım hiçbir şey bir fayda sağlamayacaktı.

"Geçti bitti," dedim. "Bunu bu gece bir daha düşünmeyelim."

Edward'dan çabuk bir onay bekledim ama o hiçbir şey demedi.

"Edward?"

Gözlerim yumdu ve alnını alnıma dayadı. "Jacob haklı," diye fısıldadı. "Ne yapıyorum ben?"

"Hayır değil." Yüzümü ifadesiz tutmaya özen gösteriyordum çünkü izleyenler vardı. "Jacob, her şeyi açıkça göremeyecek kadar, fazlasıyla önyargılı."

Çok kısık sesle bir şey mırıldandı ve neredeyse, "Böyle düşündüğüm için bile beni öldürmesine izin vermeliyim..." dediğini duyar gibi oldum.

"Kes şunu," dedim öfkeyle. Yüzünü ellerimin arasına alıp gözlerini açmasını bekledim. "Sen ve ben. Önemli olan sadece bu. Düşünme izninin olduğu tek konu bu şimdi. Duyuyor musun?"

"Evet." Derin bir iç çekti.

"Jacob'ın geldiğini unut." Bunu yapabilirdim. Bunu yapacaktım. "Benim için. Bu işin peşini bırakacağına söz ver."

Cevap vermeden önce bir süre gözlerimin içine baktı. "Söz veriyorum."

"Teşekkürler. Edward, ben korkmuyorum."

"Ben korkuyorum."

"Korkma." Derin bir nefes alıp gülümsedim. "Bu arada, seni seviyorum."

Karşılık olarak sadece birazcık gülümsemekle yetindi. "Bu yüzden buradayız."

"Gelini resmen tekeline aldın," dedi Emmett, Edward'ın arkasından gelerek. "Küçük kardeşimle dans etmeme izin ver. Bu onun yüzünü kızartmam için son şansım olabilir." Yüksek sesle güldü, tüm ciddi olaylarda olduğu gibi yine oldukça doğal davranıyordu.

Aslında o ana kadar henüz dans etmediğim bir sürü insan vardı ve bu da bana kendime tümüyle gelip çözülmem için bir şans vermişti. Edward'a geri döndüğümde, Jacob konusu kapanmıştı. Kollarını bana doladığında eski neşem ortaya çıktı ve hayatımdaki her şeyin doğru yerde olduğuna dair hissettiğim kuşkusuzluğum geri döndü. Gülümsedim ve başımı göğsüne yasladım. Beni daha sıkı tuttu.

"Buna alışabilirim."

"Sakın bana dansla ilgili korkularını aştığını söyleme."

"Dans etmek o kadar da kötü değil, yani senle. Ama aslında benim bahsettiğim daha çok," dedim ve sözlerime devam etmeden ona biraz daha sokuldum. "Seni hiç bırakmamaktı."

"Asla," diye söz verdi ve uzanıp beni öptü.

Bu ciddi bir öpücüktü; şiddetli, ağır ama ateşlendiren...

Alice'i duyduğumda nerede olduğumu resmen unutmuştum, "Bella! Zamanı geldi!"

Bir an, bizi böldüğü için yeni kardeşime kızdım.

Edward ona aldırmadı. Dudakları beni az öncekinden daha istekle öpüyordu. Kalbim son sürat atıyor, avuçlarım mermer boynundan kaymaya başlıyordu.

"Uçağı kaçırmak mı istiyorsunuz?" diye üsteledi Alice. Şimdi tam yanıma gelmişti. Eminim havaalanında başka bir uçağı bekleyerek harika bir balayı geçirirsiniz.

Edward mırıldanmak için yüzünü hafifçe çevirdi, "Git başımızdan Alice," dedi ve dudaklarını yine dudaklarıma dayadı.

"Bella, o gelinliği uçakta da giyiyor olmak istiyor musun?" dedi bu kez Alice.

Söyledikle ine pek kulak asmıyordum. O anda umrumda bile değildi.

Alice sonunda sessizce homurdandı. "Onu nereye götürdüğünü söylerim, Edward. O yüzden bana yardım et."

Donup kaldı. Sonra yüzünü yüzümden çekip en sevdiği kardeşine öfkeli bir bakış attı. "Bu kadar ufacık bir kız nasıl bu kadar rahatsız edici olabiliyor anlamıyorum."

"Yolda giyeceğin kıyafeti ziyan olsun diye almadım," diye patladı, sonra elimden tutup, "Gel benimle Bella," dedi.

Beni sürüklemesine karşı koymaya çalışıp Edward'ı bir kere daha öpebilmek için çaba harcadım. Kolumdan aniden çekip beni ondan ayırdı. İzleyen konuklardan bazılarının kıkırdadıklarını duydum. Sonra pes ettim ve beni boş eve sokmasına göz yumdum.

Bıkmış görünüyordu.

"Özür dilerim, Alice," dedim.

"Seni suçlamıyorum, Bella," diye iç geçirdi. "Senin kendine faydan yok."

Yüzündeki acılı ifadeye gülünce bana kaşlarını çatarak karşılık verdi.

"Teşekkürler, Alice. Bu birinin başından geçebilecek en güzel düğündü," dedim ciddiyetle. "Her şey yerli yerindeydi. Sen dünyadaki en iyi, en zeki ve en yetenekli kardeşsin."

Bu buzları çözmüştü işte, yüzünde kocaman bir gülümseme belirdi. "Beğenmene sevindim."

Renée ve Esme yukarıda bekliyorlardı. Üçü birlikte beni o gelinliğin içinden çıkarıp üzerime Alice'in mavi takımını giydirdiler. Biri saçlarımı açıp da beni o tokalardan kurtarınca şükrettim. Sıkı örgüler yüzünden saçım dalgalanmış bir şekilde omuzlarıma düşmüştü. Annem ise durmadan ağlıyordu.

"Nereye gittiğimi öğrendiğim zaman seni ararım," diye söz verdim vedalaşırken sarıldığımda. Bu balayı sürprizinin onu çıldırttığını biliyordum. Annem sürprizlerden nefret ederdi, tabii kendi bunlara dâhil değilse.

"Merak etme bir gitsinler ben sana söyleyeceğim." Bu raundu kazanmış olan Alice, benim yaralı ifademe bakıp kendinden emin bir şekilde sırıtıyordu. En son benim bilecek olmam hiç de adil değildi.

"Çok bekletmeyin, Phil'le beni ziyarete gelin. Güneye gitme sırası sizde, güneşi bir kez görmek için," dedi Renée.

"Bugün yağmur yağmadı," diye hatırlattım ona, bu arada teklifi de havada kalmıştı.

"Mucize."

"Her şey hazır," dedi Alice. "Bavullar arabada, Jasper da arabayı getiriyor." Beni merdivenlere doğru sürüklerken Renée hâlâ bana sarılmaya çalışıyordu.

"Seni seviyorum anne," diye fısıldadım aşağı inerken. "İyi ki Phil var. Birbirinize iyi bakın."

"Ben de seni seviyorum, tatlım."

"Güle güle anne. Seni seviyorum." dedim tekrar, boğazımda bir yumru hissederek.

Edward merdivenlerin sonunda bekliyordu. Bana uzattığı elini tuttum ve bizi uğurlamak için bekleyen kalabalığa baktım.

"Baba?" diye seslendim, gözlerim her yerde onu arıyordu.

"İşte şurada," diye mırıldandı Edward. Kalabalığın arasından beni oraya doğru çekti ve herkes bize yol açtı. Charlie'yi garip bir şekilde duvara yaslanmış, sanki insanların arkasında saklanmaya çalışır gibi bulduk. Kızarmış gözleri neden orada olduğunu açıklıyordu.

"Ah baba!"

Ona sarılınca, yine gözyaşlarını sel oldu. Bu gece ne çok ağlamıştım. Sırtımı sıvazladı.

"Haydi, bakalım, uçağınızı kaçırmayın."

Charlie'yle sevgiden konuşmak zordu. Birbirimize çok benziyorduk, konu utandırıcı duyguları göstermeye gelince ikimiz de, ortada sıradan, olağan bir durum varmış gibi duygularımızı gizliyorduk. Ama şimdi utanmanın yeri değildi.

"Seni hep seveceğim, baba," dedim. "Sakın bunu unutma."

"Sen de Bella. Seni her zaman sevdim ve seveceğim."

Ben onu yanağından öperken o da beni öptü.

"Ara beni."

"Yakında," diye söz verdim, biliyorduk ki, söz verebileceğim *tek* şey buydu. Annem ve babam beni bir daha göremeyecekti, çok farklı olacaktım ve çok çok tehlikeli.

"Haydi, o zaman," dedi huysuz boğuk sesiyle. "Geç kalmayın."

Konuklar yeniden bize yol açtılar. Edward oradan çıkarken beni kendine doğru çekti.

"Hazır mısın?" diye sordu.

"Hazırım," dedim ve biliyordum ki bu doğruydu.

Edward kapıda beni öperken herkes alkışladı. Sonra pirinç serpme merasimi başladığı sırada beni arabaya sürükledi. Pirinçlerin büyük çoğunluğu yere savruldu ama muhtemelen Emmett tarafından atılmış olanlar doğruca isabet etmişti. Edward'ın sırtından bir yığının sektiğini gördüm.

Araba da bir sürü çiçekle süslenmişti, boyunca şeritler uzanıyor, tamponun arkasından binlerce ayakkabıyı bağlayabilecek kadar uzun bir kurdele buketi sarkıyordu.

Edward, pirinç atılırken bana siper olmuştu. O gaza basarken ben de ailelerimizin durduğu verandaya doğru el sallayıp "Sizi seviyorum," diye bağırıyordum.

Aklıma kazınan son görüntü anneme aitti. Phil iki kolunu nazikçe Renée'ye dolamıştı. O da bir koluyla ona sıkıca sarılmış, serbest kalan eliyle de Charlie'nin elini tutuyordu. Bu an içinde çeşit çeşit sevgi birden bulunuyordu ve bu bana çok umutlu bir tablo gibi göründü.

Edward elimi sıktı.

"Seni seviyorum," dedi.

Başımı koluna dayadım. "Bu yüzden buradayız," dedim, aynı önceden onun bana dediği gibi.

Saçlarımı öptü.

Siyah otoyola çıktığımızda ve Edward gaza iyice abandığında, motorun hırıltısı arasında arkamızdaki ormandan gelen bir ses duydum. Eğer ben duyabiliyorsam mutlaka Edward da duyuyordu. Ama ses yavaşça azalırken ne o ne de ben tek kelime ettik.

Geceyi delen kederli inilti yavaş yavaş söndü ve sonunda tümüyle yok oldu.

5. ESME ADASI

Seattle'daki havaalanına ulaştığımızda, "Houston?" diye sordum kaşlarımı kaldırarak

"Sadece yolumuz üzerinde bir mola," dedi Edward sırıtarak.

Beni uyandırdığında daha yeni dalmışım gibi gelmişti. Beni terminallerde çekiştirip dururken sersem gibiydim, gözümü her kapayışımda uyuyakalacakmışım gibi hissediyordum. Uluslararası kontuar önünde uçağımızın biletini kontrol ettirmek için durduğumuzda olanları anlamam birkaç dakika aldı.

"Rio de Janeiro?" diye sordum endişeli bir halde.

"Başka bir durak," dedi.

Güney Amerika'ya uçuşumuz uzundu ama birinci sınıf koltuklarda, Edward'ın kolları beni sarar bir halde seyahat ettiğim için bana rahat gelmişti. Kendimi uykuya verdim ve birden garip bir şekilde, oldukça canlı bir halde uyandım. Uçak havaalanının etrafında dönüyordu ve akşam güneşi uçağın camından gözüme giriyordu.

Sandığına gibi başka bir uçağa aktarılmak üzere havaalanında beklemedik. Bunun yerine bir taksi tutup Rio'nun karanlık ve canlı sokaklarında dolaştık. Edward'ın şoförle Portekizce konuşurken söylediklerinden hiçbir şey anlamamıştım ama yolculuğumuzun sonraki ayağına başlamadan burada bir otel aradığımızı düşündüm. Bu ihtimal aklıma geldiğinde, sahne korkusu gibi, çok keskin bir sancı karnımda dolanmaya başladı. Taksi sürü halindeki kalabalık arasında ilerlemeye devam etti, bir süre sonra geçtiğimiz sokaklar sessizleşmeye başlamıştı. Ve sonunda şehrin en batı kıyısına, okyanusa doğru gidiyoruz gibi geldi.

Rıhtımda durduk.

Gecenin kararttığı suda uzun bir sıra halinde dizilmiş, kıyıya halatla bağlı beyaz yatların önünden yürüdük. Önünde durduğumuz tekne diğerlerinden küçüktü ama daha bakımlı ve parlaktı, besbelli yaşamaktan çok hız yapmak için tasarlanmıştı. Yine de lükstü ve diğerlerinden daha güzeldi. Edward elindeki ağır çantalara rağmen teknenin içine kolayca atladı. Onları tekneye bırakıp geri döndü ve özenle tekneye binmeme yardım etti.

O tekneyi kaldırmak için hazırlanırken ben de onu izliyordum. Ne kadar becerikli ve rahat olduğuna şaşırmıştım çünkü bana teknelerle ilgilendiğinden hiç bahsetmemişti. Ama ne de olsa başka her şeyi yapmayı çok iyi biliyordu ve bunda da usta olması hiç şaşırtıcı olmazdı.

Doğuya doğru hareket etmeye başladığımızda, temel coğrafya bilgilerimi hatırlamaya çalıştım. Hatırladığım kadarıyla, Brezilya'nın doğusunda fazla bir şey yoktu... Afrika'ya varana kadar yani.

Ama Edward, Rio'nun ışıkları arkamızda kaybolurken hızla ilerlemeye devam ediyordu. Yüzünde herhangi bir şekilde hızlı hareket ettiğinde oluşan o tanıdık coşkulu gülümseme vardı. Tekne dalgalar arasında atılırken ben de deniz suyuyla yıkanıyordum.

En sonunda uzun süredir içimi kemiren merak beni alt etti.

"Çok mu uzağa gideceğiz?" diye sordum.

İnsan olduğumu unutmuş olamazdı ama yine de o küçük teknede uzun zaman kalmamızı gerektirecek bir planı olup olmadığını merak ettim.

"Bir yarım saat kadar daha." Sonra sevgiyle bana baktı ve sırıttı.

Eh, en sonunda, diye düşündüm kendi kendime. O bir vampirdi. Ve belki de Atlantis'e gidiyorduk.

Yirmi dakika sonra motorun gürültüsü arasından bana seslendiğini duydum.

"Bella şuraya bak." Tam karşı tarafı gösteriyordu.

Önce sadece karanlığı ve sonra da, ayın suyun yüzündeki beyaz aksini gördüm. Ama sonra gösterdiği yeri inceleyince alçak siyah bir şeyin yakamozdaki dalgalar arasında oynadığını gördüm. Karanlığa doğru gözlerimi kısarak baktığımda bu siluet daha belirginleşmeye başladı. Şekil kısa bir üçgene dönüşüyordu, bir kenarı diğerinden daha uzun duruyor gibi, dalgaların arasında bir görünüp bir kayboluyordu. Yaklaştık ve bu şeklin yüzeyinin kaplı olduğunu gördüm, sanki üzerindekiler hafif meltemin etkisiyle sallanıyordu.

Gözlerim tekrar odaklandığında artık tüm parçalar anlamlı geliyordu. Suların üzerindeki küçük bir adacık tam önümüzde yükseliyordu, palmiyeler bize el sallarken plaj da ay ışığında parlıyordu.

"Neredeyiz biz?" diye merakla mırıldandım. Edward da bu arada rotamızı adanın kuzey kıyısına doğru yöneltmişti.

Motorun gürültüsüne rağmen beni duymuştu. Yüzüne, ay ışığında parıldayan kocaman geniş bir gülümseme yayıldı.

"Bu Esme Adası."

Tekne birden durakladı, yavaşça ayın beyazlığıyla ağarmış ahşap rıhtıma yanaşacak bir pozisyona girdi. Motor durduğunda derin, yoğun bir sessizlik oldu. Şimdi sadece yavaşça tekneyi döven dalgaların sesi ve meltemin palmiyelerdeki ıslığı duyuluyordu. Hava ılık, nemli ve hoş kokuluydu, tıpkı sıcak duştan sonra banyoda kalan buhar gibi.

"Esme Adası mı?" Sesim alçak çıkmasına rağmen yine de bana sessiz geceyi delecek kadar gürültülü gelmişti.

"Carlisle'dan bir hediye, Esme onu ödünç almamızı teklif etti."

Hediye. Kim hediye olarak bir ada verebilir ki? Suratımı astım. Edward'ın olağanüstü cömertliğinin ailesinden gelen davranış olduğunu hiç fark etmemiştim.

Çantaları rıhtıma bırakıp geri döndü, beni almak için uzandığında yüzünde o mükemmel gülümsemesi vardı.

Elimi tutmak yerine beni kucağına aldı.

"Bunu yapmak için eşiğe kadar beklemen gerekmiyor mu?" diye sordum.

Gülümsedi. "İşimi tam yapamıyorsam bir hiçim."

Rıhtımı geçip soluk renkli kumlardan oluşan yolu izleyerek karanlık bitkilerin olduğu yere giderken, tek eliyle iki devasa bavulu tutuyor, diğer kolunda da beni taşıyordu.

Balta girmemiş orman gibi olan bu yer önce karanlıktı ama sonra önümüzde sıcak bir ışık gördüm. Ön kapısının yanındaki iki büyük kare penceresinden parlak ışık gelen evi gördüğümde o *sahne korkusu* beni tekrar vurdu, hem de otele gittiğimizi sandığım zamankinden çok daha güçlü ve kötü bir şekilde.

Kalbim göğüs kafesimin içinde duyulacak kadar sesli gümbürdüyordu ve nefesim boğazımda tıkanmış gibiydi. Edward'ın gözlerini üzerimde hissettim ama bakışına karşılık vermeyi reddederek yüzüne bakmadım. Hemen önüme baktım.

Nasıl bulduğumu sormadı. Sormaması aslında ondan beklenmeyecek bir şeydi. Bunun Edward'ın da benim kadar heyecanlı olabileceğinden kaynaklandığını düşündüm.

Eşikten geçmeden gözlerimi yakalamak için bana baktı.

Beni evden içeri taşıdı, ikimiz de çok sessizdik. Geçerken ışıkları da yaktı. Evle ilgili hayal meyal ilk izlenimim, küçük bir ada için fazla büyük oluşu ve tuhaf bir şekilde çok tanıdık gelmesiydi. Cullenlar'ın tercih ettiği solgun, üzerine solgun renk düzenlerine artık oldukça alışkındım. Burası da evleri gibiydi. Ama hiçbir ayrıntıya dikkat edemiyordum. Kulağımın arkasındaki vahşi nabız atışı her şeyi benim için biraz bulanık yapıyordu.

Sonra Edward durdu ve son ışığı da yaktı.

Oda büyük ve beyazdı. Uzaktaki duvar çoğunlukla camdandı; vampirlerin alışıldık dekoru. Dışarıda ay, evden sadece birkaç metre uzaktaki beyaz kumların üzerinden dalgalara dağılarak parlıyordu. Ama daha çok dikkatimi çeken başka bir şey vardı. Ben daha çok, odanın tam ortasında duran, kocaman, tüllerin üzerinden bulut gibi kabardığı beyaz yatağa odaklanmıştım.

Edward beni hafifçe yere bıraktı.

"Ben...gidip bavulları getireyim."

Oda çok sıcaktı, dışarıdaki tropik ormandan daha havasızdı. Bir ter damlası enseme doğru süzüldü. Üzerindeki köpüksü tüle yetişip dokunana kadar yatağın yanına doğru yavaşça yürüdüm. Nedense bir şekilde her şeyin gerçek olduğuna inanmaya ihtiyacım vardı.

Edward'ın döndüğünü duymamıştım. Birden o kış gibi parmağı ensemi okşayarak ter damlasını sildi.

"Burası biraz sıcak," dedi özür diler gibi. "Böylesi iyi olur diye düşünmüştüm."

"İşini gerçekten de tam yapıyorsun," diye mırıldandım. Güldü. Bu heyecanlı bir gülüştü, Edward için oldukça nadir rastlanan bir durum.

"Bunu daha...kolay yapabilmek için her şeyi düşünmeye çalıştım," diye itiraf etti.

Sesli bir şekilde yutkundum. Yüzümü hâlâ ona dönmemiştim. Acaba böyle bir balayı hiç yaşanmış mıydı?

Biliyorum bunun cevabını biliyordum. Hayır. Yaşanmamıştı.

"Merak ettim de..." dedi Edward yavaşça, "belki...önce... belki benimle *gece yüzmesi* yapmak istersin?" Derin bir nefes aldı, sesi bu sefer daha sakin çıktı. "Su ılık olmalı. Senin seveceğin tarzda bir plaj."

"Güzel olabilir."

"Eminim ki insan olarak biraz zaman işine yarayabilir... uzun bir yolculuktu."

Ruhsuzca başımı salladım. İnsan gibi hissediyor sayılmazdım. Belki birkaç dakika yalnız kalmam işime yarayabilirdi.

Dudakları kulaklarımın hemen altında, boynumda gezindi. Güldü ve serin nefesi alevlenmiş tenimi gıdıkladı. "Çok da uzun sürmesin Bayan Cullen."

Yeni ismimi duyunca yerimden hafifçe sıçrar gibi oldum.

Dudakları boynumdan omzumun uçlarına kadar gezindi. "Seni suda bekliyorum."

Beni geçip plaja açılan Fransız kapıya doğru ilerledi. Giderken gömleğinden sıyrılıp onu yere attı ve kapıdan süzülüp ay ışığının aydınlattığı geceye daldı. Sıcak, nemli ve tuzlu hava arkasından odaya dağıldı.

Tenim alevlenmeye falan mı başlamıştı? Kollarıma baktım. Hayır, hiçbir şey alevlenmemişti. Yani en azından görünürde.

Nefes alışımı düzenlemeye çalıştım, sonra Edward'ın şifonyerin üzerine açıp bıraktığı devasa bavula doğru sendeleyerek ilerledim. Bu benimki olmalıydı çünkü tanıdık bakım çantam en üstte duruyordu ama içinde çok fazla pembe renkte eşya vardı ve ben içindeki tek kıyafeti bile tanımıyordum. Güzelce katlanmış yığınları, tanıdık ve rahat bir parça giyecek, en azından tanıdık bir eşofman falan bulurum diye eşelerken, çantanın tümüyle dantel ve ufacık saten şeylerle dolu olduğunu fark ettim. İç çamaşırları. Ama gerçekten iç çamaşırı gibi iç çamaşırı. Hem de Fransız etiketli.

Ne zaman ya da nasıl bilmiyorum ama Alice'e bunu ödetecektim.

Pes edip banyoya yöneldim. Fransız kapıların açıldığı, aynı plaja bakan uzun pencerelerden dışarıyı gözetledim. Edward'ı göremedim. Herhalde nefes almak için dışarı çıkmaya bile gerek duymadan suyun içinde yüzüyordu. Neredeyse dolunaydı ve kumlar onun ışığında beyaz beyaz parlıyordu. Küçük bir hareket gözümü aldı, palmiyeler hafif bir meltemle sallanıyordu, gölgeleri Edward'ın plajda kalan kıyafetlerinin durduğu yerde oynaşıyordu.

Ateş yine tüm vücuduma hücum etti.

Birkaç derin nefes aldım ve boylu boyunca uzanan tezgâhın üzerindeki aynalara yöneldim. Bütün gün boyunca uçakta uyumuşum gibi görünüyordum. Tarağımı buldum ve ensemdeki dolaşık saçları yolar gibi çekiştirerek düzelinceye, tarağın dişleri saçla doluncaya kadar taradım. Dişlerimi özenle iki kez fırçaladım. Sonra yüzümü yıkayıp artık iyice ateşlenmiş enseme biraz su döktüm. O kadar iyi geldi ki kollarımı da yıkadım ve sonra pes edip duşa girmeye karar verdim. Biliyorum yüzmeden önce duşa girmek aptalcaydı ama sakinleşmem gerekiyordu ve ılık su bunun için güvenilir bir yoldu.

Ve bir de bacaklarımı tekrar tıraş etmek oldukça iyi bir fikir gibi gelmişti.

İşim bitince tezgâhtan kocaman bir havlu aldım ve vücuduma sardım.

Sonra birden, daha önceden aklıma gelmeyen bir ikilemle karşılaştım. Ne giymeliydim? Mayo falan değil tabii ki. Ama üzerimi tekrar giyinmek de aptalca gelmişti. Alice'in bavuluma koyduğu şeyleri ise düşünmek bile istemiyordum.

Nefes alışım yine hızlanmaya başladı. Ellerim titriyordu. Duşun sakinleştirici etkisinin sonuna gelmiştim. Biraz başım da dönmeye başlamıştı, görünen o ki bir panik atak yoldaydı.

Kocaman havluya sarılı bir halde, yerdeki serin karoların üstüne oturdum ve başımı dizlerimin arasına aldım. Ben kendimi toparlamadan geri dönmesin diye dualar etmeye başladım. Beni böyle görürse ne düşüneceğini tahmin edebiliyordum. İşte o zaman, kendisini bir hata yaptığımıza ikna etmesi zor olmayacaktı.

Ben bir hata yaptığımızı düşündüğüm için böyle değildim. Kesinlikle değildim. Böyle paniklememin sebebi bunu nasıl yapacağımı bilmemekti. Bu odadan çıkıp bilinmeyenle yüzleşmeye korkuyordum, hele de Fransız iç çamaşırlarının içinde. Bunlar için *henüz* hazır değildim.

Bu aynen binlerin doldurduğu bir tiyatro salonunda, repliğini bilmeden sahnede durmak gibi bir şeydi.

insanlar bunu nasıl beceriyorlardı, bütün korkularını yutup tüm korku ve kusurlarıyla tamamıyla birine nasıl güvenebiliyorlardı, hem de Edward'ın bana duyduğundan daha az sadakatle.

Ama orada dışarıda duran Edward'dı, o yüzden kendime, "Bu kadar ödlek olma," diyerek yerimden fırladım. Havluyu daha sıkı bağlayıp, kararlıca banyodan çıktım. İçi dantellerle dolu bavula ve kocaman yatağa hiç bakmadan geçtim ve açık cam kapıdan ince kumlara doğru ilerledim.

Her şey siyah-beyazdı, renkler ay ile aydınlanmıştı. Yavaşça ılık kumlarda yürüdüm, eşyalarını çıkardığı eğik ağacın altında biraz durakladım. Ağacın pütürlü kabuğunda elimi gezdirip nefesimi dinledim, düzenli olduğundan emin olmam gerekiyordu. Ya da yeterince düzenli.

Onu bulmak için ufak dalgaların, karanlığın arasına bakındım.

Onu bulmak hiç de zor değildi. Siyah sular beline kadar geliyordu. Arkası bana dönük bir halde ayı izliyordu. Ayın solgun ışığı tenini kumlar gibi, ayın kendi yüzü gibi bembeyaz ışıldatıyordu. Edward'ın ıslak saçları ise okyanus kadar karaydı. Hareketsizdi, elleri, çevresinde dalgaların oynaştığı bir kaya gibi suyun yüzünde öylece duruyordu. O düz hatlarına bakakaldım; sırtına, omuzlarına, kollarına, boynuna, kusursuz vücuduna...

İçimdeki ateş artık bir anlık değildi, şimdi daha yavaş ve derindi, içimdeki bu tuhaflığı ve utangaç belirsizliği yakıp eritıyordu. Havluyu tereddüt etmeden çıkardım ve onun eşyalarının durduğu ağaçta bırakarak beyaz ışığa doğru yürüdüm. Işık beni de karlı kumlar gibi solgun bir renge bürümüştü.

Suyun kıyısına doğru yürürken kendi ayak seslerimi duyamıyordum ama onun duyduğunu tahmin ediyordum. Edward arkasını dönmedi. Yavaşça kabaran suyu ayak parmaklarımda hissettim, suyun sıcaklığı konusunda haklıydı, oldukça ılıktı, banyo suyu gibi. Suya girdim ve okyanusun dibi görünmediğinden dikkatle yürüdüm. Ama bu dikkat gereksizdi, kumlar dümdüz uzanıyor, Edward'a yaklaştıkça yavaşça eğimli bir hal alıyordu. Yanına gelene kadar sığ suda hafiflemişçesine yürüdüm, sonra elimi suyun yüzündeki soğuk elinin üzerine koydum.

"Çok güzel," dedim aya bakarak.

"Fena değil," diye cevap verdi, çok da etkilenmemişti. Sonra yavaşça bana döndü, bu hareketiyle oluşan küçük dalgacıklar tenime değdi. Gözleri, buz renkli yüzünde gümüş gibi görünüyordu. Parmaklarımız suyun yüzünde birleşsin diye elini biraz kaldırdı. Hava, onun soğuk teninin tüylerimi diken diken edemeyeceği kadar sıcaktı.

"Ama ben *güzel* kelimesini kullanmazdım, " diye devam etti. "Hele sen burada yanımda, kıyas kabul etmeyecek kadar güzel bir şekilde duruyorken."

Gülümsedim ve sonra artık titremeyen elimi kalbinin üzerine koydum. Beyaz üzerine beyaz... Bir kez olsun uyuşmuştuk. Benim sıcak dokunuşumla kısacık bir an ürperir gibi oldu. Nefes alışı değişti.

"Deneyeceğimize söz vermiştim," diye fısıldadı birden, gerilmişti. "Eğer...eğer bir şeyi yanlış yaparsam, seni incitirsem bana hemen söylemelisin."

Gözlerimi gözlerinden ayırmadan ciddiyetle başımı sallayarak onu onayladım. Dalgaların arasından bir adım daha attım ve başımı göğsüne yasladım.

"Korkma," diye mırıldandım. "Biz birbirimize aidiz."

Kendi kelimelerimin doğruluğuyla ben de bir anda şaşkına dönmüştüm. Bu an öyle kusursuz, öyle gerçekti ki, hakkında şüphe etmenin yolu yoktu.

Kolları bana dolanmış, beni öyle sarmalamışken, kış ve yaz

gibiydik. Vücudumdaki her hücrenin gerçekten canlı olduğunu hissedebiliyordum.

"Sonsuza kadar," diyerek onayladı ve sonra beni nazikçe daha derin sulara doğru çekti.

* * *

Sabah, sırtıma vuran sıcak güneşle uyandım. Belki öğleden sonraydı, emin değildim. Zaman hariç her şey netti ama nerede olduğumu tam olarak biliyordum: büyük beyaz yatağın olduğu aydınlık oda, mükemmel güneşin girdiği açık kapılar... Yatağın üzerindeki tüller ışığı yumuşatıyordu.

Gözlerimi açmadım. En ufak bir değişiklik bile yapmayacak kadar mutluydum. Duyulabilen tek şey dışarıdaki dalgalar, nefes alışlarımız ve benim kalp atışmadı.

O kavurucu güneşe rağmen rahattım. Onun soğuk teni sıcağı kesiyordu. Kış kadar soğuk göğsüne yatmışken ve kolları bana dolanmışken, her şey ne kadar kolay ve doğaldı. Dün gece beni öyle panikletelim ne olduğunu merak ettim. Şimdi bütün korkularım anlamsız görünüyordu.

Parmakları belkemiğimin hizasında yumuşakça gezindi ve uyandığımı bildiğini anladım. Gözlerimi kapalı tutarak boynundaki kollarımı daha sıkı sardım ve onu kendime çektim.

Konuşmadı, parmakları sırtımda hafif dokunuşlarla yukarı aşağı geziyordu.

Orada öylece sonsuza kadar yatıp bu anı bozmayarak mutlu kalabilirdim ama bedenimin başka fikirleri vardı. Sabırsızca guruldayan karnıma güldüm. Dün gece olanlardan sonra acıkmak öyle yavan geliyordu ki. Çok çok yüksekden birden dünyaya dönmüş gibi hissediyordum.

"Komik olan ne?" diye mırıldandı, hâlâ sırtımı okşarken. Sesi ciddi ve kısıktı. Geceyi hatırlatan bir anı sel gibi beynime girdi, yüzümün ve boynumun renginin değiştiğini hissettim.

Sorusuna cevap verirmiş gibi karnım tekrar guruldadı. Yine güldüm. "İnsan olmaktan o kadar uzun süre kaçamıyorsun."

Bekledim ama benimle birlikte gülmedi. Yavaşça, zihnimi gölgeleyen o mutluluk tufanından çıkıp parlak mutluluk balonumun dışındaki dünyaya bakmam gerekiyordu.

Gözlerimi açtım, ilk gördüğüm şey neredeyse gümüş rengi olan boynu ve yüzümün üzerinde uzanan gergin çenesi olmuştu. Yüzünü görebilmek için dirseğimin üzerine dayandım.

Gözünü üzerimizdeki köpüklü güneşliğe dikmişti ve ben yüzündeki ciddi ifadeyi incelerken bana bakmadı. Şok olmuş gibi bir ifadesi vardı, bedenimin sarsıldığını hissettim.

"Edward," dedim, boğazıma bir şey takılmış gibiydi, "ne oldu? Sorun ne?"

"Bir de soruyor musun?" Sesi sert ve alaycıydı.

İçgüdüsel olarak ilk işim, bir yaşam boyu biriktirdiğim kendime güvensizlikle, neyi yanlış yaptığımı düşünmek oldu. Olan her şeyi düşündüm ama yine de kötü bir şey bulamadım. Beklediğimden çok daha basit olmuştu, birbirine ait parçalar gibi uyuşmuştuk. Bu bana gizli bir tatmin de vermişti, fiziksel olarak da uyuyorduk. Ateş ve buz, bir şekilde birbirini incitmeden beraber durabiliyordu. Bu da benim ona ait olduğumu gösteren bir kanıt daha demekti.

Onu böyle katı ve soğuk yapacak hiçbir şey bulamamıştım. Kaçırdığım bir şey mi vardı?

Parmağı alnımda oluşan kaygı çizgisine dokundu.

"Ne düşünüyorsun?" diye fısıldadı.

"Sen tedirginsin. Anlamıyorum. Ben bir şey mi...?" Cümlemi bitiremedim.

Gözlerini sımsıkı yumdu. "Canın ne kadar acıdı, Bella? Doğru söyle, önemsiz gibi göstermeye de çalışma."

"Canım ne kadar mı acıdı?" diye tekrarladım, sesim normaldekinden yüksek çıkmıştı çünkü bu kelime beni gerçekten şaşırtmıştı.

Tek kaşını kaldırdı, dudakları sımsıkıydı.

İster istemez vücudumu esnetip kaslarımı gerip gevşeterek hemen bir değerlendirme yaptım. Biraz sertlik vardı ve çokça da hassasiyet, bu doğruydu. Ama daha çok kemiklerimde, sanki eklemlerim yerinden çıkmış gibi tuhaf bir his vardı. Ama bu da kötü bir his değildi.

Sonra biraz kızdım çünkü Edward bu kusursuz sabahı böyle olumsuz varsayımlarla gölgeliyordu.

"Neden böyle bir sonuca vardın? Hayatımda, hiçbir zaman, şu anda olduğumdan daha iyi olmadım."

Gözleri kapalı, "Kes şunu," dedi.

"Neyi?"

"Bunu yapmayı kabul ettiğim için bir ucube değilmişim gibi davranmayı."

"Edward!" diye fısıldadım, bu sefer iyice üzülmüştüm. Benim parlak hatıramı alıp karanlığa götürüyor ve kirletiyordu.

"Böyle söyleme."

Sanki beni görmek istemiyor gibi gözlerini açmadı.

"Kendine bir bak Bella. Ve sonra benim ucube olmadığımı söyle."

Düşünmeden, yaralı ve şok olmuş bir halde dediğini yaptım ve sonra nefesim kesildi.

Bana ne olmuştu böyle? Tenime yapışmış kar beyaz tüylere anlam veremiyordum. Kafamı salladım ve saçlarımdan şelale gibi beyazlar dökülmeye başladı.

Beyazlığın ufak bir parçasını elime aldım. Kuştüyüydü.

"Neden kuştüyüyle kaplıyım?" diye sordum, aklım karışmıştı.

Sabırsızca nefes verdi. "Yastıklardan birini ısırdım. Belki ikisini. Benim bahsettiğim bu değil."

"Sen...yastık mı ısırdın? *Neden?*"

"Bak Bella!" Sesi neredeyse hırlar gibi çıkmıştı. Elimi özenle aldı ve kolumu açtı. "*Şuna* bak!"

Bu sefer, ne demek istediğini *gördüm.*

Kuş tüyü topluluğunun altında, soluk renkli kolum boyunca geniş morumsu çürükler uzanıyordu. Gözlerimle izleri takip ettim, omzuma çıkıp oradan da göğüs kafesimin altına kadar iniyordu. Serbest olan elimle sol kolumdaki lekelere bastırdım. Dokunduğumda solup sonra tekrar ortaya çıkıyorlardı. Biraz da zonkluyordu.

Edward ellerini, dokunmuyormuşçasına yumuşakça kollarımdaki çürüklerin üzerine teker teker koyarak uzun parmaklarını lekelerin şekline uydurdu.

"Hımm," dedim.

Acıyı hatırlamaya çalıştım ama hatırlayamadım. Dokunuşlarının beni böyle yapacak kadar sıkı olduğu, ellerinin bana karşı sert olduğu tek bir an bile aklıma gelmedi. Sadece beni daha sıkı sarmasını istediğimi hatırladım ve böyle yaptığında da memnun olduğumu.

"Ben...çok üzgünüm, Bella," diye fısıldadı ben çürüklere bakarken. "Böyle olacağını akıl etmeliydim. Yapmamalıydım - " Boğazının derinliklerinden kalın ve isyankâr bir ses çıktı. "Ne kadar üzgün olduğumu anlatamam."

Kolunu yüzüne dayayıp öylece hareketsiz bir şekilde durdu.

Uzun bir an içinde olduğu hisleri anlamaya çalışarak hayretler içinde durdum. Benim hislerimle o kadar tezat içindeydi ki, anlamam zordu.

Sonra o şaşkınlık yavaşça yok oldu ve yerini bir hiçliğe bıraktı. Boşluk. Aklım bomboştu. Söyleyebilecek bir şey düşünemiyordum. Ona doğru bir şekilde nasıl anlatabilirdim ki? Onu nasıl o an olduğum kadar mutlu yapabilirdim, ya da az önce olduğum kadar.

Koluna dokundum, karşılık vermedi. Parmaklarımı bileklerine dolayıp kolunu yüzünden çekmeye çalıştım ama bir heykeli çekiştirmekten farksızdı.

"Edward."

Kıpırdamadı.

"Edward?"

Hiçbir şey söylemedi. Demek bu bir monolog olacaktı.

"Ben üzgün değilim Edward. Ben...sana anlatamam bile. O kadar mutluyum ki. Yani anlatamam. Kızma. Sakın. Ben gerçekten i- "

"İyi kelimesini kullanma bile." Sesi buz gibiydi. "Eğer benim akıl sağlığıma değer veriyorsan, iyi olduğunu söyleme."

"Ama öyleyim," diye fısıldadım.

"Bella," dedi neredeyse inler gibi. 'Yapma."

"Hayır. *Sen* yapma Edward."

Kolunu yüzünden çekti, altın gözleri dikkatle beni izliyordu.

"Mahvetme bunu," dedim ona. "Ben. Çok. Mutluyum."

"Çoktan mahvettim bile," diye fısıldadı.

"Kes şunu," diye patladım birden.

Dişlerini gıcırdattığını duydum.

"Ah!" diye inledim. "Neden aklımı okuyamıyorsun ki? Sana aklen kapalı olmak ne kadar zormuş!"

Gözleri biraz açıldı, kendine kızmıştı.

"Bu da nereden çıktı? Senin aklını okuyamamamdan çok hoşlanırsın."

"Bugün değil."

Yüzüme bakakaldı. "Neden?"

Ellerimi hayal kırıklığı içinde kaldırdım, omzumda görmezden geldiğim bir ağrı oldu. Avuçlarım göğsüne tokat gibi indi. "Eğer şu anda nasıl hissettiğimi görebiliyor olsaydın tüm bu endişeler yersiz olurdu! Ya da beş dakika öncesinde. Tam anlamıyla mutluydum. Tamamıyla ve tümüyle uçuyordum. Şimdiyse, şimdi aslında biraz kızgınım."

"Bana kızman *gerekiyor.*"

"Kızıyorum. Daha iyi hissediyor musun?"

İç çekti. "Hayır. Şu an hiçbir şeyin beni daha iyi hissettirebileceğini sanmıyorum."

"İşte," diyerek vurdum ona. "İşte tam da bu yüzden kızgınım. Tüm şevkimi öldürüyorsun Edward."

Gözlerini uzağa çevirdi ve kafasını salladı.

Derin bir nefes aldım. Şimdi yaraların sancılarını daha çok hissediyordum ama o kadar da kötü değildi. Sanki ağırlık çalıştığım bir günün ertesi gibiydi. Renée'nin spor yapma takıntısı sırasında onunla bir kez çalışmıştım. Her elimde dört buçuk kilo ile altmış-beş hamle. Ertesi gün yürüyememiştim. Bu ise onun yarısı kadar bile ağrımıyordu.

Yutkunarak kızgınlığımı gidermeye çalıştım ve sesimi daha sakin çıkarmaya çalıştım. "Bunun kolay olmayacağını biliyorduk. Bunun farkında olduğumuzu sanıyordum. Ve hem sonra... Benim sandığımdan çok daha kolaydı. Ve bu gerçekten bir şey değil." Parmaklarımı kolunda gezdirdim "Bence ilk gece için, ne bekleyeceğimizi bile bilmez bir halde olmamıza rağmen gerçekten de harikaydık. Çok az bir tecrübeyle – "

Yüz ifadesi şimdi öyle öfkeliydi ki cümlemin ortasında durmam gerekti.

"Farkında olmak mı? Bunu mu bekliyordun, Bella? Canını

acıtacağımı mı bekliyordun? Daha kötü olacağını mı düşünüyordun? Ondan kaçabileceğin için mi bir deneyin başarılı olduğunu düşünürsün? Kemiklerim kırılmadı, bu zafer mı demek?"

İçindekileri döksün diye bekledim. Sonra nefes alışı normale dönsün diye biraz daha bekledim. Sakinleştiğinde yavaş bir hassasiyetle cevap verdim.

"Ne beklemem gerektiğini bilmiyordum ama kesinlikle bu kadar...bu kadar...yani bu kadar harika ve mükemmel olmasını beklemiyordum." Sesim fısıltıya dönüştü ve ellerim yüzünden ellerime kaydı. 'Yani, senin için nasıl olduğunu bilmiyordum ama benim için böyleydi."

Soğuk bir parmak çenemi yukarı kaldırdı.

"Seni endişelendiren bu mu?" dedi dişlerinin arasından. "Benim zevk almamış olmam mı?"

Gözlerim aşağıda kaldı. "Biliyorum aynı değil. Sen insan değilsin. Sadece bir insan için, anlatmaya çalışıyordum ki, yani, daha iyi olamazdı herhalde."

O kadar uzun süre sessiz kaldı ki sonunda gözlerimi kaldırdım. Şimdi yüzü daha yumuşak ama düşünceliydi.

"Sanırım özür dilemem gereken daha fazla şey var," diyerek suratını astı. "Ben de dün gecenin hayatımın en güzel...gecesi olduğunu söylediğimde bunu böyle anlayacağını düşünmemiştim. Yani öyle olduğunu düşünmek istemiyorum, sen böyleyken..."

Dudaklarım yukarı doğru kıvrıldı. "Gerçekten mi? En güzel gece mi?" diye sordum kısık bir sesle.

Yüzümü ellerinin arasına aldı, hâlâ düşünceliydi. "Senle anlaşmamızı yapmamızdan sonra Carlisle'la konuşmuştum, bana yardım edebileceğini umuyordum. Tabii ki bunun senin için çok tehlikeli olacağı konusunda uyardı beni." Yüzünden bir gölge geçer gibi oldu. 'Yine de bana güveniyordu, hiç de hak etmediğim bir güven."

Karşı çıkmaya çalıştım ama ben yorum yapamadan iki parmağını dudaklarımın üzerine dayadı.

"Ona bir de *benim* ne beklemem gerektiğini sordum. Benim için nasıl olacağını bilmiyordum...vampirliğimle nasıl olacağını." isteksizce gülümsedi. "Carlisle bunun çok güçlü bir şey olduğunu söyledi, başka hiçbir şeye benzemezmiş. Fiziksel aşkın hafife alınacak bir şey olmadığını söyledi. Bizim ender değişen ruh hallerimizle güçlü hislerin bizi kalıcı bir şekilde değiştirebileceğini söyledi. Ama sonra dedi ki, ben bunun için endişelenmemeliymişim çünkü sen zaten beni çoktan tümüyle değiştirmişsin." Bu kez gülümsemesi daha içtendi.

"Erkek kardeşlerimle de konuştum. Bana bunun çok büyük bir zevk olduğunu söylediler. İnsan kanı içmekten sonraki en büyük zevk." Alnı kırıştı. "Ama senin kanını tattım ve *ondan* daha etkili bir kan olamaz... Yani onların yanıldığını sanmıyorum, gerçekten de. Sadece, bizim için gerçekten farklıydı. Daha fazlasıydı."

"Daha fazlasıydı. Her şeydi."

'Yine de bu yanlış olmadığı anlamına gelmiyor. Senin öyle hissetmen mümkün olsa bile."

"*Bu* da ne demek? Sence ben bunu uyduruyor muyum? Neden?"

"Suçluluğumu hafifletmek için. Bu kanıtları görmezden gelme, Bella. Ya da senin geçmişte hata yaptığımda beni kurtarmak için yaptıklarını."

Çenesinden tutup ona doğru eğildim, yüzlerimiz birbirine iyice yakınlaştı. "Beni dinle Edward Cullen. Sen iyi hissedesin diye rol yapmıyorum, tamam mı? Sen böyle mutsuz olana kadar, senin daha iyi hissetmen gerektiğini bile bilmiyordum. Hayatımda bu kadar mutlu olmadım ben. Beni öldürmeye değil de, sevmeye karar verdiğinde ya da seni beni beklerken bularak uyandığım o sabahta bile bu kadar mutlu değildim... Bale salonunda sesini duyduğumda bile..." Bu anıyı anımsayınca ürkmüştü ama ben yine de devam ettim. 'Ya da 'evet' dediğinde ve sonsuza kadar birlikte olacağımızı anladığımda. Bunlar sahip olduğum en mutlu anılar ve bu hepsinden daha iyi. Artık kabul et bunu."

Kaşlarım arasındaki çizgiye dokundu. "Şimdi seni mutsuz ediyorum. Bunu yapmak istemiyorum."

"O zaman mutsuz olma. Burada yanlış olan tek şey bu."

Derin bir nefes alıp başını salladı. "Haklısın. Geçmiş geçmişte kaldı ve onu değiştirmek için hiçbir şey yapamam. Şimdi böyle mutsuz olmamın bir anlamı yok, seni üzüyorum. Seni şimdi mutlu etmek için her şeyi yaparım."

Yüzünü dikkatle inceledim ve bana sakince gülümsedi.

"Beni mutlu etmek için her şeyi?"

Bunu sorduğum anda karnım da guruldadı.

"Acıkmışsın," dedi. Ve o hızlıca yataktan kalkarken kuş tüylerinden bir küme de onunla beraber kalkıp uçuştu. Böylece hatırladım.

"Ha, bu arada, neden Esme'nin yastıklarını mahvetmeye karar verdin?" diye sorarken yerimden kalktım ve saçlarımdan düşen kuş tüyleri etrafa dağıldı.

Çoktan üzerine haki renkte bol bir pantolon geçirmişti ve kapıda durmuş, saçlarını karıştırıp üzerindeki kuş tüylerinden kurtulmaya çalışıyordu.

"Dün gece hiçbir şeyi *karar* vererek yaptığımı sanmıyorum," diye mırıldandı. "Şanslıyız ki olan yastıklara oldu, sana değil." Sanki karanlık bir düşünceyi kovalar gibi, derin bir nefes aldı ve kafasını salladı. Çok içten görünen bir gülümseme tüm yüzüne yayıldı ama sanırım bunun için çok çaba harcamıştı.

Yavaşça yüksek yataktan inip tekrar vücudumu esnettim, bu kez ağrıların ve hassas lekelerin daha farkındaydım. Hızla nefes aldığını duydum. Arkasını döndü.

"O kadar korkunç mu görünüyorum?" diye sordum ses tonumu sakin çıkarmaya çalışarak. Nefesini tuttu ama büyük ihtimalle ifadesini benden gizlemek için bana dönmedi. Banyoya gidip kendime bakmam gerekti.

Kapının arkasındaki büyük aynadan çıplak bedenime baktım.

Kesinlikle daha kötüsünü yaşadığım olmuştu. Yanaklarımdan birinde hafif bir gölge vardı ve dudaklarım biraz şişmişti ama yüzüm bunların haricinde iyiydi. Vücudumun geri kalanıysa mavi ve mor yamalarla kaplı gibiydi. Saklamanın en zor olacağı yaralara odaklandım, yani kollarıma ve omuzlarıma. Çok da kötü değildiler. Cildim zaten kolay morarıyordu. Bir çürük ortaya çıktığında ben neden olduğunu unutmuş oluyordum bile. Tabii ki bu çürükler sadece ilerleme safhasındaydı, yarın çok daha kötü görünecektim. Bu da hiçbir şeyi daha kolay yapmayacaktı.

Saçlarıma bakıp homurdandım.

"Bella?" Ben o sesi çıkarır çıkarmaz hemen arkamda belirmişti.

"Bunların hepsini saçımdan asla çıkaramam!" Başımı işaret ettim, sanki bir tavuk saçlarıma yuva yapmıştı. Tüyleri toplamaya başladım.

"Saçlarını dert ediyorsun yani," diye mırıldandı ama yine de gelip saçlarımdaki tüyleri toplamaya başladı, benden çok daha hızlıydı tabii ki.

"Nasıl halime gülmeden durabiliyorsun? Gülünç görünüyorum."

Cevap vermeyip toplamaya devam etti. Ve zaten cevabının ne olacağını da biliyordum, bu ruh halindeyken hiçbir şey ona komik gelmiyordu.

"Böyle bir işe yaramıyor," diye iç geçirdim. "Hepsi saçımda kuruyup kaldı. Yıkayarak çıkarmaya çalışacağım." Arkamı döndüm ve kollarımı serin beline doladım. "Bana yardım etmek ister misin?"

"Yiyecek bir şeyler bulsam daha iyi olur," dedi kısık bir sesle ve kibarca kollarımdan çıktı. O hızla gözden kaybolurken ben de arkasından iç geçirdim.

Balayım bitmiş gibiydi. Bu düşünce boğazıma kocaman bir düğüm gibi oturdu.

* * *

Kuş tüylerinin büyük bir kısmından kurtulup üzerime çürüklerin en kötülerini örtmeyi başarabilen, beyaz keten bir elbise geçirdim ve yumurta, domuz pastırması ve çedar peynirinin kokusuna doğru yalınayak gittim.

Edward lekesiz çelik ocağın önünde durmuş, tezgâhta duran açık mavi tabağa omlet koyuyordu. Yemeğin kokusu beni alt etmişti. Yemekle beraber tabağı ve tavayı bile yiyebileceğimi düşündüm, midem guruldadı.

"işte," dedi. Yüzünde bir gülümsemeyle döndü ve tabağı küçük masanın üzerine bıraktı.

İki metal sandalyeden birine oturdum ve sıcak yumurtaları aceleyle mideme indirdim. Boğazımın yanmasına bile aldırış etmedim.

Edward karşıma oturdu. "Seni yeteri kadar beslemiyorum."

Lokmamı yuttuktan sonra, "Bu gerçekten çok lezzetli. Yemek yemeyen biri için oldukça etkileyici," dedi.

"Yemek Şebekesi," dedi en sevdiğim gülümsemesiyle.

Gülümsediğini gördüğüme sevinmiştim, şimdi daha fazla kendisi gibi görünüyordu.

'Yumurtalar nereden geldi?"

"Temizlikçilerden mutfağı doldurmalarını rica ettim. Burası için bir ilkti. Bir de kuş tüylerini halletmelerini söylemem gerekecek... " Bir anda yüz ifadesi değişti ve bakışları başımın üzerinde bir yere odaklandı. Onu tekrar üzecek bir şey dememek için sustum.

İki kişinin yiyebileceği kadar yapmış olmasına rağmen her şeyi yedim.

"Teşekkürler," dedim. Masanın üzerinden onu öpebilmek için uzandım. Önce beni geri öptü sonra birden geri katılaşıp çekildi.

Dişlerimi gıcırdattım ve sormak istediğim soru, ağzımdan bir suçlama gibi çıktı. "Dönene kadar bana bir daha dokunmayacaksın, değil mi?"

Duraksadı, sonra yarım ağızla gülümseyerek elini kaldırıp yanağımı okşadı. Parmakları yumuşakça tenimde gezindi ve yüzümü onun avcuna bırakmaktan kendimi alamadım.

"Bunu demek istemedim biliyorsun."

İç geçirip elini indirdi. "Biliyorum. Ve haklısın." Çenesini biraz kaldırarak konuşmasına ara verdi. Ve sonra sert bir sesle kendi hükmünü verdi. "Sen değişene kadar seninle sevişmeyeceğim. Seni bir daha incitmeyeceğim."

6. OYALANMALAR

Benim eğlenmem, Esme Adası'nda birincil öncelik haline gelmişti. Şnorkelle dalışlar yaptık (aslında ben şnorkelle daldım, Edward ise oksijensiz gidebilme yeteneğiyle bana hava attı). Kayalık tepenin etrafındaki küçük ormanı keşfettik. Adanın güney ucunda bir tentede yaşayan papağanları ziyaret ettik. Batıdaki kayalık koydan güneşin batışını izledik. Orada, sıcak, sığ sularda yüzen yunus balıklarıyla oynadık. Ya da en azından ben oynadım çünkü Edward sudayken, bir köpekbalığı yaklaşmış gibi kaçışıyorlardı.

Neler olduğunu biliyordum. Seks konusunda başının etini yemeye devam etmeyeyim diye beni meşgul edip oyalıyordu. Ne zaman büyük plazma ekran altında, milyonlarca DVD'den biri eşliğinde rahatlamaktan bahsetsem beni *mercanlar, deniz kaplumbağaları* ve *su altındaki mağaralar* gibi sihirli sözlerle evin dışına sürüklüyordu. Bütün gün yürüyor, yürüyor, yürüyorduk ve gün nihayet battığında kendimi açlıktan ve yorgunluktan bitmiş bir halde buluyordum.

Her akşam, yemeğimi bitirdikten sonra tabağın üzerine düşüyordum. Hatta bir keresinde resmen masada uyuyakaldım ve beni yatağa taşımak zorunda kaldı. Edward tek kişi için fazla yemek yapıyordu ama ben bütün gün yüzüp tırmanmaktan öyle acıkıyordum ki, neredeyse hepsini yiyip bitiriyordum. Sonra da şişmiş ve bitmiş bir halde gözlerimi zar zor açık tutabiliyordum. Hepsi planın bir parçasıydı, şüphesiz.

Bitkin olmam, *ikna etme girişimlerimde* çok da işime yaramıyordu. Ama yine de pes etmedim. Mantıklı olmayı, yalvarmayı ve huysuzluk etmeyi denedim, bana mısın demedi. Çoğunlukla konunun üzerine tam gidemeden kendimden geçiyordum. Ve sonra da rüyalarım - ki aslında çoğunlukla kâbustular ve hatta daha da canlıydılar, bu sanırım adanın çok parlak renklerinden kaynaklanıyordu - öyle gerçekçi oluyordu ki, ne kadar uyusam da uyandığımda yorgun oluyordum.

Adaya gelişimizden bir hafta kadar sonra, orta noktada buluşmayı denemeye karar verdim. Ne de olsa geçmişte işimize yaramıştı.

Şimdi mavi odada yatıyordum. Temizlikçiler ertesi güne kadar gelmeyeceklerdi ve bu yüzden beyaz oda hâlâ kuş tüyleriyle kaplıydı. Mavi oda daha küçüktü, dolayısıyla yatak da. Duvarlar koyu renkli ve aynalıydı. Oda, lüks mavi ipekle donatılmıştı.

Gece yatarken Alice'in iç çamaşırı koleksiyonundan bazılarını giyiyordum. Aslında bavula benim için koyduğu sınırlı sayıdaki bikinilere kıyasla daha mütevazı şeyler sayılırlardı. Bir an, acaba Alice böyle şeylere ihtiyacım olacağını mı görmüştü, diye merak ettim. Ve sonra bu düşüncemden dolayı kızardım ve utançla tüylerim ürperdi.

Önce fildişi rengi satenlerle başladım, tenimi bu kadar açıkta bırakmanın ters etki yapmasından endişeliydim ama yine de her şeyi denemeye hazırdım. Edward ise, sanki evdeki pasaklı eşofmanları giyiyormuşum gibi hiçbir şey fark etmemişti.

Morluklar şimdi çok daha iyiydi; kimi yerlerde sarı olmuş, kimi yerlerde tamamen kaybolmuştu. O yüzden bu gece için bana korku veren seksi iç çamaşırlarının en azılılarından bir takımı, aynalı banyoda hazır tuttum. Birinin üzerinde olmasa bile bakınca insanı utandıran cinsten siyah dantelden bir takımdı. Giyindikten sonra yatak odasına dönene kadar aynaya bakmamaya özen gösterdim.

Bir anda gözlerinin açıldığını görmek hoşuma gitti ama bu sadece bir an sürdü ve hemen yüz ifadesini kontrol altına aldı.

"Nasıl olmuş?" diye sordum, her açıdan görebilsin diye olduğum yerde dönerken.

Boğazını temizledi. "Güzel görünüyorsun. Her zaman öylesin zaten."

"Teşekkürler," dedim biraz bozularak.

Yumuşak yatağa hemen girmeye karşı koyamayacak kadar yorgundum. Kollarını bana doladı ve beni göğsüne doğru çekti ama bu artık alışıldık bir hareketti çünkü bu sıcakta, soğuk bedenine yakın olmadan uyumak imkânsızdı.

"Bir anlaşma yapalım," dedim uykulu bir sesle.

"Seninle anlaşma yapmayacağım."

"Daha teklifimi duymadın bile."

"Fark etmez."

İç çektim. "Kestirip at hemen. Oysaki ben ne çok isterdim... Yani şey."

Gözlerini devirdi.

Gözlerimi yumdum ve yemi yutmasını bekledim. Esnedim.

Bu sadece bir dakika sürdü, sızıp kalmama yetecek kadar değildi yani.

"Pekâlâ. Nedir istediğin?"

Gülümsememek için bir an dişlerimi sıkmam gerekti. Karşı koyamayacağı bir şey varsa o da bana bir şey verme fırsatı olacaktı.

"Şey, ben düşünüyordum da... Biliyorum şu Dartmouth işi aslında sadece bizim uydurduğumuz bir bahane ama aslında bir dönem üniversiteye gitmek beni öldürmezdi," dedim, aynen onun çok önceden beni vampir olmaktan caydırmaya çalışırken söylediği gibi. "Charlie de eminim Dartmouth hikâyesinden heyecan duyardı. Hem tüm o parlak zekâlara ayak uyduramazsam çok utanç verici olur. Hem...ha on sekiz, ha on dokuz. Çok büyük bir fark da yok. Hemen önümüzdeki sene içinde gözaltlarım kırışmaz ya."

Bir an sessiz kaldı. Sonra kısık bir sesle konuştu, "Bekleyeceksin. İnsan kalacaksın."

Çenemi tutup, teklifime cevap bekledim.

"Neden yapıyorsun bana bunu?" dedi dişlerinin arasından, ses tonu bir anda öfkeli bir hal almıştı. "Zaten sen bunları giyerken yeterince dayanılmaz değil mi?" Kalçamdaki dantel fırfırları tutuyordu. Bir an dikiş yerlerinden koparacak sandım. Sonra elini serbest bıraktı. "Seninle hiçbir anlaşma yapmayacağım."

"Üniversiteye gitmek istiyorum."

"Hayır istemiyorsun. Ve hiçbir şey de hayatını tekrar riske atmaya değmez."

"Ama gerçekten istiyorum. Yani, aslında okul değil istediğim.. Biraz daha insan kalmak istiyorum."

Gözlerini yumdu ve burnundan derin bir nefes verdi. "Beni çıldırtıyorsun, Bella. Bu tartışmayı defalarca yapmadık mı ve her defasında sen vakit kaybetmeden vampir olmak için yalvardın mı?"

"Evet, ama...şimdi insan olmam için daha önceden olmayan bir sebebim var."

"Neymiş o?"

"Tahmin et," dedim ve onu öpebilmek için doğruldum.

Öpücüğüme karşılık verdi ama kazandığımı hissettirecek bir şekilde değil. Daha çok duygularımı incitmemeye çalışıyordu. Delirtici bir şekilde kendine hâkim davranıyordu. Usulca beni kendinden ayırdı ve başımı göğsüne yasladı.

"*Fazla* insansın Bella. Hormonların tarafından idare ediliyorsun." Güldü.

"Bütün mesele bu işte, Edward. İnsan olmanın bu kısmını seviyorum. Bundan vazgeçmek istemiyorum. Yıllarca kan delisi yeni bir vampir olarak bu kısmın bana geri dönmesini beklemek istemiyorum."

Tekrar esnedim. Gülümsedi.

'Yorgunsun. Uyu aşkım." İlk karşılaştığımızda benim için bestelediği ninniyi mırıldanmaya başladı.

"Neden böyle yorgun olduğuma şaşmamalı," diye söylendim şakayla. "Bu senin entrikalarından biri olamaz herhalde."

Güldü ve sonra kaldığı yerden mırıldanmaya devam etti.

"Ne kadar yorgun olursam o kadar iyi olurum diye düşündün."

Şarkı bitti. "Ölüler gibi uyudun, Bella. Buraya geldiğimizden beri uykunda tek kelime etmedin. Eğer horlamıyor olsaydın, komaya falan girdin diye endişelenecektim."

Horlamayla ilgili dalga geçişini duymazdan geldim, horlamıyordum. "Hiç dönmüyor muyum yani? Garip. Genelde kâbus görürken dönüp dururum. Ve bağırırım."

"Kâbus mu görüyorsun?"

"Hem de çok canlı kâbuslar. Çok yoruyorlar beni." Esnedim. "Gece boyu sessiz kalabildiğime inanamıyorum."

"Ne hakkında bu kâbuslar?"
"Farklı farklı şeyler ama aynı, yani, renkler yüzünden."
"Renkler mi?"
"Çok parlak ve gerçek. Genelde rüyalarımda rüyada olduğumu bilirim. Ama bunlarda uyuyor olduğumu bilmiyorum. Bu yüzden daha korkunçlar."

Tekrar konuştuğunda sesi tedirgindi. "Seni korkutan ne?"
Biraz titrer gibi oldum. "Genelde..." Duraksadım.
"Genelde?" diye tekrarladı.

Neden bilmiyorum ama ona kâbuslarımda görünüp duran o çocuktan bahsetmek istemedim, bu korkuyla ilgili özel bir şey vardı. Bu yüzden ona tüm ayrıntıları anlatmak yerine, sadece bir parçasından bahsettim. Kesinlikle beni ve duyan herkesi korkutmaya yetecekti.

"Volturiler," diye fısıldadım.

Bana daha sıkı sarıldı. "Bizi artık rahatsız edemezler. Yakında ölümsüz olacaksın ve onların da senin peşinden gelmek için bir sebebi kalmayacak."

Söylediklerimi yanlış anladığı için biraz suçluluk duyarak beni yatıştırmasına izin verdim. Kâbuslar tam olarak öyle değildi. Kendim için korkuyor değildim, o çocuk için korkuyordum.

İlk rüyamdaki, sevdiğim insanların cesetlerinin üzerinde duran kan kırmızı gözlü vampir çocuk değildi artık. Geçtiğimiz hafta boyu rüyalarımda dört kez gördüğüm bu çocuk kesinlikle insandı. Yanakları kızarmıştı ve büyük gözleri tatlı bir yeşildi. Ama aynı diğer çocuk gibi, Volturiler yanımıza yaklaşırken korku ve çaresizlikle titriyordu.

Hem yeni hem eski olan bu rüyada, benim bu çocuğu korumam gerekiyordu. Başka bir seçeneğim yoktu. Aynı zamanda başaramayacağımı da biliyordum.

Yüzümdeki perişanlığı gördü. "Yardım etmek için ne yapabilirim?"

Bu düşüncelerden kurtulmak için silkindim. "Bunlar sadece rüya, Edward."

"Sana şarkı söylememi ister misin? Eğer kötü rüyaları uzağında tutacaksa, sana bütün gece şarkı söylerim."

"Hepsi kötü değil. Kimisi iyi. Çok...renkli. Denizin derinliklerindeki balık ve mercanları görüyorum. Hepsi gerçekten oluyormuş gibi... Rüyada olduğumu fark etmiyorum bile. Belki de sorun bu ada. Burası gerçekten *parlak.*"
"Eve gitmek ister misin?"
"Hayır. Hayır, daha değil. Biraz daha kalamaz mıyız?"
"Sen ne kadar istersen o kadar kalırız, Bella," dedi.
"Okullar ne zaman açılıyor? Bu ayrıntıyı tamamen unutmuşum."

İç geçirdi. Mırıldanmaya da başlamış olabilirdi ama ben emin olamadan çoktan uykuya dalmıştım.

Şok olmuş bir halde uyandım. Her yer karanlıktı. Rüya o kadar gerçek, o kadar canlıydı ki... Zorlukla nefes alıyordum, karanlık oda aklımı karıştırmıştı. Oysa sadece bir saniye önce parlak güneşin altındaydım.

"Bella?" diye fısıldadı Edward. Bana sıkıca sarılmıştı, sonra beni hafifçe sarstı. "İyi misin canım?"

"Ah," dedim, gürültüyle nefes almaya devam ediyordum. Sadece bir rüya. Gerçek değil. Şaşkınlığımı ifade edemez bir haldeydim, sonra gözlerimden süzülen yaşlar adeta yüzümü yıkadı.

"Bella!" dedi, daha yüksek bir sesle. Paniklemişti. "Neyin var?" Yanaklarımdaki yaşları, soğuk, heyecanlı parmaklarıyla sildi ama yenileri akmaya devam ediyordu.

"Sadece rüyaydı," derken hıçkırığın sesime yansımasını engelledim. Çözümdeki yaşlar rahatsız ediciydi ama beni içine alan şaşırtıcı kederi kontrolüm altına alamıyordum. Bu rüyanın gerçek olmasını ne çok isterdim.

"Tamam aşkım, iyisin. Yanındayım." Beni sağa sola sallamaya başladı, yatıştırmak için gereğinden fazla hızlıydı aslında. "Başka bir kâbus mu gördün? Gerçek değildi, gerçek değildi."

"Kâbus değildi." Elimin tersiyle gözlerimi silerken başımı salladım. "Güzel bir rüyaydı." Sesim tekrar bozulmuştu.

"O zaman neden ağlıyorsun?" diye sordu şaşkınlıkla.

"Çünkü uyandım." Hıçkırıklara boğularak boynuna sarıldım.

Söylediklerime güldü ama sesi endişeliydi.

"Her şey yolunda, Bella. Derin nefes al."

"Çok gerçekti," diye ağlamaya devam ettim. "Gerçek olmasını isterdim."

"Bana anlat hadi," dedi. "Belki bu seni rahatlatır."

"Kumsaldaydık..." Karanlığın içinde, yaşlı gözlerimle, kaygılı melek yüzünü görebilmek için geriye çekildim. Derin düşüncelerle yüzüne baktım, içimdeki bu anlamsız keder beni iyice ele geçirmişti.

"Ve?" Bir cevap vermemi bekliyordu.

Gözlerimden yaşlar boşaldı. "Ah Edward... "

"Söyle bana Bella." Artık yalvarıyor gibiydi. Sesimdeki acı yüzünden gözleri endişeyle dolmuştu.

Ama yapamadım. Bunun yerine kollarımı tekrar boynuna dolayıp dudaklarımı şehvetle dudaklarına kenetledim. İhtirastan değildi, ihtiyaçtandı, acıdandı. Hemen karşılık verdi ama sonra hemen durdu.

Olabildiğince nazikçe beni kendinden uzak tutmaya çalışarak omuzlarımdan tuttu.

"Hayır, Bella," diye üsteledi. Aklımı kaçırdığımdan endişeleniyormuş gibi bakıyordu.

Kollarım yana düştü. Yenik düşmüştüm. Gözlerimdeki yaşlar yeni dalgalarla yüzümü yıkamaya devam ediyor, boğazımdan yeni hıçkırıklar yükseliyordu. Haklıydı, aklımı kaçırmış olmalıydım.

"Oz-z-z-ür dilerim," diye mırıldandım.

Ama sonra beni tekrar kendine çekip mermer göğsünde sıkıca sardı.

"Yapamam Bella, yapamam!" Sesi acı doluydu.

"Lütfen," dedim, sesim teninde boğulurken. "Lütfen Edward?"

Ağlamaktan titreyen sesimden etkilendiğinden mi, bu anı atağıma hazırlıksız yakalanmasından mı, yoksa sadece benim kadar çok arzulayıp o anda buna karşı koyamamış olmasından mıydı bilemiyordum. Ama sebebi ne olursa olsun, dudaklarımı dudaklarına çekip bir iniltiyle teslim oldu.

Ve böylece rüyamın bittiği yerden devam etmiş olduk.

* * *

Sabah uyandığımda hareketsiz kalıp nefes alışımı kontrol etmeye çalıştım. Gözlerimi açmaya korkuyordum.

Edward'ın göğsünde yatıyordum ama o hareketsizdi ve kollarını bana dolamamıştı. Bu kötüye işaretti. Uyanıp öfkesiyle yüzleşmekten korkuyordum, bu öfke kime karşı olursa olsun.

Dikkatlice gözlerimi aralayıp gizlice etrafıma bakındım. Kollarını başının arkasında koymuş, koyu tavanı izliyordu. Yüzünü daha iyi görebilmek için dirseğimin üzerinde doğruldum. Yüzü düz ve ifadesizdi.

"Başım ne kadar belada?" diye sordum kısık bir sesle.

"Çok," dedi ama sonra başını çevirip bana sırıttı.

Rahat,bir nefes aldım. "Çok üzgünüm," dedim. "Böyle olsun istemedim... Yani aslında dün gece ne oldu ben de bilmiyorum." Durmayan gözyaşlarımı ve o büyük üzüntüyü hatırlayıp başımı salladım.

"Bana rüyanın ne olduğunu söylemedin."

"Sanırım söylemedim ama neyle ilgili olduğunu gösterdim." Gergin bir şekilde güldüm.

'Ah," dedi. Gözleri açılmıştı. "İlginç."

"Çok güzel bir rüyaydı," diye mırıldandım. Yorum yapmadı. Biraz sonra ben sordum, 'Affedildim mi?"

"Düşünüyorum. "

Oturmak için doğruldum, vücuduma bakmayı planlıyordum. En azından bu sefer kuş tüyleri yoktu. Ama hareket ettikçe garip bir baş dönmesi hissettim ve kayıp yastıkların üzerine düştüm.

'Ah...başım döndü."

Uzanıp bana sarıldı. "Uzun bir süredir uyuyorsun. On iki saat oldu."

"On iki mi?" Ne garip.

Konuşurken önemsiz bir şeyden bahsediyormuş gibi yapıp çabucak kendime bir göz attım. İyi görünüyordun. Kolumda sarılaşan morluklar bir haftalıktı. Denemek için gerindim. Kendimi iyi de hissediyordum. Yani aslında iyiden de iyi.

"Sayım işlemini tamamladın mı?"

Sersemce başımla onayladım. "Yastıklar, hayatta kalabilmişler."

"Ne yazık ki aynı şeyi senin, hımm, geceliğin için söyleyemeyeceğim." Başıyla yatağın ayakucunu gösterdi, siyah dantel parçaları ipek çarşafın üzerine dağılmıştı.

"Bu çok kötü," dedim. "Onu sevmiştim."

"Ben de."

"Başka kaybımız oldu mu?" diye sordum çekinerek.

"Esme'ye yeni bir karyola almam gerekecek." Omzunun üzerinden yatak başını işaret ederek itirafta bulundu. İşaret ettiği yere baktığımda şok oldum. Yatak başının sol tarafındaki tahta yığınları oyulmuştu.

"Hımm. Bunu nasıl duymadım ben."

"Belli bir şeye odaklanınca kalan her şeye çok ilgisiz olabiliyorsun."

"Biraz kendimi kaptırmışım," diyerek kızardım.

Yandığını hissettiğim yanağıma dokunup iç geçirdi. "Bunu gerçekten özleyeceğim."

Korktuğum gibi bir öfke ya da pişmanlık arayarak yüzüne baktım. O da bana baktı, ifadesi sakin görünüyordu ama belki de ben hissettiklerini göremiyordum.

"Sen nasıl hissediyorsun?"

Güldü.

"Nasıl?" diye üsteledim.

"Çok suçlu görünüyorsun, sanki bir suç işlemiş gibi."

"Suçlu *hissediyorum,*" diye söylendim.

"Çok arzulu kocanı baştan çıkardın. Bu bir cinayet suçu sayılmaz."

Alay ediyor gibiydi.

Yanaklarım daha da yanmaya başladı. *"Baştan çıkarma* kelimesi biraz kasıtlı söylenmiş gibi."

"Belki yanlış kelimedir," dedi.

"Kızmadın mı?"

Pişman gibi gülümsedi. "Kızmadım."

"Neden?"

"Çünkü..." Duraksadı. "Seni incitmedim, bu bir. Bu sefer daha kolay oldu, yani kendimi kontrol etmem ve aşırılıkları yönlendirmem." Gözleri yine karyola başına takıldı. "Çünkü belki de artık ne bekleyeceğime dair daha iyi bir fikrim var."

Umutlu bir gülümseme yüzüme yayıldı. "Sana söylemiştim, pratik yapmak önemli diye."

Sıkılmış bir tavırla gözlerini devirdi.

Karnım guruldayınca güldü. "İnsan için kahvaltı zamanı?" diye sordu.

"Lütfen," dedim, yataktan dışarı fırlarken. Ama öylesine hızlı hareket etmiştim ki, dengemi tekrar bulana kadar, bir süre sarhoş gibi tökezledim. Şifonyere doğru sendeleyip çarpmadan önce beni yakaladı.

"İyi misin?"

"Eğer sonraki hayatımda da daha iyi bir dengem olmazsa, paramı geri isteyeceğim."

Bu sefer kahvaltıyı ben hazırladım. Sadece biraz yumurta kırdım çünkü daha özenli bir şeyler yapamayacak kadar açtım. Ve oldukça sabırsız olduğum için birkaç dakika geçmeden hemen yumurtaları alıp tabağıma koydum.

"Ne zamandır yumurtayı böyle yiyorsun?" diye sordu.

"Bu sabahtan beri."

"Son bir haftadır kaç yumurta yediğini biliyor musun?" Lavabonun altındaki içi mavi kartonlarla dolu çöp kutusunu açtı.

"Garip," dedim sıcak bir lokmayı yutmaya çalışırken. "Burası benim iştahımla oynuyor." Ve rüyalarımla ve benim zaten güvenilmez olan dengemle. "Ama burayı seviyorum. Gerçi herhalde yakında gideriz, değil mi? Dartmouth'a zamanında gidebilmek için... Ah, sanırım oturacak bir yer ve eşyalar falan da bulmamız gerekecek. "

Yanıma oturdu. "Okul numarasını bırakabilirsin artık, zaten istediğini elde ettin. Hem zaten bir anlaşma da yapmamıştık, yani seni bağlayan bir şey yok. "

"Numara değildi, Edward. Ben boş zamanlarımı bazıları gibi entrikalar planlayarak geçirmiyorum. *Bugün Bella'yı dışanda tutmak için ne yapmalıyız?*" dedim onun kötü bir taklidini yaparak. Güldü. "Ben gerçektende insan olarak biraz daha zaman geçirmek istiyorum." Çıplak göğsünde ellerimi gezdirebilmek için biraz yaklaştım. "Biraz daha."

Şüpheli gözlerle bana baktı. *"Bunun* için mi?" diye sordu, karnına doğru inen elimi yakalayarak. "Konu seks miydi yani?" Sıkıntıyla gözlerini devirdi. "Neden bunu daha önce düşünemedim?" diye homurdandı alaycı bir şekilde. "Kendimi bir sürü tartışmadan kurtarabilirdim."

Güldüm. "Evet, muhtemelen."

"Sen *çok* insansın," dedi yine.

"Biliyorum."

Dudaklarında bir gülümseme belirir gibi oldu. "Dartmouth'a gidiyoruz yani? Gerçekten mi?"

"Büyük ihtimal ilk dönemde sınıfta kalacağım."

"Ben çalıştırırım seni." Gülümsemesi iyice büyümüştü. "Üniversiteyi seveceksin."

"Sence bu kadar kısa zamanda bir daire bulur muyuz?"

Yüzü suçluluk ifadesiyle ekşidi. "Şey aslında bizim orada zaten bir evimiz var gibi. Biliyorsun, lazım olur diye."

"Bir ev mi aldınız?"

"Emlak iyi bir yatırım."

Tek kaşımı kaldırdım ve daha fazla soru sormaktan vazgeçtim. "O zaman hazırız."

" 'Önce' arabasını biraz daha tutabilir miyiz? Ona bakmalıyım..."

"Evet, tanklara karşı korunmam gerek değil mi?"

Bu kez dişlerini göstererek gülümsedi.

"Ne kadar daha kalabiliriz?" diye sordum.

"Zamanlamamız iyi aslında. İstersen birkaç hafta daha kalabiliriz. Ve sonra New Hampshire'a geçmeden önce Charlie'yi ziyaret ederiz. Noel'i Renée ile geçirebiliriz..."

Herkesin sorunsuz olduğu çok mutlu yakın bir gelecek resmi çiziyordu. Derken unutulan Jacob dosyasını anımsadım ve bu düşüncemi düzeltmem gerekti; neredeyse herkesin.

Bu benim için pek de kolay gitmiyordu. Şimdi insan olmanın *tam olarak* ne kadar güzel olduğunu keşfetmişken, bu bütün planlarımı saptırıyordu. On sekiz ya da on dokuz, on dokuz ya da yirmi... Gerçekten önemli miydi? Bir sene içinde çok değişmeyecektim. Ve Edward'la insan olmaksa... Bu seçim gittikçe zorlaşıyordu.

"Birkaç hafta," diye onayladım. Ve sonra bunun için hiçbir zaman yeterli zaman olmayacağı için ekledim, "Ben düşündüm de, hani pratikten bahsediyordum ya?"

Güldü. "Lafımı unutma olur mu? Bir tekne sesi geliyor. Temizlikçiler gelmiş olmalı."

Lafımı unutmamamı istemişti. Yani bu, artık bana pratik yapmayla ilgili bir sorun yaşatmayacak mı demekti? Gülümsedim.

"Gustavo'ya beyaz odadaki dağınıklığı anlatayım da sonra dışarı çıkarız. Güneydeki ormanda bir yer var - "

"Dışarı çıkmak istemiyorum. Bugün yine çıkıp bütün adayı dolaşmayacağım. Burada kalıp film izlemek istiyorum. "

Dudaklarını büzdü ve benim bu şikâyetçi tonuma gülmemeye çalıştı. "Pekâlâ, nasıl istersen. Neden gidip bir film seçmiyorsun, ben de kapıya bakayım?"

"Kapıya vurulduğunu duymadım."

Başını yana eğip dinledi. Yarım saniye sonra, kapıdan belli belirsiz, mahcup bir tıklama duyuldu. Sırıttı ve girişe yöneldi.

Ben büyük televizyonun altındaki raflara bakınıp film başlıklarına göz gezdirdim. Film kiralama dükkânlarından bile çok DVD'leri vardı.

Edward'ın girişten gelen kısık, kadife sesini duyabiliyordum. Portekizce olduğunu düşündüğüm yabancı bir dilde akıcı ve kusursuz bir şekilde konuşuyordu. Daha kaba başka bir insan sesi, ona aynı dilde cevap verdi.

Edward onları odaya götürürken yollarının üzerindeki mutfağı da işaret etti. İki Brezilyalı onun yanında inanılmaz ölçüde kısa ve koyu tenli duruyorlardı. Biri şişmanca bir adamdı, diğeri ise zayıf bir kadın. İkisinin yüzleri de kırışıklarla doluydu. Edward gururla gülümseyerek beni gösterdi ve bilmediğim kelimeler dizisinin içinde adımı duydum. Birazdan görecekleri beyaz odadaki dağınıklığı düşününce biraz kızardım. Küçük adam bana kibarca gülümsedi.

Ama kadın gülümsemedi. Bana şok, endişe ve daha da çok gözleri fal taşı gibi açan bir korku karışımı içinde baktı. Ben tepki veremeden Edward onları tavuk kümesine benzeyen ilk odamıza doğru götürdü.

Geri geldiğinde yalnızdı. Hızlıca yanıma gelip bana sarıldı.

"O kadının nesi var?" diye fısıldadım çabucak, yüzündeki panik ifadesini hatırlayarak.

İstifini bozmadan omuz silkti. "Kaure yarı Ticuna Kızılderilisi. O modern dünyanın insanından daha batıl bir şekilde yetiştirilmiş olduğunu söyleyebilirsin. Benim gerçek kimliğimi ya da ona yakın bir şeyleri tahmin ediyor." Bu söylediklerine rağmen sesi endişeli gelmiyordu. "Onların burada başka bir efsaneleri var. Libishomen; kan içen ve özellikle güzel kadınları avlayan bir iblis." Bana baktı.

Sadece güzel kadınlar ha? Eh bu bir iltifat sayılırdı.

"Dehşete düşmüş görünüyordu," dedim.

"Öyle ama daha çok senin için endişeleniyor."

"Benim için mi?"

"Senin burada benimle böyle yalnız olmandan dolayı." Güldü ve filmlerle dolu duvara baktı. "Eh neden izlememiz için bir şey seçmiyorsun? Bu yeterince insanca bir şey olurdu."

"Evet, eminim bir filmle senin insan olduğuna inanırdı." Güldüm ve parmak uçlarımda yükselerek boynuna sarıldım. Önce bana doğru eğilerek onu öpmemi sağladı sonra da bana sıkıca sarılıp ayaklarımı yerden kesti.

"Filmmiş. Boş ver," diye mırıldandım. Dudakları boynuma doğru indi ve ben de parmaklarımı bronz saçlarında gezdirmeye başladım.

Sonra birinin korkuyla nefes aldığını duyunca Edward beni aniden bıraktı. Kaure kapı girişinde donmuş bir halde duruyordu, siyah saçlarında ve kollarında kuş tüyleri ve yüzünde de korku ifadesi vardı. Bana gözleri yuvalarından fırlayacakmış gibi panikle bakarken kızarıp başımı yere eğdim. Sonra o halinden kurtulup yabancı bir dilde bile özür olduğu anlaşılabilen bir şeyler mırıldandı. Edward gülümseyerek samimi bir tonda cevap verdi. Koyu
gözlerini başka yöne çevirdi ve yoluna devam etti.

"Düşündüğünü düşündüğümü düşündü değil mi?" diye mırıldandım.

Anlaşılmaz cümleme güldü. "Evet."

"İşte," dedim, gelişigüzel uzanıp elime ilk çarpan filmi seçerek. "Bunu koyalım ve izliyormuş gibi yapalım."

Kapağında gülen yüzlerin ve kabarık elbiselerin olduğu eski bir müzikaldi bu.

"Tam balayı için," diye onayladı Edward.

Ekrandaki oyuncular neşeli bir giriş şarkısıyla dans ederken ben de koltuğa kurulup Edward'a sokuldum.

"Beyaz odaya geri taşınacak mıyız?" diye sordum.

"Bilmem... Aslında öbür odadaki karyola başını zaten tamir edilmez biçimde ezdim, belki de tahribatı evin bir kısmıyla sınırlı tutarsak, Esme bizi başka bir zaman yine davet eder."

Gülümsedim. "Başka tahribatlar da olacak yani?"

Bu dediğime güldü. "Sanırım bu sefer önceden planlamak daha güvenli olacak."

"Sadece an meselesi," diye onayladım. Sesim sıradan çıkmıştı ama nabzımın hızlandığını hissediyordum.

"Kalbinle ilgili bir sorun mu var?"

"Yok. At gibi sağlam." Duraksadım. "Yıkım bölgesine şimdi gitmek ister misin?"

"Belki yalnız kalana kadar beklesek daha iyi olur. Sen beni mobilyaları kırarken duymayabilirsin ama büyük ihtimalle bu onları korkutur."

Diğer odada insanlar olduğunu ben çoktan unutmuştum. "Doğru. Kahretsin."

Gustavo ve Kıure evin içinde sessizce gidip gelirken ve ben de sabırsızca onların gitmesini beklerken, dikkatimi ekrandaki sonsuza kadar mutlu yaşayan insanlara vermeye çalışıyordum. Uykum gelmeye başlıyordu, gerçi Edward'ın dediğine göre günün yarısını uyuyarak geçirmiştim bile. Sonra pürüzlü bir sesle irkildim. Edward yerinde doğrulurken bana sarılmaya devam ediyordu. Gustavo'ya akıcı Portekizcesiyle cevap verdi. Gustavo başını evet anlamında sallayıp sessizce giriş kapısına gitti.

"Bitirdiler," dedi Edward.

'Yani bu artık yalnızız mı demek oluyor?"

"Önce yemek yemeye ne dersin?" diye teklifte bulundu.

Bu ikilem karşısında dudağımı ısırdım. Aslında bayağı acıkmıştım.

Gülümseyerek elimden tutup beni mutfağa götürdü. Bu ifademi o kadar iyi biliyordu ki, düşüncelerimi okumasına gerek bile yoktu.

"Bu artık kontrolden çıkıyor," diye sızlandım nihayet doyduğumda.

"Bu akşamüstü yunuslarla yüzmek ister misin? Kalorileri yakardın," dedi.

"Belki sonra. Benim kalori yakmak için başka bir fikrim var."

"Neymiş o?"

"Karyolanın başında kırılacak bir sürü yer kalmış - "

Cümlemi bitiremeden dudaklarıyla beni susturmuş ve kucağına alıp insanüstü bir hızla mavi odaya taşımıştı bile.

7. BEKLENMEYEN

Siyah topluluk, kefen beyazı sisin içinden üzerime doğru geliyordu. Koyu yakut gözlerinin öldürme şehvetiyle parıldadığını görebiliyordum.

Çocuğun arkamda ağladığını duydum ama ona bakmak için arkamı dönemedim. İyi olduğundan emin olmak istiyordum ama şimdi dikkatimi dağıtmamalıydım.

Daha da yaklaştılar. Hareket ettikçe cüppeleri hafifçe dalgalanıyordu. Ellerinin kemik rengi pençeler gibi kıvrıldığını gördüm. Ayrılmaya başladılar ve bize dört bir yandan saldırabilmek için dağıldılar. Kuşatılmıştık. Ölecektik.

Ve sonra bir anda bütün sahne değişti. Aslında her şey aynıydı, Volturiler hâlâ karşımızda, öldürmek için hazır bekliyordu. Tek değişen sahnenin bana nasıl göründüğüydü. Birden bir açlık duydum. Saldırmalarını ben istedim. Yere çökerken panik, kan şehvetine dönüştü, yüzümde bir gülümsemeyle gürledim.

Sarsılarak ayağa kalktım ve rüyadan dışarı çıktım.

Oda siyahtı. Sauna gibi de sıcaktı. Bir ter damlası saçlarımdan şakaklarıma, oradan da boynuma damladı.

Sıcak çarşafı elimle yokladım, boştu.

"Edward?"

Sonra ellerim, düz, yatay ve sert bir şeye çarptı. Bir kâğıt parçasıydı bu, ikiye katlanmıştı. Notu yanıma aldım ve ışığı yakmak için odanın diğer tarafına gitmeye çalıştım.

Notun dışında "Bayan Cullen" yazıyordu.

Umarım uyanıp yokluğumu fark etmezsin ama uyandıysan, hemen döneceğim. Avlanmak için anakaraya gidiyorum. Uyumaya devam et, tekrar uyandığında yanında olacağım. Seni seviyorum.

Derin bir iç çektim. Buraya geleli iki hafta olmuştu. Gitmesi gerekeceğini biliyordum ama ne zaman olacağını bilmiyordum. Burada zamanın dışında gibiydik, mükemmelliğin içinde yaşıyorduk.

Alnımdaki teri sildim. Şifonyerin üstündeki saat biri geçmişti ama ben kendimi tümüyle uyanmış hissediyordum. Böylesine ter içindeyken ve sıcaktan bunalmışken uyuyamayacağımı biliyordum. Tabii bir de, ışığı kapatıp gözümü yumduğum anda göreceğim sinsice dolaşan kara yüzler vardı.

Kalkıp amaçsızca karanlık evin içinde dolaştım. Işıkları yaktım. Edward'ın yokluğunda ev çok büyük ve boş görünüyordu. Farklıydı.

Gezintim mutfakta son buldu ve rahatlatıcı bir şeyler yemeye ihtiyacım olduğuna karar verdim.

Kızarmış tavuk yapmak için gereken bütün malzemeyi toparladım. Tavuğun tavada çıkardığı cızırtılı ses güzeldi, rahatlatıcı bir tanıdıklığı vardı. Şimdi evdeki sessizliği bozarken kendimi artık o kadar da gergin hissetmiyordum.

Çok da güzel kokuyordu, öyle ki hemen tavadan yemeye başladım. Dilim yanmıştı. Beşinci ya da altıncı ısırıktan sonra artık yiyebileceğim kadar soğumuştu. Çiğneyişim yavaşladı. Tadında kötü olan bir şey mi vardı? Eti kontrol ettim. Her yeri beyazdı ama yine de tam olarak pişip pişmediğini merak ettim. Denemek için bir ısırık daha aldım, iki kez çiğnedim. Ah, kesinlikle çok kötüydü. Hemen koşup lavaboya tükürdüm. Sonra birden tavuk ve yağın karışık kokusu tiksindirici geldi. Bütün tabağı çöpe döktüm ve koku dağılsın diye camı açtım. Serin bir esinti oldu. İyi geldi.

Birden kendimi çok bitkin hissettim ama o sıcak odaya da dönmek istemiyordum. Bu yüzden televizyon odasındaki pencereleri de açıp hemen altlarındaki koltuğa serildim. Önceki gün izlediğimiz filmi açtım ve neşeli giriş şarkısı başlar başlamaz uykuya daldım.

Gözlerimi tekrar açtığımda güneş gökteki yolunu yarılamıştı, ama beni uyandıran ışık değil, beni saran ve kendine doğru çeken serin kollardı. Tam o sırada karnımda sanki bir yumruk yemiş gibi ani bir ağrı hissettim.

"Üzgünüm," diye mırıldandı Edward, yapış yapış olmuş alnımı silerken. "Ben yokken bu kadar terleyeceğini düşünemedim. Bir dahaki sefere gitmeden bir havalandırma taktıracağım."

Söylediklerine konsantre olamıyordum. "Affedersin!" dedim ve güçlükle nefes alarak kollarından kurtulabilmek için çabaladım.

Elimle ağzımı kapayarak banyoya fırladım. O kadar kötü hissediyordum ki, ben klozete çömelmiş vahşice kusarken yanımda olmasını umursamıyordum bile.

"Bella? Neyin var?"

Cevap veremedim. Endişeyle beni tuttu ve saçlarımı yüzümden çekerek tekrar nefes almamı bekledi.

"Kahrolası bozuk tavuk," diye inledim.

"İyi misin?" Sesi gergindi.

"İyiyim," dedim nefes nefese. "Sadece gıda zehirlenmesi. Bunu görmesen daha iyi olur. Git buradan."

"Bu mümkün değil Bella."

"Git," diye inledim tekrar. Yüzümü yıkamak için yerimden kalkmaya çalıştım. Onu itmeme rağmen bana nazikçe yardım etti.

Ağzımı temizlendikten sonra beni yatağa taşıyıp dikkatlice yatırdı.

"Gıda zehirlenmesi?"

"Evet," dedim çatlak sesimle. "Dün gece tavuk pişirmiştim. Tadı çok kötüydü o yüzden çöpe döktüm. Ama birazını yemiştim."

Soğuk elini alnıma dayadı. İyi gelmişti. "Şimdi nasıl hissediyorsun?"

Mide bulantısı geldiği gibi aniden gitmişti, herhangi bir sabah uyandığımda nasılsam yine aynı hissediyordum. "Gayet normal. Aslında biraz aç."

Bana yumurta kırmadan önce bir saat büyük bir şey yemeden beklememi istedi ve bir bardak su verdi. Ben oldukça normaldim, sadece geceden dolayı biraz yorgundum. CNN'ı açtı. Dünyadan öylesine kopmuştuk ki, üçüncü dünya savaşı çıkmış ve bizim haberimiz olmamış olabilirdi. Uykulu bir halde kucağına uzandım.

Haberlerden sıkıldım ve onu öpmek için döndüm. Ama hareket etmemle birlikte, aynı uyandığımda olduğu gibi kötü bir ağrı karnıma saplandı. Onu kendimden uzaklaştırırken elimle ağzımı kapadım. Bu sefer banyoya yetişemeyeceğimi biliyordum, bu yüzden mutfak lavabosuna koştum.

Yine saçlarımı tuttu.

"Belki de Rio'ya gidip seni bir doktora göstermeliyiz," dedi gergin bir ses tonuyla, ben yüzümü yıkarken.

Başımı sallayıp uzaklaştım. Doktor, iğne demekti. "Dişlerimi fırçaladıktan sonra kendime gelirim."

Şimdi ağzımda daha iyi bir tat vardı. Alice'in bavuluma koyduğu ilk yardım setini aradım. Bir sürü insansal şeylerle doluydu, bandajlar, ağrı kesiciler ve şu an asıl ihtiyacım olan şey; mide sorunları için ilaçlar. Belki midemi biraz kendine getirebilirsem Edward'ı da sakinleştirebilirdim.

Ama o ilaçları bulamadan Alice'in benim için bavula koyduğu başka bir şeyi buldum. Mavi kutuyu elime aldım ve uzun bir süre her şeyi unutup öylece durdum.

Sonra içimden saymaya başladım. Bir kere. İki kere. Yine.

Kapıdaki tıklamayla irkildim ve elimdeki küçük mavi kutu bavulun içine düştü.

"İyi misin?" diye sordu Edward içeri girmeden. "Yine mı kustun?"

"Evet ve hayır," dedim ama sesim boğuk geliyordu.

"Bella? İçeri girebilir miyim?" Bu sefer endişeliydi.

"Tamam..."

İçeri girdi ve beni yüzümde boş ve dalgın bakışlarla bavulun yanında bağdaş kurmuş bir halde otururken bulunca yanıma oturdu.

"Sorun nedir?"

"Düğünün üzerinden kaç gün geçti?"

"On yedi," diye cevap verdi hemen. "Bella, ne oldu?"

Tekrar saymaya başladım. İşaret parmağımla ona bekle işareti yaparak kendi kendime mırıldandım. Önceki sayışımda hata yapmıştım, burada sandığımdan daha uzun süredir kalıyorduk. Tekrar başladım.

"Bella!" diye fısıldadı sabırsızca. "Hadi ama!"

Yutkunmaya çalıştım. İşe yaramadı. Bavuldaki mavi tampon kutusunu çıkardım ve sessizce elimde tuttum.

Kafası karışmıştı. "Ne? Bu hastalığı regl öncesi sendromu diye geçiştirip kurtulacak mısın?"

"Hayır," dedim normal bir ses tonuyla konuşmaya çalışarak. "Hayır, Edward. Sana söylemeye çalıştığım... Beş gün geciktim."

Yüz ifadesi değişmedi. Sanki hiçbir şey dememişim gibi bakmaya devam ediyordu.

"Gıda zehirlenmesi olduğunu sanmıyorum," diye ekledim.

Karşılık vermedi. Kaskatı kesilmişti.

"Rüyalar," diye mırıldandım kendi kendime. "Çok uyumak. Ağlamalar. O kadar aç olmak. Ah..."

Edward'ın bakışları dondu sanki artık beni göremiyor gibiydi.

Elim içgüdüsel olarak karnıma gitti.

'Ah!" diye ufak bir çığlık attım.

Edward'ın hareketsiz ellerinden sıyrılıp ayağa fırladım. Üzerimdekileri değiştirmemiştim. Bluzumu sıyırıp baktım.

"İmkânsız," diye fısıldadım.

Hamilelik ve bebeklerle ilgili herhangi bir konuda kesinlikle hiçbir deneyimim yoktu ama aptal değildim. Bunun böyle olmaması gerektiğini bilecek kadar film ve dizi izlemiştim. Eğer hamile olsaydım, vücudum henüz bu konuda bir şey yapıyor olmayacaktı. Sabah bulantılarım olmayacaktı. Sonra yemek yeme ve uyuma alışkanlığımı değiştirmiş olmayacaktım.

Ve tabii ki karnımda küçük ama belirgin bir şişlik olmayacaktı.

Sanki başka bir ışık altında görünmeyecekmiş gibi, vücudumu her açıdan inceledim. Parmaklarımı hafif şişliğin üzerinde gezdirdim, tenimin altında bu kadar sert bir şey hissetmek garipti.

"İmkânsız," dedim tekrar çünkü şişlikle ya da şişliksiz, regl ya da değilken (ve aslında kesinlikle regl değildim, daha önce bir gün bile geç kalmamıştım) hamile olmam gibi bir ihtimal kesinlikle yoktu. Hayatım boyunca seks yaptığım tek kişi bir vampirdi.

Yerde bir daha hareket etmeyecek gibi oturmuş, donakalmış bir vampir.

Bunun başka bir açıklaması olmalıydı. Benim bir sorunum vardı. Hamileliğin bütün izlerini hızlandırmış olarak yaşatan bir Güney Amerika hastalığı.

Ve sonra bir şey hatırladım, şimdi bana çok önceden olmuş gibi gelen bir internet araştırması. Charlie'nin evindeki odamda eski masanın başında, pencereden gelen gri, donuk ışığın altında, hurda bilgisayarımın başında hevesle "Adan Z'ye Vampirler" adlı bir siteyi okuduğum zamanı... Jacob Black'in beni, daha kendinin inanmadığı Quileute efsaneleri ile eğlendirirken Edward'ın bir vampir olduğunu söylemesinin üzerinden daha yirmi dört saat geçmemişti. Ben heyecanla internetteki yazılara göz gezdirmiştim. Dünyanın birçok yerinden farklı vampir efsaneleri okumuştum. Filipinli Danag, ibrani Estrie, Rumen Varacolaci, İtalyan Stregoni Benefici (o zamanlar bilmiyordum ama bu efsane aslında yeni kayınpederimin önceki Volturi maceralarına dayanıyordu)... Hikâyeler inandırıcılığını yitirmeye başladıkça ben de ilgimi yitirmeye başlamıştım. Sonraki hikayeleri sadece hayal-meyal hatırlıyordum. Çoğunlukla yüksek çocuk ölümleri ya da sadakatsizlik için uydurulmuş bahaneler gibiydi. *Hayır, hayatım, seni aldatmıyorum! Evden gizlice çıktığını gördüğün o seksi kadın aslında dişi şeytandı. Şanslıyım ki elinden canlı kurtuldum!* (Gerçi Tanya ve kardeşleri hakkında öğrendiklerimden sonra bazı bahanelerin gerçek olabileceğini düşünmüştüm) Kadınlar için de bazı bahaneler vardı. *Beni seni aldatmakla nasıl suçlarsın? Elindeki tek kanıt, iki yıllık deniz seyahatinden dönüp beni hamile bulman. Şeytan benim ırzıma geçti. Beni mistik vampir güçleriyle ipnotize etti...*

Oradaki erkek şeytanla ilgili bir şey daha vardı; bahtsız kurbanını hamile bırakabiliyordu.

Sersemleşip başımı salladım. Ama...

Esme ve özellikle Rosalie'yi düşündüm. Vampirlerin çocukları olamazdı. Eğer bu mümkün olsaydı Rosalie şimdiye kadar çoktan bir yolunu bulurdu. Bu sadece bir efsaneydi. Ama bir istisna vardı... Yani bir *fark* vardı. Tabii ki Rosalie hamile kalamazdı çünkü insanlıktan insan-dışılığa geçerken bedeni donmuştu. Değişmiyordu. Ve çocuk doğurmak için insan olan kadınların bedenlerinin değişmesi gerekiyordu. Aylık döngüde gerçekleşen sürekli değişiklikler ve bir çocuğu taşırken gerçekleşen daha büyük değişiklikler. Rosalie'nin bedeni ise değişemiyordu.

Ama benimki değişebiliyordu. Değişmişti de. Daha dün karnımda olmayan şişliğe dokundum.

İnsan olan erkeklerse, yani aslında onlar ergenlikten ölüme kadar aynı kalıyorlardı. Kim bilir nereden duyduğum bir haberi hatırladım. Charlie Chaplin en son çocuğuna yetmişli yaşlarında sahip olmuştu. Erkeklerin çocuk yapmak için belirli yılları ya da doğurganlık döngüleri yoktu.

Tabii ebeveynleri çocuk yapamazken vampirlerin yapabildiğini kim bilebilirdi ki? Hangi vampir bu teoriyi bir insan kadınla test edecek kadar kendini tutabilirdi? Ya da buna heves edebilirdi?

Aklıma yalnız bir kişi geliyordu.

Aklımın bir kısmı gerçekleri, hatıraları ve teorileri düşünürken, vücudumdaki en küçük kasları bile hareket ettiren başka bir kısmı da normal hareketler yapamayacak kadar afallamıştı. Bir türlü dudaklarımı hareket ettirip konuşamıyordum. Oysaki Edward'ın bana neler olduğunu açıklamasını istiyordum. Donup kaldığı yere gidip ona dokunmak istiyordum ama bedenim komutlarıma uyamıyordu. Sadece aynadaki şok olmuş gözlerime bakıyor, parmaklarımla dikkatlice karnımdaki şişliğe dokunuyordum.

Ve sonra, aynı dün geceki canlı kâbusta olduğu gibi birden sahne değişti. Aynada gördüğüm her şey tümüyle farklıydı ama aslında hiçbir şey farklı değildi.

Her şeyi değiştiren, bedenimin içinden gelen küçük yumuşak bir dürtmeydi. Hissedebiliyordum.

Aynı anda Edward'ın telefonu ısrarlı bir şekilde çalmaya başladı. İkimiz de kımıldamadık. Tekrar ve tekrar çalmaya devam etti. Parmaklarımı karnıma bastırdım. Aynadaki ifadem artık şaşkın değil, meraklıydı. Damlalar sessizce yanaklarımdan süzülünceye kadar ağladığımı fark etmemiştim.

Telefon çalmaya devam etti. Edward'ın açmasını umdum

çünkü çok önemli bir an yaşıyordum. Belki de hayatımın en önemli anını.

Çaldı. Çaldı. Çaldı.

Sonunda sesin verdiği rahatsızlık her şeyi aştı. Edward'ın yanına eğildim. Bunu yaparken çok dikkatliydim. Artık yaptığım her hareketi bin kat daha bilinçli yapıyordum. Ceplerinde telefonu aradım. Biraz kendine gelip telefonu açmasını bekledim ama hâlâ kaskatıydı.

Telefon numarasını tanıdım ve neden aradığını hemen anladım.

"Alo, Alice," dedim. Sesim öncekinden iyi değildi. Boğazımı temizledim.

"Bella? Bella iyi misin?"

"Evet. Şey... Carlisle orada mı?"

"Burada. Sorun nedir?"

"Tam... olarak... emin değilim..."

"Edward iyi mi?" diye sordu endişeli bir halde. Carlisle'ı çağırdı ama bir yandan konuşmaya devam ediyordu. "Neden telefonunu kendi açmıyor?" diye sordu bu kez de. Halbuki ben daha ilk sorusuna bile cevap verememiştim.

"Emin değilim."

"Bella, neler oluyor? Gördüklerim – "

"Ne gördün?"

Sessizlik oldu. "Carlisle geldi," dedi sonunda.

Damarlarımda buz gibi bir su dolaşıyormuş gibi hissettim. Eğer Alice kucağımda yeşil gözlü, melek yüzlü bir çocuk gördüyse bana cevap verirdi değil mi?

Carlisle konuşmaya başlamadan, bir an aklımdan Alice'in gördüğünü düşündüğüm gelecek geçti. Küçücük, güzeller güzeli, benim rüyamda gördüğümden bile daha güzel bir bebek, kollarımda küçük bir Edward. Bu düşüncenin sıcaklığı damarlarımda dolaşmaya başlayınca buzlar kırıldı.

"Bella," dedi Carlisle, "neler oluyor?"

"Ben – " Nasıl cevap vereceğimden emin değildim. Vardığım sonuca gülüp deli olduğumu mu söyleyecekti? Başka bir renkli rüya mı görüyordum? "Edward için endişeleniyorum... Vampirler şoka girebilir mi?"

"Başına bir şey mi geldi?" Carlisle'ın sesi bir anda ciddileşmişti.

"Yo, yo," diyerek onu sakinleştirmeye çalıştım. "Sadece... ona bir sürpriz yaptım da."

"Anlamıyorum Bella."

"Sanırım...yani sanırım belki...sanırım..." Derin bir nefes aldım. "Hamileyim."

Karnımda başka bir tekme daha hissettim. Elim hemen karnıma gitti.

Uzun bir sessizlikten sonra Carlisle, mesleğine uygun düşen sorular sormaya başladı..

"Son reglinin ilk günü ne zamandı?"

"Düğünden on altı gün önceydi." Emin bir şekilde cevap verebilecek kadar hesaplama yapmıştım.

"Nasıl hissediyorsun?"

"Tuhaf," dedim ve sesim çatladı. Yanaklarımdan yeni gözyaşları akmaya başladı. "Saçma biliyorum, bakın, biliyorum bunlar için çok erken, biliyorum. Belki delirdim. Ama çok tuhaf rüyalar görüyorum ve sürekli yemek yiyorum ve ağlıyorum ve kusuyorum ve...ve...yemin ederim az önce içimde bir şey hareket etti."

Edward başını çevirdi.

Rahat bir nefes aldım.

. Edward telefonu ister gibi elini uzattı, yüzü beyaz ve ifadesi sertti.

"Şey, sanırım Edward seninle konuşmak istiyor."

"Tamam," dedi Carlisle gergin bir sesle.

Edward'ın konuşabileceğinden çok da emin değildim, telefonu uzattığı eline koydum.

Ahizeyi kulağına dayadı ve, "Bu mümkün mü?" diye fısıldadı.

Uzun bir süre telefonu dinledi, bakışları donmuştu.

'Ya Bella?" diye sordu. Konuşurken kolunu belime doladı ve beni kendine çekti.

Uzun bir süre daha Carlisle'ı dinledi ve sonra cevap verdi, "Evet. Evet yaparım."

Telefonu kulağından ayırıp kapatma tuşuna bastı. Hemen ardından yeni bir numara çevirdi.

"Carlisle ne dedi?" diye sordum sabırsızca.

Edward ruhsuz bir sesle cevap verdi. "Hamile olduğunu düşünüyor."

Bu kelimelerle birlikte vücuduma sıcak bir titreme yayıldı. Küçük tekmeci içimde çırpındı.

"Şimdi kimi arıyorsun?" diye sordum, telefonu tekrar kulağına dayadığını gördüğümde.

"Havaalanını. Eve gidiyoruz."

Edward bir saatten fazladır aralıksız telefondaydı. Eve dönüş uçağımızı ayarladığını düşünüyordum ama emin de olamıyordum çünkü İngilizce konuşmuyordu. Tartışıyor gibiydi, sürekli dişlerini sıkarak konuşuyordu.

Tartışırken bir yandan da bavulu hazırlıyordu. Odanın içinde kızgın bir fırtına gibi esiyordu ama geçtiği yerlerde hasar bırakmak yerine etrafı düzenliyordu. Yüzüme hiç bakmadan benim kıyafetlerimden bir takımı yatağın üzerine bıraktı ve giyinme zamanı olduğunu anladım. Ben giyinirken o telaşlı ve ani hareketlerle tartışmasına devam etti.

Ondan gelen vahşi enerjiye artık dayanamadığını için sessizce odayı terk ettim. Bu hastalıklı yoğunlaşması midemi bulandırıyordu. Sabah bulantısı gibi değildi, sadece beni rahatsız ediyordu. Bu halinin geçmesini başka bir yerde beklemeliydim. Bu buz gibi soğuk Edward'la konuşamazdım, aslında beni biraz da korkutuyordu.

Ve yine kendimi mutfakta buldum. Dolapta bir paket tuzlu kraker vardı. Pencereden dışarı, güneşin altında parıldayan kumlara, kayalara, ağaçlara ve okyanusa bakınarak yemeye başladım.

Omzuma dokundu.

"Biliyorum," dedim. "Ben de gitmek istemiyorum."

Dışarıya bakmaya devam ettim ama o karşılık vermedi.

"Anlamıyorum," diye fısıldadım. "Yanlış olan ne?"

Hayret verici olduğu kesindi. Hatta afallatıcıydı. Ama yanlış mıydı?

Hayır.

Peki, Edward neden o kadar öfkeliydi? Hemen evlenmek isteyen de o değil miydi? .

Bir anlam vermeye çalıştım.

Belki de Edward'ın hemen eve gitmek istemesi çok da kafa karıştırıcı bir şey değildi. Emin olabilmek için, Carlisle'ın beni muayene etmesini istemişti, gerçi bu noktada artık benim aklımda bir şüphe kalmamıştı. Belki de hamileliğimin neden bu kadar hızlı geliştiğini anlamak istiyorlardı, hemen karnımın büyümesi, tekmeler falan. Bunlar normal değildi.

Hamile olduğumdan emindim. O, bebek için endişeleniyor olmalıydı. Ben daha kafayı yeme aşamasına gelmemiştim. Benim beynim onunkinden yavaş çalışıyordu ve hâlâ aklım o güzel sahnede takılı kalmıştı: kucağımda güzelce yatan Edward'ın - insanken olduğu gibi - yeşil gözlerine sahip küçücük bir çocuk. Yüzünün tümüyle Edward'a benzemesini umuyordum, benden hiçbir parça almasını istemiyordum.

Aniden gözümün önüne bu sahnenin gelmiş olması ne komikti. İlk dokunuşla birlikte bütün dünya değişmişti. Önceden yokluğunda var olamayacağım bir şey vardı, şimdi iki tane olmuştu. Bir ayrılık yoktu tabii, sevgimi bölüştürmüyordum, öyle değildi. Sanki kalbim büyümüş, o an iki katına çıkmıştı. Bu neredeyse baş döndürücüydü.

Daha önce Rosalie'nin acısını gerçekten anlayamamıştım. Kendimi asla bir anne olarak hayal edememiş, bunu istememiştim. Edward'ı, insanlığımın çocuk doğurma kısmını bırakmayı hiç önemsemediğime inandırmak hiç de zor olmamıştı çünkü bunu gerçekten istememiştim. Çocuk fikri hiçbir zaman bana hitap etmemişti. Bir kere çok gürültülü yaratıklardı, ağızları akıp duruyordu. Hiçbir zaman onlar için bir şey hissedememiştim. Renée'nin bana bir kardeş yaptığını düşlediğim zamanlarda bu hep benden büyük bir kardeş olurdu, bir ağabey. Benim göz kulak olacağım biri değil, bana göz kulak olacak biri yani.

Ama bu çocuk, Edward'ın çocuğu, tümüyle başka bir hikâyeydi.

Onu nefes almak gibi, bir ihtiyaç gibi istiyordum yani bu bir seçim değil, zorunluluktu.

Belki de hayal gücüm biraz kıttı. Belki bu yüzden evli olana kadar evli olduğumu ve bir bebek isteyeceğimi de bebek karnıma düşene kadar hayal edememiştim.

Elimi tekrar karnıma koyup sonraki tekmesini beklediğimde gözlerimden yine yaşlar döküldü.

"Bella?"

Söyleyeceklerine hazırlıklı bir şekilde döndüm. Soğuk ve dikkatliydi. Yüzünün de sesinden farkı yoktu: boş ve sertti.

Sonra ağladığımı gördü.

"Bella!" Yıldırım hızıyla odayı geçip yanıma gelerek elini yüzüme koydu. "Canın mı yanıyor?"

"Yo, hayır – "

Beni göğsüne doğru çekti. "Korkma. On altı saat içinde evde olacağız. İyileşeceksin. Carlisle orada bizi bekliyor olacak. Bu işi halledeceğiz, iyileşeceksin, iyi olacaksın."

"Halledecek mıyız? Ne demek istiyorsun?"

Gözlerime baktı. "O şeyi bir yerini incitmeden çıkaracağız. Korkma. Seni incitmesine izin vermeyeceğim."

"O şey mi?" diye cevap verdim güçlükle nefes alarak.

Birden sert bir ifadeyle giriş kapısına doğru baktı. "Kahretsin! Gustavo'nun bugün geleceğini unuttum. Hemen onu gönderip geleceğim," dedi ve odadan fırladı.

Ayakta durabilmek için tezgâha yaslandım, dizlerim çözülmüştü.

"Hayır," diye fısıldadım.

Her şeyi yanlış anlamıştım. Bebeği hiç de önemsemiyordu. Onu incitmek istiyordu. Aklımdaki sahne birdenbire değişip karanlık bir şeylere dönüştü. Güzel bebeğim ağlıyorken güçsüz kollarım onu korumaya yetmiyordu.

Ne yapmalıydım? Onların mantığını anlayabilecek miydim? Ya anlayamazsam? Alice'in telefondaki tuhaf sessizliği bundan mıydı? Bunu mu görmüştü? Edward ve Carlisle'ın soluk renkli, kusursuz çocuğu daha yaşayamadan öldürdüklerini mi?

"Hayır," diye fısıldadım tekrar, bu sefer sesim daha güçlü çıkmıştı. Bu olamazdı. Buna izin veremezdim.

Edward'ı yine Portekizce konuşurken duydum. Yine tartışıyordu. Sesi giderek yaklaşıyordu ve sabrı tükenmiş bir öfkeyle homurdanıyordu. Sonra bir ses daha duydum, cılız ve çekingendi. Bir kadın sesi.

Önden Edward, arkasından da kadın mutfağa girdi. Edward hemen yanıma yaklaştı ve yüzümdeki yaşları silerek kulağıma mırıldandı.

"Getirdiği yemeği bırakmak için ısrar ediyor, bize yemek yapmış." Edward'ın sesi gergin ve öfkeliydi. "Aslında bu bir bahane, seni öldürmediğimden emin olmak istiyor." Sesi buz gibi soğuk çıkıyordu.

Kaure köşede, elinde üstü örtülü bir kapla gergince dikiliyordu. O an Portekizce konuşabilmeyi diledim. Ya da keşke İspanyolcam bu kadar eksik olmasaydı da bu kadına sırf beni kontrol etmek için bir vampiri böyle kızdırmayı göze aldığı için teşekkür edebilseydim.

Gözleri üzerimizde gidip geliyordu. Yüzümdeki renge ve gözlerimdeki yaşa bir anlam vermeye çalıştığını gördüm. Anlamadığım bir şeyler mırıldanarak yemeği tezgâhın üzerine bıraktı.

Edward ona bir şey fırlattı, onu hiç bu kadar kaba görmemiştim. Kadın gitmek için döndü ve hareketiyle birlikte yemeğin kokusu burnuma değdi. Çok güçlü bir kokuydu: soğan ve balık. Öğürerek lavaboya eğildim. Hemen Edward'ın ellerini alnımda hissettim. Bir yandan da yatıştırıcı bir sesle bir şeyler mırıldanıyordu. Elleri bir anlığına yok oldu ve buzdolabının kapısının kapandığını duydum. Neyse ki sesle birlikte koku da kayboldu ve Edward'ın elleri nemli yüzümü soğutmaya devam etti. Hemen iyileşmiştim.

Ağzımı yıkarken o da bir yandan yüzümü okşuyordu.

Karnımda belli belirsiz bir dürtme oldu.

Tamam. İyiyiz, diye seslendim içimden.

Edward beni kendine çevirip, kollarının arasına aldı. Başımı ona yasladım. Ellerim içgüdüsel olarak karnımda buluştu.

Bir ses duyup başımı kaldırdım.

Kadın hâlâ oradaydı, kapı önünde durmuş yardım edebileceği bir şey var mı diye görmek için bana bakıyordu. Gözleri ellerime takılı kalmış, endişe içinde açılmıştı. Ağzı da açık kalmıştı.

Edward birden kadına dönüp beni arkasına çekti. Beni arkasında tutmaya çalışıyordu.

Birden Kaure ona bağırmaya başladı, çok yüksek ve öfkeli sesinden dökülen kelimeler keskin bir bıçak gibi odada uçuşuyordu. İki adım öne atıldı ve küçük yumruğunu havaya kaldırıp ona doğru salladı. Tüm o yırtıcı haline karşılık gözlerindeki dehşeti görmek zor değildi.

Edward da ona doğru bir adım attığında kadın için endişelenerek Edward'ın kolunu kavradım. Ama kadının konuşmasını kesip konuşmaya başlayan Edward'ın sesi beni şaşırtmıştı, hele de sesinin bu kadına karşı her zaman çok sert çıktığını düşününce. Çok bsık bir sesti, yalvarıyor gibiydi. Sadece bu kadar da değildi, farklı bir tınısı vardı, daha gırtlaktan ve daha yavaş konuşuyordu. Artık Portekizce konuştuğunu sanmıyordum.

Bir an kadın ona merakla baktı sonra gözlerini kısarak aynı tanımadık dilden uzun bir soru sordu.

Edward'ın yüzünün üzgün ve ciddi bir hal aldığını gördüm. Sonra başını evet anlamında salladı. Kadın bir adım geri atıp haç çıkardı.

Edward ona doğru yaklaşırken beni işaret eden el işaretleri yaptı. Kadın tekrar öfkeli bir cevap verdi, ellerini onu suçlar gibi sallıyordu. Bitirdiğinde Edward yine o kısık, endişeli sesiyle yalvarmaya başladı.

Kadının yüz ifadesi değişmişti, Edward'a şüphe içinde bakıyor ve gözleri arada benim yüzüme takılıyordu. Edward konuşmasını bitirdiğinde kadın onun söylediklerini düşünmeye başladı. Bir ona bir bana bakıyordu ve sonra bilinçsizce bir adım ilerledi.

Elleriyle, karnından bir balon çıkıyormuş gibi bir hareket yaptı. Onların, efsanelerindeki yırtıcı kan içicilerin *böyle* özellikleri de var mıydı? Benim karnımda büyüyenle ilgili bir fikri olabilir miydi?

Bu sefer bilinçli olarak birkaç adım daha ilerledi ve birkaç kısa soru sordu, Edward hepsine endişeli cevaplar verdi. Sonra o bir soru sordu, kısa bir soru. Kadın duraksadı ve yavaşça başını salladı. Edward tekrar konuşmaya başladığında sesi öyle acı doluydu ki beni şaşırttı. Yüzü acıya boğulmuştu.

Cevap olarak kadın yavaşça yürüyerek yanıma geldi ve küçük elini benimkinin üzerine, karnımın üzerine koydu. Portekizce bir kelime söyledi.

"Morte,"* diyerek iç çekti sessizce. Sonra döndü ve omuzları çökmüş bir halde odadan çıktı.

Söylediğini anlayacak kadar İspanyolcam vardı.

Edward yine donakaldı, kadının arkasından aynı acılı ifadeyle bakıyordu. Biraz sonra bir teknenin çalışıp uzaklaştığını duydum.

Edward, ben banyoya gitmek için yürümeye başlayana kadar hareket etmedi. Sonra eli omzumu yakaladı.

"Nereye gidiyorsun?" dedi acı dolu bir fısıltıyla.

"Dişlerimi tekrar fırçalamaya."

"Söylediğini kafana takma. Efsaneden, eğlence olsun diye söylenen yalanlarda başka bir şey değil."

"Hiçbir şey anlamadım ki," dedim. Gerçi bu tam olarak doğru sayılmazdı. Sanki bir şeyi efsane diye önemsemeyecektim. Benim tüm hayatım bir efsaneyle çeviriliydi. Hem de hepsi gerçekti.

"Diş fırçanı bavula koymuştum. Getireyim."

Önümden yatak odasına doğru yürüdü.

"Hemen gidiyor muyuz?" dedim arkasından.

"Sen işini bitirir bitirmez."

Ben dişlerimi fırçalarken o da odada sessizce volta atarak beni bekliyordu. İşim bitince, diş fırçamı tekrar bavula koyması için ona uzattım.

"Bavulları tekneye götüreyim."

"Edward – "

Arkasını döndü. "Evet?"

Duraksadım, yalnız kalabilmek için bir bahane arıyordum. "Acaba...biraz yemek de alabilir misin yanımıza? Hani acıkırsam diye."

"Tabii ki," dedi. Gözleri birden yumuşamıştı. "Sen hiçbir şeyi dert etme. Birkaç saat içinde Carlisle'ın yanında oluruz, gerçekten. Hepsi geçecek merak etme."

---

* Morte: Ölüm

Başımı evet anlamında salladım çünkü sesimin normal çıkacağına güvenmiyordum.

Dönüp odayı terk ederken her iki elinde de büyük birer bavul vardı.

Hemen dönüp tezgâhta bıraktığı telefonu kaptım. Bir şeyleri unutmak hiç de ona göre değildi: Gustavo'nun geldiğini unutmak, telefonunu burada unutmak. O kadar stresliydi ki kendisi gibi davranmıyordu.

Telefonu açıp rehberdeki numaralar arasında gezinmeye başladım. İyi ki sesini kısmıştı çünkü beni yakalamasından korkuyordum. Şimdi teknede miydi acaba? Mutfaktan fısıldayarak konuşursam beni duyar mıydı?

İstediğim numarayı buldum, bu numarayı daha önce hiç aramamıştım. Arama tuşuna basıp bekledim.

"Alo?" Altın rüzgâr çanı gibi tınlayan bir ses cevap verdi.

"Rosalie?" diye fısıldadım. "Ben Bella. Lütfen. Bana yardım etmelisin."

İKİNCİ KISIM

Jacob

Gerçi doğrusunu söylemek gerekirse, bugünlerde akılla aşkın bir araya geldiği yok.

William Shakespeare
Bir Yaz Gecesi Rüyası
Perde III, Sahne I

ÖNSÖZ

Hayat berbat ve bir de ölüyorsun.

Ya, çok şanslı olmalıyım.

8. KAHROLASI KAVGA BAŞLASA ARTIK

"Tanrı aşkına Paul, kendi evin yok mu senin?"
Paul kanepemde yayılmış, beş para etmez televizyonumda aptal bir beysbol maçını seyrederken, bir anda bana dönüp sırıtarak bacaklarının arasındaki paketten bir cips aldı ve yavaşça bir hamlede ağzına attı.
"Bunları sen getirmişsindir umarım."
"Hayır" dedi, bir yandan çiğnemeye devam ederek. "Kardeşin kendimi evimde hissetmemi söylemişti."
Sesimi sanki onu yumruklamak üzere olan ben değilmişim gibi ayarlamaya çalışarak, "Rachel burada mı?" diye sordum.
Bir işe yaramadı. Ne demeye çalıştığımı anladı ve paketi arkasına doğru ittirdi. Paket yastıkların arasında sıkışırken içindeki cipslerin paramparça olduğunu duydum. Paul yumruklarını sıkarak bir boksör gibi bana doğru yaklaştı
"Hadi, ne duruyorsun. Rachel'ın beni korumasına ihtiyacım yok."
"Tabii, ne demezsin. İlk fırsatta ağlayarak onun yanına gitmeyeceksin sanki."
Gardım düşürdü ve gülerek kanepeye oturdu. "Gidip de bir kızla çene çalmayacağım. Olur da bana vurursan, ya da ben sana, bu aramızda kalacak değil mi?"
Bunu sorması gerçekten kibarcaydı. Sanki vazgeçmiş gibi kendimi bıraktım. "Evet."
Gözleri televizyona kaydı.
Üzerine atıldım.
İlk yumruğumda burnundan çok tatmin edici bir çatırtı gel-

di. Beni tutmaya çalıştı ama o bir yolunu bulana kadar sol elimde cips paketiyle ondan sıyrılmayı başarmıştım bile.

"Salak herif! Burnumu kırdın."

'Aramızda kalacak. Değil mi Paul?"

Cipsleri götürmeye gittim. Arkamı döndüğümde, Paul hemen burnuyla ilgilenmeye başladı.

Kan çoktan durmuştu. Dudaklarından ve çenesinden damlayan katım nereden geldiği belli bile değildi. Kıkırdağını düzeltirken bir yandan da bana küfrediyordu.

"Tam bir baş belasısın, Jacob. Yemin ederim Leah ile takılmayı yeğlerdim."

"Vay be! Eminim Leah bunu duyduğuna çok sevinecektir. Kalbinin buzları eriyecek."

"Tekrar düşündüm de, bunu söylediğimi unutabilirsin."

"Tabii canım. Hayatta ağzımdan kaçırmam."

Homurdanarak kanepeye geri döndü. Tişörtünün yakasında kalan kanı temizlemeye çalışıyordu. "Hızlısın evlat. Hakkını vermek lazım." Dikkatini yeniden maça verdi.

Bir süre daha orada durduktan sonra uzaylıların insan kaçırmaları hakkında mırıldanarak odama doğru yollandım.

Eskiden, Paul ile herhangi bir anda kavga edebilirdiniz. Ona vurmaya bile gerek yoktu, sadece hafif bir hakaret bile yeterli olurdu. Onu kontrolden çıkarmak için çok uğraşmama gerek kalmamıştı aslında. Ama üstümü başımı yırtıp ağaçları devirircesine sağlam bir kavga yapmak istediğimde de, alttan alacağı tutmuştu.

Gruptan bir başka üyenin de mühürlenmesi yeterince kötü değil miydi sanki. Çünkü gerçekten de bununla beraber onda dört oluyordu! Ne zaman duracaktı? Bu aptal efsanenin çok nadir gerçekleşmesi gerekmiyor muydu? Bütün bu ilk görüşte aşk hikâyesi beni hasta ediyordu.

Bunun kardeşim olması şart mıydı? Ya da Paul olması mı gerekiyordu?

Rachel yaz döneminin sonunda Washington'dan eve döndüğünde - erken mezun oldu, inek - en büyük endişem bu sırrı ondan saklayamamaktı. Kendi evimde bir şeyleri gizleme gibi bir alışkanlığım yoktu. Kendimi gerçekten de Embry ve Collin gibi çocuklara yakın hissediyordum. Anne ve babalarının, onların birer kurt adam olduklarından haberleri bile yoktu. Embry'nin annesi onun asi bir dönemden geçtiğini düşünüyordu. Sürekli kaçtığı için kalıcı olarak cezalandırılmıştı ama tabii ki bunun için yapılabilecek fazla bir şey yoktu. Annesi her gece kontrole geldiğinde odanın her gece boş olduğunu görecekti. Ona bağırdığında o sessiz kalacak ve ertesi gün aynı şeyler tekrardan yaşanacaktı. Embry'yi az da olsa rahat bırakması için, Sam'i defalarca kez ikna etmeye çalıştık. Böylece Embry annesine olan biteni anlatacaktı. Fakat Embry bunu kabul etmedi. Bu sır çok önemliydi.

Büyük bir hevesle bu sırrı tutmaya hazırdım. Ve sonra, Rachel eve geldikten iki gün sonra Paul ile sahilde karşılaştılar. Hokus, pokus - gerçek aşk! Öbür yarını bulduğun zaman artık ne yalana ne de tüm o kurt adam saçmalığına gerek vardı.

Rachel bütün hikâyeyi anlayışla karşıladı. Ben de en nihayetinde Paul'u kayınbiraderim olarak kabul ettim. Billy'nin de bu konuda o kadar heyecanlı olmadığını biliyordum. Ama yine de durumu benden çok daha iyi idare etti. Clearwaterlar'a normalden fazla kaçmaya başladı. Bu daha mı iyiydi, bilmiyordum. Paul yoktu ama çok fazla Leah vardı.

Merak ediyordum, acaba şakağıma bir kurşun girse, bu beni gerçekten öldürür müydü, yoksa sadece temizlemem için geriye büyük bir pislik mi bırakırdı?

Kendimi yatağa attım. Yorgundum, son devriyemden beri uyumuyordum. Ama uyumayacağımı biliyordum. Aklım çok karışıktı. Düşünceler kafatasımın içinde düzensiz bir şekilde hareket eden bir arı kümesi gibiydi. Gürültülü. Ve arada bir de iğnelerini batırıyorlardı. Bunlar eşek arısı olmalıydı. Çünkü normal arılar bir kere sizi soktuktan sonra ölürlerdi. Ama beni aynı düşünceler sokup duruyordu, tekrar ve tekrar.

Bekleyiş beni deli ediyordu. Neredeyse dört hafta olmuştu. Bu zamana kadar öyle ya da böyle bir haberin gelmesini bekliyordum. Geceleri oturup nasıl geleceğini düşünüyordum.

Charlie telefonda hıçkırarak ağlıyor olacaktı; Bella ve kocası bir trafik kazasında kaybolmuş diye. Belki bir uçak kazasında?

işte o zaman daha inandırıcı olurdu. Tabi eğer o sülükler kanıtlamak için görgü tanıklarını öldürmezlerse... Belki küçük bir uçak olurdu. Onlarda bir tane fazladan vardır mutlaka.

Ya da katil, kızı kendilerine katmayı başaramadan eve tek başına dönecekti. Belki onu bir paket cipsi ezer gibi ezmişti, sırf onunla yatmak için. Çünkü kızın hayatı onun keyfinden daha önemsizdi...

Hikâye çok trajik olacaktı: Bella korkunç bir kazada kayboldu. Bir yankesicinin kurbanı oldu. Ya da yemek yerken boğuldu. Trafik kazasında öldü, tıpkı annem gibi. Çok sıradan. Herkesin başına gelenlerden.

Onu eve getirir miydi? Burada Charlie için bir tören yapılacak mıydı? Tabutu kapalı olacaktı tabii ki. Anneminki öyle olmuştu.

Tek dileğim o herifin buraya geri dönmesi, yakınıma gelmesiydi.

Belki de hikâye falan olmayacaktı. Belki Charlie bir gün babamı arayıp işe gelmeyen Doktor Cullen'dan haberi olup olmadığını soracaktı. Evde kimse olmayacaktı. Hiçbir Cullen telefona çıkmayacaktı. Bu gizem bir üçüncü sayfa haberine kalacaktı, cinayet şüphesi...

Belki büyük beyaz ev yanıp kül olacaktı, hem de herkes içerideyken. Tabii ki cesetlere ihtiyaç olacaktı. Sekiz insan bedeni, tam onların ölçülerinde. Tanınamayacak kadar yanmış, dişleri bile tanınamaz halde.

Bunların hiçbiri zor olmazdı, benim için tabii. Bulunmak istemezlerse onları bulmak kolay olmayacaktı. Ama aramak için sonsuz zamanım vardı. Eğer sonsuz zamanınız varsa bir tane iğneyi bulmak için samanlıktaki her samana teker teker bakardınız.

Şu anda o samanlığı dağıtmaya aldırmazdım. En azından yapacak bir şeyim olurdu. Şansımı kaybettiğimi bilmekten nefret ediyordum. O kan emicilere kaçmaları için zaman vermek yeterince kötüydü, tabii planları buysa.

Bu gece gidebilirdik. Bu gece aralarından kimi bulursak öldürebilirdik.

Bu planı sevdim çünkü Edward'ı iyi tanıyordum ve eğer aileşinden birini öldürürsem onu öldürmek için de şansım olacağını biliyordum. Öç için gelirdi. Ve kardeşlerimin onu bir yığın gibi devirmesine de izin vermeden ona istediğini verirdim. Sadece o ve ben. İyi olan kazansın.

Ama Şam'ın haberi olmayacaktı. *Anlaşmamızı bozmayacağız. İhlalin onlardan gelmesini bekle.* Sırf Cullenlar'ın yanlış bir şey yaptığına dair kanıtımız olmadığı için. Henüz. *Henüzü* eklemek zorundaydınız çünkü kaçınılmazdı. Bella, ya onlardan biri olarak geri dönecekti, ya da hiç dönmeyecekti. İki şekilde de bir insan hayatı kaybolmuş olacaktı. Ve bu da oyun başlıyor demekti.

Diğer odada Paul öküz gibi anırıyordu. Herhalde televizyonda komik bir diziye rastlamıştı. Belki izlediği reklam komikti. Her neyse. Sinirime dokunuyordu.

Yine burnunu kırmayı düşündüm. Ama benim dövüşmek istediğim Paul değildi. Hem de hiç değildi.

Diğer sesleri, ağaçlardaki rüzgârı dinlemeye çalıştım, aynı değildi, insan kulaklarıyla değildi. Bu bedenle duyamadığım milyonlarca ses vardı rüzgârda.

Ama bu kulaklar da yeterince hassastı. Ağaçların ötesini duyabiliyordum; yolu, sahili, ufukta uzanan adaları, kayalıkları ve okyanusu görebildiğiniz son virajın oradan geçen arabaları. La Push polisleri orada takılmayı severdi. Turistler, yavaşla tabelasını hiçbir zaman göremezlerdi.

Kumsaldaki hediyelik dükkânının önündeki konuşmaları duyabiliyordum. Kapı açılıp kapandıkça çalan zili duyabiliyordum. Embry'nin annesini kasada fiş keserken duyabiliyordum.

Sahildeki kayaların üzerine yatan gelgitin sesini duyabiliyordum. Çocukların buz gibi soğuk sudan kaçarken cıyakladıklarını duyabiliyordum. Annelerinin ıslak kıyafetleri için onları azarladıklarını duyabiliyordum. Ve tanıdık bir ses duyabiliyordum.

Öyle dikkatle dinliyordum ki, Paul'ün eşek gibi gülmesi beni olduğum yerde sıçrattı.

"Çık git evimden," diye söylendim. Hiç aldırış etmeyeceğini biliyordum, kendi dediğimi dinleyen sadece ben olmuştum. Pencereyi zorla açıp duvardan aşağı doğru indim, böylece Paul'ü görmeyecektim. Biliyordum, ona bir daha vuracaktım ve Rachel sinirlenecekti. Üzerinde kanı görür görmez hemen bir kanıt beklemeden beni suçlayacaktı. Elbette haklı olacaktı ama yine de...

Yumruklarım ceplerimde kıyıya doğru indim. First Kumsalı'na giderken kimse bana bakmadı. Bu da yazın bir getirisydi, şorttan başka bir şey giymemeniz kimseyi rahatsız etmiyordu.

O tanıdık sesi takip ettim ve hiç zorlanmadan Quil'i buldum. Hilalin güney ucunda, turistlerin büyük kısmından uzakta duruyordu. Sürekli etrafındakiler! uyarıp duruyordu.

"Suya girme, Claire. Hadi. Yo, yapma. Ah! Harika. Gerçekten Emily bana bağırsın mı istiyorsun? Seni bir daha sahile getirmem eğer - Öyle mi? Dur - Ah! Komik sanıyorsun değil mi? Hah! Şimdi kim komik, ha?"

Yanlarına geldiğimde kıkırdayan çocuğu bileğinden yakaladı. Kızın elinde bir kova vardı ve pantolonu sırılsıklamdı. Quil'in de üzerinde büyük bir ıslaklık vardı.

"Küçük kızın kazanacağına bahse girerim," dedim.

"Selam Jake."

Claire ciyaklayarak kovasını Quil'in dizine attı. "Bırak, bırak!"

Quil onu dikkatle yere bırakınca Claire bacağıma sarıldı.

"Jay!"

"Nasıl gidiyor Claire?"

Kıkırdadı. "Quil ıslandı."

"Gördüm. Annen nerede?"

"Gitti, gitti, gitti," diye şarkı söyledi. "Claire ve Quil kaldı bugün. Claire hiç eve gitmiyooo." Beni bırakıp koşarak Quil'e gitti. Quil onu kapıp omzuna oturttu.

"Birinin başı belada sanırım."

"Hem de nasıl," dedi Quil. "Tüm partiyi kaçırdın. Prensesçilik oynadık. Claire bana bir taç taktı ve Emily de yeni makyaj seti oyuncağını benim üzerimde denemek istedi."

"Vaay, kaçırdığım için *gerçekten* üzüldüm."

"Hiç merak etme, Emily'de fotoğraflar var. Aslında gayet seksi görünüyorum."

"Çok kadınsı."

Quil omuz silkti. "Claire çok eğlendi. Amacımız da buydu."

Mühürlü insanların yakınında olmak zordu. Hangi aşamada olurlarsa olsunlar - evlenmek üzere olan Sam ya da suiistimal edilen dadı Quil gibi - etrafa yaydıkları bu huzur mide bulandırıcıydı.

Quil'in omuzlarında oturan Claire yeri göstererek bağırdı. "Tası al Quil, benim için!"

"Hangisini ufaklık? Kırmızı olanı mı?"

"Kıymızı değil!"

Quil dizlerinin üzerine çökünce Claire bağırıp bir atın diz-* gmleriymiş gibi onun saçlarını çekti.

"Bu mavi olanı mı?"

"Yok, yok, yok..." Küçük kız şarkı söylemeye başladı, bu yeni oyundan büyük bir zevk alıyormuş gibiydi.

Tuhaf olan, Quil'in de onun kadar eğleniyormuş gibi görünmesiydi. Yüzünde, çoğu turist anne-babanın yüzündeki *ne zaman uyuyacak?* İfadesi yoktu. Gerçek bir ebeveyni, çocuğunun uydurduğu aptal bir oyunu oynarken bu kadar heyecanlı görmezdiniz. Quil'i bir saat boyunca, hiç sıkılmadan çocuğa "Ceeee" yaparken görmüştüm.

Ve onunla dalga bile geçememiştim çünkü çok kıskanmıştım.

Ben Claire onun yaşına gelene kadar önünde on dört yıl daha olmasının dayanılmaz olduğunu düşünürken, o kurt adamların yaşlanmamalarının iyi bir şey olduğunu düşünüyordu. Önlerinde bunca sene olması hiç umrunda değildi.

"Quil, biriyle çıkmayı düşündün mü?" diye sordum.

"Ha?"

"Yo yo heyoo!" Claire sevinç içinde bağırıyordu.

'Yani hani gerçek bir kızla. Yani şimdilik? Bebek bakmadığın gecelerde."

Quil ağzı açık halde bana bakakaldı.

"Tas al! Tası al!" Claire, Quil başka bir taş göstermediği için bağırmaya başlamıştı. Küçük yumruğuyla ona vuruyordu.

"Üzgünüm Claire-içem. Şu tatlı pembe olana ne dersin?"

"Hayıy," diye kıkırdadı. "Pembe değil."
"Bir ipucu ver. Yalvarıyorum ufaklık."
Claire biraz düşünüp, "Yeşiiil," dedi en sonunda.
Quil taşlara bakıyordu. Yeşilin farklı tonlarında dört taş alıp kıza gösterdi.
"Buldum mu?"
"Evet!"
"Hangisi?"
"Hepsin!!"
Claire ellerini açtı ve Quil taşları verdi. Kız güldü ve hemen taşlarla Quil'in kafasına vurmaya başladı. Quil yalandan irkilirmiş gibi yapıp ayağa dikildi ve park yerine doğru yürümeye başladı. Herhalde kızın ıslak kıyafetleriyle kalırsa üşüyüp hasta olmasından korkuyordu. Quil, paranoyak ve aşırı koruyucu annelerden bile daha fenaydı.

"Eğer şu kız meselesi, hakkında fazla baskıcı olduysam üzgünüm dostum," dedim.

'Yok, önemli değil," dedi Quil. "Sadece biraz hazırlıksız yakalandım. Bu konuyu hiç düşünmemiştim."

"Eminim o da anlayacaktır. Yani büyüdüğünde. O bebek bezinin içindeyken senin de bir hayatının olmasına kızmayacaktır."

"Biliyorum. Eminim anlayacaktır."
Başka bir şey demedi.
"Ama yine de yapmayacaksın, değil mi?" diye sordum.
"Hayal edemiyorum," dedi kısık bir sesle. 'Yani kimseyi... öyle görmüyorum. Kazlara dikkat etmiyorum artık, anlıyor musun? Yüzlerini görmüyorum."

"Bunu bir de taç ve makyajla birleştirirsen Claire'e başka rakipler de çıkabilir."

Quil gülümseyip bana bir öpücük gönderdi. "Bu Cuma boş musun Jacob?"

"Çok beklersin," dedim ve suratım asıldı. "Evet, aslında boşum sanırım."

Bir an duraksayıp, "Sen hiç biriyle çıkmayı düşünüyor musun?" diye sordu.

İç çektim. Ben kaşınmıştım.

"Biliyorsun Jake, belki artık sen de bir hayat kurmayı düşünmelisin."

Bunu dalga geçmek için söylememişti. Sesi anlayış doluydu ve bu her şeyi daha da kötü yapıyordu.

"Ben de kızları görmüyorum Quil. Ben de yüzlerini bile görmüyorum onların."

Quil de iç çekti.

Çok uzaklardan, ormanın içinden, bizden başka kimsenin duyamayacağı kadar kısık bir uluma duyuldu.

"Olamaz, Sam bu," dedi Quil. Elleri hemen başının üzerindeki Claire'i yokladı. "Annesi nerede kaldı bilmiyorum."

"Gidip ne olduğuna bakayım. Eğer sana ihtiyacımız olursa haber veririm." Hızla konuşuyordum. Kelimeler birbirine yapışmış gibi çıkmıştı. "Neden Claire'i Clearwaterlar'a götürmüyorsun? Sue ve Billy ona göz kulak olabilirler. Zaten neler olduğunu onlar da biliyor olmalı."

"Tamam, git buradan Jake!"

Koşarak uzaklaştım, pis yolu değil de, ormana giden en kısa yolu izliyordum. İlk odun sırasından atlayıp koşmaya devam ederek çalıları da aştım. Dikenlerin kestiği yarıkları hissedebiliyordum ama aldırış etmedim. Ne de olsa yaralar ağaçlara varana kadar iyileşecekti.

Dükkânın arkasından otoyola fırladım. Biri bana korna çaldı. Ağaçların verdiği güven duygusuyla daha uzun adımlarla daha hızlı koştum. Eğer açıkta bir yerde olsaydım insanlar gözlerini dikip bakarlardı. Normal bir insan böyle koşamazdı. Bazen bir yarışa - Olimpiyat yarışları gibi bir şeylere - katılsana ne komik olur diye düşünüyordum. Yanlarından rüzgar gibi geçerken o yıldız atletlerin yüz ifadelerini görmek güzel olurdu. Ama kortizon falan kullanılmadığından emin olmak için yapılan kan testlerinde kanımda bir dolu acayip şey çıkacağından emindim. Ormanın, yollardan ve evlerden uzak olan kısmında ani bir frenle şortumdan da kurtuldum. Hızlı ve alışıldık hareketlerimle onu kolumdaki deri kordona bağladım. Bu esnada değişime başladım. Ateş omurgamdan aşağı kayıyor, kollarıma ve bacaklarıma kasılmalar gönderiyordu. Yalnızca bir saniye sürdü.

Sıcaklık tüm bedenime yayıldı ve beni başka bir şey yapan o parıltıyı hissettim. Pençelerimi donuk toprağa geçirdim ve sırtımı esneterek uzattım.

Böyle konsantre olabildiğim zamanlarda değişim çok kolaydı. Öfkemle ilgili sorunlarını yoktu artık. Gözümü kararttığı zamanlar hariç.

Yarım saniye kadar, o şaka gibi düğündeki korkunç anı hatırladım. Öfkeyle öyle delirmiştim ki, vücuduma hâkim olamıyordum. Kapana kısılmıştım, titriyor, yanıyordum ve birkaç adım ötedeki o canavarı öldürecek hareketi yapamamıştım. Oldukça kafa karıştırıcıydı. Onu öldürmek için çıldırıyordum. Kızı incitmekten korkuyordum. Arkadaşlarım araya girdi. Ve sonra tam istediğim değişimi yapabilecekken liderimden o komut geldi. Alfa'dan gelen emir. O gece yanımda sadece Embry ve Quil olsaydı, Sam olmasaydı... O zaman o katili öldürecek miydim?

Sam'in bu kadar kuralcı olmasından nefret ediyordum. Başka çarem olmamasından. Kurallara uymak zorunda olmaktan.

Ve sonra bir dinleyiciyi fark ettim. Düşüncelerimde yalnız değildim.

Her zaman fazla bencil, diye düşündü Leah.

Evet, ikiyüzlülük yok Leah, diye karşılık verdim.

Beyler, diye seslendi Sam bize.

Sustuk, Leah'nin *beyler* kelimesine takıldığını hissettim. Alıngandı, her zamanki gibi.

Sam fark etmemiş gibi yaptı. *Quil ve Jared nerede?*

Quil, Claire'in yanında. Onu Cleanvaterlar'a götürüyor.

Güzel. Sue ona göz kulak olur.

Jared, Kim'in yanına gidiyordu, diye düşündü Embry. *Seni duymamış olma olasılığı yüksek.*

Sürüde bir gürleme oldu. Ben de onlarla inledim. Jared sonunda geldiğinde, hâlâ Kim'i düşündüğüne şüphe yoktu. Ve kimse ne yaptıklarını bilmek istemiyordu.

Sam kalçasının üzerine oturup bir kez daha uludu. Bu hem bir sinyal hem de emirdi.

Sürü benim olduğum yerden birkaç kilometre daha doğuda toplanmıştı. Onlarla beraber sık ormanda koştum. Birlikte koşmak yerine paralel bir çizgide koşuyorduk.

Bütün gün onu bekleyemeyiz. Sonra yetişir bize.
Ne oldu patron? diye sordu Paul.
Konuşmamız gerekiyor. Bir şey oldu.
Sam'in düşüncelerini dinledim. Aslında yalnız Sam'ınkileri değil, Seth'in ve Collin'in ve Brady'ninkileri de. Collin ve Brady -yeni çocuklar - bugün Sam'le devriye geziyorlardı. Bu yüzden onun bildiklerini biliyorlardı. Seth niye buradaydı, onun sırası değildi.
Seth, duyduklarını anlat onlara.
Bir an önce oraya varmak için daha da hızlandım. Leah da daha hızlı geliyordu. Dışarıda kalmaktan nefret ediyordu. En hızlı olmak elindeki tek kozdu.
Al sana koz salak, diye tısladı ve sonra gerçekten de resmen vites atladı. Ben de atıldım.
Sam, her zamanki azarlayıcı havasında değil gibiydi. *Jake, Leah sakin olun.*
ikimiz de yavaşlamadık.
Sam hırladı ama aldırmadı. *Seth?*
Charlie, Billy'yi benim evimde bulana kadar her yeri aradı.
Evet onunla ben de konuştum, diye ekledi Paul.
Charlie'nin adını duyunca içimde bir sarsıntı hissettim. Demek buydu. Bekleyiş sona ermişti. Daha hızlı koştum, nefes almaya çalışıyordum ama ciğerlerim tutulmuş gibiydi.
Ne olmuştu?
Aklını kaçırmış gibiydi. Sanırım Edward ve Bella geçen hafta eve dönmüşler ve ...
Göğsüm düzeldi.
Yaşıyordu. Ya da *ölü* ölü değildi en azından.
Benim için ne büyük bir fark yaratacağını anlamamıştım. Bunca zaman öldüğünü düşünmüştüm ve bunun daha yeni farkına varıyordum. O canavarın onu canlı getireceğine hiç inanmamıştım. Gerçi bunun bir önemi olmayacaktı çünkü peşinden nelerin geleceğini biliyordum.
Evet dostum ve işte kötü haberler. Charlie onunla konuşmuş ve o kötüymüş. Ona hasta olduğunu söylemiş. Carlisle da Charlie'ye Bella'nın çok ender görülen bir Güney Amerika hastalığına yakalandığını söy-

temiş. Onu karantinaya almışlar. Charlie çıldırmış tabii çünkü o bile kızını göremezmiş. Hastalanmaya aldırmayacağını söylediyse de Carlisle izin vermemiş. Ziyaretçi yasakmış. Charlie'ye çok ciddi bir hastalık olduğunu ama elinden geleni yaptığını söylemiş. Charlie günlerdir endişeli ama Billy'yi daha bugün aradı. Bugün kızın daha kötü olduğunu söylemiş.

Seth sözünü bitirdiğinde herkes düşüncelere dalmıştı. Derin bir sessizlik vardı. Hepimiz anlamıştık.

Yani Charlie'ye kızının bu hastalıktan öldüğünü söyleyeceklerdi. Ona cesedi gösterecekler miydi? Donuk, katı, nefes almayan beyaz bedeni? Ona dokunmasına izin veremezlerdi çünkü ne kadar katı olduğunu fark edebilirdi.

Charlie ve cenazeye gelen diğer insanları öldürmemesi için biraz kendine gelmesini beklemek zorundaydılar.

Acaba gömerler miydi onu? Sonra topraktan kendi mi çıkardı yoksa kan emiciler mi yardım ederdi?

Diğerleri benim bu kurgularımı sessizlik içinde dinledi. Ben bu konuyu hepsinden daha çok düşünmüştüm.

Leah ve ben meydana neredeyse aynı zamanda girmiştik. Ama o burun farkıyla önde olduğunu düşünüyordu. O kardeşinin yanına geçti, ben de Sam'in yanına gittim. Paul biraz yana kayarak bana yer açtı.

Yine geçtim seni, diye düşündü Leah ama ben onu güçlükle duymuştum.

Neden bir tek·benim ayakta durduğumu merak ettim. Postum, duyduğum sabırsızlıkla kabarmıştı.

Peki ne bekliyoruz? diye sordum.

Kimse bir şey demedi ama duygularındaki kararsızlığı hissedebiliyordum.

Hadi ama! Anlaşma bozuldu!

Bir kanıtımız yok, belki gerçekten de hasta.

AH LÜTFEN!

Tamam, bu durumun tesadüf olması oldukça güç. Yine de... Jacob. Sam'in düşüncesi yavaşladı ve durdu. *Gerçekten istediğinin bu olduğuna emin misin? Gerçekten doğrusu bu mu? Hepimiz bunu kızın istediğini biliyoruz.*

Anlaşmada kurbanın isteklerinden bahsedilmiyor, Sam!

O gerçekten kurban mı? Öyle diyebilir misin?
Evet!
Jake, diye düşündü Seth, *onlar bizim düşmanımız değil.*
Kes sesini ufaklık! Sırf o kan emiciyle aranda bir kahramanlık sevgisi var diye kural değişemez. Onlar bizim düşmanımız. Onlar bizim bölgemizde. Onları atmalıyız. Bir zamanlar Edward Cullen'la beraber savaşmış olman umrumda değil.
Peki, Bella da onlarla bize karşı savaşırsa ne yapacağız Jacob? diye üsteledi Seth.
O artık Bella değil.
Onu öldürecek kişi sen mi olacaksın?
Kendimi irkilmekten alıkoyamadım.
Hayır, olmayacaksın. O zaman? İçimizden birine mi yaptıracaksın? Ve sonra da bunu yapan her kimse sonsuza kadar ona karşı mı kin duyacaksın?
Yapamam...
Tabii ki yapamazsın. Bu dövüş için hazır değilsin, Jacob.
İçgüdülerim beni esir aldı ve çemberin karşısındaki kum renkli çelimsiz kurda doğru hırlayarak çömeldim.
Jacob! diye uyardı Sam. *Seth, bir saniye sus.*
Seth koca kafasını salladı.
Kahretsin, ne kaçırdım? diye düşündü Quil. *Buluştuğumuz meydana doğru koşuyordu. Charlie'nin aradığını duydum.*
Gitmeye hazırlanıyoruz, dedim ona. *Neden Kim'e gidip Jarea'ı da kapıp geliniyorsun? Herkese ihtiyacımız var.*
Direk buraya gel Quil, diye emretti Sam. *Henüz bir şeye karar vermedik.*
Hırıldadım.
Jacob, sürümüz için en iyisini düşünmek zorundayım. Hepinizi koruyacak bir karar vermek zorundayım. Atalarımızın o anlaşmayı yaptığından beri şartlar değişti. Ben...yani artık Cullenlar'ın bizim için bir tehlike olduğunu düşünmüyorum. Ve biliyoruz ki burada çok uzun süre de kalmayacaklar. Eminim ki hikâyelerini anlattıktan sonra kaybolacaklar. Hayatlarımız da normale dönecek.
Normale mi?
Eğer onlara meydan okursak Jacob, onlar da kendilerini iyi savunacaklardır.

Korkuyor musun?
Kardeşlerinden birini kaybetmeye bu kadar hazır mısın?
Ölmekten korkmuyorum.
Biliyorum Jacob. Zaten bu konudaki düşüncelerinden şüphe etmemin tek sebebi bu.
Kara gözlerine baktım. *Babalarımızın anlaşmasını onurlandıracak mısın onurlandırmayacak mısın?*
Ben sürümü onurlandırırım. Onlar için en iyi olanı yaparım.
Korkak.
Ağzı gerilmişti, dişleri görünüyordu.
Yeter Jacob. Reddedildin. Sam'in akli sesi değişmişti, o itaat etmememizin mümkün olmadığı ses tonuyla konuşuyordu. Alfa'nın sesi. Tek tek çemberdeki bütün kurtların gözlerine baktı.

Herhangi bir kışkırtma olmadan, sürü Cullenlar'a saldırmıyor. Anlaşmanın ruhu aynen korunacak. Onlar bizim insanlarımız için tehlike arz etmiyorlar, Forks'taki insanlar için de tehlike değiller. Bella Sıvan bilerek böyle bir karar verdi ve bizler de müttefiklerimizi onun kararıyla cezalandıracak değiliz.

Dinleyin, dinleyin, diye düşündü Seth heyecanla.
Sana sesini kesmeni söylediğimi sanıyorum Seth.
Pardon Sam.
Jacob, nereye gittiğini sanıyorsun?
Çemberden ayrılıp batıya doğru gitmeye başladım, ona arkamı dönmüştüm. *Babama veda edeceğim. Görünüşe göre benim burada bu kadar kalmamın bir amacı yokmuş.*
Of Jake, yine yapma bunu!
Sus Seth, dedi birkaç ses birlikte.
Gitmeni istemiyoruz, dedi Sam, sesi öncekinden daha yumuşaktı.
O zaman kalmam için bana baskı yap, Sam. İrademi elimden al. Beni köle yap.
Bunu yapmayacağımı biliyorsun.
O zaman söylenecek başka bir şey yok.
Koşarak onlardan uzaklaşırken sonraki hamleyi düşünmemeye çalıştım. Bunun yerine, insandan çok hayvan olduğum

o ayların hatırasına konsantre oldum. Anı yaşayan, acıkınca yiyen, yorulunca uyuyan, susayınca içen ve sadece koşmak için koşan... Basit istekler, o istekleri karşılayacak basit cevaplar. Acı çabuk halledilebilir gibi geliyordu. Açlık acısı. Pençelerin altındaki buzun acısı. Yemek karşılık verdiğinde pençelerin onu keserken verdiği acı. Bütün acıların kolay bir çözümü vardı.

İnsan olmak gibi değildi.

Yine de evin yakınlarına geldiğimde insan vücuduma döndüm. Gizli şeyler düşünmem gerekiyordu.

Bileğimdeki şortumu çözüp üzerime geçirdim.

Yapmıştım. Düşüncelerimi gizlemiştim ve artık Sam'in beni durdurması için çok geçti. Beni şimdi duyamazdı.

Sam çok kesin bir kural koymuştu. Sürü, Cullenlar'a saldırmayacaktı.

Ama bireysel olarak bir şey yapmaktan bahsetmemişti.

Sürü bugün kimseye saldırmayacaktı.

Ama ben yapacaktım.

9. EMİNİM BÖYLESİ HİÇ TAHMİN EDİLMEMİŞTİ

Babama veda etmekle ilgili bir plan yapmamıştım.
En nihayetinde Sam'i arayacaktı ve oyun başlayacaktı. Beni durdurup geri çekeceklerdi. Büyük ihtimalle, değişip Sam'in yeni koyacağı kurala uyayım, diye beni kızdıracak hatta inciteceklerdi.

Ama Billy beni bekliyordu, bende bir tuhaflık olacağını biliyordu. Bahçede, tekerlekli sandalyesine oturmuş, ağaçlardan çıktığım yere gözlerini dikmiş bir halde beni bekliyordu. Gidişimi izledi. Evi geçip garaja doğru yönelmiştim.

"Bir dakikan var mı Jake?"

Durdum. Önce ona, sonra da garaja baktım.

"Hadi evlat. En azından içeride yardım et bana."

Dişlerimi sıktım ama ona yalan söylemezsem sonra Sam'le başıma daha çok bela olacaklar, diye düşündüm.

"Ne zaman yardıma ihtiyacın oldu ki?"

O gürleyen kahkahasıyla güldü. "Kollarım yoruldu. Sue'nun evinden buraya kadar kendi başıma geldim."

"Yokuş aşağı. Bütün yolu kaymışsın."

Sandalyesini, ona yaptığım küçük rampadan çıkarıp oturma odasına getirdim.

"Senden de bir şey kaçmıyor. Sanırım saatte altmış kilometreye ulaştım. Harikaydı."

"O sandalyeyi mahvedeceksin, biliyorsun değil mi? Sonra da dirseklerinin üzerinde sürüneceksin."

"Asla. Senin görevin beni taşımak olacak."

Billy ellerini tekerlere götürüp sandalyesini buzdolabına doğru sürdü. "Hiç yemek kaldı mı?"

"Doğru. Paul bütün gün buradaydı, yani büyük ihtimalle kalmamıştır."

Billy iç çekti. "Kıtlığı önlemek için buzdolabındakileri saklamamız gerek."

"Rachel'a, gidip onun evinde yaşamasını söyle."

Billy'nin şakacı ses tonu kayboldu ve gözleri yumuşadı. "Daha birkaç haftadır burada. Uzun zamandır ilk kez. Zor... Anneni kaybettiğimizde kızlar senden daha büyüktü. Bu evde olmak onlar için daha zor."

"Biliyorum."

Rebecca evlendiğinden beri eve gelmemişti, gerçi onun iyi bir bahanesi de vardı. Uçak biletleri Hawai'den oldukça pahalıydı. Washington daha yakın olduğu için Rachel'ın benzer bir bahanesi yoktu. Yaz dönemlerinde dersler almış, tatillerde kampustaki kafelerden birinde çifte mesai yapmıştı. Paul olmasaydı herhalde yine hemen gitmiş olurdu. Belki de Billy, Paul'ü bu yüzden kovmuyordu.

"Ben gidip yine aynı şeyler üzerinde çalışacağım..." diyerek arka kapıya yöneldim.

"Bekle Jake. Bana neler olduğunu anlatmayacak mısın? Yoksa öğrenmek için Sam'i mi arayayım?"

Yüzümü gizleyerek, arkam ona dönük halde durdum.

"Hiçbir şey olmadı. Sam bir şey yapmıyor. Sanırım herkes sülükleri seviyor."

"Jake..."

"Bu konuda konuşmak istemiyorum."

"Gidiyor musun oğlum?"

Ne söyleyeceğime karar verene kadar odada uzun bir sessizlik oldu.

"Rachel odasını geri alabilir. Yatağından nefret ettiğini biliyorum."

"Seni kaybetmektense yerde yatar. Ben de öyle."

"Yaa."

"Jacob lütfen. Eğer biraz...uzaklaşmaya ihtiyacın varsa. O zaman git. Ama yine öyle uzun süre ortalıktan kaybolma. Geri

"Belki. Belki sadece düğünlerde ortaya çıkan biri olurum. Sam'inkinde görünürüm, sonra Rachel'ınkinde. Gerçi Jared ve Kim'inki daha önce olabilir. Herhalde bir smokin falan alsam iyi olur."

"Jake, yüzüme bak."

Yavaşça döndüm. "Ne?",

Gözlerime uzun bir süre baktı. "Nereye gidiyorsun?"

"Aklımda belli bir yer yok."

Başını yana eğip gözlerini kıstı. "Yok mu?"

Birbirimize bakıp öylece durduk. Saniyeler geçiyordu.

"Jacob," dedi. Sesi gergindi. "Jacob yapma. Buna değmez."

"Neden bahsettiğini bilmiyorum."

"Bella ve Cullenlar'ı rahat bırak. Sam haklı."

Ona baktım ve sonra odayı uzun iki adımda geçip telefonu aldım, kablosunu çıkardım. Gri kabloyu avcumun içine aldım.

"Güle güle baba."

"Jake bekle – " diye bağırdı arkamdan ama ben kapıdan çıkmış koşuyordum bile.

Motosiklet koşmak kadar hızlı değildi ama daha güvenilirdi. Billy'nin tekerlekli sandalyesiyle dükkâna gidip birini arayıp Sam'e mesaj göndermesi ne kadar sürer, diye merak ettim. Sam kesin hâlâ kurt formundaydı. Asıl problem Paul'ün eve gelmesi olurdu. Hemen değişime girer ve Sam'e ne yaptığımı söylerdi.

Bunu kafaya takmayacaktım. Gidebildiğim kadar hızlı gidecektim ve eğer beni yakalarlarsa, bu konuyla o zaman baş edecektim.

Motoru çalıştırıp çamurlu yola düştüm. Evi geçerken arkama bile bakmadım.

Otoyol turist trafiğiyle doluydu, arabaların arasından süzülürken birkaç korna ve küfre maruz kaldım. Sapağa girdiğimde yüz kırk yapıyordum. Bir karavana çarpmamak için biraz trafikte kalmak zorunda kaldım. Beni öldüreceğinden değil de, yavaşlatacağından. Kırık kemiklerin, en azından büyük olanların iyileşmesi için günler geçmesi gerekiyordu, bunu iyi biliyordum.

Yol biraz açılınca saatte yüz altmışa çıktım. Dar yola girene kadar frene basmadım. Sam beni durdurmak için bu kadar uzağa gelmeyecekti. Artık çok geçti.

Onlardan kurtulduğuma emin olduğuma göre artık tam olarak ne yapacağımı düşünebilirdim. Hızımı kırka düşürüp ağaçların arasındaki virajlara daha çok dikkat etmeye başladım.

Geldiğimi duyacaklarını biliyordum, motorla ya da motorsuz. Sürpriz sona ermişti. Niyetimi gizlemenin de yolu yoktu. Yeterince yaklaştığımda Edward planımı öğrenecekti. Belki de çoktan öğrenmişti. Ama yine de bunun işe yarayacağını düşünüyordum çünkü egosu benden yanaydı. Benle yalnız dövüşmek isteyecekti.

İçeri girecektim, Sam'in aradığı şu kanıtı görecek ve Edward'ı düelloya davet edecektim.

O parazit kesin her şeyi dramatize edecekti.

Onunla işim bittiğinde onlar beni yakalayana kadar kalanları öldürecektim. Acaba Sam ölümümü *kışkırtma* olarak değerlendirir miydi? Herhalde bunu hak ettiğimi söyleyecekti. Kan emici dostlarını gücendirmek istemeyecekti.

Yol bir çimenliğe açıldı ve bozulmuş domates gibi bir koku aldım. Iyy! Pis kokulu vampirler. Midem çalkalanmaya başladı. Bu keskin leş kokusuna katlanmak zordu, gerçi kurt burnumla koklamaktan daha iyiydi.

Ne beklemem gerektiğinden emin değildim ama bu büyük beyaz mahzende hiçbir canlı izi yoktu. Tabii ki burada olduğumu biliyorlardı.

Motoru susturup sessizliği dinledim. Şimdi büyük kapının arkasından gelen gergin, öfkeli mırıltıları duyabiliyordum. Evde birileri vardı. Adımı duydum ve gülümsedim, onlara böyle bir gerilim yaşatmak hoşuma gitmişti.

Derin bir nefes aldım, içerisinin daha kötü koktuğuna emindim. Tek bir atlayışla kapıya giden merdivenleri aştım.

Yumruğum kapıya değmeden kapı açıldı ve doktor ölü gözleriyle karşıma dikildi.

"Merhaba Jacob," dedi, benim beklediğimden daha sakin bir sesle. "Nasılsın?"

Ağzımdan derin bir nefes aldım. Kapıdan yayılan koku dayanılmazdı.

Kapıyı Carlisle açtığı için hayal kırıklığına uğramıştım. Keşke kapıyı dişlerini göstererek Edward açsaydı. Carlisle çok... Sadece *insan* gibi bir şeydi. Belki geçen bahar yakalandığımda olanlar yüzündendi. Ama yüzüne bakarken rahatsızlık duyuyordum, hele de planlarım arasında onu öldürmeye çalışmak da varken.

"Bella'nın sağlam döndüğünü duydum, " dedim.

"Şey, Jacob, şimdi çok iyi bir zaman değil." Doktor da rahatsız görünüyordu ama benim beklediğim şekilde bir rahatsızlık değildi bu. "Daha sonra konuşabilir miyiz?"

Hayretle yüzüne baktım. Ölüm karşılaşmasını daha uygun bir zamana mı ertelemek istiyordu yani?

Ve sonra Bella'nın sesini duydum, çatlak ve pürüzlü...

"Neden ama?" diye soruyordu birine. "Jacob'dan da mı gizliyoruz? Ne anlamı var ki?"

Sesi beklediğim gibi değildi. Baharda dövüştüğümüz genç vampirlerin seslerini hatırladım, sadece hırlıyorlardı. Belki o yeni vampirlerin de daha öncekiler gibi delip geçen, çınlayan sesleri yoktu. Belki bütün yeni vampirlerin sesi boğuktu.

"Lütfen içeri gel, Jacob," diye seslendi Bella daha yüksek bir sesle.

Carlisle'ın gözleri kısıldı.

Bella susamış mıdır diye merak ettim. Benim gözlerim de kısıldı.

"Affedersin," dedim doktora ve içeri girdim. Zordu, onlardan birine arkamı dönmek bütün içgüdülerime aykırıydı. İmkânsız değildi ama. Eğer güvenilir vampir diye bir şey varsa, o da tuhaf şekilde nazik olan liderleriydi.

Dövüş başladığında Carlisle'dan uzak durabilirdim. Onu katmadan öldürebileceğim yeterli vampir vardı.

Arkamı duvara verip ilerlemeye başladım. Gözlerim odayı taradı, yabancı gelmişti. Buraya son kez geldiğimde bu oda parti için dayanıp döşenmişti. Şimdi her şey parlak ve mattı. Beyaz koltuğun yanında gruplaşmış altı vampirin de bu mobilyalardan farkı yoktu.

Hepsi oradaydı ama beni olduğum yerde donduran ve ağzımı açık bırakan bu değildi.

Edward'dı. Yüzündeki ifadeydi.

Onu öfkeli, ukala ve bir kere de acı içinde görmüştüm. Ama bu ıstırabın da ötesindeydi. Gözleri deliye dönmüş gibiydi. Başını kaldırıp bana düşmanca bakmadı. Yüzünde biri onu ateşe vermiş gibi bir ifadeyle yanındaki koltuğa bakıyordu. Elleri iki yanında kaskatı kesilmişti.

Bu gördüğüm ıstırap hoşuma gitmedi. Onu bu hale sokacak tek bir şey olduğunu biliyordum. Gözlerim baktığı yere dikildi.

Onu gördüğüm anda kokusunu da duydum.

Onun sıcak, temiz, insan kokusunu.

Bella'nın vücudunun yarısı koltuğun kolunun arkasında kaldığından görünmüyordu. Uzun bir an, onun hâlâ benim sevdiğim Bella olduğundan, cildinin hâlâ yumuşak ve mat pembe olduğundan, gözlerinin hâlâ aynı çikolata kahvesi olduğundan başka bir şey göremedim. Kalbim güm güm atmaya başladı ve bunun da birazdan uyanacağım yalancı bir rüya olup olmadığını merak etmeye başladım.

Sonra onu gerçekten gördüm.

Gözlerinin altında derin halkalar vardı, yorgun ve bezgin yüzünü çizen kara halkalar. Zayıflamış mıydı? Cildi gergin görünüyordu, sanki elmacık kemikleri taşacakmış gibi. Koyu saçlarının çoğu dağınık şekilde toplanmıştı ama birkaç tel alnına ve boynuna dökülüyor, yüzünde parlayan tere yapışıyordu. Parmakları ve bilekleri sanki kırılacakmış gibiydi, korkunç görünüyordu.

Gerçekten hastaydı. Çok hastaydı.

Yalan değildi. Charlie'nin Billy'ye anlattığı uyduruk bir hikâye değildi. Ben ona bakarken yüzü birden açık yeşile döndü.

Sarışın kan emici, yani gösterişli Rosalie, ona doğru eğilip görüşümü kesti. Bella'nın etrafında geziniyordu, tuhaf ve korumacıydı.

Bu gerçek olamazdı. Bella'nın neredeyse her şeyle ilgili nasıl hissettiğini bilirdim. Düşünceleri bazen öylesine görünür olurdu ki, sanki alnına çizilmiş gibi ortaya çıkardı. Yani anlamam için bana her detayı anlatması gerekmezdi. Bella'nın Rosalie'yi sevmediğini biliyordum. Bunu, onun hakkında konuştuğu zamanlarda dudaklarından okuyabiliyordum. Ve sadece onu sevmiyor da değildi. Ondan korkuyordu da. Ya da önceden böyleydi.

Şimdi Bella'nın ona bakışında korku yoktu. İfadesi...af diler falan gibiydi. Sonra Rosalie aşağıdan bir leğen çıkardı ve tam Bella öğürerek kusmaya başlamadan çenesinin altına koydu.

Edward Bella'nın yanına oturdu, gözleri işkence çekiyormuş gibi bakıyordu. Rosalie Bella'nın elini tutup geri çekilmesi için Edward'ı uyardı.

Bunların hiçbiri anlamlı gelmiyordu.

Kafasını kaldırabildiğinde Bella güçlükle bana gülümsedi, biraz utanıyormuş gibiydi. "Bunun için üzgünüm," diye fısıldadı.

Edward sessizce inledi. Başı Bella'nın dizine düştü. Bella, onu teselli eder gibi ellerini yanağına koydu..

Rosalie tıslayarak benimle koltuk arasında belirene kadar, bacaklarımın beni ileri doğru götürdüğünün farkında değildim. Rosalie sanki televizyon ekranında gibiydi. Orada olması umurumda değildi. Gerçek gibi görünmüyordu.

"Rose, yapma," diye fısıldadı Bella. "Önemli değil."

Sarışın önümden çekildi. Bana kaşlarını çatarak Bella'nın başına eğildi. Onu görmezden gelmek hayalini kuramayacağım kadar kolaydı.

"Bella neyin var?" diye fısıldadım. Hiç düşünmeden ben de kendimi dizlerimin üzerinde buldum, koltuğun arkasından ona doğru uzanırken aramızda...kocası vardı. Geldiğimi görmüş gibi görünmüyordu ve ben de ona bakmadım. Eline uzanıp ellerimin arasına aldım. Teni buz gibiydi. "İyi misin?"

Aptal bir soruydu. Cevap vermedi.

"Beni görmeye gelmene sevindim Jacob," dedi.

Edward'ın onun düşüncelerini okuyamadığını bilsem de benim anlamadığım bir şeyi kavradığını gördüm. Bella'nın üstündeki örtüye doğru eğildi.

"Ne oldu Bella?" diye üsteledim, ellerim soğuk ve kırılacakmış gibi duran parmaklarını daha sıkı sardı.

Cevap vermek yerine bir şey arar gibi odaya bakındı, bakışında hem rica hem uyarı vardı. Altı çift gergin sarı göz ona baktı. Sonunda Rosalie'ye döndü.

"Bana yardım eder misin Rosalie?" dedi.

Rosalie'nin dudakları dişlerini göstererek gerildi ve bana sanki boğazımı parçalamak ister gibi dik dik baktı. Hatta öyle yapmak istediğine emindim.

"Lütfen Rose."

Sarışın, yüzünü ekşitti ama yerinden kıpırdamayan Edward'ın yanına, Bella'nın üzerine doğru eğildi. Kolunu dikkatle Bella'nın sırtına dayadı.

"Hayır," diye fısıldadım. "Ayağa kalkma..." Çok güçsüz görünüyordu.

"Soruna cevap veriyorum," dedi aniden, sesi eski tonuna biraz daha yaklaşmıştı.

Rosalie Bella'yı koltuktan kaldırdı. Edward olduğu yerde kaldı. Bella'nın üzerindeki örtü ayağına düştü.

Bella'nın vücudu balon gibi şişmiş, bir tuhaf olmuştu. Ona çok büyük gelen soluk gri kazağı gerilip genişlemişti. Geri kalan kısmı ise zayıflamıştı. Bu şekil bozukluğunun sebebinin ne olduğunu sonra anlayabildim, ellerini özenle karnına koyduğunda...

Anlamıştım ama yine de inanamıyordum. Onu sadece bir ay önce görmüştüm. Hamile olmasının imkânı yoktu. Yani o kadar hamile olmasının.

Ama öyleydi.

Bunu görmek istemiyordum. Düşünmek istemiyordum. O kan emiciyi onun içinde hayal etmek istemiyordum. O kadar nefret ettiğim bir şeyin, sevdiğim bedende köklenmiş olduğunu bilmek istemiyordum. Midem ağzıma geldi ve yutkundum.

Ama durum daha fenaydı, çok daha fenaydı. Onun bozulmuş bedeni, dışarı taşacak gibi duran elmacık kemikleri... Tek aklıma gelen, bu içinde büyüyen, onu bu kadar hamile bu kadar hasta eden şeyin, kendi hayatını besleyebilmek için onun hayatını almasıydı...

Çünkü o bir canavardı. Tıpkı babası gibi.

Onu öldüreceğini biliyordum.

Aklımdan geçen düşünceleri duyunca hemen başı dikildi. İkimiz de dizlerimizin üstünde oturuyorduk ama sonra birden ayağa dikildi ve bana tepeden bakmaya başladı. Gözleri kapkaraydı, altındaki halkalarsa koyu mor.

"Dışarı Jacob," diye homurdandı.

Ben de ayağa kalktım. Bu yüzden buraya gelmiştim.

"Bitirelim bu işi," diye katıldım ona.

Büyük olan, Emmett, Edward'ın diğer yanından atıldı, yanında da aç bakışlı Jasper vardı. Umrumda değildi. Belki sürüm, bunlar beni bitirdiğinde kalıntıları temizleyecekti. Belki temizlemeyecekti. Önemli değildi.

Ufacık bir an için gözüm arkada duran diğer iki vampire takıldı. Esme. Alice. Ufak ve kadınsıydılar. Eminim onlara sıra gelene kadar ölmüş olurdum. Zaten kızları öldürmek istemiyordum...vampir bile olsalar.

Ama şu sarışın için bir istisna yapabilirdim.

"Hayır," diyerek öne atıldı Bella, dengesini kaybedip Edward'ın kolundan tuttu. Rosalie de onunla birlikte hareket etti sanki birbirlerine zincirle bağlıymış gibiydiler.

"Sadece onunla konuşmam gerekiyor, Bella," dedi Edward kısık bir sesle. Uzanıp yüzünü okşadı. Oda adeta kızıla boyanmıştı, yaptıklarından sonra nasıl hâlâ ona dokunabiliyordu. "Kendini zorlama," diye rica etti. "Lütfen dinlen. Birazdan ikimiz de döneceğiz."

Bella yüzüne dikkatlice baktı. Sonra başıyla onaylayıp koltuğa oturdu. Rosalie uzanmasına yardım etti. Bella bana baktı, "Nazik olun lütfen," dedi. "Ve sonra geri gelin."

Cevap vermedim. Bugün kimseye söz vermiyordum. Sonra başımı çevirip Edward'ı giriş kapısına doğru takip ettim.

Aklımdaki sıradan tutarsız bir ses onu diğer vampirlerden ayırmanın zor olmadığının altını çizdi.

Yürümeye devam etti, bir kez olsun bile arkasını dönüp savunmasız sırtına aniden saldıracak mıyım diye bakmadı. Sanırım bakması da gerekmiyordu. Ne zaman saldıracağıma karar verdiğimde bilecekti. O yüzden bu kararı çok çabuk vermem gerekiyordu.

"Beni öldürmen için henüz hazır değilim, Jacob Black," diye fısıldayarak evin önünden uzaklaştı. "Biraz sabırlı olman gerekecek."

Sanki onun programı benim umrumdaydı. Dişlerimin arasından hırladım. "Sabır benim uzmanlık alanımda değil."

Yürümeye devam etti, belki birkaç yüz metre kadar. İyice ısınmıştım, parmaklarım titriyordu. Sınırda, hazır bekliyordum.

Hiçbir uyarı vermeden durdu ve bana döndü. Yüz ifadesi beni yine dondurmuştu.

Bir an sanki küçük bir çocukmuşum gibi hissettim, bütün hayatını küçük bir kasabada geçirmiş bir çocuk. Sadece bir çocuk. Çünkü biliyordum ki, Edward'ın gözlerinde kavrulan azabı anlayabilmek için çok daha fazla yaşamış, hayatta çok daha fazla acı çekmiş olmam gerekiyordu.

Alnındaki teri siliyormuş gibi elini kaldırdı ama parmakları daha çok yüzünü söküp atmak istiyormuş gibiydi. Kara gözleri yanıyor, sanki orada olmayan bir şeyleri görüyor gibi odaksız bir şekilde bakıyordu. Birden, sanki çığlık atacakmış gibi ağzı açıldı ama hiçbir ses çıkmadı.

Kazığa bağlanıp yakılan bir adamın ifadesine benziyordu.

Bir an konuşamadım. Bu yüz çok gerçekçiydi, az önce evde gördüğümden de fazla.

"Onu öldürüyor, değil mi?" Bunu söylerken benim yüzümün de onunkinin sudaki yansıması gibi olduğunu biliyordum. Sadece daha zayıf ve farklıydı çünkü ben hâlâ şoktaydım. Hâlâ aklıma oturtabilmiş değildim, her şey çok çabuk olmuştu. Onun bu noktaya gelecek zamanı olmuştu. Ve farklıydı çünkü ben zaten aklımda onu defalarca kez ve her şekilde kaybetmiştim. Ve farklıydı çünkü o asla benim olmamıştı.

Ve farklıydı çünkü bu benim yüzümden olmamıştı.

"Benim yüzümden," diye fısıldadı Edward ve dizleri çözüldü. Hemen önüme devrildi. Savunmasızdı, aklınıza gelebilecek en kolay hedefti.

Kendimi buz gibi soğuk hissediyordum, içimde ateş yoktu.

"Evet," diye inledi. Yere doğru bakıyordu, sanki günah çıkarıyor gibiydi. "Evet, onu öldürüyor."

Bu çaresizliği beni rahatsız etmişti. Ben bir dövüş istiyordum, idam değil. O ukalalığı nerdeydi şimdi?

"O zaman Carlisle neden hiçbir şey yapmadı?" diye atıldım. "Doktor değil mi o? Vücudundan çıkarsın onu."

Başını kaldırıp bana bitkin bir sesle cevap verdi. Sanki çocuk yuvasındaki bir oğlana onuncu kere anlatıyormuş gibiydi. "Bella izin vermiyor. "

Bu kelimeleri anlamam uzun sürdü. Tam ondan bekleneni yapıyordu aslında, tabii ki bu canavarın tohumu için ölecekti. Tam Bella'nın yapacağı bir hareket.

"Onu iyi tanıyorsun," diye fısıldadı. "Hemen anladın...ben anlamamıştım. Eve dönerken benimle pek konuşmadı. Korktuğunu sanmıştım, bu doğaldı. Bana hayatını tehlikeye attığım için kızgın olduğunu sanmıştım. Yine. Ne düşündüğünü hayal bile edemiyordum. Ta ki ailemiz bizi havaalanında almaya geldiğinde hemen koşup Rosalie'ye sarılana kadar. Rosalie'ye! Ve sonra Rosalie'nin ne düşündüğünü duydum. Onu duyana kadar inanmadım. Ve sen bir saniyede anladın..." İnleyip iç çekti.

"Bir dakika dur bakalım. *İzin* vermiyor mu?" Alaycı ses tonum dilimde asit gibi kaldı. "Hiç onun sadece elli kiloluk normal bir kız gücünde olduğunu fark etmediniz mi? Siz vampirler ne kadar salaksınız? Bir yere yatırıp ilaçla uyutabilirdiniz."

"Ben de öyle istedim," diye fısıldadı. "Carlisle çok..."

Ne, asil miydiler?

"Hayır. Asil değil. Bella'nın koruması işleri biraz karıştırdı."

Aha. Edward'ın hikayesi çok anlaşılır değildi ama şimdi taşlar yerine oturmuştu. Demek sarışının olayı buydu. Ona ne faydası dokunacaktı ki? Güzellik kraliçesi, Bella'nın ölmesini bu kadar mı istiyordu yani?

"Belki de," dedi. "Rosalie duruma böyle bakmıyor."

"O zaman önce sarışını alt edin. Sizin ırkınız parçalara ayrılabilme yeteneğine sahipti değil mi? Onu bir yapboza çevirin ve Bella'yla ilgilenin."

"Emmett ve Esme de onu destekliyor. Emmett bize asla izin vermez...ve Carlisle, Esme ona karşıyken bana yardım etmez..." Sesi giderek yok olmaya başlamıştı.

"Bella'yı bana bırakmalıydın."

"Evet."

Gerçi artık bunun için biraz geçti. Belki de tüm bunları Bella'yı o hayat emici canavara hamile bırakmadan önce düşünmeliydi.

Kişisel cehenneminin içinden bana baktı, benimle aynı fikirde olduğunu görebiliyordum.

"Bilmiyorduk," dedi, kelimeleri nefes alıyormuş gibi sessizce çıkıyordu. "Hiç aklıma gelmedi. Kimseyle onunla olduğum gibi olmamıştım. Bir insanın bizden hamile kalabileceğini nereden bilebilirdik – "

"O esnada o insan parçalara ayrılırken böyle bir şey olamaz diye düşünüyordunuz, değil mi?"

"Evet," diye onayladı gergin bir fısıltıyla. "O sadist olanlar gerçek. Dişi şeytan, erkek şeytan. Ama tahrik ziyafet için sadece bir başlangıç. Kimse sağ kalmıyor." Bu fikir onu iğrendirmiş gibi başını salladı. Sanki o çok farklıydı.

"Senin gibiler için özel bir isim olduğuna dikkat etmemiştim," dedim.

Olduğu yerden bana, binlerce yıllıkmış gibi görünen bir yüzle baktı.

"Sen bile Jacob Black, benim kadar benden nefret edemezsin."

Yanlış, diye düşündüm, konuşamayacak kadar öfkelenmiştim.

"Şimdi beni öldürmen onu kurtarmayacak," dedi sessizce.

"Ne kurtaracak peki?"

"Jacob, benim için bir şey yapman gerekiyor."

"Seni parazit!"

Bana o yarı bitkin, yarı çıldırmış gözlerle bakmaya devam etti. "Bella için?"

Dişlerimi sıktım. "Onu senden uzak tutmak için elimden gelen her şeyi yaptım. Her şeyi. Şim..li çok geç."

"Sen onu tanıyorsun, Jacob. Onunla aranda benim anlayamadığım bir bağ var. Sen onun bir parçasısın, o da senin. Beni dinlemiyor çünkü onu hafife aldığımı düşünüyor. Bunu yapabilmek için kendini yeterince güçlü sanıyor..." Nefesi kesildi, sonra yutkundu. "Seni dinleyebilir."

"Neden dinlesin ki?"

Ayağa kalktı, gözleri şimdi öncekinden daha parlak ve daha vahşiydi. Gerçekten deliriyor mu acaba, diye merak ettim. Vampirler aklını oynatabilir miydi?

"Belki," diye cevapladı düşüncemi. "Bilmiyorum. Öyle gibi geliyor." Başını salladı. "Onunlayken bu halimi gizlemek zorundayım çünkü stres onu daha çok hasta ediyor. Durumu onun için daha zorlaştırmamak adına kendimi toparlanmam lazım. Ama bunun şimdi bir önemi yok. Seni dinlemek zorunda!"

"Ona senin söylemediğin bir şey söyleyemem ki. Ne yapmamı istiyorsun? Aptal olduğunu söylemem mi? Bunu zaten biliyor olmalı. Öleceğini söylemem mi? Onu da biliyordur eminim."

"Ona istediği şeyi teklif edebilirsin."

Söylediği şeyin hiçbir anlamı yoktu. Yine deliriyor muydu?

"Onu canlı tutabilmekten başka hiçbir şey umrumda değil," dedi. "Eğer istediği bir çocuksa, yapabilir. Bir sürü çocuk yapabilir. Ne isterse." Bir an durdu. "Kurt yavrusu yapabilir, eğer gereken buysa."

Bir an göz göze geldik ve kendini kontrol etmeye çalışan yüz ifadesinin altında ifadesinin şiddetlendiğini fark ettim. Söylediklerini anlamaya çalışırken çatık kaşlarım kalkmış, ağzım açık kalmıştı.

'Ama bu şekilde olmaz!" diye tısladı, ben daha kendimi toparlayamadan. "Ben çaresizce beklerken o şey onun hayatını alıyor. Bu şekilde olmaz! Onu daha hasta ve harcanmış görerek olmaz. Böyle incindiğini görerek olmaz." Karnına yumruk yemiş gibi hızlı bir nefes aldı. "Anlamasını sağlamalısın, Jacob. Artık beni dinlemiyor. Rosalie her an yanında, deliliğini besleyip onu ümitlendiriyor. Koruyor. Aslında karnındakini koruyor, Bella'nın hayatı ona bir şey ifade etmiyor. "

Boğazımdan boğuluyormuşum gibi bir ses çıktı.

Ne, ne diyordu? Bella ne? Bebek mi yapmalıydı? Benden mi? Ne? Nasıl? Ondan vazgeçiyordu? Ya da Bella paylaşılmaya itiraz etmeyecek diye mi düşünüyordu?

"Herhangi biri. Hangisi onu hayatta tutacaksa."

"Bu şimdiye kadar söylediğin en manyakça şey," diye geveledim.

"Seni seviyor."

"Yeterince değil."

"Bir çocuk için ölmeyi göze alıyorsa, belki bunun için daha azını kabul edebilir."

"Onu hiç mi tanımıyorsun sen?"

"Biliyorum, biliyorum. Uzun bir ikna süreci gerekecek. Bu yüzden sana ihtiyacım var. Onun nasıl düşündüğünü biliyorsun. Anlamasını sağla."

Önerisini düşünemiyordum bile. Çok fazlaydı. İmkânsızdı. Yanlıştı. Hastalıklıydı. Kiralık bir film alır gibi Bella'yı hafta sonları için ödünç alıp pazartesi günleri geri vermek mi? Çok karmaşıktı.

Çok cazip.

Düşünmek istemiyordum, hayal etmek istemiyordum ama yine de aklıma bazı görüntüler geldi. Hâlâ beraber olma şansımız varken ve hayalden ötesinin imkânsız olduğunu anlamış olmama rağmen Bella'yla ilgili o şekilde bir sürü hayal kurmuştum. O zamanlar kendime hâkim olamıyordum. Şimdi de kendimi durduramıyordum. Bella kollarımda, Bella *benim* adımı sayıklıyorken...

Daha kötüsü, Edward aklıma tıkmadan önce bu yeni görüntüleri daha önce hiç görmemiştim. Seneler boyu bana acı verecek görüntüler. Ama orada kaldı, zehirli ve öldürülemez bir tohum gibi aklımda kökleniyordu. Bella, sağlıklı ve parıltılı, şimdikinden çok farklı ama bir şey aynı: vücudu, bozulmamış ama doğal bir değişime girmiş. Benim çocuğumu taşıyor.

Bu zehirli tohumdan kaçmaya çalıştım. "Anlamasını mı sağlayayım? Sen hangi evrende yaşıyorsun?"

"En azından dene."

Başımı hızla salladım. Olumsuz cevabı görmezden gelerek bekledi çünkü aklımdaki çelişkiyi duyabiliyordu.

"Ne yapmayı planladığını öğrendiğimden beri onu kurtarmak için bir yol düşünmekten başka bir şey yapmıyorum. Sana nasıl ulaşacağımı bilmiyordum. Ararsam dinlemeyeceğini biliyordum. Bugün gelmeseydin, seni aramaya çıkacaktım. Ama onu bırakmak zor, birkaç dakika için bile. Durumu...çok çabuk değişiyor. O şey...karnında büyüyor. Hızlıca. Şimdi ondan ayrı kalamam."

"O şey ne ki?"

"Hiçbirimiz bilmiyoruz. Ama Bella'dan daha güçlü. Şimdiden. "

Birden aklıma, o şişen canavarın Bella'yı içeriden parçaladığı görüntüsü geldi.

"Onu durdurmam için bana yardım et," diye fısıldadı. "Bunu engellemek için bana yardım et."

"Nasıl? Damızlık hizmetleri sunarak mı?" Bunu söylediğimde ürkmedi bile. Halbuki ben ürkmüştüm. "Hastasın sen. Bunu asla kabul etmeyecektir."

"Dene. Kaybedecek bir şey yok. Ne zararı olabilir ki?"

Bana zararı olacaktı. Zaten Bella beni yeterince reddetmemiş miydi?

"Onu kurtarmak için biraz acı? Çok mu fazla?"

"Ama işe yaramayacak. "

"Belki yaramayacak. Ama belki aklını karıştıracak. Belki kararında tereddüt edecek. Bir dakikalık şüphe, bütün istediğim bu."

"Ve sonra teklifi birden geri mi çekeceksin? 'Sadece şakaydı Bella' diyerek mi?"

"Eğer istediği bir çocuksa, onu alacak. Bu yüzden geri çekemem."

Bunu düşündüğüme bile inanamıyordum. Bella bana yumruk atacaktı. Yumruk atması önemli değildi ama yine eli kırılacaktı, ona üzülüyordum. Edward'ın benimle konuşmasına, aklımı karıştırmasına izin vermemeliydim. Onu şimdi burada öldürmeliydim.

"Şimdi değil," diye fısıldadı. "Henüz değil. Doğru ya da yanlış bu ona zarar verir ve bunu sen de biliyorsun. Aceleci olmaya gerek yok. Seni dinlemezse, o zaman olur. Zaten Bella'nın kalbi durduğunda beni öldürmen için sana yalvarıyor olacağım."

"Fazla yalvarman gerekmeyecek."

Ağzının kenarına bir tebessüm gelir gibi oldu. "Bundan eminim."

"O zaman anlaştık."

Başıyla onaylayıp buz gibi elini bana uzattı.

Mide bulantımı bastırıp ben de elimi uzattım. Parmaklarım kaya gibi sert elini sıktı.

"Anlaştık," diye onayladı.

10. NEDEN ÇEKİP GİTME-DİM Kİ? AH DOĞRU YA, ÇÜNKÜ BEN BİR APTALIM.

Ne hissettiğimi bilmiyordum. Bu gerçek değilmiş gibiydi. Sanki gotik bir komedinin içindeymişim gibi hissediyordum. Ponpon kızların liderini baloya davet eden inek öğrenci yerine, bir vampirin karısına beraber yaşayıp çocuk yapmayı teklif eden bir kurt adamdım. Harika.

Hayır, bunu yapmayacaktım. Bu hastalıklı ve yanlıştı. Edward'ın söylediklerini unutacaktım.

Ama Bella'yla konuşacaktım. Beni dinlemesini sağlayacaktım.

Ve o da dinlemeyecekti. Her zamanki gibi.

Eve döndüğümüz sırada, Edward düşüncelerim hakkında bir yorum yapmamış ya da bana bir cevap vermemişti. Konuşmayı neden orada yapmayı tercih etmişti acaba? Orası diğerlerinin fısıldadığını duymayacakları kadar uzakta mıydı? Bu yüzden miydi?

Belki de. Kapıdan içeri girdiğimizde diğer Cullenlar'ın gözlerinde şüphe ve şaşkınlık vardı. Kimse öfkeli ya da iğrenmiş görünmüyordu. Demek hiçbiri Edward'ın benden istediği iyiliği duymamıştı.

Kapının eşiğinde biraz duraksadım, ne yapacağımı bilmiyordum. Orada durmak daha iyiydi, biraz olsun nefes alacak hava geliyordu dışarıdan.

Edward grubun arasına doğru yürürken omuzları gergindi.

Bella endişeyle onu izledi ve sonra gözleri bir an bana takıldı. Sonra yine ona baktı.

Yüzü grimsi bir matlığa bürünmüştü ve Edward'ın bahsettiği stresin ona ne yaptığını şimdi görebiliyordum.

"Jacob ve Bella'yı konuşmaları için yalnız bırakacağız," dedi Edward. Sesinde hiçbir duygu yoktu. Robot gibiydi.

"Ancak beni kül ederseniz," diye tısladı Rosalie ona doğru. Hâlâ Bella'nın başında dolanıyordu. Soğuk ellerinden biriyle, sahiplenir gibi onun soluk yanağını tuttu.

Edward ona bakmadı. "Bella," dedi aynı duygusuz sesle "Jacob seninle konuşmak istiyor. Onunla yalnız konuşmaktan korkuyor musun?"

Bella bana baktı, şaşkındı. Sonra Rosalie'ye baktı.

"Rose, önemli değil. Jake bizi incitmeyecek. Edward'la git.",

"Bu bir tuzak olabilir," diye uyardı sarışın.

"Öyle gibi gelmiyor," dedi Bella.

"Carlisle ve ben gözünün önünde olacağız Rosalie," dedi Edward. Duygusuz sesi çatlamaya, öfke kırıntıları göstermeye başlamıştı. "Korktuğu bizleriz."

"Hayır," diye fısıldadı Bella. Gözleri ıslak kirpiklerinin altında parıldıyordu. "Hayır Edward. Korkmuyorum..."

Edward başını sallayıp biraz gülümsedi. Tebessümü can yakıcıydı. "O anlamda demedim, Bella, iyiyim. Benim için endişelenme."

Mide bulandırıcı. Edward haklıydı. Bu kız yanlış bir yüzyılda doğmuştu. Birilerini kurtarmak için aslanlar tarafından yeneceği eski bir çağda yaşayabilirdi.

"Bayanlar, baylar," dedi Edward ve gergin bir halde kapıyı işaret etti. "Lütfen."

Bella için takınmaya çalıştığı soğukkanlı tutum sağlam değildi. Dışarıda gördüğüm o tutuşmuş adama ne kadar benzediğini görebiliyordum. Diğerleri de bunu gördü. Sessizce odadan çıktılar. Hepsi çabuk hareket etti. Kalbim iki misli hızlı çarpıyordu. Oda neredeyse boştu, Rosalie haricinde. Hâlâ tereddüt içinde odanın ortasında duruyordu. Edward kapıda bekliyordu.

"Rose," dedi Bella sessizce. "Gitmeni istiyorum."

Sarışın, düşmanca Edward'a bakıp, önce onun gitmesini işaret etti. Edward kayboldu. Sonra bana dönüp uzun uzun yiyecek gibi baktı ve o da ortadan kayboldu.

Yalnız kaldığımızda gittim ve yere, Bella'nın yanına oturdum. Bella soğuk ellerini ellerimin üzerine koydu.

"Teşekkürler, Jake. Bu iyi geldi."

"Yalan söylemeyeceğim, Bella. Korkunç görünüyorsun."

"Biliyorum," diye iç çekti. "Ürkütücü görünüyorum."

"Korku filmi gibi ürkütücü." diye onayladım.

Güldü. "Burada olman o kadar güzel ki. Gülümsemek iyi geliyor. Daha fazla heyecana katlanabilir miyim bilmiyorum."

Gözlerimi devirdim.

"Tamam, tamam," diye onayladı. "Bunu isteyen bendim."

"Evet sensin. Aklında ne vardı Bella? Gerçekten!"

"Beni azarlamanı mı söyledi?"

"Biraz. Gerçi neden senin beni dinleyeceğini düşünüyor bilmiyorum. Hiç dinlemedin ki."

İç geçirdi.

"Sana söylemiş - ," diye başladım.

"Biliyor musun *sana söylemiştim'in* bir kardeşi var Jacob?" diye sözümü kesti. "Adı da *'kes sesini'.*"

"iyiymiş."

Sırıttı. Teni gerildi. "Ben uydurmadım, *Simpsonlar'ın* bir bölümünden kaptım."

"O bölümü kaçırmış olmalıyım."

"Çok komikti."

Bir dakika hiç konuşmadık. Elleri biraz ısınmaya başlamıştı.

"Gerçekten de benimle konuşmanı mı istedi?"

Başımla onayladım. "Biraz mantıklı olmanı sağlamak için. Daha başlamadan kaybedilen bir savaş bu."

"Peki neden kabul ettin?"

Cevap vermedim. Cevabı bildiğimden emin değildim.

Bildiğim tek bir şey vardı, o da, onunla geçirdiğim her anın daha sonradan çekeceğim bir acıya eklendiği. Fazla stoku kalmamış bir bağımlı gibiydim. Şimdi ne kadar kullanırsam, elimdekiler bittiğinde o kadar zor olacaktı.

"Her şey iyi olacak," dedi sessiz bir andan sonra. "Buna inanıyorum."

Her yeri tekrar kızıl görmeye başlamıştım. "Bunaklık gibi bir belirtisi de var mı?" diye sordum.

Güldü ama öfkem o kadar gerçekti ki, ellerini tutan ellerim şiddetle titriyordu.

"Belki de," dedi. "Her şey kolay olacak demiyorum, Jake. Ama bunca yaşadığım şeyden sonra sihre nasıl inanmam?"

"Sihir mi?"

"Özellikle senin için," dedi. Gülümsüyordu. Yanağıma dokundu. Elleri biraz önce olduğundan sıcak olmasına rağmen tenime serin geldi, bu evdeki diğer birçok şey gibi. "Herkesten çok, sende her şeyi düzeltecek sihir var."

"Ne geveliyorsun sen?"

Hâlâ gülümsüyordu. "Edward bana sizin şu mühürlenme işinizi anlatmıştı. *Bir Yaz Gecesi Rüyası* gibi sihirli olduğunu söylemişti. Aradığın kişiyi bulacaksın Jacob ve belki o zaman bunların hepsi anlam kazanacak."

Eğer bu kadar narin görünmeseydi bir çığlık atardım. Bunun yerine homurdanmakla yetindim.

"Eğer mühürlenmenin bu deliliğe anlam katacağını düşünüyorsan..." Kelimeleri bulmakta zorlanıyordum. "Bir gün bir yabancıya mühürlenirsem, senin bu yaptığını doğru mu kılacak diye düşünüyorsun?" Parmağımla şişmiş vücudunu gösteriyordum. "Ne anlamı var söyle Bella! Benim seni sevmemin ne anlamı vardı? Senin onu sevmenin ne anlamı vardı? Sen öldükten sonra, ne anlamı olabilir? Bütün bu acının anlamı ne? Benim çektiğim, senin çektiğin, onun çektiği! Umrumda değil ama onu da öldüreceksin." Ürktü ama yine de devam ettim. "Senin bu hastalıklı aşk hikâyenin ne anlamı vardı? Eğer bir anlamı varsa Bella, lütfen göster bana çünkü ben görmüyorum."

İç çekti. "Henüz bilmiyorum Jake. Ama sadece...hissettiğim şu ki...bütün bunlar iyi bir yere gidiyor. Şu anda görmek zor, biliyorum. Sanırım buna inanç diyebilirsin."

"Boş yere ölüyorsun Bella! Boş yere!"

Yüzümdeki eli düşüp kabarık karnına gitti ve şişliği okşadı. Söylemesine gerek yoktu, ne düşündüğünü biliyordum. Karnındaki için ölüyordu.

"Ölmeyeceğim," dedi dişlerinin arasından. "Kalbim atmaya devam edecek. Bunun için yeterince güçlüyüm."

"Bunların hepsi saçmalık, Bella. Sen uzun süredir bu doğa üstü şeylerle haşır neşirsin. Hiçbir normal insan bunu yapamazdı. "Yeterince güçlü değilsin." Yüzünü elime aldım. Kendime nazik olmamı söylememe gerek yoktu, her şeyiyle öyle kırılgandı ki.

"Yapabilirim. Yapabilirim," diye mırıldandı.

"Bana öyle görünmüyor. Planın ne? Umarım bir planın vardır."

Gözlerime bakmadan başıyla onayladı. "Esme'nin bir uçurumdan atladığını biliyor muydun? İnsanken yani."

"Ne olmuş?"

"Ölüme o kadar yakınmış ki onu acile değil, direk morga götürmüşler. Carlisle onu bulduğunda, kalbi atıyormuş gerçi ..."

Demek kalbinin atacağını söylediğinde demek istediği buydu.

"İnsan olarak hayatta kalmayı planlamıyorsun," dedim donuk bir sesle.

"Hayır. Aptal değilim." Gözlerime baktı. "Eminim bu konuda senin kendi fikrin vardır."

"Acil vampirleştirme," diye geveledim.

"Esme için işe yaradı. Emmett için de ve Rosalie için ve hatta Edward için. Hiçbiri iyi durumda değillerdi. Carlisle onları değiştirdi çünkü ya öyle yapacaktı ya öleceklerdi. O can almıyor, kurtarıyor."

Birden, önceden olduğu gibi, o iyi vampir doktor için suçluluk duydum. Ama bu düşünceyi hemen aklımdan atıp yalvarma kısmına başladım.

"Beni dinle, Bella. Böyle yapma." Aynı Charlie'nin arayıp olanları anlattığını duyduktan sonra olduğu gibi, bütün bunların benim için nasıl bir fark yarattığını görebiliyordum. Onun hayatta kalmasına ihtiyacım olduğunu anlamıştım, neye dönüşürse dönüşsün. Derin bir nefes aldım. "Çok bekleme, geç olabilir Bella. Böyle yapma. Hayatta kal. Olur mu? Bana bunu yapma. Ona bunu yapma." Sesim sertleşip yükselmişti. "Sen ölürsen, onun ne yapacağını biliyorsun. Önceden gördün bunu. O İtalyan katillere mi dönmesini istiyorsun?" Korkuyla koltuğa sindi.

Sesimi biraz daha yumuşatmaya çalışarak, "O yeni vampirlerin beni ezdiği zamanı hatırlıyor musun? Bana ne demiştin?" diye sordum.

Bekledim ama cevap vermeyecek gibi görünüyordu. Dudaklarını sıktı.

"Bana Carlisle'ı dinlememi söylemiştin," diye hatırlattım. "Ve ben ne yaptım. Vampiri dinledim. Senin için."

"Dinledin çünkü en doğrusu buydu."

"Peki, sebebini sen seç."

Derin bir nefes aldı. "Şu anda en doğrusu bu değil." Gözleri büyük yuvarlak karnına takıldı ve kısık bir sesle, "Oğlumu öldürmeyeceğim," dedi.

Ellerim yine titredi. "Ah, iyi haberi duymamışım. Nur topu gibi bir oğlan ha? Mavi balonlar falan almalıydım."

Yüzü pembeleşti. Bu renk o kadar güzeldi ki, bana verdiği acı karnımda bir bıçak gibi dönüyordu. Testere gibi paslı, eski bir bıçak.

Kaybedecektim. Yine.

"Oğlan mı bilmiyorum," diye itiraf etti biraz sıkılarak. "Ultrason çalışmadı. Bebeğin etrafındaki zar çok sert, vampir teni gibi. O yüzden biraz gizemli. Ama benim aklımda hep bir oğlan var."

"İçerideki küçük tatlı bir bebek değil, Bella."

"Göreceğiz," dedi. Neredeyse kendinden emindi.

"Görmeyeceksin," diye söylendim.

"Çok karamsarsın Jacob. Kurtulma şansım var."

Cevap veremedim. Yere bakıp yavaşça nefes alarak öfkemi kontrol altına almaya çalıştım.

"Jake," dedi ve saçımı, sonra da yanağımı okşadı. "Her şey yoluna girecek. Şsss."

Başımı kaldırmadım. "Hayır. Girmeyecek."

Gözyaşlarımı sildi. "Şsss."

"Bu ne demek şimdi, Bella?" Solgun koltuğa bakmaya devam ettim. Çıplak ayaklarım kirliydi ve yerde iz bırakıyordu.

"Her şeyin sebebinin, vampirini her şeyden çok sevdiğin olduğunu sanıyordum. Ve şimdi ondan vazgeçiyorsun, öyle mi? Hiç mantıklı değil. Ne zamandan beri anne olmak için her şeyi göze alıyorsun? Eğer bu kadar çok istiyorsan neden bir vampirle evlendin ki?"

Tehlikeli bir şekilde Edward'ın teklifine yaklaşıyordum. Kelimelerin beni oraya götürdüğünü görüyor ama akışını değiştiremiyordum.

İç çekti. "Bu öyle bir şey değil. Bebek sahibi olmak umrumda değildi. Aklıma bile gelmemişti. Şimdi konu bebek sahibi olmakla ilgili değil. *Bu* bebekle ilgili."

"O bir katıl Bella. Kendine bir baksana."

"Değil. Bu sadece benim...benim zayıf ve insan olmamdan kaynaklanıyor. Ama dayanabilirim Jake, ben..."

"Ah, hadi ama! Hiç zahmet etme, Bella. O kan emiciye hikâye anlatabilirsin ama beni kandıramazsın. Dayanamayacağını biliyorsun."

Öfkeyle bana baktı. "Hayır bilmiyorum. Endişeleniyorum tabii ki."

"Endişeleniyormuş," diye tekrarladım dişlerimin arasından.

Acı içinde bir nefes alıp karnına dokundu. Öfkem bir anda yok oldu.

"İyiyim," diye hızla nefes alarak. "Bir şey değil."

Ama onu dinlemiyordum. Elleri kazağını sıyırdı ve açılan karnına korkuyla baktım. Karnı mor ve siyah mürekkeple lekelenmiş gibiydi.

Ona bakakaldığımı görünce karnını tekrar örttü.

"Çok güçlü, hepsi bu," dedi bu görüntüyü savunmaya çalışarak

O mürekkep gibi görünen lekeler morluktu.

Neredeyse kusacaktım. Edward'ın, o şeyin Bella'yı incitmesiyle ne demek istediğini anlamıştım. Birden ben de Edward gibi iyice kontrolümü kaybettiğimi hissettim.

"Bella," dedim.

Sesimdeki değişikliği fark etmişti. Başını kaldırıp bana hayretle bakarken hâlâ güçlükle nefes alıyordu.

"Bella, yapma bunu."

"Jake – "

"Dinle beni. Hemen karşı çıkma. Tamam mı? Sadece dinle. Ya bu...?"

"Ya bu ne?"

'Ya bu senin tek şansın değilse? Ya şimdi ya hiç değilse yani? Carlisle'ı uslu olup dinlesen ve hayatta kalsan ne olur?"

"Hayır-"

"Bitirmedim daha. Hayatta kalsan. Ve tekrar başlasan. Bu olmadı. Yeniden denesen."

Somurttu. Elini kaldırıp kaşlarımın alnımı kırıştırdığı yere dokundu. Bu dokunuş, bir anlığına da olsa beni yatıştırmıştı.

"Anlamıyorum... Yeniden mi denesem, nasıl yani? Sence Edward buna izin verir mi... ? Hem ne fark edecek ki? Eminim her bebek – "

"Evet," diye atıldım. *"Ondan* yapacağın her bebek aynı olacak."

Yorgun yüzündeki şaşkınlık daha da arttı. "Ne?"

Ama daha fazlasını söyleyemedim. Bir anlamı yoktu. Onu asla ikna edemeyecektim. Bunu asla yapamamıştım.

Sonra durdu, söylemek istediklerimi anlar gibi olmuştu.

"Ha? Ah! Lütfen, Jacob. Sence bebeğimi öldürüp başka bir bebekle mi değiştireyim? Yapay döllenmeyle mi?" Sinirlenmişti. "Neden bir yabancının çocuğunu yapmak isteyeyim ki? Hiçbir farkı olmayacak mı sanıyorsun? Herhangi bir bebek işimi görecek diye düşünüyorsun, ha?"

"Öyle demek istemedim," diye mırıldandım. "Yabancı birisinden değil."

"O zaman ne demek istiyorsun?"

"Hiçbir şey. Hiçbir şey demiyorum. Her zamanki gibi."

"Nereden çıktı bu fikir?"

"Boş ver, Bella."

Şüpheyle yüzü ekşidi. "Bunları söylemeni o mu tembihledi?"

Duraksadım, bu sonuca bu kadar çabuk varmasına şaşırmıştım. "Hayır."

"O söyledi, değil mi?"

"Hayır, gerçekten. Yapay döllenmeyle falan ilgili hiçbir şey demedi."

Yüzü yumuşadı sonra ve iyice yastıklara gömüldü, bitkin görünüyordu. Gözleri boşa bakarak konuşmaya başladı, sanki benle konuşmuyor gibiydi. "Benim için her şeyi yapar. Ve onu çok incitiyorum... Ama ne düşünüyor? Bunu..." ellerini karnında gezdirdi, "bir yabancının..." Sonra sesi kesildi. Gözleri ıslaktı.

"Onu incitmek zorunda değilsin," diye fısıldadım. Edward için yalvarmak ağzımda zehir varmış etkisi yaratıyordu ama Bella'yı hayatta tutmanın en iyi yolunun bu olduğunu biliyordum. Çok düşük bir ihtimal olsa bile... "Onu tekrar mutlu edebilirsin, Bella. Sanırım gerçekten aklını kaybediyor. Gerçekten."

Dinliyor gibi görünmüyordu, dudağını ısırıyor, elleriyle karnında küçük daireler çiziyordu. Uzun bir süre sessiz kaldık. Cullenlar çok uzakta mı, diye merak ettim. Bella'yı ikna etmeye çalışan acınacak girişimlerimi duyuyorlar mıydı?

'Yabancıyla değil mi?" diye mırıldandı kendi kendine. "Edward sana tam olarak ne dedi?" diye sordu kısık bir sesle.

"Hiçbir şey. Sadece beni dinleyebileceğini düşünmüş."

"O değil. Yeniden denemekle ilgili."

Gözlerini gözlerime kilitledi ve o anda çoktan yenilgiye uğradığımı biliyordum.

"Hiçbir şey."

Ağzı bir an açık kaldı. "Vay be."

Bir an sessiz kaldık. Yüzüne bakmamak için yine ayaklarıma odaklandım.

"Gerçekten *her şeyi* yapar, değil mi?" diye fısıldadı.

"Sana aklını kaçırdığını söyledim. Gerçekten öyle, Bella."

"Onu hemen ele vermediğine şaşırdım. Başını belaya sokmaya çalışmamana..."

Başımı kaldırdığımda sırıttığını gördüm.

"Aklıma gelmedi değil." Ben de gülümsemeye çalıştım.

Ne önerdiğimi biliyordu ve üzerinde ikinci defa düşünmeyecekti. Bunu zaten biliyordum ama yine de içimi acıttı.

"Senin de benim için yapmayacağın şey yok, değil mi?" diye fısıldadı. "Neden uğraşıyorsun bilmiyorum. İkinizin de yapacağı hiçbir şeyi hak etmiyorum."

"Hiçbir şey fark ettirmiyor ama, değil mi?"

"Bu kez değil." İç çekti. "Bunu anlayabileceğin gibi anlatabilmeyi isterdim. Onu incitemem," karnını gösteriyordu, "nasıl seni bir silah alıp vuramayacaksam, aynen öyle. Onu seviyorum."

"Neden her zaman yanlış şeyleri sevmen gerekiyor, Bella?"

"Öyle yaptığımı sanmıyorum."

Boğazımdaki düğümden kurtulup sesimin istediğim gibi sert çıkmasını sağlamaya çalıştım. "Bana güven."

Ayağa kalkmak için hareketlendim.

"Nereye gidiyorsun?"

"Bir işe yaramıyorum burada."

Küçük ince elini yalvarır gibi kaldırdı. "Gitme."

Ona olan bağımlılığımın beni ona yakın tutmaya çalıştığını hissedebiliyordum.

"Buraya ait değilim ben. Geri dönmeliyim."

"Neden gelmiştin?" diye sordu.

"Senin gerçekten yaşadığını görmek için. Charlie'nin dediği gibi hasta olduğuna inanmamıştım. "

Yüzünden, bu söylediklerime inanıp inanmadığını anlayamıyordum.

'Yine gelecek misin? Şeyden önce... "

"Burada kalıp ölmeni izlemeyeceğim, Bella."

"Haklısın, haklısın. Gitmelisin."

Kapıya yöneldim.

"Güle güle," diye fısıldı arkamdan. "Seni seviyorum, Jake."

Neredeyse geri dönüyordum. Neredeyse geri dönüp dizlerimin üzerine çöküp yalvarmaya başlayacaktım. Ama Bella'dan vazgeçmemem gerektiğini biliyordum. Hemen ve tümüyle. Beni de öldürmeden önce. Aynı onu öldürdüğü gibi...

"Tabii, tabii," diye mırıldanarak çıktım.

Vampirlerin hiçbirini görmedim. Motosikletimi de orada bıraktım. Şimdi benim için yeterince hızlı olmayacaktı. Babam kafayı yemiş olmalıydı, Sam de. Sürü beni değişirken duymadığında ne yapmıştı acaba? Cullenlar'ın beni öldürdüğünü mü düşünmüşlerdi? İzleyen biri var mı diye düşünmeden soyunup koşmaya başladım. Kurt adımlarıma geçtim.

Bekliyorlardı. Tabii ki bekliyorlardı.

Jacob, Jake... Sekiz ayrı ses hep bir ağızdan rahat bir nefes aldı.

Hemen eve gel, diye komut verdi Alfa'nın sesi. Sam oldukça öfkeliydi.

Paul'ün uzaklaştığını hissettim. Billy ve Rachel'ın nerede olduğumu merak ettiklerini biliyordum. Paul onlara iyi haberi vermek ve benim vampirlere yem olmadığımı söylemek için sabırsızlanıyordu.

Sürüye yola düştüğümü söylememe gerek yoktu, ormanda hızla ilerlediğimi görüyorlardı. Onlara biraz delirdiğimi söylememe de gerek yoktu. Aklımdaki tuhaflık açık bir şekilde ortadaydı.

Bütün korkuyu gördüler; Bella'nın şişmiş karnını, çatlamış sesini: *Çok güçlü, hepsi bu;* Edward'ın yüzünde yanan adamı: *Bella'nın giderek hastalanıp tükenişini izlemesini...Bella'nın aa çekmesini;* Rosalie'nin Bella'nın şişmiş vücuduna eğilişini; *Bella'nın hayatının ona bir şey ifade etmemesini...* ve ilk kez kimsenin söyleyecek bir şeyi yoktu.

Şaşkınlıkları zihnimdeki sessiz bir çığlık gibiydi. Söyleyecek hiçbir şeyleri yoktu.

!!!!

Daha kimse kendine gelemeden yolu yarılamıştım. Sonra hepsi benimle buluşmak için koşmaya başladı.

Hava neredeyse kararmıştı, bulutlar gün batımını tümüyle örtmüştü. Otobana fırlayıp kendimi riske attım ama kimseye görünmeden hızla geçtim.

La Push'tan on dakika uzaklıkta, kerestecilerin açtığı bir meydanda buluştuk. Burada bizi kimse göremezdi. Paul de benimle aynı anda geldi. Sürü tamamlanmıştı.

Aklımdaki sözler tümüyle birbirine karışmıştı. Herkes aynı anda bağırıyordu.

Şam'ın tüyleri dikilmişti, uzun uzun hırlayarak çemberi dolanıyordu. Paul ve Jared da gölge gibi onu takip ediyorlardı. Bütün sürü telaşlı bir halde hırıldıyordu.

Önce öfkeleri anlaşılmaz geldi ve benim yüzümden olduğunu düşündüm ama bunu kafama takamayacak kadar kötü haldeydim. Kuralları bozduğum için bana istediklerini yapabilirler diye düşündüm.

Ve sonra karmaşık düşünceler beraber hareket etmeye başladı.

Bu nasıl olabilir? Ne demek? Neler olacak?
Güvenli değil. Doğru değil. Tehlikeli.
Doğal değil. Canice. İğrenç.
Buna izin veremeyiz.

Sürü uyumlu adımlarla dolanıyor, uyumlu düşünüyordu. Bunu yalnız ben bozuyordum ve biri daha. Sürünün kalanı etrafımızda dolanırken, ben de oturan diğer kurdun yanına çöktüm, kim olduğuna bakamayacak kadar sersemlemiştim.

Anlaşma bunu içermiyor.
Bu herkesi tehlikeye atıyor.

Kıvrılıp giden bu düşünceleri takip etmeye çalıştım, nereye gittiklerini görmeye çalıştım ama anlamlı gelmiyordu. Düşüncelerin merkezindeki görüntüler bana aitti, en kötüleriydi. Bella'nın yaraları, Edward'ın yanan yüzü.

Onlar da korkuyorlar.
Bir şey yapmayacaklar.
Bella Swan'ı koruyorlar.
Bizi etkilemesine izin veremeyiz.
Ailelerimizin ve buradaki herkesin güvenliği bir insandan daha önemli.
Eğer onlar öldürmeyeceklerse, bunu biz yapmalıyız.
Kabilemizi korumalıyız.
Ailelerimizi korumalıyız.
Çok geç olmadan onu öldürmeliyiz.

Bana ait başka bir hatıra, Edward'ın sözleri: *O şey... karnında büyüyor. Hızlıca.*

Odaklanmaya ve kimin ne düşündüğünü dinlemeye çalıştım.

Zaman kaybetmemeliyiz, diye düşündü Jared.

Bu dövüş, demek, diye uyardı Embry *Kötü bir dövüş.*
Hazırız, dedi Paul.
Onları hazırlıksız yakalayabiliriz, diye düşündü Sam.
Eğer onları dağılmış yakalarsak, ayrı ayrı alt edebiliriz. Bu kazanma şansımızı artırır, diye düşündü Jared. Kafasında stratejiler oluşturmaya başlamıştı.

Başımı sallayıp yavaşça ayaklandım. Sallandığımı hissediyordum, daireler çizen kurtlar sanki başımı döndürüyordu. Yanımda oturan kurt da ayaklandı. Yanımda dikildi ve dengemi sağlamama destek oldu.

Durun, diye düşündüm.

Bir an durdular sonra dolanmaya devam ettiler.

Zaman az, dedi Sam.

Ama ne söylüyorsunuz? Bu akşam anlaşmayı bozdukları için onlara saldırmıyordunuz. Şimdi anlaşma bozulmamışken onlara tuzak kurmayı mı düşünüyorsunuz?

Bu anlaşmanın öngörebileceği bir şey değil, dedi Sam. *Bu çevredeki her insan için tehlike demek. Cullenlar'ın nasıl bir yaratık ürettiğini bilmiyoruz ama güçlü olduğunu ve çabuk büyüdüğünü biliyoruz. Ve herhangi bir anlaşmaya uymak için de çok genç olacak. Dövüştüğümüz yeni vampirleri, hatırlıyor musun? Vahşi, şiddet dolu, yasakları ve mantığı izlemenin çok ötesindeydiler. Böyle bir şeyin Cullenlar tarafından korunuyor olduğunu hayal et.*

Bilmiyoruz ki, diye sözünü kesmeye çalıştım.

Bilmiyoruz, diye onayladı. *Ve kendimizi bu bilinmezlik için riske atamayız. Ancak Cullenlar'ın güvenilir olduğuna ve kimseye zarar vermeyeceklerine emin olduğumuzda yaşamalarına izin veririz. Bu... şey güvenilmez.*

Onlar da o şeyi sevmiyorlar ki.

Sam, aklımın içinden Rosalie'nin yüzünü çekip görüntüledi.

Bazıları onun için savaşmaya hazır, ne olursa olsun.

Bu sadece bir bebek ama.

Fazla uzun bir süre için değil, diye fısıldadı Leah.

Jake, dostum, bu büyük bir sorun, dedi Quil. *Görmezden gelemeyiz.*

Bunu, olduğundan büyük gösteren sizsiniz. Burada tehlikede olan tek kişi Bella.

Yine kendi isteğiyle, dedi Sam. *Ama bu sefer istediği hepimizi etkiliyor.*

Sanmıyorum.

Bunu şansa bırakamayız. Bir kan içicinin topraklarımızda avlanmasına izin veremeyiz.

O zaman söyleyin gitsinler, dedi hâlâ dengemi destekleyen kurt. Seth'ti bu. *Tabii ki.*

Ve tehdidi başkalarına mı yansıtalım? Kan içiciler topraklarımıza girerse onları yok ederiz, nerede avlanmayı planladıkları önemli değil. Elimizden gelen herkesi koruruz.

Bu çılgınlık, dedim. *Daha bu akşam sürüyü tehlikeye atmaktan korkuyordun.*

Bu akşam ailelerimizin risk altında olduğunu bilmiyordum.

Buna inanamıyorum! Bella'yı öldürmeden o yaratığı nasıl öldüreceksin?

Hiç kimse bir şey söylemedi ama sessizlik diyeceğini demişti.

Uludum. *O da insan! Korumacılığımız ona işlemiyor mu yani?*

O zaten ölüyor, diye düşündü Leah. *Biz sadece bu süreci kısaltacağız.*

Seth'in yanından kız kardeşine doğru atılıp dişlerimi gösterdim. Sol arka bacağını yakalamak üzereyken Sam'in dişlerinin beni yakalayıp geriye sürüklediğini hissettim.

Acı ve öfke içinde uluyarak ona döndüm.

Yeter! diye komut verdi Alfa sesini iki kat yükselterek.

Bacaklarım bükülüyor gibiydi. Topallayıp, ayaklarıma hâkim olmaya çalıştım.

Yüzünü diğer tarafa çevirdi. *Ona karşı acımasız olmayacaksın Leah,* diye emretti ona. *Bella'nın kaybı ağır ve hepimiz bunun, insanların hayatları için yaptıklarımıza ters düştüğünün farkına varacağız, istisna yapmak kötü bir şey. Hepimiz bu gece yapacaklarımız için yas tutacağız.*

Bu gece? diye tekrarladı Seth şaşkınlıkla. *Sam, sanırım bunu biraz daha konuşmalıyız. En azından büyüklerimizden onay almalıyız. Gerçekten gidip de —*

Cullenlar'a olan hoşgörün için zamanımız yok. Tartışmak için zamanımız yok. Her zaman sana söyleneni yapacaksın, Seth.

Seth'in ön ayakları büküldü ve başı Alfa'nın komutunun ağırlığıyla önüne düştü.

Sam ikimizin etrafında döndü.

Bütün sürüye ihtiyacımız var. Jacob sen bizim en güçlü savaşçımızsın. Bu gece bizimle savaşacaksın. Bunun senin için zor olduğunu biliyorum, o yüzden sen onların savaşçılarıyla ilgileneceksin, Emmett ve Jasper Cullen'la. Senin diğer... kısımla uğraşmana gerek kalmayacak. Quil ve Embry de seninle savaşacak.

Dizlerim titredi, Alfa'nın sesi irademi kamçılarken kendimi ayakta tutmaya çalıştım.

Paul, Jared ve ben, Edward ve Rosalie'yi alacağız. Jacob'ın getirdiği bilgiye göre Bella'yı onlar koruyor olmalı. Carlisle ve Alice de muhtemelen yakında olacaklar, belki Esme de. Brady, Collin, Seth ve Leah da onlara konsantre olacak. Kim Bella'yı - hepimiz Bella'nın adını söylerken kekelediğini duyduk - *yalnız yakalayabilme, yaratığı alacak. İlk hedefimiz yaratığı öldürmek.*

Sürü, Sam'in bu söylediklerini heyecanla onayladı. Gerilim herkesin postunu dikmişti. Artık atılan voltalar daha hızlıydı ve pençelerin yere değerken çıkardıkları ses daha keskindi.

Sadece Seth ve ben sabit duruyorduk, sıkılmış dişlerin ve dikilmiş kulakların oluşturduğu bir fırtınanın ortasında hapsolmuş gibiydik. Sam'in komutuyla eğilmiş olan Seth'in burnu neredeyse toprağa değiyordu. Hainliğin ona verdiği acıyı hissettim. Bu onun için ihanetti, Seth o ittifak gününde Edward Cullen'ın yanında savaşarak onun gerçek dostu olmuştu.

Yine de karşı koyamıyordu. Ne kadar incinse de emirlere uyacaktı. Başka çaresi yoktu.

Peki ya benim başka bir çarem var mıydı? Alfa konuştuğunda sürü takip ederdi.

Sam otoritesini hiç bu kadar etkili bir şekilde kullanmamıştı, Seth'in onun karşısında efendisi karşısında eğilen köle gibi durmasından nefret ediyordu. Başka bir çaresi olsaydı, bizi buna zorlamazdı. Birbirimize aklen bağlıyken bizlere yalan söyleyemezdi. Bella'yı ve taşıdığı canavarı yok etmenin bizim görevimiz olduğuna inanıyordu. Gerçekten de buna inanıyordu. Kaybedecek zamanımızın olmadığına, uğruna ölecek kadar inanıyordu.

Edward'la kendisi karşılaşacaktı, Edward'ın düşünce okuma yeteneği onu en büyük tehdit yapıyordu. Sam başkasının bu tehlikeye girmesine izin vermeyecekti.

Jasper'ı ikinci büyük düşman olarak görüyordu, onu bu yüzden bana vermişti. Bu karşılaşmada sürüdeki herkesten daha büyük şansım olduğunu biliyordu. En kolay hedefleri de daha genç kurtlara ve Leah'a bırakmıştı. Küçük Alice'in geleceği göremeden bir tehlike yaratamayacağını ve Esme'nin de savaşçı olmadığını biliyorduk. Carlisle daha büyük bir mücadele olacaktı ama şiddete olan nefreti onu engelleyecekti.

Sam'in sürünün hayatta kalabilmesi için verdiği talimatları dinlerken kendimi Seth'den de kötü hissediyordum.

Her şey tersine dönmüştü. Daha bu akşamüzeri saldırı için sabırsızlanan bendim. Ama Seth haklıydı, bu hazır olduğum bir dövüş değildi. Nefretimle kendimi kör etmiştim. Kendime dikkatle bakmamıştım çünkü büyük ihtimalle, bakarsam ne göreceğimi biliyordum.

Carlisle Cullen. Nefret gözlerimi köreltmediği zamanlarda, ona bakınca onu öldürmenin cinayet olacağını inkâr edemiyordum. İyi biriydi. Koruduğumuz herhangi bir insan kadar iyiydi. Belki daha da iyiydi. Diğerleri de öyleydi belki ama onları çok iyi bilmiyordum. Carlisle kendi hayatını kurtarmak için bile dövüşmekten nefret ediyordu. Bu yüzden onu öldürmek kolaydı, çünkü bizim, yani düşmanlarının, ölmesini istemeyecekti.

Bu yanlıştı.

Ve sadece Bella'yı öldürmek, *beni* öldürmek gibi, intihar gibi olduğu için değildi.

Topla kendini Jacob, diye emretti Sam. *Kabile her şeyden önce gelir.*

Bugün ben hatalıydım, Sam.

Sebeplerin hatalıydı o zaman. Ama şimdi yerine getirmemiz gereken bir görevimiz var.

Kendime geldim. *Hayır.*

Sam hırladı ve tam önümde durdu. Gözlerime baktı ve dişlerinin arasından derin bir gürleme çıktı.

Evet, diye hüküm verdi Alfa'nın çift sesi. Ses, otoritesinin sıcağında adeta kabarmıştı. *Bu gece kaçmak yok. Sen, Jacob, bizimle beraber Cullenlar'a karşı savaşacaksın. Quil ve Embry'yle birlikte Jasper ve Emmett'ı halledeceksiniz. Kabileyi korumaya mecbursun. Varlığının sebebi bu. Bu mecburiyeti yerine getireceksin.*

Omuzlarım bu emirle düştü ve bacaklarım çözüldü.

Sürünün hiçbir elemanı Alfa'ya karşı gelemezdi.

11. ASLA YAPMAK İSTEMEDİKLERİM LİSTESİNİN BAŞINDAKİ İLK İKİ ŞEY

Sam diğerlerinin değişimine yardımcı olurken ben hâlâ yerdeydim. Embry ve Quil de yanımda durmuş, kendime gelmemi bekliyorlardı.

Ayağa kalkıp onlara liderlik edecek güdüyü ve ihtiyacı hissedebiliyordum. Baskı büyümüştü, olduğum yere sinerek buna karşı koymaya çalışmanın faydası yoktu.

Embry sessizce kulağıma fısıldadı. Düşünerek iletişim kurmak istememişti, Sam'in dikkatini tekrar üzerime çekmekten korkuyordu. Kalkmam için sarf ettiği sözsüz ricasını hissettim. Kalkıp bu işi bitirmem için, halledip kurtulmam için...

Sürüde korku vardı, kendileri için değil, tüm sürü için korkuyorlardı. Bu geceyi kayıpsız atlatacağımızın hayalini bile kuramıyorduk. Hangi kardeşlerimizi kaybedecektik? Hangileri bizi sonsuza kadar terk edecekti? Hangi acılı aileyi teselli ediyor olacaktık?

Onlarla beraber, uyum içinde zihnimden bu korkuları geçirmeye başladım. İstemsiz bir halde yerimden kalkıp tüylerimi silkeledim.

Embry ve Quil rahatladılar. Quil burnuyla koluma dokundu.

Zihinlerden geçen tek şey mücadelemiz ve görevimizdi. Cullenlar'ın yeni-doğan vampirlerle savaşmak için pratik yapmalarını izlediğim geceleri hatırladık. Emmett Cullen en güçlülenydi. Ama Jasper daha büyük bir problem olacaktı. Hareketleri yıldırım gibiydi; güç, hız ve ölüm bir anda. Kaç yüzyıllık deneyimi vardı? Herhalde diğer Cullenlar'ın ondan rehberlik isteyecekleri kadar fazla.

Eğer istersen yanında olurum, diye önerdi Quil. Aklında sürünün çoğundan fazla heyecan vardı. Jasper'ı pratik yaparken izlediğinde, kendi yeteneklerini onunkiler üzerinde denemek için çıldırmıştı. Bu onun için bir yarışma olacaktı. Hayatını kaybedebileceğinin farkında olsa bile böyle düşünüyordu. Paul de böyleydi ve daha önce hiçbir dövüşte yer almamış Collin ve Brady de. Seth de herhalde böyle olurdu, tabii rakipler onun dostları olmasaydı...

Jake? diye dürttü beni Quil. *Nasıl yapalım istersin?*

Başımı salladım. Konsantre olamıyordum, emirlere uyma baskısı, tüm kaslarımın bağlı olduğu bir kukla ipi gibiydi. Bir ayak ileri, şimdi diğeri.

Seth de, Collin ve Brady'nin arkasından sürükleniyordu, Leah da oraya konuşlanmıştı. Ama diğerleriyle plan yaparken Seth'i görmezden geliyordu, onun dövüş dışında kalmasını istediğini görebiliyordum. Küçük kardeşine karşı duyduğu hislerinde anaç bir hal vardı. Sam'in onu eve yollamasını diliyordu. Seth, Leah'nın şüphelerini görememişti, o da kukla iplerine alışmaya çalışıyordu.

Belki karşı koymayı bırakırsan... diye fısıldadı Embry.

Sadece kendi görevimize odaklanalım. Büyük olanlara. Onları alt edebiliriz. Daha güçlüyüz! Quil büyük maçtan önce futbolcularıyla konuşan bir antrenör gibi kendini hazırlıyordu.

Yalnız kendi görevimizi düşününce, aslında ne kadar kolay olduğunu görebiliyordum. Jasper ve Emmett'a saldırmayı hayal etmek o kadar zor değildi. Çok uzun süre onları düşman olarak görmüştüm. Bunu şimdi de yapabilirdim.

Sadece benim de koruyacağım bir şeyi koruduklarını unutmam gerekiyordu. Kazanmalarını istememe sebep olan şeyi unutmam gerekiyordu...

Jake, diye uyardı Embry. *Aklını burada tut.*

Ayaklarım miskince hareket ediyordu, iplerin çektiği yere doğru sürükleniyordu.

Karşı koymanın anlamı yok, diye fısıldadı Embry bu kez.

Haklıydı. Sam'in istediği buysa, sonunda onu yapıyor olacaktım. Ve istediği buydu. Açıkça.

Alfa'nın otoritesinin iyi bir sebebi vardı. Bizimki gibi güçlü bir sürü de olsa, lideri olmadan güçlü sayılmazdı. Etkili olabilmemiz için beraber hareket etmemiz, birlikte düşünmemiz gerekiyordu. Ve bunun için, bu vücudun bir beyne ihtiyacı vardı.

Peki ya Sam yanılıyorsa? O zaman kimse bir şey yapamazdı. Kimse onunla tartışamazdı.

Bir istisnası vardı.

Ve işte olmuştu, hiç olmasını istemediğim bir düşünce. Ama şimdi, bacaklarım bağlıyken bu düşünceyi hatırlamak beni rahatlatmıştı, rahatlatmaktan da öte ateşli bir keyif vermişti.

Kimse Alfa'yla tartışamazdı, *ben* hariç.

Hiçbir şey kazanmamıştım ama içimde benimle beraber doğmuş, talep edilmemiş, sahipsiz bir şeyler vardı.

Sürüye liderlik yapmayı hiç istememiştim. Şimdi de yapmak istemiyordum. Kaderlerimizin bütün sorumluluğunu omuzlarıma almak istemiyordum. Sam benim hayat boyu olacağımdan çok daha iyi bir liderdi.

Ama bu gece yanılıyordu.

Ve ben de onun önünde eğilmek için doğmamıştım.

Doğuştan gelen hakkımı benimsediğim anda, birden vücudumu saran bütün bağlar koptu.

Özgürlüğün ve içi boş bir gücün, içimde toplandığını hissedebiliyordum. İçi boştu çünkü Alfa'nın gücü sürüsünden gelirdi, benimse bir sürüm yoktu. Bir an için bu yalnızlık beni bunalttı.

Şimdi bir sürüm yoktu.

Ama Sam'in durduğu yere giderken kendimden emin ve güçlü olduğumu hissediyordum. Daha ben yanına gelmeden beni duyarak döndü ve siyah gözlerini kıstı.

Hayır, dedim tekrar.

Beni hemen duydu, Alfa sesiyle konuşmuştum.

Şaşırmış bir halde bir adım geri çekilip acıyla havladı.

Jacob? Sen ne yaptın?

Seni dinlemeyeceğim, Sam. Bu kadar yanlış bir şey için dinlemeyeceğim.

Afallamış gözlerle bana baktı. *Sen...sen ailene karşı düşmanını mı seçeceksin?*

Onlar - başımı salladım *- onlar bizim düşmanımız değil. Hiçbir zaman olmadılar. Bunu daha önce görememiştim.*

Bu hiç de onlarla ilgili değil, diye söylendi. *Bella'yla ilgili. Hiçbir zaman senin olmadı, seni seçmedi ama sen hayatını onun için mahvetmeye devam ediyorsun!*

Bunlar acımasız ama doğru kelimelerdi. Hepsini derin bir nefesle içime çektim.

Belki de haklısın. Ama sen de bütün sürüyü onun için mahvedeceksin, Sam. Bu gece kaç tanesi hayatta kalırsa kalsın, hep katil kalacaklar.

Ailelerimizi korumak zorundayız.

Karar verdiğini biliyorum Sam ama artık benim için karar vermiyorsun.

Jacob, kabilene sırtını dönemezsin.

Alfa'nın yankılanan sesini duydum ama bu sefer etkisizdi. Artık bana işlemiyordu. Dişlerini kenetleyerek söylediklerine uymam için baskı yapıyordu.

Öfke dolu gözlerine baktım. *Ephraim Black'in oğlu Levi Uley'in oğluna boyun eğmek için doğmadı.*

O zaman bu kadar mı, Jacob Black? Tüyleri dikildi ve dişleri göründü. Yanında duran Paul ve Jared da hırlayarak kabardılar. *Beni yensen bile, sürü asla seni izlemeyecektir.*

Şimdi şaşkınlıkla geri çekilerek sızlanan bendim.

Seni yenmek mi? Seninle dövüşmeyeceğim Sam.

O zaman planın ne? Vampirin dölünü koruyasın diye kenara çekilip kabileyi tehlikeye atmayacağım.

Kenara çekilmeni söylemiyorum.

Eğer sana uymalarını söylersen -

Kimsenin iradesini elinden almayacağım.

Kelimelerimdeki hüküm onu gerdikçe kuyruğu kamçı gibi gidip geliyordu. Sonra bir adım ilerledi ve karşı karşıya geldik, açıkta kalan dişleri benimkilerin sadece biraz ilerisindeydi. O ana kadar boyumun onu geçtiğini fark etmemiştim.

Birden fazla Alfa olamaz. Sürü beni seçti. Bizi bölecek misin? Kardeşlerine sırtını mı döneceksin? Ya da bu deliliğe bir son verip bize katılacak mısın? Her kelime emir tonundaydı ama bana dokunamıyordu. Damarlarımda saf Alfa kanı dolanıyordu.

Bir süründe neden birden fazla Alfa erkeğinin olamadığını görebiliyordum. Vücudum bu meydan okumaya karşılık veriyordu. Hakkım olanı alacak iç dürtüyü hissedebiliyordum. Kurtluğumun ilkel özü, üstünlük için bekliyordu.

Bu karşılığı kontrol edebilmek için bütün enerjimi kullandım. Sam'le anlamsız ve yıkıcı bir dövüşe girmeyecektim. Onu reddetsem bile, yine de benim kardeşimdi.

Bu sürü için *bir* Alfa olacaktı. Kendi yoluma gitmek için rekabete girmeyecektim.

Artık vampirlere mi katılacaksın, Jacob?

İrkildim.

Bilmiyorum, Sam. Ama şunu biliyorum ki –

Sesimdeki Alfa tonunu hissettiği için geri çekildi. Sesim onu, onun beni etkilediğinden daha çok etkiliyordu. Çünkü ona önderlik etmek için doğmuştum.

Cullenlar ve sizin aranızda duracağım. Sürünün masum – bu kelimeyi vampirler için kullanmak zordu ama doğruydu – *insanları öldürmesine seyirci kalamam. Sürü bundan daha iyisini yapabilir. Onlara doğru yolu göster, Sam.*

Ona arkamı döndüm ve birden ulumalar koro halinde etrafımı sardı.

Sebep olduğum karmaşadan uzaklaşıp koşmaya başladım. Fazla zamanım yoktu. En azından sadece Leah bana yetişme şansına sahipti ama ben önce başlamıştım.

Uzaklaştıkça ulumalar azaldı ve sesler geceyi yarmaya devam ederken rahatladım. Henüz peşime düşmemişlerdi.

Sürü kendine gelip beni durdurmadan önce Cullenlar'ı uyarmalıydım. Eğer Cullenlar hazırlıklı olurlarsa, bu Sam'e tekrar düşünmek için bir sebep verebilirdi. Aslında hâlâ nefret ettiğim beyaz eve doğru hızla koşarken kendi evimi arkamda bırakıyordum. Artık benim olmayan evimi... Ona sırtımı çevirmiştim.

Bugün, herhangi başka bir gün gibi başlamıştı. Devriyeden

eve yağmurlu gün doğumunda gelip Billy ve Rachel'la kahvaltı yapmıştım, Paul'la atışmıştım... Her şey birden nasıl böyle değişip gerçeküstü bir hal almıştı? Her şey nasıl böyle karışmıştı ki, ben şimdi burada tek başıma, gönülsüz bir Alfa olarak kardeşlerimden kopmuş, onların yerine vampirleri seçmiştim?

Duymaktan korktuğum ses düşüncelerimi deldi, bu beni takip eden büyük pençelerin yere değerken çıkardıkları yumuşak sesti. Daha hızlanıp, karanlık ormanda ileri atıldım. Edward'ın uyarımı alacağı kadar yakına gelmem gerekiyordu. Leah beni tek başına durduramazdı.

Ve sonra arkamdaki düşüncelerin şeklini hissettim. Öfke değil, coşku vardı. Yakalamaya çalışmıyor...peşimden geliyordu.

Uzun adımlarım bozuldu. Dengemi sağlamaya çalışırken iki adım kadar tökezledim.

Bekle. Bacaklarım seninkiler kadar güçlü değil.

SETH! *Ne yaptığını sanıyorsun? EVE DÖN!*

Cevap vermedi, heyecanını hissedebiliyordum. Benim gözlerimden içerisini görebildiği gibi, ben de onun içini görebiliyordum. Gece benim için umutsuzdu, çaresizlikle doluydu. Onun içinse umutla dolmuştu.

Yavaşladığımı hissetmememe rağmen birden yanımda belirdi.

Şaka yapmıyorum, Seth! Burası sana göre değil. Git buradan.

Cılız kurt durmadı. *Arkanı kollayacağım, Jacob. Haklı olduğunu düşünüyorum. Ve Sam'le kalamazdım -*

Ah, evet tabii ki Sam'le kalacaksın. Hemen La Push'a dön ve Sam sana ne diyorsa onu yap.

Hayır.

Git Seth!

Bu bir emir mi Jacob?

Sorusu beni şaşırtmıştı.

Hiç kimseye emir falan vermiyorum. Sana zaten bildiğin bir şeyi söylüyorum.

Sana bildiğim şeyi söyleyeyim, her yerde sessizlik hakim. Fark etmedin mi?

Ne düşündüğünü fark edince kuyruğum heyecanla sallandı.

Aslında sessiz denemezdi. Uzaktan hâlâ ulumalar duyuluyordu.

Dönüşmediler, dedi Seth.

Biliyordum. Sürü şimdi kırmızı alarmdaydı. Her şeyi düşünebilmek için bütün akıllarını kullanacaklardı. Ama ne düşündüklerini duyamıyordum. Sadece Seth'i duyabiliyordum. Başka kimseyi değil.

Ben ce farklı sürüler zihnene bağlı değil. Hah. Sanırım babalarımızın bunu öğrenebilmek için bir sebebi olmamış çünkü ayrı sürüler diye bir şeye gerek duyulmamış. İki sürü için yeterince kurt olmamış yani. Vay be. Gerçekten sessiz. Biraz ürkütücü. Ama güzel de, sence de öyle değil mi? Eminim böylesi onlar için de kolay olmuştur, Ephraim, Quil ve Levi için. Böyle üç kişi için çok karmaşa olmamıştır. Ya da iki kişi, için.

Sus Seth.

Peki efendim.

Kes şunu! İki ayrı sürü diye bir şey yok. SÜRÜ var ve ben varım. Bu kadar. Yani eve gidebilirsin.

Eğer iki ayrı sürü yoksa, neden birbirimizi duyup diğerlerini duyamıyoruz? Bence Sam'e arkanı döndüğünde bu belirleyici bir hareket oldu. Bir değişiklik. Ve ben de seni izledim, benee bu da belirleyiciydi.

Haklı olabilirsin, diye onayladım. Ama değiştirdiğin şeyi, ters yöne doğru da değiştirebilirsin.

Şimdi bunun için zaman yok. Sam gelmeden...

Bu konuda haklıydı. Tartışmak için zaman yoktu. Ben koşarken Seth de benimle birlikte İkinci'nin geleneksel yerinde koşuyordu.

Başka şekilde de koşabilirim, diye düşündü. *Seni takip etmemin sebebi terfi etmek değil.*

Nasıl istersen öyle koş, benim için fark etmez.

Peşimizde birinin olduğunu duymuyorduk ama yine de hızlandık. Şimdi endişeliydim. Sürü'nün aklına giremeyeceksem her şey daha zor olacaktı. Artık saldırı hakkında benim de Cullenlar'dan fazla bilgim olmayacaktı.

Devriye gezeriz, diye önerdi Seth.

Peki ya sürü bize meydan okursa ne yapacağız? Kardeşlerimize saldıracak mıyız? Kız kardeşine?

Hayır, uyanıp geri kaçarız.

İyi cevap. Ya peki sonra? Sanmıyorum ki...

Biliyorum, diye onayladı. Sesindeki kendine güven biraz yok olmuştu şimdi. Ben de onlara saldıracağımı sanmıyorum. Ama onlar da bize saldırma fikri hakkında bizden daha mutlu olmayacaklar. Bu da onları orada durdurmak için yeterli olabilir. Hem şimdi artık sadece sekiz kişiler.

Bu kadar...- doğru kelimeyi bulmam zaman aldı - İyimser olmayı kes. Sinirlerime dokunuyor.

Sorun değil. İyice kasvetli olmamı mı istersin yoksa sadece susmamı mı?

Sadece sus.

Olur.

Gerçekten mi? Hiç de öyle görünmüyor.

En sonunda sessizleşmişti.

Cullenlar'ın evine giden ormanda ilerliyorduk. Edward bizi duyabiliyor muydu acaba?

Belki biraz 'Barış için geldik' gibi şeyler düşünsek iyi olur.

Düşün bakalım.

Edward'? Denemek için ismini söyledi. Edward orada mısın? Tamam, işte şimdi kendimi aptal gibi hissettim.

Kulağa da biraz aptal gibi geliyorsun.

Sence bizi duyuyor mudur?

Beş yüz metre kadar uzakta olmalıydık. Sanırım duyuyor. Hey, Edward. Eğer beni duyabiliyorsan hazır ol kan emici. Bir sorunumuz var.

Bir sorunumuz var, diye düzeltti Seth.

Sonra ağaçların arasından çimenliğe çıktık. Ev karanlıktı ama boş değildi. Edward girişte Emmett ve Jasper'la duruyordu. Solgun ışıkta kar gibi beyaz görünüyorlardı.

"Jacob? Seth? Neler oluyor?"

Yavaşlayıp birkaç adım geriledim. Bu haldeyken kokuları o kadar keskindi ki, genzimi yakıyordu. Seth sessizce inledi, duraksadı ve arkama geçti.

Edward'ın sorusunu yanıtlamak için, Sam'le yüzleşmemden önce olanları tek tek aklımdan geçirdim. Seth de benimle birlikte düşündü, boşlukları doldurup sahneleri başka açılardan gösterdi. "İğrenme" kısmına gelince durmak zorunda kaldık çünkü Edward öfkeyle tıslayarak girişteki merdivenlerden atlamıştı.

"Bella'yı öldürmek mi istiyorlar?" diye homurdandı.

Emmett ve Jasper konuşmanın başını duymadıklarından bunu bir soru değil de saldırı başlangıcı olarak düşündüler. Hemen Edward'ın yanında gelip diş gösterdiler.

Hey, sakin olun, diye düşündü Seth geri çekilerek.

"Jasper, onlar değil! Diğerleri. Sürü buraya geliyor."

Geri çekildiler, Emmett dönüp merakla Edward'a bakarken Jasper da bakışlarını üzerimize kilitledi.

"Dertleri neymiş?" diye sordu Emmett.

"Benimkiyle aynı," diye tısladı Edward. "Ama onların başka bir planı var. Diğerlerine haber ver. Carlisle'ı çağır! O ve Esme hemen buraya dönmeli."

Endişeli bir şekilde inledim. Demek onlar burada değildi.

"Uzakta değiller," dedi Edward donuk bir ses tonuyla.

Ben gidip bir göz atacağım, dedi Seth. *Batı kısmına bakarım.*

"Bu senin için tehlikeli olmayacak mı, Seth?" diye sordu Edward.

Seth ve ben bakıştık.

Sanmıyoruz, diye düşündük beraber. Ve sonra ben ekledim, *Ama belki ben de gitmeliyim, ne olur ne olmaz...*

Bana meydan okumaları daha düşük bir ihtimal, dedi Seth. *Onların gözünde sadece çocuğum ben.*

Benim gözümde de çocuksun ufaklık.

Ben gidiyorum. Sen Cullenlar'a yardım etmelisin.

Koşup karanlığın içinde kayboldu. Seth'e emir vermek istemiyordum bu yüzden gitmesine izin verdim.

Edward ve ben karanlık meydanda yüz yüze durduk, Emmett'ın telefondaki mırıltısını duyabiliyordum. Jasper da gözlerini Seth'in kaybolduğu karanlığa dikmişti. Alice kapıda belirdi ve sonra kaygılı gözlerle bana bakıp hemen Jasper'ın yanına gitti. Herhalde Rosalie içeride Bella'nın yanındaydı. Hâlâ korumalık yapıyordu, yanlış tehlikelere karşı...

"Bu sana minnettar olduğum ilk zaman değil, Jacob," diye

fısıldadı Edward. "Senden asla böyle bir şey istemezdim, biliyorsun."

Bugün benden istediği şeyi düşündüm. Konu Bella olduğunda yapmayacağı şey yoktu. *Evet isterdin.*

Bunu düşünüp başıyla onayladı. "Sanırım haklısın."

İç çektim. *Ve bu da bir şeyi senin için yapmadığım ilk zaman değil.*

"Doğru," diye mırıldandı.

Üzgünüm, bugün bir işe yaramadım. Beni dinlemeyeceğini söylemiştim sana.

"Biliyorum. Ben de dinleyeceğine inanmamıştım. Ama..."

Denemek zorundaydın. Anlıyorum. Daha iyi mi?

Sesi ve gözleri dondu. "Daha kötü."

Bu kelimelerin içime işlemesine izin vermek istemiyordum. Bu yüzden, Alice konuşmaya başladığında çok memnun oldum.

"Jacob, dönüşebilir misin?" diye sordu Alice. "Neler olduğunu bilmek istiyorum."

Başımı salladığım anda Edward cevap verdi.

"Seth'e bağlı kalmalı."

"Peki, o zaman sen bana neler olduğunu anlatabilir misin?"

Edward olanları duygusuz ve kırpılmış cümlelerle anlattı. "Sürü Bella'nın bir sorun yaratacağını düşünüyor. Bella'nın taşıdığını...karnındakini muhtemel bir tehlike olarak öngörüyorlar. Onu ortadan kaldırmanın kendi görevleri olduğunu düşünüyorlar. Jacob ve Seth bizi uyarmak için sürüden kopmuşlar. Kalanlarsa bu gece bize saldırmayı planlıyorlar."

Alice benden öteye yönelip tısladı. Emmett ve Jasper bakıştılar ve sonra gözleriyle ağaçların arasını taradılar.

Kimse yok, diye rapor verdi Seth. *Batı tarafında ses yok.*

Diğer taraftan dolaşıyor olabilirler.

Hırlayacağım.

"Carlisle ve Esme yoldalar," dedi Emmett. "En fazla yirmi dakika sürer."

"Savunma pozisyonu almalıyız," dedi Jasper.

Edward başıyla onayladı. "Haydi içeri girelim,"

Ben Seth'le tavlayacağım. Eğer aklımı duyamayacağın kadar uzaklaşmış olursam ulumamı dinle.

"Tamam."

Eve girdiler. Ben de batıya doğru koşmaya başladım.

Hâlâ bir şey bulamadım, dedi Seth.

Geri kalanına da ben bakayım. Çabuk ol, bizi fark ettirmeden geçmelerini istemeyiz.

Seth birden hızlandı.

Sessizce koştuk. Dakikalar geçti. Onun çevresindeki sesleri de dinliyor, emin olmaya çalışıyordum.

Hey, çok hızlı bir şey geliyor! diye uyardı beni Seth, on beş dakikalık bir sessizlikten sonra.

Geliyorum!

Bunun sürü olduğunu sanmıyorum. Farklı bir ses bu.

Seth-

Gelen esintiyle birlikte kokuyu aldı.

Vampir. Carlisle herhalde.

Seth, geri çekil. Başka biri olabilir.

Hayır, onlar. Kokuyu tanıdım. Dur, dönüşüp onlara neler olduğunu anlatacağım.

Seth, onlar olduğunu -

Ama gitmişti bile.

Batı hattında kaygılı kaygılı koştum. Şu Seth'e bir gececik olsun göz kulak olmasam olmaz mıydı sanki? Ya ona bir şey olursa? Leah beni parçalara ayırırdı.

Neyse ki ufaklık kısa kesti. İki dakika geçmeden aklıma geri dönmüştü.

Evet Carlisle ve Esme'ydi. Beni gördüklerine öyle şaşırdılar ki! Şimdi içeri girmiş olmalılar. Carlisle teşekkürlerini iletti.

Carlisle iyi bir adam.

Evet. Bu da haklı olduğumuz sebeplerden biri.

Umarım.

Neden böyle keyifsizsin, fakc? L:ninim Sam sürüyü bu gece getirmeyecektir. İntihar saldırısı düzenlemeyecektir.

İç geçirdim. *Her iki şekilde de fark etmez.*

Ah, bu pek de Sam'le ilgili değil ha?

Etrafa bakınmaya devam ettim. Seth'in döndüğü yerde bıraktığı kokusunu duydum. Her yere bakıyorduk.

Bella'nın ne olursa olsun öleceğini düşünüyorsun, diye fısıldadı Seth.

Evet, öyle.

Zavallı Edward. Deliye dönmüş olmalı.

Hem de nasıl.

Edward'ın ismi başka hatıraları da su yüzüne çıkardı. Seth onları hayretler içinde okudu.

Ve sonra ulumaya başladı. *Hadi canım! Olamaz! Yapmadın! Sen de çizmişsin kafayı Jacob! Sen de biliyorsun, bunu! Edward'ı öldüreceğini söylediğine inanamıyorum. Nasıl yani? Hayır demeliydin.*

Sus, sussana aptal! Vampirler şimdi sürünün geldiğini sanacak!

Hemen ulumasını kesti.

Eve doğru turlamaya başladım. *Uzak dur, Seth. Şimdilik bütün daireyi sen tara.*

Seth kudurdu ama onu görmezden geldim.

Yanlış alarm, yanlış alarm, diye düşündüm eve doğru koşarken. *Üzgünüm. Seth genç. Ve unutuyor. Kimse saldırmıyor. Yanlış alarm.*

Meydana geldiğimde Edward'ı karanlık bir pencereden bakarken gördüm. Yaklaşıp mesajı aldığından emin olmak istedim.

Bir şey yok, anladın değil mi?

Başını salladı.

İletişimimiz tek taraflı olmasaydı çok daha kolay olacaktı. Ama yine de, aslında *onun* aklında olmadığım için, biraz da olsa memnundum.

Başını evin içine doğru çevirdi ve birden koşarak kayboldu.

Neler oluyor?

Sanki cevap alacaktım.

Meydanda hareketsizce oturup dinledim. Bu kulaklarla, neredeyse Seth'in kilometrelerce ötedeki ayak seslerini bile duyabiliyordum. Karanlık evin içindeki her sesi duymak kolaydı.

"Yanlış alarmdı," dedi Edward o ölü sesiyle. "Seth başka bir şeye kızmış ve bizim bir sinyal beklediğimizi unutmuş. O daha çok genç, biliyorsunuz."

"Kaleyi bebeklerin koruduğunu bilmek güzel," diye homurdandı daha derin bir ses. Emmett olduğunu düşündüm.

"Bu gece bize büyük bir iyilik yaptılar, Emmett," dedi Carlisle. "Büyük bir fedakarlık..."

"Evet, biliyorum. Sadece kıskandım işte. Ben de dışarıda olmak istiyorum."

"Seth, Sam'in bu gece saldıracağını düşünmüyor," dedi Edward. "Biz böyle hazırlıklıyken ve sürülerinin iki elemanı eksikken."

"Jacob ne düşünüyor?" diye sordu Carlisle.

"O çok da iyimser değil."

Kimse konuşmadı. Sessiz bir damlama sesi geliyordu, ama nerden geldiğini anlayamamıştım. Bella'nın sessizce nefes alışını diğerlerininkinden ayırabiliyordum. Daha sert ve zorlukla çıkıyor gibiydi. Kalbinin sesini duyabiliyordum. Çok...çok hızlı gibiydi. Kendi kalp atışımla karşılaştırmaya çalıştım ama bu da doğru bir ölçü olur muydu bilmiyordum. Ben de normalde olduğum gibi değildim.

"Ona dokunma! Uyandıracaksın," diye fısıldadı Rosalie.

Biri iç geçirdi.

"Rosalie," diye mırıldandı Carlisle.

"Hiç başlama Carlisle. Önceden size izin verdik ama sadece bunun için."

Rosalie ve Bella artık birinci çoğul şahıs olmuş gibi görünüyordu. Sanki artık ikisinin kendilerine ait bir sürüleri vardı.

Evin önünde volta atmaya başladım. Her geçişim beni biraz daha yaklaştırıyordu. Karanlık pencereler sıkıcı bir bekleme odasındaki televizyon gibiydi, gözlerimi uzun süre onlardan ayırmam imkânsızdı.

Birkaç adım sonra postum verandayı süpürmeye başlamıştı artık.

Aşağıdan pencereleri görüyordum, odanın tavanını, duvarların üst kısmını, yanmayan avizeyi. Biraz boynumu uzatsam... ve belki ön ayaklarımdan birini verandaya koysam...

Büyük ön odayı, bu akşam gördüğüm tanıdık bir şeyi arayarak gözetledim. Ama sahne o kadar değişmişti ki, bir an yanlış odaya baktığımı sandım.

Camdan duvar gitmişti, şimdi metal gibi görünüyordu. Bütün mobilyalar kenara çekilmiş, Bella, tuhaf bir şekilde, odadaki açık alanda, dar bir yatağın üstünde yatıyordu. Normal bir yatak değildi bu. Hastanelerdeki gibi korkulukları olan yataklardandı. Ve aynı hastanede olduğu gibi vücudunu ekranlara bağlamışlardı ve teninden borular falan çıkıyordu. Ekranlardaki ışıklar yanıp sönüyor ama bir ses çıkarmıyordu. Damlama sesi, kolundaki bir damara bağlı bir ilaçtan geliyordu. Mat beyaz bir sıvıydı bu.

Rahatsız uykusunda tıkanıyor gibi oldu ve Edward'la Rosalie çevresinde dönmeye başladılar. Sonra birden Bella hafifçe titremeye ve inlemeye başladı. Rosalie elini alnına dayadı. Edward kaskatı kesildi, arkası bana dönüktü ama yüz ifadesinin çok garip olduğundan emindim çünkü Emmett göz açıp kapayana kadar onu Bella'nın yanından çekmişti.

"Bu gece değil, Edward. Endişelenecek başka şeyler var."

Edward onlardan uzaklaştı. Yine o yanan adam olmuştu. Gözleri bir an beni görünce tekrar dört ayağımın üzerinde durdum.

Karanlık ormana doğru koşup Seth'e yardıma gittim.

Daha kötü. Evet Bella daha kötü olmuştu.

12. BAZI İNSANLAR "İSTENMEMEK" FİKRİNİ KAVRAYAMIYOR

Tam uyumak üzereydim.
Güneş bulutların arasından bir saat kadar önce yükselmişti. Orman şimdi kara değil, griydi. Seth saat bir gibi kıvrılıp uyumuştu, sonra şafak sökerken onu uyandırıp nöbet değişimi yapmıştım. Bütün gece koşmama rağmen aklımı susturup uykuya dalmakta güçlük sekiyordum ama Seth'in ahenkli koşusu az da olsa uyumama yardımcı oluyordu. Bir, iki-üç, dört, bir, iki-üç, dört - *dam dam-dam dam* - pençelerin tekrar ve tekrar nemli toprağa değişi... Cullenlar'ın evini genişçe çevreleyerek koşuyordu. Toprağa izlerimizi bırakıyorduk. Seth'in düşünceleri boştu, sadece yanından geçtiği tahtaların, ağaçların bulanık yeşili ve grisi görülüyordu. Dinlendiriciydi. Aklımı, beni meşgul eden görüntüler yerine, onun gördükleriyle doldurdum.

Ve sonra Seth'in keskin uluması sabahın sessizliğini yırttı.

Hemen yerimden fırladım. Seth'in donup kaldığı yere doğru koşarken, bize yaklaşan pençelerin sesini dinliyordum.

Günaydın, çocuklar.

Seth'in dişlerinin arasından şaşkın bir uluma çıktı. Ve sonra bu yeni düşünceleri dinlerken ikimiz birden hırladık.

Ah hayır! Git buradan, Leah! diye homurdandı Seth.

Seth'e yetiştiğimde durdum, bu kez haber vermek için. başımı geriye atıp ulumaya hazırdım.

Kes gürültüyü, Seth.

Peki. Uuh! Uuh! Uuh! diye inledi ve pençeleriyle toprağı eşelemeye başladı.

Leah'nın küçük gri vücudu hızla çalılığın içinden çıktı.

Ağlamayı kes, Seth. Amma da bebekmişsin.

Ona bakıp hırladım, kulaklarım arkaya doğru yatmıştı. İstemsizce geriye çekildi.

Ne yaptığını sanıyorsun, Leah?

Yeterince açık değil mi? Sizin küçük kaçak sürünüze katılıyorum. Vampirlerin koruyucu köpekleri. Alaylı bir gülüş attı.

Hayır, katılmıyorsun. Şimdi dizlerini parçalamadan geldiğin yere dön.

Sanki beni yakalayabileceksin de. Dişlerini gösterdi. *Yarışalım mı, korkusuz lider?*

Derin bir nefes aldım. Çığlık atmayacağımdan emin olduktan sonra nefesimi kuvvetle dışarı verdim.

Seth, sen gidip Cullenlar'a senin geri zekâlı ablanın - kelimeleri olabildiğince kaba düşünmeye çalışmıştım - *geldiğini söyle. Ben ilgilenirim onunla.*

Hemen! Seth gittiği için mutluydu. Hızla gözden kayboldu.

Leah mızırdanıp onun peşinden gitmek için harekete geçti, omzundaki tüyler kabarıyordu. *Onu vampirlere böyle yalnız mı göndereceksin?*

Seninle zaman geçirmektense vampirler tarafından alt edilmeyi tercih edeceğine eminim.

Kes sesini, Jacob. Pardon, üzgünüm, kes sesini yüce Alfa demek istedim.

Ne bok yemeye buradasın sen?

Sence kardeşim vampirlerin lokması olmak için gönüllü olmuşken evde mi oturacaktım?

Seth senin korumanı istemiyor ve buna ihtiyaç duymuyor. Aslında burada seni kimse istemiyor.

Ahh, acıdı, eminim büyük bir iz bırakacak. Ha, diye havladı. *Burada olmamı kim istemiyor söyle de gideyim.*

Demek bu Sam'le ilgili falan değil, ha?

Tabii ki değil. Sadece istenmemek benim için bir ilk değil. Gerçekten pek motive edici bir şey değil, anlarsın ya.

Dişlerimi sıktım, ve başımı dik tutmaya çalıştım.
* *Seni Sam mı gönderdi?*
Eğer buraya Sam için gelmiş olsaydım, beni duyuyor olmazdın. Ona bağlılığım yok artık.
Kelimelerle karışık düşünceleri dinledim. Bu bir oyalama ya da taktik ise anlayacak kadar tetikte olmalıydım. Ama hiçbir şey yoktu. Söyledikleri gerçekti. Gönülsüz, neredeyse çaresizce gerçekti.
Şimdi bana mı sadıksın? diye sordum derin bir alayla. *Hı hı eminim!*
Seçeneklerim sınırlı. Elimdekilerle idare ediyorum. Güven bana, olanlar benim de çok hoşuma gitmiyor.
Bu doğru değildi, içinde bir parça heyecan vardı. Olanlar için üzgündü ama aynı zamanda garip bir biçimde mutluydu da. Anlamaya çalışarak aklını aradım.
Tüylerini kabarttı, bu yaptığım hoşuna gitmemişti. Genelde Leah'yı sustururdum, hiçbir zaman onu anlamaya çalışmamıştım.
Seth'in Edward'a olanları anlattığı düşüncesini duyunca oraya odaklandık. Leah gergince inledi. Edward'ın dün pencereden görünen yüzü bu habere hiçbir karşılık vermedi. İfadesiz bir yüzdü, ölü gibi.
Ah, kötü görünüyor, diye mırıldandı Seth kendi kendine. Vampir bu düşünceye de bir karşılık vermedi. Evin içinde kayboldu. Seth dönüp bize doğru koşmaya başladı. Leah biraz rahatlamıştı.
Neler oluyor? diye sordu Leah. *Beni aydınlatsana.*
Buna gerek yok. Bizimle kalmıyorsun.
Aslında, bay Alfa, kalıyorum. Çünkü görünüşe göre birisine - ve yalnız olmayı denemedim sanma, sen kendin de bunun işe yaramadığını bilirsin - ait olmam gerekiyor. Ben de seni seçtim.
Leah, sen benden hoşlanmıyorsun. Ben de senden hoşlanmıyorum.
Teşekkürler Kaptan Her Şeyi. Bilen. Bu beni ilgilendirmiyor. Seth'le kalıyorum.
Sen vampirleri sevmiyorsun. Sence bu bir tutarsızlık yaratmıyor mu?

Vampirleri sen de sevmiyorsun.

Ama ben onlara sadığım. Sen değilsin.

Onlardan uzak duracağım. Buralarda devriye gezebilirim, tıpkı Seth gibi.

Ve ben de sana güveneceğim, öyle mi?

Boynunu uzattı, parmak uçlarında durarak gözlerimin tam içine bakmak için benim kadar uzun durmaya çalıştı. *Sürüme ihanet etmeyeceğim.*

Seth'in yaptığı gibi başımı arkaya atıp ulumak istedim. *Bu senin sürün değil. Bu bir sürü bile değil. Bu sadece* ben'im, *kendi ayaklarım üzerinde duruyorum! Siz Clearwaterlar'ın nesi var böyle? Neden beni yalnız bırakmıyorsunuz?*

Seth arkamızdan geliyordu, inledi. Onu gücendirmiştim. Harika.

Yardımcı oldum, olmadım mı Jake?

Çok da bap bela olmadın ufaklık ama sen ve Leah beraber gelmek zorundaysanız ve ondan kurtulmamın tek yolu senin eve dönmeme... Senin gitmeni istemekte haklı değil miyim?

Ah Leah, her şeyi mahvettin!

Evet, biliyorum, dedi Leah ona. Bu düşüncesi çaresizliğin ağırlığıyla doluydu.

Bu iki küçük kelimedeki acıyı hissettim. Benim tahminimden de fazlaydı. Böyle hissetmek istemiyordum. Leah için kötü hissetmek istemiyordum. Evet sürü onun üzerine çok gidiyordu ama bunu kendi istiyor gibiydi, o her düşüncesini süsleyen ümitsizliğiyle onun aklında olmak kâbus gibiydi.

Seth de suçlu hissediyordu. *Jake... Beni gerçekten göndermeyeceksin, değil mi? Leah çok da kötü değil. Gerçekten. Hem o burada bizimle olursa daha çok alanı gözleyebiliriz. Ve böylece Sam'in sürüsü de yedi kişi kalır. O kadar az kişiyle saldırı yapmasının imkânı yok. Bu iyi bir şey herhalde...*

Bir sürüye liderlik etmek istemediğimi biliyorsun Seth,

O zaman liderlik etme, diye önerdi Leah.

Yaa, harika görünüyor. Şimdi eve dönün.

Jake, diye düşündü Seth. *Ben buraya aidim. Vampirleri seviyorum. Cullenlar'ı yani. Onlar benim için insan gibi ve onları koruyacağım çünkü yapmamız gereken bu.*

Belki sen aitsin ufaklık ama kız kardeşin değil. Ve sen nereye gidersen gelmeye niyetli -

Durdum çünkü bunu söylediğim anda bir şey gördüm. Leah'nın düşünmemeye çalıştığı bir şeyi.

Leah hiçbir yere gelmiyordu.

Bunun sadece Seth'le ilgili olduğunu sanıyordum, diye düşündüm hırçın bir şekilde.

Geri çekildi. *Tabii ki Seth için buradayım.*

Ve Şam'dan kaçmak için.

Dişleri kenetlendi. *Sana kendimi anlatmak zorunda değilim. Bana söyleneni yapmak zorundayım. Senin sürüne aidim, Jacob. Bu kadar.*

Homurtuyla ondan uzaklaştım.

Kahretsin. Ondan kurtulamayacaktım. Benden hoşlanmıyor olsa bile, Cullenlar'dan iğreniyor olsa bile, bütün vampirleri şimdi öldürmekten mutlu olacak olsa bile, bunun yerine onları korumak zorunda olmasına içerlese de, hiçbiri Sam'den kurtulmasıyla kıyaslanmazdı.

Leah benden hoşlanmıyordu, bu yüzden gitmesini istemem tatsız bir şey değildi.

Sam'i seviyordu. Hâlâ. Leah'nın gitmesini *onun* istemesi ise Leah'nın katlanabileceğinden daha büyük bir acıydı. Şimdi bir seçme şansı vardı. Ve diğer her şeyi buna tercih edebilirdi. Bu Cullenlar'ın köpeği olmak demek olsa bile.

O kadar ileri gitmezdim, diye düşündü. Kelimeleri daha sert ve agresif yapmaya çalışmıştı ama çok başarılı değildi. *Eminim önce kendimi öldürmek için birkaç iyi denemem olurdu.*

Dinle, Leah...

Hayır, sen dinle Jacob. Benle tartışmayı bırak çünkü bir işe yaramayacak. Yolundan çekileceğim, tamam mı? İstediğin her şeyi yapacağım. Geri dönüp Sam'in uzak kalamadığı acınası eski-kız-arkadaşı olmak dışında her şeyi yapacağım. Eğer gitmemi istersen - oturdu ve gözlerini gözlerime dikti - *beni gönder de görelim.*

Uzun bir süre hırladım. Bana ve Seth'e yaptıklarına rağmen Sam'e anlayış beslemeye başlıyordum. Sürüye emirler yağdırmasına şaşmamalıydı. Başka türlü gerekeni nasıl yaptırabilirdiniz ki?

Seth, ablanı öldürürsem bana kızar mısın?

Bir an düşünüyormuş gibi yaptı. *Şey...evet, herhalde.*

İç geçirdim.

Tamam o zaman Bayan İstediğimi-Yaparım, neden işe yarayıp bizlere bildiklerini anlatmıyorsun? Dün gece biz gittikten sonra neler oldu?

Bir sürü uluma. Ama herhalde bunu duymuşsunuzdur. O kadar gürültülüydü ki artık sizi duyamadığımızı anlamamız biraz zaman aldı. Sam çok... kelimeler işe yaramıyordu ama biz olanları zihnimizde görebiliyorduk. Seth de ben de korktuk. *Ondan sonra lier şeyi tekrar gözden geçirmemiz gerektiği çok açıktı. Sam, sabah ilk iş olarak diğer büyüklerle konuşmayı planlıyordu. Buluşup bir taktik planı çıkarmamız gerekiyordu. Gerçi hemen başka bir saldırı planlayacağını sanmıyorum. Bu aşamada intihar olurdu, sen ve Seth yokken ve kan-emiciler önceden ikaz edilmişken... Ne yapacaklarından emin değilim ama o sülüklerden biri olsam ormanda yalnız dolaşmazdım. Şimdi vampir avlama mevsimi.*

Bu sabahki toplantıyı atlamaya karar verdin yani? dedim.

Dün gece devriyeler için dağıldığımızda izin alıp olanları anneme anlatmak için eve gittim -

Kahretsin! Anneme mi söyledin? diye hırladı Seth.

Seth, abla-kardeş kavganıza biraz ara ver. Devam et, Leah.

İnsana dönüştükten sonra her şeyi esaslıca düşündüm. Yani aslında bu bütün gece sürdü. Diğerlerinin uyuduğumu düşündüğüne emindim. Ama tüm bu iki-ayrı-sürü, iki-ayrı-sürü-beyni olayı beni oldukça düşündürdü. Sonunda Seth'in güvenliğini ve diğer faydaları, hain olup vampirlerin pisliğini - kim bilir ne kadar zaman koklama —fikriyle karşılaştırdım. Neye karar verdiğimi biliyorsunuz. Anneme bir not bıraktım. Sam öğrendiğinde buradan duyarız diye düşünüyorum...

Leah kulağını batıya doğru çevirdi.

Evet bence de, diye onayladım.

Hepsi bu. Şimdi ne yapıyoruz? diye sordu.

İkisi de beklenti içinde bana baktı.

Gerçi olmasını istediğim en son şey buydu

Sanırım şimdilik gözümüz dışarıda olacak. Bütün yapabileceğimiz bu. Herhalde biraz uyuman gerekir, Leah.

Sen de çok fazla uyumadın.
Sana söyleneni yapacağım sanıyordum?
Doğru. Bunu unutmuşum, diye mırıldandıktan sonra esnedi. *Neyse. Umrumda değil.*
Ben sınırda gezerim, Jake. Hiç yorgun değilim. Seth onları eve gitmeye zorlamadığım için çok memnundu, heyecanla zıplıyordu.
Tamam, tamam. Ben gidip Cullenlar'a bir bakacağım.
Seth nemli toprakta yeni izler bırakarak gözden kaybolurken Leah düşünceli bir halde arkasından baktı.
Belki uyumadan biraz yarışırız... Hey Seth, sana kaç tur bindireceğimi görmek ister misin?
HAYIR!
Kısık sesle gülen bir havlamadan sonra Leah da onun arkasından ormana doğru koştu.
Homurdandım. Huzur ve sessizlik bulmak biraz zor olacaktı.
Leah, Leah'ydı. Koşarken alaylı sözlerini minimumda tutuyordu ama onun kendini beğenmişliğinden bihaber olmak imkansızdı. Bütün o "iki elin sesi var" deyişlerini düşündüm. Bu duruma pek uymuyordu, çünkü *bir* bile benim zihnim için fazlaydı. Ama eğer üç kişi olacaksak, Leah'yi değiş tokuş edebileceğim birini düşünmek de zordu.
Paul? diye önerdi Leah.
Belki, dedim.
Kendi kendine güldü, alınmayacak kadar sinirliydi. Sam'in şefkatinden kaçma durumunun ne kadar süreceğini merak ettim.
Benim hedefim bu olacak o zaman; Paul'den daha az rahatsız edici olmak.
Evet, buna çalış.
Çimenliğe birkaç metre kala şekil değiştirdim. Burada uzun süre insan kalmayı planlamıyordum. Ama zihnimde Leah'yı duymayı da planlamıyordum. Eski püskü şortumu üzerime geçirip meydanı geçtim.
Merdivenlere gelmeden kapı açıldı. Edward yerine kapıya

Carlisle'ın çıkmasına şaşırmıştım, yüzü bitkin ve yenik görünüyordu. Bir an için kalbim dondu. Kekeleyerek durdum, konuşamıyordum.

"İyi misin Jacob?" diye sordu Carlisle.

"Bella nasıl?"

"Bella...dün geceki gibi. Seni korkuttum mu? Üzgünüm. Edward insan halinde geldiğini söyleyince seni karşılamak için ben geldim. Edward, Bella uyanık olduğu için onu bırakmak istemedi. "

Edward onunla olacak hiçbir anı kaybetmek istemiyordu çünkü fazla zamanı yoktu. Carlisle bunu söylemek istememişti ama anlaşılıyordu.

Uyumayalı uzun zaman olmuştu, son devriyemden beri uyumamıştım. Şimdi bunu hissedebiliyordum. Bir adım daha atıp sırtımı parmaklıklara verdim ve merdivenlere oturdum.

Ancak bir vampirin yapabileceği kadar sessiz bir şekilde Carlisle da aynı merdivene oturup karşıdaki parmaklığa yaslandı.

"Dün gece sana teşekkür etme fırsatım olmadı, Jacob. Yaptıkların için ne kadar minnettar olduğumu bilemezsin. Biliyorum amacın Bella'yı korumaktı ama ailemin geri kalanının güvenliğini de sana borçluyum. Edward bana yaptıklarını anlattı..."

"Bahsetmeyelim," diye mırıldandım.

"Nasıl istersen."

Sessizce oturduk. Evin içinden diğerlerinin seslerini duyabiliyordum. Emmett, Alice ve Jasper yukarıda kısık ve ciddi seslerle konuşuyorlardı. Esme başka bir odada mırıldanıyordu. Rosalie ve Edward güçlükle nefes alan Bella'nın yanındaydılar. Bella'nın kalbini de duyabiliyordum. Ritimsiz gibiydi.

Sanki kader bana, hayat boyu yapmayacağıma yemin ettiğim şeyleri son yirmi dört saattir yaptırıyordu. İşte buradaydım, ölmesini bekliyordum.

Daha fazla dinlemek istemiyordum. Konuşmak dinlemekten iyiydi.

"Bella da aileden mi?" diye sordum Carlisle'a. Önceden aileninken *kalanına* yardım ettiğimi söylemesine takılmıştım.

"Evet. Bella benim kızım. Canım kızım."

"Ama ölmesine göz yumuyorsun."

O kadar uzun süre sessiz kaldı ki, başımı kaldırıp yüzüne bakma ihtiyacı hissettim. Çok, çok yorgun görünüyordu. Nasıl hissettiğini tahmin edebiliyordum.

"Bununla ilgili ne düşündüğünü tahmin edebiliyorum," dedi sonunda. "Ama Bella'nın isteğini görmezden gelemem. Onun için seçim yapmak, ona baskı yapmak doğru olmazdı."

Ona kızmak istiyordum ama bu kolay değildi. Sanki benim kelimelerimi bana söylüyor gibiydi, sadece daha karışmış halde. Önceden doğru olabilirlerdi ama şu anda değildiler. Şimdi Bella ölürken. Yine de...Sam'in sürüsündeyken hissettiklerimi hatırladım, sevdiğim birini öldürmekten başka çarem olmadığını hissettiğimi... Aynı şey değildi gerçi. Sam hatalıydı. Ve Bella da sevmemesi gereken şeyleri seviyordu.

"Sence kurtulabilme ihtimali var mı? Yani bir vampir olarak falan. Bana...Esme'den bahsetmişti."

"Şu noktada şansı olduğunu söyleyebilirim," diye cevap verdi sessizce. "Vampir sıvısının mucizeler yarattığını görmüştüm, ama bazı durumlarda bu sıvı bile işe yaramayabilir. Kalbi şu anda zor durumda. Eğer kalbine bir şey olursa...hiçbir şey yapamam."

Bella'nın kalp atışı, Carlisle'ın sözlerine acılı bir vurgu yaparmış gibi hızlandı ve durakladı.

Belki de dünya tersine dönmeye başlamıştı. Belki bu her şeyin nasıl dün olduğunun tam tersi olduğunu açıklayabilirdi, o zaman bana dünyanın en kötü şeyiymiş gibi görünmüş bir şeyin şimdi olmasını istediğimi...

"O şey ona ne yapıyor?" diye fısıldadım. "Dün gece çok kötüydü. Pencereden bakarken bağlı olduğu makineleri falan gördüm. "

"Cenin onun vücuduna uyumlu değil. İlk olarak, çok güçlü. Ama Bella buna bir süre daha katlanabilir. Daha büyük olan sorun, Bella'nın kendi için beslenmesine izin vermemesi. Vücudu her çeşit gıdayı reddediyor. Damardan beslemeye çalışıyorum ama onu da alamıyor. Durumu hakkındaki her şey hızlanmış. Onu takip ediyorum ve sadece onu değil, cenini de. Bella bir saat içinde açlıktan ölebilir. Bunu durduramıyorum ve yavaşlatamıyorum. Ceninin ne istediğini bulamıyorum." Bitkin sesi sonunda kırıldı.

Dün hissettiğim gibi hissediyordum, karnındaki siyah lekeleri gördüğüm zamanki gibi öfkeli ve biraz delirmiş. Titremelerini önlemek için ellerimi kenetleyip yumruk yaptım. Bella'ya zarar veren o şeyden nefret ediyordum. Onu içeriden yemesi yetmiyormuş gibi bir de aç bırakıyordu. Herhalde dişlerini batıracak bir şey arıyordu, kuru bir boyun. Herkesi öldürmesi yetmezmiş gibi Bella'nın hayatını da emiyordu.

Onlara o şeyin tam olarak ne istediğini söyleyebilirdim: ölüm ve kan, kan ve ölüm.

Cildim sıcaktan bunalmış ve diken diken olmuştu. Yavaşça nefes alıp verdim, nefesime odaklanıp rahatlamaya çalışıyordum.

"Keşke tam olarak onun ne olduğunu anlayabilsem," diye mırıldandı Carlisle. "Cenin iyi korunuyor. Ultrasonda bir görüntü elde edemedim. Cenini çevreleyen zar içine iğne sokmanın bir yolu olabilirdi ama Rosalie bunu denememe bile izin vermiyor."

"İğne mi?" diye mırıldandım. "Bu ne işe yarayacak ki?"

"Cenin hakkında ne kadar çok şey bilirsem, neler yapabileceğini o kadar iyi tahmin edebilirim. Zarın içindeki sıvıdan biraz alabilmek için neler vermezdim. Kromozom sayısını bilsem..."

"Bir dakika, anlamıyorum doktor. Daha normal bir dille anlatabilir misin?"

Güldü, gülüşü bile bitkindi. "Tamam. Ne kadar biyoloji dersi gördün? Kromozom çiftlerini biliyor musun?"

"Sanırım. Bizde yirmi üç tane var, değil mi?"

"İnsanlarda yirmi üç tane var."

"Sizde kaç tane var?"

'Yirmi beş."

Bir an yumruklarıma baktım. "Bu ne demek oluyor?"

"Bizim türümüzün neredeyse tümüyle farklı olduğunu düşünmüştüm. Bir aslan ve ev kedisinin olduğundan daha az benzer olduğumuzu. Ama bu yeni oluşum, benim düşündüğümden daha uyumlu olduğumuzu gösteriyor." Kederli bir halde iç geçirdi. "Böyle olacağını bilsem onları uyarırdım."

Ben de iç geçirdim. Edward'dan ukalalığı yüzünden nefret etmek kolay olmuştu. Hâlâ bu yüzden ondan biraz nefret ediyorum. Ama aynı şeyi Carlisle için hissetmek zordu. Belki de Carlisle'ı kıskanmadığım için böyleydi.

"Kromozom sayısını bilmek işe yarayabilirdi, insana mı vampire mi daha çok benzediğini bilebilmek için. Ne bekleyeceğimizi bilmek için." Sonra omuz silkti. "Belki de hiçbir işe yaramazdı. Sanırım üzerinde çalışacağım bir şeyler olsun istiyorum, yapacak herhangi bir şey yani."

"Benim kromozomlarım nasıl merak ediyorum," diye mırıldandım. Aklıma şu Olimpik yarışların testleri gelmişti yine. DNA testleri de yapıyorlar mıydı?

Carlisle kendinden emin bir şekilde öksürdü. "Sende yirmi-dört çift var Jacob."

Ona bakmak için yavaşça kaşlarımı kaldırarak döndüm.

Utanmış görünüyordu. "Merak...etmiştim. Geçen haziran seni tedavi ederken bu merakıma yenilmiştim."

Bunun üzerine biraz düşündüm. "Sanırım bu beni kızdırmalı. Ama pek de umrumda değil."

"Üzgünüm. İznini almalıydım."

"Önemli değil doktor. Zarar vermek için yapmadın."

"Hayır, seni temin ederim zarar vermek için yapmadım. Sadece...sizin türünüzü büyüleyici buluyorum. Sanırım yüzyıllar geçtikçe vampirler aleminin doğası artık bana sıradan gelmeye başladı. Senin ailenin insanlarla arasındaki fark çok daha ilginç. Neredeyse sihirli."

"Abrakadabra," diye mırıldandım. Tıpkı Bella gibi sihirden falan bahsediyordu.

Carlisle yine aynı bitkin gülüşle güldü.

Sonra aynı anda Edward'ın sesini duyduk ve dinlemek için sustuk.

"Hemen döneceğim, Bella. Biraz Carlisle'la konuşmak istiyorum. Aslında Rosalie, sen de bana eşlik eder misin?" Edward'ın sesi daha farklı geliyordu. O ölü sesinde biraz canlılık var gibiydi. Bir şeyin parıltısı. Tam olarak umut değildi ama belki umutlu olma arzusuydu.

"Ne oldu Edward?" diye sordu Bella boğuk bir sesle.

"Senin endişelenmeni gerektirecek bir şey değil, aşkım. Sadece bir saniye sürecek. Lütfen Rose?"

"Esme?" diye seslendi Rosalie. "Benim için Bella'ya bakabilir misin?"

Esme merdivenlerden hızla inerken rüzgârın fısıltısını duydum.

"Tabii ki," dedi.

Carlisle döndü ve bekleyiş içinde kapıya bakmaya başladı. Kapıdan ilk geçen Edward oldu, hemen arkasından da Rosalie. Edward'ın yüzü de sesi gibiydi, artık ölü gibi durmuyordu. Son derece odaklanmış görünüyordu. Rosalie'nin yüzünde ise şüphe vardı.

Edward arkasından kapıyı kapattı.

"Carlisle," diye mırıldandı.

"Ne oldu Edward?"

"Belki de yanlış yoldan gidiyoruz. Jacob'la konuşmanızı dinliyordum da, sonra sen onun...ceninin ne istediğinden bahsederken Jacob'ın ilginç bir fikri oldu."

Benim mi? Ne düşünmüş olabilirdim ki? O şeye karşı duyduğum açık nefretimden başka yani? En azından bu nefrette yalnız değildim. Edward'ın bile *cenin* kadar ılıman bir tabiri kullanırken zorlandığını görebiliyordum.

"Aslında tam *o açıdan* ele almadık," diye devam etti Edward. "Biz Bella'nın ihtiyacı olanı vermeye çalışıyoruz. Ve vücudu da verdiklerimize herhangi birimizin yapacağı şekilde karşılık veriyor. Belki de önce o...ceninin ihtiyaçlarını düşünmeliyiz. Belki onu tatmin edebilirsek, Bella'ya daha etkili bir şekilde yardımcı olabiliriz."

"Seni tam olarak anlamıyorum, Edward," dedi Carlisle.

"Şöyle düşün Carlisle, eğer o yaratık bir insandan çok, vampirse neye ihtiyacı olduğunu, neyi alamadığını tahmin edemiyor musun? Jacob etti."

Ben mi? Konuştuklarımızı düşündüm, hangi düşünceri aklımda tutup neleri söylediğimi gözden geçirdim. Carlisle Edward'ın söylemek istediğini anladığında, ben de içimden geçenleri hatırlamıştım.

"Ah," dedi şaşırmış bir tonda. "Sen onun...susadığını mı düşünüyorsun?"

Rosalie sessizce tısladı. Artık şüphelenmiyordu. Son derece kusursuz yüzü aydınlanmış, gözleri heyecanla açılmıştı. "Tabii ki," diye mırıldandı. "Carlisle, Bella'nın yanında sıfır rh negatif kan var. Bu iyi bir fikir," diye ekledi bana bakmadan.

"Hımm." Carlisle elini çenesine koymuş, düşüncelerde kaybolmuştu. "Acaba... Vermek için en iyi yol..."

Rosalie başını salladı. "Yaratıcı olmak için zamanımız yok. Geleneksel yöntemle başlayalım derim ben."

"Durun bir dakika," diye fısıldadım. "Durun. Siz... Siz Bella'ya *kan* içirmekten mi bahsediyorsunuz?"

"Bu senin fikrindi, köpek," dedi Rosalie, bana pek bakmadan kaşlarını çattı.

Onu görmezden gelip Carlisle'ı izledim. Edward'ın yüzündeki o umut hayaleti şimdi de onun gözlerine yerleşmişti. Dudaklarını büzmüş duyduklarını tartıyordu.

"Ama bu..." Doğru kelimeyi bulamamıştım.

"Canice?" diye önerdi Edward. "İğrenç?"

"Oldukça."

"Ama ya işe yararsa?" diye fısıldadı.

Başımı öfkeyle salladım. "Ne yapacaksın, Boğazından aşağı tüple mi vereceksin?"

"Bella'ya sormayı düşünüyorum. Önce Carlisle'ın da fikrini almak istedim."

Rosalie başını salladı. "Bella'ya söylersen bebeğe de yarayabilir. Bella onun için her şeyi yapmaya hazır. Onları tüple beslememiz gerekse bile."

O an anladım. Rosalie'nin *bebek* kelimesini söylerken sesinde dalgalanan yapmacık sevgi tonundan anlamıştım. Sarışın, o küçük hayat emen canavara yarayacak her şeyi yapmaya hazırdı. Bella'yla aralarındaki anlaşmanın sebebi bu muydu yani? Rosalie çocuğun peşinde miydi?

Gözümün ucuyla Edward'ın başını bir kere sallayarak onayladığını gördüm, bana bakmıyordu ama aklımdaki soruyu cevapladığını biliyordum.

Vay be! Bu buz gibi soğuk Barbie bebeğin bir annelik tarafının olduğunu tahmin etmezdim. Bella'yı korumak ha, onun boğazından tüpü geçirecek kişi Rosalie olurdu herhalde.

Edward'ın dudakları kenetlenip bir çizgi halini aldı ve yine doğru şeyi düşündüğümü anladım.

"Oturup bunu tartışacak zamanımız yok," dedi Rosalie sabırsızca. "Ne düşünüyorsun, Carlisle? Deneyebilir miyiz?"

Carlisle derin bir nefes aldı ve ayağa kalktı. "Bella'ya soracağız."

Sarışın kendinden emin bir şekilde gülümsedi, ne de olsa Bella onun istediğini yapacaktı.

Diğerlerini takıp ettim ve eve girerken adeta kendimi merdivenlerden yukarı sürükledim. Neden bilmiyorum. Hastalıklı bir merak yüzündendi belki. Korku filmi gibiydi. Canavarlar ve her yana dağılmış kan.

Belki de Bella'yla ilgili hiçbir şeye karşı koyamayışımdandı.

Bella dümdüz uzanmış, o hastane yatağında yatıyordu. Karnı örtünün altında bir dağ gibi kabarmıştı. Yüzü mum gibiydi, renksiz ve içini gösterir gibi. Göğsündeki küçük hareketler ve o sessiz nefes alışı olmasaydı çoktan ölmüş olduğunu düşünürdünüz. Ve tabii bir de bitkin bir şüpheyle bizi izleyen gözleri...

Diğerleri de gidip başında durdular. Bütün bunları izlemek tüyler ürperticiydi.

"Neler oluyor?" diye sordu Bella fısıltıyla. Sanki balon gibi şişmiş karnını korumak ister gibi, mumdan eli titredi.

"Jacob'ın sana yardımı dokunabilecek bir fikri var," dedi Carlisle. Keşke beni bu konunun dışında bıraksaydı. Ben hiçbir şey önermemiştim ki. Bütün övgüyü onun kan emici kocasına vermeliydi, o hak etmişti. "Bu...hoş olmayacak ama – "

"Ama bebeğe yardımı olacak," diye atladı Rosalie sabırsızca. "Onu besleyecek daha iyi bir yol bulduk."

Bella'nın gözkapakları titredi. Ve sonra öksürür gibi güldü. "Hoş olmayacak mı?" diye fısıldadı. "Bu büyük bir değişiklik yaratacak." Koluna takılmış ince boruya bakıp tekrar öksürdü.

Sarışın da onunla birlikte güldü.

Kızcağızın birkaç saat ömrü kalmış gibi görünüyordu, acı içindeydi ama şakalar yapıyordu. Tam Bella'ya göre bir hareket.

Gerilimi yumuşatmaya, herkesi rahatlatmaya çalışıyordu.

Edward Rosalie'nin arkasından dolandı, hiçbir şey onun ciddi ifadesini bozamazdı. Bunun için memnundum. Onun benden daha şiddetli bir acı çektiğini bilmek biraz olsun kendimi iyi hissetmemi sağlıyordu. Bella'nın elini tuttu, şiş karnını koruyanı değil.

"Bella, aşkım, senden canice bir şey yapmanı isteyeceğiz," dedi, bana söylediği sıfatları kullanıyordu. "İğrenç bir şey."

Eh, en azından ona her şeyi doğruca söylüyordu.

Bella, çok derin olmayan, titrek bir nefes aldı. "Ne kadar kötü?"

Carlisle cevap verdi. "Ceninin iştahının seninkinden çok bizimkine yakın olduğunu tahmin ediyoruz. Susamış olduğunu düşünüyoruz."

"Ha? Ah."

"Senin durumun, aslında ikinizin de durumu, hızla kötüleşiyor. Kaybedecek zamanımız yok, bu yüzden bunu yapmak için daha makbul bir yol bulamadık. Bu teoriyi test etmenin en hızlı yolu – "

"İçmem gerekiyor," diye fısıldadı. Başını hafifçe sallayarak onayladı, gücü buna anca yetiyordu. "Yapabilirim. Hem gelecek için de pratik olur, değil mi?" Renksiz dudakları zayıf bir sırıtış için gerilirken Edward'a bakıyordu. Edward gülümsemesine karşılık vermedi.

Rosalie sabırsızca ayağını yere vuruyordu. Bu ses gerçekten rahatsız ediciydi. Şimdi alıp onu duvara fırlatsam ne yapardı diye merak ettim.

"O zaman, kim bana boz ayı getirecek?" diye fısıldadı Bella.

Carlisle ve Edward birbirlerine baktılar. Rosalie ayağını yere vurmayı kesti.

"Ne?" diye sordu Bella.

"Kestirmeden gidersek daha etkili bir test olabilir, Bella," dedi Carlisle.

"Eğer cenin kan istiyorsa," diye açıkladı Edward, "hayvan kanı istemiyordur."

"Senin için bir şey fark etmeyecek, Bella. Endişelenme," diyerek beni cesaretlendirmeye çalıştı Rosalie.

Bella'nın gözleri fal taşı gibi açıldı. "Kim?" dedi nefes nefese ve bana baktı.

"Kan bağışı için gelmedim Bella," diye sızlandım. "Hem o şeyin istediği insan kanı ve benimkinin sayıldığını sanmıyorum

"Elimizde kan var," dedi Rosalie ona. Sanki ben orada değilmişim gibi ben bitirmeden atlamıştı. "Senin için... Lazım olur diye. Hiçbir şey için endişelenme sen. Her şey yoluna girecek. İçimde iyi bir his var, Bella. Bence bebek çok daha iyi olacak."

Bella'nın eli karnında gezindi.

"Eh," dedi nefesini dışarı verirken. "Ben açlıktan ölüyorum, eminim o da öyledir," diyerek, neredeyse duyulmaz sesiyle bir espri daha yapmaya çalıştı. "Haydi deneyelim. İlk vampir hamlem."

13. GÜÇLÜ BİR MİDEM OLMASI İYİ BİR ŞEY

Carlisle ve Rosalie göz açıp kapayana kadar yukarıya çıktılar. Bella için kanı ısıtıp ısıtmamak üzerine tartıştıklarını duyabiliyordum. Iyy. Etrafta korku tünelinden fırlamış başka neleri olduğunu merak ettim. Kanla dolu bir buzdolabı? Başka ne olabilir? İşkence hücresi? Tabut odası?

Edward Bella'nın yanında kaldı ve elini tuttu. Yüzü yine ölü gibiydi. Önceden yüzünde belirmiş umut izini tutacak kadar bile gücü yoktu. Birbirlerinin gözlerine baktılar, ama öyle yapış yapış duygulu şekilde değil. Sanki gözleriyle konuşuyor gibiydiler. Bu bana biraz Sam ve Emily'yi hatırlattı.

Evet, yapış yapış duygusal bir şey değildi ama yine de onları izlemeye dayanamıyordum.

Bunu sürekli görmenin Leah için ne demek olduğunu anlayabiliyordum. Sam'in aklından geçenleri duymanın. Tabii ki hepimiz Leah için kötü hissediyorduk, canavar değildik, yani o şekilde değildik. Ama sanırım bunları idare ediş şekli için hepimiz onu suçladık. Etrafa saldırarak bizleri de kendi gibi mutsuz etmek istiyordu.

Onu bir daha suçlamayacaktım. Kimin elinden böyle bir mutsuzluğu dışarı bulaştırmamak gelebilirdi ki? Kim böyle bir yükü başkalarına iterek hafifletmeye çalışmazdı?

Ve eğer bu benim bir sürüm olacağı anlamına gelecekse, benim özgürlüğümü aldığı için Leah'yı nasıl suçlayabilirdim? Ben de aynısını yapardım. Eğer bu acıdan kaçmak için bir yol varsa, ben de onu seçerdim.

Rosalie saniyeler sonra aşağıya indi. Odadan keskin bir esinti gibi geçmiş, yakıcı kokuyu kaldırmıştı. Mutfağa girdiğinde dolaplardan birinin kapandığını duydum.

"Belli değil Rosalie," diye mırıldandı Edward. Sıkıntıyla gözlerini devirdi.

Bella merakla ona bakarken sadece başını sallamakla yetindi.

Rosalie odada eserek tekrar gözden kayboldu.

"Bu senin fikrin miydi?" diye fısıldadı Bella. Onu duyabilmem için sesini yükseltmeye çalışmıştı. Benim ne olursa olsun onu duyabildiğimi unutmuştu. Çoğu zaman tam olarak bir insan olmadığımı unutuyordu, bunu seviyordum. Kendisini çok fazla yormasın diye ona yaklaştım.

"Bunun için beni suçlama. Vampirin aklımdan geçenlerden art niyetli anlamlar çıkardı."

Hafifçe gülümsedi. "Seni bir daha göreceğimi düşünmüyordum."

"Evet, ben de," dedim.

Orada öyle ayakta durmak tuhaftı. Vampirler tıbbi gereçlere yer açmak için mobilyalarını kenara çekmişlerdi. Bunun onları rahatsız etmediğini düşündüm, oturmak ya da ayakta durmak fark etmeyecekti. Beni de rahatsız etmezdi ama çok bitkindim.

"Edward bana olanları anlattı. Üzgünüm."

"Önemli değil. Zaten Sam'in yapmamı istediği herhangi bir şey için patlamam an meselesiydi," diye yalan söyledim.

"Ve Seth," diye fısıldadı.

"O aslında yardım edebildiği için mutlu."

"Başınıza bela açmaktan nefret ediyorum."

Güldüm, aslında bu bir gülüşten çok havlayış gibiydi.

Zayıf bir nefes çekti içine. "Sanırım bu yeni bir şey de değil, ha?"

"Değil aslında."

"Kalıp bunu izlemek zorunda değilsin," dedi, sadece dudakları oynuyor gibiydi, sesi çıkmıyordu.

Gidebilirdim. Sanırım bu iyi bir fikirdi. Ama gidersem, hayatının son on beş dakikasını kaçıracakmışım gibi görünüyordu.

"Bir yere gitmem gerekmiyor," dedim sesimdeki duygusallığı atmaya çalışarak. "Leah gruba katıldığından beri bu kurt işi bana daha az hitap ediyor."

"Leah mı?" diye korkuyla tekrarladı.

"Ona söylememiş miydin?" diye sordum Edward'a.

Edward gözlerini Bella'dan ayırmadan omuz silkti. Bu haberin onun için pek heyecanlı olmadığını görebiliyordum. Hele tüm bu olan bitenlerin yanında paylaşmaya bile değmezdi.

Bella bu haberi çok da iyi karşılamadı. Onun için kötü bir haber gibiydi.

"Neden peki?" dedi güçlükle.

O destan uzunluğundaki hikâyeyi anlatmak istemedim. "Seth'e göz kulak olmak için."

"Ama Leah bizden nefret ediyor," diye fısıldadı.

Bizden. Güzel. Korkmuş olduğunu görebiliyordum.

"Leah kimseyi rahatsız etmeyecek." Ben hariç. "O benim sürümde" – kelimeyle beraber yüzüm ekşimişti – "bu yüzden dediklerimi yapıyor."

Bella ikna olmuş görünmüyordu.

"Leah'dan korkuyorsun ama psikopat sarışınla da kan kardeş olmuşsun."

İkinci kattan gelen kısık bir tıslama duydum. Harika, beni duymuştu.

Bella surat astı. "Yapma. Rose... Anlıyor."

"Ya," diye homurdandım. "Senin öleceğini anlıyor ve hiç de umursamıyor. O mutant dölünü almaktan başka bir şey önemli değil onun için."

"Pislik gibi davranmayı kes, Jacob," diye fısıldadı.

Kızamayacağım kadar güçsüz görünüyordu. Bunun yerine gülümsemeyi denedim. "Sanki yapabilirmişim gibi söylüyorsun."

Bella gülümsememe karşılık vermemeye çalıştı ama sonunda dayanamadı ve kireç dudakları hafif bir tebessüm için gerildi.

Ve sonra Carlisle ve bahsi geçen psikopat geldi. Carlisle'ın elinde beyaz plastik bir bardak vardı, kapağı ve pipeti olanlardan. Ah, *belli olmuyor,* şimdi anladım. Edward, Bella'nın yaptığı şeyi gerekenden fazla düşünmemesini istemişti. Bardağın içindeki görünmüyordu. Ama ben kokusunu alabiliyordum.

Carlisle duraksadı, bardağı tutan eli havada kalmıştı. Bella bardağa baktı, korkmuş görünüyordu.

"Başka bir yöntem deneyebilirdik," dedi sessizce.

"Hayır," diye fısıldadı Bella. "Hayır, önce bunu deneyeceğim. Zamanımız yok... "

Önce, sonunda durumu idrak edip kendisi için endişelendiğini sandım ama sonra eli titreyerek karnına dokundu.

Bella uzanıp bardağı aldı. Elleri biraz titriyordu, bardağın içindeki çalkantıyı duyabiliyordum. Dirseğinin üzerinde doğrulmaya çalıştı ama başını bile zor kaldırıyordu. Bu kadar kısa sürede ne kadar sağlıksız bir hale geldiğini görünce sırtımda bir yanma hissettim.

Rosalie kolunu Bella'nın omzunun altına koyup başını tuttu, yeni doğmuş bir bebeği tutar gibi. Sarışının tek işi bebeklerdi.

"Teşekkürler," diye fısıldadı Bella. Tek tek hepimize baktı. Şu haline rağmen hâlâ sıkılgan ve utangaçtı. Kanı böyle çekilmemiş olsaydı eminim şimdiye utancından kızarmış olurdu.

"Onları takma," diye mırıldandı Rosalie.

Tuhaf hissettim. Bella *gidebilirsin* dediğinde gitmeliydim. Buraya ait değildim, bunun bir parçası olamazdım. Olduğum yere çökmeyi düşündüm ama sonra böyle bir hareketin sadece her şeyi Bella için daha çok zorlaştırmaya yarayacağını fark ettim. Tiksindiğimi düşünecekti. Aslında bu neredeyse doğruydu.

Kötü bir şeye sebep olmak istemiyordum.

Bella kabı yüzüne doğru kaldırdı ve pipetin ucunu kokladı. Biraz geri çekildi, yüzündeki ifade değişmişti.

"Bella hayatım, daha kolay bir yol bulabiliriz," dedi Edward, elini bardağı almak için uzatarak.

"Burnunu tıka," diye önerdi Rosalie. Edward'ın eline ısıracakmış gibi bakıyordu. Keşke ısırsaydı. Eminim Edward onu gözü kapalı hallederdi, ben de buradan oturup izlemekten zevk duyardım.

"Hayır, o yüzden değil. Sadece – " Bella derin bir nefes aldı. "Güzel kokuyor," diye itiraf etti kısık sesiyle.

Güçlükle yutkundum, yüzümdeki tiksinen ifadeyi değiştirmek için büyük bir çaba sarf ediyordum.

"Bu iyi bir şey," dedi Rosalie hevesle. "Bu demek oluyor ki doğru yoldayız. Dene haydi." Sarışının yüzüne bakınca olduğu yerde zafer dansı falan yapmadığına şaşırdım.

Bella pipetin ucunu dudaklarının arasına aldı, gözlerini sımsıkı yumdu. Elleri titredikçe kanın bardağın içinde oynarken çıkardığı sesi duyabiliyordum. Bir yudum aldı ve gözlerini açmadan sızlandı.

Edward ve ben aynı anda ileri atıldık. O Bella'nın yüzüne dokundu. Ben ellerimi arkamda kenetledim.

"Bella, aşkım – "

"İyiyim," diye fısıldadı. Gözlerini açıp Edward'a baktı. Yüzündeki ifade...özür diler gibiydi. Yalvarır gibi. Ürkmüş gibi. "Tadı da güzel."

Midem giderek daha kötü bir hale geliyordu. Dişlerimi sıkarak kusmamı engellemeye çalıştım.

"Bu iyi," diye tekrarladı sarışın, sesi hâlâ heves doluydu. "İyiye işaret."

Edward elini Bella'nın yanağına koyup kırılacakmış gibi duran yüzünde gezdirdi.

Bella iç çekti ve yeniden dudaklarını pipete dayadı. Bu sefer daha büyük bir yudum çekti.

Artık o kadar güçsüz görünmüyordu. Sanki içinden gelen bir dürtü olayı devralmıştı.

"Miden nasıl? Bulantı var mı?" diye sordu Carlisle.

Bella başını iki yana salladı. "Hayır, midem bulanmıyor," diye fısıldadı. "Bu bir ilk ha?"

Rosalie'nin gözleri parladı. "Harika."

"Sanırım bunun için biraz erken, Rose," diye mırıldandı Carlisle.

Bella ağız dolusu başka bir yudum daha aldı. Sonra birden Edward'a döndü. "Bu benim hesabımı bozuyor mu?" diye fısıldadı. 'Yoksa vampir olduktan sonra mı saymaya başlıyoruz?"

"Kimse bir şey saymıyor, Bella. Hem zaten bunun için kimse ölmedi." Cansız bir gülümsemeyle cevap verdi. "Senin sicilin hâlâ temiz."

Neden bahsettiklerini anlamamıştım.
"Sana sonra anlatırım," dedi Edward, bir nefes kadar kısık sesle bana.
"Neyi?" diye fısıldadı Bella.
"Sadece kendi kendime konuşuyordum," diye yalan söyledi Edward.

Eğer bu işe yarar da Bella kurtulursa, Edward böyle şeylerden bu kadar kolay kurtulamazdı çünkü Bella'nın duyuları çok keskindi. Bu dürüstlük olayı üzerine çalışması gerekecekti.

Edward'ın dudakları gülümsememek için büzüldü.

Bella birkaç yudumu daha çekti. Bir yandan da arkamızdaki pencereye bakıyordu. Herhalde biz yokmuşuz gibi davranmaya çalışıyordu. Ya da sadece ben yokmuşum gibi... Odada benden başka kimse yaptığından tiksinti duymazdı. Tam tersi, belki de elinden bardağı kapmamak için kendilerini zor tutuyorlardı.

Edward gözlerini devirdi.

Tanrım, ona nasıl katlanıyorlardı? Bella'nın düşüncelerini okuyamaması gerçekten kötüydü. Ama eğer böyle olsaydı onu çileden çıkaracağı için Bella ondan bıkardı.

Edward hafifçe güldü. Bella'nın gözleri hemen onu yakaladı, yüzünde gördüğü keyif onu da gülümsetti. Bunun uzun zamandır görmediği bir şey olduğunu anlayabiliyordum.

"Komik olan bir şey mi var?" diye fısıldadı.

"Jacob," diye cevapladı Edward.

Bana yine o çok bitkin gülümsemesiyle baktı. "Jake, gülmekten öldürür insanı," diye onayladı.

Harika, şimdi de ortamın soytarısı olmuştum. "Ha ha," diye mırıldandım zayıf bir ses tonuyla.

Yine gülümsedi ve sonra pipetinden bir yudum daha çekti. Artık bardaktan yüksek fokurtular duyulmaya başlayınca ürktüm.

"Bitirdim," dedi memnun bir sesle. Sesi şimdi daha belirgindi, ilk kez fısıltı gibi çıkmamıştı. "Carlisle böyle devam edersem, artık şu iğneleri de çekip çıkartır mısın?"

"Elbette," dedi Carlisle. "Dürüstçe söylemek gerekirse pek de bir işe yaramıyorlar."

Rosalie Bella'nın alnına dokundu ve birbirlerine umutla baktılar.

Bir bardak insan kanı ani bir değişiklik yaratmıştı. Rengi geri geliyordu, mum gibi yanaklarında ufak bir pembelik olmuştu. Daha şimdiden Rosalie'nin yardımına ihtiyacı yokmuş gibi görünüyordu. Daha rahat nefes alıyordu ve kalbinin daha güçlü olduğuna da emindim, daha düzenli atıyordu.

Her şey hızlanmıştı.

Edward'ın yüzündeki umut hayaleti daha gerçekçi bir hal almıştı.

"Biraz daha ister misin?" diye sordu Rosalie.

Bella'nın omuzları düştü.

Edward hemen Rosalie'ye bir bakış attı. Sonra Bella'ya dönüp konuştu. "Hemen içmen gerekmiyor."

"Evet, biliyorum. Ama...istiyorum," diye itiraf etti asık bir yüzle.

Rosalie ince keskin parmaklarını Bella'nın zayıf saçlarında gezdirdi. "Bunun için utanmana gerek yok, Bella. Aşeriyorsun. Hepimiz bunu anlayabiliyoruz." Sesi başta yatıştırıcıydı ama sonra sertleşmişti. "Zaten bunu anlayamayan burada olmamalı."

Kuşkusuz benden bahsediyordu ama sarışının beni etkilemesine izin vermeyecektim. Bella'nın daha iyi hissetmesinden memnundum. Buna sebep olan şey beni iğrendiriyorsa, ne olmuş yani? Hiçbir şey dememiştim ki.

Carlisle plastik bardağı Bella'nın elinden aldı. "Hemen dönerim."

Bella, Carlisle gözden kaybolurken bana bakıyordu.

"Jake, berbat görünüyorsun," dedi boğuk sesiyle.

"Bunu sen mi söylüyorsun?"

"Ciddiyim. Ne zamandır uyumuyorsun?"

Biraz düşündüm. "Emin değilim."

"Ah Jake. Şimdi senin de sağlığını bozuyorum. Aptal olma."

Dişlerimi sıktım. O kendini bir canavar için öldürecekti ve ben bunu izlemek için birkaç gece uykudan feragat etmeyecektim ha?

"Lütfen, biraz dinlen," diye devam etti. "Yukarıda birkaç yatak var. İstediğini kullanabilirsin."

Rosalie'nin yüzündeki ifadeye bakılırsa istediğimi kullanamazdım. Uykusuz Güzel'in bir yatağa ihtiyacı var mıdır, diye merak ettim.

"Teşekkürler Bella ama yerde yatmayı tercih ederim. Leş kokusundan uzakta, biliyorsun."

Yüzünü ekşitti. "Doğru."

Carlisle geri dönmüştü ve Bella kanı almak için uzandı, sanki başka bir şey düşünüyor gibi dalgındı. Aynı dalgın ifadeyle pipetten içmeye başladı.

Gerçekten de daha iyi görünüyordu. Kollarına takılı borulara dikkat ederek doğruldu. Bella düşerse tutabilsin diye Rosalie de etrafında geziniyordu. Ama Bella'nın ona ihtiyacı yoktu. Yutkunuşlarının arasında derin nefesler alarak bu ikinci bardağı da çabucak bitirmişti.

"Nasıl hissediyorsun?" diye sordu Carlisle.

"Midem bulanmıyor, aslında biraz aç gibiyim...tabii aç mıyım *susuz* mu emin değilim, anlatabildim mi?"

"Carlisle, şuna bak," diye mırıldandı Rosalie. Kendisiyle gurur duyuyormuş gibi görünüyordu. "Belli ki vücudu istiyor. Daha fazla içmeli."

"O hâlâ insan Rosalie. Yemek de yemeli. Ona biraz zaman verip onu nasıl etkilediğini görelim, sonra belki biraz da yemek vermeyi deneriz. Özellikle istediğin bir şey var mı, Bella?"

'Yumurta," dedi Bella hemen ve sonra gülümseyerek Edward'a baktı. Edward'ın tebessümü kırılgandı ama yüzünde öncekinden daha çok hayat olduğuna hiç şüphe yoktu.

Gözümü yumdum, neredeyse tekrar açmayı unutacaktım.

"Jacob," diye mırıldandı Edward. "Gerçekten artık uyumalısın. Bella'nın dediği gibi yukarıdaki odalarda kendini evinde hissedebilirsin tabii ama herhalde dışarıda daha rahat olursun. Hiçbir şey için endişelenme, söz veriyorum, ihtiyacımız olursa seni bulurum."

"Tamam, tamam," diye mırıldandım. Şimdi Bella'nın daha fazla zamanı olduğuna göre biraz kaçabilirdim. Gidip bir ağacın altına kıvrılırdım... Bu kokunun ulaşamayacağı kadar uzak bir yere. Bir şey olursa kan emici beni uyandırır. Bana bunu borçlu.

"Evet," diye onayladı Edward.

Ben de başımı sallayıp elimi Bella'nın elinin üstüne koydum. Eli buz gibiydi.

"Kendine dikkat et," dedim.

"Teşekkürler, Jacob." Elimi sıktı. Cılızlaşmış parmağına bol gelen evlilik yüzüğünü hissettim.

"Ona bir örtü falan getirin," diye mırıldandım kapıya dönerken.

Daha ben kapıya varmadan iki uluma sabah sessizliğini deldi. Önemli olduğu belliydi. Bu seferki yanlışlıkla olmamıştı.

"Kahretsin," diye söylenip kapıdan dışarı fırladım. Merdivenlerden atlayıp ateşin beni parçalamasını bekledim. Şortum parçalanırken keskin bir yırtılma sesi duydum. Kahretsin. Bu şort tek kıyafetimdi. Şimdi bir önemi yoktu. Hemen pençelerimin üzerine düşüp batıya doğru koşmaya başladım.

Ne oldu? diye bağırdım zihnimden.

Geliyorlar, diye cevapladı Seth. *En azından üç tane.*

Seth'in arkasındaki hatta ışık hızıyla koşuyorum, dedi Leah. İnanılmaz bir hızla koşarken ciğerlerine dolan havayı hissedebiliyordum. Orman, çevresinden adeta bir kamçı gibi geçiyordu. *Başka bir saldırı noktası bulamadım.*

Seth, onlara meydan okuma. Beni bekle.

Yavaşlıyorlar. Ah, onları dayamamak ne kötüymüş. Sanırım...

Ne?

Sanırım durdular.

Sürünün diğer kurtlarını mı bekliyorlar?

Şşşş. Hissediyor musun?

Hissetmiştim. Havada solgun, sessiz bir ışık oluştu.

Birisi değişim mi geçiriyor?

Öyle gibi, diye onayladı Seth.

Leah, Seth'in beklediği küçük meydana doğru uçtu. Pençeleri toprağı tararken bir yarış arabası gibi frenledi.

Arkandayım kardeşim.

Geliyorlar, dedi Seth heyecanla. *Yavaşlar. Yürüyorlar.*

Gelmek üzereyim, dedim. Leah gibi uçmaya çalıştım. Olası bir tehlike onlara daha yakınken Leah ve Seth'ten ayrı olmak berbat bir histi. Yanlıştı. Onlarla olmalıydım, aralarında olmalıydım.

Ne kadar da babacan oldun, diye düşündü Leah küçümser gibi.

Dikkatini topla, Leah.

Dört, dedi Seth. Bu çocuk iyi duyuyordu. *Üç kurt ve bir adam.*

Hemen atılıp oldukları yere ulaştım. Seth rahat bir nefes aldı ve doğruldu, sağ tarafımda yerini aldı. Leah soluma düştü, coşkusu azalmıştı.

Ne yani şimdi rütbem Seth'inkinden düşük mü? diye söylendi kendi kendine.

Önce gelen, yeri kapar, diye düşündü Seth kendini beğenmiş bir tavırla. *Hem sen hiç Alfa'nın Üçüncüsü olmamıştın. Yine terfi ettin sayılır.*

Küçük kardeşimin altında olmak hiç de terfi, sayılmaz.

Şşşşş! dedim kızgın bir ses tonuyla. *Nerede durduğunuz umurumda değil. Susun ve hazır olun.*

Birkaç saniye sonra göründüler, Seth'in düşündüğü gibi yürüyorlardı. Jared insan olarak en öndeydi, elleri yukarıdaydı. Paul, Quil ve Collin, arkasında, dört ayak üstündelerdi. Duruşlarında saldırganlık yoktu. Jared'ın arkasından gelirken kulakları dik ve tetikteydi ama sakin görünüyorlardı.

Ama... Sam'in Embry yerine Collin'i göndermesi çok garipti. Düşman topraklarına bir diplomasi takımı gönderecek olsaydım ben böyle yapmazdım. Oraya bir çocuk göndermezdim. Deneyimli bir savaşçı gönderirdim.

Şaşırtmaca mı? diye düşündü Leah.

Sam, Embry ve Brady ayrı bir hamle mi yapıyorlardı? Pek de öyle görünmüyordu.

Kontrol etmemi ister misin? Hatta iki dakika içinde koşup dönebilirim.

Cullenlar'ı uyarayım mı? diye sordu Seth.

Ya amaçları bizi bölmekse? diye sordum. *Cullenlar bir şeylerin döndüğünü biliyorlar, hazırlar.*

Sam bu kadar aptal olamaz, diye fısıldadı Leah, korku aklını kemiriyordu. Sam'in yanında yalnız iki kişiyle Cullenlar'a saldırdığını geçirdi aklından.

Hayır, bunu yapmazdı, diye onu rahatlattım, gerçi aklındaki o sahneden benim de midem kalkmıştı.

Bu esnada Jared ve üç kurt bize bakıyorlardı, bekliyorlardı. Quil, Paul ve Collin'in birbirlerine söylediklerini duyamamak hiç güvenli değildi. İfadeleri de boştu, okunmuyordu.

Jared boğazını temizledi ve bana selam verdi. "Ateşkes bayrağı, Jake. Konuşmaya geldik."

Sence bu doğru mu? diye sordu Seth.

Akla yatkın ama...

Evet, diye onayladı Leah. *Ama.*

Yine de rahat olamadık.

Jared surat astı. "Ben de seni duyabilirsem konuşmak daha kolay olabilirdi."

Ona bakmayı sürdürdüm. Bu konu hakkında daha iyi hissedene kadar değişime geçmeyecektim. Anlayıncaya kadar. Neden Collin gelmişti? Beni en çok endişelendiren kısım buydu.

"Tamam. O zaman sanırım ben konuşacağım," dedi Jared. "Jake, geri dönmeni istiyoruz."

Quil yumuşak bir sızlanmayla Jared'ı destekledi.

"Ailemizi böldün. Böyle olması gerekmiyordu."

Buna tam olarak katılmıyor değildim ama konu bu değildi. Sam ve benim aramda çözülmemiş birkaç görüş ayrılığı vardı.

"Biliyoruz, Cullenlar'ın durumuyla ilgili...düşüncelerin kuvvetli. Bu da bir sorun oluşturuyor. Ama aşırı tepki gösteriyorsun."

Seth hırladı. *Aşırı tepki mi? Müttefiklerimize saldırmak aşırı tepki göstermek mi oluyor?*

Seth, hiç poker oynamadın mı? Sakin ol.

Üzgünüm-.

Jared'ın gözleri Seth'e bakıp sonra bana döndü. "Sam her şeyi yavaştan almak istiyor Jacob. Sakinleşti, yaşlılarımızla görüştü. Bu noktada acele davranmanın kimsenin işine yaramayacağına karar verdiler."

Tercümesi: artık saldırıdan haberleri olduğu için kaybettiler, diye düşündü Leah.

Akıllarımızın böyle ayrı oluşu ne tuhaftı. Sürü çoktan Sam'in sürüsü olmuştu ve çoktan "onlar" ve "biz" olmuştuk. Dışarıda kalmış, başkalaşmıştık. Özellikle Leah'nın böyle düşünmesi garipti, "biz"in bir parçası olması.

"Billy ve Sue da senle aynı fikirde Jacob, Bella için beklememiz gerektiğini düşünüyorlar...onun bu problemden ayrılması için. Onu öldürmek hiçbirimizin rahatlıkla yapacağı bir şey değil."

Az önce Seth'i bunun için azarlamış olmama rağmen hafifçe hırlamama hâkim olamadım. Demek rahatlıkla öldüremezlerdi, ha?

Jared tekrar ellerini havaya kaldırdı. "Sakin ol, Jake. Ne demek istediğimi biliyorsun. Konu şu ki, bekleyip durumu tekrar değerlendireceğiz. Sonradan o...şey, bir sorun yaratırsa karar vereceğiz."

Ha, diye düşündü Leah. *Ne saçmalık.*

İnanmıyor musun?

Ne düşündüklerini biliyorum, Jake. Sam'in nasıl düşündüğünü. Bella'nın zaten öleceğinden eminler. Ve sonra öyle kızgın olacağımı düşünüyorlar ki...

Ki saldırıyı ben, kendim, düzenleyeceğim. Kulaklarım geriye yattı. Leah'nın tahmini tam yerindeydi. Ve hatta çok muhtemeldi de. Eğer...o şey Bella'yı öldürürse, şu anda Carlisle'ın ailesi hakkında hissettiklerimi unutmam kolay olacaktı. Bana herhalde düşman gibi görüneceklerdi, kan emen sülüklerden başka bir şey değillermiş gibi, eskisi gibi.

Sana hatırlatırım, diye fısıldadı Seth.

Hatırlatacağım biliyorum ufaklık. Ama asıl sorun seni dinleyip dinlememem.

"Jake?" dedi Jared.

İç geçirir gibi havladım.

Leah, bir tur at da emin olalım. Jared'la konuşmam gerekecek ve ben değişirken bir şeyler olmadığından emin olmak istiyorum.

Rahat ol, Jacob. Benim yanımda değişebilirsin. Tüm çabalarıma rağmen seni çıplak görmüştüm, beni pek etkilemiyor, o yüzden endişelenme.

Ben burada senin gözlerinin masumiyetini korumaya değil, arkamızı kollamaya çalışıyorum. Düş yola.

Leah homurtuyla ormanın içinde kayboldu. Pençelerinin toprağı dövüşünü ve hızlanışını duyabiliyordum.

Çıplaklık, sürü hayatının rahatsız edici ama kaçınılmaz bir parçasıydı. Leah gelmeden önce bu konuyu pek düşünmezdik. Sonra her şey tuhaflaştı. Leah'nın öfkesi üzerinde ortalama bir kontrolü vardı, her kızdığında elbiselerini çıkarması alışılmış bir süre alıyordu. Hepimiz onu görmüştük. Ve ona bakmaya değmediğinden değil ama daha sonra bunu düşünürken yakalamasına kesinlikle değmediği konusunda hem fikirdik.

Jared ve diğerleri yüzlerinde tedbirli bir ifadeyle Leah'nın gittiği yere doğru bakıyorlardı.

"Nereye gidiyor?" diye sordu Jared.

Ona aldırmadım. Gözlerimi yumup kendimi toplamaya çalıştım. Sanki çevremdeki hava titriyor, etrafımda dalgalanıyordu. Kendimi insan bedenim için hazırladım.

"Ah," dedi Jared. "Merhaba Jake."

"Merhaba Jared."

"Benimle konuştuğun için teşekkürler."

"Hı hı."

"Geri dönmeni istiyoruz, dostum."

Quil yeniden inledi.

"Bunun bu kadar kolay olduğunu sanmıyorum, Jared."

"Eve dön," dedi, öne doğru hafif eğilerek. "Bunu çözebiliriz. Buraya ait değilsin. Bırak Seth ve Leah da eve dönsün."

Güldüm. "Hah. Sanki geldiklerinden beri onlara bunu söylemiyorum."

Seth arkamdan homurdandı.

Jared bunu anladı, gözleri her zamanki gibi dikkatliydi. "Şimdi ne olacak öyleyse?"

O cevabını beklerken bunu bir dakika kadar düşündüm.

"Bilmiyorum. Ama zaten her şeyin normale dönemeyeceğinden eminim, Jared. Nasıl olabilir bilmiyorum, bu Alfa şeyini kafama estiği gibi açıp kapayabilirmişim gibi gelmiyor. Kalıcı bir şey gibi."

'Yine de senin yerin bizim yanımız."

Kaşlarımdan birini kaldırdım. "İki Alfa aynı yerde olamaz, Jared. Dün gece nasıl olduğunu hatırlıyor musun? Bu içgüdü çok rekabetçi."

"Yani şimdi hepiniz hayat boyu bu parazitlerle mi takılacaksınız?" diye üsteledi. "Burada bir eviniz yok. Kıyafetleriniz yok. Hep kurt olarak mı kalacaksınız? Biliyorsun Leah o şekilde yemek yemeyi sevmiyor."

"Leah acıktığında istediğini yapabilir. Buraya kendi rızasıyla geldi. Kimseye ne yapılacağını söylemiyorum ben."

Jared iç çekti. "Sam sana yaptıklarından dolayı çok üzgün."

"Artık kızgın değilim."

"Ama?"

'Ama geri dönmüyorum, şimdi değil. Bekleyip neler olacağını göreceğiz. Ve gerekli olduğu müddetçe Cullenlar'ı korumaya devam edeceğiz. Çünkü düşündüğünüzün aksine, bu sadece Bella'yla ilgili değil. Biz korunması gerekenleri koruyoruz. Ve Cullenlar da öyle." En azından çoğunluğu öyleydi.

Seth söylediklerimi onaylamak için hafifçe havladı.

Jared'ın suratı asıldı. "Öyleyse, sana söyleyecek bir şeyim yok."

"Neler olacağını göreceğiz."

Jared dönüp Seth'e baktı, ona odaklandı. "Sue sana eve gelmeni söylememi, gelmen için yalvarmamı istedi. Kalbi kırıldı, Seth. Yapayalnız. Sen ve Leah bunu ona nasıl yapabildiniz bilmiyorum. Onu böyle terk ettiniz, hem de babanız daha yeni ölmüşken – "

Seth sızlandı.

"Jared," diye uyardım onu.

"Sadece nasıl olduğunu anlamasını istiyorum."

"Tabii ya." Sue tanıdığım herkesten daha çetindi. Babamdan ve benden de. Öyle ki kendi çocuklarına geri dönmeleri için duygu sömürüsü yapmak gerekliyse bunu yapardı. Ama Seth'in üzerinde böyle bir baskı kurması hiç de adil değildi. "Sue bunu ne zamandır biliyor ki? Ve o zamanının büyük kısmını Billy, Yaşlı Quil ve Sam ile geçirmedi mi? Eminim yalnızlıktan ölüyordur. İstersen gidebilirsin, Setli. Bunu biliyorsun."

Seth etrafı kokladı.

Bir saniye sonra kulaklarından birini kuzeye çevirdi. Leah gelmiş olmalıydı. Tanrım, ne kadar hızlıydı. Sonra frenleyip birkaç metre ötede durdu. Hızla Seth'in önüne yürüdü. Burnunu havada tutuyordu ve bana bakmadığı çok belliydi.

Bu hareketini takdir etmiştim.

"Leah?" dedi Jared.

Leah ona baktı, hafifçe dişleri görünüyordu.

Jared onun bu düşmanca tavrına şaşırmış görünmüyordu. "Leah, burada olmak istemediğini biliyorsun."

Leah hırladı. Uyarmak için ona baktığımı görmedi. Seth sızlanıp ablasını omzuyla itti.

"Üzgünüm," dedi Jared. "Sanırım, seni o kan emicilere bağlayan hiçbir şey yok."

Leah önce kardeşine sonra bana baktı.

"Seth'e göz kulak olmak istiyorsun, bunu anlıyorum," dedi Jared. Bir an bana baktıktan sonra tekrar Leah'ya döndü. Herhalde Leah'nın bana nasıl baktığını merak etmişti, aynı benim ettiğim gibi. "Ama Jake ona bir şey olmasına izin vermeyecektir ve o burada olmaktan korkmuyor. Leah, lütfen. Seni geri istiyoruz. Sam seni geri istiyor."

Leah aniden kuyruğunu geri çekti.

"Sam bana yalvarmamı söyledi. Gerekirse, ayaklarına kapanmamı istedi. Seni eve çağırıyor Lee-lee, ait olduğun yere."

Jared, Sam'in ona taktığı eski lakabı söyleyince Leah geri çekilmişti. Ve sonra son üç kelimeyi söylediğinde, *ait olduğun yere* dediğinde tüyleri kabardı ve dişlerinin arasından uzun uzun hırlayarak uludu. Ona küfrettiğini duyabilmek için aklında olmama gerek yoktu, bu Jared için de geçerliydi. Kullandığı kelimelerin neredeyse tamamını duyabilirdiniz.

Leah bitirene kadar bekledim. "Tercüme ediyorum; Leah nerede olmak istiyorsa oraya aittir."

Leah hırladı ama Jared'a bakıyordu. Bunun bir onay olduğunu anladım.

"Dinle Jared, biz hâlâ aileyiz, tamam mı? Düşmanlığı geride bırakacağız ama bu gerçekleşene kadar kendi bölgenizde kalmalısınız. Yanlış anlaşmalar olmasın diye. Kimse bir aile faciası istemez, değil mi? Sam de böyle istemez, ister mi?"

"Tabii ki istemez," diye atıldı Jared. "Kendi bölgemizde kalacağız. Ama *sizin* bölgeniz neresi Jacob? Vampirler bölgesi mi?"

"Hayır, Jared. Şu anda evsiziz. Ama kaygılanma, bu sonsuza kadar sürmeyecek." Nefes almam gerekti. "O kadar zaman... kalmadı. Tamam mı? Sonra Cullenlar herhalde giderler ve Seth ve Leah da eve döner."

Leah ve Seth sızlandılar, burunları aynı anda bana doğru dönmüştü.

"Ya sen, Jake?"

"Ormana geri dönerim sanırım. La Push'ta kalamam. İki Alfa olması çok fazla gerginlik demek. Hem ben zaten o tarafa gidiyordum. Bu karmaşadan önce..."

"Ya konuşmamız gerekirse?" diye sordu Jared.

"Uluyun ama sınırı geçmeyin, olur mu? Biz size geliriz. Ayrıca Sam'in bu kadar kişiyi göndermesine gerek yok. Bizim niyetimiz dövüşmek değil."

Jared kaşlarını çatıyordu ama başıyla onayladı. Sam'e şartlar sunmamı sevmemişti. "Görüşürüz Jake. Ya da görüşmeyiz." Gönülsüzce el salladı.

"Bekle, Jared. Embry iyi mi?"

Yüzünden bir şaşkınlık ifadesi geçti. "Embry mi? Ha tabii, iyi. Neden ki?"

"Sadece Sam'in neden Collin'i gönderdiğini merak ettim."

Tepkisini izledim, hâlâ gizli bir şeyler olduğundan şüpheleniyordum. Gözlerinde bir bilgi ışıltısı gördüm ama bu benim beklediğim tarzda bir şey değildi.

"Bu artık seni ilgilendirmiyor, Jake."

"Sanırım öyle. Sadece merak ettim."

Gözümün ucuyla bir hareketlenme gördüm ama bakmadım çünkü Quil'i ele vermek istemiyordum. Konuştuğumuz konuya tepki veriyordu.

"Sam'e senin...talimatlarından bahsedeceğim. Hoşça kal, Jacob."

İç geçirdim. "Evet. Güle güle Jared. Şey, bu arada babama iyi olduğumu söyle, olur mu? Ve özür dilediğimi ve onu sevdiğimi."

"İletirim."

"Teşekkürler."

"Haydi çocuklar," dedi Jared. Bize arkasını dönerek uzaklaştı çünkü Leah buradayken değişmek istemiyordu. Paul ve Collin de gitmeye hazırdılar ama Quil duraksamıştı. Uysalca havladı ve ona doğru bir adım attım.

"Ben de seni özledim, kardeş."

Quil yavaşça bana yaklaşırken başı önüne eğikti. Sırtını sıvazladım.

"Her şey yoluna girecek."

Sızlandı.

"Embry'ye ikinizin yanımda olmasını özleyeceğimi söyle."

Başını onaylar gibi salladı ve burnunu alnıma dayadı. Leah derin bir iç çekti. Quil başını kaldırdı ama ona doğru değil, omzunun arkasından yola düşen diğer kurtlara baktı.

"Evet, haydi eve dön," dedim ona.

Quil tekrar havlayıp diğerlerine katıldı. Jared'ın çok da sabırla beklediğini sanmıyordum. O gider gitmez vücudumun orta yerindeki sıcaklığın her yerimde dalgalanmasına izin verdim. Tekrar dört ayak üstündeydim.

Onunla sevişeceksin falan sandım, diyerek güldü Leah.

Duymazlıktan geldim.

İyi miydi? diye sordum onlara. Ne düşündüklerini duyamadan onlar adına da konuşmak beni kaygılandırmıştı. Hiçbir şeyi varsaymak istemiyordum. Jared gibi davranmak istemiyordum. *Söylememi istemediğiniz bir şey söyledim mi? Söylemem gereken bir şeyi atladım mı?*

Harikaydın Jake! diyerek yüreklendirmeye çalıştı Seth.
Jared'a vurabilirdin, diye düşündü Leah. *Buna itirazım olmazdı işte.*

Sanırım Embry'nin gelmesine neden izin verilmediğini biliyoruz, diye düşündü Seth.

Anlamamıştım, *izin verilmedi mi?*

Jake, Quil'i gördün mü? Çok yıpranmış değil mi? Bahse girerim ki

Embry çok daha fena. Ve onun Claire'ı falan da yok. Quil'in kalkıp da La Push'u terk etmesi söz konusu olamaz. Ama Embry bunu yapabilir. Bu yüzden Sam onun taraf değiştirme riskini göze alamadı. Sürümüzün daha da büyümesini istemiyor.

Gerçekten mi? Böyle mi düşünüyorsun? Bana Embry'nin birkaç Cullen parçalamaya itirazı olmaz gibi geliyordu.

Ama o senin en iyi arkadaşın fakc. O ve Quil sana karşı dövüşmektense arkam kollamayı tercih ederler.

O zaman Sam'in onu göndermediği iyi olmuş. Bu sürü yeterince büyük. İç geçirdim. *Tamam o zaman. Şimdilik iyiyiz. Seth biraz ortalığa göz kulak olur musun? Leah da, ben de biraz dinlenmeliyiz. Söyledikleri doğru olabilir ama kim bilir, belki de sadece oyalama taktiğidir.*

Her zaman böyle paranoyak değildim ama Sam'in bağlılığını hatırlıyordum. Karşısına çıkan tehlikeyi ortadan kaldırırken nasıl odaklandığını. Şimdi bize yalan söyleyebilmesinin verdiği avantajı kullanır mıydı?

Sorun değil! dedi Setli, bir şeyler yapabilmek için çok hevesliydi. *Cullenlar'a anlatmamı da ister misin? Herhalde hâlâ gergindirler.*

Ben hallederim. Zaten bazı şeyleri de kontrol etmem gerekiyor.

Aklımdaki görüntüleri yakaladılar.

Seth şaşkınlıkla sızlandı. *Iyy!*

Leah sanki görüntüleri aklından silkelemek istiyormuş gibi başını salladı. *Bu kesinlikle, gördüğüm en iğrenç şey olabilir. Iyy! Eğer midemde bir şey olsaydı, şimdi çıkarmıştım.*

Onlar vampir, sanırım, dedi Seth, Leah'nın tepkisini telafi etmeye çalışıyor gibiydi. *Yani, bu doğal. Hem eğer Bella'ya faydası dokunacaksa, bu iyi bir şey, değil mi?*

Leah da, ben de ona bakakaldık.

Ne?

Annem onu bebekken çok düşürünmüş, dedi Leah bana.

Görüşüne göre kafasının üzerine.

Beşiğin parmaklıklarını da kemirirdi.

Kurşun kaplama mıydı?

Öyle görünüyor.

Seth sızlandı. *Ha ha, çok komik. Neden siz ikiniz çenenizi kapayıp uyumuyorsunuz?*

14. VAMPİRLERE KABA DAVRANDIĞINIZ İÇİN SUÇLU HİSSEDİNCE İŞLERİN KÖTÜ GİTTİĞİNİ BİLİRSİNİZ

Eve gittiğimde dışarıda vereceğim raporu bekleyen kimse yoktu. Hâlâ tetikte mi bekliyorlardı?
Her şey yolunda, diye düşündüm yorgunca.
Gözlerim hemen tanıdık sahnede ufak bir değişiklik yakaladı. Girişteki en alt merdivende açık renkli kumaş yığını vardı. Yakından incelemek için uzun adımlarla ilerledim. Nefesimi tuttum çünkü yığında inanılmaz bir vampir kokusu vardı.
Birisi buraya kıyafet bırakmıştı. Hah. Edward dışarı çıkarken duyduğum rahatsızlığı anlamış olmalıydı. Bu nazik bir hareketti. Ve tuhaftı.
Kıyafetleri dikkatlice dişlerimle alıp ağaçların arasına taşıdım. Psikopat sarışın şaka olsun diye buraya kız elbiseleri koymuş olabilirdi. Değişip çıplak bir insana dönünce, elimde desenli elbisesini tutarken yüzümdeki ifadeyi görmeye bayılacağından emindim.
İğrenç kokan yığını ağaçların arasında bırakıp insana dönüştüm. Kıyafetleri sallayıp ağaçlara vurarak üzerlerindeki kokudan kurtulmaya çalıştım. Bunlar kesinlikle erkek kıyafetleriydi, taba rengi pantolon ve beyaz bir gömlek. İkisi de uzun değildi ama bana uzun gelecek gibi görünüyordu. Emmett'ın olmalıydı. Gömleğin kollarını katlayıp kısalttım ama pantolonla ilgili yapacak bir şeyim yoktu. Böyle idare edecektim.
Kabul etmeliydim ki, iğrenç kokulu ve büyük beden olsalar

da, üzerime giydiklerimle kendimi daha iyi hissetmiştim. İhtiyacım olduğunda eve gidip eski pantolonlarımdan birini alamamak zordu. Yeniden evsiz olmak, geri dönecek bir yerimin olmaması... Hiçbir şeye sahip olmamak şimdi beni çok fazla rahatsız etmiyordu ama yakında can sıkıcı olacaktı.

Yeni ikinci el kıyafetlerimin içinde bitkin bir halde Cullenlar'ın giriş merdivenlerini çıktım, kapıya gelince duraksadım. Kapıyı çalmalı mıydım? Aptalcaydı, benim burada olduğumu biliyorlardı. Neden kimsenin bir şey yapmadığını, bana içeri girmemi ya da defolmamı söylemediklerini merak ettim. Her neyse. Omuz silkip içeri girdim.

Başka değişiklikler de vardı. Oda neredeyse eski haline dönmüştü. Büyük düz ekran açıktı ama sesi kısıktı. Televizyonda bir film vardı, kimse izliyor gibi görünmüyordu. Carlisle ve Esme arkadaki nehre bakan açık pencerelerin yanında duruyorlardı. Alice, Jasper ve Emmett görünürde yoktu ama yukarıdan gelen mırıltılarını duyabiliyordum. Bella dünkü gibi koltuktaydı, hâlâ kolunda serum vardı. Kaim battaniyelere sarılmıştı, demek söylediğimi yapmışlardı. Rosalie hemen yanı başında, yerde bağdaş kurmuştu. Edward koltuğun diğer ucunda Bella'nın battaniyelerin arasındaki ayaklarını kucağına almış oturuyordu. İçeri girdiğimde başını kaldırıp bana baktı ve gülümsedi, yani dudak uçları hafifçe gerildi, sanki bir şey onu sevindirmiş gibi.

Bella beni duymadı. Edward'ın baktığını görünce beni gördü ve o da gülümsedi. Bütün yüzü parıldamıştı. En son ne zaman beni gördüğüne bu kadar mutlu olduğunu hatırlayamadım.

Onun neyi vardı böyle? Evliydi bir kere. Mutlu bir evlilikti bu. Akılları zorlayacak şekilde vampirine âşık olduğuna dair şüphe yoktu. Ve her şeyin ötesinde, karnı da burnundaydı.

E o zaman niye beni gördüğü için bu kadar heyecanlanıyordu ki? Sanki bu kapıdan girmem gününü aydınlatmış gibiydi.

Eğer hiç umursamasaydı... Ya da aslında beni gerçekten görmek istemeseydi. O zaman gerçekten uzak durmak daha kolay olurdu.

Edward düşüncelerime katılıyor gibiydi. Çılgınca ama bu aralar düşüncelerimiz hep aynı frekanstaydı. Bella bana bakarken gözlerinin için gülüyordu, Edward bunu görünce suratı asılmıştı.

"Sadece konuşmak istemişler," diye geveledim, yorgunluktan sesim zor çıkıyordu. "Ufukta bir saldırı görünmüyor."

"Evet," diye cevapladı Edward. "Konuşmalarınızın çoğunu duydum."

Rahat beş kilometre ötedeydik ve bunu nasıl becerdiğini anlamamıştım. "Nasıl?" diye sordum.

"Seni daha iyi duyabiliyorum, bu tanıdıklık ve konsantrasyon meselesi-. Ayrıca insan formundayken düşüncelerin biraz daha iyi okunabiliyor. O yüzden orada olanların birçoğunu duydum."

"Demek öyle." Bu pek de hoşuma gitmemişti ama yine de omuz silktim. "İyi ben de tekrarlamaktan hiç hoşlanmıyorum zaten."

"Sana gidip uyumanı söylerdim," dedi Bella, "ama zaten altı saniye içinde olduğun yerde kendinden geçeceğini düşündüğüm için bunun bir anlamı yok."

Sesinin bu kadar iyi çıktığını, bu kadar güçlü göründüğünü görmek harikaydı. Taze kan kokusunu alınca elindeki bardak dikkatimi çekti. Onu ayakta tutmak için ne kadar kan gerekiyordu? Bir yerden sonra gidip komşulardan da mı isteyeceklerdi?

Kapıya doğru yollanırken benim için öngördüğü saniyeleri saymaya başladım. "Biiiirrr... İkini..."

"Yangın nerede köpek?" diye söylendi Rosalie.

"Bir sarışını nasıl boğarsın biliyor musun Rosalie?" diye sordum, durmadan ve ona bakmadan. "Havuzun dibine bir ayna yapıştırarak."

Kapıdan çıkarken Edward'ın güldüğünü duydum. Ruh hali, Bella'nın sağlık durumuyla doğru orantılıydı.

"Bu espriyi önceden duymuştum," diye arkamdan bağırdı Rosalie.

Yorgun argın merdivenlerden aşağı indim, tek amacım ağaçların arasında kokunun gelmeyeceği bir yer bulmaktı. Giysileri de eve makul mesafede bir yere bırakmalıydım, böylece onların kokusunu da duymayacaktım. Gömleğin düğmelerini açarken, düğmelerin bir kurt adam için asla moda olamayacağını düşündüm.

Çimlerin üzerinde yürümeye başlamıştım ki seslerini duydum.

"Nereye gidiyorsun?" diye sordu Bella.

"Ona söylemeyi unuttuğum bir şey vardı da."

"Bırak uyusun, sonra söylersin."

Evet, lütfen bırak uyusun.

"Sadece bir saniye sürecek."

Yavaşça döndüm. Edward kapıya çıkmıştı bile. Bana yaklaşırken yüzünde özür dileyen bir ifade vardı.

"Tanrım, yine ne oldu?"

"Üzgünüm," dedi ve sonra duraksadı, sanki düşündüklerini kelimelere nasıl dökeceğini bilemiyor gibiydi.

Nedir aklındaki, akü okuyucu?

"Sen Sam'in habercileriyle görüşürken," diye mırıldandı, "Ben de olanları Carlisle, Esme ve diğerlerine anlatıyordum. Kaygılandılar—"

"Bak, biz gardımızı düşürmeyeceğiz. Sam'e bizim yaptığımız gibi inanmak zorunda değilsin. Biz her ihtimale karşı gözlerimizi açık tutuyoruz."

"Hayır, Jacob. Konu o değil. Senin kararına güveniyoruz. Esme, daha çok, bunların senin sürünü sıkıntıya sokması konusunda endişelendi. Seninle bu konuyu yalnız konuşmamı istedi."

İşte bu beni hazırlıksız yakalamıştı. "Sıkıntı mı?"

"Özellikle de evsizlik kısmı. Hepinizin böyle...mahrum kalmış olmasından dolayı çok üzgün."

Homurdandım. Vampir bir anne, tuhaf "Biz güçlüyüz. Söyle, endişelenmesin."

'Yine de elinden geleni yapmak istiyor. Leah'nın kurt olarak yemek yemeği tercih etmediğini duydum?"

"Ve?" diye üsteledim.

"Yani burada normal insan yemeğimiz de var, Jacob. Görüntümüzün şüphe yaratmaması ve tabii Bella için. İstediği her şey için Leah'ya kapımız açık. Hepinize..."

"İletirim."

"Leah bizden nefret ediyor."

"Ne olmuş?"

"O yüzden mahsuru yoksa üzerinde düşüneceği şekilde ilet."

"Elimden geleni yaparım."

"Ve sonra, bir de giysi sorunu var."

Üzerimdekilere baktım. "Ah evet. Teşekkürler." Herhalde ne kadar kötü koktuklarını söylemek görgü kurallarına uymazdı.

Hafifçe gülümsedi. "Bu konuda istediğiniz yardımı yapabiliriz. Alice aynı şeyi ikinci kez giymemize pek izin vermiyor. Bir hayır işi bekleyen yığınla yepyeni kıyafetimiz var ve sanırım Leah da Esme'nin ölçülerine yakın... "

"Kan emici eskilerine nasıl yaklaşır bilmiyorum. O benim kadar umursamaz biri değil."

"Bu teklifi olabilecek en iyi şekilde sunacağına dair sana güveniyorum. Diğer eşyaların ya da taşıtların ya da ihtiyacınız olabilecek başka her şeyin teklifi için bu geçerli. Duş almak için de geçerli, dışarıda uyumayı tercih edebilirsiniz ama lütfen bir evin verdiği rahatlıktan uzak olduğunuzu düşünmeyin."

Son kısmı çok nazikçe söylemişti, bu sefer alçak sesle değil gerçek bir hisle konuşmuştu.

Gözlerim uykudan kapanır gibi ona biraz bakakaldım. "Bu, şey, çok naziksiniz. Esme'ye, bu, şey, fikre minnettar olduğumuzu söyle. Ama nehir zaten devriye gezdiğimiz yerlerden geçiyor, yani yıkanabiliyoruz, teşekkürler."

'Yine de bu teklifi ulaştırır mısın?"

"Tabii, tabii."

"Teşekkür ederim."

Evin içinden gelen alçak, acılı çığlığı duyunca başımı çevirdim. Tekrar ona baktığımda ortadan yok olmuştu.

"Yine ne olmuştu?

Arkasından gittim, artık ayakta zor duruyordum. Beynim de aynı şekildeydi. Bir seçeneğim varmış gibi durmuyordu. Bir şeyler ters gitmişti. Ne olduğunu görmek için gidecektim. Yapabileceğim bir şey olmayacaktı. Ve bu daha da beterdi.

Kaçınılmaz görünüyordu.

Yeniden içeri girmiştim. Bella güçlükle nefes alıyordu, karnının üzerine doğru kıvrılmıştı. Edward, Carlisle ve Esme etrafta dolanırken, Rosalie Bella'yı tutuyordu. Bir hareket dikkatimi dağıttı; Alice merdivenlerin başında, elleri şakaklarında, aşağıya, odaya bakıyordu. Garipti, odaya girmesi yasaklanmış gibiydi.

"Bana biraz zaman ver, Carlisle," dedi Bella güçlükle nefes alarak.

"Bella," dedi doktor endişeyle, "Bir şeyin çatladığını duydum. Bakmam gerekiyor."

"Bir kaburga olduğuna eminim. Ah, evet. Tam burada." Sol tarafını işaret ederken dokunmamaya özen gösteriyordu.

O şey şimdi de kemiklerini kırıyordu.

"Röntgen gerekiyor. Kıymıklar olabilir. Hiçbir şeyi delmelerini istemeyiz."

Bella derin bir nefes aldı. "Tamam."

Rosalie dikkatlice Bella'yı kaldırdı. Edward onunla tartışacak gibi oldu ama Rosalie dişlerini gösterip hırlayarak, "Ben hallederim," dedi.

Evet, Bella şimdi daha güçlüydü ama o şey de öyleydi. Birini açlıktan öldürürken diğerini de öldürürdünüz ve iyileşmeleri de aynı şekilde olurdu. Kazanmanın yolu yoktu.

Sarışın, Carlisle ve Edward'la birlikte, Bella'yı nazikçe merdivenlerden taşıdı. Hiçbiri benim orada kazık gibi dikildiğimi fark etmemişti.

Demek kan bankaları ve röntgen makineleri vardı. Sanırım doktor eve bayağı bir iş getirmişti.

Onları takip edemeyecek, hareket edemeyecek kadar yorgundum. Sırtımı duvara yaslayıp olduğum yere yığıldım. Kapı hâlâ açıktı ve burnumu o tarafa doğru uzatmış, içeri giren esintiye şükrediyordum. Başımı yaslayıp dinledim.

Yukarıdaki röntgen makinesinin sesini duyabiliyordum. Ya da belki duyduğumu buna benzetmiştim. Sonra merdivenlerde çok hafif bir ayak sesi duyuldu. Hangi vampir olduğuna bakmadım.

'Yastık ister misin?" diye sordu Alice.

"Hayır," diye mırıldandım. Bu baskıcı misafirperverliğin sebebi neydi? Beni çıldırtıyordu.

"Hiç rahat görünmüyor," dedi.

"Değil."

"Neden hareket etmiyorsun o zaman?"

"Yorgunum. Sen neden diğerleriyle yukarıda değilsin?"

"Baş ağrısı," diye cevapladı.

Başımı çevirip ona baktım.

Alice ufacık bir şeydi. Nerdeyse benim kollarımdan biri kadardı. Şimdi daha bile ufak görünüyordu çünkü iyice eğilip büzülmüştü. Küçük yüzü sıkışmıştı.

"Vampirlerin başı ağrır mı?"

"Normal olanların ağrımaz."

Normal vampirler.

"Sen nasıl olur da Bella'nın yanında olmazsın?" dedim suçlayıcı bir ses tonuyla. Daha önce fark etmemiştim çünkü aklım bir sürü başka zırvayla doluydu ama buraya geldiğimden beri Alice'i Bella'nın yanında görmemiş olmam garipti. Belki Alice yanındayken, Rosalie olmayacaktı. "Aranızdan su sızmazdı sizin."

"Dediğim gibi," - benden biraz ileride, cılız kollarını cılız dizlerine sararak oturdu - "baş ağrısı."

"Bella başını mı ağrıtıyor?"

"Evet."

Suratımı astım. Bu bilmeceyle uğraşamayacak kadar yorgundum. Başımı temiz havanın geldiği yere doğru yatırıp gözlerimi yumdum.

"Aslında Bella değil," diye düzeltti. "O...cenin."

Ah, benim gibi hisseden biri daha. Anlamak çok kolaydı. Kelimeyi gönülsüzce söylemişti, tıpkı Edward gibi.

"Göremiyorum," dedi bana, gerçi biraz kendi kendine konuşuyormuş gibi bir hali vardı. Sanki ben çoktan gitmiştim. "Onunla ilgili hiçbir şeyi göremiyorum. Tıpkı senin gibi."

Dişlerimi sıktım. O yaratıkla karşılaştırılmak istemiyordum.

"Bella araya giriyor. Onu sarmalamış, bu yüzden çok...bulanık. Yayını bozuk televizyon gibi, gözlerini karıncalı ekrandaki bulanık insanlara odaklamaya çalışmak gibi. Onu izlemek beni öldürüyor. Hem zaten sadece birkaç dakika sonrasını görebiliyorum. O...cenin Bella'nın geleceğinin çok büyük bir parçası. İlk karar verdiğinde... Onu doğurmayı istediğini hissettiği zaman görüşümün içinde bulanıklaştı. Beni ölesiye korkuttu."

Bir an sessiz kaldı, sonra ekledi, "Kabul etmeliyim ki, ıslak köpek kokusuna rağmen senin yakınlarda olman rahatlatıcı. Sanki her şey kayboluyor. Gözlerimi yummuşum gibi. Baş ağrısını uyuşturuyor."

"Hizmetinizde olmaktan mutluyum bayan," diye mırıldandım.

"Acaba senle ortak noktası ne merak ediyorum...neden aynı şekildesiniz diye."

Kemiklerimin merkezinde ani bir sıcaklık hissettim. Yumruklarımı sıkıp titrememe engel olmaya çalıştım.

"O hayat emiciyle ortak bir noktam yok benim," dedim dişlerimin arasından.

"Ama bir şey var."

Cevap vermedim. Sıcaklık yakmaya başlamıştı. Kızgın kalamayacak kadar yorgundum.

"Senle birlikte oturmamdan rahatsız olmuyorsun değil mi?" diye sordu.

"Sanırım hayır. Zaten kötü kokuyor."

"Teşekkürler," dedi. "Ağrı için en iyi şey bu sanırım, yani aspirin alamadığım için."

"Biraz sessiz olur musun? Uyumaya çalışıyorum burada."

Karşılık vermedi. Hemen susmuştu. Ben de saniyeler içinde uykuya daldım.

Rüyamda çok susamış olduğumu gördüm. Ve önümde büyük bir bardak su vardı. Öyle soğuktu ki, bardağın dışındaki buğu görünebiliyordu. Elime alıp büyük bir yudum içtiğimde hemen çamaşır suyu olduğunu anladım. Hemen tükürdüm, her yere fışkırdı. Burnuma da kaçmıştı. Yakıcıydı. Burnum yanıyordu.

Burnumdaki acı beni uyandırınca nerede uyuyakaldığımı hatırlamıştım. Burnum aslında evin içinde olmamasına rağmen koku çok şiddetliydi. Ah. Hem de gürültülüydü. Birisi yüksek sesle gülüyordu. Tanıdık bir kahkaha ama kokuya hiç uymuyordu. Ona ait değildi.

İnleyerek açtım gözlerimi. Gökyüzü donuk bir griye bürünmüştü, gündüzdü ama saate dair bir ipucu yoktu. Belki günün batmasına yakındı, biraz karanlık gibiydi.

"Tam zamanında," diye mırıldandı Rosalie, sesi çok uzaktan gelmiyordu. "Testere taklidin sıkmaya başlamıştı artık."

Toparlanıp oturur pozisyona geçtim, bu esnada kokunun da nereden geldiğini anlamıştım. Biri başımın altına geniş kuştüyü bir yastık sıkıştırmıştı. Herhalde nazik olmaya çalışıyorlar diye düşündüm. Tabii eğer bunu yapan Rosalie değilse.

Yüzümü iğrenç kokan yastıktan kaldırınca diğer kokuların da farkına vardım. Pastırma ve tarçın kokusu, vampir kokusuyla karışmıştı.

Odaya göz attım.

Pek bir şey değişmemişti, sadece Bella şimdi koltuğun ortasında oturuyordu ve yanında, koluna bağlı ilaç boruları yoktu. Sarışın ayaklarının üzerinde oturup başını Bella'nın dizlerine yaslamış dinleniyordu. Bella'ya böyle, her şey normalmiş gibi dokunmaları içimi bir tuhaf ediyordu, gerçi aslında bütün olanları düşününce, bu pek de önemli bir şey değildi. Edward da yanına oturmuş, elini tutuyordu. Alice de Rosalie gibi yerdeydi. Yüzü şimdi o kadar da sıkışmış görünmüyordu. Ve neden böyle olduğunu anlamak kolaydı çünkü kendisine başka bir ağrı kesici bulmuştu.

"Jake uyandı mı?" dedi Seth sevinçle.

Bella'nın diğer tarafında oturuyordu, kolunu dikkatsizce kızın omzuna atmıştı, kucağında da tepeleme dolu bir tabak yemek vardı.

Neler oluyordu böyle?

"Seni aramaya geldi," dedi Edward ben ayağa kalkarken. "Esme de kahvaltıya kalması için ikna etti."

Sam yüzümdeki ifadeyi görünce aceleyle açıklama yapmaya çalıştı. "Evet, Jake, ben sadece sana bakmaya gelmiştim çünkü tekrar değişmedin. Leah endişelendi. Ona senin muhtemelen insan olarak uyuduğunu söyledim ama onu bilirsin. Her neyse, bir sürü yemekleri var ve vay be," - Edward'a döndü - "dostum, gerçekten de iyi bir aşçısın."

"Teşekkürler," diye mırıldandı Edward.

Yavaşça nefes verdim, bir yandan da dişlerimi aralamaya çalışıyordum. Gözlerimi Seth'in kolundan alamıyordum.

"Bella üşüdü de," dedi Edward sessizce.

Doğru. Bana neydi ki zaten. Bella bana ait değildi.

Seth, Edward'ın dediğini duydu, yüzüme baktı ve birden ellerini uzatıp yemek istedi. Kolunu Bella'nın üzerinden çekti ve yemeye koyuldu. Dengemi sağlamaya çalışarak koltuğun yakınlarında durmak için yürüdüm.

"Leah mı devriye geziyor?" diye sordum Seth'e. Sesim uykudan dolayı hâlâ kalın çıkıyordu.

"Evet," dedi Seth bir yandan yemeğini yerken. Onun da üzerinde yeni kıyafetler vardı. Onun üzerindekiler benimkilerden daha iyi olmuştu. "İş üstünde. Merak etme. Bir şey olursa uluyacak. Gece yarısı nöbet değişimi yaptık. Ben on iki saat koştum." Bununla gurur duyduğu sesinden belli oluyordu.

"Gece yarısı mı? Bir dakika, şimdi saat kaç?"

"Şafak söküyor gibi." Pencereden dışarı baktı.

Kahretsin. Günün geri kalanını ve tüm geceyi uyuyarak geçirmiştim, büyük hataydı. "Kahretsin, Seth bunun için üzgünüm. Beni uyandırmalıydın."

"Hayır, dostum, senin esaslı bir uykuya ihtiyacın vardı. Sen ne zamandır uyumuyordun? Sam'le çıktığın son devriyeden önceki geceden beri mi? Kırk saattir falan mı? Elli mi? Sen de robot değilsin ya Jake. Hem hiçbir şey de kaçırmadın."

Hiçbir şey mi? Hemen Bella'ya baktım. Rengi benim hatırladığım haline gelmişti. Solgun ama gül renkli. Dudakları yine pembeydi. Saçları bile daha iyi görünüyordu, daha parlaktı. Ona öyle baktığımı görünce dişlerini göstererek bana gülümsedi.

"Kaburgan nasıl?" diye sordum.

"Sıkıca bağladık, şimdi hissetmiyorum bile."

Gözlerimi sıkıntıyla devirdim. Edward'ın da dişlerini sıktığını duydum, Bella'nın bu baştan savma tutumunun, benim kadar onu da rahatsız ettiğini anlayabiliyordum.

"Kahvaltıda ne var?" diye sordum alaylı bir ses tonuyla. "0 negatif mi, AB pozitif mi?"

Bana dil çıkardı. Tümüyle kendi gibiydi. "Omlet," dedi ama sonra gözlerini kaçırdı. Edward'la ikisinin arasında bir bardak kanın durduğunu gördüm.

"Git biraz kahvaltı yap, Jake," dedi Seth. "Mutfakta çok fazla şey var. Açlıktan ölüyor olmalısın."

Kucağındaki kahvaltıya baktım. Tabağında peynirli omlet ve yanında da büyük tarçınlı bir gözleme parçası vardı. Karnım guruldadı ama duymazdan geldim.

"Leah kahvaltıda ne yiyor?" diye sordum Seth'e, onu eleştirir gibi.

"Yemeye başlamadan önce ona götürdüm," diye savundu kendini. "Yolda arabaların ezdiği hayvanları yemeği tercih edermiş ama eminim acından ölüyordur. Bu tarçınlı gözlemeler..." Tarif edecek kelime bulamıyor gibiydi.

"Ben de gidip onunla avlanayım o zaman."

Seth derin bir iç çekti.

"Bir dakika konuşabilir miyiz, Jacob?"

Bu Carlisle'dı, bu yüzden tekrar döndüğümde yüzümde başka kimseye karşı olamayacak kadar saygılı bir ifade vardı.

"Evet?"

Esme diğer odaya doğru gözden kaybolurken Carlisle bana doğru yaklaştı. Sonra durdu, aramızda iki insanın konuşurken tutacağından daha açık bir mesafe vardı. Bana bu mesafeyi vermesini takdir etmiştim.

"Avlanmaktan bahsetmişken," diye başladı karamsar bir tonla. "Önceki ateşkesimizin şu anda hükümsüz olduğunu anlıyorum, o yüzden senin tavsiyene ihtiyacım var. Sam bahsettiğiniz sınırın dışında avlanıyor olacak mı? Ailenden birini incitmek ya da bizim ailemizden birini kaybetmek istemiyoruz. Bizim yerimizde olsaydın, nasıl yaklaşırdın?"

Gerilendim, biraz şaşırmıştım. Kan emicilerden biri olmak hakkında ne biliyordum ki? Ama yine de, tabii ki Sam'i tanıyordum.

"Bu riskli," dedim, diğerlerinin üzerimdeki bakışlarını gör-

mezden gelerek ve sadece Carlisle'a cevap vermeye çalışarak.
"Sam biraz sakinleşti ama anlaşmanın artık onun için geçersiz
olduğuna eminim. Kabile ya da başka bir insanın hayatının tehlikede olduğunu düşündüğü sürece soru falan sormayacaktır,
anlıyor musun? Ayrıca onun önceliği La Push olacaktır. Hem
insanlar üzerinde yeterli güvenliği sağlayıp, hem de büyük zararlar verecek kadar kalabalık avlanma birlikleri gönderecek sayıda adamı yok. Eminim onları eve yakın tutmak ister. "

Carlisle düşünceli bir halde başını salladı.

"O zaman beraber gidelim derim, ne olur ne olmaz. Ve herhalde siz gündüz gitmek istersiniz çünkü biz geceyi bekleriz.
Geleneksel vampir işi. Siz hızlısınız, dağlara çıkıp yeterince
uzaklarda avlanabilirsiniz, onun o kadar uzağa birini göndermesinin ihtimali yok."

"Ve Bella'yı burada korumasız mı bırakalım?"

Güldüm. "Bizim elimiz armut mu topluyor?"

Carlisle güldü, sonra yüzü yeniden ciddileşti. "Jacob, kendi
kardeşlerine karşı savaşamazsın."

Gözlerim kısılmıştı. "Ben, bu zor, olmaz demiyorum ama
eğer gerçekten Bella'yı öldürmek için gelirlerse, onları durdurabilirim."

Carlisle kaygılı bir ifadeyle başını salladı. "Bunun için yetersiz olduğunu söylemiyorum. Sadece bu gerçekten de çok yanlış
olur. Buna vicdanım elvermez."

"Bu senin yüzünden olmuş olmaz, doktor. Benim yüzümden olmuş olur. Ve ben bununla yaşayabilirim."

"Hayır, Jacob. Davranışlarımızın bunu gerekli kılmadığından emin olacağız." Yüzü asıldı, düşünceliydi. "Üçerli gruplar
halinde gideceğiz," diye karar verdi. "Herhalde yapabileceğimizin en iyisi bu."

"Bilmiyorum, doktor. Grubu bölmek en iyi taktik sayılmaz."

"Bizim, durumu eşitleyecek fazladan birkaç yeteneğimiz var.
Eğer Edward da o üçlünün içinde olursa birkaç kilometrelik
alanda güvenlik sağlamış oluruz."

İkimiz de Edward'a baktık. Yüzündeki ifade hemen Carlisle'ı
vazgeçirmişti.

"Eminim başka yollar da vardır," dedi Carlisle. Açıkça, şu anda Edward'ı Bella'nın yanından alacak kadar büyük bir fiziksel ihtiyaç yoktu. "Alice, sanırım sen hangi yolların yanlış olacağını görebilirsin."

"Kaybolan yolları," dedi Alice başıyla onaylayarak. "Kolay."

Carlisle'ın ilk planından sonra iyice gerilen Edward rahatlamıştı. Bella memnuniyetsiz bir ifadeyle Alice'e bakıyordu.

"O zaman tamam," dedim. "Her şey kararlaştırıldı. Ben yola düşüyorum, Seth. Seni günbatımında bekliyor olacağım, o yüzden buralarda bir yerde biraz kestirmeye bak, olur mu?"

"Tabii Jake. Buradaki işim bitince hemen değişirim. Tabii eğer..." Duraksadı, Bella'ya bakıyordu. "Bana ihtiyacın var mı?"

"Örtüler var," diye atıldım.

"Ben iyiyim Seth, teşekkürler," dedi Bella çabucak.

Sonra Esme odaya döndü, elinde büyük bir tabak vardı. Carlisle'ın yanında duraksadı, geniş koyu altın gözleriyle bana bakıyordu. Tabağı uzatıp utangaç bir adım attı.

"Jacob," dedi sessizce. Sesi diğerlerininki kadar kulak tırmalayıcı değildi. "Biliyorum, senin için...burada yemek iştah açıcı değil, böyle nahoş koktuğu için. Ama giderken yanına yiyecek bir şeyler alırsan içim rahat ederdi. Biliyorum, evine gidemiyorsun ve bu bizim yüzümüzden. Lütfen, vicdan azabımı biraz olsun hafiflet. Yiyecek bir şeyler al." Yiyecekleri bana uzatırken yüzü yumuşak ve yalvarır gibiydi. Bunu nasıl becerdi bilmiyorum, çünkü yirmilerinin ortasında falan görünüyordu ve rengi kemik kadar solgundu ama yüz ifadesindeki bir şey birden bana annemi hatırlattı.

Tanrım.

"Ah tabii, tabii," diye mırıldandım. "Belki Leah da acıkmıştır."

Uzanıp tabağı aldım, bir ağacın altına falan dökerim diye düşünüyordum. Kendini kötü hissetmesini istememiştim.

Sonra Edward'ı hatırladım.

Sakın ona bir şey söyleme! Bırak yediğimi düşünsün.

Onayladığını görmek için yüzüne bakmadım. Onaylasa *iyi* olurdu. Kan emicinin bana borcu vardı.

"Teşekkürler, Jacob," dedi Esme bana gülümseyerek. Taşlaşmış bir yüzün nasıl olur da gamzeleri olabilirdi?

"Teşekkürler," dedim. Yüzüme sıcak basmıştı.

Vampirlerle takılmanın kötü yanı buydu, onlara alışıyordunuz. Dünyayı görüş şeklinizi altüst ediyorlardı. Arkadaş gibi oluyorlardı.

"Daha sonra gelecek misin, Jake?" diye sordu Bella, ben gitmeye çalışırken.

"Ah, bilmiyorum."

Dudaklarını kenetleyip gülmesine engel olmaya çalışıyordu. "Lütfen? Üşüyebilirim."

Derin bir nefes verdim. Ve sonra fark ettim ki bunun iyi bir fikir olması için geç kalmıştım. "Belki."

"Jacob?" diye seslendi Esme. Ben kapıya doğru ilerlerken o da arkamdan birkaç adım attı. "Dışarıya bir sepet giysi bıraktım. Leah için. Yeni yıkandı, onlara olabildiğince az dokunmaya çalıştım." Yüzünü astı. "Leah'ya götürür müsün?"

"Tabii," diye mırıldandım ve başka biri, başka bir şeyler istemeden kapının önüne çıktım.

15. TİK TAK TİK TAK TİK TAK

Hey Jake, beni günbatımında istediğini sanıyordum. Neden Leah uyumadan beni uyandırmadın?
Çünkü sana ihtiyacım olmadı. İdare ediyorum.
Çoktan kuzeye doğru koşarak yolu yarılamıştı. *Bir şey var mı?*
Yok. Yoktan başka bir şey yok.
Biraz keşif mi yaptın?
Evet, birkaç tur koştum. Sadece bakmak için. Yani eğer Cullenlar avlanmaya çıkacaklarsa...
Yerinde bir hamle olmuş.
Seth ana hatta doğru geldi.

Onunla koşmak Leah'yla koşmaktan kolaydı. Gerçekten elinden geleni yapmasına rağmen Leah'nın düşüncelerinde bir keskinlik vardı. Burada olmak istemiyordu. Benim aklımda olup bitenler gibi, vampirlere karşı yumuşamak da istemiyordu. Seth'in onlarla olan içten ve daha da sağlamlaşan dostluğuyla da uğraşmak istemiyordu.

Gerçi bu çok komikti çünkü onun en büyük sorununun *ben* olacağımı sanırdım. Sam'in sürüsündeyken hep birbirimizin sinirlerini oynatırdık. Ama şimdi bana karşı hiçbir zıtlığı yoktu, sadece Cullenlar'a ve Bella'ya karşı vardı. Nedenim merak ediyordum.

Belki sadece, ona gitmesi için baskı yapmadığımdan dolayı bana minnettardı. Belki de onun bu kinini artık daha iyi anladığımdandı. Sebebi her ne olursa olsun, Leah ile koşmak beklediğim kadar kötü değildi.

Tabii ki, her şey o kadar da kolaylaşmamıştı. Esme'nin onun için gönderdiği yemekler ve kıyafetler şimdi nehirde yüzüyordu. Ben kendi payımı yemiş olsam da - ki sadece vampirlerden uzakta, kokusunun karşı konulmaz oluşundan da değil, Leah'ya kendimi feda eden bir hoşgörü örneği göstermek için yapmıştım bunu - o reddetti. Öğlen yediği küçük geyik iştahını tam olarak yatıştırmamıştı. Moralini de bozmuştu. Leah çiğ et yemekten nefret ederdi.

Belki doğuya doğru gitmeliyiz? diye önerdi Seth. *Daha derinlere gidip orada bekliyorlar mı görürdük.*

Ben de bunu düşünüyordum, diye onayladım. *Ama bunu hepimiz uyanık olduğumuzda yapalım. Gardımızı düşürmek istemiyorum. Gerçi bunu Cullenlar çıkmadan yapmalıyız. Hemen.*

Doğru.

Bu beni düşündürdü.

Eğer Cullenlar yakın çevreye güvenle çıkabiliyorlarsa daha da ilerleyebilirlerdi. Kendilerine ait başka konutları da olmalıydı. Ve kuzeyde arkadaşları da vardı, değil mi? Bella'yı alıp kaçabilirlerdi. Bu sorunları için en iyi çözüm olurdu.

Bu öneriyi onlara yapmalıydım ama beni dinleyeceklerinden korkuyordum. Ve Bella'nın ortadan kaybolmasını istemiyordum. Onun yaşayıp yaşamadığını öğrenememek...

Hayır, bu aptalcaydı. Onlara gitmelerini söyleyecektim. Kalmalarının bir anlamı yoktu ve Bella'nın gitmesi benim için daha iyi - acısız değil ama daha sağlıklı - olacaktı.

Şimdi söylemesi kolaydı, Bella orada olmadığında ve beni gördüğünde öyle heyecanlanmadığında...

Ah, ben bunu Edward'a çoktan sordum, diye düşündü Seth.

Ne?

Ona neden gitmediklerini sordum. Tanyalar'a falan neden gitmediklerini. S am'in peşlerine düşmeyecekleri kadar uzak bir yere.

Kendime bu öneriyi Cullenlar'a benim yapacağımı hatırlatmam gerekti. Bunun en iyisi olduğunu. Bunu hatırlamalıydım ki, bu işi yaptığı için Seth'e kızmayayım.

Peki, ne dedi? Bir şey mi bekliyorlar?

Hayır. Gitmiyorlar.

Ve bu iyi bir haber olmamalıydı.

Neden? Bu aptallık.

Aslında değil, dedi Seth savunurcasına. *Carlisle'ın burada sahip olduğu tıbbi teçhizatı toparlamak zaman alır. Burada Bella'ya bakması için gereken her şeye sahip. Bu da ava çıkmak istemelerinin bir sebebi. Carlisle yakında Bella için daha çok kan gerekeceğini düşünüyor. Onun için sakladığı tüm O negatifi kullanıyor. Stokun hepsini tüketmek istemiyor. Daha fazla satın alacak. Kan satın alabileceğini biliyor muydun? Tabii eğer bir doktorsan.*

Mantıklı olmaya hazır değildim. *Hâlâ aptalca görünüyor. Birçoğunu yanlarında götürebilirler, değil mi? Gittikleri yerden de çalabilirler. Ölümsüz olduktan sonra yasal saçmalıkları kim takar ki?*

Edward, Bella'yı taşıyarak risk almak istemiyor.

Bella şimdi daha iyi.

Gerçekten öyle, diye onayladı Seth. Aklında, Bella'nın serumlara bağlı hallerine ait hatıralarımı, onu son gördüğü haliyle kıyaslıyordu. Ona gülümsemiş, el sallamıştı. *Ama biliyorsun ki, yine de fazla hareket edemiyor. O şey onu tekmeleyip duruyor.*

Midemden gelen asidi yutkundum. *Evet, biliyorum.*

Başka bir kaburgasını daha kırmış, dedi karamsarca.

Adımlarım sendeledi ve tökezleyerek ritmimi tekrar yakaladım.

Carlisle onu yine bantladı. Başka bir çatlak daha, dedi. Sonra Rosalie de insan bebeklerin bile bazen kaburga kırabildiğini söyledi. Edward ona kafasını koparacakmış gibi baktı.

Koparmaması çok aa.

Seth rapor durumuna geçmişti, benim için hayati derecede ilginç olacağını biliyordu, gerçi ben hiç duymayı istememiştim. *Bugün, ara ara Bella'nın ateşi çıkıp durdu. Biraz terledi ve sonra üşüdü. Carlisle ne yapacağını bilemedi, Bella sadece hasta da olabilir. Şu sıralar bağışıklık sistemi en iyi halinde değil.*

Ya, eminim bu sadece bir tesadüftür.

Ama morali iyi. Charlie'yle konuşuyordu, gülüyordu falan —

Charlie mi?! *Ne? Ne demek istiyorsun yani? Charlie'yle mi konuşuyor?*

Şimdi Seth'in adımları teklemişti, öfkem onu şaşırtmıştı.

Sanırım Charlie her gün arayıp konuşuyor onunla. Bazen annesi de arıyor. Bella'nın sesi şimdi çok daha iyi o yüzden babasını düzeldiğine inandırıyor -

Düzeliyor mu? Bunların aklı nerede böyle?! Charlie'yi, Bella öldüğünde daha kötü olsun diye mi umutlandırıyorlar? Onu buna hazırlıyorlar sanıyordum! Bella neden böyle yapıyor?

Ölmeyebilir, dedi Seth sessizce.

Sakin olmaya çalışarak derin bir nefes aldım. Seth, bunu atlatsa bile insan olarak atlatamayacak. Bunu o da biliyor, diğerleri de. Ölmezse, oldukça ikna edici bir ceset taklidi yapması gerekecek ufaklık. Ya bu olacak, ya da ortadan kaybolacak. Ben bunu Charlie için kolaylaştırırlar sanıyordum. Neden... ?

Sanırım bu Bella'nın fikri. Kimse bir şey demedi ama Edward'ın yüzü senin bu düşündüklerini düşünüyor gibiydi.

Hâlâ kan emiciyle aynı frekanstayız ha!

Birkaç dakika sessizce koştuk. Ben güneye doğru giden yeni bir yolda koşmaya başladım.

Çok uzaklaşma.

Neden?

Bella gelmeni istememi rica etti.

Dişlerim kenetlendi.

Alice de istiyor seni. Tavan arasında, vampir yarasaların çan kulelerinde bekledikleri gibi beklemekten yorulmuş. Seth güldü. *Edward'la birlikte sırayla Bella'nın ateşini sabit tutmaya çalıştık. Sıcak olduğunda soğuk, soğuk olduğunda sıcak. Sanırım, eğer sen istemezsen ben gidip...*

Yo hayır, ben giderim, diye atıldım.

Tamam. Seth başka bir yorum yapmadı. Boş ormana yoğunlaşmıştı.

Ben de güney devriyemi yeni bir şeylere bakınarak geçirdim. İlk yerleşim alanlarına rastlayınca geri döndüm. Şehre henüz yakın değildim ama kurt adam söylentilerine de tekrar mahal vermek istemiyordum. Uzun zamandır nazik ve görünmez olmuştuk.

Eve giderken hattı boylu boyunca taradım. Bunun aptalca bir şey olduğunu bilsem de kendimi durduramadım. Mazoşist falan olmalıydım.

Senin bir sorunun yok, Jake. Bu çok normal bir durum.
Kapa çeneni lütfen, Seth.
Kapıyorum.

Bu sefer kapıda duraksamadım, içeri, sanki orada yaşıyormuşum gibi, girdim. Bunun Rosalie'yi kızdıracağını düşünmüştüm ama bu boşa giden bir çaba olmuştu. Ne Rosalie ne de Bella görünürdeydiler. Gözlerimle her yeri taradım, kalbim göğüs kafesimde garipçe, rahatsızca atıyordu.

"O iyi," diye fısıldadı Edward. "Ya da, bıraktığın gibi desem daha iyi olur."

Edward ellerini yüzüne almış, koltukta oturuyordu. Konuşurken bana bakmadı. Esme yanındaydı, kolunu Edward'ın omzuna sıkıca sarmıştı.

"Merhaba Jacob," dedi Esme. "Geldiğine sevindim."

"Ben de," dedi Alice derin bir iç çekişle. Yüzünde sanki ben bir randevuya geç kalmışım gibi bir ifadeyle merdivenleri hoplaya zıplaya indi.

"Ah, merhaba," dedim. Kibar olmaya çalışmak garipti.

"Bella nerede?"

"Tuvalette," dedi Alice. "Bu sıvı diyeti yüzünden, biliyorsun. Bir de hamilelik de aynı şeyi yapıyor diye duydum."

"Ah."

Orada öylece durdum, topuklarımın üzerinde gidip geliyordum.

"Ah harika," diye söylendi Rosalie. Başımı uzatıp merdivenlerin arkasındaki holden çıktığını gördüm. Bella'yı kollarında dikkatle tutuyordu ama yüzünde benim için düşmanca bir gülümseme vardı. "İğrenç bir şeylerin kokusunu duymuştum."

Ve önceden de olduğu gibi, Bella'nın yüzü tatil sabahındaki bir çocuğun yüzü gibi ışıldadı. Sanki ona dünyanın en güzel hediyesini getirmişim gibi...

Bu hiç de adil değildi.

"Jacob," dedi. "Gelmişsin."

"Selam Bella."

Esme de Edward da yerlerinden kalktılar. Rosalie'nin Bella'yı nasıl bir özenle koltuğa yerleştirdiğini gördüm. Tüm bunlara rağmen Bella'nın yüzü beyazlaşmıştı ve nefesini tutuyordu. Sanki ne kadar canı yanarsa yansın sesini çıkarmamaya yeminliymiş gibiydi.

Edward eliyle Bella'nın alnını ve sonra da boynunu okşadı. Saçlarını yüzünden çekiyormuş gibi yapıyordu ama bu bana daha çok bir doktorun muayene etmesini hatırlatmıştı.

"Üşüyor musun?" diye mırıldandı.

"İyiyim."

"Bella, Carlisle'ın neden bunu sorduğunu biliyorsun," dedi Rosalie. "Hiçbir şeyi önemsizmiş gibi gösterme. Bu ikiniz için de iyi değil."

"Tamam, biraz üşüyorum. Edward bana battaniyeyi uzatabilir misin?"

"Benim burada olmamın sebebi bu değil miydi?"

"Daha yeni geldin," dedi Bella. "Bütün gün koşmuşsundur eminim. Biraz ayaklarını uzat. Ben hemen ısınırım zaten."

Ona aldırmadım, koltuğunun yanında oturacaktım. Gerçi sonrasından emin değildim, nasıl yapacağımdan... Çok kırılgan görünüyordu, onu hareket ettirmeye ya da kollarımla sarmaya korkuyordum. O yüzden olduğu yere doğru yaslandım, kolumu kolunun yanına uzatıp elini tuttum. Sonra diğer elimi yüzüne koydum. Her zamankinden daha fazla üşüyor muydu, bilmiyordum.

"Teşekkürler Jake," dedi ve titrediğini hissettim.

"Ya," dedim.

Edward, Bella'nın ayaklarının olduğu taraftaki koltuğun koluna oturdu, gözlerini Bella'nın yüzünden ayırmıyordu.

Herkesin olağanüstü kulakları olduğunu düşününce karnımın gurultusunu kimsenin duymadığına dair bir umudum olamazdı.

"Rosalie, neden gidip mutfaktan Jacob'a yiyecek bir şeyler getirmiyorsun?" dedi Alice. Gözden kaybolmuş, sessizce koltuğun arkasında oturuyordu.

· Rosalie sesin geldiği yere kuşkuyla baktı.

"Teşekkürler Alice ama yine de sarışının içine tükürdüğü bir şey yemek isteyeceğimi sanmıyorum. Eminim metabolizmam onun zehrini iyi karşılamayacaktır."

"Rosalie asla misafirperverlikte kusur gösterip Esme'yi utandırmaz."

"Tabii ki," dedi Rosalie, güvenmediğim şeker kadar tatlı bir sesle. Kalkıp odadan çıktı.

Edward iç çekti.

"Zehir katarsa söylersin değil mi?" diye sordum.

"Evet," dedi Edward.

Ve bir sebeple ona. inandım

Mutfaktan bir sürü gürültü geldi. Edward tekrar iç geçirdi ama biraz da gülümsedi. Derken Rosalie odaya döndü. Yüzünde yapmacık bir sırıtmayla gümüş bir kâseyi yere, yanıma bıraktı.

"Afiyetle ye, saf kan."

Herhalde bu karıştırma kasesiydi ama Rosalie onu eğip bükmüş ve bir köpek kabına benzetmişti. Bu ustalığından etkilenmem gerekirdi. Ve detaylara dikkat edişine. Kabın yanına *Snoopy* kelimesini kazımıştı. Mükemmel bir el yazısı.

Yemek çok iyi görünüyordu; biftek ve kocaman bir haşlanmış patates. "Teşekkürler Sarışın."

Homurdandı.

"Hey, beyni olan bir sarışına ne denir bilir misiniz?" diye sordum, sonra hiç durmadan devam ettim, "Golden Retriever."

"Bunu da duymuştum," dedi, artık gülümsemiyordu.

"Denemeye devam edeceğim," dedim ve yemeye koyuldum.

İğrenmiş bir yüz ifadesiyle gözlerini devirdi. Sonra koltuklardan birine oturup televizyon kanallarını gezmeye başladı. O kadar hızlı değiştiriyordu ki, bir şey arıyor olduğuna imkân bile vermedim.

Yemek güzeldi, havada vampir kokusu olsa bile. Buna gerçekten alışmaya başlamıştım. Aslında bu yapmayı istediğim bir şey değildi, tam olarak...

Bitirdiğimde - gerçi Rosalie'ye söyleneceği bir şey verebilmek için kabı yalamayı düşünüyordum - Bella'nın soğuk ellerinin nazikçe saçlarımda gezdiğini hissettim.

"Saç kestirme zamanı gelmiş ha?"

"Saçların biraz kabarmış gibi," dedi. "Belki - "

"Dur tahmin edeyim buradan birileri eskiden Paris'te bir kuaförde saç keserdi, değil mi?"

Güldü. "Olabilir."

"Teşekkürler, almayayım," dedim o daha teklif etmeden. "Birkaç hafta daha idare ederim."

Onun kaç hafta idare edeceğini merak ettim ve bunu sormanın kibar bir yolunu düşündüm.

"Ee, ne zaman? Yani küçük canavarı ne zaman bekliyorsunuz?"

Enseme bir tokat attı, neredeyse havada süzülen bir tüy gibi hafıftı. Karşılık vermedim.

"Ciddiyim," dedim. "Burada daha ne kadar kalacağımı bilmek istiyorum." Senin *ne kadar kalacağını,* diye ekledim aklımdan. Sonra ona bakmak için döndüm. Gözleri düşünceliydi. Kaşlarının arasındaki çizgi yine yerine yerleşmişti.

"Bilmiyorum," diye mırıldandı. "Tam olarak bilmiyorum. Belli ki dokuz aylık modeli izlemiyoruz ve ultrasona da giremiyoruz bu yüzden Carlisle ne kadar şiştiğime bakarak bir tahmin yapıyor. Normal insanlar bebek tam olarak büyüdüğünde, burada kırk santimetre olurlar," - derken parmağını şişkin karnının ortasında gezdirdi - "Her hafta bir santim. Bu sabah otuz santimdim ve günde yaklaşık iki santim artıyorum, bazen daha fazla..."

Bir güne iki hafta, günler su gibi akıyordu. Hayatı hızlı çekimde gidiyordu. Eğer kırka kadar sayacaksa, bu ona kaç gün veriyordu ki? Dört mü? Boğazımda bir şeylerin düğümlendiğini hissettim.

"İyi misin?" diye sordu.

Başımla onaylamakla yetindim çünkü sesimin nasıl çıkacağını bilmiyordum.

Edward düşüncelerimi dinlerken yüzünü çevirdi ama yüzünün aksini camdan duvarda görebiliyordum. Yine o yanan adama dönüşmüştü.

Zaman sınırının olması ne komikti. Gitmeyi zorlaştırıyordu, ya da onun gitmesini. Seth'in o konuyu açmasından memnundum, artık burada kalacaklarını biliyordum. Eğer gidiyor olsalardı, bu tahammül edilemez bir şey olurdu, yani o dört günün iki ya da üç gününü kaybetmek. Benim dört günümün.

Her şeyin neredeyse bitiyor olduğunu bilsem de, onun içimdeki duruşunun kırılamaz kadar güçlenmiş olması da komikti. Sanki büyüyüp duran karnı gibiydi, sanki büyürken çekimsel bir kuvvet kazanıyordu.

Bir süre kendimi kaptırmadan ona uzaktan bakmayı denedim. Ona olan hislerimin her zamankinden güçlü olması, hayal gücümün bir ürünü değildi. Bunun nedeni neydi? Öldüğü için miydi? Ya da en iyi ihtimalde ölmese bile, benim tanımayacağım ya da anlayamayacağım bir şeye dönüşecek olmasından mıydı?

Parmağını yanağımda gezdirdi, dokunduğu yer ıslanmıştı.

"Her şey yoluna girecek," dedi bir melodiyi mırıldanır gibi. Kelimelerin bir anlam ifade etmemesi önemli değildi. Bunu hemşirelerin anlamsız şarkıları çocuklara söylediği gibi söylemişti.

"Tabii," diye homurdandım.

Koluma doğru eğilip başını omzumda dinlendirdi. "Geleceğini sanmıyordum. Seth geleceğini söylemişti, Edward da, ama ben inanmamıştım onlara."

"Neden inanmadın?" diye sordum huysuzca.

"Burada mutlu değilsin. Yine de geldin,"

"Gelmemi istemişsin."

"Biliyorum. Ama gelmek zorunda değildin çünkü gelmeni istemeye hakkım yok. Gelmesen bunu anlardım."

Bir an sessiz kaldık. Edward yüzünü toparlamıştı. Rosalie kanallarda gezerken o da televizyona bakıyordu. Sarışın altı yüzlere gelmişti. Kanalların başa dönmesi ne kadar sürecek, diye merak ediyordum.

"Geldiğin için teşekkürler," diye fısıldadı Bella.

"Sana bir şey sorabilir miyim?" diye sordum.

"Tabii ki."

Edward bize kulak veriyor gibi görünmüyordu ama ne soracağımı biliyordu, o yüzden bu tarafa bakmayarak beni kandıramazdı.

"Neden gelmemi istiyorsun? Seth de seni sıcak tutabilir, hem onunla olmak daha kolaydır. Mutlu, olumlu bir çocuk.

Ama ne zaman ben şu kapıdan içeri girsem, sanki dünyadaki en sevdiğin insanmışım gibi gülümsüyorsun."

"Onlardan birisin."

"Bu çok pis bir şey biliyor musun?"

"Evet." İç geçirdi. "Üzgünüm."

"Neden ama? Cevap vermedin."

Edward yine başka yöne bakıyordu, sanki pencereden dışarı bakıyormuş gibiydi. Yüz ifadesi son derece boştu.

"Sen buradayken...*tamamlanmış* hissediyorum, Jacob. Bütün ailem bir aradaymış gibi. Yani sanırım böyle, daha önceden büyük bir ailem olmamıştı. Güzel bir şeymiş." Gülümsedi. "Ama sen burada olmayınca tamamlanmış olmuyor."

"Ben senin ailenin bir parçası olamam, Bella."

Olabilirdim. Orada çok güzel de durabilirdim. Ama bu sadece; çok eskiden, daha doğmadan ölen uzak bir gelecekti.

"Sen her zaman ailemin bir parçası oldun," diyerek karşı çıktı.

Dişlerim gıcırdadı. "Bu çok boktan bir cevap."

"Düzgün olan nasılmış?"

"Şuna ne dersin: 'Jacob senin acından zevk alıyorum.'"

Ürktüğünü hissettim.

"Bu daha mı çok hoşuna giderdi?"

"En azından daha kolay olurdu. Aklıma uydurabilirdim. İcabına bakabilirdim."

Sonra yüzüne baktım, oldukça yakınımda duruyordu. Gözlerini yummuştu ve suratı asılmıştı. "Raydan çıktık, Jake. Dengemizi sarstık. Sen hayatımın bir parçası olmalıydın, böyle hissediyorum ve bunu sen de hissediyorsun, biliyorum." Gözlerini açmadan sustu biraz, sanki söylediklerini reddetmemi bekliyor gibiydi. Ben bir şey söylemeyince devam etti. "Ama böyle değil. Yanlış bir şey yaptık. Hayır. Ben yaptım. Ben yanlış bir şey yaptım ve bu yüzden raydan çıktık... "

Sesi giderek azaldı, yüzündeki üzgün ifade giderek kayboldu. Yaralarıma biraz daha tuz eksin diye bekledim ama sonra genzinden yumuşak bir horlama çıktığını duydum.

"Çok bitkin," diye mırıldandı Edward. "Uzun bir gün oldu.

Zor bir gündü. Daha erken uyur diye düşünmüştüm ama seni bekledi."

Ona bakmadım.

"Seth, bir kaburgasının daha kırıldığını söyledi."

"Evet. Nefes almasını zorlaştırıyor."

"Harika."

"Yine sıcak basarsa haber ver."

"Olur."

Kolunun bana değmeyen kısımlarındaki tüyleri hâlâ diken dikendi. Tam battaniyeyi almak için ayağa kalktığım sırada Edward üzerini örttü.

Şu akıl okuma olayı ara sıra zaman kazandırıyordu. Mesela, belki de Charlie'ye olanlar hakkında büyük bir tantana koparmam gerekmeyecekti. Edward benim ne kadar kızgın olduğumu duyacak -

"Evet," diye onayladı. "İyi bir fikir değil bu."

"O zaman neden?" Neden Bella babasına *düzeliyor* olduğunu söylüyordu ki? Bu adamcağızı sadece daha perişan etmeye yarayacaktı.

"Bella, bunun vereceği sıkıntıya dayanamaz."

"Böyle daha mı iyi - "

"Hayır. Değil. Ama onu, kendisini daha mutsuz edecek hiçbir şey yapmak için zorlamayacağım. Kalan her şeyle daha sonra ilgileneceğim."

Bu kulağa doğru gelmiyordu. Bella Charlie'nin acısını başka zamana, başka biriyle yüzleşsin diye bırakmazdı. Ölse bile. Bu onun yapacağı bir şey değildi. Bella'yı tanıyorsam kesin başka bir planı vardı.

"Yaşayacağından oldukça emin," dedi Edward.

"Ama insan olarak değil," diye karşı çıktım.

"Hayır, insan olarak değil. Ama yine de Charlie'yi tekrar göreceğini umuyor."

Ah, her şey ne kadar da iyiye gidiyordu.

"Charlie'yi görecek." Sonunda başımı kaldırıp yüzüne bakmıştım. "Sonra. Charlie'yi görecek. Parlak beyaz olduktan sonra, parlak kırmızı gözleriyle Charlie'yi görecek. Ben kan emici değilim o yüzden belki bir şeyi kaçırıyorumdur, ama Charlie ilk ziyafet için biraz garip olmaz mı?"

Edward iç çekti. "Ona en azından bir yıl yaklaşamayacağını biliyor. Ama onu oyalayabileceğim düşünüyor. Charlie'ye dünyanın öbür ucunda bir hastaneye gideceğini söyleyip telefonla haberleşmek istiyor... "

"Bu delilik."

"Evet."

"Charlie aptal değil. Onu öldürmese bile bir fark olduğunu anlayacaktır. "

"İşte bunun üzerinde çalışıyor."

Bir açıklama yapsın diye ona bakmayı sürdürdüm.

"Bella yaşlanmıyor olacak tabii ki, bu yüzden de Charlie değişikliklerle ilgili bahaneleri kabul etse bile zaman sınırlaması olacak." Yorgun bir halde gülümsedi. "Bella'ya değişiminden bahsetmeye çalıştığın zamanı hatırlıyor musun? Ona nasıl tahmin ettirmeye çalışmıştın?"

Serbest kalan elim bir yumruk haline geldi. "Sana bunu anlattı mı?"

"Evet. Bu... fikri açıklamaya çalışıyordu. Biliyorsun, Charlie'ye gerçeği söyleyemez, bu Charlie için çok tehlikeli olur. Ama o zeki ve pratik bir adam. Bella onun kendine özgü bir sonuca varacağını düşünüyor. Ve gerçeği anlayamayacağını sanıyor." Edward güldü. "Ne de olsa, vampir düzenine pek de bağlı değiliz. Bizimle ilgili yanlış değerlendirmeler yapacaktır, tıpkı Bella'nın yaptığı gibi ve biz de öyle devam edeceğiz. Bella onu görebileceğini düşünüyor...ara sıra."

"Delilik," diye tekrarladım.

"Evet," diye onayladı yeniden.

Bella'ya sırf mutlu olsun diye bu konuda istediğini yapmasına izin vermesi, Edward için zayıf bir davranıştı. Sonu hayırlı değildi.

Edward'ın, onun bu deli planını uygulayacak kadar yaşamayacağını sandığını düşündüm. Böylece onu yatıştırıp biraz daha uzun süre mutlu olmasını sağlıyordu.

"Ne olursa olsun," diye fısıldadı, sonra başını eğdi, artık yüzündeki ifadeyi göremiyordum. "Şimdi ona acı çektirecek hiçbir şeye izin veremem."

"Dört gün mü?" diye sordum.

Başını kaldırmadı. "Yaklaşık olarak."

"Ya sonra?"

"Tam olarak ne demek istiyorsun?"

Bella'nın söylediklerini düşündüm. O şeyin, vampir teni gibi güçlü bir şeye sarılı olduğunu... Peki, nasıl olacaktı? Nasıl çıkacaktı dışarı?

"Yaptığım kısa bir araştırmadan bulduğum kadarıyla, rahimden çıkmak için kendi dişlerini kullanıyorlar," diye fısıldadı.

"Araştırma mı?" diye sordum güçlükle.

"Bu yüzden Jasper ve Emmett ortada yok. Carlisle'ın şu anda yaptığı da bu. Eski hikâyeleri ve efsaneleri deşifre etmeye çalışıyor, burada işimize yarayacak herhangi bir şey arıyor, bu yaratığın davranışlarını tahmin etmeye çalışıyor."

Hikâyeler mi? Eğer ortada efsaneler varsa, demek ki...

"Demek ki bu şey, türünün ilk örneği, değil mi?" diye sordu Edward, sorumu tahmin etmişti. "Belki de. Bunlar sadece taslak. Efsaneler korku ve hayal gücünün de ürünü olabilir, tabii. Gerçi..." - duraksadı - "sizin efsaneleriniz gerçek, değil mi? Belki bunlar da öyledir. Bunlar belli bölgelerde sınırlanmış ve birbirleriyle bağlantılı görünüyorlar..,"

"Nasıl öğrendiniz...?"

"Güney Amerika'da tanıdığımız bir kadın var. Kendi toplumunun geleneklerine göre yetiştirilmiş. Bu tür yaratıklarla ilgili bir şeyler duymuş, günümüze kadar gelmiş eski hikâyeler."

"Neler duymuş?" dedim fısıltıyla.

'Yaratığın hemen öldürülmesi gerekiyormuş. Çok güçlenmeden."

Tıpkı Sam'in düşündüğü gibi. Haklı mıydı acaba?

"Tabii bir de şu var ki, onların efsaneleri bizim için de aynı şeyleri söylüyor. Bizim de öldürülmemiz gerekiyor. Bizim ruhu olmayan katiller olduğumuz söyleniyor."

İkide iki.

Edward güldü.

"Onların hikâyeleri...anneler hakkında ne söylüyor?"

Yüzünden derin bir acı geçti, bu hali beni ürkütüyordu ve bana cevap vermeyeceğini biliyordum. Konuşacağından bile şüpheliydim.

Cevabı veren, Bella uyuduğundan beri sessiz durduğundan orada olduğunu bile unuttuğum Rosalie'ydi. Genzinden küçümseyici bir ses çıktı. "Tabii ki kurtulan olmadı," dedi. *Kurtulan olmadı*, dobra ve kayıtsız. "Doğum anında hastalıklarla kaplı bir bataklıkta olup, büyücü doktorun yüzüne tükürerek şeytanı kovmaya çalışması çok da güvenli değil. Normal doğumların yarısı kötü gitti. Hiçbiri de bu bebeğin sahip olduğuna sahip olmadı: bebeğin neye ihtiyacı olduğunu bilen ve bu ihtiyaçları sağlamaya çalışan bakıcılar. Vampirlerin doğasını herkesten iyi bilen bir doktor. Bebeğin olabildiğince güvenli bir şekilde doğmasını sağlayacak bir plan. Bir şeyler ters giderse, her şeyi onarabilecek bir sıvı. Bebek iyi olacak. Ve diğer anneler de, tüm bunlara sahip olsalardı büyük ihtimalle kurtulurlardı, tabii böyle anneler gerçekten olduysa. Bu konuda çok da ikna olmadığımı söylemeliyim." Kibirli bir nefes aldı.

Bebek de bebek. Sanki önemli olan tek şey buydu. Bella'nın hayatı onun için sadece ufak bir detaydı, söylemesi kolaydı.

Edward'ın yüzü kar gibi beyaz oldu. Elleri pençe gibi kıvrıldı. Tümüyle bencil ve kayıtsız Rosalie koltukta kıvrılmış, arkası Edward'a dönük oturuyordu. Edward ileri doğru eğildi ve çömeldi.

Bırak ben yapayım, diye önerdim.

Durdu, kaşlarından birini kaldırdı.

Köpek kabımı yavaşça yere bıraktım. Sonra bileğimin tüm gücüyle sarışının kafasına fırlattım. Öyle sert çarptı ki, kulak tırmalayan bir gürültüyle sekti ve odanın karşı tarafına fırladı.

Bella sıçradı ama uyanmadı.

"Aptal sarışın," diye söylendim.

Rosalie yavaşça başını çevirdi, gözleri alevlenmiş gibiydi.

"Sen. Saçlarıma. Yemek. Döktün."

Bu işe yaramıştı.

Onu sarsmayayım diye Bella'yı kendimden uzaklaştırdım.

Öyle gülmüştüm ki gözlerimden yaş gelmişti. Bir yandan da, koltuğun arkasından Alice'in bana katılan çıngırtılı kahkahasını duyuyordum.

Rosalie'nin neden yerinden fırlamadığını merak ettim. Bunu yapmasını beklemiştim. Sonra kahkahalarımın Bella'yı uyandırdığını fark ettim.

"Bu kadar komik olan ne?" diye mırıldandı.

"Sarışının saçlarına yemek döktüm," dedim, yeniden kıkırdamaya başlamıştım.

"Bunu unutmayacağım kuçu kuçu," diyerek tısladı Rosalie.

"Bir sarışının hafızasını silmek zor değildir," diyerek karşı çıktım. "Kulağına üflemek yeter."

"Yeni espriler bulsana sen," diye atıldı.

"Haydi Jake. Rosalie'yi rahat bı - " Bella cümlesinin ortasında durup keskin bir nefes aldı. Aynı anda Edward battaniyeyi çekerek Bella'ya doğru eğildi. Bella kıvranıyor gibiydi, sırtı iyice gerilmişti.

"O sadece gerildi," dedi güçlükle nefes alarak.

Dudakları bembeyazdı, dişlerini tekrar kenetledi, sanki çığlık atmamaya çalışıyordu.

Edward ellerini Bella'nın yüzünün iki yanına koydu.

"Carlisle?" diye seslendi gergin ve alçak bir sesle.

"Geldim," dedi doktor. Geldiğini duymamıştım.

"Tamam," dedi Bella, hâlâ güçlükle nefes alıyordu. "Sanırım bitti. Zavallı çocuk ufacık yerde sıkışmış, hepsi bu. Oyle hızlı büyüyor ki."

Buna dayanmak zordu; Bella'nın kendini içten yırtan o şeyden böyle bir şefkatle bahsettiğini duymak dayanılmazdı. Hem de Rosalie'nin duyarsızlığını düşününce. O an içimden Bella'ya da bir şey fırlatmak geldi.

Moralinden hiçbir şey kaybetmemişti. "Biliyor musun, o bana seni hatırlatıyor, Jake," dedi sevecen bir tonla, nefes alışı hâlâ normal değildi.

"Beni o şeyle kıyaslama," dedim dişlerimin arasından.

"Yani senin büyüme şeklini kastetmiştim," dedi, sanki duygularını incitmişim gibi görünüyordu. Buna sevinmiştim. "Birden boy attın. Seni uzarken görebiliyordum. O da öyle. Çok hızlı büyüyor."

Söylemek istediğimi içimde tutmak için dilimi ısırdım, o kadar sert ısırmıştım ki ağzımda bir kan tadı hissettim. Ama zaten ben daha yutkunmadan iyileşecekti. Bella'nın ihtiyacı olan da buydu. Benim gibi güçlü olmak, iyileşmek...

Daha kolay bir nefes alıp rahatladı, bedeni gevşemişti.

"Hımm," diye mırıldandı Carlisle. Başını kaldırdığında bana baktığını gördüm.

"Ne?" diye sordum.

Edward da Carlisle'ın aklındakini okuyunca başını yana eğdi.

"Ceninin genetik yapısını merak ettiğimi biliyorsun, Jacob. Kromozomlarını yani."

"Nesini merak ediyorsun bunun?"

"Eh, sana olan benzerliklerini düşününce – "

"Benzerlikler mi?" dedim öfkeyle, çoğul eki hiç de hoşuma gitmemişti.

"Hızla büyüme, Alice'in ikinizi de görememesi."

Yüzümdeki ifadenin silindiğini hissettim. Alice'in olayını unutmuştum.

"Bu bir cevap olabilir mi diye merak ediyorum. Eğer bu benzerlikler genetikse."

"Yirmi dört çift," dedi Edward fısıltıyla.

"Bunu bilmiyorsun."

"Hayır. Ama tahminde bulunmak ilginç olacak," dedi Carlisle yatıştırıcı bir sesle.

"Ya, *büyüleyici*"

Bella'nın hafifçe horlaması yeniden başladı.

Konuşmaya başladılar, ben, bu genetik beyin fırtınasından yalnızca arada geçen *bir*'leri ve *ve*'leri anlayabiliyordum. Ve tabii bir de kendi ismimi. Alice de onlara katıldı, kuş gibi öten sesiyle arada yorumlar yapıyordu.

Benim hakkımda konuşuyor olmalarına rağmen ortaya çıkarmaya çalıştıkları sonuçları düşünmeye çalışmıyordum. Aklımda başka şeyler vardı, bazı gerçeklerle parçaları birleştirmem gerekiyordu.

Birincisi; Bella bu yaratığın vampir cildi kadar güçlü bir şeyle korunduğunu söylemişti, ultrasonlara izin vermeyen, iğneler için bile çok sert bir şeyle. İkincisi; Rosalie bu yaratığı sağ salim doğurtmak için bir planları olduğunu söylemişti. Üçüncüsü; Edward da, efsanelerde, bunun gibi yaratıkların dışarı çıkmak için annelerini çiğnediklerini söylemişti.

Tüylerim ürperdi.

Ve bu da iğrenç bir şekilde mantıklı geliyordu çünkü dördüncüsü; vampirlerin cildini her şey öyle kolayca kesemezdi. Bu yarı yaratığın dişleri, efsanelere göre, bunun için yeteri kadar güçlü olmalıydı. Benim dişlerim yeteri kadar güçlüydü.

Ve vampirlerin de dişleri yeterince güçlüydü.

Artık düşündüklerini görmemek imkânsızdı ama keşke göremeseydim. Çünkü artık Rosalie'nin "güvenli" planının tam olarak ne olduğu hakkında bir fikrim vardı.

16. ÇOK FAZLA BİLGİ ALARMI

Oradan erken ayrıldım, günün doğmasından çok daha önce. Koltuğun yanına yaslanarak tedirgin bir halde çok az uyumuştum. Bella'nın yüzü yanmaya başladığında Edward beni uyandırıp onu serinletmek için yerime oturdu. Gerilip esneyerek yeterince dinlendiğime kanaat edince de iş başına dönmeye karar verdim.

"Teşekkürler," dedi Edward sessizce, planlarımı görerek. "Eğer yol temizse bugün gidecekler."

"Sana haber veririm."

Hayvansal yanıma dönmek iyi hissettirmişti. Uzun süre aynı şekilde oturmaktan her yanım tutulmuştu.

Günaydın Jacob, diye selamladı Leah beni.

İyi, uyanıksın. Seth ne zamandır uyuyor?

Henüz uyumuyor, diye düşündü Seth uykulu bir halde. *Neredeyse uyuyor yani. Neye ihtiyacın var?*

Sence bir saat daha durabilir misin?

Tabii. Hiç sorun değil. Seth hemen ayağa kalkıp tüylerini silkeledi.

Etrafta iyice bir koşalım, dedim Leah'ya. *Seth, sen de sınırda koş,.*

Oldu bil. Seth yavaşça koşmaya başladı.

Vampirlere bir kez daha yardım edeceğiz, diye sızlandı Leah.

Bununla ilgili bir sorunun mu var?

Tabii ki, hayır. O tatlı sülükleri şımartmaya bayılıyorum.

İyi o zaman. Ne kadar hızlı koşabiliyorsun görelim bakalım.

Tamam., buna kesinlikle varım işte.

Leah sınırın batı ucundaydı. Cullenlar'ın evine yakın olmak-

tansa bana yaklaşabileceği bir alanda koşuyordu. Ben doğruca
batıya doğru koştum, ondan önce başlamış olsam bile bir an
yavaşlasam beni kısa sürede geçeceğini biliyordum.
Burunlar yere, Leah. Bu bir yarış değil, keşif görevi.
İkisini de bir arada yapıp yine de seni geçerim.
Hakkını vermem gerekiyordu. *Biliyorum.*
Güldü.
Batıdaki dağlara doğru dolambaçlı bir yol izledik. Bu rota
tanıdıktı. Bu dağları bir sene önce vampirler gittiğinde koşmuştuk, burayı da devriyemizin bir parçası yaparak buradaki insanları daha iyi korumaya çalışıyorduk. Cullenlar geri döndükten
sonra sınırlara gerilemiştik. Anlaşmaya göre burası onların bölgesiydi.

Ama şimdi bu durum Sam'e hiçbir şey ifade etmeyecekti.
Anlaşma bitmişti. Bugünkü soru, onun birliklerini nasıl göndereceğiydi. Cullenlar'ı şaşırtıp onların bölgelerinde avlanmalarını mı bekleyecekti? Jared gerçekleri mi söylemişti yoksa aramızdaki sessizliğin avantajından mı yararlanmıştı?

Dağların arasında ormanın derinlerine girdik ama sürüye ait
bir iz bulamadık. Vampirlerin silinmeye yüz tutmuş izleri her
yerdeydi, artık kokularını tanıyorduk. Bu kokuyu gün boyunca
ciğerime çekiyordum.

İzlerden birinde ağır ve yeni oluşmuş bir yoğunlaşma buldum, izlerin hepsi buraya gelip gitmişti, Edward'ınki hariç. Edward ölmek üzere olan hamile karısını eve getirdiğinde, bu toplantıyı unutmuş olmalıydılar. Dişlerimi sıktım. Bu her neyse,
benimle bir alakası yoktu.

Leah, şimdi yapabilecek olmasına rağmen beni geçmeye çalışmadı. Şimdi dikkatimi, yarıştan çok duyduğum yeni kokulara
vermiştim. Leah, sağımda yarışıyor gibi değil de, benimle koşuyor gibiydi.

Oldukça uzaklaşıyoruz, dedi.

Evet. Eğer Sam avlanıyor olsaydı onun izine de rastlamış olurduk.

Şimdi onun La Push'a sığınıyor olması daha mantıklı, diye düşündü Leah. *Bizim kan emicilere fazladan üç çift göz ve bacak verdiğimizi biliyor. Onları şaşırtamayacak.*

Bu gerçekten de sadece bir önlemdi.
Değerli parazitlerimizin gereksiz risklere girmelerini istemeyiz.
Tabii, diye onayladım, cümledeki alayı duymazdan gelerek.
Sen çok değiştin, Jacob.
Sen de aslında benim, tanıyıp sevdiğim Leah gibi değilsin artık.
Doğrudur. Paul kadar rahatsız etmiyorum artık, değil mi?
Şaşırtıcı ama...evet.
Ah, ne tatlı bir başarı.
Tebrikler.

Sonra tekrar sessizce koştuk. Belki artık geri dönme zamanıydı ama ikimiz de istemiyorduk. Bu şekilde koşmak iyi hissettiriyordu. Çok uzun süre hep aynı sınırda koşup durmuştuk. Kaslarımızı böyle engebeli arazilerde esnetmek iyi gelmişti. Çok acelemiz de olmadığı için dönüş yolunda avlanırız diye düşündüm. Leah oldukça acıkmıştı.

Ne demezsin, nefis, diye düşündü huysuzca.

Bütün bunlar senin kafanda, dedim ona. *Kurtlar böyle yerler. Bu doğal. Tadı da güzel. Eğer buna insan gözüyle bakmasaydın -*

Moral konuşmasını boş ver, Jacob. Avlanırım, bundan hoşlanmak zorunda değilim.

Tabii, tabii, diye onayladım hemen. Eğer bunu kendi için zorlaştırmak istiyorsa, ben bir şey yapamazdım.

Birkaç dakika hiçbir şey demedi, ben de geri dönmemiz gerektiğine karar verdim.

Teşekkürler, dedi Leah birden, çok daha farklı bir tonla.

Ne için?

Beni kendi halime bıraktığın için. Kalmamı sağladığın için. Benim hayatta bekleyemeyeceğim kadar naziksin, Jacob.

Şey, sorun değil. Aslında böyle olsun istedim. Burada olmandan, sandığım gibi rahatsızlık duymadım.

Güldü. *Ne harika bir övgü bu!*

Ama seni şımartmasın.

Tamam, eğer sen de bunun seni şımartmasına izin vermezsen. Bir an sustu. *Bence sen iyi bir Alfa oldun. Sam gibi. değil, ama kendince iyisin. Peşinden gitmeye değer bir lidersin, Jacob.*

Aklım hayret içinde dondu. Karşılık vermek için kendime gelmem zaman aldı.

Ah, teşekkürler. Bunun beni şımartmasına engel olabileceğimden emin değilim. Ama nereden çıktı şimdi bu?

Hemen cevap vermedi. Aklındaki sözsüz akışı izledim. Gelecek hakkında düşünüyordu, benim önceki sabah Jared'a söylediklerim hakkında. Zamanı geldiğinde ormana geri döneceğimden bahsetmemi düşündü. O ve Seth'in Cullenlar gittikten sonra sürüye geri döneceklerinin sözünü vermemi düşündü...

Ben seninle kalmak istiyorum, dedi.

Bu şok, ayaklarımı vurdu ve adeta eklemlerimi kilitledi. Leah beni geçti ve frenledi. Yavaşça benim donup kaldığım yere doğru yürüdü.

Sana sorun çıkarmam, söz. Peşinden gelip durmayacağım. Sen nereye istersen gidersin, ben de istediğim yere giderim. Sadece ikimiz de kurtken benimle olursun. Uzun gri kuyruğunu gergince şaplatarak volta atıp duruyordu. *Zaten ben bu işi bırakmayı planladığım için de...pek sık olmayacak bu.*

Ne diyeceğimi bilemedim.

Şimdi daha mutluyum, senin sürünün bir parçası olarak, yıllar boyu olduğumdan daha mutluyum.

Ben de kalmak istiyorum, diye düşündü Setli de sessizce. Onun sınırda koşarken bizi dinlediğini fark etmemiştim. *Bu sürüyü seviyorum.*

Bir dakika durun! Seth, bu sürü çok uzun kalmayacak. Düşüncelerimi toparlayıp ikna edici olmaya çalışıyordum. *Şu anda bir amacımız var ama sonra... bittikten sonra, ben kurt kalacağım. Seth, senin bir amaca ihtiyacın var. Sen iyi bir çocuksun. Her zaman mücadele edecek bir şeyi olan bir insansın. Ve La Push'u terk etmeyeceksin. Liseyi bitirip hayatına yön vereceksin. Sue'ya bakacaksın. Benim meselelerim senin geleceğini mahvetmeyecek.*

Ama -

Jacob haklı, dedi Leah.

Beni destekliyor musun?

Tabii ki. Ama bu söylediklerinin hiçbiri benim için geçerli değil. Ben zaten yola çıkmıştım. La Push'tan uzakta bir yerde bir iş bulurum. Belki bir okulda birkaç ders alırım. Öfke sorunum için de yoga ve meditasyona başlarım... Ve kendi akıl sağlığım için de bu sürünün bir parçası olurum Jacob. Bunun ne kadar mantıklı olduğunu görebiliyorsun, değil mi? Seni rahatsız etmeyeceğim, sen beni rahatsız etmeyeceksin, herkes mutlu olacak.

Arkamı dönüp yavaşça batıya doğru koşmaya başladım.

Bunların hepsi şimdi biraz fazla geldi, Leah. Biraz düşüneyim, olur mu?

Tabii. Keyfine bak.

Geri dönmek daha uzun sürmüştü. Hızlanmaya çalışmıyordum. Sadece ağaçlardan birine kafa atmamak için konsantre olmaya çalışıyordum. Seth aklımın bir köşesinde biraz mızırdanıyordu ama onu duymazdan gelebiliyordum. Haklı olduğumu biliyordu. Annesini bırakıp gidemezdi. La Push'a geri dönüp yapması gerektiği gibi kabileyi koruyacaktı.

Ama Leah'da bunu göremiyordum. Ve bu çok korkutucuydu.

Yalnızca ikimizin olduğu bir sürü mü? Fiziksel uzaklık nasıl olursa olsun, bu durumun vereceği...*yakınlığı* hayal edemiyordum. Acaba bunu esaslıca düşünmüş müydü, yoksa sadece özgür kalmak için mi yapıyordu?

Leah bir şey demedi. Sanki yalnız ikimiz olursak bunun ne kadar kolay olacağını ispatlamaya çalışıyor gibiydi.

Siyah kuyruklu geyik sürüsünün peşine düştüğümüzde güneş doğuyordu. Arkamızdaki bulutlar aydınlanmıştı. Leah iç çekti ama duraksamadı. Hamlesi temiz, etkili ve hatta zarifti. Ürkmüş hayvan daha tehlikenin farkına varamadan en büyük olanını yakalamıştı.

Altta kalmamak için, sonraki en büyüğe atladım, boynunu çabucak dişlerimin arasına alıp gereksiz yere acı çekmesini engelledim. Leah'nın açlıkla karışık iğrenmesini hissedebiliyordum ve ona kolaylık olsun diye kurt tarafımın aklıma hâkim olmasına izin verdim. Tümüyle hayvan olacak, olduğum hayvanın gördüklerini görüp onun gibi düşünecek kadar uzun bir süre kurt olarak kalmıştım. İçgüdülerimin aklımı devralmasına ve Leah'nın da bunu hissetmesine izin verdim. Önce duraksadı ama sonra geçici olarak aklıma ulaşır gibi oldu. Çok garip bir histi, akıllarımız her zamankinden daha çok bağlıydı, çünkü ikimiz de beraber düşünmeye çalışıyorduk.

Garipti ama işine yaradı. Avının omzundaki postu dişleriyle yüzüp büyük kalın bir parça et kopardı. İnsan tarafındaki düşüncelerle ürkmektense kurt tarafının içgüdülerine karşılık verdi. Bu biraz akıl uyuşturan bir şeydi ama huzurla yemek yemesini sağladı.

Benim için tüm bunlar kolaydı. Unutmadığım için memnundum çünkü yakında hayatım tümüyle böyle olacaktı.

Leah da o hayatın bir parçası olacak mıydı? Bir hafta önce, bu fikri korkunçtan öte bulurdum. Buna katlanamazdım. Ama şimdi onu daha iyi tanıyordum. Ve o acıdan kurtulduğundan beri aynı kurt değildi o. Aynı kız değildi.

Doyana kadar beraber yedik.

Teşekkürler, dedi daha sonra ağzını ve pençelerini ıslak otlarda temizlerken. Ben temizlenmedim, zaten yağmur çiselemeye başlamıştı ve geri dönerken nehri yüzerek geçmemiz gerekecekti. Bütün bunlar beni yeterince temizlerdi. *Senin gibi düşünmek çok da fena değilmiş.*

Rica ederim.

Sınıra vardığımızda artık Seth yorgunluktan sürükleniyor gibiydi. Ona gidip uyumasını söyledim, Leah ve ben de devriye gezecektik. Seth saniyeler sonra uykuya dalmıştı.

Kan emicilere mi gidiyorsun? diye sordu Leah.

Olabilir.

Orada olmak senin için zor ama uzak kalmak da zor. Nasıl bir his olduğunu bilirim.

Leah, belki de gelecek hakkında biraz daha düşünmek istersin, ne yapmak istediğin hakkında. Benim aklım dünyanın en mutlu yeri olmayacak. Ve sen de benimle beraber acı çekiyor olacaksın.

Bana nasıl cevap vereceğini düşündü. *Ah, bu kulağa hoş gelmeyecek biliyorum. Ama dürüst olmak gerekirse, senin acınla baş etmek, kendiminkiyle yüzleşmekten daha kolay olacak.*

Haklısın.

Senin için kötü olacak biliyorum, Jacob. Bunu anlıyorum, belki sandığından daha iyi anlıyorum. O kızdan hoşlanmıyorum, ama...o senin Sam'in. O istediğin ve sahip olamadığın her şey.

Cevap veremedim.

Biliyorum, senin durumun daha kötü. En azından Sam mutlu. En azından hayatta ve sağlıklı. Böyle olmasını isteyecek kadar seviyorum onu. Onun için en iyisini isteyecek kadar. İç çekti. *Sadece yakınında olup bunları görmek istemiyorum.*

Gerçekten de bunu konuşmamız gerekiyor mu?

Sanırım evet. Çünkü bilmeni istiyorum ki, her şeyi senin için daha da kötü bir hale sokmayacağım. Kim bilir, belki yardım bile edebilirim. Ruhsuz bir cadaloz olarak doğmadım biliyorsun. Ben de iyi bir insandım.

Hafızam o kadar gerilere gidemiyor.

İkimiz de güldük.

Bunun için üzgünüm, Jacob. Acı çektiğin için üzgünüm. Her şeyin iyileşmeyip daha da beter olmasından dolayı üzgünüm.

Teşekkürler, Leah.

Daha kötü olan şeyleri düşündü, aklımdaki kara görüntüleri görmesini engellemeye çalıştıysam da başarısız olmuştum. Onlara belli bir mesafeden, başka bir açıdan bakıyordu ve kabul etmeliydim ki, bu işe yarıyordu. Ben de birkaç yıl içinde olanları öyle görebileceğimi hayal ettim.

Vampirlerle zaman geçirmenin verdiği rahatsızlığın komik ve eğlenceli taraflarını gördü. Rosalie'ye takılmam hoşuna gidince içinden güldü ve hatta bana faydalı olabilecek birkaç sarışın esprisi buldu. Ama sonra düşünceleri ciddileşti, Rosalie'nin yüzüne odaklanıp aklımı karıştırdı.

Tuhaf olan ne biliyor musun?

Eh, aslında şimdi neredeyse her şey tuhaf. Sen neden bahsediyorsun?

O çok nefret ettiğin sarışın vampir var ya, onun bakış açısını anlayabiliyorum.

Bir an kötü bir espri yapıyor sandım. Ama sonra ciddi olduğunu anlayınca içimde beliren öfke kontrol edemeyeceğim kadar büyüdü. Farklı yerlerde koşuyor olmamız isabet olmuştu. Eğer ısıracak uzaklıkta olsaydı...

Dur bir dakika! Anlatayım!

Duymak istemiyorum, gidiyorum.

Dur! Dur! diye yalvarıyordu, bense değişim için kendimi sakinleştirmeye çalışıyordum. *Hadi Jake!*

Leah, bu, beni ileride senle zaman geçirmeye ikna etmek için pek de iyi bir yol değil.

Aşırı tepki gösteriyorsun. Daha neden bahsettiğimi bilmiyorsun ki. Neden bahsediyormuşsun?

Ve sonra birden eski acılı Leah olmuştu. *Genetik tıkanmadan bahsediyorum Jacob.*

Sözlerindeki hırçın ton beni şaşırttı. Öfkemin bu şekilde gölgede kalmasını beklemiyordum.

Anlamıyorum.

Sen de diğerleri gibi olmasaydın, anlardın. Eğer benim bu "dişil zımbırtılarım" - bu kelimeleri son derece sert ve alaylı bir tonla düşünmüştü - *seni de diğer aptal erkekler gibi kaçırtmasaydı, sen de ne demek olduğuna dair akıl yürütebilirdin.*

Ah.

Evet, hiçbirimiz onun bu yönünü düşünmüyorduk. Kim düşünürdü ki? Tabii ki Leah'nın sürüye girdiği ilk ay yaşadığı paniği hatırlıyordum ve bundan köşe bucak kaçtığımı da. Çünkü o hamile kakmıyordu, tabii eğer ortada gerçekten başka batıl bir şeyler yoksa. Sam'den sonra kimseyle beraber olmamıştı. Sonra, haftalar bomboş geçerken vücudunun artık normal döngüleri izlemediğini fark etmişti. Korkmuştu, ne olmuştu ona? Vücudu kurt adam olduğu için mi değişmişti? Ya da vücudu *hatalı* olduğu için mi kurt adam olmuştu? Dünya tarihindeki tek dişi kurt-adam. Bunun sebebi gerektiği kadar dişi olmamasından mıydı?

Hiçbirimiz bu çöküntüyle uğraşmak istememiştik. Hiçbirimiz bu konuda empati kuramazdık ki.

Sam neden mühürlendiğimiz hakkında ne düşünüyor biliyor musun? diye düşündü, şimdi daha sakindi.

Tabii ki. Soyu devam ettirmek için olduğunu düşünüyor.

Doğru. Bir sürü yeni kurt adam yapmak için. Türün devamı için. Kurt genini geçirmesi en muhtemel kişiye doğru çekilirsin. Mühürlenmek budur.

Bana tüm bunları neden anlattığını söylemesini bekledim.

Eğer bunun için uygun olsaydım, Sam bana doğru çekilirdi.

Öyle acıyla düşünüyordu ki, adımlarım tökezledi.

Ama değilim. Bende bir sorun var. Ben de o soydan olmama rağmen geni sonraki nesle geçinmiyorum. Bu yüzden deformeyim, kurt kız, başka bir ise yaramam. Ben genetik bir tıkanmayım ve bunu ikimiz de biliyoruz.

Bilmiyoruz, diye karşı çıktım. *Bu sadece Sam'in teorisi. Mühürlenme oluyor ama nedenini bilmiyoruz. Billy bunun başka bir şey olduğunu düşünüyor.*

Biliyorum, biliyorum. O da daha güçlü kurtlar yapmak için olduğunu düşünüyor. Çünkü sen ve Sam kocaman canavarlarsınız, babalarımızdan büyüksünüz. Ama her iki şekilde de ben bir aday değilim. Ben... ben menopozdayım. Yirmi yaşındayım ve menopozdayım.

Ah. Bu konuşmayı hiç mi hiç yapmak istemiyordum. *Bunu bilmiyorsun, Leah. Bu belki sadece zamanda donup kalma olayı. Eminim kurtluğu bırakıp yaşlanabilmeye başladığında, eminim...şey... tekrar başlarsın.*

Böyle düşünebilirdim ama kimse bana mühürlenmiyor, hem de kökenlerime rağmen. Biliyor musun, diye ekledi düşünceli düşünceli, *eğer sen olmasaydın Seth muhtemelen Alfa olmak için en iyi aday olurdu, en azından asil kanı dolayısıyla. Tabii kimse benim olacağımı düşünmezdi...*

Sen gerçekten mühürlemek ya da mühürlenmek - her neyse - ondan mı istiyorsun? Gidip normal bir insan gibi âşık olmanın nesi var ki Leah? Mühürlenmek iradenin senden alınmasının başka bir yolu.

Sam, Jared, Paul, Quit...onlar bir şey demiyorlar.

Hiçbirinin aklı kendilerine ait değil

Sen mühürlenmek istemiyor musun?

Tanrı korusun!

Bunun sebebi o kıza çoktan âşık olman. Eğer mühürlenirsen bu ortadan kalkacak, biliyorsun. Onu düşünüp acı çekmen gerekmeyecek.

Sam'e karşı hissettiklerini unutmak mı istiyorsun?

Bir an düşündü. *Sanırım istiyorum.*

İç çektim. Benden daha sağlıklı düşünüyordu.

Ama çıkış noktama dönersek, Jacob. Senin şu sarışın vampirin neden öyle soğuk olduğunu anlıyorum, mecazi anlamda soğuk yani. O odaklanmış. Gözlerini ödüle dikmiş gibi, değil mi? Çünkü insan her zaman, hiçbir zaman sahip olamayacağı şeyi ister.

Sen de Rosalie gibi mi yapardın? Birini öldürürdün yani, çünkü o böyle yapıyor. Bella'nın ölümüne kimse müdahale etmesin diye uğraşıyor. Bir bebeğin olsun diye bunu yapar mıydın yani? Ne zamandır üremeye merak saldın?

Sadece bende olmayan bir şeyi istiyorum, Jacob. Belki bir sorunum olmasaydı, hiç aklıma bile gelmezdi.

Bunun için öldürürdün yani? diye üsteledim, sorumdan kaçmasını istemiyordum.

Onun yaptığı bu değil ki. Sanırım daha çok, bunu başkası için yapıyor gibi. Ve...eğer Bella benden ona yardım etmemi isteseydi... Durdu, düşünüyordu. *Onu çok sevmesem bile ben de kan emicinin yaptığını yapardım.*

Dişlerimin arasından yüksek sesli bir hırıltı çıktı.

Çünkü işler tam tersi olsaydı, ben de aynı yardımı Bella'dan istiyor olurdum. Rosalie de isterdi. İkimiz de onun gibi yapardık.

Ah! Sen de en az onlar kadar kötüsün!

Bir şeye sahip olamayacağını bilmek gariptir. Seni çaresiz yapar.

Ve...bu da bardağı taşıran son damla oldu. Bu konuşma burada bitmiştir.

Öyle olsun.

Konuşmayı bitirmeyi onaylaması bana yeterli gelmemişti. Bundan daha güçlü bir kapanışa ihtiyacım vardı.

Giysilerimi bıraktığım yerden sadece bir-iki kilometre uzaktaydım, bu yüzden insana dönüşüp yürüdüm. Yaptığımız konuşmayı düşünmüyordum. Düşünecek bir şey olmadığından değil, buna dayanamadığını için. Konuya onlar gibi bakmayacaktım ama Leah aklıma bu düşünce ve duyguları soktuğu için bunu sürdürmek kolay değildi.

Evet, her şey bittiğinde onunla koşuyor olmayacaktım. O La Push'a gidip perişanlığına devam edebilirdi. Gitmeden yapacağım küçük bir Alfa emri kimseyi öldürmezdi ya.

Eve vardığımda oldukça erkendi. Bella hâlâ uyuyor olmalıydı. Başımı uzatıp ne olup bitiyor bakarım, avlanmaya gitmeleri için yeşil ışık yakarım sonra bir parça otun üstünde insan olarak uyurum diye düşündüm. Leah uyuyana kadar değişmeyecektim.

Ama evin içinden bir sürü mırıltı geliyordu, belki de Bella uyumuyordu. Ve sonra yine üst kattan gelen bir makine sesi duydum, röntgen miydi? Harika. Geri sayımın ilk günü gürültülü başlamıştı.

Ben içeri girmeden Alice kapıyı benim için açtı.

"Selam kurt."

"Selam bücür. Yukarıda neler oluyor?" Büyük oda boştu, bütün mırıltılar ikinci kattan geliyordu.

Küçük sivri omuzlarını silkti. "Belki başka bir kırık daha." Kelimeleri oldukça sıradanmış gibi söylemeye çalışmıştı ama gözlerinin gerisinde yanan ateşi görebiliyordum. Bu olaylar yüzünden tutuşan sadece Edward ve ben değildik. Alice de Bella'yı seviyordu.

"Başka bir kaburga daha mı?" diye sordum kısık sesle.

"Hayır, bu sefer leğen kemiği."

Sanki bütün bu olanları ilk kez duyuyormuşum gibi, sürpriz bir şekilde beni vurması ne komikti. Ne zaman şaşırmayı bırakacaktım? Her yeni felaket, ancak yaşandıktan sonra açıkça anlaşılabilir bir hale geliyor

Alice ellerime bakıyordu, titrediklerini gördü.

Sonra Rosalie'nin yukarıdan gelen sesini duyduk.

"Bak, sana demiştim, çatladığını duymadım. Kulaklarını muayene ettirmen gerekiyor, Edward."

Cevap yoktu.

"Edward sonunda Rosalie'yi küçük parçalara ayıracak sanırım. Rosalie'nin bunu görmemesine şaşırıyorum. Ya da Emmett onu durdurabilir diye düşünüyor," dedi Alice.

"Emmett'ı ben hallederim," diye önerdim. "Sen Edward'a parçalara ayırma kısmında yardım edersin."

Alice'in yüzünde hafif bir gülümseme oluştu.

Sonra tören alayı merdivenlerden indi, bu sefer Bella'yı Edward almıştı. İki eliyle kan dolu bardağını kavramıştı ve yüzü beyazdı. Edward onu hareket ettirmemek için elinden geleni yapıyor olsa da, Bella'nın canının yandığını görebiliyordum.

"Jake," diye fısıldadı ve acıyla gülümsedi.

Bir şey söylemeden bakakaldım ona.

Edward, Bella'yı koltuğa yerleştirip baş tarafına oturdu. Neden onu yukarıda bırakmadıklarını merak ettiysem de bunun Bella'nın fikri olduğunu düşünmem çok zaman almadı. Her şey normalmiş gibi davranmak istemiş olmalıydı, hastane düzenine geçmek istememişti. Ve Edward da buna göz yummuştu tabii ki.

Carlisle yavaşça aşağı indi, yüzü endişeyle karışmıştı. Bu endişe onu ilk kez doktor olacak kadar yaşlı gösteriyordu.

"Carlisle," dedim. "Seattle'a doğru yolu yarıladık. Sürünün izine rastlamadık. Gidebilirsiniz."

"Teşekkürler, Jacob. İyi zamanlama. İhtiyacımız olan çok şey var." Siyah gözleri Bella'nın sıkıca tuttuğu bardağa kaydı.

"Sanırım üç kişiden fazla olursanız güvende olabilirsiniz. Sam'in La Push'a konsantre olacağından eminim."

Carlisle başıyla onayladı. Tavsiyemi böyle hemen kabul etmesi beni şaşırtmıştı. "Eğer öyle diyorsan. Alice, Esme, Jasper ve ben gideceğiz. Sonra Alice, Emmett ve Rosa – "

"Hayatta olmaz," diye tısladı Rosalie. "Emmett sizinle şimdi gidebilir."

"Avlanmalısın," dedi Carlisle nazik bir sesle.

Ses tonu, Rosalie'ninkini yumuşatmamıştı. "O ne zaman avlanırsa, ben de o zaman avlanırım," diye homurdandı, başıyla Edward'ı işaret ediyordu.

Carlisle iç geçirdi.

Jasper ve Emmett yıldırım gibi hızla merdivenleri indiler ve Alice de onlara arka kapıda katıldı. Esme de Alice'in yanında belirdi.

Carlisle elini koluma koydu. Buz gibi dokunuşundan çok hoşlanmasam da geri çekilmedim. Hem şaşırdığım hem de duygularını incitmek istemediğim için öylece durdum.

"Teşekkürler," dedi tekrar ve diğer dördüyle birlikte kapıdan fırladı. Çimlerin üzerinden uçar gibi gidişlerini ve bir nefeslik zamanda gözden kayboluşlarını izledim. İhtiyaçları benim düşündüğümden daha acil olmalıydı.

Uzun bir an hiçbir ses duyulmadı. Birinin bana dik dik baktığını hissedebiliyordum ve bunun kim olabileceğini de biliyordum. Gidip biraz kestirmeyi planlıyordum ama Rosalie'nin sabahını mahvetmek reddedemeyeceğim kadar güzel geldi.

Rosalie'nin oturduğu koltuğun yakınında gezinip sonra başım Bella'ya bakacak, ayaklarım Rosalie'nin yüzüne yakın duracak şekilde yayıldım.

"Biri köpeği dışarı çıkarabilir mi?" diye mırıldandı, yüzünü ekşiterek.

"Şunu duymuş muydun psikopat? Sarışınların beyin hücreleri nasıl ölür?"

Hiçbir şey söylemedi.

"Ee?" dedim. "Biliyor musun bilmiyor musun?"

Televizyona bakarak beni duymazdan gelmeye devam etti.

"Duymuş mu?" diye sordum Edward'a.

Edward'ın gergin yüzünde neşeli bir hal yoktu, gözlerim Bella'dan ayırmadan, "Hayır," dedi.

"Süper. O zaman bu hoşuna gidecek kan emici: sarışının beyin hücreleri *yalnız* ölür."

Rosalie hâlâ bana bakmıyordu. "Senin öldürdüğünden yüz kat daha sık öldürüyorum ben seni iğrenç hayvan. Bunu unutma sakın."

"Bir gün, Güzellik Kraliçesi, beni sadece tehdit etmekle yetinmekten sıkılacaksın. İşte o günü iple çekiyorum."

"Yeter Jacob," dedi Bella.

Ona baktığımda kaşlarını çatmış bana bakıyordu. Önceki günün keyifli halinin yerinde yeller esiyor gibiydi.

Onu üzmek istemedim. "Gitmemi ister misin?" diye önerdim.

Nihayet, tam artık benden sıkıldığını düşüneceğim sırada göz kırptı ve yüzündeki üzgün ifade yok oldu. Sanki bu sonuca varmış olduğum için hayrete düşmüştü. "Hayır! Tabii ki istemem."

İç çektim ve Edward'ın da çok sessizce iç çektiğini duydum. Onun da, Bella'nın benden vazgeçmesini istediğini biliyordum. Ondan üzüleceği bir şey isteyememesi ne kötüydü.

"Yorgun görünüyorsun," dedi Bella.

"Ölüyorum," diye itiraf ettim.

"Onu ben yapmak isterim sana," diye mırıldandı Rosalie, Bella'nın duyamayacağı kadar alçak bir sesle.

Bense oturduğum yere daha çok yayıldım. Çıplak ayağım Rosalie'ye daha çok yaklaşmıştı. Rosalie kaskatı kesildi. Birkaç dakika sonra Bella bardağını doldurmasını rica etti. Rosalie yukarı çıkarken yarattığı esintiyi hissettim. Ortam gerçekten sessizdi. Ben de, biraz kestirebilirim, diye düşündüm.

Ve sonra Edward şaşkın bir tonla, "Bir şey mi dedin?" dedi. İlginçti. Çünkü kimse bir şey dememişti ve Edward'ın kulağı benimki kadar iyi olduğu için bunu o da biliyor olmalıydı.

Bella'ya baktı, o da Edward'a bakıyordu, ikisi de şaşkın görünüyordu.

"Ben mi?" dedi. "Bir şey demedim."

Dizlerinin üzerinden Bella'ya doğru eğildi, yüz ifadesi birden değişti. Siyah gözleri Bella'nın yüzündeydi.

"Şu anda ne düşünüyorsun?"

Bella ona bakakaldı. "Hiçbir şey. Neler oluyor?"

"Bir dakika önce ne düşünüyordun?" diye sordu.

"Sadece Esme'nin adasını. Ve kuş tüylerini."

Bana tümüyle saçma gelmişti ama sonra Bella kızardı ve bilmesem daha iyi olur diye düşündüm.

"Başka bir şey daha de," diye fısıldadı Edward.

"Ne gibi? Edward, neler oluyor?"

Edward'ın yüzü tekrar değişti ve ağzımı açık bırakan bir şey yaptı. Arkamda heyecanlı bir nefes duydum, Rosalie dönmüştü ve o da benim kadar hayrete düşmüştü.

Edward nazikçe iki elini Bella'nın büyük yuvarlak karnının üstüne koydu.

"Cen - " Yutkundu. "Bebek senin sesinin tınısını seviyor."

Herkes susmuştu. Hareket edemediğimi hissediyordum, gözlerimi bile kırpamıyordum. Sonra...

"Tanrım, onu duyabiliyorsun!" diye bağırdı Bella. Bir an ürktü.

Edward'ın eli kızın karnının üst tarafına çıkıp tekmelenen yeri nazikçe okşadı.

"Şşş," diye mırıldandı. "Onu korkutuyorsun."

Bella'nın gözleri merakla irileşmişti. Karnının yan tarafını sıvazladı. "Üzgünüm bebeğim."

Edward bebeği dinlemeye çalışıyordu, başı şişkinliğe doğru eğilmişti.

"Ne düşünüyor şimdi?" diye üsteledi Bella hevesle.

"O..." Durdu ve Bella'nın gözlerine baktı. Onun gözlerinde de Bella'nınki gibi merak vardı, sadece onunkiler daha dikkatli ve gönülsüzdü. "O *mutlu,*" dedi Edward kuşkulu bir ses tonuyla.

Bella'nın nefesi kesilmişti ve gözlerindeki o çılgınca parıltıyı görmemek imkânsızdı. O tapma ve bağlılığı. İri gözyaşları gözlerini doldurdu ve sessizce yanaklarından gülümseyen dudaklarına doğru süzüldü.

Edward ona bakarken, yüzündeki ifade korkulu ya da kızgın ya da hararetli ya da döndüğünden beri yüzünde belirmiş hiçbir ifade gibi değildi. Bella'yla beraber, bir mucizeye bakar gibi hayretle bakıyordu.

"Tabii ki mutlusun, tatlı bebeğim, tabii ki," derken bir şarkıyı mırıldanır gibiydi, yaşlar yüzünü yıkarken bir yandan da elleriyle karnını okşuyordu. "Bu kadar güvende ve seviliyorken nasıl olmayasın? Seni çok seviyorum küçük EJ, tabii ki mutlusun."

"Nasıl seslendin ona?" diye sordu Edward merakla.

Bella'nın yüzü yeniden kızardı. "Ben ona bir isim verdim gibi. Senin de işte...düşünmemiştim, biliyorsun."

"EJ?"

"Babanın adı da Edward'dı."

"Evet. Ne - ?" Sustu ve sonra "Hımm." dedi.

"Ne?"

"Benim sesimi de seviyormuş."

"Tabii ki seviyor." Bella'nın ses tonu neredeyse kıskanır gibiydi. "Senin sesin evrendeki en güzel ses. Onu kim sevmez ki?"

"B planın var mı?" diye sordu Rosalie heyecanlı bir şekilde. "Ya kızsa?"

Bella ellerinin tersiyle ıslak gözlerini sildi. "Birkaç şey düşünmüştüm. Renée ve Esme isimlerini karıştırarak. Re-nez-me."

"Renezme mi?"

"R-e-n-e-s-m-e-e. Çok mu tuhaf?"

"Yo, ben sevdim," dedi Rosalie. Kafaları birbirine yaklaşmıştı: altın ve maun. "Çok güzel. Ve eşsiz, o yüzden de oldukça uygun."

"Yine de Edward olacak gibime geliyor."

Edward'ın yüzü boşluğa bakakalmıştı, ifadesiz bir şekilde dinliyordu.

"Ne?" diye sordu Bella, yüzündeki ışıltı sönüyor gibiydi. "Şimdi ne düşünüyor?"

Edward önce cevap vermedi ve sonra hepimizi yine hayretler içinde bırakarak kulağını Bella'nın karnına dayadı.

"Seni seviyormuş," diye fısıldadı Edward, sersemlemiş gibiydi. "Sana tam anlamıyla tapıyor."

O anda yalnız olduğumu anlamıştım. Yapayalnız.

Şu iğrenç vampire güvendiğim için kendimi yumruklamak istedim. Ne aptallık, sanki bir sülüğe güvenilebilirdi, ne sanıyordum ki! Tabii ki sonunda bana ihanet edecekti.

Benim yanımda olacağı için ona güvenmiştim. Benden daha çok acı çekeceğini bildiğim için güvenmiştim. Ve hepsinden önemlisi, Bella'yı öldüren o korkunç şeyden benden daha çok nefret etmesi için güvenmiştim.

Ona bunun için güvenmiştim.

Ama onlar beraberdi, ikisi birleşmişti, o görünmez canavarla mutlu bir aile tablosu çiziyorlardı.

Ve ben işkence çektiren acımla, nefretimle yapayalnızdım. Sanki yavaşça, bıçaklardan yapılmış bir yatakta sürükleniyordum. Bu acı öyle fenaydı ki, ondan kaçmak için, ölümü gülümseyerek tercih ederdiniz.

Sıcaklık donmuş kaslarımı çözdü ve ayaklandım.

Hepsi dönüp bana baktı ve Edward aklımı okurken gördüğü acının yüzüne yayılmasını izledim.

"Ahh." Sesi boğulmuştu.

Orada titreyerek yıldırım hızıyla kaçmak için hazır olarak dikilmiş bir halde ne yaptığımı bilmiyordum.

Gözün takip edemeyeceği kadar hızla Edward küçük bir masaya yaklaşıp oradaki çekmeceden bir şey aldı ve bana fırlattı. Nesneyi havada yakaladım.

"Git Jacob. Git buradan." Bunu kaba bir şekilde söylememişti, bu sözleri sanki hayat kurtarır gibi sarf etmişti. Ölesiye istediğim kaçışı bulmama yardım ediyordu.

Bana fırlattığı şey ise araba anahtarlarıydı.

17. BENİ NE SANIYORSUNUZ? OZ BÜYÜCÜSÜ MÜ? BİR BEYNE Mİ İHTİYACINIZ VAR? BİR KALBE Mİ? DURMAYIN. BENİMKİLERİ ALIN. SAHİP OLDUĞUM HER ŞEYİ ALIN.

Cullenlar'ın garajına doğru koşarken bir planım var gibiydi. Planın ikinci kısmı dönüş yolunda kan emicinin arabasını harap etmeyi de içeriyorrdu.

Arabanın kilidini açmak için uzaktan kumandaya bastığımda, ses ve ışıklar Edward'ın Volvo'sundan gelmedi. Kilidi açılan başka bir arabaydı, insanın ağzını sulandıran onlarca arabanın arasında bile göze çarpan bir arabaydı.

Bana gerçekten de bir Aston Martin Vanquish'in anahtarlarını mı vermek istemişti yoksa bu yanlışlıkla mı olmuştu?

Bu planımın ikinci kısmını değiştirecek miydi diye durup düşünmedim bile. Kendimi ipeksi deri koltuğa bırakıp bacaklarım direksiyonun altında çatırdarken motoru çalıştırdım. Motorun tatlı sesi bir gün boyunca sızlanmamı sağlayabilirdi ama şu anda yola düşmem için konsantre olmam gerekiyordu.

Koltuğu kendime göre ayarlarken gaza bastım. Araba havada uçuyor gibiydi.

Dar ve dönemeçli yola çıkmak yalnızca birkaç saniye sürdü. Araba ellerimi değil, aklımı okuyor gibi karşılık veriyordu. Yeşil tünelden otoyola çıkarken kısacık bir an için Leah'nın gri yüzünü otların arasından bakarken gördüm.

Bir an onun ne düşüneceğini düşündüm ama hemen sonra bunun umrumda olmadığını fark ettim.

Güneye döndüm çünkü ayağımı gazdan kesecek hiçbir şeye karşı sabrım yoktu.

Bu benim şanslı günüm olmalıydı. Şanslı derken her zaman kalabalık olabilecek, hız limiti altmış olan otoyolunu iki yüz elliyle geçerken bir tane bile polis görmemekten bahsediyorsanız tabii. Ne büyük bir hayal kırıklığıydı. Biraz kovalamaca güzel olabilirdi, hem plakayı düşününce, şu sülüğün de başını derde sokmuş olurdum. Tabii ki bu işten de tereyağından kıl çeker gibi sıyrılırdı ama en azından ona biraz olsun zorluk çıkarmış olurdum

İzlendiğime dair tek işaret, Forks'un güney cephesinden benimle birlikte ilerleyen koyu kahve bir posttu. Quil'e benziyordu. O da beni görmüş olmalıydı çünkü bir dakika sonra hiçbir işaret göstermeden yok olmuştu. Ve yine, neredeyse onun hikâyesini merak edecekken bunun da umrumda olmadığını hatırladım.

Uzun otoyolda, bulabileceğim en büyük şehre doğru gidiyordum. Bu planımın ilk kısmıydı.

Yol sonsuza kadar sürecek gibi gelmişti çünkü hâlâ o bıçaktan yataktaydım. İki saat sonra, Tacoma ve Seattle arasında bir yerlerde kuzeye doğru yol alıyordum. Burada biraz yavaşladım çünkü hiçbir şeyle ilgisi olmayan masumları öldürmek istemiyordum.

Bu aptalca bir plandı. Yürümeyecekti. Ama Leah'nın da bugün söylediği gibi, bu acıdan uzağa gidebilmek için akla gelen her şeyi deneyebilirdim.

Biliyorsun, eğer mühürlenirsen bu ortadan kalkacaktır. Onu düşünüp acı çekmen gerekmeyecek.

Belki de iradenin elinden alınması dünyanın en kötü şeyi değildi. Belki *böyle* hissetmek, dünyanın en kötü şeyiydi.

Ama La Push'taki ve Forks'taki bütün kızları görmüştüm. Daha büyük bir avlanma alanına ihtiyacım vardı.

Peki, kalabalıkta o tesadüfi ruh eşinizi nasıl arardınız? Eh, önce bir kalabalığa ihtiyacım vardı. Bu yüzden etrafta böyle bir yer aradım. Birkaç alışveriş merkezi geçtim, aslında buralar benim yaşımda kızlar bulmak için iyi yerler olabilirdi ama duramadım. Bütün gün alışveriş merkezinde takılan bir kıza mühürlenmek ister miydim?

Kuzeye doğru devam ettim. Etraf daha da kalabalıklaşıyordu. Sonunda çocukların ve ailelerin ve kaykaycıların ve bisikletlerin ve uçurtmaların ve piknikçilerin ve her şeyin olduğu bir park buldum. Daha önceden dikkatimi çekmemişti, ama güzel bir gündü, güneşli falandı. İnsanlar dışarı çıkmış, mavi gökyüzünü kutluyorlardı.

Engellilere ayrılmış park alanlarına, bir ceza almak için dua ederek, park ettim ve kalabalığa katıldım.

Güneşin diğer tarafa geçmesine yetecek kadar uzun bir süre saatlerce etrafta yürüdüm. Yakınımdan geçen her kızın yüzüne baktım, hangisinin güzel olduğunu, hangisinin mavi gözlü olduğunu, hangisinin diş telleriyle güzel göründüğünü, hangisinin aşırı makyaj yapmış olduğunu fark edecek kadar detaylı bir şekilde baktım onlara. Baktığım her yüzde, ilginç olan bir şey bulmaya çalıştım, böylece gerçekten elimden geleni yaptığıma emin olacaktım. Bunun çok düz bir burnu vardı; şu saçlarını gözünün önünden çekmeliydi; bunun yüzünün kalanı dudakları kadar kusursuz olsaydı bir ruj reklamına çıkabilirdi...

Kimisi bakışlarıma karşılık verdi. Bazısı korkuyla baktı, sanki *Beni böyle süzen bu manyak da kim?* der gibi. Kimisi ilgileniyor gibi baktı ama belki de bu sadece benim egomun bir oyunuydu.

Hiçbir şey bulamamıştım. Parkın ve hatta belki de şehrin tartışmasız en güzel kızına bile bakıp biraz olsun ilgilendiğini gördümse de hiçbir şey hissetmedim. Acıdan kaçmak için girdiğim o aynı çaresiz yoldaydım hâlâ.

Zaman geçtikçe olmaması gereken şeyleri fark etmeye başladım. Bella'nın detaylarını. Bunun saçları onunkiyle aynı renkti. Şunun gözleri biraz onunkinin şeklinde. Bunun elmacık kemikleri aynı onunkiler gibi. Şunun alnında onunki gibi bir çizgi var...

Bu yüzden pes ettim. Çünkü ruh eşime, seçtiğim bu yerde

şimdi rastlayacağımı ve onu sırf çaresiz olduğum için bulacağımı düşünmek aptallıktan da öteydi.

Onu burada bulmak da anlamlı değildi ki. Eğer Sam haklıysa, genetik eşimi bulacağım en iyi yer La Push olurdu. Ve görünüşe göre oradan hiç kimse buna uygun değildi. Eğer Billy haklıysa, kim bilir? Daha güçlü kurtlar yapmayı sağlayan neydi?

Arabaya doğru yürüdüm, sonra kaputun üstüne oturdum.

Belki ben de Leah'nın dediği gibiydim. Ben bir çeşit tıkanma gibiydim ve sonraki nesle geçmemeliydim. Ya da belki hayatım kötü bir şakaydı ve bundan kaçış yoktu.

"Hey, sen iyi misin? Sen, araba hırsızı."

Sesin benimle konuştuğunu anlamam bir saniye sürdü, başımı kaldırmamsa başka bir saniye.

Tanıdık gibi gelen bir kız bana bakıyordu, yüzündeki ifade endişeli gibiydi. Yüzünün neden tanıdık geldiğini biliyordum çünkü onu da çoktan kategorize etmiştim. Açık bakır saçlı, orta tenli, yanaklarına ve burnuna yayılmış birkaç çili olan ve gözleri tarçın rengi.

"Arabayı çaldığın için bu kadar vicdan azabı duyuyorsan," dedi, gülümsedi ve yanağında bir gamze belirdi, "gidip teslim olabilirsin."

"O ödünç, çalıntı değil," diye atıldım. Sesim korkunç çıkıyordu, ağlamışım falan gibiydi. Utanç vericiydi.

"Tabii, bu mahkemede işine yarayabilir."

Öfkeyle baktım. "Bir şey mi isteyeceksin?"

"Pek sayılmaz. Araba konusunda şaka yapıyordum. Sadece...gerçekten çok üzgün görünüyorsun. Ah, ben Lizzie." Elini uzattı.

Elini indirene kadar baktım ona.

"Her neyse..." dedi acemi gibi. "Sadece yardım edebilir miyim diye merak ettim. Sanki birini arıyor gibiydin." Parkı işaret edip omuz silkti.

"Evet."

Bekledi.

İç geçirdim. 'Yardıma ihtiyacım yok. O burada değil."

"Ah, üzgünüm."

"Ben de," diye homurdandım.

Kıza bir daha baktım. Lizzie. Güzeldi. Huysuz bir yabancıya yardım teklif edecek kadar nazikti. Belki de aradığım oydu. Neden her şey böyle karmaşık olmak zorundaydı? İyi kız, güzel de, eğlenceli birine de benziyor. Neden olmasın?

"Bu güzel bir araba," dedi. "Bunlardan artık üretmiyor olmaları çok yazık. Yani Vantage'in yapısı muhteşem ama Vanquish'te başka bir şey var... "

İyi kız, *hem arabalardan da anlıyor*. Vay canına. Yüzüne daha dikkatle baktım, keşke nasıl yapıldığını bilseydim. *Hadi Jake, mühürlen artık.*

"Sürüşü nasıl?" diye sordu.

"İnanamazsın," dedim.

Yine gamzesini çıkararak gülümsedi, görünen o ki, benden biraz olsun medeni bir karşılık almış olduğu için mutluydu. Ben de ona gönülsüzce gülümsedim.

Ama gülümsemesi vücuduma batıp çıkan keskin bıçaklar hakkında hiçbir şey yapamıyordu. Ne kadar istersem isteyeyim, hayatım bir anda toparlanmayacaktı.

Leah'nın düştüğü o sağlıklı yolda değildim ben. İçim başkası için kanıyorken normal bir insan gibi de âşık olamayacaktım. Belki, bundan on yıl sonra Bella'nın kalbi çoktan gitmiş olduğunda, o yastan tek parça halinde çıkabilmiş olursam, belki o zaman Lizzie'ye arabaya binmesini teklif edip onunla araba modelleri hakkında konuşabilir, onu tanımaya çalışıp sevip sevmeyeceğimi görebilirdim. Ama bu şimdi olmayacaktı.

Beni sihir falan kurtaramazdı. Bir erkek gibi bu işkenceye katlanacaktım. Dayanacaktım.

Lizzie bekledi, belki de onu arabayla gezdireceğimi umuyordu.

"Arabayı ödünç aldığım kişiye götürsem iyi olacak," dedim.

Yine gülümsedi. "Dosdoğru ona gidiyor olmana sevindim."

"Evet, beni ikna ettin."

Arabaya binmemi izledi, hâlâ endişeli görünüyordu. Herhalde arabayı uçurumdan aşağı sürecek birine benziyordum. Bu hamle bir kurt adamın işine yarayacak olsaydı, belki öyle de yapardım. El salladı ve arabanın gidişini izledi.

Başta, dönüş yolunda daha normal kullandım. Acelem falan yoktu. Gittiğim yere gidesim de yoktu. O eve, o ormana. Kaçtığım o acıya. Ve o acının içinde tümüyle yapayalnız olmaya. Tamam, bu biraz melodram gibiydi. Tümüyle yalnız olmayacaktım ama bu da kötü bir şeydi.

Leah ve Seth de benimle birlikte acı çekecekti. Seth'in uzun süre acı çekmeyecek olmasından dolayı memnundum. Zavallı çocuk aklının öyle mahvolmasını hak etmiyordu. Leah da hak etmiyordu, ama en azından bu onun anlayabildiği bir şeydi. Leah'ya göre acıda yeni olan bir şey yoktu.

Leah'nın benden istediğini düşününce derin bir iç çektim çünkü biliyordum ki bu isteğine ulaşacaktı. Hâlâ ona kızgındım ama onun hayatını kolaylaştıracak olduğum gerçeğini de görmezden gelemiyordum. Ve şimdi onu daha iyi tanıdığıma göre, sanırım, eğer her şey tam tersi olsaydı o benim için bu fedakârlığı yapardı, diye düşündüm.

Leah'nın bir ortak, bir arkadaş olarak kalması ilginç ve tuhaf olacaktı. Kendimi kaybetmeme izin vermeyecekti, sanırım bu iyi bir şeydi. Arada bir kulağımı çekecek birinin olmasına ihtiyacım olabilirdi. Ama konu şu anda yaşadıklarıma gelince, beni anlayacak tek kişi de oydu.

Sabahki avımızı düşündüm, akıllarımız o anda nasıl da yaklaşmıştı. Bu kötü de olmamıştı. Farklıydı. Biraz ürkütücüydü, biraz tuhaftı. Ama garip bir biçimde güzeldi de.

Yapayalnız olmam gerekmiyordu.

Ve biliyordum ki, Leah önümüzdeki ayları benimle göğüsleyecek kadar güçlüydü. Aylar ve yıllar. Bunu düşünmek beni yoruyordu. Bir kıyıdan bir kıyıya, hiç durmadan yüzeceğim bir okyanusa bakıyor gibiydim.

Çok fazla şey olacaktı ve her şeyin başlamasına çok az kalmıştı. Okyanusa atlamama. Üç buçuk gün ve ben burada o kalan zamanı harcıyordum.

Yeniden çok hızlı kullanmaya başladım.

Forks'a doğru giderken Sam ve Jared'ın nöbetçi gibi yolun iki yakasında beklediklerini gördüm. Saklanmışlardı ama zaten onları görmeyi bekliyordum ve neye bakacağımı biliyordum.

Bu gezintim hakkında ne düşündüklerine kafa yormadan yanlarından geçerken onları başımla selamladım.

Cullenlar'ın evine giden yola girerken Leah ve Seth'e de selam verdim. Hava kararmaya başlıyordu ama gözleri arabanın farlarıyla parlamıştı. Onlara sonra açıklama yapacaktım. Bunun için çok zamanımız olacaktı.

Edward'ı garajda beni beklerken bulmak şaşırtıcıydı. Günlerdir Bella'nın yanından ayrıldığını görmemiştim. Yüzünden Bella'ya kötü bir şey olmadığını anlayabiliyordum. Aslında öncekinden daha huzurlu görünüyordu. O huzurun nereden geldiğini hatırlayınca karnım kasılmaya başladı.

Derin düşüncelere dalıp arabayı hurdaya çevirmeyi unutmam hiç de iyi olmamıştı. Bu arabaya bir zarar vermeyi göze alamazdım ki. Belki de bunu biliyordu ve bu yüzden bana bu arabayı ödünç vermişti.

"Birkaç şey var, Jacob," dedi ben kontağı kapatır kapatmaz.

Derin bir nefes alıp tuttum. Sonra yavaşça arabadan dışarı çıkıp anahtarları ona attım.

"Ödünç verdiğin için teşekkürler," dedim huysuzca. Görünüşe göre karşılığında bir şey vermem gerekiyordu. "Şimdi ne istiyorsun?"

"Öncelikle...süründe otorite kullanmaya karşı olduğunu biliyorum ama..."

Gözlerimi yumdum, konuya böyle başlamayı aklına getirmiş olmasından dolayı şaşırmıştım. "Ne?"

"Leah'yı kontrol edemeyecek ya da etmeyeceksen o zaman ben - "

"Leah mı?" diye sözünü kestim, dişlerimi sıkarak konuşuyordum. "Ne oldu?"

Edward'ın yüzü sertti. "Senin neden öyle birdenbire gittiğini öğrenmek için geldi. Açıklamaya çalıştım. Ama sanırım duydukları pek hoşuna gitmedi."

"Ne yaptı?"

"İnsan formuna geçti ve - "

"Gerçekten mi?" yine kesmiştim sözünü, bu sefer şaşırmıştım. Anlayamıyordum. Leah düşmanın sığınağının orta yerinde gardını mı düşürmüştü yani?

"O... Bella'yla konuşmak istedi."

"Bella'yla mı?"

Edward sinirlenmeye başlamıştı. "Bella'nın tekrar üzülmesine izin vermeyeceğim. Leah'nın ne kadar haklı olduğunu düşündüğü umrumda değil! Onu incitmedim - tabii ki böyle bir şey yapmam - ama yine olursa onu evden dışarı atarım. Nehrin karşısına bırakırım - "

"Dur bakalım. Leah ne söyledi?" Bunların hiçbiri mantıklı gelmiyordu.

Edward derin bir nefes alıp rahatlamaya çalıştı. "Leah gereksiz yere huysuz davrandı. Bella'nın senden neden vazgeçmediğini anlıyormuş gibi yapmayacağım ama biliyorum ki böyle davranmasının amacı seni üzmek değil. Kalmanı istemesinin seni ve beni, düşürdüğü acı yüzünden onun da üzülüyor olması. Leah'nın söylediklerini hak etmiyor. Ağlayıp - "

"Bir dakika. Leah, Bella'yı benim için mi azarladı?"

Başıyla sertçe onayladı. "Çok hararetli bir şekilde savunuldun."

Vay. "Bunu yapmasını ben istemedim."

"Biliyorum."

Tabii ki biliyordu. Her şeyi biliyor zaten.

Ama Leah'nın yaptığı, gerçekten de... Buna kim inanırdı ki; Leah kan emicilerin evine gelecek, insana dönüşecek ve benim için avukatlık yapacak?

"Leah'yı kontrol etmek için söz veremem," dedim. "Bunu yapamam. Ama onunla konuşurum olur mu? Ve bunun tekrarlanacağını sanmıyorum. Leah bir şeyleri içinde tutacak biri değil, o yüzden bugün zaten söyleyeceği her şeyi söylemiştir."

"Bana da öyle geliyor."

"Neyse, Bella'yla da konuşurum. Kötü hissetmesine gerek yok. Bu benim yüzümden oldu."

"Bunu ona söyledim bile."

"Tabii ki söyledin. O iyi mi?"

"Şimdi uyuyor. Rose onunla."

Demek psikopat şimdi Rose olmuştu. Edward tümüyle karanlık tarafa geçmişti.

Bu düşüncemi duymazdan gelip, soruma daha kapsamlı bir cevap verdi. "Bella...daha iyi diyebiliriz. Leah'nın savunması ve onun sonucunda oluşan suçluluk haricinde."

Daha iyi. Çünkü Edward o canavarı duyabiliyordu ve her yer aşkla dolmuştu. Harika.

"Fazlası da var," diye mırıldandı. "Şimdi çocuğun düşüncelerini duyabildiğime göre, onun zihinsel oluşumunu geliştirdiği açık. Bizi bir şekilde anlayabiliyor."

Ağzım açık kaldı. "Sen ciddi misin?"

"Evet. Şimdi anlaşılmaz bir şekilde Bella'yı inciten şeyleri anlayabiliyor. Bunları yapmamaya çalışıyor, elinden geldiğince. Bella'yı seviyor. Şimdiden."

Edward'a, gözlerim yuvalarından fırlayacakmış gibi baktım. Kuşkunun altında, bunun kritik bir etken olduğunu görebiliyordum. Edward'ı değiştiren buydu, canavar onu *sevgisi* konusunda ikna etmişti. Bella'yı seven bir şeyden nefret edemiyordu. Benden nefret edememesinin sebebi de herhalde buydu. Gerçi arada büyük bir fark vardı. Ben Bella'yı öldürmüyordum.

Edward, yine hiçbir şeyi duymamış gibi devam etti. "Bu gelişim, sanırım, bizim sandığımızdan daha fazla. Carlisle döndüğünde – "

"Daha dönmediler mi?" diyerek sözünü kestim. Sam ve Jared'ın yolu izlediklerini sanıyordum. Neler olduğunu merak mı etmişlerdi?

"Alice ve Jasper döndü. Carlisle edinebildiği tüm kanı gönderdi ama bu beklediğimiz kadar çok değildi... Bella bunları sadece bir gün daha kullanabilir. İştahı açıldı, biliyorsun. Carlisle başka bir kaynağı denemek için kaldı. Ben bunun şimdi gerekli olduğunu düşünmüyorum ama her şeye hazırlıklı olmak istiyor."

"Neden gerekli değil ki? Yani eğer iştahı açıldıysa?"

Tepkilerimi izlediğini anlayabiliyordum. "Carlisle'ı, döner dönmez bebeği doğurtması için ikna etmeye çalışıyorum."

"Ne?"

"Bebek sert hareketler yapmamaya çalışıyor ama bu zor. Çok büyüdü. Beklemek delilik çünkü açıkça Carlisle'ın tahmininden daha çabuk gelişti. Bella bekleyemeyecek kadar kırılgan."

Bacaklarıma hâkim olmaya çalıştım. Önce, Edward'ın o canavardan nefret etmesine güvenmiştim. Ve o dört güne kesinmiş gibi inanmıştım.

O acı okyanus önümde, uçsuz bucaksız uzanıyordu.

Nefesimi tutmaya çalıştım.

Edward bekledi. Kendime gelirken yüzünde başka bir fark daha gördüm.

"Sen onun kurtulacağını düşünüyorsun," diye fısıldadım.

"Evet. Sana söyleyeceğim diğer şey de buydu."

Hiçbir şey söyleyemedim. Biraz bekledikten sonra devam etti.

"Evet," dedi yine. "Düşündüğümüz gibi bebeğin hazır olmasını beklemek, bu çılgınca ve tehlikeliydi. Her an geç kalmış olabilirdik. Ama eğer bu konuda tedbirli olup elimizi çabuk tutarsak, her şeyin yolunda gitmemesi için bir sebep göremiyorum. Çocuğun aklını okuyabilmek inanılmaz bir şekilde faydalı. Neyse ki Bella ve Rose da benimle aynı fikirde. Onları ikna ettiğime göre işe başlamamız bebek için güvenli, bunun işe yaramaması için bir sebep yok."

"Carlisle ne zaman geri dönecek?" diye sordum yine fısıltıyla. Nefesimi toparlayamıyordum.

"Yarın öğlen."

Dizlerim tutmadı, ayakta durabilmek için arabaya tutundum. Edward destek olacakmış gibi ellerini uzattı ama sonra bunu yapmamanın daha iyi olacağını düşündü ve durdu.

"Üzgünüm," diye fısıldadı. "Tüm bunların sana yaşattıkları için gerçekten üzgünüm, Jacob. Sen benden nefret etsen de, ben sana karşı aynı şeyi hissetmiyorum. Ben seni...bir kardeş gibi görüyorum, birçok şekilde. En azından bir yoldaş gibi. Senin acı çekmene, fark ettiğinden daha çok üzülüyorum. Ama Bella kurtulacak," - bunu söylerken sesi sert, hatta öfkeliydi - "ve biliyorum ki senin için asıl önemli olan da bu."

Sanırım haklıydı. Anlamak zordu. Başım dönüyordu.

"Bu yüzden bunu şimdi yapmak hoşuma gitmiyor, zaten çok fazla yükün var ama görünüşe göre, zamanımız var. Sana bir şey sormalıyım, gerekirse yalvarmalıyım."

"Hiçbir şeyim kalmadı," diye haykırdım.

Yine elini uzattı, sanki omzuma koyacakmış gibi, ama sonra önceden yaptığı gibi yine vazgeçti ve iç çekti.

"Ne kadar çok şey verdiğini biliyorum," dedi alçak sesle. "Ama bu senin sahip olduğun bir şey ve sadece sende olan bir şey. Bunu gerçek Alfa'dan istiyorum Jacob. Ephraim'in varisinden istiyorum."

Tepki verebilmem imkânsızdı.

"Ephraim'le yaptığımız anlaşmadan sapmak için iznini istiyorum. Bize bir istisna yapmam. Bella'nın hayatını kurtarmak için iznini istiyorum. Biliyorsun, bunu ne olursa olsun yapacağım ama seninle olan dostluğumuzu kırmak istemiyorum. Sözümüzden dönmeyi hiç düşünmedik ve şimdi bunu sıradan bir şey için de yapmıyoruz. Anlamanı istiyorum Jacob, çünkü bunu neden yaptığımızı çok iyi biliyorsun. Ailelerimiz arasındaki ittifakın bunlar bittikten sonra da devam etmesini istiyorum. "

Yutkunmaya çalıştım. *Sam,* diye düşündüm. *Senin istediğin Sam.*

"Hayır. Sam'in otoritesi geçiciydi, o aslında sana ait. Bu otoriteyi ondan almayacaksın ama senden başka kimse bu isteğimi kabul etmez."

Bu benim kararım değil.

"Senin kararın Jacob, bunu sen de biliyorsun. Senin sözün bizi ya mahkum edecek ya aklayacak. Bunu sadece, sen, bana verebilirsin."

Düşünemiyorum. Bilemiyorum.

"Fazla zamanımız kalmadı." Eve doğru bir bakış attı.

Hayır, hiç zamanımız yoktu. Benim o bir kaç günüm, birkaç saate inmişti artık.

Bilmiyorum. Düşünmeme izin ver. Bana birkaç dakika ver, olur mu?

"Evet."

Eve doğru yürümeye başladım ve o da benimle geldi. Karanlıkta, yanımda bir vampirle yürümek ne kadar kolaydı ve çılgınca. Kendimi güvensiz hissetmiyordum, hatta rahatsız bile hissetmiyordum. Herhangi biriyle yürümek gibiydi. Yani kötü kokan herhangi biri.

Geniş çimliğin köşesindeki çalılarda bir hareket oldu ve sonra kısık bir inleme duyuldu. Seth otların arasından çıkıp bize doğru geldi.

"Selam ufaklık," diye mırıldandım.

Başını bana yasladı ve ben de omzunu sıvazladım.

"Her şey yolunda," diye yalan söyledim. "Sana sonra anlatırım. Öyle ortadan kaybolduğum için üzgünüm."

Dişlerini gösterdi.

"Hey, ablana uzak durmasını söyle olur mu?"

Seth başıyla onayladı.

"Haydi, şimdi işe dön. Ben de birazdan katılacağım size."

Başını salladı ve sonra ağaçların arasına doğru koştu.

"Duyduğum en temiz, en içten, en kibar akıllardan birine sahip," dedi Edward Seth gözden kaybolurken. "Onun düşüncelerini paylaşabildiğin için şanslısın."

"Biliyorum," diye homurdandım.

Eve doğru ilerlerken birinin pipetle bir şey içişini duyunca ikimiz de başımızı çevirdik. Edward hemen hızlandı ve bir anda gözden kayboldu.

"Bella, aşkım, uyuduğunu sanıyordum," dediğini duydum. "Üzgünüm, yanından ayrılmamalıydım."

"Merak etme. Sadece çok susadığım için uyandım. Carlisle'ın daha fazla getirmesi iyi bir şey. Eminim, bu çocuk benden çıktığında da ihtiyaç duyacak."

"Doğru. Bu konuda haklısın."

"Acaba başka bir şeyler de ister mi?" diyerek düşünceye daldı.

"Göreceğiz."

İçeri girdim.

Alice, "Nihayet," dedi ve Bella'nın gözleri hemen üzerime çevrildi. O çıldırtan, karşı konulmaz gülümsemesi yüzünde belirdi. Hemen sonra gülümsemesi kayboldu ve dudakları, ağlamamak için direniyormuş gibi büzüldü.

O an Leah'nın o aptal ağzına bir yumruk çakmak istedim.

"Selam Bella," dedim hemen. "Nasılsın bakalım?"

"İyiyim," dedi.

"Yarın büyük gün ha? Bir sürü yeni şey."

"Böyle yapman gerekmiyor, Jacob."

"Neden bahsediyorsun bilmiyorum," dedim yanına doğru yürürken. Edward çoktan yere oturmuştu.

Bella bana sitemli bir bakış attı. "Çok üzg - " diye başladığı anda parmaklarımı dudağına götürerek onu susturdum.

"Jake," diye mırıldandı, elimi çekmeye çalışırken. Bu hareketi o kadar güçsüzdü ki, laf olsun diye yaptığını düşünebilirdim.

Başımı salladım. "Aptalca şeyler söylemezsen konuşabilirsin."

"Tamam, söylemeyeceğim," diye mırıldandı.

Elimi çektim.

"Üzgünüm!" diye bitirdi yarım kalmış cümlesini ve sırıttı.

Ben de ona gülümsedim.

Gözlerine baktığımda, parkta aradığım her şeyi gördüm.

Yarın, o başka biri olacaktı. Ama canlı olacağını umuyordum ve esas önemli olan da buydu, değil mi? Bana aynı gözlerle bakacaktı... Aynı dudaklarla gülümseyecekti... Neredeyse. Yine, beni aklıma ulaşım izni olmayan herkesten iyi bilen tek kişi olacaktı.

Leah, ilginç bir ortak, belki de gerçek bir dost, beni savunacak biri olabilirdi. Ama Bella'nın olduğu gibi benim en iyi arkadaşım değildi. Ona olan imkânsız aşkımın ötesinde, aramızda başka derin bir bağ vardı.

Yarın benim düşmanım olacaktı. Ya da belki müttefikim. Ve görünen o ki, bu ayrımı belirlemek bana kalıyordu.

İç çektim.

Öyle olsun! diye düşündüm, verebileceğim son şeyden de vazgeçiyordum böylece. Bu kendimi boş hissettirdi. *Kurtar onu. Ephraim'in varisi olarak, bunun anlaşmamızı bozmayacağına dair söz veriyorum. Diğerleri beni suçlasınlar. Haklıydın, bunu kabul etmenin benim hakkım olduğunu reddedemezler.*

"Teşekkürler." Edward'ın fısıltısı öyle kısıktı ki, Bella duymadı. Ama bu kelime öyle coşkundu ki, göz ucumla diğer vampirlerin bize baktığını görebiliyordum.

"Peki," dedi Bella sesi sıradan çıksın diye uğraşarak, "günün nasıl geçti?"

"Harika. Arabayla gezdim. Parkta takıldım."

"Kulağa güzel geliyor."

"Tabii, tabii."
Birden yüzü değişti. "Rose?" diye seslendi.
Sarışının güldüğünü duydum. "Yine mi?"
"Sanırım son bir saat içinde yedi litre içtim," dedi Bella.
Edward da ben de, Rosalie, Bella'yı tuvalete götürmek için geldiğinde oradan uzaklaştık.
"Kendim yürüyebilir miyim?" diye sordu Bella. "Ayaklarım uyuştu."
"Emin misin?" diye sordu Edward.
"Tökezlersem, Rose beni tutacaktır. Aslında bunun olması da çok doğal çünkü ayaklarımı göremiyorum."
Rosalie dikkatle Bella'yı ayağa kaldırdı, elleriyle Bella'nın omuzlardan tutuyordu. Bella biraz çekinerek kollarını esnetti.
"Bu iyi geldi," diyerek iç çekti. "Ah, kocamanım."
Gerçekten de öyleydi. Karnı başka bir insan gibiydi.
"Bir gün daha," dedi ve kanımı sıvazladı.
Aniden beni vuran acıya karşı koyamadım ve ona göstermemek için yüzümden silmeye çalıştım. Bunu bir gün daha saklayabilirdim, değil mi?
"Tamamdır o zaman. Ah, hayır!"
Bella'nın koltukta bıraktığı bardak yana düştü ve koyu kırmızı kan soluk renkli kumaşa yayıldı.
İstemsizce, diğerlerinin elleri de orada olmasına rağmen Bella eğildi ve bardağı yakalamaya çalıştı.
Vücudunun orta yerinden çok ilginç, boğuk bir yırtılma sesi geldi.
"Ah!" diye haykırdı.
Ve sonra tümüyle kendinden geçip çökmeye başladı. Rosalie düşmeden onu yakaladı. Edward da oradaydı, koltuktaki bardak bir anda unutuldu.
"Bella?" diye seslendi Edward ve gözleri boşluğa daldı, yüzüne bir panik ifadesi yerleşti.
Biraz sonra Bella çığlık attı.
Bu sadece bir çığlıktı, tüyler ürperten bir acı çığlığı. Bu korkunç ses yankılanırken gözlerini açtı. Vücudu Rosalie'nin kollarında kıvrandı ve sonra kan kusmaya başladı.

18. BUNU ANLATACAK SÖZ YOK

Bella'nın vücudu, Rosalie'nin kollarında elektrik verilmiş gibi sarsılıyordu. Yüzünde hiçbir ifade yoktu, bilinçsizdi. Onu böyle sarsan, vücudunun içindeki çırpınmaydı. O kıvrandıkça keskin çatırtılar ve kırılmalar duyuluyordu.

Rosalie ve Edward bir an donup kaldılar ve sonra çözüldüler. Rosalie Bella'yı kollarında tutmaya çalışıyorken bir yandan anlaşılamayacak kadar hızla bir şeyler söyleyerek bağırıyordu. O ve Edward yukarı çıktılar.

Arkalarından koştum.

"Morfin!" diye bağırdı Edward Rosalie'ye.

"Alice, Carlisle'ı ara hemen!" diye bağırdı Rosalie ince bir sesle.

Onları takip ettiğim oda bir kütüphanenin ortasındaki acil yardım koğuşuna benziyordu. Işıklar çok aydınlık ve beyazdı. Bella'yı ışıkların altındaki bir masaya yatırmışlardı, cildi bembeyaz parlıyordu. Vücudu kumdaki bir balık gibi çırpınıyordu. Rosalie onu sabit tutmaya çalışırken bir yandan da elbiselerini çıkarıyordu. Edward koluna iğne yaptı.

Onu defalarca çıplak hayal etmiştim ama şimdi bakamıyordum. Bu anların hafızama girmesinden korkuyordum.

"Neler oluyor, Edward?"

"Bebek boğuluyor!"

"Plasenta ayrılmış olmalı!"

Tam bu sırada Bella ayıldı ve bu sözlere kulağımın zarını patlatacak bir çığlıkla karşılık verdi.

"Onu oradan ÇIKAR!" diye bağırıyordu. "NEFES alamıyor. HEMEN yap!"

Gözlerindeki damarların attığı her çığlıkla çatladığını görebiliyordum.

"Morfin - " diye sızlanıyordu Edward.

"HAYIR! ŞİMDİ HEMEN!" Bağırdıkça ağzında kan birikiyordu. Edward, Bella'nın başını doğrulttu ve çaresizce nefes alabilmesi için ağzını temizlemeye çalıştı.

Alice hızla odaya geldi ve Rosalie'nin küçük mavi ahizeyi kulağına koydu. Alice'in altın gözlen hararetle genişlemişti. Rosalie heyecanla telefona bağırdı.

Işığın altında Bella'nın cildi beyazdan çok mor ve siyah gibi görünüyordu. Rosalie eline neşteri aldı.

"Morfinin dağılmasını bekle!" diye bağırdı Edward ona.

"Zaman yok," diye tısladı Rosalie. "Bebek ölüyor."

Eli Bella'nın karnına gitti ve bıçağın değdiği yerden kan fışkırmaya başladı. Sanki musluğu sonuna kadar açmak gibiydi. Bella sarsıldı ama çığlık atmadı. Hâlâ boğuluyor gibiydi.

Ve sonra Rosalie konsantrasyonunu kaybetti. Yüzündeki ifadenin nasıl değiştiğini görebiliyordum, dudakları gerildi ve dişleri ortaya çıktı, kara gözleri susuzlukla parladı.

"Hayır, Rose!" diye haykırdı Edward, ama Bella'yı boğulmasın diye tuttuğu için elleri bağlıydı.

Rosalie'ye doğru atıldım, oldukları yere doğru sıçrarken geçirdiğim değişime aldırmadım. Taştan vücuduna çarpıp onu kapıya doğru vurduğumda neşterin sol kolumu derinlemesine kestiğini hissettim. Sağ avcumla yüzünü kapayarak nefesini kestim.

Sonra yüzünü tuttuğum elimle onu dışarı sürükledim, böylece karnına vurabilecektim. Betona vurmak gibiydi. Kapı eşiğine kadar sürüklendi. Kulağındaki ahize parçalara ayrılmıştı. Sonra Alice gelip onu boynundan tutarak hole çıkardı.

Ama sarışının hakkını vermem gerekirdi, bize karşı gelmemişti. Yenmemizi istemişti. Bella'yı kurtarmak için onu öyle hırpalamama izin vermişti. Tabii aslında her şey o canavarı kurtarmak içindi.

Kolumdaki bıçağı çıkardım.

"Alice, onu buradan çıkar!" diye bağırdı Edward. "Onu

Jasper'a götür ve orada kalmasını sağla! Jacob, sana ihtiyacım var!"

Alice'in işini yapmasını izlemedim. Ameliyat masasına döndüm, Bella'nın rengi iyice atmıştı, gözleri genişlemişti.

"Suni teneffüs?" diye gürledi Edward.

"Evet!"

Edward'ın yüzünde Rosalie'ninki gibi bir tepki aradım. Ama neyse ki şiddetten başka bir şey yoktu.

"Sen nefes almasını sağla! Hemen bebeği çıkarmalıyım - "

Başka bir çatırtı duyduk. Bu şimdiye kadarki en sesli olanıydı. Öyle sesliydi ki, ikimiz de donduk ve Bella'nın çığlık atmasını bekledik ama hiçbir şey duyulmadı. Acıdan kıvırdığı bacakları cansızca düşmüş, anormal bir şekilde yayılmıştı.

"Belkemiği!" diye bağırdı Edward korkuyla.

"Çıkar şunu artık dışarı!" diye hırladım neşteri ona fırlatırken. "Artık hiçbir şey hissedemez!"

Sonra Bella'nın başına eğildim. Dudaklarımı dudaklarına bastırıp bir ciğer dolusu hava üfledim. Titreyen vücudunun genişlediğini görebiliyordum, demek ki boğazını tıkayan bir şey yoktu.

Dudaklarında kan tadı vardı.

Kalbinin ritimsizce attığını duydum. *Dayan,* diye düşündüm ona bakarken, sonra bir nefes daha üfledim. *Söz vermiştin. Kalbinin atmasını sağla.*

Neşterin karnında çıkardığı yumuşak, ıslak sesi duydum.

Sonraki, beklenmedik ve korkunç bir sesti. Metalin parçalanması gibiydi. Aylar öncesine ait dövüşlerin anılarını getiren, parçalandıklarında o yeni doğan vampirlerden çıkan ses. Başımı uzatıp Edward'ın, Bella'nın karnına yaslanmış yüzüne baktım.

Bella'ya başka bir nefes daha verirken tüylerim ürperdi.

Öksürdü, gözlerini kör gibi çeviriyor, kırpıştırıyordu.

"Şimdi yanımda kal, Bella!" diye bağırdım ona. "Beni duyuyor musun? Burada kal! Beni terk edemezsin. Kalbinin atmasını sağla!"

Gözleri dönüp duruyordu, sanki beni ya da Edward'ı arıyor ama bir şey göremiyor gibiydi.

Yine de gözlerimi ayırmadan gözlerine baktım.

Sonra birden ellerimin altındaki vücudu dindi, nefes alıyor ve kalbi atıyordu. Bu dinginliğin sebebini anlamıştım, o şey vücudundan çıkmış olmalıydı.

Çıkmıştı.

Edward fısıldadı, "Renesmee."

Demek Bella yanılmıştı. Onun düşündüğü gibi, bir oğlan değildi. Çok da şaşırmadım, zaten ne hakkında yanılmamıştı ki?

Kanlanmış gözlerinden gözlerimi ayırmadım ama ellerinin hafifçe kalktığını hissettim.

"Bana..." dedi kırık bir fısıltıyla. "Onu bana ver."

Sanırım, istediği ne kadar aptalca olursa olsun Edward ona asla hayır demeyecekti, bunu biliyordum. Ama onu, şimdi de dinleyeceği aklıma gelmemişti. O yüzden onu durdurmak için düşünmedim bile.

Koluma sıcak bir şey dokundu. Bunun hemen benim dikkatimi çekmesi gerekiyordu. Hiçbir şey bana sıcak gelmezdi ki.

Ama gözlerimi Bella'nın yüzünden ayırmadım. Gözlerini kırpıp açtı, sonunda görebiliyor gibiydi. Titrek bir inleme gibi çıkan sesiyle bir melodi mırıldanır gibi konuştu.

"Renés... me. Çok...güzel."

Ve sonra acı içinde, nefesini tuttu.

Başımı çevirdiğimde çok geçti. Edward, Bella'nın çözülen kollarındaki o sıcak, kanlı şeyi yakaladı. Gözlerim cildine kaydı. Kan içinde kıpkırmızıydı, ağzından akan kan, vücudunu kaplayan kan ve küçük diş izleriyle ısırdığı, Bella'nın sol göğsündeki taze kan.

"Hayır, Renesmee," diye mırıldandı Edward, sanki o canavara terbiye öğretiyor gibiydi.

İkisine de bakmadım. Sadece Bella'nın gözlerinin yuvalarında döndüğünü gördüm.

Son kez atan kalbi bir an sessizliğe gömüldü.

Hemen ellerimle kalbine masaj yapıp, ritmi tutabilmek için, içimden saymaya başladım. Bir. İki. Üç. Dört.

Sonra durup başka bir nefes daha üfledim.

Artık göremiyordum. Gözlerim ıslak ve bulanıktı. Ama odadaki seslerin tümüyle farkındaydım. Masaj yapan ellerimin altında isteksizce tıklayan kalbinin, kendi kalbimin gürleyişinin ve bir başka kalbin hızlı, hafif çarpıntısının... Nereden geldiğini anlayamıyordum.

Bella'nın ağzına daha fazla hava verdim.

"Ne bekliyorsun?" diye haykırdım nefessizce, tekrar kalp masajı yaparken. Bir. İki. Üç. Dört.

"Bebeği al," dedi Edward aceleyle.

"Camdan at." Bir. İki. Üç. Dört.

"Bana ver," dedi kapıda çınlayan bir ses.

İkimiz de hırladık.

Bir. İki. Üç. Dört.

"Kendimi toparladım," dedi Rosalie. "Bebeği bana ver, Edward. Ona ben bakarım, sen Bella'yı..."

Edward onu Rosalie'ye verirken ben de Bella'ya nefes veriyordum. Çarpıntılı ses uzaklaştı.

"Ellerini çek, Jacob."

Bella'nın beyaz gözlerine bakarken hâlâ kalp masajı yapıyordum. Edward'ın elinde bir şırınga vardı, çelikten yapılmış gibiydi.

"O da ne?"

Taştan eli benim ellerimi kenara itti. Küçük parmağım kırıldı ve küçük bir çatlama sesi duyuldu. Aynı esnada iğneyi Bella'nın tam kalbine batırdı.

"Benim vampir zehrim," diye cevap verdi, şırıngayı sıkarken.

Kalbinin sarsıldığını duydum, elektroşok uygulanmış gibiydi.

"Devam et," dedi. Sesi buz gibiydi, ölü gibi. Sert ve düşüncesiz. Sanki bir makineydi.

Parmağımdaki ağrıyı boş verip kalp masajına devam ettim. Daha sert, sanki kan orada donuyor gibiydi, daha kalın ve yavaş... Artık daha yapışkan olan kanı damarlarına püskürtmeye çalışırken Edward'ın yaptıklarını izliyordum.

Sanki onu öpüyor gibiydi. Dudaklarını hafifçe boynuna,

bileklerine ve kolundaki kıvrıma dokunduruyordu. Ama ben dişleri defalarca onu ısırırken çıkan ıslak yırtılmayı duyabiliyordum, sıvıyı vücudunda olabildiğince çok noktaya yaymaya çalışıyordu. Donuk dilinin kanayan kesikleri süpürdüğünü görebiliyordum ama bu görüntü beni öfkelendirmeden ya da midemi bulandırmadan, ne yaptığını anlamıştım. Dilinin dokunduğu yerdeki kesikler kapanıyordu. Böylece zehri ve kanı içeride tutuyordu.

Ağzından tekrar hava üfledim ama bir şey olmuyordu. Sadece göğsü cansızca yükseliyordu. Kalp masajını sayarak yapmaya devam ettim, Edward da çıldırmış gibi onu kendine getirmeye çalışıyordu. Var gücüyle...

Ama hiçbir şey olmuyordu, sadece ikimizdik.
Bir cesedin üzerine eğilmiş, çabalıyorduk.[1]

Çünkü sevdiğimiz kızdan geriye sadece bu kalmıştı. Bu kırık, kanlı, ezilmiş ceset. Bella'yı canlandıramamıştık.

Geç kaldığımızı biliyordum. Öldüğünü biliyordum. Bunu çok iyi biliyordum çünkü beni orada tutan şey gitmişti. Yanında olmak için hiçbir sebebim yok gibiydi. O artık yanımda değildi ki. Bu yüzden bu bedenin benim için hiçbir cazibesi yoktu. Onun yanında olmak için duyduğum o ihtiyaç yok olmuştu.

Ya da *gitmişti* demek daha doğruydu. Şimdi başka bir yöne doğru çekiliyordum. Merdivenlerden aşağıya, kapıdan dışarıya. Buradan uzaklaşıp bir daha asla ve asla geri dönmeme arzusuyla...

"Git o zaman," diye atıldı ve ellerimi yine itip yerime geçti. Üç parmağım kırılmıştı herhalde.

Acısına aldırmadan parmaklarımı düzelttim.

Edward, onun ölü kalbine benden daha güçlü bastırıyordu.

"Ölmedi," diye hırladı. "İyileşecek."

Artık benimle konuştuğunu sanmıyordum.

Arkamı dönüp onu ölüsüyle yalnız bırakmak için yavaşça kapıya yöneldim. Ayaklarım daha hızlı gidemiyordu.

Demek bu kadardı. Acılar okyanusu. Bu kaynayan suyun diğer kıyısı öyle uzaktaydı ki, görmeyi bırak, hayal bile edemiyordum.

İçimde yine o boşluğu hissettim, hayat amacımı kaybetmiştim. Bella'yı kurtarmak çok uzun süredir tek kavgam olmuştu. Ve o kurtarılamıyordu. O gönüllü bir şekilde kendini bu canavarın tohumu için feda etmişti ve şimdi bu kavga kaybedilmişti. Hepsi bitmişti.

Merdivenlere doğru ilerlerken, arkamdan gelen ses tüylerimi ürpertmişti, ölü bir kalbin çarpması için zorlanmasının sesi...

Bella'nın son dakikalarına ait görüntülerini yakmak için, başımın içine kezzap döküp beynimi yakmak istiyordum. Eğer o halini silebilirse, beynimin gördüğü tüm zarara razıydım. O çığlıkları, kanamayı, dayanılmaz çatırdamaları ve o yeni doğan canavarın içeriden onu mahvetmesine ait her şeyi...

Merdivenlerden onar onar inip dışarı koşmak istiyordum ama ayaklarım kurşun gibi ağırdı ve bedenim hiç olmadığı kadar yorgundu. Merdivenleri yaşlı kötürüm bir adam gibi, ayaklarımı sürüyerek indim.

En alt merdivende durup dinlendim, kapıdan çıkmak için güç toplamaya çalışıyordum.

Rosalie beyaz koltuğun temiz tarafındaydı, kucağında örtülere sarılmış duran o şeye bir şeyler mırıldanıyordu. Durduğumu duymuş olmalıydı ama ilgilenmedi. Kendisini sahte anneliğe kaptırmıştı. Belki şimdi mutlu olurdu. Rosalie istediğini almıştı ve Bella asla yarattığı ondan almak için gelemeyecekti. Bu iğrenç sarışının başından beri bunun için dua ettiğini düşündüm.

Elinde koyu bir şey tutuyordu. Kucağında tuttuğu küçük katilden açgözlü emme sesleri geliyordu.

Havada kan kokusu vardı. İnsan kanı kokusu. Rosalie onu besliyordu. Tabii ki kan isteyecekti. Kendi annesini hunharca kesip biçen bir canavarı başka neyle besleyebilirdiniz? Bella'nın kanını da içebilirdi. Belki de içiyordu.

Küçük cellâdın beslenirken çıkardığı sesi dinlerken gücüm yerine geldi.

Güç, nefret ve o sıcaklık, kızıl sıcaklık başımı yakıyor ama hiçbir şeyi silmiyordu. Aklımdaki görüntüler yakıt gibiydi, cehennem ateşini yakıyor ama bir türlü bitmiyordu. Titremelerin beni baştan ayağa sarstığını hissettim ama onları durdurmaya çalışmadım.

Rosalie tüm dikkatini yaratığa verdiği için bana aldırış etmiyordu. Dikkati başka yerde olduğu için beni durduracak kadar hızlı olamayacaktı.

Sam haklıydı. Bu şey sapkındı, varlığı doğaya aykırıydı. Kara, ruhsuz bir şeytan, var olmaya hiç hakkı olmayan bir şeydi.

Yok edilmesi gereken bir şey.

Görünen o ki, artık kapıya doğru çekilmiyordum. Hissedebiliyordum, bir şey beni teşvik ediyor, ileri itiyordu. Bu işi bitirmem için, dünyadan bu iğrençliği temizlemem için...

Rosalie, yarattığı ölünce, beni öldürmeye çalışacaktı ve ben de onunla dövüşecektim. Diğerleri yardıma gelmeden onun işini bitirebileceğimden emin değildim. Ne olursa olsun, umrumda değildi.

Kurtların benim intikamımı almaları falan da umrumda değildi. Bunların hiçbirinin önemi yoktu. Umrumda olan tek şey benim kendi öcümdü. Bella'yı öldüren o şey bir dakika daha yaşamayacaktı.

Eğer Bella kurtulsaydı, bunun için benden nefret ederdi. Beni kendi elleriyle öldürmek isterdi.

Ama umrumda değildi. O bana yaptıklarını umursamamış, kendisini bir hayvanın kasaplığına bırakmıştı. Neden onun hislerini hesaba katacaktım ki?

Ve bir de Edward vardı. Şimdi benim planlarımı dinlemeyecek kadar meşgul olmalıydı, olanları delicesine inkâr ederek bir cesedi canlandırmaya çalışıyordu.

Yani ona verdiğim sözü tutmayacaktım, tabii eğer Rosalie, Jasper ve Alice'e karşı dövüşüp galip gelmezsem... Ne olacaktı ki sanki parayla bahse mi girmiştim. Ama eğer sağ kalırsam, Edward'ı öldürmeyi isteyeceğimi sanmıyordum.

Çünkü içimde bunun için yeterli merhamet yoktu. Neden yaptıklarından böyle çabuk kurtulmasını sağlayacaktım ki? Onun boşlukta, hiçlikle yaşamasına izin vermek daha adil, daha tatmin edici olmaz mıydı?

Bunu düşünmek beni nefretle doldurdu ve neredeyse gülümsetti. Bella yok. Katil yavru yok. Ve ailesinin gücümün yettiği tüm bireylerini de öldürecektim. Gerçi onları yakmak için burada olmayacağım için onları onarabilirdi. Ama Bella'yı asla onaramazdı.

Yaratık da onarılabilir miydi, merak ediyordum. Hiç belli olmazdı. Bir parçasını Bella'dan almıştı, onun kırılganlığından bir parça miras almış olabilirdi. Küçücük kalbinin tıngırtılı atışını duyabiliyordum.

Onun kalbi atıyordu. Bella'nınki atmıyordu.

Bu kolay kararı verirken yalnız bir an geçmişti.

Titreme daha sıkı ve hızlı olmaya başlamıştı. Kendimi sarışın vampirin üstüne atlayıp o katil şeyi dişlerimle kucağından koparmak için hazırladım.

Rosalie yaratığa tekrar bir şeyler mırıldandı, boş metal şişeyi yana bıraktı ve yaratığı yukarı kaldırıp yüzünü yanağına dayadı.

Mükemmel. Bu pozisyon saldırı için mükemmeldi. İleri eğilip sıcaklığın beni değiştirdiğini hissettim, katile doğru çekilişim daha da büyüyordu, daha önce hiç hissetmediğim kadar güçlüydü. Öyle güçlüydü ki, bana Alfa'nın emirlerini hatırlattı. Eğer uymazsam, beni ezecek gibiydi.

Bu kez emre uymak istiyordum.

Katilin gözleri Rosalie'nin omzunun üstünden bana baktı, bakışları yeni doğmuş bir bebeğinkinden daha anlamlı bakıyordu.

Sıcak kahve gözler, sütlü çikolata rengi, tıpkı Bella'nın gözleri gibi...

Titremem beni bu kez durdurdu, sıcaklık tüm vücudumda dolaştı, öncekinden daha güçlüydü ama bu yeni bir çeşit sıcaklıktı, ateş gibi değildi.

Parıldama gibiydi.

İçimdeki her şey, o yarı-vampir, yarı-insan bebeğin küçücük porselen suratına bakarken çözülmüştü. Beni hayata bağlayan tüm o bağlar hızlı kesiklerle koptu. Beni ben yapan her şey, yukarıdaki ölü kıza olan aşkım, babama olan sevgim, yeni sürüme olan bağlılığım, diğer kardeşlerime olan sevgim, düşmanlarıma olan nefretim, yuvam, ismim ve kendim, o saniye benden koparak boşluğa doğru uçuştu.

Buna rağmen sürüklenmiyordum. Beni olduğum yerde tutan yeni bir bağ vardı.

Bir değil ama milyonlarca. Bağ değil çelik kablolar. Milyonlarca çelik kablo beni bir şeye bağlıyordu, evrenin merkezine.

Şimdi anlayabiliyordum, bütün evrenin bu nokta üzerinde nasıl döndüğünü anlayabiliyordum. Evrenin ahengini hiç görmemiştim ama şimdi her şey çok açıktı.

Dünyanın yer çekimi artık beni olduğum yere bağlamıyordu.

Beni olduğum yere bağlayan, sarışın vampirin kollarındaki bebekti.

Renesmee.

Yukarıdan yeni bir ses geldi. Bana o sonsuz anda dokunabilecek tek ses. Çılgınca, hızla atan bir kalbin sesi...

Değişen bir kalp.

ÜÇÜNCÜ KISIM

bella

Kişisel eğilim, ancak bütün düşmanlarınızı eledikten sonra edinebileceğiniz bir lükstür. O zamana kadar tüm sevdikleriniz cesaretinizi baltalayıp sağduyumuzu bozan rehinelerdir

Orson Scott Card
Empire

ÖNSÖZ

Siyahların buzlu sisin üzerinden bize doğru gelmesi, bir kâbustan daha uzun sürmemişti.

Öleceğiz, diye düşündüm panik içinde. Koruduğum değerli şey için umutsuzdum ama dikkatimde kusur yaratabileceğinden düşünmeye bile cüret edemiyordum.

Daha da yaklaştılar. Her hareketlerinde cüppeleri hafifçe dalgalanıyordu. Ellerinin kemik rengi pençeler gibi kıvrıldığını gördüm. Ayrılmaya başladılar, dört bir yandan bize saldırabilmek için dağıldılar. Sayımız onlarınkinden azdı. Bitmiştik.

Ve sonra bir anda bütün sahne değişti. Aslında her şey aynıydı, Volturiler hâlâ karşımızda, öldürmek için hazır bekliyordu. Tek değişen sahnenin bana nasıl göründüğüydü. Birden bir açlık hissettim. Saldırmalarını ben istedim. Yere çökerken panik, kan tutkusuna dönüştü ve yüzümde bir gülümsemeyle, dişlerimin arasından bir gürleme çıktı.

19. YANMA

Acı sersemleticiydi.
Aynen öyle, sersemlemiştim. Anlayamıyordum, neler olduğunu anlamlandıramıyordum.
Bedenim acıyı reddetmeye çalışıyordu ve tekrar tekrar, bu ıstırabı saniyeler ya da belki dakikalar boyu kesen bir karanlığa çekiliyordum. Bu da, gerçeğe tutunmayı zorlaştırıyordu.
Onları ayrıştırmaya çalıştım.
Gerçek olmayan karanlıktı ve fazla acıtmıyordu.
Gerçekse kırmızıydı ve aynı anda hem testereyle ikiye kesiliyormuşum, hem boğalar tarafından eziliyormuşum, hem otobüsün altında kalıyormuşum, hem de asidin içinde dalıyormuşum gibi hissettiriyordu.
Gerçek, acı yüzünden yerimden kımıldayamazken vücudumun burkulup dövülmesini hissetmekti.
Gerçek, tüm bunlardan çok daha önemli bir şeyin olduğunu bilmek ve bunu hatırlayamamak demekti.
Gerçek çok çabuk oluyordu.
Bir an her şey olması gerektiği gibi geldi. Sevdiğim insanlar yanımdaydı. Gülümsemeler vardı. Bir şekilde, öyle görünmese de, uğruna savaştığım her şeyi almak üzereydim.
Ve sonra, küçücük, önemsiz bir şey ters gitti.
Bardağımın eğildiğini, kanın döküldüğünü ve o kusursuz beyazı kirlettiğini gördüm ve refleks olarak ona uzandım. Daha hızlı davranan diğer elleri görmüştüm ama vücudum uzanmaya, gerilmeye devam etti...
İçimdeki bir şey aniden ters yöne döndü.
Yarılmalar. Kırılmalar. İnanılmaz bir acı.
Karanlık öne çıktı ve işkenceden arındım. Nefes alamıyor-

dum, daha önce bir kere boğulmuştum ama bu farklıydı, boğazım çok sıcaktı.

Her yanım tahrip oluyor, çarpılıyor, parçalara ayrılıyordu...
Daha fazla karanlık.

Sesler vardı. Ve bu sefer, acı geri geldiğinde, bağırışlar vardı.

"Plasenta ayrılmış olmalı!"

Bıçaktan daha keskin bir şey beni kesti, bu işkenceye rağmen duyduğum kelimeler anlamlı geliyordu. *Ayrılmış plasenta,* bunun anlamını biliyordum. Bebeğim içimde ölüyor demekti bu.

"Onu oradan çıkar!" diye bağırdım Edward'a. Neden hâlâ yapmamıştı? "Nefes alamıyor. Hemen yap bunu!"

"Morfin – "

Bebeğimiz ölürken bana ağrı kesici vermek için mi bekliyordu?!

"Hayır! Şimdi hemen – " Cümlemi bitiremedim.

Yeni bir acı karnıma batarken odadaki ışık karanlıkla kaplanıyordu. Yanlış bir şey vardı, karnımı korumak için çaba sarf ettim, bebeğimi, küçük Edward-Jacob'ımı korumak için, ama güçsüzdüm. Ciğerlerim ağrıyordu, oksijen yakıyordu.

Bebeğim, bebeğim, ölüyordu...

Ne kadar zaman geçmişti? Saniyeler mi, dakikalar mı? Acı gitmişti. Uyuşmuştu. Hissedemiyordum. Göremiyordum da ama duyabiliyordum. Ciğerlerimde yine hava vardı, sertçe boğazımdan geçiyordu.

'Yanımda kal, Bella! Beni duyuyor musun? Burada kal! Beni terk edemezsin. Kalbinin atmasını sağla!"

Jacob? Jacob hâlâ buradaydı, beni kurtarmaya çalışıyordu.

Tabii ki, demek istedim ona. Tabii ki kalbimin atmasını sağlayacaktım. İkisine de bu sözü vermemiş miydim?

Kalbimi bulmak için onu hissetmeye çalıştım ama kendi bedenimin içinde öyle kaybolmuştum ki, bulamadım. Hissetmem gereken şeyleri hissedemiyordum ve hiçbir şey yerindeymiş gibi gelmiyordu. Gözlerimi kırptım. Işığı görebiliyordum. Aradığım şey bu değildi ama hiç yoktan iyiydi.

Gözlerim ışığa alışmaya çalışırken Edward fısıldadı, "Renesmee."

Renesmee mi?

Hayalimdeki solgun ve kusursuz oğlan değil miydi doğan? Şaşırmıştım. Sonra bir sıcaklık geldi.

Renesmee.

Dudaklarımı hareket ettirmek, nefesimin dilime değip fısıltıya dönüşmesini istedim. Uyuşmuş ellerimi uzatıp yetişmeye çalıştım.

"Bana... Onu bana ver."

Işık, dans eder gibi Edward'ın kristal ellerinde kırıldı. Parıltılar tenini kaplayan kanla, kızıllaşmıştı.

Ellerinde daha fazla kırmızılık vardı. Küçük ve debelenen bir şey kanla ıslanmıştı. Edward bu sıcak bedeni zayıf kollarıma dayadı, sanki kucağıma almışım gibi. Islak cildi sıcaktı, Jacob'ınki kadar.

Gözlerim kendine geldi. Bir anda her şey netleşti.

Renesmee ağlamadı ama hızlı, ürkmüş soluklar alıp veriyordu. Gözleri açıktı, yüzündeki ifade öyle şaşkındı ki, neredeyse komik denebilirdi. O küçük, kusursuz yuvarlak başı dolaşık, kanlı kıvırcık saçlarla kaplıydı. İrisleri tanıdık ama hayret verici çikolata kahvesi rengindeydi. Cildi, kanın altında mat görünüyordu, kaymak gibiydi. Bir tek yanaklarında renk vardı.

O ufacık yüzü öyle kusursuzdu ki, afallamıştım. Babasından bile güzeldi. İnanılmazdı. İmkânsızdı.

"Renesmee," diye fısıldadım. "Çok...güzel."

O imkânsız surat bir anda gülümsedi. O mat pembe dudakların arkasında dizilmiş bembeyaz süt dişleri vardı.

Başını aşağı, göğsüme doğru eğdi. Teni sıcak ve ipeksiydi ama benimki gibi değildi.

Sonra yine acı duydum, sıcak bir kesik gibiydi. Nefesimi tuttum.

Ve bebeğim gitmişti. Melek yüzlü bebeğim hiçbir yerde değildi. Onu ne görebiliyor, ne hissedebiliyordum.

Hayır! Bağırmak istedim. *Onu geri verin bana!*

Ama güçsüzlük ağır bastı. Kollarım boş hortumlar gibiydi ve sonra hislerini kayboldu. Kollarımı hissedemiyordum. Kendimi hissedemiyordum.

Karanlık, gözlerimi öncekinden daha ağır bir şekilde ele geçirdi. Gözlerime kalın bir şey bağlanmış gibiydi. Sadece gözlerimi değil, tüm vücudumu ezici bir ağırlıkla örtüyordu. Buna karşı koymak beni tüketiyordu. Biliyordum, vazgeçmek çok daha kolay olacaktı. Karanlığın beni aşağı, aşağı, aşağı, acının, bitkinliğin, kaygının ve korkunun olmadığı bir yere itmesine izin vermek...

Sadece benim için olsaydı, uzun süre mücadele etmem gerekmeyecekti. Ben sadece insandım ve sadece bir insan kadar gücüm vardı. Jacob'ın da dediği gibi, uzun süredir doğaüstü şeylere ayak uydurmaya çalışıyordum.

Ama bu sadece benimle ilgili değildi.

Eğer şimdi kolay olanı yaparsam, karanlığa teslim olup beni silmesine izin verirsem, onları incitecektim.

Edward. Edward. Onunla hayatlarımız karışıp bir olmuştu. Birimizinki biterse, diğeri de biterdi. Eğer o giderse, buna katlanamazdım. Eğer ben gidersem, o da buna katlanamazdı. Ve Edwardsız bir dünya tümüyle anlamsız olurdu. Edward var olmak zorundaydı.

Jacob... Bana defalarca veda etmesine rağmen ihtiyacım olduğunda hep yanımdaydı. Jacob... Onu öyle çok yaralamıştım ki. Onu yine incitecek miydim? Her şeye rağmen yanımda kalmıştı. Şimdi tek istediği, benim de onun yanında kalmamdı.

Ama burası öyle karanlıktı ki, ikisinin de yüzlerini göremiyordum. Hiçbir şey gerçek gibi görünmüyordu. Bu da vazgeçmemeyi zorlaştırıyordu.

Karanlığa karşı koyuyordum. Onu üzerimden kaldırmaya çalışmıyordum. Direniyordum. Beni tam olarak ezmesine izin vermiyordum. Bu karanlık, bir gezegen kadar ağırdı ama onu omuzlayamıyordum. Tek yapabildiğim tümüyle yok olmamaktı.

Bu aslında benim hayatımı anlatır gibiydi. Hiçbir zaman kendi kontrolüm dışındaki şeylere karşı yeterince güçlü olmamıştım, düşmanlara saldıracak ya da onları yenecek kadar, acıyı görmezden gelecek kadar güçlü değildim. Her zaman bir insan olmuştum ve güçsüzdüm. Yapabildiğim tek şey devam etmek olmuştu. Dayanmak. Sağ kalmak.

Bu, şu ana kadar yeterli olmuştu. Bugün de yeterli olmalıydı. Yardım gelene kadar buna dayanacaktım.

Edward'ın elinden geleni yapacağını biliyordum. O vazgeçmeyecekti. Ben de.

Yokluğun karanlık kıyısını uzakta tutmaya çalışıyordum.

Gerçi bu kararlılığım yeterli değildi. Bana güç verecek başka bir şeye ihtiyacım vardı.

Edward'ın yüzünü bile aklıma getiremiyordum. Jacob'ınkini, Alice'inkini, Rosalie'ninkini, Charlie'ninkini, Renée'ninkini, Carlisle'ınkini ve Esme'ninkini de... Hiçbir şey yoktu. Bu beni dehşete düşürdü, yoksa çok mu geç kalmıştım?

Kaydığımı hissettim, tutunacak hiçbir şeyim yoktu.

Hayır! Ayakta kalmalıyım. Edward bana güveniyor. Jacob, Charlie, Alice, Rosalie, Carlisle, Renée, Esme...

Renesmee.

Ve sonra hiçbir şey göremesem de birden bir şey hissettim. Kollarımı hissedebildiğimi hayal ettim. Ve orada küçük, çok sert ve çok çok sıcak bir şey vardı.

Bebeğim. Benim küçük tekmecim.

Başarmıştım. Tüm engellere rağmen yeterince güçlü kalıp Renesmee'yi yaşatmıştım, o bensiz yaşayacak kadar güçlü oluncaya kadar ona tutunmuştum.

Hayalî kollarımdaki o sıcaklık gerçek gibiydi. Onu daha sıkı kavradım. Tam kalbimin olduğu yere doğru götürdüm. Kızımın sıcak hatırasına sıkıca tutunarak karanlıkla mücadele edebileceğimi biliyordum.

Kalbimdeki sıcaklık daha gerçek, daha gerçek oldu; daha sıcak, daha sıcak... Çok sıcak. Öylesine gerçekti ki, onu benim hayal ettiğime inanmak güçtü.

Daha da sıcak.

Artık rahatsız ediciydi. Fazla sıcaktı. Çok çok fazla sıcak.

Sanki ütüyü yanlış yerinden tutuyormuş gibi, birden o kavurucu şeyi kollarımdan düşürdüm. Ama kollarımda bir şey yoktu ki. Kollarım göğsümde birleşmiş değildi. Kollarım yanımda ölü gibi uzanan şeylerdi. O sıcaklık benim içimdeydi.

Yanma arttı, yükseldi, daha yükseldi, biraz daha yükseldi. Hayatta hissettiğim her şeyin üstüne çıkana kadar yükseldi.

Cayır cayır ateşin arasında tekrar nabzımı hissedebiliyordum ve sonra kalbimi tekrar bulduğumu anladım ama hiç bulmamış olmayı dilerdim. Karanlığı, hâlâ şansım varken kabullenmiş olmayı dilerdim. Kollarımı kaldırıp göğsümü deşip kalbimi yerinden söküp çıkarmak istiyordum. Bu eziyetten kurtulmak için her şeyi yapabilirdim. Ama kollarımı hissedemiyordum, kayıp parmaklarımdan birini bile kımıldatamıyordum.

James'in bacağımı ayağının altına alması, hiçbir şeydi. Şimdi bana dinlenmek için yumuşak bir yer, kuştüyü bir yatak gibi geliyordu. Yüzlerce kez onu tercih ederdim.

Bebeğin kaburgalarımı tekmeleyip kırması, yolunu açmak için beni parça parça kırması... Hiçbir şeydi. Serin bir havuzda yüzmek gibiydi. Onu binlerce kez tercih ederdim.

Ateş daha da hararetlendi ve çığlık atmak istedim. Birinin beni öldürmesi için, bu acıya bir saniye bile katlanmamak için çığlık çığlığa yalvarmak isterdim. Ama dudaklarımı bulamıyordum. Ağırlık hâlâ oradaydı, beni eziyordu.

Beni tutanın o karanlık olmadığını fark ettim, beni tutan kendi bedenimdi. Öyle ağırdı ki. Beni gömen o alevler, kalbimi çiğneyerek dışarı taşıyor, o imkânsız acıyı omuzlarıma ve karnıma yayıyor, haşlayarak boğazıma çıkarıyordu, yüzümü yalıyordu.

Neden hareket edemiyordum? Neden bağıramıyordum? Bu o hikâyelerin bir parçası değildi.

Zihnim dayanılmaz bir şekilde berraktı. Adeta o şiddetli acıyla keskinleşmişti ve soruları oluşturduğum anda cevapları görebiliyordum.

Morfin.

Bunu milyonlarca ölüm önce konuşmuşuz gibi geliyordu - Edward, Carlisle ve ben. Edward ve Carlisle zehrin vereceği acıyı, ilacın keseceğini ummuşlardı. Carlisle, bunu Emmett'ta denemişti ama zehir ilacın önüne geçip damarlarını tıkamıştı, yayılması için zaman bırakmamıştı.

Yüz ifademe hâkim olup başımla onaylamış ve Edward'ın aklımı okuyamamasına şükretmiştim.

Çünkü morfin ve zehir beraber, daha önce bünyemde bulunmuşlardı ve biliyordum. İlacın verdiği uyuşukluğun, zehir damarları tıkadıkça geçersiz olacağını biliyordum. Ama tabii ki bunu dile dökmemiştim. Beni değiştirmek için onu daha da isteksiz yapacak bir şeyi göze alamamıştım.

Morfinin böyle bir etkisi olacağını düşünmemiştim, beni böyle bağlayıp tıkayacağını... Ben böyle yanarken felce uğratacağını...

Bütün o hikâyeleri biliyordum. Carlisle'ın yanarken başkalarına yakalanmayacak kadar sessiz kaldığını biliyordum. Ve biliyordum ki, Rosalie'ye göre bağırmanın hiçbir faydası olmuyordu. Carlisle gibi olmayı dilemiştim, Rosalie'nin anlattığına inanıp çenemi kapamayı istemiştim. Çünkü biliyordum ki her bağırışım Edward için bir azap olacaktı.

Ve şimdi, bu dileğimin gerçekleşmesi korkunç bir şaka gibiydi.

Bağıramazsam, *onlara nasıl beni öldürmelerini söyleyebilirdim?*

Tek istediğim ölmekti. Hiç doğmamış olmaktı. Varlığım, bu acıdan daha ağır değildi. Bir kalp atışı kadar yaşamaya bile değmezdi.

Bırakın öleyim, bırakın öleyim, bırakın öleyim.

Ve sonsuz bir alanda, sadece bu vardı: bu ateşli eziyet ve beni öldürmeleri için yalvaran sessiz acı çığlıklarım. Başka hiçbir şey yoktu, zaman bile. Bu yüzden sınırsızdı, başı ve sonu yoktu. Sınırsız acı dolu bir an.

Tek değişiklik, birden, imkânsız bir şekilde acımın ikiye katlanmasıydı. Vücudumun daha önceden morfinin etkisi altında ölü gibi olan alt yarısı da birden alevlendi. Kırık bir bağ onarılmış gibi...

Sonu olmayan acı köpürüyordu.

* * *

Saniyeler ya da günler, haftalar ya da yıllar sürdü ama sonunda zaman gelip yeniden bir anlam getirdi.

Üç şey beraber oldu, farklı şekillerde geliştiği için hangisinin önce olduğunu bilmiyordum: zaman yeniden başladı, morfinin ağırlığı yok oldu ve güçlendim.

Artışlarla vücudumun bana geri geldiğini hissedebiliyordum

ve bu artış, zamanın geçtiğine dair ilk işaretti. Ayak parmaklarımı hareket ettirebildiğimde, yumruklarımı sıkabildiğimde biliyordum. Biliyordum ama bir şey yapamıyordum.

Ateş, ufacık bir derece bile azalmamıştı, aslında onu denemek için yeni bir yetenek geliştirmiştim. Damarlarımı yalayan her kabartıcı alevini takdir edecek yeni bir duyarlılıktı bu. Düşünebilmemi sağlıyordu.

Neden bağırmamam gerektiğini hatırlayabiliyordum. Bu dayanılmaz azabı göğüslemeye neden karar verdiğimi hatırlıyordum. Şimdi bu imkânsız geliyor olsa da, bu eziyeti çekmeye değer bir şeyin olduğunu hatırlayabiliyordum.

Bu tam da, ağırlıklar vücudumu terk edip de dayanmam gerektiğinde olmuştu. Beni izleyen biri, bir fark göremeyecekti. Ama ben aslında başka kimseyi incitmesin diye çığlıklarımı ve acıyı içime kilitlemiştim. Alev alev yanarken bir direğe bağlı olmaktan, kendimi alevlerin içinde tutabilmek için o direğe tutunmaya geçmiştim artık.

Canlı canlı kavrulurken, artık sadece orada hareketsiz yatabilecek kadar gücüm vardı.

Kulaklarım netleşmişti. Zamanın geçişini anlamak için kalbimin çılgınca atışını sayabiliyordum.

Dişlerimin arasından çıkan sığ nefesleri sayabiliyordum.

Yakınımda bir yerden gelen yavaş ve düzenli nefes alıp verişi sayabiliyordum. Çok yavaştı, bu yüzden ona konsantre olabilirdim. Bir duvar saatinin pandülü gibi, bu nefesler beni yandığım o saniyelerin sonuna kadar getirdi.

Daha da güçlenmeye devam ettim, düşüncelerim de daha netti. Yeni sesleri duyabiliyordum.

Hafif ayak sesleri vardı ve kapı açılırken hafif bir fısıltı duyuldu. Ayak sesleri yakınlaştı ve bileğimde bir baskı hissettim. Parmakların serinliğini hissedemiyordum. Ateş, serinliğin tüm hatıralarını yakıyordu.

"Hâlâ bir değişiklik yok mu?"

'Yok."

Kavrulmuş tenimden hafif bir üfleme geçti.

"Morfinin kokusu gelmiyor artık."

"Biliyorum."

"Bella? Beni duyabiliyor musun?"

Biliyordum, ağzımı açarsam yenilecektim, tüm o acı dolu feryatlar, çığlıklar dışarı çıkacaktı. Eğer gözlerimi açarsam, parmağımın ucunu bile oynatırsam, en ufak bir değişiklikle kontrolümü kaybedecektim.

"Bella? Bella, aşkım? Gözlerini açabiliyor musun? Elimi sıkabilir misin?"

Parmaklarımda bir basınç vardı. Bu sese cevap vermemek zordu ama yine de hareketsiz kaldım. Sesindeki bu acı, duyacağı acının yanında bir hiçti, biliyordum. Şu anda tek korkusu benim acı çekiyor olmamdı.

"Belki... Carlisle, belki çok geç kaldım." Sesi boğuktu, *geç* derken iyice çökmüştü.

Bir an için kararımdan dönmek üzereydim.

"Kalbini dinle Edward. Emmett'ınkinden bile daha güçlü. Daha önce bu kadar canlı bir şey duymamıştım. İyileşecek."

Evet, sessiz kalmakta haklıydım. Carlisle onu yatıştırabilirdi. Benimle birlikte acı çekmesi gerekmiyordu.

"Ya bel kemiği?"

"Yaraları Esme'ninkinden kötü değil. Zehir, Esme'yi iyileştirdiği gibi onu da iyileştirecektir."

"Ama çok hareketsiz. Bir şeyleri yanlış yapmış olmalıyım."

'Ya da doğru yapmış olmalısın Edward. Evlat, sen benim yapacağım her şeyi fazlasıyla yaptın. Senin kadar ısrarla ve inançla onu kurtarmaya çalışır mıydım bilemiyorum. Kendini paralamayı bırak. Bella iyileşecek."

Kırık bir fısıltı. "Acı içinde olmalı"

"Bunu bilmiyoruz. Çok fazla morfin verdin. Nasıl bir etki yarattığını bilmiyoruz."

Dirseğimde belli belirsiz bir baskı oldu. Başka bir fısıltı. "Bella, seni seviyorum. Bella, üzgünüm."

Ona cevap vermeyi çok istedim ama kendimi tutacak gücüm varken acısını daha fazla fenalaştırmayacaktım.

Tüm bunlar olurken acı veren ateş beni yakmaya devam ediyordu. Ama aklımda daha çok yer vardı artık, onların bu konuşmasını hatırlamak, geleceğe bakabilmek ve acı çekmek için sonsuz yer vardı.

Ve endişe için de yer vardı.

Bebeğim neredeydi? Neden yanımda değildi? Neden ondan bahsetmiyorlardı?

"Hayır, burada kalacağım," diye fısıldadı Edward, sanki soramadığım soruma cevap veriyordu. "Onlar çaresine bakarlar."

"İlginç bir durum," diye karşılık verdi Carlisle. "Dünyada görmediğim şey kalmadı sanırdım."

"Onunla sonra ilgileneceğim. Beraber ilgileneceğiz." Bir şey, kavrulan avcuma yumuşakça bastırdı.

"Eminim, beşimiz bunun bir katliama dönüşmesini engelleyebiliriz."

Edward iç geçirdi. "Kimin tarafında olacağımı bilmiyorum. İkisini de dövmek isterdim. Yani sonra."

"Bella'nın ne düşüneceğini merak ediyorum, kimin tarafını tutacağını," dedi Carlisle.

Kısık, zoraki bir gülüş. "Eminim ki beni şaşırtacaktır. Her zaman böyle yapar."

Carlisle'ın ayak sesleri uzaklaştı. Başka bir açıklama olmadığı için kızmıştım. Beni kızdırmak için mi böyle gizemli konuşuyorlardı sanki?

Edward'ın nefesini sayıp zamanı tutmaya devam ettim.

On bin dokuz yüz kırk üç nefes sonra, başka ayak sesleri duyuldu. Daha hafif. Daha...ritmikti.

Bugüne kadar duymadığım, önemsiz farkları ayrıştırabilmem garipti.

"Ne kadar zaman daha geçmeli?" diye sordu Edward.

"Fazla sürmeyecek," dedi Alice ona. "Ne kadar berraklaştığını görebiliyor musun? Şimdi onu çok daha iyi görebiliyorum," diye iç geçirdi.

"Hâlâ biraz kızgın mısın?"

"Evet, bu konuyu açtığın için teşekkür ederim," diye söylendi. "Kendin tarafından kelepçelendiğini fark etseydin sen de böyle hissederdin. En iyi görebildiğim kişiler vampirler, çünkü ben de öyleyim; insanları görebiliyorum çünkü bir zamanlar öyleydim. Ama bu ilginç yan-cinsleri göremiyorum çünkü daha önce böyle bir deneyimim olmadı."

"Konuya dön, Alice."

"Evet. Bella'yı neredeyse çok rahat görüyorum."

Uzun bir sessizlik oldu, sonra Edward'ın nefesini verdiğini duydum. Bu yeni bir sesti, daha mutluydu.

"Gerçekten iyileşecek," dedi.

"Tabii ki iyileşecek."

"İki gün önce, bu kadar iyimser değildin."

"İki gün önce düzgün göremiyordum. Ama şimdi o kör noktalardan kurtulduğu için, bunu anlamak çantada keklik."

"Benim için saate konsantre olur musun? Bir tahmin yürütebilir misin?"

Alice iç çekti. "Çok sabırsızsın. Tamam. Bana biraz zaman ver – "

Sessizce nefes alışlar...

"Teşekkürler, Alice." Edward'ın sesi çok daha neşeliydi.

Ne zamandı? Benim için bir de sesli söyleyemezler miydi? Çok şey mi istiyordum? Kaç saniye daha yanacaktım? On bin? Yirmi? Bir gün – seksen altı bin dört yüz? Daha mı fazla?

"Büyüleyici olacak."

Edward sessizce gürledi. "O her zaman öyle oldu."

Alice güldü. "Ne demek istediğimi biliyorsun Ona bir baksana."

Edward cevap vermedi ama Alice'in sözleri belki hissettiğim gibi bir kömür yığını olmadığıma dair bir umut verdi. Şimdiye kadar kavrulmuş kemik yığınına dönmüş olmayı bekliyordum. Vücudumdaki her hücre kül olup yere dökülmüş gibiydi.

Alice odadan çıkarken oluşan esintinin sesini duydum. Kumaşın sürtünürken çıkardığı hışırtıyı duydum. Tavandaki ışığın sessiz vızıltısını duydum. Solgun rüzgârın evin duvarlarını yaladığını duydum. *Her şeyi* duyabiliyordum.

Aşağıda birisi maç izliyordu. Mariners iki puanla kazanıyordu.

"Sıra *bende."* Rosalie'nin birisine kızdığını duydum ve karşılığında alçak sesli bir hırlama oldu.

"Dikkat," diye uyardı Emmett.

Biri tısladı.

Biraz daha dinledim ama maçtan başka bir şey yoktu. Beysbol bana, dikkatimi bu acıdan başka bir yere çekecek kadar ilginç gelmiyordu, bu yüzden Edward'ın nefesini dinleyerek saniyeleri saymaya devam ettim.

Yirmi bir bin dokuz yüz on yedi buçuk saniye sonra acı değişti.

Acı, parmaklarımın uçlarında azalmaya başlamıştı. Yavaşça azalıyordu ama olsun. Demek ki böyle olması gerekiyordu. Acı vücudumdan çekiliyordu.

Ve kötü haber. Boğazımdaki ateş önceki gibi değildi. Sadece yanmıyordu, kavruluyordu da. Kemik kadar kuruydu. Öyle susamıştım ki. Kasıp kavuran ateş ve susuzluk...

Başka bir kötü haber daha: kalbimdeki ateş daha da ısınmıştı.

Bu nasıl *mümkün* olabilirdi ki?

Zaten çok hızlı olan kalp atışım çılgın bir ritim tutturmuştu.

"Carlisle," diye seslendi Edward. Sesi alçak ama netti. Carlisle'ın duyacağını biliyordum.

Ateş avuçlarımdan çekildi, onları acısız, serin bir mutluluğun kucağına bıraktı. Ama kalbime doğru çekiliyordu ve kalbimdeki ateş güneş gibi hararetlenmiş ve şiddetli bir hızla atmaya başlamıştı.

Carlisle yanında Alice'le odaya girdi. Ayak sesleri birbirinden öyle farklıydı ki, Carlisle'ın sağda Alice'ten bir adım önde olduğunu söyleyebilirdim.

"Dinleyin," dedi Edward.

Odadaki en gürültülü şey ateşin ritmiyle çılgınca duyulan kalp atışlarımdı.

"Ah," dedi Carlisle. "Neredeyse bitiyor."

Sözlerindeki rahatlık, kalbimdeki son derece dayanılmaz acının gölgesinde kalıyordu.

Bileklerim de özgürdü şimdi. Oralardaki ateş de sönmüştü.

"Az kaldı," dedi Alice hevesle. "Gidip diğerlerini çağırayım. Peki ya Rosalie...?"

"Evet, bebeği uzak tut."

Ne? Hayır. Hayır! Ne demek istiyordu, bebeği uzak tutmak da neydi? Aklından ne geçiyordu?

Parmaklarım seğirmeye başladı; öfke, o mükemmel duruşumu bozmuştu. Oda sessizdi, yalnızca benim gümbürdeyen kalbim duyuluyordu. Herkes nefesini tutmuştu.

Bir el kararsız parmaklarımı sıktı. "Bella? Bella, aşkım?"

Ona çığlık atmadan cevap verebilir miydim acaba? Bunu bir an düşündüm ve sonra göğsümdeki ateşin ne kadar sıcak olduğunu fark ettim. İyi ki denememiştim.

Aceleyle. O dışarı fırlarken bıraktığı esintiyi hissettim.

Ve sonra - ah!

Kalbim, bir helikopter pervanesi gibi hareket ediyordu, kulağa sabit bir nota gibi geliyordu. Kalbimin göğüs kafesimde öğütüldüğünü hissettim. Ateş, göğsümün orta yerinde arttı, bedenimin geri kalanındaki alevleri emiyor, an be an, daha da daha da kavurucu oluyordu. Acı beni sersemletecek kadar, o direğe tutunuşumu kıracak kadar fazlaydı. Sırtım eğrildi sanki ateş beni yukarı çekiyor gibiydi.

Gövdem tekrar masaya düştü.

İçimde bir savaş oluyor, hızlı kalbim ateşten kaçıyor gibiydi. Ateş sonlandı, yakacağı her şeyi yaktıktan sonra, kalbim son kez attı.

Ateş daralıp karşı konulmaz dalgalanmalarıyla, kalan son insan organımda yoğunlaştı. Bu dalgalanmaya, derin, kulağa boş gelen bir gümbürtü karşılık verdi. Kalbim iki kere tekledi ve sonra, sadece bir kez daha, sessizce gümledi.

Hiçbir ses yoktu. Nefes alışı yoktu. Benimki bile.

Algılayabildiğim tek şey acının yokluğuydu.

Ve sonra gözlerimi açıp merakla etrafıma bakındım.

20. YENİ

Her şey çok netti.
Keskin. Belirli.
Yukarıdaki parlak ışık hâlâ kör ediciydi ve ampulün içinde parlayan telleri görebiliyordum. Beyaz ışığın içinde, gökkuşağının her rengini görebiliyordum ve tayfın köşesinde adını koyamadığım sekizinci bir renk daha görüyordum.

Işığın gerisindeki, koyu, tahta, tavandaki zerrecikleri ayrıştırabiliyordum. Havada gezinen toz taneciklerini görebiliyordum. Teker teker. Küçük gezegenler gibi birbirlerinin etrafında dans ediyorlardı.

Toz tanecikleri öyle güzeldi ki, hayretle nefes aldım, hava boğazıma doğru dolarken zerreleri girdap gibi çevirdi. Bu hareket bana hiçbir his vermedi. Bu harekete bağlı bir rahatlama olmadığını anladım. Havaya ihtiyacım yoktu. Ciğerlerim bunu beklemiyordu ve havanın içeri girişine kayıtsız kalmıştı.

Havaya ihtiyacım yoktu ama onu seviyordum. İçindeyken çevremdeki odayı tadabiliyordum; toz zerreciklerinin tadı, odadaki durgun havanın dışarıdan gelen daha serin havayla karışması. Sıcak ve çekici bir şeyin tadı, nemli olması gereken ama olmayan bir şeyin... Bu koku boğazımı kurutup yaktı, zehrin yakışının zayıf bir yansıması gibi... Gerçi koku bir parça amonyak ve klor ile lekelenmişti. Ve hepsinden de öte, neredeyse-balleylak-ve-güneş tadında bir kokuyu tadabiliyordum; en güçlü, bana en yakın şeydi bu.

Diğerlerinin sesini duyabiliyordum. Şimdi benim gibi nefes alıyorlardı. Nefesleri ballı ve leylaklı ve güneşli kokuya karışıyor, yeni tatlar getiriyordu. Tarçın, sümbül, armut, deniz suyu, ekmek, ananas, vanilya, deri, elma, lavanta, yosun, çikolata...

Aklımda bir sürü karşılaştırma yaptım ama hiçbiri tam olarak oturmadı. Çok tatlı ve hoştu.

Aşağıdaki televizyonun sesi kısılmıştı ve birini duydum - Rosalie miydi? - birinci kattaydı.

Bir de zayıf gümbürtülü bir ritim duydum, bu ritimde öfkeyle bağıran sesler vardı. Rap müzik miydi? Bir an şaşırmıştım ve sonra ses solup gitti, sanki geçip giden bir araba gibi.

Böylece doğru olabileceğini anladım. Otoyola kadar her şeyi duyabiliyor muydum?

Elimi birinin tuttuğunu, tutan her kimse, hafifçe sıkana kadar hissetmemiştim. Bedenim şaşkınlıkla kilitlenmişti. Bu beklediğim bir dokunuş değildi. Teni kusursuz, pürüzsüzdü ama yanlış sıcaklıktaydı. Soğuk değildi.

O ilk donuk şok anından sonra bedenim, beni daha fazla şoka sokan bir şekilde, dokunuşa karşılık verdi.

Boğazımdaki hava tıslayarak titredi ve kenetlenmiş dişlerimin arasından alçak, tehdit edici, arı kovanı gibi bir sesle çıktı. Ses dışarı çıkmadan önce kaslarımın kıvrıldığını hissettim. Yerimden öyle hızla fırladım ki, odanın akıl almaz bir bulanıklığa dönmesini bekledim ama böyle olmadı. Gözüm, her toz zerreciğini, ahşap duvarlardaki her kıymığı, her mikroskobik detayı yanlarından uçarken yakalamıştı.

Kendimi duvara doğru, savunmasızca sinmiş buldum - saniyenin on altıda biri kadar bir süre sonra - beni ürküten şeyi ve aşırı tepki verdiğimi anlamıştım.

Ah. Tabii ki. Edward tabii ki bana serin gelmeyecekti. Şimdi aynı sıcaklıktaydık.

O şekilde saniyenin sekizde biri kadar durdum, önümdeki sahneye alışmaya çalışıyordum.

Edward, üzerinde yandığım ameliyat masasına yaslanmıştı, eli bana uzanmıştı, yüzünde kaygılı bir ifade vardı.

Edward'ın yüzü en önemli şeydi ama görüşüm diğer her şeyi de, ne olur ne olmaz diyerek kayda alıyordu. Savunmaya geçmek için bir dürtü hissettim ve otomatik olarak etrafta bir tehlike aradım.

Vampir ailem, kapının yanındaki duvarda, tedbirli bir şekilde bekliyordu. Emmett ve Jasper, sanki tehlike varmış gibi önde duruyorlardı. Tehlikeyi ararken burun deliklerim genişledi. Lezzetli bir şeyin, zayıf, kimyasal şeylerle bozulmuş kokusu yeniden boğazımı gıdıkladı, ağrıtıp yanmasına sebep oldu.

Alice, Jasper'ın dirseğinin arkasından, yüzünde kocaman bir sırıtışla bana bakıyordu, ışık dişlerinde parladı ve bir başka sekiz renkli gökkuşağı oluştu.

Bu sırıtış bana güven verdi ve parçaları birleştirdi. Jasper ve Emmett diğerlerini korumak için ordaydılar. Hemen anlayamadığım şeyse *benim* tehlike olduğumdu.

Tüm bunlar ikinci plandaydı. Aslında

duyularımın büyük bir kısmı ve aklım Edward'ın yüzüne odaklanmıştı.

Daha önce hiç böyle bir şey görmemiştim.

Edward'ı kaç kere izleyip güzelliğiyle hayrete düşmüştüm? Hayatınım kaç saatini, gününü, haftasını, o zamanlar kusursuz saydığım bu güzelliği hayal ederek geçirmiştim? Bu yüzü kendiminkinden iyi bildiğimi düşünmüştüm. Bu benim dünyamda emin olduğum tek fiziksel şeydi: Edward'ın yüzünün kusursuzluğu.

Körmüşüm diye düşündüm.

İlk kez, gözlerimden insanlığın loş gölgeleri ve sınırlı zayıflığı çekilmişken, yüzünü gördüm. Nefesim kesildi ve kelime dağarcığımla, doğru kelimeleri bulamadığım için kendimle mücadele ettim. Daha iyi kelimelere ihtiyacım vardı.

Bu noktada, dikkatimin geri kalanı da, burada benden başka tehlike olmadığına emin oldu ve doğruldum; masadan kalktığımdan beri neredeyse bir saniye geçmişti.

Bir an vücudumun nasıl hareket ettiğine şaşırdım. Doğrulmayı düşündüğüm anda çoktan ayağa kalkmıştım bile. Hareketin oluştuğu bir zaman kırıntısı bile yoktu. Bu değişim anında gerçekleşmişti, sanki hiçbir hareket olmamış gibi.

Kımıldamadan Edward'ın yüzüne bakmaya devam ettim.

Yavaşça masanın etrafında yürüdü. Her adımı yaklaşık yarım saniye sürüyordu, attığı her adım kavisli şekilde akıyor gibiydi, nehrin, pürüzsüz kayaların arasından zikzak yaparak geçmesi gibiydi. Eli hâlâ bana doğru uzanmıştı.

İlerleyişindeki nezaketi izledim, bu anı, yeni gözlerimle içime çekiyordum.

"Bella?" dedi, alçak, yatıştırıcı bir tonla ama sesindeki endişeyi ve gerginliği hissedebiliyordum.

Hemen cevap veremedim, sesinin kadifemsi katmanlarında kaybolmuştum. Bu kusursuz bir senfoniydi, tek enstrümanlı bir senfoni. İnsanoğlunun yarattığı her şeyden daha çok içe işleyen bir enstrümandı bu.

"Bella, aşkım? Üzgünüm, biliyorum bu çok kafa karıştırıcı. Ama iyisin. Her şey yolunda."

Her şey mi? İnsan olarak geçirdiğim son saati düşündüm. Bu hatıra, daha şimdiden, çok loş, sanki kalın, kara bir tülün arkasından bakıyormuşum gibi hissetmeme sebep oldu çünkü insan gözlerim yarı kördü. Her şey çok bulanıktı.

Her şeyin iyi olduğunu söylediğinde bu, Renesmee'yi de içeriyor muydu? O neredeydi? Rosalie'yle mi? Yüzünü hatırlamaya çalıştım, güzel olduğunu biliyordum ama insan hatıralarından izlemeye çalışmak çok rahatsız ediciydi. Yüzü karanlıkla örtülmüştü.

Ya Jacob? O iyi miydi? Benim uzun süre çile çeken en yakın arkadaşım şimdi benden nefret mi ediyordu? Sam'in sürüsüne geri mi dönmüştü? Seth ve Leah da mı?

Cullenlar güvende miydi ya da benim bu değişimim, sürüyle aralarında savaş çıkmasına mı sebep olmuştu? Edward'ın gizlediği güvence bunu da mı kapsıyordu? Yoksa o sadece beni sakinleştirmeye mi çalışmıştı?

Ya Charlie? Ona şimdi ne söyleyecektim? Ben yanıyorken aramış olmalıydı. Ona ne demişlerdi? Bana ne olduğunu sanıyordu?

Saniyenin küçük bir parçasında hangi soruyu daha önce soracağımı tasarlarken Edward uzanıp yanağımı okşadı. İpek gibi pürüzsüz, tüy gibi yumuşaktı... Artık teni benim vücudumun sıcaklığına uyuyordu.

Dokunuşu, yüzümdeki kemiklerin üzerinde gezinirken tenimi siliyor gibiydi. Bu his, elektrik gibi kemiklerimden omurgama uzanıyor, karnımda titriyordu.

Neler oluyor, diye düşündüm, bu titreme, sıcaklığı, arzuyu

tetikliyordu. Bunu kaybetmem gerekmiyor muydu? Bu hissi kaybetmek anlaşmamızın bir parçası değil miydi?

Ben yeni doğmuş bir vampirdim. Boğazımdaki kuru, kavurucu ağrı bunun bir kanıtıydı. Ve yeni-doğan olmanın neyi gerektirdiğini biliyordum. İnsan duyguları ve arzuları, bana sonra, başka bir yüzle geri dönecekti ama başlangıçta onları hissetmeyeceğimi kabullenmiştim. Sadece susuzluk olacaktı. Anlaşma böyleydi, bedeli buydu. Ve ben bunu ödemeyi göze almıştım.

Ama Edward'ın eli yüzümü kavrayınca, kurumuş damarlarımda şehvet dolanmaya başladı ve beni baştan aşağı sardı.

O kusursuz kaşlarından birini kaldırıp konuşmamı bekledi.

Kollarımı ona doladım.

Yine, sanki hiçbir hareket olmamış gibiydi. Bir an orada dikiliyordum ve sonra Edward kollarımdaydı.

Sıcaktı, ya da en azından ben böyle algılıyordum. O donuk insan duyularımla hiç tadamadığım tatlı, lezzetli bir kokusu vardı ama bu yüzde yüz Edward'dı. Yüzümü göğsüne bastırdım.

Ve sonra o rahatsız bir şekilde hareket etti. Kollarımdan uzaklaştı. Şaşkın ve reddedilmenin verdiği korkuyla yüzüne baktım.

"Dikkatli ol, Bella. Ah."

Dediğini anladığım anda kollarımı arkamda birleştirdim.

Çok güçlüydüm.

"Ups," dedim ama ağzımdan başka bir ses çıkmadı.

Yüzüne, eğer hâlâ atıyor olsaydı, kalbimi durduracak bir gülümseme yayıldı.

"Telaşlanma aşkım," dedi, korkuyla büzülen dudaklarıma dokunarak. "Şu anda benden biraz daha güçlüsün."

Kaşlarımı kaldırdım. Bunu da biliyordum. Ama bu da, bu tümüyle gerçeküstü andan bile daha gerçeküstü geldi. Edward'dan daha güçlüydüm, hem de ona *Ah* dedirtmiştim.

Eli tekrar yanağımı okşadı. Başka bir şehvet dalgası hareketsiz bedenimde dalgalanırken tüm sıkıntımı unutmuştum.

Bu duygular önceden hissettiğimden çok daha güçlüydü, öyle ki aklımda bir sürü boş yer olmasına rağmen başka bir şey düşünemiyordum. Her yeni his kendimi kaybettiriyordu. Edward'ın bir keresinde onun, yani *bizim* türümüzün dikkatinin çok çabuk dağıldığını söylediğini - aklımdaki sesi, şimdi duyduğum kristal, müzikal netlikle kıyaslandığında zayıf bir gölge gibiydi - hatırladım. Neden olduğunu anlayabiliyordum.

Aklımı toplamak için çaba sarf ettim. Söylemek istediğim bir şey vardı. Çok önemli bir şey.

Çok dikkatlice - öyle ki hareketim gerçekten görünebilecek şekildeydi - kollarımdan birini arkamdan çıkarıp yanağına dokunmak için elimi kaldırdım. Elimin inci gibi renginin, ya da pürüzsüz ipeksi tenimin veya parmak uçlarımdaki enerjinin beni caydırmasına izin vermedim.

Gözlerinin içine baktım ve ilk kez kendi sesimi duydum.

"Seni seviyorum," dedim. Kulağa bir şarkı gibi gelmişti. Sesim çan gibi çınlamıştı.

Karşılık olarak verdiği gülümseme, beni insanken yapmadığı kadar büyülemişti. Şimdi onu gerçekten görebiliyordum.

"Seni sevdiğim kadar," dedi bana.

Yüzümü ellerinin arasına aldı ve yüzünü benimkine yaklaştırdı, bana dikkatli olmamı hatırlatacak kadar yavaş. Beni öptü, önce bir fısıltı kadar yumuşaktı ve sonra birden güçlendi, ateşlendi. Ona karşı dikkatli olmam gerektiğini hatırlamaya çalıştım ama duyguların istilasında hiçbir şeyi hatırlamak kolay değildi.

Sanki daha önce beni hiç öpmemiş gibiydi, sanki bu ilk öpüşmemiz gibiydi. Ve gerçekte beni hiçbir zaman böyle öpmemişti.

Bu neredeyse kendimi suçlu hissetmeme sebep olmuştu. Anlaşmayı ihlal ediyordum. Buna da sahip olmamalıydım.

Gerçi oksijene ihtiyacım yoktu ama nefes alışını hızlandı, yanarkenki kadar hızlıydı. Bu farklı bir ateşti.

Birisi öksürdü. Emmett. Derin sesini hemen tanımıştım, hem şaka yapıyordu hem de rahatsız olmuştu.

Yalnız olmadığımızı unutmuştum. Ve sonra Edward'ın etrafında o şekilde kıvrılışımın, herkesin arasında yapılacak bir şey olmadığını fark ettim.

Utandım ve geri çekildim.

Edward güldü ve o da biraz geri çekildi, kollarını belimde sıkıca tutuyordu. Yüzü parlıyordu, sanki elmas teninin arkasında beyaz bir alev vardı.

Kendimi toplamak için gereksiz bir nefes aldım.

Bu öpücük ne kadar da farklıydı! Yüzündeki ifadeyi okuyup bu yoğun hisleri bulanık insan hafızamdakilerle karşılaştırdım. Edward...kendisiyle gurur duyuyor gibi görünüyordu.

"Bana her şeyi söylememişsin," diye suçladım onu çınlayan sesimle, gözlerimi hafifçe kısarak.

Mutluluk saçan bir rahatlamayla güldü; korku, acı, belirsizlikler, beklemeler, şimdi hepsi arkamızda kalmıştı. "Bu sefer biraz gerekli gibiydi," diye hatırlattı bana. "Şimdi beni incitmemeye çalışma sırası sende."

Bunu düşününce suratım asıldı. Gülen tek kişi Edward değildi.

Carlisle, Emmett'ın arkasından çıkıp hızla bana doğru yürüdü. Carlisle'ı da hiç görmemiştim, yani gerçekten. Gözlerimi kırpma ihtiyacı duydum. Sanki güneşe bakıyormuşum gibiydi.

"Nasıl hissediyorsun, Bella?" diye sordu Carlisle.

Bunu saniyenin altmış dörtte biri kadar düşündüm.

"Şaşkın. Çok fazla..." Sesimin çan gibi tınısını dinlerken yine uzaklaşmıştım.

"Evet, bu oldukça kafa karıştırıcı olabiliyor."

Başımla hızla onayladım. "Ama kendim gibi hissediyorum. Gibi. Böyle olmasını beklemiyordum."

Edward'ın kolları beni hafifçe belimden sıktı. "Demiştim sana," diye fısıldadı.

"Çok kontrollüsün," dedi Carlisle. "Benim beklediğimden çok daha fazla."

O yabani ruh hali gelgitlerini, konsantre olmaktaki güçlüğü düşündüm. "Bundan pek de emin değilim," diye fısıldadım.

Ciddiyet içinde beni onayladı ve sonra gözleri ilgiyle parladı. "Öyle görünüyor ki, bu defa morfini doğru kullandık. Anlatsana, değişim sürecine dair ne hatırlıyorsun?"

Tereddüt ettim. Edward'ın nefesi yoğun olarak yanağıma değiyor ve tenime elektrik fısıltıları gönderiyor gibiydi.

"Her şey...çok loştu önce. Bebeğin nefes alamadığını hatırlıyorum ..."

O anı hatırlarken Edward'a anlık bir korkuyla baktım.

"Renesmee sağlıklı ve iyi," dedi daha önce gözlerinde hiç görmediğim bir pırıltıyla. İsmini gizli bir coşkuyla söylemişti. Hürmetle. Dindar insanların Tanrı'dan bahsederken konuştuğu gibiydi. "Başka neler hatırlıyorsun?"

Yüzümdeki ifadenin içimdekileri belli etmemesi için uğraşıyordum. Hiçbir zaman iyi bir yalancı olamamıştım. "Hatırlamak zor. Önceden karanlıktı. Ve sonra...gözlerimi açtım ve *her şeyi* görebiliyordum."

"Hayret verici," dedi Carlisle, gözleri aydınlanmıştı.

İçimde hüsran duygusu dalgalandı ve sıcaklığın yüzüme çıkıp yanaklarımı kızartmasını, beni ele vermesini bekledim. Ve sonra yüzümün bir daha kızarmayacağını hatırladım. Belki bu Edward'ı gerçeklerden korurdu.

Ama Carlisle'ı aydınlatacak bir yol bulmalıydım. Bir gün. Eğer başka bir vampir daha yaratmaya karar verirse. Bu ihtimal çok düşüktü, bu yüzden de yalan söylediğim için çok da kötü hissetmedim.

"Düşünmeni istiyorum, bana hatırladığım her şeyi anlat," diye ısrar etti Carlisle heyecanla. Yüzümdeki ekşimeye engel olamadım. Yalan söylemeye devam etmek istemiyordum çünkü hata yapabilirdim. Ve yanmayı da düşünmek istemiyordum. İnsan hatıralarının aksine o kısım son derece netti ve hâlâ gerçek bir kesinlikle hatırlıyordum.

"Ah, üzgünüm Bella," dedi Carlisle hemen. "Tabii ki, susuzluğun şimdi çok rahatsızlık veriyor olmalı. Bütün bunları daha sonra konuşabiliriz."

Aslında o bahsedene kadar susuzluk çok da zapt edilmez değildi. Aklımda çok yer vardı. Beynimin başka bir bölümü boğazımdaki yanmanın hesabını tutuyordu ve bu neredeyse bir refleks gibiydi. Eski beynimin göz kırpmayı ve nefes almayı idare ettiği gibi.

Ama Carlisle'ın söyledikleri yanmayı düşünmeme sebep olmuştu. O kuru acı, birden düşünebildiğim tek şey haline gelmişti ve düşündükçe daha da içimi acıtıyordu. İçerideki alevleri söndürmek ister gibi, elim boğazıma sarıldı. Boynumun derisinin verdiği his çok tuhaf gelmişti. Öyle pürüzsüzdü ki. Yumuşak ama aynı zamanda kaya gibi sertti de.

Edward ellerini belimden çekip boştaki elimi nazikçe tuttu.
"Haydi, avlanalım Bella."
Susuzluk, yerini şoka bırakırken gözlerim daha da açıldı.
Ben mi? Avlanmak mı? Edward'la? Ama *nasıl?* Ne yapılacağını bilmiyordum ki.
Yüz ifademdeki telaşı okudu ve yüreklendirici bir gülümsemeyle bana baktı. "Oldukça kolay, aşkım. Merak etme, sana göstereceğim." Ben hareket etmeyince, yine o tatlı gülümsemesiyle tek kaşını kaldırdı. "Hep, beni avlanırken görmek *istediğini* sanıyordum."
Bana o puslu insan sohbetlerini hatırlatınca güldüm, bir yandan, merakla, gürleyen kendi sesimi dinliyordum. Ve sonra bütün bir saniye boyunca Edward'la geçirdiğimiz ilk günlerimizi düşündüm, hayatımın gerçek başlangıcını... Bunları asla unutmayacaktım. Hatırlamanın bu kadar rahatsız edici olacağını da hiç düşünmemiştim. Çamurlu suya şaşı bakmak gibiydi. Rosalie'nin deneyimlerinden biliyordum ki, insan hatıralarımı *yeterince* düşünürsem, onları kaybetmezdim. Artık önümüzde sonsuz bir hayat uzanıyor olmasına rağmen Edward'la geçirmiş olduğum bir dakikayı bile unutmak istemiyordum. O insan hatıralarımın, vampir aklıma kazınmasını istiyordum.
"Gidelim mi?" diye sordu Edward. Uzanıp hâlâ boynumda duran elimi tuttu. Parmakları boynumda gezindi. "İncinmeni istemem," diye ekledi daha önceden duyamayacağım bir şekilde, alçak sesli bir mırıldanmayla.
"iyiyim," dedim insanlıktan kalan bir alışkanlıkla. "Dur. Önce."
Çok şey vardı. Sorularımın hiçbirini soramamıştım. Boğazımdaki ağrıdan daha önemli şeyler vardı.
Bu defa konuşan Carlisle'dı. "Evet?"
"Onu görmek istiyorum. Renesmee'yi."
İsmini söylemek tuhaf bir şekilde zordu. *Kızım,* bu sözü düşünmek daha da zordu. Tüm bunlar çok uzak geliyordu. Üç gün önce nasıl hissettiğimi hatırlamaya çalıştım ve otomatik olarak elimi Edward'dan kurtarıp karnıma koydum.
Düzdü. Boştu. Üzerimdeki mat renkli ipeği algılayınca yine

panikledim ama o sırada, aklımın önemsiz bir kısmı Alice'ın beni giydirmiş olduğunu hatırlattı.

İçimde hiçbir şeyin olmadığını biliyordum ve onun benden alınışını hayal meyal hatırlıyordum. *İçimdeki* tekmeciyi sevdiğimi biliyordum. Dışımdayken ise, o, hayal etmiş olmam gereken bir şey gibi görünüyordu. Uzaklaşan bir rüya, yarı kâbus olan bir rüya...

Aklımdaki karmaşayla cebelleşirken Edward ve Carlisle'ın temkinli bir halde bakıştıklarını gördüm.

"Ne var?" dedim.

"Bella," dedi Edward, beni yatıştırmaya çalışırcasına. "Bu iyi bir fikir değil. O yarı insan, aşkım. Kalbi atıyor ve damarlarında kan dolaşıyor. Susuzluğun kontrol altına alınana kadar... Onu tehlikeye atmak istemezsin, değil mi?"

Surat astım. Tabii ki, bunu istememeliydim.

Kontrol edilemiyor muydum? Kafam karışmış mıydı, evet. Kolayca aklım dağılıyor muydu, evet. Ama tehlikeli miydim? Ona karşı? Kızıma karşı?

Cevabımın hayır olduğundan tam olarak emin olamıyordum. Bu yüzden sabırlı olmalıydım. Ama bu zor görünüyordu. Çünkü onu tekrar görene kadar o gerçek olmayacaktı. Sadece solmaya yüz tutan bir rüya...bir yabancıya ait...

"Nerede o?" Etrafı dinledim ve sonra alt katta atan kalbi duydum. Birden fazla insanın yavaşça nefes aldığını duyabiliyordum, onlar da dinliyor gibiydi. Bir de çırpınma sesi vardı, anlayamadığım bir tıngırtı...

Kalp atışının sesi nemli ve çekiciydi, ağzımı sulandırdı.

Bu yüzden, kesinlikle onu görmeden avlanmayı öğrenmem gerekiyordu. Yabancı bebeğimi.

"Rosalie onunla mı?"

"Evet," diye cevapladı Edward. Sesinden bir şeylerin onu üzdüğünü anlayabiliyordum. Rose'la fikir ayrılıklarının üstesinden geldiklerini sanıyordum. Husumet tekrar mı patlak vermişti yani? Ben daha soramadan ellerimi nazikçe düz karnımdan çekti.

"Dur," diye karşı çıktım, odaklanmaya çalışarak. "Ya Jacob?

Ve Charlie? Kaçırdığım her şeyi anlat bana. Ben ne kadar uzun süre...baygındım?"

Edward son kelimemdeki tereddüdümü fark etmemiş gibi görünüyordu. Bunun yerine Carlisle'la bir daha bakıştılar.

"Sorun nedir?" diye fısıldadım.

"Sorun yok," dedi Carlisle. "Fazla bir şey değişmedi aslında. Sen sadece iki gün kendinde değildin. Bu, süreci göz önüne alınca, kısa bir süre. Edward harika bir iş başardı. Oldukça yeni bir yol, zehri doğrudan kalbine enjekte etmek onun fikriydi." Gururla, oğluna gülümsemek için durdu ve sonra iç geçirdi. "Jacob hâlâ burada ve Charlie hâlâ senin hasta olduğuna inanıyor. Senin şimdi Atlanta'da olduğunu sanıyor, sağlık merkezinde testler yapıldığını söyledik. Ona yanlış bir numara verdik ve buna bozuldu. Esme'yle konuştular."

"Onu aramalıyım..." diye mırıldandım kendi kendime. Kendi sesimi dinlerken ortaya çıkan yeni zorlukları anlayabiliyordum. O bu sesi tanımayacaktı. Bu ona güven vermeyecekti. Ve sonra başka bir sürpriz ilgimi dağıttı. "Bir dakika, Jacob hâlâ burada mı?"

Yine bakıştılar.

"Bella," dedi Edward hemen. "Konuşacak çok şey var ama önce seninle ilgilenmeliyiz. Acı içinde olmalısın..."

Dikkatimi buna çektiğinde yine boğazımdaki o yanmayı hatırlayıp yutkundum. "Ama Jacob - "

"Açıklamalar için dünyadaki bütün zamana sahibiz, aşkım," diye hatırlattı bana nazikçe.

Tabii ki. Cevap için biraz bekleyebilirdim. Boğazımdaki bu hırçın acı dindiğinde, dinlemek daha kolay olacaktı. "Tamam."

"Dur," dedi eşikteki Alice, sesi titreyerek. Bir hayal kadar güzel görünüyordu. Edward ve Carlisle'da olduğu gibi, onun yüzünü de gerçekten ilk kez görünce hayrete düştüm. Çok güzeldi. "Bana ilk seferinde yanında olmam için söz vermiştin! Ya siz ikiniz yansıtıcı bir şeyi görmeden geçip giderseniz?"

'Alice - ," diye karşı çıktı Edward.

"Sadece bir saniye sürecek!" diyerek odadan dışarı fırladı.

Edward iç geçirdi.

"Neden bahsediyor?"

Ama Alice çoktan mükemmel çerçeveli bir aynayla birlikte dönmüştü bile. Rosalie'nin odasından getirdiği ayna, boyunun iki misli kadar uzun ve genişti.

Jasper çok hareketsiz ve sessiz olduğundan ona dikkat etmemiştim. Şimdi Alice'in etrafında gezinirken hareket etmiş, gözleri bana kilitlenmişti. Çünkü burada tehlike bendim.

Bir yandan ruh halımı de tadıyor' olmalıydı ve bu sebeple onun yüzüne ilk kez dikkatle baktığımda yaşadığım şoku hissetmiş olmalıydı.

Benim o kör insan gözlerimle, güneyde, yeni-doğan askerlerle geçirdiği eski hayatından kalan yaraları görünmezdi. Sadece parlak bir ışıkta çok hafif kabarmış şekillerini ayrıştırıp varlıklarını anlayabilirdim belki.

Ama şimdi görebiliyordum, yaralar Jasper'ın en belirgin özelliğiydi. Tahrip olmuş boynundan ve çenesinden gözlerimi alabilmem zordu. Bir vampirin bile, boğazını parçalayan dişlerden sonra hayatta kalmış olmasına inanmak zordu.

İçgüdüsel olarak, kendimi savunmak için gerildim. Her vampir Jasper'ı görünce aynı tepkiyi verirdi. Yaralar, ışıklandırılmış bir ilan tahtası gibiydi. *Tehlikeli,* diye bağırıyordu. Kaç vampir Jasper'ı öldürmeye çalışmıştı? Yüzlerce? Binlerce? Ve bütün bu vampirler, bu girişimlerinde canlarından olmuşlardı.

Jasper, düşündüklerimi hem gördü hem hissetti ve alaylı bir şekilde gülümsedi.

"Edward düğünden önce seni ayna karşısına getirmediğim için bana etmediğini bırakmadı," dedi Alice, dikkatimi korkutucu sevgilisinden çekerek. 'Yine aynı azarı göze alamam."

"Azar mı?" diye sordu Edward kuşkuyla, bir kaşı yukarı kıvrıldı.

"Belki biraz abartıyorum," diye mırıldandı aynayı yüzüme çevirirken.

"Belki de bu senin kendi sapkınlığınla ilgilidir," diye karşı çıktı Edward.

Alice ona göz kırptı.

Konsantrasyonumun daha küçük bir kısmıyla tüm bunların farkındaydım. Daha büyük kısmı aynadaki kişiye odaklanmıştı.

İlk tepkim, düşüncesiz bir zevkti. Aynadaki yabancı yaratık tartışmasız bir şekilde güzeldi ve her parçası Alice ya da Esme kadar güzeldi. Koyu, baskın saçlarının arasındaki kusursuz yüzü ay gibi mattı.

İkinci tepkim dehşetti.

Bu da kimdi? İlk bakışta, o pürüzsüz, kusursuz özellikler arasında kendi yüzümü bulamamıştım.

Ve gözleri! Gerçi böyle olmasını beklemek gerektiğini biliyordum ama yine de gözleri beni dehşetten titretiyordu.

O kusursuz, tanrıça yüzüne dikkatle baktım. Sonra dudaklarım hareket etti.

"Gözler?" diye fısıldadım, *gözlerim* diyememiştim. "Ne zaman"

"Birkaç ay içinde kararacaklardır," dedi Edward yumuşak ve rahatlatıcı bir sesle. "Hayvan kanı, rengi insan kanından daha çabuk azaltıyor. Önce kehribar rengi olacak, sonra da altın."

Gözlerim *aylarca* hırçın kırmızı alevler içinde parlayacak mıydı yani?

"Birkaç ay mı?" Şimdi sesim daha yüksek ve gergin çıkmıştı. Aynadaki, hiç görmediğim kadar kıpkırmızı ve parlak gözlerin üzerindeki o kusursuz kaşlar şaşkınlıkla kalktı.

Jasper, ani endişemin yoğunluğuyla alarma geçerek bir adım ileri attı. Genç vampirleri çok iyi tanıyordu. Yoksa bu his, benim yanlış bir şey yapacağımı mı gösteriyordu?

Kimse sorumu cevaplamadı. Edward ve Alice'e baktım. Jasper'ın tedirginliği onları da endişelendirmişti. Olabilecekleri düşünüyorlardı.

Başka bir derin, gereksiz nefes aldım.

'Yo, ben iyiyim," dedim onlara. Gözlerim bir aynadaki yabancıya, bir odadakilere bakıyordu. "Sadece biraz... her şey biraz fazla geldi."

Jasper'ın kaşı alnını kırıştırdı, sol gözünün üzerindeki iki yara iyice belirginleşmişti.

"Bilmiyorum," diye mırıldandı Edward.

Aynadaki kadın somurttu. "Hangi soruyu kaçırdım?"

Edward sırıttı. "Jasper bunu nasıl başardığını merak ediyor."

"Neyi?"

"Duygularını kontrol etmeyi, Bella," diye cevap verdi Jasper. "Hiçbir yeni doğanın bir hissi böyle durdurabildiğini görmedim. Üzgündün ama sonra bizim endişelendiğimizi gördün ve bunu dizginledin, kendi kontrolünü tekrar kazandın. Ben yardım edecektim ama buna ihtiyacın olmadı."

"Bu yanlış mıydı?" diye sordum. Cevabını beklerken vücudum donmuştu.

"Hayır," dedi ama sesi kararsızdı.

Edward kolumu okşadı, sanki cesaretlendirip buzları çözmeye çalışıyordu. "Bu çok etkileyici, Bella ama biz bunu anlayamıyoruz. Bunun ne kadar süreceğini de bilmiyoruz."

Biraz düşündüm. Her an kopabilir miydim yani? Birden canavara mı dönüşecektim?

Bunun olacağını hissedemiyordum... Belki de bunu hissetmenin bir yolu yoktu.

"Peki, ne düşünüyorsun?" diye sordu Alice, şimdi biraz daha sabırsız gibiydi.

"Emin değilim," dedim, ne kadar korkmuş olduğumu kabullenmek istemiyordum.

Kendimden parçalar aramak için, korkunç gözlü güzel kadına baktım. Baş döndürücü güzelliğe şaşırmam sona erince, dudaklarının şeklinde bir şey olduğunu gördüm; üst dudağı alttakine uyamıyacak kadar dolgundu. Bu tanıdık küçük kusuru bulunca kendimi biraz daha iyi hissettim. Belki geri kalanım da oradaydı.

Denemek için elimi kaldırdım ve aynadaki kadın da hareketimi taklit ederek benim gibi yüzüne dokundu. O kıpkırmızı gözleri dikkatlice beni izliyordu.

Edward iç çekti.

Aynaya bakmayı bırakıp Edward'a döndüm, tek kaşım yukarı kalkmış, anlamaya çalışıyordu.

"Hayal kırıklığına mı uğradın?" diye sordum, çınlayan sesim duygusuzdu.

Güldü. "Evet," diye kabullendi.

Şokun, yüzümdeki sakin maskeyi kırarak incinmeye doğru ilerlediğini hissettim.

Alice homurdandı. Jasper yine ileriye eğildi, her an kopmamı bekliyordu.

Ama Edward onları görmezden geldi ve kollarını sıkıca bedenime doladı. Dudaklarını yanaklarıma gömerek, "Artık benim aklıma daha çok benzediği için, aklını okuyabilmeyi umuyordum," diye mırıldandı. "Ama şimdi her zamanki gibi hayal kırıklığı içinde, aklından neler geçtiğini merak ediyorum."

Nihayet kendimi daha iyi hissediyordum.

"Ah," dedim hafifçe, düşüncelerimin sadece benim aklımda dolandığını bilmek beni rahatlatmıştı. "Sanırım beynim hiçbir zaman doğru çalışmayacak. Ama en azından güzelim."

Espri yapmak, düşüncelerimi bir çizgide tutmayı kolaylaşıyordu. Kendim olmak.

Edward kulağıma doğru sızlandı. "Bella, sen hiçbir zaman sadece güzel olmadın ki."

Sonra yüzünü çekip iç geçirdi. "Tamam, tamam," dedi birine.

"Ne?" diye sordum.

"Jasper'ı geçen her dakika daha çok tedirgin ediyorsun. Avlandığında biraz rahatlayacak."

Jasper'ın kaygılı ifadesine bakıp başımı salladım. Eğer böyle bir şey olacaksa, kontrolümü burada kaybetmek istemezdim. Ağaçlarla çevrili olmak aile ile çevrili olmaktan iyi olurdu.

"Tamam. Haydi, ava çıkalım," diye onayladım. Sinirlerim ve olabileceklerin düşüncesi midemi titretiyordu. Edward'ın kollarından çıkıp elini tuttum ve aynadaki yabancı güzel kadına arkamı döndüm.

21. İLK AV

"Pencereden mi?" diye sordum iki kat aşağıya bakarken. Hiçbir zaman yüksekliğin kendisinden korkmamıştım ama her detayı böyle netçe görebilmek, durumu daha az cazip kılmıştı. Kayaların ucu benim tahmin edebileceğimden daha keskindi.

Edward gülümsedi. "Bu en kullanışlı çıkıştır. Eğer korkuyorsan seni taşıyabilirim."

"Sonsuza kadar vaktimiz var ve sen arka kapıya gidene kadar geçecek süreyi mi kafana takıyorsun?"

Yüzü biraz bozuldu. "Renesmee ve Jacob aşağıda."

"Ah."

Doğru ya. Şimdi canavar bendim. Vahşi tarafımı tetikleyecek kokulardan uzak durmalıydım. Özellikle de sevdiğim insanlardan. Şimdi tam tanımıyor olsam da.

"Renesmee... Jacob buradayken...iyi mi?" diye fısıldadım. Biraz geç de olsa, aşağıda duyduğumun Jacob'ın kalbi olması gerektiğini fark ettim. Tekrar dikkatle dinledim ama sadece tek bir düzenli kalp atışı duyabiliyordum. "Jacob onu pek sevmiyor olsa gerek."

Edward'ın dudakları tuhaf bir şekilde büzüldü. "Güven bana, Renesmee güvende. Jacob'ın ne düşündüğünü biliyorum."

"Tabii ki," diye mırıldandım ve tekrar aşağıya baktım.

"Şüphelerin mi var?" dedi.

"Biraz. Nasıl yapılacağını bilmiyorum..."

Ayrıca, arkamda beni sessizce izleyen ailemin de fazlasıyla farkındaydım. *Çoğunlukla*, sessizce yani. Emmett çoktan gülmüştü. Bir hata yaptığım anda yerlere yatacaktı. Ve hemen dünyanın en sakar vampiri hakkındaki esprilerine başlayacaktı...

Ve bir de üzerimdeki elbise, benim atlamak ya da avlanmak için seçebileceğim cinsten değildi. Alice, ben yangınlar arasında kaybolmuşken beni giydirmişti. Dar, buz mavisi ipek ha? Buna ne için ihtiyacım olduğunu düşünmüştü ki? Daha sonra bir kokteyl partisi falan mı olacaktı?

"İzle beni," dedi Edward. Ve sonra çok sıradanmış gibi, açık pencereden adım atıp düştü.

Dikkatle izledim, çarpmayı durdururken dizlerini kırdığı açıyı inceledim. Düşüşü çok sessizdi, bir kitabın yavaşça masaya bırakılması gibi.

Zor görünmüyordu.

Konsantre olurken dişlerimi kenetledim ve attığı sıradan adımı taklit etmeye çalışarak kendimi boşluğa bıraktım.

Hah! Yer bana doğru öyle yavaşça geliyordu ki, o aptal ayakkabıların içindeki ayaklarımı – bu aptal ayakkabılar da neydi böyle? İnce topuklar mı? Alice aklını kaçırmış olmalıydı – tam olması gerektiği gibi yere koyabilmiştim. Bu şekilde konmak, adım atmak kadar kolaydı.

Çarpmanın etkisini topuklarımda tutup ince topukların yere çakılmasını engelledim. Yere konuşum Edward'ınki gibi olmuştu. Ona gülümsedim.

"Evet. Kolaymış."

O da bana gülümsedi. "Bella?"

"Evet?"

"Bu hareket oldukça nazikti, bir vampir için bile."

Bunu bir an düşündüm ve sonra ona yine gülümsedim. Kimse Edward'ın söylediklerini komik bulmazdı, demek ki doğruyu söylüyordu. Bütün hayatım boyunca ilk kez *nazik* kelimesi bana uymuştu...*hayatım* değil de *varlığım* boyunca diyelim.

"Teşekkürler."

Sonra ayağımdaki gümüş saten ayakkabıları çıkarıp açık camdan içeri attım. Belki biraz fazla güç kullanmıştım ama birinin onları tahta kaplamalara zarar vermeden yakaladığını duydum.

Alice söylendi, "Moda algısı, dengesi kadar gelişmemiş."

Edward elimi tuttu, pürüzsüz teninin bu rahat sıcaklığına hayran kalmadan edemiyordum. Arka bahçeden nehrin kıyısına doğru fırladık. Hiçbir çaba sarf etmeme gerek yoktu.

Fiziksel olan her şey çok basit görünüyordu.

"Yüzecek miyiz?" diye sordum, suyun yanında durunca.

"Elbiseni rezil mi edelim? Hayır. Atlayacağız."

Dudaklarımı büzerek düşündüm. Nehrin genişliği elli metre kadar olmalıydı.

"Önce sen," dedim.

Yanağıma dokundu, hızla geriye doğru iki adım attı ve sonra koşarak nehrin kıyısındaki düz bir taşın üzerinden fırladı. Suyun üzerinde yaylanarak nasıl kavis çizdiğini dikkatle izledim, sonra diğer kıyıdaki ağaçların arasında kaybolmadan takla attı.

"Hava at bakalım," diye söylendim.

Ne olur ne olmaz diye beş adım geriledim ve derin bir nefes aldım.

Birden yeniden tedirgin olmuştum. Düşmekten ya da incinmekten değil, ormana bir şey olmasından korkuyordum.

Bana yavaş gelmişti ama şimdi o çiğ, şiddetli gücün bacaklarımda titreştiğini hissedebiliyordum. Birden, nehir yatağının altından dikine kazıyarak tünel de yapsam, çok zamanımı almayacağını düşündüm. Çevremdeki nesneler; ağaçlar, çalılar, kayalar...ev, hepsi çok kırılgan görünmeye başlamıştı.

Esme'nin, nehrin çevresindeki ağaçlar arasında özellikle sevdiği ağaçların bulunmadığını umarak ilk uzun adımımı attım. Sonra dar saten elbise kalçama doğru on beş santim yırtıldı. Alice!

Eh, Alice, giysileri her zaman tek kullanımlıkmış gibi düşünürdü, o yüzden buna aldırış etmezdi. Eğilip dikkatle elbisenin yırtılmamış sağ tarafındaki dikiş yerlerini parmaklarımın arasına aldım ve sarf edebildiğim en küçük güçle kalçamın başladığı yere kadar söktüm. Sonra diğer tarafı da buna uydurdum.

Çok daha iyi olmuştu.

Evden gelen boğuk kahkahaları duyabiliyordum. Kahkahalar evin üst ve alt katlarından geliyordu ve alt kattan gelen çok daha farklı, boğazdan gelen kahkahayı kolayca tanıdım.

Demek Jacob da beni izliyordu. Şu anda ne düşündüğünü ya da burada hâlâ ne yaptığını hayal edemiyordum. Kafamda yeniden bir araya gelişimizi canlandırdım, tabii eğer beni affederse. Herhalde bu olay uzak gelecekte olacaktı, ben çok daha güvenilir olduğumda ve zaman onun kalbindeki yaraları iyileştirdiğinde.

Dönüp ona bakmadım, ruh halimdeki gelgitler konusunda tedbirli olmalıydım. Duyguların aklımdan güçlü bir şekilde geçmesi iyi olmayacaktı. Jasper'ın korkuları beni de geriyordu. Başka bir şeyle uğraşmadan, sadece avlanmam gerekiyordu. Konsantre olabilmek için bunun dışındaki her şeyi unutmaya çalıştım.

"Bella?" diye seslendi Edward ağaçlıktan, sesi yaklaşıyordu. "Tekrar izlemek ister misin?"

Ama her şeyi çok iyi hatırlıyordum ve Emmett'ın eğitimimde gülecek başka bir şey bulmasını da istemiyordum. Bu fizikseldi, içgüdüsel olması gerekiyordu. Bu yüzden derin bir nefes alıp nehre doğru koştum.

Eteğim beni engellemediği için diğer kıyıya ulaşmak sadece bir sıçrayış kadar sürdü. Sadece saniyenin seksen dörtte biri kadar. Yine de çok zaman geçmiş gibiydi. Gözlerim ve aklım öyle hızlı hareket etmişti ki, bir adım bile yeterliydi. Sağ bacağımı uygun bir şekilde doğrultup bedenimi havaya kavislendirecek elverişli basıncı uygulamak çok basit olmuştu.' Amaca, güçten daha çok dikkat etmiştim ve gerekli basınç konusunda da yanılmıştım ama en azından bu hatayı nehrin ıslanacağım kısmında yapmamıştım. Elli metrelik genişlik, basit kalıyor gibiydi...

Tuhaf, sersemletici ve heyecanlandırın bir şeydi ama kısa sürmüştü. Bir tam saniye geçmemişti ve ben karşıdaydım.

Yakındaki ağaçların sorun olacağını sanmıştım ama aslında şaşırtıcı bir şekilde yardımcı olmuşlardı. Ormanın derinliklerinde tekrar yere düşerken ne yaptığını bilen bir elimle uygun bir dala tutunmak basit bir meseleydi. Dallarda biraz sallanıp parmak uçlarımla kondum, hâlâ yerden beş metre yukarıda, bir ladinin kalın bir dalındaydım.

Müthişti.

Sesimdeki çanların hoşnut kahkahaları arasında, Edward'ın beni bulmak için koştuğunu duyabiliyordum. Benim sıçrayışım onunkinin iki misli olmuştu. Benim olduğum ağaca ulaştığında gözleri fal taşı gibi açılmış bir haldeydi. Daldan, çabucak onun olduğu yere atladım. Yine sessizce ayaklarımın üzerine düşmüştüm.

"İyi miydi?" diye sordum merakla, nefesim heyecandan hızlanmıştı.

"Çok iyiydi." Onaylarcasına gülümsedi ama o sıradan ses tonu yüzündeki şaşkın ifadeyle örtüşmüyordu.

"Yeniden yapabilir miyiz?"

"İşimize konsantre olalım, Bella. Av gezisindeyiz."

"Ah, doğru." Başımla onayladım. "Av."

"Beni izle...eğer becerebilirsen." Sırıttı, yüzündeki ifade alay eder gibiydi. Sonra koşmaya başladı.

Benden daha hızlıydı. O kör edici hızla bacaklarını nasıl hareket ettirdiğini hayal bile edemiyordum. Bu beni aşıyordu. Yine de ben daha güçlüydüm ve benim her uzun adımım onun üç hızlı adımı kadardı. Böylece onunla beraber canlı yeşil karmaşaya doğru aktım, onu takip etmiyor, yanında koşuyordum. Koştukça bunun verdiği heyecana sessizce gülmekten kendimi alıkoyamıyordum; bu, ne beni yavaşlatıyordu ne de konsantrasyonumu dağıtıyordu.

Sonunda Edward'ın koşarken nasıl ağaçlara çarpmadığını anlayabiliyordum. İşin bu kısmı bana hep gizemli gelmişti. Bu kendine has bir histi, hız ve netlik arasındaki dengeydi. Roket gibi bir hızla, o açık yeşil labirentte ilerlerken her şey çevremizde yeşil bir bulanıklık gibi görünmeliydi ama her ağaçtaki her dalın üzerindeki her ufacık yaprağı dahi apaçık bir şekilde görebiliyordum.

Hızın yarattığı rüzgâr, saçlarımı ve yırtık elbisemi uçuşturuyordu. Çıplak ayaklarımın altındaki sert ormanı kadife gibi ve tenimi kamçılayan dalları da kuş tüyü gibi hissetmemem gerekirdi.

Orman benim bildiğimden çok daha canlıydı, yapraklar varlıklarını hayal bile edemeyeceğim küçük yaratıklarla doluydu. Biz yanlarından geçerken korkuyla hızlanan nefesleri, sonra birden sessizliğe bürünüyordu. Hayvanların kokumuza verdikleri tepki, insanlarınkinden çok daha akıllıcaydı.

Rüzgârın soluğumu kesmesini bekledim ama hiç çaba sarf

etmeden nefes alıyordum. Kaslarımda yanma olmasını bekledim ama adımlarıma alıştıkça gücüm daha da artmıştı. Sıçrayışlarım daha çok uzamıştı ve en sonunda Edward bana yetişmeye çalışır olmuştu. Tekrar sevinçle güldüm, geride kalıyordu. Çıplak ayaklarım artık yere daha az değiyordu, koşmaktan çok uçuyor gibiydim.

"Bella," diye seslendi, sesi kuru hatta tembel gibiydi. Başka bir şey duyamadım, durmuş olmalıydı.

Hemen isyan ettiğini düşündüm.

İç çekerek birkaç yüz metre geriye doğru döndüm. Beklentiyle ona baktım. Tek kaşını kaldırmış, gülümsüyordu. Öyle güzeldi ki, sadece ona bakmak istiyordum.

"Ülke sınırları içinde kalmaya ne dersin?" diye sordu neşeli bir halde. "Yoksa bu akşam Kanada'ya gitmeyi mi düşünüyorsun?"

"Burası iyi," diye onayladım, ne dediğine odaklanmaktan çok, büyülenmiş gibi onun dudaklarına bakmakla meşguldüm. Yeni ve güçlü gözlerimin taze olan her şeye takılmaması ne kadar da zordu. "Ne avlıyoruz?"

"Geyik. İlk seferde basit bir şeyle başlamanın iyi olacağını düşündüm..." *Basit* dediği zaman gözlerimi kıstım ve bunun üzerine sesi, cümlesini tamamlarken iyice kısıldı.

Ama tartışmayacaktım, çok susamıştım. Aklıma boğazımdaki kuru yanma geldiği anda, başka bir şey düşünemiyordum. Kesinlikle daha da kötüleşiyordu. Ağzım, çöldeki öğle sıcağı gibiydi.

"Nerede?" diye sordum, ağaçları sabırsızca gözlerimle tarayarak. Dikkatimi susuzluğa çektiğim için, aklımdaki bütün diğer düşünceler bozuluyordu. Koşup Edward'ın dudaklarına yapışmak ve onu öpmeyi düşünürken birden aklıma kavurucu susuzluğum geliyordu. Bundan kaçamıyordum.

"Bir dakika hareket etme," dedi ve ellerini hafifçe omuzlarıma koydu. Dokunuşuyla, susuzluğumun baskısı bir an için geri çekilmişti.

"Şimdi gözlerini yum," diye mırıldandı. Dediğini yaptığımda elini kaldırıp yanağımı okşadı. Nefesimin hızlandığını hissettim ve boş yere yüzümün kızarmasını bekledim.

"Dinle," dedi Edward öğretici bir sesle. "Ne duyuyorsun?"

Her şeyi, diyebilirdim; o kusursuz sesini, nefesini, konuşurken birbirine vuran dudaklarının sesini, ağaçların üstündeki kuşların kanat çırpma sesini, hızlı kalp atışını, ağaçların dallarının titreyişini, en yakın ağaca doğru yiyecek taşıyan karıncaların oluşturdukları uzun sırada yürüyüşlerini. Ama biliyordum ki o, özellikle başka bir şeyden bahsediyordu, bu yüzden kulaklarımı daha dikkatle açıp beni çevreleyen bu seslerden farklı bir şey aradım. Yakınımızda açık bir alan vardı. Rüzgârın sesi açıktaki otlarda daha farklıydı. Ve kayalıklarla çevrili küçük bir koy vardı. Ve orada, su sesinin yanında, dillerinin yalarken çıkardığı sesi, ağır kalplerinin gümbürtüsünü ve kanı pompalarken çıkardığı sesi...

Boğazımın çeperleri daralıyormuş gibi geldi.

"Kuzeydoğudaki koyda mı?" diye sordum, gözlerim hâlâ kapalıydı.

"Evet." Ses tonu onaylayıcıydı. "Şimdi...rüzgârı tekrar bekle...neyin kokusunu alıyorsun?"

Çoğunlukla onunkini, onun o garip ballı-leylaklı-güneşli parfümünü alıyordum. Ama küf ve yosunların zengin, topraklı kokusunu da, çamlardaki reçineyi, kemirgenlerin ağaç köklerine sinmiş sıcak, neredeyse fındıklı aromasını da duyabiliyordum. Ve sonra, yine daha uzaklara erişerek suyun temiz kokusunu duydum, şaşırtıcıydı ama susuzluğuma hiç de cazip gelmiyordu. Suyun çevresine odaklandım ve o kalp atışlarına uyması gereken bir koku buldum. Başka sıcak bir koku, zengin ve keskin... Diğerlerinden güçlü bir kokuydu. Ve yine, neredeyse nehir kadar, nahoş geldi. Burnumu kırıştırdım.

Güldü. "Biliyorum, alışmak gerekiyor."

"Üç mü?" diye tahmin yürüttüm.

"Beş. Arkalarındaki ağaçların arasında iki tane daha var."

"Şimdi ne yapıyorum?"

Sesi gülümsüyormuş gibi geliyordu. "Canın ne yapmak istiyor?"

Düşündüm. Nefesleri ve kokuları dinlerken gözlerim hâlâ kapalıydı. Bilincimi bir başka kavurucu susuzluk nöbeti zorladı ve birden sıcak, keskin koku o kadar da nahoş gelmemeye başladı. En azından kurumuş ağzımda sıcak ve ıslak bir şey olacaktı. Gözlerim hemen açıldı.

"Düşünme," diye önerdi Edward, ellerini çekip bir adım geriledi. "Sadece içgüdülerini takip et."

Kendimi o kokuyla akmaya bıraktım. Yokuş aşağı, suyun olduğu o çayıra doğru giderken hareketlerimin pek de farkında değildim. Vücudum, eğrelti otlarının kenarına gelince otomatik olarak eğildi. Derenin kenarında, başında taç gibi duran iki boynuzu büyük bir erkek geyik gördüm. Diğer dördünün gölgeli şekilleri, ormanın içinde yavaşça doğuya doğru hareket ediyordu.

Kendimi erkek olanın kokusuna, sıcaklığın en çok olduğu kabarık tüylü boynuna odakladım. Aramızda sadece otuz metre vardı. İlk hamle için kendimi hazırladım.

Kaslarım hazırlanırken bir rüzgâr esti. Daha güçlü bir rüzgârdı, güneyden geliyordu. Düşünmek için durmadım, ilk planıma göre ağaçların arasından fırladım. Geyikleri korkutup kaçırmıştım. Bu yeni koku öylesine çekiciydi ki başka seçeneğim yoktu. Bu bir zorunluluktu.

Koku her şeyin üstündeydi. Sadece susuzluğumun ve onu söndürecek kokunun farkındaydım. Susuzluk giderek daha beter oluyordu ve şimdi öyle acılıydı ki, tüm diğer düşüncelerimi karıştırmış, bana zehrin damarlarımı yakışını hatırlatmaya başlamıştı.

Şimdi bu konsantrasyonumu delebilen tek bir şey vardı, susuzluğu giderme ihtiyacından daha güçlü bir içgüdü, bu da kendimi tehlikeden koruma güdüsüydü.

Birden takip edildiğim gerçeğiyle alarma geçmiştim. Karşı konulmaz kokunun çekim gücü, geri dönüp av olmamak için kendimi savunma dürtüsü ile savaşıyordu. Göğsümde bir ses balonu oluştu, dudaklarım gerildi ve uyarı için dişlerimi açığa çıkardı. Ayaklarım yavaşladı, arkamı kollama ihtiyacı, susuzluğumu dindirme arzusuna meydan okuyordu.

Sonra takipçimin kazandığını duydum ve savunmaya geçmeye karar verdim. Dönerken çıkardığım ses, adeta boğazımı yırtarak çıkmıştı.

Kendi ağzımdan çıkan vahşi hırlama öyle beklenmedikti ki, beni de şaşırtmıştı. Ses, beni huzursuz ederek bir anlığına kafamı temizledi, susuzluğun yarattığı sis kalkıyordu.

Rüzgâr yön değiştirdi, yüzüme ıslak toprak ve yaklaşan yağmur kokusunu taşıdı. Beni kölesi olduğum o kokudan kurtardı. Koku öylesine lezizdi ki, ancak bir insana ait olabilirdi.

Edward birkaç adım arkamda duraksadı, kolları beni kucaklayacak gibi havaya kalkmıştı, ya da alıkoymak için. Ben korku içinde donakalmıştım. Edward'ın yüzü gergin ve dikkatliydi.

Neredeyse ona saldırıyordum. Sert bir sarsılışla, savunma amacıyla çöktüğüm yerden doğruldum. Tekrar odaklanırken nefesimi tuttum, güneyden gelen o kokunun gücünden korkuyordum.

Kendime geldiğimi gördüğünde kollarını indirerek bana doğru bir adım attı.

"Buradan gitmem gerekiyor," dedim dişlerimin arasından.

Yüzünde bir şok ifadesi oluştu. "Gidebilir misin ki?"

Ne demek istediğini soracak zamanım yoktu. Biliyordum ki, net düşünebilme yeteneği, sadece kendimi onu düşünmekten alıkoyabilirsem -

Tekrar koşmaya başladım, kuzeye doğru dümdüz sıçrayışlar yaptım, sadece vücudumun havasızlığa tek tepkisi olan o algısal yoksunluğa konsantre oldum. Tek hedefim arkamdaki o kokunun tümüyle kaybolacağı kadar uzağa koşmaktı.

Bir kez daha, takip edildiğimin farkındaydım ama bu sefer aklım başımdaydı. Bunun Edward olduğuna emin olmak için havayı yoklamak isteyen nefes alma güdüme direndim. Gerçi fazla direnmem de gerekmedi. Ormanın içinde kayan bir yıldız gibi, daha önce yaptığımdan çok daha hızlı bir şekilde koşuyordum. Edward kısa bir süre sonra bana yetişti.

Yeni bir düşünce aklıma takılınca olduğum yerde durdum. Burasının güvenli olduğuna emindim ama yine de her ihtimale karşı nefesimi tutmaya devam ettim.

Edward beni geçti, aniden durmam onu şaşırtmıştı. Geri dönüp hemen yanıma geldi. Ellerini omuzlarıma koydu ve gözlerime baktı, yüzündeki şaşkınlık hâlâ duruyordu.

"Bunu nasıl becerdin?"

"İlk koğuşumuzda seni geçmeme izin verdin, değil mi?" dedim, sorusunu duymazdan gelerek. Ben de çok iyi gittiğimi düşünmüştüm!

Ağzımı açtığımda havanın tadını alabiliyordum, artık kirli değildi, susuzluğumu kırbaçlayacak o kokudan hiçbir iz yoktu. Tedbirli bir nefes aldım.

Omuz silkti ve konunun saptırılmasına izin vermeyerek başını salladı. "Bella, nasıl yaptın?"

"Kaçmayı mı? Nefesimi tuttum."

"Ama avlanmayı nasıl kestin?"

"Arkamdan geldiğinde... Bunun için üzgünüm."

"Neden benden özür diliyorsun ki? Korkunç bir şekilde dikkatsizlik eden benim. Buralarda kimsenin olmayacağını sanmıştım, önceden kontrol etmeliydim. Çok aptalca bir hata! Sen özür dileyecek bir şey yapmadın."

"Ama sana hırladım!" Hâlâ ona karşı fiziksel olarak böyle bir saygısızlık yapabildiğim için korku içindeydim.

"Tabii ki hırladın. Bu çok doğal. Ama nasıl kaçabildiğim anlayamıyorum."

"Başka ne yapabilirdim ki?" diye sordum. Bu yaklaşımı kafamı karıştırmıştı, ne olmasını istemişti ki? "Orada tanıdığım biri de olabilirdi!"

Beni şaşırtmıştı, birden yüksek sesle kahkaha atmaya başladı.

"Neden gülüyorsun bana?"

Durdu, tedbirli davrandığını görebiliyordum.

Sakin ol, diye düşündüm kendi kendime. Sinirime dikkat etmem gerekiyordu. Vampirden çok, genç bir kurt adama benziyordum.

"Sana gülmüyorum, Bella. Gülüyorum çünkü şoktayım. Şoktayım çünkü tümüyle hayrete düşmüş bir haldeyim."

"Neden ki?"

"Bunların hiçbirini yapamıyor olmalıydın. Bu kadar...mantıklı olmamalıydın. Tüm bunları burada sakince tartışamamalıydım. Hepsinden önemlisi, havada insan kokusu varken avının ortasında duramamalıydın. Olgun vampirler bile bu konuda güçlük çekiyorlar, bu yüzden nerede avlandığımıza dikkat ederiz ki, kendimizi böyle bir ayartmanın içinde bulmayalım. Bella, sen olduğundan çok daha olgun davranıyorsun."

"Ah." Ama bunun zor olacağını biliyordum. Bu yüzden bu kadar tetikteydim. Bunun zor olmasını bekliyordum zaten.

Ellerini tekrar yüzüme koydu, gözleri merak içindeydi. "Şu an aklını görebilmek için neler vermezdim."

Bu susuzluk kısmı için hazırlanmıştım ama bunun için değil. Bana dokunduğunda artık hiçbir şeyin aynı olmayacağına emin olmuştum.

Aynı değildi, daha güçlüydü.

Uzanıp yüzüne dokundum, parmaklarım dudaklarından ayrılamadı.

"Uzun bir süre böyle hissedemeyeceğimi sanıyordum ama seni hâlâ istiyorum."

Gözleri şaşkınlıkla kırpıştı. "Bunu nasıl düşünebiliyorsun? Dayanılmaz bir şekilde susuz değil misin?"

Tabii *şimdi* öyleydim, şimdi tekrar bunun konusunu açtığı için!

Yutkunmaya çalıştım ve sonra iç geçirdim. Gözlerimi önceki gibi yumup konsantre olmaya çalıştım. Duyularımın etrafta gezmesine izin verdim. Bu sefer, öyle tabii olan başka bir kokunun olası hücumuna karşı gerilmiştim.

Edward ellerini çekti. Ben yeşil hayatın derinlerini dinleyip kokuların arasında susuzluğumu giderecek bir şey ararken o nefes bile almıyordu. Farklı bir şeyin izini buldum, doğudan gelen silik bir izdi bu.

Gözlerim hemen açıldı ama daha keskin olan diğer duyularıma odaklanarak sessizce doğuya doğru yollandım. Yol, sarp bir şekilde yukarı doğru meyilliydi. Çökerek koştum. Edward'ı duymak yerine hissediyordum, ağaçlıkta sessizce ilerliyor, benim önden gitmeme izin veriyordu.

Bitki örtüsü seyreldi ve daha yükseğe tırmanmaya devam ettik. Reçine ve çamsakızının kokusu gittikçe daha da güçleniyordu. Takip ettiğimiz koku, sıcak ve geyiklerin kokusundan daha keskin ve çekici bir kokuydu. Birkaç saniye sonra büyük adımlarını duyabiliyordum, toynakların çıtırtılarından çok daha hafifti. Ses yukarıdan, yerden değil, dallardan geliyordu. Otomatik olarak ben de yüksek bir köknarın ortasındaki dallara çıktım ve kendime yüksek bir avlanma pozisyonu sağladım.

Pençelerin tok yumuşak sesi bu kez aşağıdan geliyordu ve o zengin koku daha çok yakınlaşmıştı. Gözlerim sesin geldiği hareketin yerini kestirdi ve altın-kahve renklerindeki büyük bir kedinin geniş bir ladin dalında sinsi sinsi yürüdüğünü gördüm, tünediğim yerin hemen sol alt tarafındaydı. Büyüktü, rahatlıkla benim dört katım kadar olabilirdi. Gözleri aşağıya kenetlenmişti, o da avlanıyordu. Daha küçük bir şeyin kokusunu aldım. Ağacın altındaki çalıya sinmişti, benim avımın yanında kokusu daha lezzetsiz kalıyordu. Aslanın kuyruğu atlamaya hazırlanırken kasılarak kımıldadı.

Hafif bir sıçramayla havada süzülüp aslanın yanına kondum. Daldaki sarsıntıyı hissedince telaşlandı ve şaşkın ve meydan okuyan bir feryat kopardı. Pençesini aramızdaki boşluğu doğru savurdu, gözleri parlak ve öfkeliydi. Susuzluktan yarı çılgın bir halde, gösterdiği uzun sivri dişleri ve kancalı pençeleri görmezden geldim ve üzerine atıldım, birlikte ormanın zeminine düştük.

Pek de dövüş sayılmazdı bu.

Tırmıklayan pençeleri, tenimde ancak okşayan parmaklar gibi bir etki yarattı. Dişleri, omzumda ya da boynumda aradığını bulamadı. Ağırlığı, benim için hiçbir şeydi. Dişlerim emin bir şekilde boğazını aradı. İçgüdüsel karşı koyuşu benim gücümün yanında acınacak kadar cılızdı. Dişlerim hemen sıcaklığın en yoğun aktığı yere kilitlendi.

Sanki dondurma ısırıyormuş gibi, hiç çaba gerektirmeyen bir şeydi bu. Dişlerim çelik bıçaklardan oluşmuş gibiydi, postu, yağı ve kasları, sanki orada hiçbir şey yokmuş gibi kesiyordu.

Tadı bozuktu ama kan sıcak ve ıslaktı ve hevesli bir hızla içtikçe susuzluğumu yatıştırıyordu. Kedinin mücadelesi daha da daha da zayıfladı. Kanın sıcaklığı tüm vücuduma yayılıyordu, parmak uçlarımı bile ısıtıyordu.

Daha ben bitirmeden aslan bitmişti. Susuzluk o kuruduğunda tekrar alevlendi ve iğrenerek leşini ittim. Bu kadar içtikten sonra nasıl hâlâ susuz olabilirdim ki?

Hızla ayaklandım. Kalktığımda darmadağın olduğumu fark ettim. Yüzümü kolumun tersiyle sildim ve elbisemi düzeltmeye çalıştım. Tenime hiçbir etkisi olmayan pençelerin saten üzerinde daha büyük bir şansı olmuştu.

"Hımm," dedi Edward. Başımı kaldırdığımda onu bir ağaç gövdesinin yanında eğilmiş, yüzünde düşünceli bir ifadeyle beni izlerken buldum.

"Sanırım daha iyisini yapabilirdim." Pislik içindeydim, saçlarım dolaşmıştı, elbisem kana bulanmıştı ve paçavra halindeydi. Edward av gezintilerinden eve böyle dönmüyordu.

"Gayet iyiydin," dedi. "Sadece...izlemek benim için olması gerekenden daha zordu."

Kaşlarımı kaldırdım, kafam karışmıştı.

"Alışkanlıklarıma aykırı," diye açıkladı, "seni öyle aslanlarla güreşirken görmek yani. Burada panik atak geçirip durdum."

"Sersem."

"Biliyorum ama işte, alıştığın şeyleri değiştirmek çok da kolay değil. Ama elbisenin yeni modeli çok hoşuma gitti."

Eğer yüzüm kızarabilseydi, çoktan kızarırdım herhalde. Konuyu değiştirdim. "Neden hâlâ doymadım?'"

"Çünkü gençsin."

İç geçirdim. "Ve yakınlarda başka dağ aslanlarının olduğunu sanmıyorum."

"Bir sürü geyik var ama."

Yüzüm ekşidi. "Onlar bu kadar güzel kokmuyor."

"Çünkü onlar otçul. Et yiyenlerin kokusu insanlarınkine daha yakın," diye açıkladı.

"O kadar da yakın değil," diye karşı çıktım, hatırlamamaya çalışarak.

"Geri dönebilirdik," dedi ciddi bir şekilde ama gözlerindeki ışıltıda alay vardı. "Oradakiler her kimse, eğer erkeklerse ölümlerinin senin elinden olmasına aldıracaklarını sanmıyorum." Bakışları yeniden benim paramparça olmuş elbisemde gezindi. "Zaten seni gördükleri anda ölüp cennete gittiklerini düşünürler."

Ona gözlerimi devirerek karşılık verdim. "Haydi, gidip şu iğrenç otçullardan avlayalım."

Eve doğru koşarken geniş bir geyik sürüsü bulduk. Bu sefer benimle beraber o da avlandı. Ben büyük bir erkek geyiği yere serip aslanla yaptığım gibi ortalığı dağıttım. Ben birinciyi bitirmeden o iki taneyi halletmişti, hem de saçlarının bir telinde değişiklik, üzerinde tek bir damla leke olmaksızın. Dağılmış ve ürkmüş sürüyü kovaladık ama bu sefer tekrar saldırıya geçmektense, dikkatle Edward'ın nasıl öyle temiz avlandığını izledim.

Edward'ın beni bırakıp ava gitmesini istemediğim eski zamanlar için gizli bir rahatlama duymuştum. Çünkü artık bunu görmenin korkutucu olacağını anlamıştım. Beni kesinlikle dehşete düşürürdü. Onu avlanırken görmek, gözlerimde onu tam bir vampir yapardı.

Tabii ki şimdi bu açıdan bakınca her şey farklıydı çünkü ben de vampirdim.

Edward'ın avlanışını izlemek şaşırtıcı, biçimde şehvetliydi. Kusursuz atlayışı bir yılanın kıvrımlı vuruşu gibiydi. Elleri öyle kendinden emin, güçlü ve tümüyle kaçınılmazdı ki. Dudakları, parlayan dişlerinden nazikçe ayrıldığında mükemmel görünüyordu. Olağanüstüydü. Hem gurur hem arzu dolu, ani bir sarsıntı hissettim.

O *benimdi*. Artık hiçbir şey onu benden ayıramazdı. Onun yanından ayrılmayacak kadar güçlüydüm artık.

Oldukça eli çabuktu. Bana döndü ve merakla yüzümdeki sinsi ifadeye baktı.

"Artık istemiyor musun?" diye sordu.

Omuz silktim. "Dikkatimi dağıtıyorsun. Avlanmada benim olduğumdan çok daha iyisin."

"Yüzyılların deneyimi." Gülümsedi. Gözleri şaşırtıcı bir şekilde güzel, altın rengi bal tonundaydı.

"Sadece bir yüzyıl," diye düzelttim.

Güldü. "Bugünlük yeter mi? Ya da devam etmek mi istersin?"

"Sanırım yeter." Kendimi gereğinden fazla doymuş gibi hissediyordum. Vücuduma ne kadar sıvının sığabildiğinden emin değildim. Ama boğazımdaki yanma sadece susmuştu. Ama yine de o susuzluğun, bu hayatın kaçınılmaz bir parçası olduğunu biliyordum.

Ve buna değerdi.

Kendimi kontrolümü kazanmış gibi hissediyordum. Belki bu güvenlik duygusu sahteydi ama bugün kimseyi öldürmediğim için kendimi gayet iyi hissediyordum. Eğer yabancı insanlara karşı koyabiliyorsam, sevdiğim kurt adam ve yarı vampir çocuğu da idare edemez miydim?

"Renesmee'yi görmek istiyorum," dedim. Susuzluğum ıslah edildiğine göre bunu yapabilirdim. Onun hâlâ içimde olmaması ne tuhaf, ne yanlış bir histi. Aniden çok boş ve tedirgin hissettim.

Elini bana uzattı. Tuttum, eli öncekinden daha sıcaktı. Gözlerinin altındaki gölgeler kaybolmuştu.

Yüzünü defalarca defalarca okşamaya karşı koyamıyordum.

Işıltılı altın gözlerine bakarken, neredeyse soruma bir yanıt beklediğimi unutmuştum.

Ona karşı koymak, neredeyse o insan kokusundan kaçmak kadar zordu ama dikkatli olmak konusunda kararlıydım. Parmak uçlarımda gerildim ve kollarımı ona doladım. Elimden geldiğince nazik bir şekilde.

O ise hareketlerinde o kadar tereddüt etmiyordu, kolları belime kilitlendi ve beni sıkıca kendine doğru çekti. Dudakları dudaklarıma kenetlendi. Yumuşacıktı.

Teninin yumuşak dokunuşu, dudakları ve elleri, sanki benim pürüzsüz, sert tenimde kayboluyor gibiydi. Onu öncekinden daha çok sevebileceğimi hayal bile edememiştim.

Eski aklım bu denli büyük bir aşkı tutacak kadar derin değildi. Eski kalbim buna dayanabilecek kadar güçlü olmamıştı.

Belki bu; kuvvetlenmesi için, ileriye, yeni hayatıma getirdiğim bir parçamdı. Carlisle'ın merhameti ve Esme'nin fedakârlıkları gibi. Belki de Edward, Alice ya da Jasper gibi ilginç ya da özel bir şey yapamayacaktım. Belki de sadece, Edward'ı dünya tarihinde kimsenin kimseyi sevmediği kadar sevecektim.

Bununla yaşayabilirdim.

Bu duygunun bazı parçalarını hatırlıyordum; parmaklarımı, saçlarında, göğsünde gezdirmek gibi. Ama bazı parçalar çok yeniydi. O yeniydi. Edward'ın beni öyle korkusuzca, kuvvetle öpmesi tümüyle başka bir deneyimdi. Bu yoğunluğa ben de karşılık verdim. Az kalsın düşüyorduk.

"Ups," dedim, altımda kalmış Edward'a gülümsüyordum. "Niyetim seni yere atmak değildi. İyi misin?"

Yanağımı okşadı. *"İyiden* biraz daha iyiyim." Ve sonra yüzünde şaşkın bir ifade belirdi. "Renesmee?" diye sordu kararsızlıkla, ne istediğimden emin olmaya çalışıyordu. Cevap vermesi zor bir soruydu çünkü aynı anda çok fazla şey istiyordum.

Dönüşümüzü ertelemek için tam olarak isteksiz olmadığını görebiliyordum, hem tenlerimiz böyle bir aradayken düşünmek de zordu. Ama Renesmee'nin hatırası, doğumdan öncesi ve sonrası, giderek daha çok, rüya gibi gelmeye başlamıştı. Ona ait tüm hatıralarım insanlığıma aitti. Sanki üzerlerinde yapay bir buhar var gibiydi. Bu gözlerimle görmediğim, bu ellerimle dokunmadığım hiçbir şey gerçek gibi görünmüyordu.

Her dakika, o küçük yabancının gerçekliğinden daha da uzaklaşıyordum.

"Renesmee," diye tekrarladım, kederli bir şekilde ve onu da kendimle birlikte yukarı çekerek ayağa kalktım.

22. SÖZ

Renesmee'yi, tuhaf, yeni ve geniş ama dikkati çabuk dağılan aklımın merkezindeki sahneye getirdim. Zihnimi meşgul eden çok fazla soru vardı.

"Bana ondan bahsetsene," diye üsteledim elini tutarken.

"Dünyada eşi olmayan bir şey gibi," dedi ve sesinde yine o dindar kişilerin Tanrı'ya adanmış tonu vardı.

Bu yabancıya karşı keskin bir kıskançlık sızısı duydum. Edward onu tanıyordu ama ben tanımıyordum. Bu hiç de adil değildi.

"Sana ne kadar benziyor? Bana ne kadar benziyor? Yani benim eski halime..."

"Eşit derecede ikimize de benziyor gibi görünüyor."

"Sıcaktı," diye hatırladım.

"Evet. Kalbi atıyor, gerçi insanlarınkinden biraz daha hızlı atıyor. Sıcaklığı da insanlarınkinden yüksek. Uyuyor."

"Gerçekten mi?"

"Yeni doğan bir bebek için gayet iyi. Dünyada uykuya ihtiyacı olmayan tek anne baba biziz ama çocuğumuz gece boyunca uyuyor," diyerek güldü.

Çocuğumuz demesini sevmiştim. Bu sözler onu daha gerçek yapmıştı.

"Gözlerini tümüyle senden almış. Böylece o güzel renk de kaybolmamış oldu." Gülümsedi. "Gözleri öyle güzel ki."

'Ya vampir kısımları?" diye sordum.

"Cildi bizimki kadar delinmez görünüyor. Tabii kimse bunu test etmeyi düşünmedi."

Biraz şaşırmıştım.

"Tabii ki kimse yapmazdı," dedi tekrar. "Beslenmesi...şey, o kan içmeyi tercih ediyor. Carlisle onu bebek maması içmesi için ikna etmeye çalışıyor ama onun bu konuda çok fazla sabrı yok. Onu suçlamıyorum doğrusu, bir insan için bile çok kötü kokuyor."

Bu sefer ona hayretle baktım. Sanki aralarında sohbet ediyorlarmış gibi konuşuyordu. "İkna etmek mi?"

"Çok akıllı. Hem de şaşırtıcı şekilde büyük bir hızla ilerliyor. Gerçi konuşmuyor - henüz - ama çok etkili bir şekilde iletişim kuruyor."

"Konuşmuyor. *Henüz.* "

Yürüyüşümüzü yavaşlattı, söylediklerini hazmetmemi bekledi.

"Etkili şekilde iletişim kuruyor derken ne demek istiyorsun?" diye üsteledim.

"Sanırım...kendi gözlerinle görmen, anlaman için daha kolay olacak. Bunu anlatmak zor."

Düşündüm. Bunun gerçek olduğunu kabullenmek için kendi gözlerimle görmem gereken çok daha fazla şey olduğunu biliyordum ama ne kadarına hazır olduğumdan emin değildim, bu yüzden konuyu değiştirdim.

"Jacob neden hâlâ burada?" diye sordum. "Buna nasıl dayanabiliyor? Neden?" Sesim biraz titredi. "Neden kendisine daha fazla acı çektiriyor?"

"Jacob acı çekmiyor," dedi tuhaf bir ses tonuyla. "Gerçi bu durumunu değiştirmeyi isteyebilirim," diye ekledi dişlerinin arasından.

"Edward!" diye tısladım durması için çekiştirerek. "Bunu nasıl söylersin? Jacob bizi koruyabilmek için *her şeyden* vazgeçti. Ona çektirdiklerim - !" Utanç ve suçluluğa ait loş bir hatırayla sindim. O zamanlar ona o kadar ihtiyacım olması şimdi çok garip geliyordu. O yokken duyduğum o yokluk hissi kaybolmuştu; eskiden hissettiklerim insan zayıflığı yüzünden olmalıydı.

"Neden böyle dediğimi göreceksin," diye söylendi Edward. "Sana açıklaması için ona söz verdim ama senin de konuyu benden farklı görebileceğine dair şüphelerim var. Gerçi senin

düşüncelerin hakkında sık sık yanılıyorum, değil mi?" Dudaklarını büzüp bana baktı.
"Neyi açıklayacak?"
Edward başını salladı. "Söz verdim. Gerçi artık ona bir borcum olduğundan da emin değilim..." Dişlerini sıktı.
"Edward, anlamıyorum." Hayal kırıklığı kafamı karıştırmıştı.
Yanağımı okşadı ve yüzüm bunun karşılığında yatışıp kızgınlığımın yerini hemen arzu aldı. Nazikçe gülümsedi. "Senin gösterdiğinden daha zor biliyorum. Hatırlıyorum."
"Böyle karmaşık hissetmeyi sevmiyorum."
"Biliyorum. O zaman haydi evimize gidelim, böylece kendi gözlerinle görürsün." Gözleri elbiseden kalanlara takıldı ve suratı asıldı. "Hımm." Yarım saniye düşündükten sonra, beyaz gömleğinin düğmelerini çözdü ve omzuma attı.
"O kadar kötü mü?"
Sırıttı.
Gömleği giydim ve elbisemin yırtıklarını kapatmaya çalıştım. O ise üstsüz kalmıştı ve bunu dikkat dağıtıcı bulmamak imkânsızdı.
"Hadi yarışalım," dedim ve onu uyardım, "Bu sefer kazanmama izin vermek yok!"
Elimi bırakıp sırıttı. *"Başla* dediğinde..."
Yeni evimin yolunu bulmak, Charlie'nin sokağında eski evime yürümekten kolaydı. Kokumuz net ve kolay bir iz bırakmıştı ve olabildiğince hızlı koşmama rağmen bunu takip etmek çok kolay oluyordu.
Edward, nehre gelene kadar benim önümdeydi. Ekstra gücümü yenmek için kullanmaya çalışıyordum.
"İşte!" Sıçrayıştan sonra ayağı yere ilk değen olmak beni çok sevindirmişti.
Onun inişini dinlerken beklemediğim bir şey duydum. Çok gürültülüydü ve çok yakından geliyordu. Gümbürdeyen bir kalp.
Edward hemen yanıma geldi ve kollarımdan tuttu.
"Nefes alma," diye beni uyardı hemen.

Nefesim donmuştu, panik yapmamaya çalışıyordum. Hareket eden tek yerim gözlerimdi, içgüdüsel olarak dönüp sesin kaynağını arıyordu.

Jacob, ormanın evin yakınındaki sınırında durmuştu. Arkasındaki ağaçlıkta, görünmeyen başka iki kalbi daha duyuyordum, bu kalpler daha genişti. Eğrelti otlarının pençelerinin altında zayıfça ezildiğini duyabiliyordum.

"Dikkat et Jacob," dedi Edward. Ormandan, sesindeki kaygıyı yansıtan bir hırlama geldi. "Belki bu en iyi yol değil - "

"Önce bebeğin yanına gelmesinin daha iyi olacağını mı düşünüyorsun?" diye lafını kesti Jacob. "Bella'nın nasıl olduğunu ilk önce benim üzerimde görmek daha güvenli. Çabuk iyileşiyorum, biliyorsun."

Bu bir test miydi yani? Renesmee'yi öldürmemeyi denemeden önce Jacob'ı öldürmeyeceğimi görmek mi? Garip bir şekilde midem bulandı. Aslında midemle ilgili bir şey yoktu, sadece aklımdaydı. Bu Edward'ın fikri miydi?

Kaygıyla yüzüne baktım, bir anda Edward'ın yüz ifadesi endişeden başka bir şeye dönüştü. Omuz silkti. Konuşurken sesinde gizli bir düşmanlık vardı, "Bu senin boynun, sanırım."

Ormandan gelen uluma bu sefer öfkeliydi. Bunun Leah olduğuna kuşkum yoktu.

Edward'ın nesi vardı? Başımıza gelen bunca şeyden sonra, en iyi arkadaşım için biraz olsun iyilik hissetmesi gerekmez miydi? Belki de aptalcaydı ama Edward da artık Jacob'ın arkadaşı sayılır, diye düşünmüştüm. Onları yanlış anlamış olmalıydım.

Ama Jacob ne yapıyordu? Neden Renesmee'yi korumak için kendisini test olarak sunuyordu?

Hiç anlamlı gelmemişti. Arkadaşlığımız kurtulmuş olsa bile...

Ve gözlerim Jacob'ınkilerle karşılaşınca arkadaşlığımızın kurtulduğunu düşündüm. Hâlâ benim en yakın arkadaşım gibi görünüyordu. Ama değişen o değildi ki. Ona nasıl görünüyordum acaba?

Sonra o tanıdık gülümsemesiyle gülümsedi, o yakın ruhun gülümsemesiyle. Arkadaşlığımızın bozulmadığına emindim.

Eskisi gibiydi, onun garajında takıldığımız, beraber zaman öldüren iki arkadaş olduğumuz zamanlardaki gibi. Kolay ve *doğal*. Sonra tekrar, insanken ona duyduğum o tuhaf ihtiyacın tümüyle yok olduğunu fark ettim. O sadece arkadaşımdı, olması gerektiği gibi.

Gerçi yine de, neden hâlâ burada olduğunu anlamıyordum. Beni, bir an kontrolümü kaybedip hayat boyu azabını çekeceğim bir şeyden korumak için kendi hayatını ortaya koyacak kadar özverili miydi? Bu neye dönüştüğüme göz yummayı ya da arkadaşım olarak kalmayı mucizevî bir şekilde başarmayı kat kat aşıyordu. Jacob tanıdığım en iyi insanlardan biriydi ama bu kimseden beklenmeyecek kadar fazlaydı.

Gülümsemesi bütün yüzüne yayıldı ve hafifçe ürperdi. "Söylemem lazım, Bells. Acayip görünüyorsun."

Ben de gülümsedim, kolayca eski halimize dönmüş gibiydik.

Edward hırladı. "Dikkat et, safkan."

Arkamdan bir rüzgâr esti ve konuşabilmek için hemen ciğerlerimi bu güvenli havayla doldurdum. "Hayır, o haklı. Gözler gerçekten de fena görünüyor, değil mi?"

"Tüyler ürpertici. Ama düşündüğüm kadar kötü değil."

"Bu mükemmel iltifat için sağ ol."

Gözlerini devirdi. "Ne demek istediğimi biliyorsun. Yine sana benziyorsun - yani epeyce. Belki görüntün değil ama *sen* benziyorsun, Bella. Hâlâ buradaymışsın gibi hissedeceğimi sanmıyordum." Gülümsedi, yüzünde burukluktan ya da dargınlıktan eser yoktu. "Neyse, sanırım gözlere de kısa zamanda alışırım."

"Alışır mısın?" diye sordum, kafam karışmıştı. Hâlâ arkadaş olmamız mükemmeldi ama bu beraber çok zaman geçireceğimiz anlamına gelmiyordu.

Yüzünden gülümsemeyi silen çok garip bir bakış geçti. Sanki... Suçluluk gibi miydi? Sonra gözleri Edward'a kaydı.

"Teşekkürler," dedi. "Bunu ondan gizleyebilir misin bilmiyordum, söz versen de vermesen de. Genelde ona istediği her şeyi veriyorsun."

"Belki de sinirlenip senin kafanı parçalamasını umuyorumdur," dedi Edward öfkeyle.

Jacob hırladı.

"Neler oluyor? Siz ikiniz benden bir şey mi saklıyorsunuz?" diye sordum kuşkulu bir şekilde.

"Sonra anlatırım," dedi Jacob. Sıkılgandı, sanki aslında pek de plan yapmamış gibiydi. Sonra konuyu değiştirdi. "Önce işimize bakalım." Yavaşça ilerlerken sırıtışı meydan okumaya dönüşüyordu.

Arkasından karşı çıkar gibi bir inleme sesi geldi ve sonra ağaçların arasından Leah'nın gri gövdesi fırladı. Daha uzun, sarımsı Seth de hemen arkasındaydı.

"Sakin olun, çocuklar," dedi Jacob. "Uzak durun."

Onu dinlemeyip arkasından biraz daha gelmelerine memnun olmuştum.

Rüzgâr hâlâ esiyordu ama kokusunu benden uzaklaştırmıyordu.

Aramızdaki boşlukta sıcaklığını hissedebileceğim kadar yakına gelmişti. Boğazım buna karşılık verir gibi yandı.

"Haydi, Bella. Elinden geleni yap."

Leah tısladı.

Nefes almak istemiyordum. Bunu kendi teklif etse bile böyle tehlikeli bir şeyi Jacob üstünde denemek doğru değildi. Ama yine de mantıklı olduğunu düşünmekten kendimi alamıyordum. Renesmee'yi incitmeyeceğimden başka nasıl emin olabilirdim ki?

"Daha ne kadar bekleyeceğim, Bella," diyerek alay etti Jacob. "Haydi bir nefes al."

"Beni tut," dedim Edward'a göğsüne sinerken.

Şimdi elleri kollarımı daha sıkı tutuyordu.

Kaslarımı kilitledim, onları donuk tutabileceğimi umuyordum. En azından avdaki kadarını yapabileceğim konusunda kararlıydım. En kötü ihtimalle, nefes almayı keser, koşmaya başlardım. Heyecanla burnumdan ufacık bir nefes aldım.

Bu biraz canımı yaktı ama boğazım zaten yanıyordu. Jacob dağ aslanından farklı kokmuyordu. Kanında hayvansal olan bir şey vardı ve bu da beni iğrendiriyordu. Kalbinin gürültülü, ıslak

sesi çekici olsa da, gelen koku burnumun kırışmasına sebep oldu.
Onu koklamam, damarlarına pompalanan kana karşı kendimi
kontrol etmem konusunda benim için çok faydalı olmuştu.
Başka bir nefes daha alıp rahatladım. "Herkesin neden bahsettiğini şimdi anlıyorum. Sen berbat kokuyorsun, Jacob."
Edward bir kahkaha koyverdi. Elleri kollarımdan kayıp belimi sardı. Setli de havlayarak Edward'a eşlik etti, sonra Leah birkaç adım geri çekildi ve o biraz daha yaklaştı. Sonra cam duvarın
arkasından Emmett'ın kısık, belirgin kaba kahkahasını duydu
ğumda başka bir seyircimizin daha olduğunu anladım.
"Söyleyene bak," dedi Jacob, burnunu takıyormuş gibi yaparak. Edward beni kucakladığında, hatta kulağıma "seni seviyorum" diye fısıldadığında bile Jacob'ın yüzü karışmamıştı. Jacob
sırıtmaya devam etti. Bu aramızdaki her şeyin uzun zamandır
olmadığı kadar sağlıklı olacağına dair bana bir umut vermişti.
Belki de şimdi onun gerçekten dostu olabilirdim, artık fiziksel
olarak onu iğrendirdiğime göre, beni eskisi gibi sevemeyecekti.
Belki de ihtiyacımız olan tek şey buydu.
"Tamam, sınavı geçtim, değil mi?" dedim. "Şimdi bana şu
büyük sırrın ne olduğunu söyleyecek misiniz?"
Jacob'ın yüz ifadesi gerginleşti. "Bu şu anda endişelenmeni
gerektirecek bir şey değil..."
Yeniden Emmett'ın kahkahasını duydum.
Israr edecektim ama Emmett'ı dinlerken başka sesler de
duydum. Yedi kişi nefes alıyordu. Bir çift ciğer de diğerlerinden
çok daha hızlı hareket ediyordu. Ve bir kalp bir kuşun kanadı
gibi çırpınıyordu, hafif ve hızlı.
Dikkatim tümüyle dağılmıştı. Kızım şu ince cam duvarın
diğer tarafındaydı. Onu göremiyordum, ışık camlardan ayna
gibi yansıyordu. Sadece kendimi görebiliyordum, çok tuhaf
görünüyordum. Jacob'la karşılaştırılınca öylesine beyazdım ki.
Ama Edward'la karşılaştırılınca ona tamamen uygun görünüyordum.
"Renesmee," diye fısıldadım. Gerginlik beni yine bir heykele dönüştürmüştü. Renesmee hayvan gibi kokmayacaktı ki.
Onu tehlikeye atıyor olacak mıydım?

"Gel de gör," diye mırıldandı Edward. "Bununla başa çıkabileceğini biliyorum."

"Bana yardım edecek misin?" diye fısıldadım.

"Tabii ki edeceğim."

"Ya Emmett ve Jasper? Anlarsın ya, her ihtimale karşı..."

"Seninle ilgileneceğiz, Bella. Merak etme, hazır olacağız. Hiçbirimiz Renesmee'yi riske atmayız. Ne olursa olsun güvende olacak."

Sesindeki tapınma tonunu duyunca donmuş ifadem bozuldu. Eve doğru bir adım attım.

Sonra Jacob önüme çıktı, yüzünde endişeli bir ifade vardı.

"Emin misin, kan emici?" dedi Edward'a, sesi neredeyse rica eder gibiydi. Edward'la böyle konuştuğunu hiç duymamıştım. "Bu hoşuma gitmiyor. Belki beklemeli – "

"Testini yaptın, Jacob."

Bu Jacob'ın testi miydi?

"Ama – " diye başladı Jacob.

"Aması maması yok," dedi Edward, birden sabrı taşmış, öfkelenmişti. "Bella'nın *kızımızı* görmeye ihtiyacı var. Yolundan çekil."

Jacob bana tuhaf, ümitsiz bir bakış attı ve neredeyse hızla koşarak eve doğru yollandı.

Edward homurdandı.

Bu meydan okuyuşlarına bir anlam veremiyordum. Tek yapabildiğim aklımdaki bulanık çocuğun anısını düşünmek ve yüzünü hatırlamaya çalışmaktı.

"Gidelim mi?" dedi Edward, sesi yine nazikleşmişti.

Heyecanla başımı salladım.

Elimi sıkıca eline aldı ve eve doğru yürüdük.

Beni gülümseyen bir sıra halinde hem karşılıyor hem de savunmada duruyorlardı. Rosalie hepsinden birkaç adım geride, giriş kapısındaydı. Jacob yanına, normalde olması gerekenden daha yakınına, gelip karşısında dikilene kadar yalnızdı. Bu yakınlıkta rahatlıktan eser yoktu, bunu ikisinde de görebiliyordum.

Ufacık bir kız, Rosalie'nin kollarından eğilmiş dikkatle Jacob'a bakıyordu. Gözlerimi açtığımdan beri hiçbir şeyin yapamadığı kadar dikkatimi çekmişti.

"Sadece iki gün mü baygındım?" diye sordum inanmayarak.

Rosalie'nin kollarındaki yabancı çocuk, aylık değilse de birkaç haftalık olmalıydı. Loş hatıramdaki bebeğin iki misli büyüktü. Parlak, bronz rengi saçları bukleler halinde omuzlarına dökülüyordu. Çikolata kahvesi gözleri beni ilgiyle izliyordu, hiç de çocuk gibi değildi. Bakışları yetişkin, bilinçli ve oldukça akıllı görünüyordu. Elini kaldırıp benim olduğum tarafa doğru uzandı ama sonra uzanıp Rosalie'nin boynunu tuttu.

Yüzü, güzelliği ve kusursuzluğuyla beni hayrete düşürüyor olmasaydı, aynı çocuk olduğuna inanmayacaktım. Benim çocuğum olduğuna.

Ama hatlarında Edward vardı ve gözlerinin rengiyle elmacık kemiklerinde de ben vardım. Hatta Charlie bile, rengi Edward'ın saçı gibi olsa da, kalın bukleerdeki yerini almıştı. Bu bizim kızımız olmalıydı. İmkânsız ama yine de doğru.

Bu beklenmedik küçük insanı görmek onu daha gerçek yapmıyordu. Onu daha da gerçekdışı kılıyordu.

Rosalie boynundaki küçük eli tutup mırıldandı, "Evet, bu o."

Renesmee'nin gözleri benimkilere kilitlendi. Sonra, doğuşundan saniyeler sonra yaptığı gibi, bana gülümsedi. Küçücük, kusursuz beyaz dişlerin parıltısıyla.

Sendeleyerek ona doğru tereddütlü bir adım attım.

Herkes çok çabuk hareket etmişti.

Emmett ve Jasper hemen karşımdaydı. Edward beni arkamdan kavramıştı, kollarımın üstünden sıkıca tutuyordu. Carlisle ve Esme bile Emmett ve Jasper'ın yanına geçmişlerdi. Rosalie de kolları Renesmee'yi kavrayarak kapıya doğru gerilemişti. Jacob da hareket etti, o korumacı duruşuyla Rosalie'nin önündeydi.

Yerinden kımıldamayan tek kişi Alice'ti.

"Ah, ona biraz güvensenize," diye azarladı onları. "Hiçbir şey yapmayacaktı ki. Siz olsanız, siz de daha yakından bakmak isterdiniz."

Alice haklıydı. Kendimi kontrol edebiliyordum. Ormanda duyduğum, insan kokusu gibi imkânsız bir şekilde zorlayıcı bir koku için bile kendimi tutabilmiştim. Gerçi buradaki ayartma karşılaştırılmazdı. Renesmee'nin kokusu dünyadaki en güzel parfüm ve en lezzetli yemeğin kokusunun dengelenmiş haliydi. Bir de insan kısmını karşı konulmaz yapmaktan koruyan yeterli derecede tatlı vampir kokusu vardı.

Bununla başa çıkabilirdim. Emindim.

"Ben iyiyim," dedim, Edward'ın kolumdaki elini sıvazlayarak. Sonra duraksadım ve ekledim. 'Yine de yakında dur, her ihtimale karşı:"

Jasper'ın gözleri kısılmış, bana odaklanmıştı. Üzerimde duygusal ölçümler yaptığını biliyordum. Sakin olmayı denedim. Edward'ın, Jasper'ın değerlendirmesini görünce kollarımı bıraktığını hissettim. Ama Jasper ilk elden okuyor olsa bile, onun kadar emin değildi.

Sesimi duyunca, o bilinçli çocuk Rosalie'nin kollarında debelenmeye başladı. Yüz ifadesi sabırsız gibi görünüyordu.

"Jasper, Emmett, bırakın geçelim. Bella bununla başa çıkabilir."

"Edward, risk- ," dedi Jasper.

"Dinle Jasper, avlanırken yanlış yerde yanlış zamanda olan bazı insanların kokusunu aldı..."

Carlisle'ın şok içinde yutkunduğunu duydum. Esme'nin yüzündeki ifadede değişmişti. Jasper'ın gözleri fal taşı gibi açıldı ama sanki Edward'ın sözleri aklındaki bazı soruları cevaplamış gibi başıyla onayladı. Jacob'ın ağzı iğreniyormuş gibi büzüldü. Emmett omuz silkti. Rosalie, kollarında debelenen çocuğu tutmaya çalışırken Emmett'tan daha az ilgili duruyordu.

Alice'in yüzünde ise şüpheli bir ifade vardı. Gözlerini kıstı, üzerimdeki ödünç gömleğe odaklanmıştı, sanki yaptıklarımdan çok elbiseye olanlar için endişeliydi.

"Edward!" dedi Carlisle. "Nasıl bu kadar sorumsuz olabildin?"

"Biliyorum Carlisle, biliyorum. Büyük aptallık ettim. Onu serbest bırakmadan önce güvenli bir alanda olduğumuzdan emin olmalıydım."

"Edward," diye mırıldandım. Herkesin bana bakış şeklinden utanmıştım/Sanki gözlerimde daha parlak bir kırmızı görmeye çalışıyorlardı.

"Beni azarlamakta kesinlikle haklı, Bella," dedi Edward.

"Ben büyük bir hata yaptım. Senin tanıdığım herkesten daha güçlü olman bunu değiştirmeyecek."

"Ne güzel espri Edward," dedi Alice.

"Espri yapmıyorum. Jasper'a neden Bella'nın bunu başarabileceğini anlatıyordum. Herkesin kendine göre sonuç çıkarması benim hatam değil."

"Bekle," dedi Jasper. "İnsanları avlamadı mı?"

"Öyle olacak sandım," dedi Edward, belli ki eğleniyordu. Dişlerim kenetlenmişti. "Tümüyle ava odaklanmıştı."

"Ne oldu?" diye Carlisle birden araya girdi. Gözleri aniden ışıldadı ve yüzünde şaşkın bir gülümseme belirdi. Bu bana değişimim hakkında sorular sorduğu zamanı hatırlatmıştı. Yeni bilginin heyecanı...

Edward ona doğru eğilip anlattı. "Arkasından geldiğimi duydu ve savunmayla karşılık verdi. Daha önce hiç böyle bir şey görmemiştim. Ne olduğunu fark etti ve sonra...*nefesini tutup kaçmaya başladı.*"

"Ciddi misin?" diye mırıldandı Emmett.

"Doğrusunu anlatmıyor," dedim öncekinden de daha çok utanmış bir halde. "Ona hırladığım kısmı atladı."

"Şöyle birkaç tekme attın mı?" diye sordu Emmett hevesle.

"Hayır! Tabii ki atmadım."

"Hayır mı? Ona saldırmadın mı?"

"Emmett!" diye karşı çıktım.

"Ah yazık olmuş," diye söylendi Emmett. "Ve burada, senin aklına girip hile yapamadığı için, belki de onu dövebilecek tek kişisin. Hem mükemmel bir bahanen de varmış." İç çekti. "Şu avantajı olmadan nasıl dövüşür, görmek için ölüyorum."

Ona öfkeyle baktım. "Asla yapmanı."

Jasper'ın yüzünün ekşimesi dikkatimi çekmişti, şimdi öncekinden daha da tedirgin görünüyordu.

Edward gülerek hafifçe Jasper'a vurdu. "Ne demek istediğimi anlıyor musun?"

"Bu doğal değil," diye mırıldandı Jasper.

"Sana saldırabilirdi, o vampir olalı daha sadece birkaç saat oldu!" diye çıkıştı Esme şaşkınlıkla. "Ah, biz de sizinle gelmeliydik."

Edward olayın can alıcı kısmını anlatmayı bitirdiği için artık konuşulanlara fazla dikkat etmiyordum. Hâlâ bana bakan güzeller güzeli çocuğa bakıyordum. Küçük elleri bana doğru uzandı, sanki benim kim olduğumu biliyor gibiydi. İçgüdüsel olarak ben de hemen elimi kaldırdım.

"Edward," dedim, Jasper'ı aşıp daha iyi görmeye çalışarak. "Lütfen?"

Jasper'ın dişleri hâlâ kenetliydi ve hareket etmiyordu.

"Jasper, bu daha önceden gördüğün bir şeye benzemiyor," dedi Alice sessizce. "Güven bana."

Bir an bakıştılar ve sonra Jasper başıyla onayladı. Yolumdan çekildi ama yine de ellerinden birini omzuma koyarak benle beraber yavaşça yürüdü.

Her adımımı atmadan önce düşünüyordum. Ruh halimi inceliyor, boğazımdaki yanmayı, diğerlerinin çevremdeki yerlerini düşünüyordum. Uzun bir yürüyüş olmuştu.

Bu zaman içinde Rosalie'nın kucağında debelenen, bana uzanmaya çalışan çocuğun yüzü daha da huysuzlanmıştı. Sonra yüksek, çınlayan bir sesle ağlamaya başladı. Herkes birden, daha önce sesini hiç duymamış gibi tepki verdi.

Hepsi çevresinde toplandı, beni geride olduğum yerde donakalmış bir halde bırakmışlardı. Renesmee'nin ağlamasındaki ses içimi parçalamış, beni olduğum yere çivilemişti. Gözlerim tuhaf bir şekilde sızladı, ağlayacakmışım gibi hissediyordum.

Herkes elini ona uzatmış onu yatıştırmaya çalışıyordu. Benim haricimdeki herkes.

"Ne oldu? Canı mı yanıyor? Ne oldu?"

En yüksek ve gergin olan ses Jacob'a aitti. Renesmee'ye uzanışını izledim ve sonra Rosalie'nin onu vermemek için direnişini gördüm.

"Hayır, o iyi," dedi Rosalie, Jacob'a güven vermeye çalışıyordu.

Rosalie Jacob'a güven vermeye mi çalışıyordu?

Renesmee gönülsüzce Jacob'ın kucağına gitti, küçük elini yanağına koymuş, bana doğru uzanmak için kıvranıyordu.

"Gördün mü?" dedi Rosalie. "Sadece Bella'yı istiyor."

"Beni mi istiyor?" diye fısıldadım.

Renesmee'nin gözleri - benim gözlerim - sabırsızca bana bakıyordu.

Edward hızla yanıma geldi. Ellerini hafifçe kollarıma koyarak beni ileri itti.

"Neredeyse üç gündür seni bekliyor," dedi bana.

Aramızda onunla yalnız bir metre kadar vardı şimdi. Titreyen sıcaklığını hissedebiliyordum.

Belki de titreyen Jacob'dı. Yaklaşınca ellerinin titrediğini gördüm. Görünürdeki o açık gerginliğine rağmen çok uzun zamandır görmediğim kadar huzurlu görünüyordu.

"Jake, ben iyiyim," dedim ona. Renesmee'yi, onun titreyen ellerinde görmek beni telaşlandırmıştı ama kendimi kontrol etmeye çalıştım.

Gözlerini kısarak bana bakarken yüzünü ekşitti, sanki Renesmee'nin benim kollarımda olma düşüncesi onu telaşlandırmıştı.

Renesmee hevesle bana uzandı, küçük elleri, ellerimi kavramaya çalışarak küçük yumruklara dönüşüyordu.

O an içimde bir şeyler yerine oturdu. Ağlamasının sesi, gözlerinin tanıdıklığı, yeniden bir araya gelmemiz konusunda benden bile daha sabırsız olması; hepsi, eliyle aramıza kavramaya çalıştığı boşlukla anlaşılabiliyordu. Birden, o tamamen gerçek olmuştu. *Tabii ki* onu tanıyordum. O son adımı atarak ona ulaşmam, ellerimi en iyi uydukları yere koyarak onu nazikçe kendime çekmem tümüyle olağan bir şeydi.

Jacob uzun kollarını uzatıp, Renesmee'yi kucaklamamı sağladı ama onu bırakmadı. Tenlerimiz birbirine çarpınca biraz ürperdik. Jacob'ın önceden bana her zaman sıcak gelen cildi, şimdi ateş gibiydi. Neredeyse Renesmee'nin sıcaklığı kadardı. Belki birkaç derece fark vardı.

Renesmee tenimin soğukluğundan habersiz gibiydi, ya da en azından buna oldukça alışkındı.

Bana bakıp yüzündeki iki gamzeyi ve küçük kare dişlerini göstererek yeniden gülümsedi. Sonra bilinçli bir şekilde yüzüme uzandı.

Bunu yaptığı an, üzerimdeki bütün eller beni daha da sıkı tutmaya başladılar ama ben fark etmedim bile.

Güçlükle nefes alıyordum, aklımda beliren görüntü beni afallatmış ve korkutmuştu. Çok güçlü bir hatıra gibi gelmişti ama aynı zamanda tümüyle yabancıydı; bu görüntüleri aklımda izlerken bir yandan da gözlerimle görmeye devam ediyordum. Neler olduğunu anlamaya ve çaresizce sakin kalmaya çalışarak Renesmee'nin beklenti dolu yüz ifadesini izledim.

Şok edici ve bilinmedik olmasının yanında bu görüntü bir şekilde hatalıydı da. Kendi yüzümü, eski yüzümü tanımıştım ama tersti, tersten görünüyordu. Hemen yüzümü, bir yansımadan değil de, başkalarının gördüğü şekilde görüyor olduğumu anladım.

Hatıradaki yüzüm harap olmuştu, kan ve ter içindeydi. Tüm bunlara rağmen yüzümde sevgi dolu bir gülümseme vardı ve kahverengi gözlerim parıldıyordu. Görüntü genişledi, yüzüm daha yakına geldi ve sonra birden kayboldu.

Renesmee'nin eli yanağımdan düştü. Yüzünde daha geniş bir gülümseme belirdi ve gamzeleri iyice ortaya çıktı,

Oda, kalp atışları dışında tümüyle sessizdi. Jacob ve Renesmee haricinde kimse, nefes dahi almıyordu. Sessizlik iyice uzamıştı, sanki bir şey dememi bekliyorlardı.

"O...da...neydi?" diyebildim ancak.

"Ne gördün?" dedi Rosalie merakla. "Sana ne gösterdi?"

"Gördüğümü o mu gösterdi?" diye fısıldadım.

"Sana anlatmanın zor olduğunu söylemiştim," diye mırıldandı Edward kulağıma. "Ama iletişim kuracak kadar etkili."

"Ne gördün?" diye sordu Jacob.

Birkaç kere gözlerimi kırpıştırdım. "Şey. Kendimi. Sanırım. Ama çok kötü görünüyordum."

"Sana ait tek anısı buydu," diye açıkladı Edward. Bana gösterdiği şeyi Edward da görmüş olmalıydı. Sesi bu hatıranın ortaya çıkmasıyla daha sert çıkmıştı. "Sana bağlantıyı kurduğunu, senin kim olduğunu anladığını söylüyor."

"Ama bunu *nasıl* yaptı?"

Renesmee benim korkutucu gözlerime aldırış etmiyor gibi görünüyordu. Gülümseyerek saçlarımı tutuyordu.

"Ben nasıl düşünceleri duyabiliyorum? Alice nasıl geleceği

görebiliyor?" Edward cevap beklemeyen soruları sorup omuz silkti.

"Üstün bir yeteneği var ."

"Bu tuhaf bir yetenek," dedi Carlisle Edward'a. "Senin yapabildiğinin tam tersini yapıyor gibi."

"Ilginç ama öyle," diye onayladı Edward. "Merak ediyorum da..."

Onların kurgulara daldıklarını biliyordum ama ilgilenmiyordum. Dünyadaki en güzel surata bakıyordum. Kollarımda sıcacık duruyordu. Bana neredeyse karanlığın kazandığı, dünyada tutunacak hiçbir şeyin kalmadığı o an'ı hatırlattı. Beni ezen o karanlıktan kurtaracak kadar güçlü bir şey yoktu. O an Renesmee'yi düşünmüş ve asla bırakmayacağım bir şey bulmuştum.

"Ben de seni hatırlıyorum," dedim ona sessizce.

Eğilip dudaklarımı alnına bastırmak çok doğal bir şeydi. Harika kokuyordu. Koku boğazımı alevlendirmişti ama bunu görmezden gelmek kolaydı. Bu anın güzelliğinden çıkmaya niyetim yoktu. Renesmee gerçekti ve ben onu tanıyordum. Başından beri uğruna mücadele ettiğim o küçük tekmeciydi. Beni içimden seven küçük tekmeci. Yarı-Edward, kusursuz ve güzel. Ve yarı-ben... Şaşırtıcıydı ama bunu daha da iyi yapmıştı.

Başından beri haklıydım. Uğruna mücadele etmeye değmişti.

"O iyi," diye mırıldandı Alice, sanırım Jasper'a doğru. Onların bana güvenmeyen bir şekilde etrafımda dolandıklarını hissedebiliyordum.

"Bir gün için yeterince test etmedik mi?" diye sordu Jacob. Sesi gergindi ve olduğundan daha ince çıkıyordu. "Tamam, Bella harika gidiyor ama zorlamayalım."

Ona öfkeyle baktım. Jasper endişeli bir halde yanımda duruyordu. O kadar kalabalıktık ve birbirimize o kadar yakın duruyorduk ki, ufacık bir hareket bile büyük görünüyordu.

"Senin derdin ne Jacob?" dedim. Renesmee'yi onun kucağından kendime çekmeye çalıştıkça o da bana doğru yaklaşıyordu. Hemen önümde duruyordu, Renesmee tam ikimizin ortasındaydı.

Edward ona tısladı, "Seni anlamam, kapı dışarı etmeyeceğim anlamına gelmiyor, Jacob. Bella olağanüstü bir şekilde iyi gidiyor. Bu anı mahvetme."

"Seni fırlatmasına ben de yardım ederim köpek," dedi Rosalie öfkeyle. "Karnına atacak esaslı bir tekme borcum var." Açıkça görünüyordu ki, bu ilişkide hiçbir değişiklik olmamıştı, tabii daha kötüye gitmediyse.

Öfkeyle, Jacob'ın gergin, yarı kızgın ifadesine baktım. Gözleri Renesmee'nin yüzüne kilitlenmişti. Şu anda en azından altı vampire dokunuyor olmalıydı ama bu onu rahatsız ediyor gibi görünmüyordu.

Tüm bunlara beni benden korumak için mi katlanıyordu? Benim değişimimde, onun nefret ettiği bir şeye dönüşmemde ne olmuştu da buna sebep olan şeye karşı böylesine yumuşamıştı?

Olanları çözmeye çalıştım, kızıma bakışını izledim. Ona sanki...kör bir adamın güneşe ilk kez baktığı gibi bakıyordu.

"Hayır!" diye inledim.

Jasper'ın dişleri bir araya geldi ve Edward'ın kolları göğsümü sıkıca sardı. Jacob, Renesmee'yi kucağımdan aldı ama ona tutunmayı denemedim. Çünkü geldiğini hissetmiştim, herkesin beklediği o kopmanın geldiğini.

"Rose," dedim dişlerimin arasından, oldukça sessizce. "Renesmee'yi al."

Rosalie ellerini uzattı ve Jacob kızımı hemen ona verdi. İkisi de benden uzaklaştı.

"Edward seni incitmek istemiyorum, o yüzden beni lütfen bırak."

Duraksadı.

"Gidip Renesmee'nin önünde dur," diye önerdim.

Bir an için düşündü ve sonra beni bıraktı.

Avlanır gibi çömeldim ve Jacob'a doğru iki yavaş adım attım.

"Sen," diye hırladım ona.

Ellerini yukarı kaldırıp geri çekildi, benimle uzlaşmaya çalışıyordu. "Biliyorsun, bu benim kontrol edebildiğim bir şey değil."

"Seni *aptal köpek! Nasıl* yapabildin? *Bebeğimi...*"

Giriş kapısına doğru geriledi, onu izlemeye devam ediyordum. Merdivenleri tersten koşar gibi indi. "Bu benim fikrim değildi, Bella!"

"Onu bunca zaman taşıdım ve şimdi bana, o geri zekâlı kurt işi isteklerle mi geliyorsun? O *benim.*"

"Ben paylaşabilirim," dedi yalvarır gibi, çimlerde gerileyerek.

"Bahisleri ödeyin," dediğini duydum Emmett'ın arkamdan. Beynimin küçük bir kısmı, kimin bahsinin bu sonuca karşı olduğunu merak etmişti ama dikkatimi buna harcamadım. Bunun için fazlasıyla öfkeliydim.

"Nasıl benim *bebeğime mühürlenirsin?* Aklını mı kaçırdın?"

"İstemeden oldu!" diye ısrar etti, ağaçlara doğru gerileyerek.

"Yalnız değildi. O iki kocaman kurt tekrar ortaya çıkmıştı, iki yanında toplandılar. Leah bana doğru atıldı.

Dişlerimin arasından korkulu bir hırlama çıktı. Ses beni rahatsız etti ama yine de ilerlememi engellemedi.

"Bella, bir saniye dinlemeye çalışır mısın? Lütfen?" diye yalvardı Jacob. "Leah, geri çekil," diye ekledi.

Leah bana dişlerini gösterdi.

"Neden dinleyecekmişim?" diye tısladım. Öfke aklımı yönetiyor, diğer her şeyi örtüyordu.

"Çünkü bana bunu söyleyen sendin. Hatırlıyor musun? Bizim birbirimizin hayatına ait olduğumuzu söylemiştin, öyle değil mi? Aile olduğumuzu. Böyle olmamız gerektiğini söylemiştin. Ve...şimdi öyleyiz. Senin istediğin buydu."

Ateş püsküren gözlerimle ona şiddetle baktım. O sözleri hayal meyal hatırlıyordum. Ama yeni ve hızlı beynim, onun bu saçmalığının iki adım önündeydi.

"*Damadım* olarak mı ailemin bir parçası olacağını düşünüyorsun?" diye bağırdım. Çınlayan sesim iki oktav yukarıdan çıkmış olmasına rağmen yine de kulağa müzik gibi gelmişti.

Emmett güldü.

"Durdur onu, Edward," diye mırıldandı Esme. "Onu incitirse sonra üzülecek."

Ama kimsenin arkamdan geldiğini hissetmedim.

"Hayır!" Jacob da ısrar etmeye devam ediyordu. "Bunu nasıl bu şekilde görebilirsin? Tanrı aşkına, o daha bir bebek!"

"Ben de bunu söylüyorum!" diye bağırdım.

"Onun hakkında öyle düşünmediğimi biliyorsun! Öyle düşünüyor olsaydım sence Edward bu kadar bile yaşamama izin verir miydi? Tek istediğim onun güvende ve mutlu olması. Bu çok mu kötü bir şey? Senin istediğinden çok mu farklı bir şey?" O da bana bağırarak karşılık veriyordu.

Konuşmayı bırakıp ona avazım çıktığı kadar gürledim.

Edward'ın, "Bella inanılmaz, değil mi?" dediğini duydum.

"Bir kez olsun Jacob'ın boğazına saldırmadı," diye onayladı Carlisle onu, sesi şaşkın geliyordu.

"Peki, bu bahsi sen kazandın," dedi Emmett kin dolu bir sesle.

"Ondan uzak duracaksın," diye tısladım Jacob'a.

"Bunu yapamam!"

Dişlerimin arasından, *"Dene.* Hemen *şimdi* başla," dedim.

"Bu mümkün değil. Üç gün önce yanında olmamı ne kadar istiyordun hatırlıyor musun? Birbirimizden ayrı kalmak ne kadar zordu? Bu senin için ortadan kalktı, değil mi?"

Öfkeyle baktım, ne ima ettiğinden emin değildim.

"İşte, O'nun yüzündendi," dedi bana. "Başından beri beraber olmamız gerekiyordu, o zaman bile."

Hatırladım ve sonra anladım... Bir yanım bu deliliğin nedenini bulduğundan dolayı rahatlamıştı. Ama bu rahatlama beni sonra daha da kızgın yaptı. Bunun benim için yeterli olmasını mı bekliyordu? Bu ufacık aydınlatmayla her şeye tamam dememi mi bekliyordu?

"Hâlâ yapabiliyorken kaç git," diye tehdit ettim onu.

"Hadi, Bells! Nessie de beni seviyor," diye üsteledi.

Dondum. Nefes alışım durdu. Arkamdaki sessizlik de, geri kalanların gergin tepkilerini ifade ediyordu.

"Ne...kim seni seviyormuş?"

Jacob bir adım daha gerilerken sersem gibi görünüyordu. "Şey," diye geveledi, "senin bulduğun isim çok uzun ve - "

"Kızıma Loch Ness Canavarı'nın adını mı verdin?" diye bağırdım.

Ve sonra boğazına saldırdım.

23. ANILAR

"Üzgünüm, Seth. Daha yakında olmalıydım."
Edward hâlâ özür diliyordu ama ben bunun adil ya da uygun olduğunu düşünmüyordum. Ne de olsa kontrolünü bağışlanamaz bir biçimde kaybeden *Edward* değildi. Kendini savunmak için değişmeyen Jacob'ın kafasını koparmaya çalışan *Edward* değildi. Araya girdiğinde kazara Seth'in omzunu kıran *Edward* değildi. En iyi arkadaşını neredeyse öldüren de *Edward* değildi.

En iyi arkadaşın cevaplaması gereken şeyler olmadığından değildi ama Jacob'ın yaptığı hiçbir şey bu hareketime neden olan öfkeyi yatıştıramazdı.

O zaman özür dilemesi gereken ben değil miydim? Tekrar denedim.

"Seth, ben - "

"Merak etme Bella, ben iyiyim," dedi Seth.

"Bella aşkım, kimse seni yargılamıyor. Gayet iyi gidiyorsun," dedi Edward.

Daha bir cümleyi bile tamamlamama izin vermemişlerdi.

Edward'ın yüzündeki o gülümsemeyi tutarken zorlanması her şeyi daha beter yapıyordu. Jacob'ın benim aşırı tepkimi hak etmediğini biliyordum ama Edward bunun içinde tatmin edici bir şey bulmuş gibi görünüyordu. Belki o da yeni vampir olmanın verdiği bahaneye sahip olup Jacob'a hissettiği kızgınlığıyla fiziksel bir şey yapmak istiyordu.

Öfkeyi bünyemden tümüyle silmeye çalıştım ama bu çok güçtü, hele de Jacob'ın dışarıda Renesmee'yle olduğunu bilirken. Onu, benden, delirmiş yeni vampirden korumayı kendisine görev edinmişken.

Carlisle, Seth'in kolunu başka bir tel parçasıyla sağlamlaştırdı, Seth yerinden sıçradı.

"Üzgünüm, üzgünüm!" diye geveledim.

"Kendini kaybetme, Bella," dedi Seth, sağlam olan eliyle dizime hafifçe vururken, Edward da diğer tarafımda durmuş, kolumu sıvazlıyordu.

Seth'in, Carlisle onu tedavi ederken, yanında oturmamla ilgili bir sorunu yoktu. "Yarım saat içinde normale dönerim," diye devam etti, eli hâlâ dizimdeydi, sanki soğukluğa aldırmıyor gibiydi. "Kim olsa aynı şeyi yapardı, Jake ve Ness'in - " Sonra durdu ve hemen konuyu değiştirdi. "Yani, en azından beni ısırmadın. O zaman kötü olurdu işte."

Yüzümü ellerimin arasına alıp bu düşünceden silkinmeye çalıştım. Aslında çok da olası bir şeydi. Kolaylıkla gerçekleşebilirdi. Ve kurt adamlar vampir zehrine karşı insanlar gibi tepki vermiyordu, bana bunu yeni söylemişlerdi. Bu onları zehirliyordu.

"Ben kötü bir insanım."

"Tabii ki değilsin. Ben yanında olmalıydım..." diye başladı Edward.

"Kes şunu," diye iç geçirdim. Her şeyde yaptığı gibi bunda da suçu üzerine almasını istemiyordum.

"Şanslı, Ness -yani Renesmee zehirli değil," dedi Seth tuhaf bir sessizliğin arkasından. "Çünkü Jake'i sürekli ısırıyor."

Ellerim önüme düştü. "Isırıyor mu?"

"Evet. Rose'la ikisi ona yeterince çabuk yemek vermediğinde... Rose bunun çok komik olduğunu düşünüyor."

Ona hayretle baktım. Biraz da suçluluk duyuyordum çünkü kabul etmeliydim ki, bu beni biraz memnun etmişti.

Tabii ki Renesmee'nin zehirli olmadığını çoktan biliyordum. Isırdığı ilk kişi bendim. Bu bulguyu yüksek sesle yapmadım çünkü o anları hatırlamadığımı söylemiştim.

"Seth," dedi Carlisle, ayağa kalkıp bizden uzaklaşırken. "Sanırım yapabileceğimin en iyisi bu. Birkaç saat hareket ettirmemeye çalış. Yani sanırım birkaç saat." Carlisle güldü. "Keşke insanların tedavisi de böyle olsa." Seth'in siyah saçlarını okşadı.

"Hareket etme," dedi ve yukarı çıkıp gözden kayboldu. Ofisinin kapısının kapandığını duydum. Ofisteki bana ait şeyleri kaldırdılar mı, diye merak ettim.

"Herhalde biraz hareketsiz oturmayı becerebilirim," diye onayladı Seth, Carlisle çoktan gitmiş olmasına rağmen. Sonra esnedi. Dikkatle, omzunu hareket ettirmediğinden emin olarak başını koltuğa yaslayıp gözlerini yumdu. Saniyeler sonra ağzı gevşedi.

Bu huzurlu ifadesini görünce biraz somurttum. Jacob gibi, Seth de istediği anda uykuya dalabilme yeteneğine sahipti. Bir süre özür dileyemeyeceğimi bilerek ayağa kalktım, bu haraketim koltuğun şeklini değiştirmedi bile. Fiziksel olan her şey çok kolaydı. Ama diğerleri...

Edward benimle birlikte pencerenin yanına geldi ve elimi tuttu.

Leah nehrin kıyısında turluyor, arada bir durup eve bakıyordu. Ne zaman kardeşine, ne zaman bana baktığını anlamak kolaydı. Endişeli ve katil bakışlar arasında gidip geliyordu.

Evin önündeki merdivenlerde oturan Jacob ve Rosalie'nin, sessizce Renesmee'yi besleme sırasının kimde olduğu hakkında atıştıklarını duyabiliyordum. İlişkileri hiç olmadığı kadar düşmanca olmuştu. Hemfikir oldukları tek konu, benim öfke nöbetlerimin geçtiğine yüzde yüz emin olana kadar bebeğimden uzak kalmam gerektiğiydi. Edward bu kararlarına karşı çıkmıştı ama ben kabullenmiştim. Ben de emin olmak istiyordum. Ama endişeliydim çünkü *benim yüzde yüz'*ümle *onların yüzde yüz'ü* çok farklı şeyler demek olabilirdi.

Onların didişmesi, Seth'in ağır nefesi, Leah'nın rahatsız edici yürüyüşü haricinde çevrede sessizlik hakimdi. Emmett, Alice ve Esme avlanmaya çıkmıştı. Jasper, bana göz kulak olmak için kalmıştı. Geride, merdivenlerin orada duruyordu.

Sakinlikten faydalanıp Edward ve Seth'in söylediklerini düşündüm. Yanarken çok şey kaçırmıştım ve bu da olanları öğrenmek için ilk şansım olmuştu.

En önemlisi Sam'in sürüsüyle yaşanan düşmanlığın sona ermesiydi, bu yüzden diğerleri istedikleri gibi gidip gelebiliyor-

lardı. Ateşkes şimdi çok daha güçlüydü. Ya da daha bağlayıcı...
Bunun bakış açısına göre değiştiğini düşündüm.

Bağlayıcıydı çünkü sürünün kayıtsız şartsız kuralı şuydu;
hiçbir kurt başka bir kurdun mühürlendiği kişiyi öldüremezdi.
Böyle bir şeyin acısı sürüdeki herkes için dayanılmaz olacaktı.
Bu, kasıtlı ya da kazara yapıldığında affedilmeyecekti; konuyla
ilgisi olan kurtlar ölümüne dövüşecekti, başka yolu yoktu.
Seth'in söylediğine göre böyle bir şey çok önceden olmuştu,
ama kazara olmuştu.

Demek Renesmee şimdi Jacob'ın hissettiklerinden dolayı
dokunulmazdı. Üzüntüden çok, bu gerçeğin verdiği rahatlamaya
odaklanmaya çalıştım ama kolay değildi. Aklımda iki duyguyu
da yoğun olarak hissedecek kadar yer vardı.

Ve Sam benim dönüşümüm için de kızamazdı çünkü Jacob,
gerçek Alfa olarak konuşup bu durumu kabul ettirmişti. Ben
sadece ona kızgın olmak isterken, Jacob'a ne kadar borçlu olduğumu,
tekrar ve tekrar hissetmek içime dert oluyordu.

Düşüncelerimi, kasıtlı olarak duygularımı kontrol edebilmek
için, başka bir tarafa yönlendirdim. Başka bir ilginç fenomeni
düşündüm, farklı sürüler arasında sessizlik olurdu ama
Jacob ve Sam, Alfalar'ın kurt halindeyken birbirleriyle konuşabildiklerini
keşfetmişlerdi. Bu önceki gibi değildi, birbirlerinin
aklından geçen her düşünceyi duyamıyorlardı. Seth'in dediğine
göre daha çok sesli konuşmak gibiydi İkisi de sadece birbirlerinin
paylaşmayı istediği düşüncelerini duyabiliyorlardı. Ve böylece
birbirlerinden uzaktayken de bu şekilde iletişim kurabiliyorlardı.

Tüm bunları, Seth ve Leah'nın itirazlarına rağmen Jacob,
Renesmee'den bahsetmek için tek başına Sam'le konuşmaya
gittiğinde fark etmemişlerdi. Jacob, Renesmee'yle ilk göz göze
gelişinden beri ilk kez o zaman ondan ayrılmıştı.

Sam her şeyin tümüyle değiştiğini anladığında, Jacob'la gelerek
Carlisle'la konuşmuştu. Edward benim yanımdan ayrılmayıp
aralarında çeviri yapmayı reddettiği için insan durumunda
konuşmuştu. Ve anlaşmayı yenilemişlerdi. Ama ilişkileri bir
daha eskisi gibi olmayabilirdi.

Büyük endişelerimden birini halletmiştim.

Ama başka bir şey daha vardı; kızgın bir kurt sürüsü kadar fiziksel olarak tehlike oluşturmasa da, bana daha acil gelen bir şey.

Charlie.

Bu sabah Esme'yle konuşmuştu ama bu onu, daha birkaç dakika önce, Carlisle Seth'i tedavi ederken ikinci kere aramaktan alıkoymamıştı. Ne Carlisle ne de Edward telefona cevap vermişti.

Ona söylenecek doğru şey ne olurdu? Cullenlar haklı mıydı? Ona öldüğümü söylemek en iyi, en kibar yol muydu? O ve annem tabutumun başında ağlarken içinde hareketsiz yatabilecek miydim?

Bana doğru yol buymuş gibi gelmiyordu. Ama Charlie ve Renée'yi, Volturiler'ın sır saklama yönündeki saplantılarından doğan tehlike altına atmayacağım da kesindi.

Aklımda hâlâ Charlie'nin beni hazır olduğumda görüp yanlış fikirlere kapılması fikri vardı. Teknik olarak vampir kurallarını çiğnemiş olmayacaktım. Charlie'nin benim yaşıyor ve mutlu olduğumu bilmesi daha iyi olmaz mıydı? Ona tuhaf, farklı ve belki korkutucu görünsem bile...

Gözlerim şu anda fazla korkunçtu. Kendimi kontrolüm ve göz rengim ne zaman Charlie için hazır olacaktı?

"Sorun nedir Bella?" diye sordu Jasper sessizce, benim büyüyen gerginliğimi fark etmişti. "Kimse sana kızmıyor," – nehrin kenarından gelen kısık bir hırlama ona karşı çıkar gibiydi ama Jasper onu duymazdan geldi – "hatta kimse şaşkın bile değil, gerçekten. Yani aslında sanırım o anda kendini bu kadar çabuk kontrol edebildiğin için şaşkınız. Gayet iyiydin. Senden beklenilenden çok daha iyiydin."

O konuşurken oda iyice sakinleşti. Seth'in nefes alışları kısık horlamalara dönüştü. Kendimi huzurlu hissediyordum ama gerginliklerimi de unutmamıştım.

"Charlie'yi düşünüyordum aslında."

Dışarıdaki tartışma kesildi.

"Ah," diye mırıldandı Jasper.

"Gerçekten gitmemiz gerekiyor, değil mi?" diye sordum. "En azından bir süre. Atlanta'da falan olduğumuzu söylemeliyiz."

Edward'ın yüzüme odaklandığını hissedebiliyordum ama Jasper'a bakmayı sürdürdüm. Bana cevapları ciddi bir tonla veren oydu.

"Evet. Babanı korumanın tek yolu bu."

Bir an derin düşüncelere daldım. "Onu çok özleyeceğim. Buradaki herkesi özleyeceğim."

Jacob'ı da, diye düşündüm öfkeme rağmen. Gerçi onun sürekli yanımda olmasını isteyen o istek yok olmuş ve tanımlanmıştı ve bu yüzden çok rahatlamıştım ama o hâlâ arkadaşımdı. Gerçek beni bilen ve kabul eden. Canavar olsam bile.

Jacob'ın söylediklerini düşündüm, ona saldırmadan önce bana nasıl yalvardığını. *Bizim birbirimizin hayatına ait olduğumuzu söylemiştin, öyle değil mi? Aile olduğumuzu. Böyle olmamız gerektiğini söylemiştin. Ve...şimdi öyleyiz. Senin istediğin buydu.*

Ama bu benim istediğim şekilde olmamıştı. İnsan hayatımın belirsiz, zayıf anılarını hatırladım. En zor anlarımı, Edward'ın olmadığı o karanlık zamanları aklımın derinlerine gömmeye çalışmıştım. Tam olarak kelimeleri çıkaramıyordum... Jacob'ın kardeşim olmasını ve böylece birbirimizi karışıklık ve acı olmadan sevebilmemizi diliyordum. Aile. Ama hiçbir zaman bu görüntüye bir kız evladı katmamıştım.

Sonralarını hatırladım, Jacob'a veda ettiğim birçok zamandan birini; kimi seveceğini, ona yaptıklarımdan sonra hayatını kimin toparlayacağını merak edişimi. Kim olursa olsun, Jacob için yeterince iyi olmayacağını söylemiştim.

Güldüm ve Edward sorar bir ifadeyle kaşını kaldırdı. Sadece başımı sallamakla yetindim.

Ama dostumu ne kadar özlersem özleyeyim, daha büyük bir sorun olduğunu biliyordum. Sam, Jared ya da Quil mühürlendikleri kişiyi görmeden bir gün geçirmişler miydi hiç? Yapabilirler miydi bunu? Renesmee'den ayrılmak Jacob'a ne yapacaktı? Ona acı mı verecekti?

İçimde beni bu konuda hoşnut edecek kadar öfke vardı hâlâ.

Acı çekecek olmasından değil ama Renesmee'nın ondan uzakta olması düşüncesinden. Bana bile zar zor aitken onun Jacob'a ait olması düşüncesiyle nasıl başa çıkabilirdim?

Kapının önündeki hareketlerin sesleri düşüncelerimi dağıttı. Ayağa kalktıklarını duydum ve sonra kapıda belirdiler. Aynı anda Carlisle da elinde mezura ve derece gibi bir sürü tuhaf şeyle aşağı indi. Jasper hemen yanımda bitti. Sanki kaçırdığım bir şey varmış gibi, Leah bile oturmuş, yüzünde hem bilindik hem hiç de ilginç olmayan bir şeyi bekler bir ifadeyle pencereden içeri bakıyordu.

"On beş olmalı," dedi Edward.

"Ne?" diye sordum, gözlerim Renesmee, Jacob ve Rosalie'ye kilitlenmişti. Kapının girişinde durmuşlardı. Renesmee, Rosalie'nin kucağındaydı. Rosalie temkinli görünüyordu. Jacob ise sıkıntılıydı. Renesmee güzel ve sabırsızdı.

"Ness'i, yani, Renesmee'yi, ölçme zamanı," diye açıkladı Carlisle.

"Ah, bunu her gün yapıyor musun?"

"Günde dört kere," diye düzeltti Carlisle. Diğerleri de koltuğa doğru yaklaştılar. Renesmee'nin iç çektiğini gördüğümü sandım.

"Dört kere mi? Her gün mü? Neden ki?"

"Hâlâ hızlı büyüyor," diye mırıldandı Edward bana, sesi alçak ve gergindi. Elimi sıktı, diğer kolu da belime dolanmıştı, sanki desteğe ihtiyacı varmış gibiydi.

Gözlerimi Renesmee'nin yüzünden alamadım, yüz ifadesini görmek istiyordum.

Mükemmel görünüyordu, kesinlikle sağlıklıydı. Cildi mermer gibi parlıyordu, yanakları gül gibiydi. Böyle bir güzellikte bir sorun olamazdı. Zaten hayatında annesinden daha tehlikeli bir şey olamazdı herhalde. Olabilir miydi?

Doğurduğum ve bir saat önce gördüğüm çocuk arasındaki fark herkes tarafından görülebilirdi. Bir saat önceki ve şimdiki Renesmee arasındaki fark ise daha azdı. İnsan gözleri bunu fark edemezdi. Ama fark vardı.

Bedeni biraz daha uzundu. Biraz daha inceydi. Yüzü de o

kadar yuvarlak değildi. Bukleleri on beş milimetre kadar daha uzundu. Carlisle boyunu ve başını ölçerken Rosalie'nin kollarından, yardım eder gibi, uzanmıştı. Carlisle not almıyordu, hafızası mükemmeldi.

Jacob'ın kollarının göğsünde sıkıca birleşmiş olduğunun farkındaydım, bu esnada Edward'ın kolları da çevremde kenetlenmişti.

Renesmee birkaç hafta içinde tek hücreden normal boyutta bir bebeğe dönüşmüştü. Doğumundan sadece birkaç gün sonra yürüyecek olgunluğa erişecek hale geliyor gibi görünüyordu. Eğer bu büyüme hızı böyle devam ederse...

Vampir beynim matematik işlemlerini yaparken oldukça hızlıydı.

"Ne yapacağız?" diye fısıldadım korkuyla.

Edward'ın kolları beni daha da sıkı tuttu. Ne sorduğumu anlamıştı. "Bilmiyorum."

"Yavaşlıyor," diye geveledi Jacob dişlerinin arasından.

"Bundan emin olmak için birkaç gün daha ölçüm yapmamız gerekecek, Jacob. Söz veremem."

"Dün beş santim uzamıştı. Bugün daha az."

"Sekiz milimetre kadar az, tabii ölçümlerim kusursuzsa," dedi Carlisle sessizce.

"Kusursuz ol, doktor," dedi Jacob, bu sözleri neredeyse tehdit gibi sarf etmişti. Rosalie sertleşti.

"Biliyorsun, elimden geleni yapacağım," dedi Carlisle.

Jacob iç geçirdi. "Sanırım isteyebileceğim tek şey bu."

Yine rahatsız olmuştum, sanki Jacob benim sözlerimi çalıyor ama onları yanlış bir şekilde söylüyordu.

Renesmee de rahatsız görünüyordu. Kıvranmaya başladı ve sonra buyurur gibi elini Rosalie'ye uzattı. Rosalie, Renesmee'nin yüzüne dokunabilmesi için eğildi. Bir saniye sonra Rose iç geçirdi.

"Ne istiyor?" diye sordu Jacob, yine benim sözlerimi çalarak.

"Bella'yı tabii ki," dedi Rosalie ve bu sözler biraz da olsa içimi ısıttı. Sonra bana baktı. "Nasılsın?"

"Endişeli," diye kabul ettim ve sonra Edward sıkıca kolumu tuttu...

"Hepimiz öyleyiz. Ama demek istediğim bu değildi."

"Kendimi kontrol edebiliyorum," dedim. "Susuzluk, listemin sonlarında. Hem Renesmee'nin kokusu güzel ama yemek gibi değil."

Jacob dudağını ısırdı ama Rosalie Renesmee'yi bana uzatırken bir şey yapmadı. Jasper ve Edward da buna izin verdiler. Rose'un ne kadar gergin olduğunu görebiliyordum.

Ben ona uzanırken Renesmee de bana uzandı. Yüzü, göz kamaştırıcı bir gülümsemeyle aydınlanmıştı. Kucağıma kolayca yerleşti, sanki kollarım özel olarak onun için yapılmıştı. Sıcak elini hemen yanağıma koydu.

Hazırlıklı olsam bile hatırayı aklımda bir görüntü olarak görmek nefesimi kesmişti. Çok parlak ve renkliydi ama tümüyle saydamdı da.

Jacob'ı çimlere itişimi, Seth'in araya girişini hatırlıyordu. Her şeyi mükemmel bir netlikte görüp duymuştu. Gördüğüm kişi, bana benzemiyordu, yırtıcı bir hayvanın avına atlaması, oktan fırlayan yay gibiydi. Jacob'ın ellerini kaldırarak önümde öyle savunmasız bir halde durması, birazcık daha az suçlu hissetmemi sağladı. Elleri titremiyordu.

Edward, benimle birlikte Renesmee'nin düşüncelerini izlerken güldü. Ve sonra Seth'in kemiklerinin kırıldığını duyunca ikimiz de ürktük.

Renesmee o ışıltılı gülümsemesiyle gülümsedi. Hatıradaki gözü bir an olsun bile Jacob'ın üzerinden ayrılmıyordu. Jacob'ı izlerken bu hatırada yeni bir tat daha buldum, tam olarak korumacı değil ama sahiplenici bir tattı bu. Renesmee'nin, Seth ortaya atıldığı için memnun olduğu izlenimini aldım. Jacob'ın incinmesini istemiyordu. Jacob, *onundu*.

"Ah harika," diye söylendim. "Mükemmel."

"Bu sadece Jacob'ın hepimizden daha lezzetli olması yüzünden," dedi Edward, bu durumdan rahatsız olduğu için sesi sertleşmişti.

"Sana, onun da beni sevdiğini söylemiştim," dedi Jacob odanın diğer ucundan, gözleri Renesmee'nin üzerindeydi. Kaşlarının gergin duruşu değişmemişti.

Renesmee sabırsızca yüzüme vurdu, dikkatimi ona vermemi istiyordu. Başka bir hatıra: Rosalie nazikçe buklelerini tarıyordu. Bu kendimi iyi hissetmemi sağladı.

Carlisle ve mezurası, uzanıp hareketsiz durmasını gerektirdiği için ona ilginç gelmiyordu.

"Galiba sana kaçırdığın her şeyi gösterecek," diye fısıldadı Edward kulağıma.

Sonraki görüntüde burnum kırıştı. Metal bir kaptan gelen koku boğazımın yanmasına sebep oldu. Ah.

Ve sonra birden Renesmee kollarımdan gitti, kollarım arkamda tutuluyordu. Jasper'la mücadele etmiyor, sadece Edward'ın korkmuş yüzüne bakıyordum.

"Ne yaptım?"

Edward arkamdaki Jasper'a, sonra da bana baktı.

"Ama Renesmee susuz olduğunu düşünüyordu," diye söylendi Edward. "İnsan kanının tadını düşünen Renesmee'ydi."

Jasper'ın kolları hâlâ benimkileri tutuyordu. Bu çok da rahatsız edici değildi. Sadece sinir bozucuydu. Kollarından kaçabileceğimi biliyordum ama direnmedim.

"Evet," dedim. "Ne olmuş?"

Edward önce surat asarak bana baktı, sonra rahatladı. Güldü. "Anlaşılan hiçbir şey olmamış. Bu sefer aşırı tepkili davranan bendim. Jasper, bırak onu."

Beni tutan eller kayboldu. Kurtulduğum anda Renesmee'ye uzandım. Edward tereddüt etmeden onu kollarıma verdi.

"Anlayamıyorum," dedi Jasper. "Buna dayanamıyorum."

Jasper arka kapıdan fırlayıp gittiğinde şaşırmıştım. Leah çekilip ona koşması için yer verdi ve sonra da Jasper'ın bir atlayışta nehri geçtiğini duydum.

Renesmee boynuma dokundu, Jasper'ın gidişini gösterdi. Düşüncesindeki soruyu anlayabiliyordum.

Bu yeteneği beni şok ediyordu. Bu onun tümüyle doğal bir parçası gibi görünüyordu. Belki şimdi ben de doğaüstü şeylerin bir parçası olduğuma göre bir daha bu konularda kuşkucu olmayacaktım.

Ama Jasper'ın nesi vardı?

"Geri dönecek," dedi Edward, bana ya da Renesmee'ye, emin değildim. "Sadece kendi bakış açısını görebilmek için biraz yalnız kalmaya ihtiyacı var." Yüzünde belli belirsiz bir sırıtış oldu.

İnsanlığımdan başka bir anı; Edward bana, vampirliğe alışmaya çalışırken zorlanırsam, Jasper'ın daha iyi hissedeceğini söylemişti. Bu konuşma, ilk yılımda kaç insan öldüreceğimden bahsederken gelişmişti.

"Bana kızgın mı?" diye sordum sessizce.

Edward'ın gözleri açıldı. "Hayır. Neden kızgın olsun ki?"

"O zaman onun nesi var?"

"Kendisi için üzülüyor Bella, senin için değil. Endişesinin kaynağı...korktuğu başına geliyor da diyebilirsin."

"Nasıl?" diye sordu Carlisle, benden önce davranarak.

"Şunu merak ediyor; yeni vampir olayları bizim her zaman düşündüğümüz kadar zor mu, yoksa doğru odaklanış ve davranışlarla herkes Bella gibi olabilir mi... Şimdi, bunun doğal ve kaçınılmaz olduğunu düşündüğü için zorluk çekiyor olabilir. Belki kendisinden daha fazlasını beklerse bu beklentileri karşılayabileceğini düşünüyor. Onun içindeki birçok köklenmiş varsayımı sorgulamasını sağlıyorsun, Bella."

'Ama bu haksızlık," dedi Carlisle. "Herkes farklıdır; herkesin kendine has sorunları vardır. Belki Bella'nın yaptığı doğal olmaktan öteye gidiyor. Belki buda onun yeteneği...

Şaşkınlıkla donakaldım. Renesmee, bu değişikliği anlayıp bana dokundu. Geçtiğimiz son an'ı hatırlayıp sebebini merak etti.

"Bu ilginç bir teori ve oldukça akla yatkın," dedi Edward.

Küçük bir an için hayal kırıklığı yaşadım. Ne? Büyülü görüntüler görmek, gözlerimden yıldırımlar çıkarmak gibi zorlu hücumsal yetenekler yok muydu yani? Faydalı ya da havalı olan bir şey yok muydu?

Ve sonra bunun ne anlama gelebileceğini fark ettim. Belki de benim "süper gücüm" istisnai kendine hâkim olmaktan fazlası değildi.

Öncelikle, en azından benim de bir yeteneğim vardı. Hiçbir şeyim olmayabilirdi.

Ama daha da önemlisi, eğer Edward haklıysa, o zaman en korktuğum kısmı atlayabilirdim.

Yeni doğan olmak zorunda olmasam ne olurdu? Yani delirmiş bir öldürme makinesi gibi davranmasam. Cullenlar'a ilk günden itibaren uyum sağlayabilsem? Bir yerlerde benim "büyümemi" beklemek zorunda kalmasak? Ya Carlisle gibi, bir insan bile öldürmesem? Hemen iyi bir vampir olabilsem?

Charlie'yi görebilirdim.

Gerçeklerin içinde yeşeren umutlarımı düşününce iç çektim. Charlie'yi hemen göremezdim ki. Gözler, ses, mükemmelleşmiş bir yüz. Ona ne söyleyebilirdim, konuşmaya nasıl başlardım? Şimdilik her şeyi rafa kaldırmış olmaktan dolayı gizli bir memnuniyet duyuyordum. Charlie'yi hayatımda tutmayı ne kadar istesem de, ilk görüşmeden çok korkuyordum. Yeni görüntümü gördüğünde gözlerinin yuvalarından fırlayacağını görmek... Korkmuş olduğunu bilmek... Aklında nasıl bir açıklama oluştuğunu merak etmek...

Gözlerim düzelirken bir yıl bekleyecek kadar ödlektim. Hah, bir de yok edilemez olduğumda korkusuz olacağımı düşünmüştüm.

"Kendine hâkim olmaya eşit bir yetenek görmüş müydün?" diye sordu Edward Carlisle'a. "Bunun gerçekten bir yetenek olduğunu düşünüyor musun, yoksa bu sadece yaptığı hazırlığın bir ürünü mü?"

Carlisle omuz silkti, "Siobhan'ın her zaman yapabildiği şeye biraz benziyor ama o buna yetenek demezdi."

"Siobhan, senin İrlanda'daki arkadaşın mı?" diye sordu Rosalie. "Onun özel bir şeyler yapabildiğini bilmiyordum. Oradaki vampirlerden sadece Maggie'nin yetenekli olduğunu sanıyordum."

"Evet, Siobhan da öyle düşünüyor. Ama onun kendine has bir hedeflerine karar verme yöntemi ve neredeyse...gerçekleştirme azmı var. O buna iyi planlama der. Ben her zaman daha fazlası var mı diye merak eder dururdum. Örneğin Maggie'yi aramıza kattığında Liam çok sınırlı düşünüyordu ama Siobhan işe yaramasını istiyordu ve yaradı da."

Edward, Carlisle ve Rosalie oturmuş sohbetlerine devam ederlerken, Jacob sıkılmış görünüyordu. Göz kapaklarının düşüşünden anında sızacağını düşündüm.

Onları dinlemeye çalışıyordum ama dikkatim bölünmüştü. Renesmee hâlâ bana geçirdiği günü anlatıyordu. Camın olduğu duvarın oradaydık, birbirimizin gözlerine bakarken bir yandan da onu sallıyordum.

Vampirlerin oturmak için bir sebeplerinin olmadığını fark ettim. Ayaktayken mükemmel bir şekilde rahattım. Bir yatakta gerinmek kadar rahatlatıcıydı bu. Bir hafta hiç oturmadan böyle dursam, yedinci günün sonunda, başladığım günkü kadar rahat hissedeceğimi biliyordum.

Alışkanlıktan dolayı oturuyor olmalıydılar, insanlar, saatlerce ayakta duran birini fark ederlerdi. Rosalie'nin elleriyle saçlarını taradığını, Carlisle'ın bacak bacak üstüne attığını gördüm. Bir vampir kadar hareketsiz kalmayı engelleyecek küçük hareketler... Neler yaptıklarına dikkat edip pratik yapmam gerekecekti.

Ağırlığımı diğer ayağıma verdim. Bu hareket aptalca geldi.

Belki de beni bebeğimle biraz yalnız bırakmaya çalışıyorlardı, güvenli olacak kadar yalnız.

Renesmee geçirdiği günün her anını anlatıyordu. Küçük hikâyelerinin akışından anladığım kadarıyla, benim istediğim kadar, o da onu her ayrıntısıyla tanımamı istiyordu. Bir şeyleri kaçırmış olmam onu kaygılandırıyordu: Jacob onu tutarken yanlarına konan serçeler gibi. Kuşlar Rosalie'ye yaklaşmıyordu. Ya da Carlisle'ın bardağına koyduğu aşırı derecede nahoş beyaz şeyi, yani bebek mamasını. Ya da Edward'ın ona mırıldandığı şarkıyı... O kadar güzel bir şarkıydı ki, Renesmee benim için iki kere çalmıştı. Bu hatıranın arka planında benim de olmam şaşırtıcıydı, tümüyle hareketsiz ve oldukça hırpalanmış duruyordum. O anı kendi tarafımdan hatırlayınca irkildim. O korkunç ateşi.

Neredeyse bir saat sonra, diğerleri hâlâ derin sohbetlerine

devam ediyorlar, Seth ve Jacob da uyumlu bir şekilde horluyorlardı. Renesmee'nin hatıraları yavaşlamaya başlamıştı. Kenarları biraz bulanıklaştı ve odak noktaları kaybolur gibi oldu. Ben panik içinde Edward'a, Renesmee'nin bir sorunu olduğunu seslenecekken onun gözkapakları titreyerek kapandı. Esnedi ve gözlerini bir daha açmadı.

Uykuya dalarken eli de yüzümden düştü. Gözkapakları gün doğmadan bulutlara dağılan mat lavanta rengindeydi. Onu uyandırm'amaya gayret ederek elini kaldırıp merakla yüzüme koydum. Önce hiçbir şey yoktu ama birkaç dakika sonra renklerin kelebekler gibi düşüncelerinin arasında savrulmaya başladığını gördüm.

Rüyalarını hipnotize olmuş gibi izledim. Hiçbir anlamı yoktu. Sadece renkler, şekiller ve yüzler. Yüzümün, onun bilinçsiz düşüncelerinde, hem korkunç insan haliyle hem de mükemmel ölümsüz haliyle çok sık yer alması beni mutlu etmişti. Edward ve Rosalie'den daha fazla görünüyordum. Jacob'la ise kafa kafaya gidiyorduk, bunun beni üzmesine izin vermemeye çalıştım.

İlk kez Edward'ın beni uyurken nasıl sıkılmadan, sadece uykumda konuşmamı dinleyerek izleyebildiğini anlamıştım. Rüya görürken Renesmee'yi sonsuza kadar izleyebilirdim.

Edward'ın ses tonundaki değişiklik dikkatimi çekti, "Nihayet," dedi ve pencereden dışarı baktı. Dışarıda derin, karanlık gece vardı ama yine de her şeyi görebiliyordum. Hiçbir şey karanlıkta kaybolmuyordu, sadece renk değiştiriyordu.

Hâlâ öfkeyle bakan Leah yerinden kalktı ve nehrin diğer yakasında görünen Alice sessizce çalılara doğru sokuldu. Alice, trapezde atlıyormuş gibi bir dönüş yaparak nehri geçti. Esme daha geleneksel bir atlayış yaptı. Emmett suyun üzerinden, arka camlara kadar su sıçratarak geçti. Hemen arkalarından Jasper göründü, onun atlayışı diğerlerinin yanında biraz sönük kalmıştı.

Alice'in yüzündeki sırıtış bir şekilde tanıdık geldi. Şimdi herkes bana dönmüştü; Esme tatlı, Emmett heyecanlı, Rosalie biraz kibirli, Carlisle hoşgörülü ve Edward beklentili görünüyordu.

Alice odaya herkesten önce girdi, sabırsızca ellerini öne uzatmıştı. Avcunda, oldukça büyük bir kurdeleyle sarılmış, sıradan bir anahtar vardı.

Anahtarı bana uzattı. Renesmee'yi sağ kolumda daha sağlam tutarak sol elimi uzattım. Alice anahtarı avcumun içine koydu.

"İyi ki doğdun!" diye cıyakladı.

"Kimse doğduğu günden kutlamaya başlamaz ki," diye hatırlattım ona.

Sırıtışı kendini beğenmiş bir edaya büründü. "Vampir doğum gününü kutlamıyoruz ki. Yani henüz. Bugün 13 Eylül Bella. On dokuzuncu doğum günün kutlu olsun!"

24. SÜRPRİZ

"Yo, olamaz!" dedim başımı hiddetle sallayarak. Sonra on yedi yaşındaki kocamın yüzündeki kendini beğenmiş gülümsemeyi gördüm. "Hayır, bu sayılmaz. Yaşlanmayı üç gün önce kestim. Sonsuza kadar on sekizim."

"Her neyse," dedi Alice, protestomu duymazdan gelerek. 'Yine de kutluyoruz, o yüzden sızlanmayı kes."

İç geçirdim. Alice'le tartışmanın anlamı yoktu.

Gözlerimdeki boyun eğişi görünce sırıtışı daha da büyüdü.

"Hediyeni açmaya hazır mısın?" dedi melodik bir şekilde.

"Hediyelerini," diye düzeltti Edward ve cebinden daha uzun, gümüş ve daha az gösterişli, mavi kurdeleye bağlı başka bir anahtar daha çıkardı.

Bu anahtarın neye ait olduğunu biliyordum: "sonra" arabasına aitti. Heyecan hissetmeli miydim bilemedim. Vampire dönüşmek, bana spor arabalar konusunda bir ilgi bahşetmemişti.

"Önce benimkini," dedi Alice, sonra Edward'ın cevabını öngörerek dil çıkardı.

"Benimki daha yakın."

"Ama nasıl giyindiğine bir bakar mısın?" Alice'in sözleri neredeyse sızlanır gibi çıkmıştı. "Bunun için sabırsızlanıyorum. Açıkçası, bu daha öncelikli."

Bir anahtarın bana nasıl olup da yeni kıyafetler vereceğini merak ederken kaşlarım çatıldı. Bana bir kamyon dolusu kıyafet mi almıştı?

"Tamam, yarışalım," diye önerdi Alice. "Taş, makas, kâğıt."

Jasper güldü ve Edward derin bir iç geçirdi.

"Neden bana şimdiden kimin kazanacağını söylemiyorsun?" dedi Edward alaycı bir ses tonuyla.

Alice'in gözlerinin içi güldü. "Ben kazanıyorum. Harika."

"Ben sabahı beklesem daha iyi olur zaten," dedi Edward, Jacob ve Seth'i işaret ederek. İkisi geceyi burada geçirecek gibiydi, bu sefer kaç saat uyumadıklarını merak ettim. "Büyük gösteri için Jacob'ın ayık olması gerekir sanıyorum, sence de öyle değil mi? Böylece gerekli derecede heyecan duyacak biri olur."

Ben de gülümsedim. Beni çok iyi tanıyordu.

"Yaşasın," dedi Alice. "Bella, Ness - Renesmee'yi Rosalie'ye ver."

"Genelde nerede uyuyor?"

Alice omuz silkti. "Rose'un kucağında. Ya da Jacob'ın. Ya da Esme'nin. Doğduğundan beri hiç inmedi kucaktan. Var olmuş en şımarık yarı-vampir olacak."

Edward güldü. Rosalie de ustalıkla Renesmee'yi kucağına aldı. "O aynı zamanda, var olmuş en şımarmamış yarı-vampir," dedi Rosalie. "Türünün tek örneği olmanın güzelliği."

Rosalie bana gülümsedi ve o gülümsemede gizli yeni arkadaşlığımızı görmek beni mutlu etti. Renesmee'nin hayatı benimkine bağlı olmadığında bu arkadaşlığın kaybolmayacağından emin değildim. Ama belki de, aynı tarafta, artık arkadaş kalacak kadar çok savaşmıştık. Benim yerimde olsaydı, yapacağı şeyi yapmıştım. Bu da yaptığım diğer şeylere olan hıncını ortadan kaldırmıştı.

Alice, anahtarı avcuma tıkıştırdıktan sonra beni dirseğimden yakalayıp ön kapıya sürükledi. "Haydi, gidelim, haydi," diye şakıdı.

"Dışarıda mı?"

"Sayılır," dedi Alice beni iterek.

"Keyfini çıkar," dedi Rosalie. "Hepimizden. Özellikle Esme'den."

"Sız gelmiyor musunuz?" dedim kimsenin gelmediğini fark edince.

"Keyfini yalnız çıkarman için sana bir şans verelim istedik," dedi Rosalie, "Bize anlatırsın...sonra."

Emmett kahkahayı bastı. Gülüşündeki bir şey neredeyse yüzümü kızartır gibiydi, ama neden olduğunu bilmiyordum.

Kendimle ilgili sürprizlerden nefret etmek ya da hediyeleri

genelde pek sevmemek gibi bir sürü şeyin hiç ama hiç değişmediğini fark ettim. Özümden birçok özelliği yeni vücuduma taşıdığımı fark etmek bana rahatlık ve ilham veriyordu.

Kendim olmayı beklemiyordum. Gülümsedim.

Alice beni dirseğimden çekmeye devam ederken bir türlü gülümsememi durduramıyordum. Yalnız Edward bizimle geldi.

"İşte aradığım istek," diye mırıldandı Alice. Sonra kolumu bıraktı ve nehrin karşısına atladı.

"Hadi Bella," diye seslendi diğer taraftan.

Edward da benimle aynı anda atladı, bu seferki çok zevkli olmuştu. Belki biraz daha zevkliydi çünkü gece, her şeyi yeni, zengin renklere bürümüştü.

Alice, önümüzden kuzeye doğru yöneldi. Kokusunu ve otların üzerinde bıraktığı sesi takıp etmek, gözlerimle izlemekten daha kolaydı.

Hiçbir işaret vermeden arkasını dönüp olduğum yere geldi.

"Bana saldırma," diye uyardı ve üzerime atladı.

"Ne yapıyorsun?" diye sordum, arkama geçip elleriyle yüzümü kapatırken. İçimden, onu üzerimden fırlatmak gelse de, bunu kontrol ettim.

"Görmediğinden emin olmak istiyorum."

"Bu kadar zahmete girmeden de halledebilirdim bunu," dedi Edward.

"Sen kesin bakmasına izin verirdin. Elini tut ve yürüt."

"Alice, ben – "

"Hiç uğraşma, Bella. Benim istediğim gibi yapacağız."

Edward'ın elinin elime kenetlendiğini hissettim. "Birkaç saniye daha dayan, Bella. Sonra gidip başkasını rahatsız eder." Beni ileriye doğru çekti. Onu izledim. Ağaca falan çarpmaktan korkmuyordum çünkü öyle bir durumda incinen kesinlikle ağaç olacaktı.

"Biraz kıymet bilsen," diye azarladı Alice onu. "Bu ona olduğu kadar sana da hitap ediyor."

"Doğru. Tekrar teşekkürler, Alice."

"Tamam, tamam," Alice'in sesi birden heyecanla doldu.

"Orada dur. Bella'yı birazcık sağa çevir. Evet öyle. Tamam. Hazır mısınız?" diye bağırdı.

"Hazırım." Burada ilgimi ateşleyen ve merakımı artıran kokular vardı. Ormanın derinliklerine ait olmayan kokular. Hanımeli. Tütsü. Güller. Talaş? Ve bir de metal bir şey. Toprağın zenginliği eşilmiş ve ortaya çıkarılmıştı. Bu gizeme doğru eğildim.

Alice ellerini yüzümden kaldırarak arkamdan çekildi.

Koyu, mor geceye bakındım. Orada, ormanın açıklarına konuşlanmış, küçük taş bir kulübe vardı, yıldızların altında lavantalı gri renginde görünüyordu.

Öylesine buraya aitmiş gibi duruyordu ki, sanki bir kayadan falan, doğal yollarla oluşmuş gibiydi. Bir duvarından kafes gibi sarkan hanımeli, çatıya doğru uzanıyordu. Ufacık bahçesinde yaz sonu gülleri açmıştı. Kapıya doğru uzanan geçit yassı taşlardan oluşuyordu ve karanlık gecenin içinde ametist gibi parlıyordu.

Elimdeki anahtarı sıkıca tuttum, şaşkındım.

"Ne düşünüyorsun?" Alice'in sesi yumuşaktı, hikâye kitabından fırlamış gibi duran bu sahneye uyum sağlıyordu.

Ağzımı açtım ama hiçbir şey söyleyemedim.

"Esme bir süre baş başa kalmak isteyeceğimizi düşündü ama çok da uzaklaşmamızı istemedi," diye mırıldandı Edward. "Ve restorasyon yapmayı da çok seviyor. Bu küçük kulübe, en azından yüz yıldır burada çürüyordu."

Bakmaya devam ettim, ağzım şaşkınlıktan açık kalmıştı.

"Beğenmedin mi?" Alice'in yüzü düştü. "Yani, istersen başka şekilde de yapabiliriz. Emmett da, biraz daha alan, ikinci bir kat, sütunlar ve bir kule eklemek istiyordu ama Esme senin burayı olduğu gibi seveceğini düşündü." Sesi hızlanmaya başlamıştı. "Eğer yanılmışsa, tekrar işe koyulabiliriz. Çok uzun sürmeyecektir – "

Sadece, "Şşş!" diyebildim.

Susup bekledi. Kendime gelmem saniyeler sürmüştü.

"Bana doğum günüm için bir ev mi veriyorsunuz?" diye fısıldadım.

"Bize," diye düzeltti Edward. "Ve burası kulübeden başka bir şey değil. Ev kelimesi biraz haksızlık olur."

"Evime laf yok," diye fısıldadım ona.

Alice sevinmişti. "Beğendin."

Başımı iki yana salladım.

"Bayıldın?"

Onayladım.

"Esme'ye söylemek için sabırsızlanıyorum."

"O neden gelmedi?"

Alice'in gülümsemesi biraz soldu, sanki sorduğum soruya cevap vermek zormuş gibi. "Ah biliyorsun...hepsi hediyeler hakkında nasıl hissettiğini biliyor. Buraya gelerek, beğenmen için seni büyük bit yük altına sokmak istemediler."

'Ama tabii ki çok sevdim. Nasıl sevmem?"

"Bu hoşlarına gidecek." Kolumu sıvazladı. "Her neyse, dolabın da dolu. Güle güle kullan. Ve...sanırım, evet bu kadar."

"İçeri gelmeyecek misin?"

Birkaç adım geriledi. "Edward buraları biliyor. Ben...sonra gelirim. Giysilerle ilgili bir sorun yaşarsan haber ver." Bana şüpheyle baktı ve sonra gülümsedi. "Jasper avlanmak istiyor. Görüşürüz."

Halinden memnun bir halde ok gibi ağaçların arasına fırladı.

"İşte bu garipti," dedim, uçuşunun sesi tam olarak yok olduğunda. "Gerçekten o kadar kötü müyüm? Uzakta kalmaları gerekmezdi. Şimdi kendimi suçlu hissediyorum işte. Ona doğru dürüst teşekkür bile edemedim. Geri dönüp Esme'ye - "

"Bella aptal olma. Kimse senin mantıksız olduğunu falan düşünmüyor."

"O zaman ne -"

"Baş başa zaman geçirmemiz onların başka bir hediyesi. Alice bunu gizlemek için böyle söyledi."

'Ah."

Ve bu sözlerden sonra ev birden kayboldu. Her yerde olabilirdik. Ağaçları, kayaları ya da yıldızları görmüyordum. Sadece Edward vardı.

"Sana neler yaptıklarını göstereyim," dedi elimi tutarken. Vücudumu çarptıran bir elektrik akımının beni ele geçirmesine karşı bu kadar kayıtsız mıydı?

Artık vücudumun yapamadığı tepkileri beklerken tuhaf bir şekilde dengemi kaybetmiştim. Kalbimin yerinden çıkacak kadar hızla atması gerekirdi. Yanaklarım kıpkırmızı olmalıydı.

Ve bir de bitkin olmalıydım. Bu hayatımın en uzun günü olmuştu.

Güldüm. Bu gün hiç bitmeyecekti ki.

"Neye güldüğünü bana da söyler misin?"

"İyi bir espri değil," dedim. Küçük kapıya gelmiştik. "Sadece, düşünüyordum da, bugün sonsuzluğun ilk ve son günü. Bunu algılamam çok da kolay değil." Yeniden güldüm.

O da benimle birlikte güldü. Sonra elini kapı koluna uzattı ve açmamı bekledi. Anahtarı sokup çevirdim.

"Çok iyi gidiyorsun, Bella. Tüm bunların senin için ne kadar tuhaf olabileceğini unutmuştum. Keşke duyabilseydim." Eğilip beni öyle hızla kollarına almıştı ki, birden ne olduğunu anlayamadım.

"Hey!"

"Eşikler benim işimin bir parçası," diye hatırlattı bana. "Ama merak ediyorum. Şu anda ne düşündüğünü söyle bana."

Kapıyı açtı ve küçük salona adım attı.

"Her şeyi," dedim. "Aynı anda. Güzel şeyleri ve zihnimi meşgul eden şeyleri ve yeni olan şeyleri. Mesela şimdi Esme'nin bir sanatçı olduğunu düşünüyorum. Burası mükemmel!"

Oda, bir masaldan fırlamış gibiydi. Zemin pürüzsüz düz taşlardan oluşuyordu. Jacob kadar uzun biri başını alçak tavana vurabilirdi. Duvarlar kimi yerlerde sıcak ahşaptan, kimi yerlerde de mozaik taşlardan oluşmuştu. Köşedeki şöminede yavaşça yanan bir ateş vardı.

Mobilyalar derlemeydi, birbirleriyle uyuşmuyorlardı ama aynı zamanda uyumlu görünüyorlardı. Koltuklardan biri ortaçağdan kalmış gibiydi. Ateşin karşısındaki puf ise daha çağdaş görünüyordu. Karşıdaki camın yakınındaki dolu kitap rafı, bana İtalyan filmlerini hatırlatmıştı. Bir şekilde her parça diğerleriyle, sanki büyük, üç boyutlu bir yapbozmuş gibi uymuştu. Duvarlarda tanıdığım birkaç tablo vardı, büyük evdeki en sevdiğim tablolardan. Paha biçilmez orijinal tablolardı bunlar ama buraya aitmişçesine uymuştu.

Burası herkesin büyüye inanabileceği bir yerdi. Pamuk Prenses'in elinde elmayla köşeden çıkmasını bekleyebileceğiniz, ya da güllerin arasında tek boynuzu olan bir at görebileceğiniz bir yer.

Edward her zaman korku hikâyelerinin dünyasına ait olduğunu düşünürdü. Ne kadar yanıldığını görebiliyordum. Onun buraya ait olduğu belliydi. Bir masala.

Ve şimdi ben de onunla birlikte bu masalın içindeydim.

Güzel yüzünün benden birkaç santim uzakta olmasından faydalanmak üzereydim ki, "Neyse ki Esme'nin aklına fazladan bir oda daha eklemek geldi. Kimse Ness - Renesmee'yi planlamamıştı."

Somurttum, düşüncelerim çok da hoş olmayan bir yola girdi.

"Sen de ona öyle sesleniyorsun," diye şikâyet ettim.

"Üzgünüm, aşkım. Onların düşüncelerinden böyle duyuyorum. Artık benim aklıma da öyle yerleşti."

İç geçirdim. Benim bebeğim ve bir denizyılanı. Belki de bunu kastetmiyordu. Ama ben de teslim olmayacaktım.

"Eminim dolabını görmek için ölüyorsundur. Ya da en azından iyi hissetmesi için Alice'e böyle söyleyeceğim."

"Korkmalı mıyım?"

"Hem de nasıl."

Beni dar taştan bir koridorda taşıdı. Tavanda küçük kavisler vardı, sanki bize ait ufak bir kale gibiydi burası.

"Şurası Renesmee'nin odası olacak," dedi, soluk ahşap zeminli boş bir odayı işaret ederek. "Buraya pek bir şey yapacak zamanları olmadı, kurt adamlar falan derken.

Sessizce güldüm. Sadece bir hafta önce her şey kâbus gibiyken şimdi böyle düzelmiş olması beni mutlu etmişti.

Jacob'ı, her şeyi bu şekilde mükemmel yaptığı için lanetliyordum.

"Burası bizim odamız. Esme adasından bazı şeyleri buraya getirmiş. Alışacağımızı tahmin etmiş."

Yatak kocaman ve beyazdı, yukarıdan sarkan beyaz incecik tüller yere kadar uzanıyordu. Solgun ahşap zemin diğer odadakiyle aynıydı. Duvarlar neredeyse beyaz gibi bir mavi ile parlak güneşli bir günü andırıyordu ve arka duvardaki, büyük camdan kapı küçük gizli bir bahçeye açılıyordu. Güller ve küçük bir havuz vardı. Bizim için yapılmış küçük, sakin bir okyanus.

"Ah," diyebildim sadece.

"Biliyorum," diye fısıldadı.

Bir an için hatıralara dalıp durduk. Anılar insanlığımdan geldikleri için puslu dursa da, bütün aklımı kaplamıştı.

Önce geniş, ışıltılı bir gülümsemeyle baktı ve sonra güldü. "Dolap şu kapıların arkasında. Seni uyarmalıyım, bu odadan daha büyük."

Kapılara bakmadım bile. Şimdi yine dünyadaki tek şey oydu, beni kavramış kolları, yüzümdeki tatlı nefesi, benden sadece birkaç santim uzaktaki dudakları. Şimdi hiçbir şey dikkatimi dağıtamazdı.

"Alice'e hemen giysilere koştuğumu söyleyeceğiz," diye fısıldadım, parmaklarımı saçlarında gezdirirken ve yüzümü onunkine yaklaştırdım. "Ona saatlerce kıyafetleri denediğimi söyleyeceğiz. Ona yalan söyleyeceğiz."

O da hemen kendini kaptırmıştı, belki de bir beyefendi gibi, doğum günü hediyemin tam olarak keyfini çıkarmam için uğraşıyordu. Yüzümü şiddetle kendine çekip hafifçe inledi. Bu ses vücuduma elektrik akımı vermiş gibiydi, sanki ona istediğim kadar çabuk yaklaşamıyordum.

Ellerinin altında kalan kumaşın yırtıldığını duydum. Benim giysilerim çoktan harap olduğu için memnundum. Onunkiler içinse çok geçti. O beyaz yatağı görmezden gelmek neredeyse kabalık olacaktı ama oraya kadar gidemeyecek gibiydik.

Bu ikinci halayımız ilki gibi değildi.

Adada geçirdiğimiz zaman, insan hayatımın özeti gibiydi. En güzel parçasıydı. İnsanlığıma biraz daha tutunmak istemiştim çünkü bu fiziksel kısım bir daha aynı olmayacaktı.

Ama bugün gibi bir günden sonra çok daha iyi olacağını tahmin etmeliydim.

Şimdi onu gerçekten kavrayabiliyordum, güzel yüzündeki, kusursuz bedenindeki her çizgiyi güçlü gözlerimle her açıdan görebiliyordum. Dilimle saf, canlı kokusunu tadabiliyordum. Mermer cildinin inanılmaz ipeksiliğini duyarlı parmak uçlarımla hissedebiliyordum.

Şimdi O yepyeniydi, bambaşka bir insandı. Bedenlerimiz bir olmak için kum rengi zeminde birbirine dolanırken tedbirli olması ya da kendisini sınırlaması gerekmiyordu. Korku yoktu artık. Artık beraber sevişebilirdik, ikimiz de katılabilirdik. Nihayet eşittik.

Aynı önceki öpüşmemiz gibi, her dokunuş alışık olduğumdan daha fazlaydı. Adada kendini tutmuştu çünkü o zaman böyle gerekiyordu. Ne çok şey kaçırmış olduğuma inanamıyordum.

Ondan daha güçlü olduğumu aklımda tutmaya çalıştım ama duyularım böylesine yoğunken odaklanmam çok zordu. Dikkatim vücudumdaki milyonlarca noktaya dağılıyordu. Eğer onu incitiyorsam bile hiç şikâyet etmiyordu.

Hiçbir zaman yorulmayacaktım, o da yorulmayacaktı. Nefes almamız, dinlenmemiz, yemek yememiz hatta tuvalete gitmemiz bile gerekmeyecekti; insanlığın olağan ihtiyaçlarını aramıyorduk. Dünyadaki en güzel en mükemmel vücuda sahipti. O benimdi. Ve hiçbir zaman *bugünlük yeter* diyecekmişim gibi de gelmiyordu. Her zaman daha fazlasını isteyecektim. Böyle bir durumda nasıl durabilecektik ki?

Bu beni hiç rahatsız etmediği için verecek cevabım da yoktu.

Hava biraz aydınlanmaya başladığında çevreyi fark eder gibi oldum. Dışarıdaki küçük okyanus siyahtan griye döndü ve yakınlarda bir yerde bir tarlakuşu ötmeye başladı.

"Özlüyor musun?" diye sordum kuş ötmeyi kesince.

Bu gece boyunca konuştuğumuz ilk zaman değildi ama tam olarak da çok fazla sohbet etmiş sayılmazdık.

"Neyi özlüyor muyum?" diye mırıldandı.

"Her şeyi, sıcaklığımı, yumuşak tenimi, kokumu... Ben hiçbir şey kaybetmedim ama sen kaybettin diye üzülüyor musun merak ettim."

Güldü. "Şu anda benden daha az üzülen birini bulmak zor. Hatta imkânsız diyebilirim. Her insan bir gün içinde istediği her şeye ve dahası, istemediği şeylere de sahip olamaz."

"Sorumdan kaçıyor musun?"
Elini yüzüme koydu. "Sen sıcaksın," dedi.
Bu bir açıdan doğruydu. Elleri bana göre sıcaktı. Jacob'ın ateş gibi ellerine dokunmak gibi değildi ama güzeldi. Daha doğaldı.
Sonra parmaklarını yavaşça tenimde gezdirdi.
"Yumuşaksın."
Parmakları tenime saten gibi değiyordu, ne demek istediğini anlamıştım.
"Ve kokuya gelince, onu özlediğimi söyleyemem. Avlanırken duyduğun insan kokusunu hatırlıyor musun?"
"Hatırlamamaya çalışıyorum."
"Onu öptüğünü düşün."
Boğazım ateşlenmişti.
"Ah."
"Aynen. O yüzden cevabım hayır. Tümüyle mutluyum çünkü hiçbir şeyi özlemiyorum. Kimse benim sahip olduklarıma sahip değil."
Söylediklerine katıldığımı söyleyecektim ama dudaklarım başka bir şeyle meşguldü.
Gün doğumuyla birlikte, küçük havuz inci rengine dönüştüğünde ona bir soru daha sordum.
"Bu ne kadar sürüyor? Yani, Carlisle ve Esme, Emmett ve Rose, Alice ve Jasper; onlar bütün günlerini odalarında geçilmiyorlar. Her zaman diğerleriyle birlikte ve giyinikler. Bu...açlık hiç bitiyor mu?"
"Bunu söylemek zor. Herkes farklı ve sen şimdiye kadar her konuda herkesten farklı oldun. Normal bir genç vampir, bir süre başka hiçbir şeyi fark edemeyecek kadar susuzluğa saplantılı olur. Bu senin için geçerli değil. Normal bir vampirde diğer ihtiyaçlar kendini bir sene sonra belli eder. Susuzluk ya da diğer başka ihtiyaçlar asla kaybolmaz. Hepsi bunları dengede tutma meselesi, öncelik vermeyi ve yönetmeyi öğrenmek... "
"Ne zamana kadar?"
Gülümsedi. "Rosalie ve Emmett en kötüleriydi. Onlara ancak on yıl sonra yaklaşabildim. Carlisle ve Esme bile buna fazla dayanamadı ve sonunda bu mutlu çifti dışarı attı. Esme onla-

ra da bir ev yaptı. Bundan daha büyüktü ama Esme senin de Rose'un da neyi sevdiğini biliyor."

"O zaman on yıl sonra?" On yılı geçeceğimizi söylesem bu çok kibirli bir söylem olabilirdi. "Herkes normale mi döndü? Şimdi oldukları gibi mi yani?"

Edward yine gülümsedi. "Normal derken ne kastettiğini bilmiyorum. Ailemi normal insan hayatı yaşar gibi yaparken gördün ama geceleri uyuyordun." Göz kırptı. "Uyuman gerekmediğinde bir sürü zamanın oluyor. Bu da ilgi alanlarını dengelemeyi kolaylaştırıyor. Carlisle'dan sonra ailenin en iyi müzisyeni olmamın, daha fazla kitap okumamın, birçok bilim dalı hakkında bilgi sahibi olmamın ve birçok dilde akıcı konuşabilmemin bir sebebi var... Çok boş zamanım oldu."

İkimiz de güldük. Kahkahalarımızla birlikte vücutlarımızın duruşu da değişti ve sohbetimiz bu sayede bitti.

25. İYİLİK

Edward bana önceliklerimi hatırlattı.
Bir kelime yeterliydi.
"Renesmee..."
İç çektim. Yakında uyanacaktı. Saat yedi olmalıydı. Beni arar mıydı? Paniğe benzer bir şey birden beni dondurdu. Acaba bugün nasıl görünecekti?
Edward gerginliğin dikkatimi dağıttığını fark etti. "Önemli değil, aşkım. Giyin, iki saniyede eve varırız."
Bu halimin bir karikatüre benzediğinden emindim; ayağa kalkışım sonra yine Edward'ın elmas bedeninin hafifçe gelen ışığa verdiği karşılığa bakışım, sonra batıya, Renesmee'nin beni beklediği yere bakışım, sonra yine Edward'a, sonra yine Renesmee'ye... Başım defalarca kez gidip geldi. Edward sadece gülümsüyordu, o güçlü bir erkekti.
"Hepsi denge meselesi, aşkım. Bu konuda çok iyisin, her şeyi dengeli görmenin uzun süreceğini sanmıyorum."
"Hem bütün geceler bizim, değil mi?"
Yüzüne daha geniş bir gülümseme yayıldı. "Öyle olmasa şimdi giyinmene dayanabilir miydim sanıyorsun?"
Bu düşünce gün içinde beni ayakta tutabilirdi. Bu bunaltıcı, ezici arzuyu dengeleyecektim. Renesmee hayatımda çok canlı ve gerçek olarak yer alsa da, hâlâ kendimi bir *anne* olarak düşünmem zordu. Gerçi bu fikre alışacak dokuz ayı geçirmeyen ve saatler içinde değişen bir çocuğu olan herkes aynı şekilde hissederdi.
Renesmee'nin hızla akan hayatını düşünmek beni yine germişti. Dolabın süslü kapısını açarken nefesimi tutmak için dur-

madım bile. Sadece uzanıp elime gelen ilk şeyi giymeye niyetliydim. Ama bu kadar kolay olmayacağını bilmeliydim.

"Hangileri benim?" diye sordum. Edward'ın söylediği gibi dolap alanı odamızdan büyüktü. Hatta bütün odaların toplamından bile daha büyük olabilirdi. Alice'in bunun için Esme'yi nasıl ikna ettiğini düşündüm.

Her şey kıyafet çantalarına konulmuş ve özenle yan yana dizilmişti.

"Bildiğim kadarıyla şuradaki askı hariç," - sol tarafta kalan demir çubuğu gösterdi - "hepsi senin."

"Hepsi mi?"

Omuz silkti.

"Alice," dedik ikimiz de. Edward bunu bir açıklama olarak söylemişti, bense ünlem olarak.

"Öyle olsun," diye söylendim ve en yakın çantanın fermuarını indirdim. İçinden çıkan yerlere uzanan, bebek pembesi ipek elbiseyi görünce homurdandım.

Giyecek normal bir şey bulmak bir gün sürebilirdi!

"Yardım edeyim," diye önerdi Edward. Havayı dikkatle kokladı ve uzun odanın arkalarına doğru ilerledi. Orada gömme bir şifonyer vardı. Tekrar koklayıp bir çekmece açtı. Zafer kazanmış bir edayla gülümseyerek taşlanmış bir kot pantolon çıkardı.

"Bunu nasıl becerdin?"

"Her şey gibi kot kumaşının da kendine has bir kokusu var. Şimdi...pamuklu bir şeyler mi?"

Yine burnunu izleyerek bu kez bir askının yanında durdu ve uzun kollu beyaz bir gömleği bana uzattı.

"Teşekkürler," dedim coşkuyla. Her kumaşı dikkatle kokladım ve gelecekteki arayışlarım için ezberledim. İpek ve sateni hatırlıyordum, artık onlardan uzak duracaktım.

Edward'ın kendi kıyafetlerini bulması sadece saniyeler sürdü. Onu çıplak görmemiş olsam, haki ve bejlerin içindeki Edward'dan daha güzel bir şey olmayacağına yemin edebilirdim. Sonra elimi tuttu. Gizli bahçeye fırlayıp oradan da ormanın içine atıldık. Yarışabilmek için elini bıraktım. Bu sefer beni yendi.

Renesmee uyanmıştı; Rose ve Emmett çevresinde dolanırken yere oturmuş, kırıp büktüğü sofra takımlarıyla oynuyordu. Sağ elinde ezilmiş bir kaşık vardı. Beni camın arkasından görünce yere fırlattığı kaşığın düştüğü yer aşındı. Sonra buyurur gibi benim olduğum yeri işaret etti. İzleyicileri güldü; Alice, Jasper, Esme ve Carlisle koltuğa oturmuş, çok ilginç bir film izlermiş gibi onu izliyorlardı.

Kahkahaları daha başlamadan, odanın karşısından sıçrayıp aynı saniye içinde onu yerden aldım. Birbirimize gülümsedik.

Değişmişti ama fazla değil. Biraz daha uzamıştı, ölçüleri bebeklikten çocukluğa geçiyordu. Saçı yarım santim kadar daha uzundu, kıvırcıkları her hareketiyle yaylanıyordu. Buraya gelirken daha kötüsünü hayal etmiştim. Abartılı korkularım, şimdi bu değişiklikler sayesinde rahatlamamı sağlamıştı. Carlisle'ın ölçümleri olmadan bile değişikliklerin dünkünden daha yavaş olduğunu söyleyebilirdim.

Renesmee yanağıma dokundu. İrkildim. Yine acıkmıştı.

"Ne zaman uyandı?" diye sordum Edward mutfağa gidip gözden kaybolduğunda. Düşündüklerini benim kadar netçe görebildiği için ona kahvaltı getirmeye gittiğine emindim. Onu tanıyan tek kişi Edward olsaydı bu yeteneği fark eder miydi, diye merak ettim. Herhalde, ona göre bu, birini duymak gibi bir şeydi.

"Uyanalı birkaç dakika oldu," dedi Rose. "Seni arayacaktık. Seni soruyordu, aslında *talep ediyordu* demek daha doğru olur. Esme bu küçük canavarı eğlendirsin diye ikinci en iyi gümüş takımlarını kurban etti." Rose, Renesmee'ye öyle sinsice gülümsedi ki, bu eleştirisi önemsiz göründü. "Sizi...şey, rahatsız etmek istemedik."

Rosalie gülmemek için dudağını ısırıp başka yöne baktı. Arkamdan Emmett'ın sessiz kahkahasını duyabiliyordum.

"Odanı hemen hazırlayacağız," dedim Renesmee'ye. "Kulübeyi seveceksin." Esme'ye baktım. "Teşekkürler Esme. Çok teşekkürler. Tam anlamıyla harika bir yer."

Esme cevap veremeden Emmett tekrar gülmeye başladı, bu kez sessiz de değildi.

"Hâlâ duruyor yani?" diyebildi. "Ben siz ikiniz onu çoktan yerle bir etmişsinizdir diye düşünmüştüm. Dün gece ne yaptınız? Devlet borçlarını falan mı tartıştınız?" Kahkahaya boğulmuştu.

Dişlerimi sıkıp, kendime dün sinirlerimin bozulmasının getirdiği olumsuz sonuçları hatırlatmaya çalıştım. Gerçi Emmett elbette Seth kadar kırılgan değildi...

Seth'i düşününce birden aklıma kurtlar geldi. "Kurtlar nerede bugün?" Camdan dışarı göz attım ama Leah da görünürlerde yoktu.

"Jacob bu sabah erkenden çıktı," dedi Rosalie, bunu söylerken alnında bir kırışık oluşmuştu. "Seth de peşinden gitti."

"Neden o kadar üzgündü?" diye sordu Edward odaya Renesmee'nin bardağıyla girerken. Rosalie'nin hafızasında yüzüne düşenden daha fazlası olmalıydı.

Nefes almadan Renesmee'yi Rosalie'ye uzattım. Kendimi çok iyi kontrol ediyor olabilirdim belki ama onu beslemek için henüz hazır değildim.

"Bilmiyorum. Ya da önemsemiyorum," diye söylendi Rosalie ama Edward'ın sorusunu cevapladı. "Nessie'yi uyurken izliyordu, yine moron gibi ağzı açıktı. Sonra birden hiçbir şey olmadan ayağa fırladı, yani bir şey olduysa da ben fark etmedim. Sonra dışarı koştu. Nihayet ondan kurtulduğumuza sevindim. Burada ne kadar kalırsa, kokusundan kurtulmak o kadar zor olacak."

"Rose," diye azarladı Esme nazikçe.

"Sanırım önemli değil. Zaten burada o kadar uzun zaman kalmayız."

"Ben hâlâ New Hampshire'a gidelim diyorum," dedi Emmett, belli ki önceki sohbetlerine devam ediyorlardı. "Bella Dartmouth'a kayıtlı. Görünen o ki okula gitmesi için fazla zaman gerekmeyecek." Bana alaylı bir gülümsemeyle baktı. "Eminim derslerinde birinci olursun...hem belli ki geceleri çalışmaktan başka yapacak daha ilginç bir şeyin yok."

Rosalie kıkırdadı.

Sinirlerine hâkim ol, sinirlerine hâkim ol, diye tekrarlayıp durdum kendime. Ve sonra kendimi tutabildiğim için gururlandım.

Ama Edward aynı şekilde kendini tutamadığı için de çok şaşırdım.

Edward hırladı; çok ani, hayret verici bir sesti bu. Ve yüzünden karanlık bulutlar gibi bir öfke geçti.

Hiçbirimiz bir tepki veremeden, Alice ayağa kalktı.

"O ne yapıyor? O köpek bugünkü bütün planlarımı iptal edecek ne yapıyor? Hiçbir şey göremiyorum! Hayır!" Azap içindeymiş gibi bana baktı. "Şu haline bak! Sana dolabını nasıl kullanman gerektiğini göstermeliyim."

Bir an Jacob her ne yapıyorsa ona minnettar oldum.

Sonra Edward ellerini yumruk yaparak homurdandı. "Charlie'yle konuştu. Charlie'nin onu takıp ettiğini düşünüyor. Buraya geliyor. Bugün."

Alice'in sesi titriyordu. Sonra gözle takıp edilemeyecek kadar büyük bir hızla arka kapıya koştu.

"Charlie'ye mi söyledi?" Ama o anlamıyor muydu? Bunu nasıl yapabilmişti? Charlie neler olduğunu bilemezdi! Vampirleri! Bu onu Cullenlar'ın bile kurtaramayacağı bir kara listeye sokacaktı. "Hayır!"

Edward dişlerinin arasından tıslar gibi konuştu. "Jacob geliyor."

Doğuda yağmur yağmaya başlamış olmalıydı. Jacob, ıslak saçlarını köpek gibi silkeleyerek kapıdan girdi. Damlalar beyaz halıda küçük gri yuvarlaklar oluşturdu. Dişleri koyu dudaklarından fırlamış gibiydi, gözleri parlak ve heyecan doluydu. Sarsak hareketlerle yürüyordu, sanki babamın hayatını mahvettiği için uyuşmuştu.

"Herkese merhaba," diye sırıtarak selamladı bizi.

Oda tümüyle sessizdi.

Leah ve Seth de arkasından insan halleriyle girdiler; ikisinin elleri de odadaki gerginlik yüzünden titriyordu.

"Rose," dedim kollarımı uzatarak. Rosalie hiçbir şey söylemeden Renesmee'yi kollarıma verdi. Onu sessiz kalbime doğru yaklaştırdım.

Çok hareketsizdi, sadece izliyor ve dinliyordu. Ne kadarını anlıyordu acaba?

"Charlie yakında burada olacak," dedi Jacob sıradan bir şey söylermiş gibi. "Herhalde Alice sana bir güneş gözlüğü falan verir diye tahmin ediyorum."

"Gereğinden fazla tahmin yürütüyorsun sen," dedim dişlerimin arasından. "Sen ne yaptın?"

Jacob'ın gülümsemesi biraz bozuldu ama yine de ciddi cevaplar verecek gibi değildi. "Sarışın ve Emmett beni bu sabah ülkenin diğer ucuna taşınmak konusunda yaptıkları tartışmayla uyandırdılar. Sanki sizi bırakabilirmişim gibi. Charlie buradaki en büyük meseleydi, değil mi? Eh, sorun çözüldü."

"Ne yaptığının farkında mısın sen? Onu nasıl bir tehlikeye attığının?"

Güldü. "Onu tehlikeye falan atmadım. Senden gelecek tehlike hariç. Ama senin olağanüstü bir kontrol yeteneğin var, değil mi? Ama bana sorarsan, akıl okuma kadar iyi değil. Daha az heyecan verici."

Edward, Jacob'a doğru koştu. Ondan bir kafa daha küçük olmasına rağmen, Edward'ın öfkeli yürüyüşünün karşısında Jacob geriledi.

"Bu sadece bir teoriydi safkan," diye hırladı. "Sence bunu Charlie üzerinde mi denemeliyiz yani? Buna karşı koyabilse bile Bella'yı soktuğun fiziksel acının farkında mısın? Ya da karşı koyamazsa içine düşeceği duygusal acıyı? Sanırım artık Bella'nın başına gelenlerle ilgilenmiyorsun!"

Renesmee endişeyle parmaklarını yanağıma koydu, az önce olanları düşünüyordu.

Edward'ın sözleri nihayet Jacob'ın o tuhaf heyecanlı halini kesti. Yüzü asıldı. "Bella acı mı çekecek?"

"Boğazından kaynar kurşun geçirmişsin gibi hem de!"

İnsan kanının kokusunu düşününce irkildim.

"Bunu bilmiyordum," diye fısıldadı Jacob.

"O zaman önce bize sormalıydın," diye gürledi Edward.

"Beni durdururdunuz."

"Durdurulmalıydın – "

"Bu benimle ilgili değil," diye araya girdim. Renesmee

ve aklıma tutunarak hareketsiz durmaya çalışıyordum. "Bu Charlie'yle ilgili Jacob. Onu nasıl böyle bir tehlikeye atabildin? Şimdi onun için de tek yolun ölüm ya da vampir hayatı olduğunun farkında değil misin?" Sesim titriyordu.

Hâlâ Edward'ın suçlamasıyla sarsılmış olan Jacob, benim söylediklerime çok dikkat etmedi. "Sakin ol, Bella. Ona senin söylemeyi düşünmediğin bir şey söylemedim."

"Ama buraya geliyor!"

"Evet, plan buydu. Senin planın onun yanlış değerlendirmeler yapması değil miydi? Sanırım ben de bunu sağladım."

Parmaklarım çözülür gibi oldu ama hemen toparlanıp Renesmee'yi tekrar kavradım. "Açık konuş, Jacob. Artık hiç sabrım kalmadı."

"Ona seninle ilgili bir şey söylemedim, Bella. Tam olarak değil. Benle ilgili bir şeyler söyledim. Gösterdim desem daha doğru olur."

"Charlie'nin önünde değişime uğradı," diye tısladı Edward.

"Ne yaptın, ne yaptın?"

"O cesur. Aynı senin gibi. Bayılmadı ya da kusmadı. İtiraf etmeliyim ki etkilendim. Üzerimde kıyafetlerim olmadan konuşmaya başladığımda yüzünü görmeliydin. Paha biçilemez bir şeydi!" Jacob kıkırdadı.

"Seni moron! Kalbine indirebilirdin!"

"Charlie iyi. O güçlü. Bir dakika buna katlanabilirsen, göreceksin. Sana bir iyilik yaptım."

"Yeter artık, Jacob." Sesim düz ve katıydı. "Renesmee'yi Rosalie'ye verip o sefil kelleni koparmadan önce her şeyi anlatman için otuz saniyen var. Seth bu sefer beni durduramayacak."

"Tanrı aşkına, Bells. Böyle drama kraliçesi değildin sen. Vampirlikle ilgili bir şey mi bu?"

"Yirmi altı saniye."

Jacob sıkılmışçasına gözlerini devirdi ve kendisini en yakın sandalyeye attı. Küçük sürüsünün elemanları da onu izleyerek iki yanında durdular. Onlar Jacob kadar rahat görünmüyorlardı. Leah'nın gözleri üzerimdeydi ve hafifçe dişleri görünüyordu.

"Şöyle; bu sabah Charlie'nin kapısını çaldım ve benimle bir yürüyüşe çıkmasını istedim. Kafası karışmıştı ama ona bunun seninle ilgili olduğunu ve senin geri döndüğünü söylediğimde benimle ağaçlığa geldi. Ona senin artık hasta olmadığını söyledim ve her şeyin biraz tuhaf ama yolunda olduğunu da söyledim. Ve sonra değişim geçirdim." Omuz silkti.

Dişlerim mengeneyle sıkılıyormuş gibiydi. "Söylediğin her kelimeyi istiyorum, seni canavar."

"Ama sadece otuz saniyem olduğunu söylemiştin. Tamam, tamam." Yüzümdeki ifade, onu, alaya alınacak havada olmadığıma ikna etmiş olmalıydı. "Dur bir düşüneyim... Sonra tekrar değişime uğradım ve giyindim. O nefes almaya başladıktan sonra ona, 'Charlie, yaşadığını sandığın gibi bir dünyada yaşamıyorsun. İyi haber; hiçbir şey değişmedi, yani şimdi senin biliyor olman haricinde. Hayat her zamanki gibi sürecek. Tüm bunlara inanmıyormuş gibi yapacağın hayatına geri dönebilirsin,' gibi bir şeyler dedim. Kendini toplaması bir dakika sürdü ve sonra senin başına nelerin geldiğini öğrenmek istedi. Ona senin gerçekten hasta olduğunu ama şimdi iyileştiğini söyledim. Ve iyileşirken biraz değişmen gerektiğini de söyledim. O da 'değişmek'le neyi kastettiğimi öğrenmek istedi ve ben de ona senin şimdi Esme'ye, Renée'ye benzediğinden daha çok benzediğini söyledim."

Edward tısladı, bense korku içinde bakakalmıştım. Her şey tehlikeli bir yola doğru gidiyordu. Ve birkaç dakika sonra bana sessizce senin de bir hayvana dönüşüp dönüşmediğini sordu. Ve ben de 'O kadar havalı olmayı anca rüyasında görür!' dedim." Jacob güldü.

Rosalie iğreniyormuş gibi bir ses çıkardı.

"Ona kurt adamlardan bahsetmeye başladım ama daha kelimeyi tam olarak söyleyemeden Charlie sözümü kesip 'ayrıntıları bilmek istemediğini' söyledi. Sonra, senin Edward'la evlenirken neye bulaştığını bilip bilmediğini sordu ve ben de, 'Tabii, bunu uzun zamandır biliyordu, Forks'a ilk gelişinden beri,' dedim. Bundan pek hoşlanmadı. Bu konu hakkında biraz söylenip rahatlamasını bekledim. Sakinleştikten sonra, sadece iki şey istedi.

Seni görmeyi istedi ve ben de durumu size açıklamak için önden gitmemin daha iyi olacağını söyledim."

Derin bir nefes aldım. "İstediği diğer şey neydi?"

Jacob gülümsedi. "Bu hoşuna gidecek. Tüm bunlar hakkında olabildiğince az şey bilmek istiyor. Eğer bir şeyi bilmesi gerçekten gerekmiyorsa ona söylememenizi istiyor. Sadece gerekli şeyleri duymak istiyor yani."

Jacob içeri girdiğinden beri ilk kez rahatladığımı hissettim. "O kısmı halledebilirim."

"Bunlar haricinde, her şey normalmiş gibi davranmak istiyor," Jacob'ın gülümsemesi kibirli bir hal aldı, artık ona karşı minnet duyacağımı düşünüyor olmalıydı.

"Renesmee hakkında ne söyledin ona?" Sesimdeki keskin tonu korumaya çalıştım, gönülsüz teşekkür tonunu bastırmam gerekiyordu. Bu çok ilkeldi. Bu durumda yanlış olan bir sürü şey vardı. Jacob'ın müdahalesinin, Charlie'nin tepkisini benim tahmin edebileceğimden çok daha iyi yapmasına rağmen...

"Ah, evet. Sen ve Edward'ın besleyeceğiniz bir bebek kazandığınızı söyledim." Edward'a baktı. "O sizin yetiminiz, aynı Bruce Wayne ve Dick Grayson gibi." Jacob yine güldü. "Yalan söylememe aldıracağınızı sanmıyordum. Bu oyunun bir parçası, değil mi?" Edward hiçbir tepki vermedi. Jacob devam etti. "Charlie hiç de şok olmuş görünmüyordu ama onu evlat edinip edinmediğinizi sordu. 'Kız evlat gibi mi? Yani ben şimdi dede mi sayılıyorum?' gibi şeyler söyledi. Ona evet dedim. 'Tebrikler dedecik,' falan filan. Hatta biraz gülümsedi bile."

Gözlerimdeki sızı geri gelmişti ama bu sefer korku ya da acı yüzünden değildi. Charlie, dede olma düşüncesine gülümsemiş miydi? Charlie, Renesmee'yi görecek miydi?

"Ama Renesmee çok çabuk değişiyor," diye fısıldadım.

"Charlie'ye Renesmee'nin hepimizin toplamından bile daha özel olduğunu söyledim," dedi Jacob yumuşak bir sesle. Ayağa kalkıp bana doğru yürümeye başladı, peşinden gelen Leah ve Seth'e el işaretiyle durmalarını söyledi. Renesmee, Jacob'a doğru uzanınca onu sıkıca kendime doğru çektim. "Ona dedim ki, Ayrıntıları bilmek istemezsin, güven bana. Ama tüm o tuhaf yönleri görmezden gelirsen, hayrete düşeceğini söyleyebilirim."

O dünyada görebileceğin en harika insan.' Ve sonra ona bunları idare edebilirse biraz burada kalabileceğinizi ve Renesmee'yi tanıma şansına sahip olacağını söyledim. Ama eğer tüm bunlar ona çok fazla gelirse, gideceğinizi söyledim. O da kimse ona çok fazla detay aktarmadığı sürece idare edebileceğini söyledi."

Jacob yüzünde yarı gülümsemeyle yüzüme bakıyor, bir tepki bekliyordu.

"Sana teşekkür etmeyeceğim," dedim. "Bu Charlie'yi büyük bir tehlikeye atmış olduğun gerçeğini değiştirmez."

"Bunun sana acı vereceği için üzgünüm. Öyle olduğunu bilmiyordum. Bella şimdi biraz farklıyız ama her zaman benim en iyi arkadaşım olacaksın ve her zaman seni seveceğim. Ama artık doğru şekilde seveceğim seni. Nihayet dengemizi sağladık. İkimizin de yokluğunda yaşayamayacağı insanlar var artık."

O en Jacobsal gülümsemesiyle gülümsedi. "Hâlâ arkadaş mıyız?"

Elini uzatmıştı.

Derin bir nefes alıp Renesmee'yi tek koluma aldım. Sol elimi onun eline uzattım, soğuk elime değdiğinde irkilmedi bile. "Bu gece Charlie'yi öldürmezsem, seni bunun için affetmeyi düşüneceğim."

"Charlie'yi bu gece öldürmediğinde, bana borçlanmış olacaksın."

Gözlerimi devirdim.

Ellerini Renesmee'ye doğru uzattı ve bu sefer rica ederek sordu. "Alabilir miyim?"

"Aslında onu, ellerim seni öldürmek için boşalmasın diye tutuyorum, Jacob. Belki sonra."

İç çekti ama zorlamadı. Akıllıca bir hareketti.

Alice, koşarak arka kapıdan girdi.

"Sen, sen ve sen," diye atıldı kurt adamlara bakarken. "Eğer burada kalacaksanız, şu köşeye gidip biraz orada durun. Görmem gerekiyor. Bella, ona bebeği de versen daha iyi olur. Ellerine ihtiyacın olacak."

Jacob, zafer kazanmış bir edayla sırıttı.

Yapmak üzere olduğum şeyin büyüklüğü içimi saf bir korkuyla kamçıladı. Şu şüpheli kontrol yeteneğimle, saf bir insan olan babam üzerine kumar oynayacaktım. Edward'ın daha Önceki sözleri kulaklarımda çınladı.

Buna karşı koyabilse bile, Bella'yı soktuğun fiziksel acının farkında mısın? Ya da karşı koyamazsa içine düşeceği duygusal acıyı?

Başarısızlığın vereceği acıyı tahmin bile edemiyordum. Nefes alışım hızlandı.

"Onu al," diye fısıldadım Jacob'a, Renesmee'yi verirken.

Onaylayarak başını salladı, alnı endişeyle kırışmıştı. Diğerlerine işaret etti ve hep beraber odanın uzak bir köşesine gittiler. Seth ve Jake hemen yere oturdular ama Leah başını sallayıp dudak büzdü.

"Gitmeme izin var mı?" diye şikâyet etti. İnsan bedeninin içinde rahatsız görünüyordu. Önceki gün beni azarlamaya geldiğinde giydiği kirli bluzu ve pamuklu şortu giyiyordu. Ellen hâlâ titriyordu.

"Tabii ki," dedi Jake.

"Batı kıyısında kal da Charlie'nin yoluna çıkma," diye ekledi Alice.

Leah, Alice'e bakmadı ve sonra dışarı fırlayıp çalıların arasına girerek değişime uğradı.

Edward yanımda durmuş, yanağımı okşuyordu. "Yapabilirsin. Yapabileceğini biliyorum. Sana yardım edeceğim, hepimiz edeceğiz."

Edward'ın gözlerine bakarken yüzümden adeta panik fışkırıyordu. Yanlış bir hareket yaparsam beni durduracak kadar güçlü müydü?

"Eğer bunu yapacağına inanmasaydım, bugün burayı terk ederdik. Hemen şimdi. Ama yapabilirsin. Ve Charlie hayatında olduğunda daha mutlu olacaksın."

Nefes alışımı yavaşlatmaya çalıştım.

Alice elini uzattı. Avcunda küçük bir kutu vardı. "Bunlar gözlerini rahatsız edecek, acıtmayacak ama görüşünü bulandıracak. Rahatsız edici. Önceki rengine de benzemeyecek ama yine de parlak kırmızıdan daha iyidir, değil mi?"

Lens kutusunu bana doğru fırlattı.

"Sen ne zaman – "

"Siz balayına çıkmadan önce ben gelecek için birkaç hazırlık yapmıştım."

Başımla onaylayıp kutuyu açtım. Hiç lens takmamıştım ama o kadar da zor olamazdı. Küçük kahve lensi alıp gözüme götürdüm.

Gözlerimi kırpıştırdım, görüşüm kısıtlanmıştı. Görebiliyordum ama lensin ince tabakasının içini de görebiliyordum. Gözlerim mikroskobik kesiklere ve çarpık kısımlara odaklanıp duruyordu.

"Ne demek istediğini anladım," diye mırıldandım diğerini takarken. Gözümü kırpmamaya çalıştım. Gözüm lensten kurtulmak istiyor gibiydi.

"Nasıl görünüyorum?"

Edward gülümsedi. "Muhteşem. Tabii ki – "

"O her zaman muhteşem görünüyor," diye tamamladı Alice cümleyi sabırsızca. "Kırmızıdan daha iyi ama yapabileceğim en iyi övgü bu. Çamur kahvesi. Senin gözünün kahvesi çok daha güzeldi. Unutma ki bunlar fazla kalmayacak, gözündeki vampir sıvısı bunları birkaç saat içinde eritecektir. Yani eğer Charlie daha uzun kalırsa, müsaade isteyip onları değiştirmen gerekiyor. Hem bu, insanlar tuvalete gittikleri için ayrıca iyi bir fikir." Başını salladı. "Esme, sen ona insan davranışları hakkında biraz yardımcı ol, ben de pudra odasını lenslerle doldurayım."

"Ne kadar zamanım var?"

"Charlie beş dakika içinde burada olacak. Kısa kesin."

Esme başıyla onayladı ve gelip elimi tuttu. "En önemlisi çok hareketsiz durmamak ve çok hızlı hareket etmemek," dedi.

"O oturursa sen de otur," dedi Emmett. "insanlar dikilip durmayı sevmezler."

"Her otuz saniyede bir başka yerlere bak," diye ekledi Jasper. "İnsanlar bir şeye uzun süre bakıp kalmazlar."

"Beş dakikada bir bacak bacak üstüne at, ya da bileklerini birbirinin üzerine at," dedi Rosalie.

Verilen her öneriyi başımla onayladım. Bunların bazılarını dün yaptıklarını hatırladım. Bu hareketleri taklit edebileceğimi düşündüm.

"Ve dakikada en az üç kere göz kırp," dedi Emmett. Yüzünü

astı ve televizyonun kumandasının olduğu yere gidip televizyonda bir maç açtı.

"Ellerini de hareket ettir. Saçlarını geriye at ya da kaşınıyormuş gibi yap," dedi Jasper.

"Esme'ye söylemiştim," diye şikâyet etti Alice döndüğünde. "Onu bunaltacaksınız."

"Yo hayır, sanırım anladım," dedim. "Otur, çevreye bak, göz kırp, kıpırdan."

"Doğru," diye onayladı Esme.

Jasper'ın yüzü ekşidi. "Nefesini elinden geldiği kadar tutman gerekiyor ama omuzlarını nefes alıyormuş gibi oynatmalısın."

Derin bir nefes daha alıp tekrar başımla onayladım.

Edward bana sarıldı. "Yapabilirsin," diye tekrarladı, kulağıma yüreklendirici bir tonla mırıldanarak.

"İki dakika," dedi Alice. "Belki sen koltuğa geçsen daha iyi olur. Zaten hastaydın, değil mi? Böylece nasıl hareket ettiğini görmesi de gerekmez."

Alice beni koltuğa sürükledi. Yavaş hareket etmeye çalışıyor, bir yandan da uzuvlarım çok sakarmış gibi yapmaya uğraşıyordum. Alice sıkıntıyla gözlerini devirdi, herhalde becerememiştim.

"Jacob, Renesmee'ye ihtiyacım var," dedim.

Jacob'ın suratı asıldı, hareket etmedi.

Alice başını salladı. "Bella, o benim görmemi engelliyor."

"Ama ona ihtiyacım var. O beni sakinleştiriyor." Sesimdeki panik açıkça hissedilebiliyordu.

"Peki," diye söylendi Alice. "Sen onu istediğin kadar tut, onun etrafından görmeye çalışırım." Bitkin bir şekilde iç geçirdi, sanki tatilde çift mesai yapması söylenmiş biri gibiydi. Jacob da iç geçirdi ama Renesmee'yi bana getirdi ve sonra Alice'in öfkeli bakışları arasında geldiği yere döndü.

Edward yanıma oturup kolunu Renesmee ve bana sardı. Öne eğilip ciddiyetle Renesmee'nin gözlerine baktı.

"Renesmee, seni ve anneni görmek için çok özel biri geliyor," dedi ciddi bir ses tonuyla. Sanki dediği her kelimeyi anlamasını bekler gibiydi. Anlıyor muydu? Cevap olarak ona ciddi gözlerle baktı. "Ama o bizim gibi değil, Jacob gibi bile değil. Çok dikkat etmemiz gerekiyor. Ona bize söylediğin şeyler gibi şeyler söylememelisin."

Renesmee onun yüzüne dokundu.

"Aynen öyle," dedi Edward. "Ve o seni susatacak. Ama onu ısırmamalısın. O Jacob gibi iyileşmeyecek."

"Anlayabiliyor mu?" diye fısıldadım.

"Anlıyor. Çok dikkatli olacaksın, değil mi Renesmee? Bize yardım edeceksin, değil mi?"

Renesmee ona tekrar dokundu.

"Hayır, Jacob'ı ısırmanı önemsemiyorum. Yapabilirsin."

Jacob güldü.

"Belki de sen gitmelisin Jacob," dedi Edward soğuk bir ses tonuyla. Edward Jacob'ı affetmemişti çünkü şimdi ne olursa olsun benim canımın yanacağını biliyordu. Ama eğer bu gece başıma gelen tek şey yanma olacaksa, bunu memnuniyetle kabul ederdim.

"Charlie'ye burada olacağımı söyledim," dedi Jacob. "Morale ihtiyacı var."

"Moral mi? Charlie'nin tek bildiği senin aramızdaki en sevimsiz canavar olduğun."

"Sevimsiz mi?" diye karşı çıktı Jake ve sonra kendi kendine sessizce güldü.

Cullenlar'ın evinin girişinde, lastiklerin nemli toprağa değişini duydum. Ve nefes alışını tekrar hızlandı. Kalbim çarpıyor olsa, herhalde şimdi gümbürdüyor olurdu. Vücudumun gerçek tepkiler veremiyor olması beni geriyordu.

Renesmee'nin kalbinin sabit atışına konsantre olarak sakinleşmeye çalıştım. Hemen işe yaramıştı.

"Aferin Bella," diye fısıldadı Jasper.

Edward omzumu sıvazladı.

"Emin misin?" diye sordum.

"Elbette. Sen her şeyi yapabilirsin," diyerek bana gülümsedi ve beni öptü.

Tam olarak dudaktan bir öpücük sayılmazdı ama yine de vahşi vampir tepkilerim beni hazırlıksız yakalamıştı. Edward'ın dudakları doğrudan sinir sistemime enjekte edilen, bağımlılık yaratan kimyasal bir madde gibiydi. Hemen daha fazlasını istiyordum. Bebeğin kucağımda olduğunu hatırlamak için bütün konsantrasyonumu kullanmam gerekmişti.

Jasper ruh halimdeki değişikliği fark etti. "Ah, Edward, şimdi onun dikkatini dağıtmaman iyi olur. Odaklanabilmesi gerekiyor."

Edward geri çekildi. "Ups," dedi.

Güldüm. Bu en başından, ilk öpüşmemizden beri hep benim tepkim olmuştu.

"Sonra," dedim, düşüncesi bile karnımı elektriklendirmeye yetmişti.

"Odaklan Bella," diye zorladı beni Jasper.

"Doğru." O titretici hisleri geri ittim. Charlie, şimdi önemli olan buydu. Charlie'nin güvende olması. Bütün gece bizim olacaktı...

"Bella."

"Üzgünüm, Jasper."

Emmett güldü.

Charlie'nin arabasının sesi gittikçe yaklaşıyordu. Artık şakalaşma zamanı geçmişti, herkes ciddiydi. Bacak bacak üstüne atıp göz kırpmalar üzerine çalıştım.

Araba evin önüne çekilip birkaç dakika durdu. Acaba Charlie de benim kadar heyecanlı mıdır, diye merak ettim. Sonra motor sustu ve bir arabanın kapısının kapandığını duydum. Önce çimlerde üç adım, sonra da ahşap merdivenlerde sekiz adım duydum. Ve daha yankılı dört adım da verandadan geldi. Sonra sessizlik. Charlie iki derin nefes aldı.

Tık, tık, tık.

Belki son kez nefes aldım. Renesmee kucağıma daha da çok sokuldu, yüzünü saçlarımın arasına sakladı.

Kapıyı Carlisle açtı. Gergin ifadesini televizyonda kanal değiştirir gibi değiştirdi. Yüzü, kibarca buyur eden bir ifadeye büründü.

"Merhaba Charlie," dedi, uygun bir dozajda mahcup da görünüyordu. Ne de olsa Atlanta'da olmamız gerekiyordu. Charlie ona yalan söylendiğini biliyordu.

"Merhaba Carlisle," diyerek sertçe selamladı Charlie onu. "Bella nerede?"

"Buradayım, baba."

Ah! Sesim çok güçlüydü. Ayrıca tuttuğum nefesin birazını da harcamıştım. Çabucak nefes alırken Charlie'nin kokusunun henüz odaya dolmamış olduğuna şükrettim.

Charlie'nin ifadesiz yüzü, sesimin ne kadar yanlış çıktığını gösterir gibiydi. Gözleri bana kenetlenmiş, fal taşı gibi açılmıştı.

Yüzünden geçen duyguları okudum.

Şok. Güvensizlik. Acı. Kayıp. Öfke. Şüphe. Daha fazla acı.

Dudağımı ısırdım. Komik gelmişti. Yeni dişlerim granit cildimde, insan dişlerimin yumuşak insan dudaklarımda olduğundan daha keskindi.

"Bu sen misin, Bella?" diye fısıldadı.

"Evet." Çınlayan sesim beni de sıçratmıştı. "Selam Baba."

Sakinleşebilmek için derin bir nefes aldı.

"Selam Charlie," dedi Jacob köşeden. "Nasılsın?"

Charlie, Jacob'a öfkeyle baktı, hatırladığı bir şeyden dolayı tüyleri ürpermiş gibiydi. Sonra tekrar bana baktı.

Yavaşça bana doğru yürüdü. Birkaç adım öteye gelince durup Edward'a suçlayıcı bir bakış attı ve sonra tekrar bana baktı. Vücudunun sıcaklığı, kalbinin her atışıyla beni kamçılıyordu.

"Bella?" dedi tekrar.

Daha alçak bir sesle konuşmaya, sesimi çınlamadan arındırmaya çalıştım. "Gerçekten benim."

Dişleri kenetlendi.

"Üzgünüm baba," dedim.

"İyi misin?" diye üsteledi.

"Gerçekten, harikayım," dedim. "Sapasağlamım."

Bu da oksijenimin sonu olmuştu.

"Jake bana bunun...gerekli olduğunu söylemişti. Senin ölüyor olduğunu." Bu sözlere hiç inanmamış gibi söylemişti.

Renesmee'nin sıcak ağırlığına odaklanmaya çalışıp Edward'a yaslandım ve derin bir nefes aldım.

Charlie'nin kokusu avuç dolusu ateş gibiydi, boğazıma doğru iniyordu. Ama acıdan daha fazlası vardı. Alevler arasındaki arzu beni adeta bıçaklıyordu. Charlie düşünebildiğim her şeyden çok daha lezzetli kokuyordu. Ormandaki insanların kokusu ne kadar çekiciyse, Charlie'ninki iki misli daha cazibeliydi. Ve yalnız birkaç adım ötemdeydi, kuru havaya ağzı sulandıran bir sıcaklık ve nem katıyordu.

Ama şu anda avlanmıyordum. Ve bu benim babamdı.

Edward omuzlarımı sıktı ve Jacob da odanın karşısından özür diler gibi baktı.

Kendimi toplayıp acıyı ve susuzluğu görmezden gelmeye çalıştım. Charlie bir cevap bekliyordu.

"Jacob sana gerçeği söylüyordu."

"İkinizden biri söylüyor yani," diye homurdandı Charlie.

Yüzümdeki değişiklikleri görmeden bile çektiğim vicdan azabımı okuyabilirdi.

Saçlarımın altındaki Renesmee Charlie'nin kokusunu almıştı. Onu daha sıkı sardım.

Charlie, gergin bir halde kucağıma baktığımı görünce oraya baktı. "Ah," dedi. Yüzündeki öfke dağılıp yerini hayrete bırakmıştı. "Bu o mu? Jacob'ın evlat edineceğinizi söylediği kimsesiz."

'Yeğenim," diye yalan söyledi Edward. Renesmee'nin benzerliğinin gözden kaçmayacağını düşünmüş olmalıydı. Onların akraba olduklarını söylemek daha iyiydi.

"Senin aileni kaybettiğini sanıyordum," dedi Charlie. Suçlama tonu, sesine geri dönmüştü.

"Ebeveynlerimi kaybettim. Ağabeyim de benim gibi evlatlık. Onu daha sonra hiç görmemiştim. Ama o ve karısı bir trafik kazasında ölünce bebeği bırakacak kimse kalmadığından yasal olarak bana kaldı."

Edward ne kadar iyi gidiyordu. Sesi dengeliydi, Charlie'nin inanmasına yetecek derecede bir masumiyet tınısıyla konuşuyordu. Ben de bunu yapabilmek için çalışmalıydım.

Renesmee saçlarımın altından Charlie'yi gözetliyordu. Çekingen bir halde uzun kirpiklerinin altından Charlie'ye baktı ve sonra tekrar saklandı.

"O...o, çok tatlıymış."

"Evet," diyerek onayladı Edward.

"Ama büyük bir sorumluluk. Daha yolun başındasınız."

"Başka ne yapabilirdik ki?" Edward parmaklarını Renesmee'nin yanağında gezdirdi. Bir an, hatırlatma yapar gibi dudaklarına dokunduğunu gördüm. "Herhalde siz de böyle bir şeyi reddetmezdiniz?"

"Hımm. Eh." Başını salladı. "Jake adını Nessie koyduğunuzu söylemişti."

"Hayır, koymadık," dedim. "Onun adı Renesmee."

Charlie yeniden bana odaklanmıştı. "Sen ne düşünüyorsun? Belki Carlisle ve Esme onu – "

"O benim," diye sözünü kestim. "Onu istiyorum."

Charlie'nin suratı asıldı. "Beni bu kadar genç mi dede yapacaksın?"

Edward gülümsedi. "Carlisle da dede oldu."

Charlie, Carlisle'a kuşkulu bir bakış attı. Carlisle hâlâ kapının orada duruyordu, Zeus'un daha iyi görünen kardeşi gibiydi.

Charlie güldü. "Sanırım bu kendimi biraz olsun iyi hissettiriyor." Gözleri tekrar Renesmee'ye döndü. "O gerçekten tatlıymış." Sıcak nefesi aramızdaki boşluğa dağıldı.

Renesmee kokuya doğru uzandı, saçlarını çekerek ilk kez tam anlamıyla Charlie'ye baktı. Charlie şaşkınlıkla nefes aldı.

Ne gördüğünü biliyordum. Benim gözlerimin, yani kendi gözlerinin, bu güzel yüze aynen kopyalandığını görüyordu.

Charlie hızlı hızlı nefes almaya başladı. Dudakları titriyordu ve içinden sessizce sayıyordu. Ne yapmaya çalıştığını biliyordum. Geriye doğru sayıp dokuz ay'ı bir aya sığdırmaya çalışıyordu. İpuçlarını yakalamaya çalışıyordu ama hemen önündeki kanıt her şeyi anlamsızlaştırıyordu.

Jacob yerinden kalkıp geldi ve Charlie'nin sırtını sıvazladı. Eğilip Charlie'nin kulağına bir şey fısıldadı. Tabii bir tek Charlie, hepimizin bunu duyabildiğini bilmiyordu.

"Bilmen gereken bir şey ,Charlie. Bir şey değil. Yemin ederim."

Charlie yutkunup başını salladı. Sonra gözleri alev alev yanar gibi Edward'a bakarak yumruğunu sıkıp üstüne yürüdü.

"Her şeyi bilmek istemiyorum ama yalanlara da tahammülüm yok artık!"

"Üzgünüm," dedi Edward sakince. "Ama genel hikâyeyi bilmen gerçeğin kendisinden daha gerekli. Eğer sen bu sırrın bir parçası olacaksan, genel hikâye daha önemli. Bu Bella'yı ve Renesmee'yi, hepimiz kadar korumak için. Onlar için yalanlara tahammül edemez misin?"

Oda, heykellerle dolmuş gibiydi. Bileklerimi birbirinin üzerine attım.

Charlie söylenerek bakışını yine bana çevirdi. "Beni uyarabilirdin ufaklık."

"Öyle yapsam daha mı kolay olacaktı sanki?"

Surat asıp önümde dizinin üzerine çöktü. Kanın boynunda ve teninin altında nasıl hareket ettiğini görebiliyordum. Sıcak titreşimini hissedebiliyordum.

Renesmee de öyleydi. Gülümseyerek pembe avcunu ona doğru uzattı. Onu geri çektim. Diğer eliyle boynuma dokundu, düşüncelerinde susuzluk, merak ve Charlie'nin yüzü vardı. Bu mesajda, Edward'ın dediklerine dair bir iz de vardı; susuzluğun farkına varıp aynı düşünce içinde onu geçersiz de kılıyordu.

"Ah," diye güçlükle nefes aldı Charlie, Renesmee'nin mükemmel dişlerine bakıyordu. "Kaç yaşında?"

"Üç aylık," dedi Edward ve yavaşça ekledi, "yani üç aylık bir çocuğun ölçülerinde sayılır. Bazı yönlerden daha genç, bazı yönlerden çok daha olgun."

Renesmee, oldukça bilinçli bir şekilde ona el salladı.

Charlie beyninden vurulmuş gibiydi.

Jacob, onu dirseğiyle dürttü. "Sana onun çok özel olduğunu söylemiştim, değil mi?"

Charlie, Jacob'dan uzaklaştı.

"Hadi ama Charlie," diye söylendi Jacob. "Ben her zamanki Jacob'ım. Bu akşam olanların hiç yaşanmadığını farz et."

Bu hatırlatma Charlie'nin dudaklarının bembeyaz olmasına sebep oldu. "Peki, senin tüm bu olanlarla bağlantın ne Jake?" diye sordu. "Billy ne kadarını biliyor? Neden buradasın?" Jacob'ın Renesmee'ye bakarken parlayan yüzüne baktı.

"Eh, sana her şeyi anlatabilirim, Billy de her şeyi biliyor ama bu kurt adamlarla ilgili birçok şey içeriyor - "

"Ah!" Charlie kulaklarını kapayarak karşı koydu. "Boş ver."

Jacob sırıttı. "Her şey çok güzel olacak, Charlie. Sadece gördüğün hiçbir şeye inanmamaya çalış."

. Babam manasız şeyler söyleyerek homurdandı.

"Oley!" Emmett birden bağırdı. "Yürüyün Gatorlar!"

Jacob ve Charlie sıçradı. Biz hâlâ donuktuk.

Charlie kendine geldi ve arkasına dönüp Emmett'a seslendi. "Florida mı yeniyor?"

"İlk sayıyı aldılar," diye onayladı Emmett. Sonra bana manalı manalı bakarak, "Buralarda artık birilerinin sayı yapması gerekiyordu," dedi.

Tıslamamak için kendimi tuttum. Charlie'nin önünde? Bu artık bardağı taşırmıştı.

Ama Charlie'nin üstü kapalı anlamları fark ettiği yoktu. Derin bir nefes aldı, sanki içini ayaklarına kadar havayla doldurmaya çalışıyordu. Ona özendim. Ayağa kalktı, birkaç adım attı ve kendini Jacob'ın arkasındaki sandalyeye bıraktı. "Eh," diye iç geçirdi, "bakalım liderliği koruyacaklar mı?"

26. PARLAK

"Bunların ne kadarını Renée'ye söylemeliyiz bilmiyorum," dedi Charlie. Bir ayağı kapının yanında durmuş, sanki çıkmaya tereddüt ediyor gibiydi.

"Biliyorum, onu korkutmak istemem. Onu korumak için... Bu şeyler kalbi sağlam olmayanlara göre değil."

Dudakları pişmanlıkla gerildi. "Ben de seni korumaya çalışırdım, eğer bilseydim. Ama sanırım sen hiçbir zaman kalbi sağlam olmayanlar kategorisine girmedin, değil mi?"

Gülümsedim ve alevlenmiş bir nefesi dişlerimin arasından bıraktım.

Charlie dalgın dalgın karnını sıvazladı. "Bir şeyler uydururum ben. Konuşacak zamanımız olacak, değil mi?"

"Tabii," dedim.

Bu bazı yönlerden uzun, bazı yönlerden çok kısa bir gün olmuştu. Charlie yemeğe gecikmişti, Sue Clearwater, o ve Billy için yemek yapmıştı. Bu çok tuhaf bir gece olacaktı ama en azından gerçek yemek yiyecekti. Hiç aşçılık becerisi olmadığı için birilerinin ona yemek yapmasından memnun olmuştum.

Gerginlik adeta zamanı yavaşlatmıştı. Charlie hiç rahat görünmüyordu ama gitmek de istememiş gibiydi. Bütün maçları izledi ve sonra maç sonrası yorumları izledi ve sonra haberleri izledi. Seth ona saati söyleyene kadar hareket etmemişti.

"Billy ve annemi ekecek misin, Charlie? Hadi. Bella ve Nessie yarın da burada olacaklar. Gidip bir şeyler yiyelim ha?"

Charlie'nin gözlerinden Seth'in söylediklerine güvenmediği açıktı ama yine de onu takip etti. Yüzünde hâlâ şüphe vardı. Bulutlar dağılmış, yağmur dinmişti. Güneşin batışı bile görünebilirdi artık.

"Jake, sizin beni bırakıp gideceğinizi söyledi," diye söylendi Charlie.

"Başka bir çaremiz olana kadar planımız buydu. Şu an hâlâ burada olmamızın sebebi de bu."

"Bana biraz daha kalabileceğinizi ama bunun benim ne kadar güçlü olduğuma ve çenemi ne kadar sıkı tuttuğuma bağlı olduğunu söyledi."

"Evet... Ama hiçbir zaman gitmeyeceğimize söz veremem baba. Her şey çok karışık... "

"Bilmem gereken şeyler değil," diye hatırlattı bana.

"Doğru."

'Ama gitmek zorunda kalırsanız da beni ziyaret edersin, değil mi?"

"Söz veriyorum baba. Şimdi olanları yeterince bildiğine göre, sanırım bunu yapabiliriz. Ne kadar istersen o kadar yakınında olurum."

Yarım saniye kadar dudağını ısırdıktan sonra yavaşça bana doğru eğildi ve kollarını açtı. Kucağımda uyuyan Renesmee'yi sol koluma alıp dişlerimi kilitledim ve nefesimi tutarak sağ kolumu nazikçe sıcak, yumuşak beline doladım.

"Çok yakınımda ol, Bells," diye mırıldandı. "Çok yakınımda."

"Seni seviyorum, baba," diye fısıldadım dişlerimin arasından.

Titreyip geri çekildi.

"Ben de seni, ufaklık. Her ne değişirse değişsin, bu değişmedi." Bir parmağını Renesmee'nin pembe yanağına dokundurdu. "Sana çok benziyor."

Hiç de öyle olmamama rağmen yüz ifademi normal tutmaya çalıştım. "Edward'a daha çok benziyor bence." Duraksadım ve sonra ekledim, "Saçlarının kıvırcıkları seninkiler gibi."

Charlie güldü. "Hah. Sanırım öyle. Dede ha!" Şüpheyle başını salladı. "Onu hiç kucağıma alabilecek miyim?"

Şok olmuş bir halde gözlerimi kırptım ama sonra hemen kendimi topladım. Yarım saniye düşünüp Renesmee'nin duruşunu gözlemledikten ve iyice uykuda olduğuna emin olduktan sonra şansımı sınırına kadar zorlayabileceğime karar verdim. Madem her şey bugün bu kadar yolunda gitmişti...

"Al," dedim, Renesmee'yi ona uzatarak. Renesmee'yi hazırladığı kollarına bıraktım. Teni Renesmee'ninki kadar sıcak değildi ama o ince zarın altında akan sıcaklık boğazımı gıdıklamıştı. Beyaz tenime değdiğinde, Charlie'nin de tüyleri ürperdi. Bunun benim yeni vücut sıcaklığımdan mı yoksa sadece psikolojik bir sebepten mi olduğunu anlayamadım.

Charlie, Renesmee'nin ağırlığını hissedince homurdandı.
"O... Bayağı kiloluymuş."

Yüzüm asıldı. Bana tüy gibi hafif geliyordu. Belki de benim ölçüm değerim değişmişti.

"Kilolu olması iyi bir şey," dedi Charlie benim yüz ifademi görünce. Sonra kendi kendine mırıldandı, "Bu deliliğin içinde yaşayabilmesi için güçlü olması gerekiyor." Onu kollarında sevgiyle sallıyordu. "Gördüğüm her bebekten daha güzel, sen de dâhil, ufaklık. Üzgünüm ama doğru."

"Biliyorum."

"Tatlı bebek," dedi, bu sefer daha sevgi dolu ve yumuşak bir sesle.

Yüzündeki değişimi görebiliyordum, orada büyüyen şeyi görebiliyordum. Charlie de hepimiz gibi Renesmee'nin sihrine kapılmıştı. Kucağındaki bebek, iki saniye içinde onu da fethetmişti.

"Yarın tekrar gelebilir miyim?"
"Tabii ki, baba. Burada olacağız."
"Olsanız iyi olur," dedi sertçe ama yüzü yumuşaktı ve hâlâ Renesmee'ye bakıyordu.
"Yarın görüşürüz, Nessie."
"Sen de mi!"
"Ne?"
"Onun adı Renesmee. Renée ve Esme'nin birleştirilmiş hali gibi. Başka şekilde de söylenmiyor." Bu sefer derin nefes almadan sakinleşmeye çalıştım. "Göbek adını da duymak ister misin?"
"Tabii ki."

"Carlie yani Carlisle ve Charlie'nin birleştirilmiş hali."

Charlie'nin gözlerinin içinin gülmesi beni hazırlıksız yakalamıştı. "Teşekkürler, Bells."

"Asıl ben teşekkür ederim, baba. Son zamanlarda çok şey değişti. Başım hâlâ dönüyor. Sen olmasan, gerçeğe nasıl tutunurum bilmiyorum." Kim olduğuma nasıl tutunurum diyecektim ama bu onun bilmesi gerekenden fazla olurdu.

Charlie'nin karnı guruldadı.

"Haydi gidip yemek ye, baba. Biz burada olacağız." Sonra sabahın ilk ışıklarıyla her şeyin yok olmuş olduğunu görmenin hissettirdiklerini hatırladım.

Charlie başıyla onaylayıp Renesmee'yi gönülsüzce bana verdi. Bana son kez baktı. Herkes odadaydı, Jacob hariç. Jacob'ın mutfakta buzdolabına akın ettiğini duyuyordum. Jasper, başını Alice'in kucağına yaslamış merdivenin en alt basamağında oturuyordu; Carlisle kalın bir kitaba dalmıştı; Esme bir kâğıda çizimler yaparken kendi kendine şarkı mırıldanıyordu; Rosalie ve Emmett merdivenlerin altına oyun kartlarından kocaman bir ev yapmışlardı; Edward piyanosuna dalmış kendi kendine yumuşak bir şeyler çalıyordu. Günün bittiğine ya da yemek zamanının gelmesi gibi şeylere dair bir kanıt yoktu. Soyut olan bir şey atmosferi değiştirmişti. Cullenlar her zamanki kadar çaba göstermiyorlardı, insanlar için oynadıkları oyun birazcık bozulmuştu ve bu Charlie'nin fark etmesi için yeterliydi.

Charlie titredi ve sonra başını sallayıp iç geçirdi. "Yarın görüşürüz Bella." Yüzünü ekşitip ekledi, 'Yani, iyi görünmediğini söylemeyeceğim. Alışırım."

"Sağ ol baba."

Charlie başını onaylar gibi sallayarak düşünceli düşünceli arabasına yürüdü. Arabayla uzaklaşmasını izledim. Lastikleri anayola çıkınca başardığımı fark ettim. Tüm günü Charlie'ye zarar vermeden geçirebilmiştim. Kendi başıma başarmıştım bunu. Gerçekten de bu benim süper-yeteneğim olmalıydı!

Bu, gerçek olamayacak kadar güzeldi. Gerçekten de aynı anda yeni aileme ve eski ailemin bazı elemanlarına sahip olabilir miydim? Bir de dünün mükemmel olduğunu düşünmüştüm, hah.

"Hah," diye fısıldadım. Gözlerimi kırptım ve taktığım üçüncü takım lenslerin de dağıldığını hissettim.

Piyanonun sesi kesildi ve Edward'ın kolları belimi sardı.

"Lafı ağzımdan aldın."

"Edward, başardım!"

"Basardın. İnanılmazdın. Yeni-doğan olmak konusunda çok endişelenmiştik ve sen o kısmı çoktan atladın." Sessizce güldü.

"Yeni-doğan değil, onun bir vampir olduğunu bile düşünmüyorum ben," dedi Emmett merdivenlerin altından. "Çok evcil."

Babamın yanında yaptığı bütün o kötü, utandırıcı yorumlar kulaklarımda çınladı. Renesmee'nin kucağımda olması belki de iyi bir şeydi. Tepkimi tam olarak kontrol edemediğim için nefesimin arasından hırladım.

"Oooo çok korktum," diye güldü Emmett.

Tısladım ve Renesmee kollarımda sarsıldı. Birkaç kere gözlerini kırpıştırdı ve sonra kafası karışmış gibi etrafına bakındı. Koklayıp yüzüme elledi.

"Charlie yarın geri gelecek," dedim ona.

"Harika," dedi Emmett. Bu sefer Rosalie de güldü onunla.

"Çok zekice değil Emmett," dedi Edward küçümsercesine ve uzanıp Renesmee'yi kollarımdan aldı. Bana göz kırptı.

"Ne demek istiyorsun?" dedi Emmett.

"Evdeki en güçlü vampiri kışkırtmak biraz aptallık değil mi, ne dersin?"

Emmett başını geri yaslayıp güldü. "Lütfen!"

"Bella," diye mırıldandı Edward, bu arada Emmett da dikkatle dinliyordu, "birkaç ay önce senden ölümsüz olduğunda bana bir iyilik yapmanı istemiştim hatırlıyor musun?"

Bu zihnimdeki çok eski hatıranın zilinin çalmasına sebep oldu. O bulanık insan sohbetlerini düşündüm. Biraz sonra hatırlayıp ani bir nefesle irkildim. "Ah!"

Alice uzun, çınlayan bir kahkaha attı. Jacob köşeden başını uzattı, ağzı yemek doluydu.

"Ne?" diye homurdandı Emmett.

"Gerçekten mi?" diye sordum Edward'a.

"Güven bana," dedi.

Derin bir nefes aldım. "Emmett, küçük bir bahse ne dersin?"

Hemen ayağa kalktı. "Harika. Gel bakalım."

Bir an dudağımı ısırdım. O kadar iriydi ki.

"Tabii, eğer çok korkmuyorsan...?" dedi Emmett.

Omuzlarımı dikleştirdim. "Sen. Ben. Bilek güreşi. Yemek masasında. Hemen."

Emmett'ın sırıtışı bütün yüzüne yayıldı.

"Şey, Bella," dedi Alice çabucak, "sanırım Esme o masayı çok seviyor, antika."

"Teşekkürler," dedi Esme, Alice'e sessizce.

"Sorun değil," dedi Emmett ışıltılı bir gülümsemeyle. "Bu taraftan Bella."

Onu arkaya, garaja doğru takip ettim. Diğerlerinin de arkamızdan geldiğini duyabiliyordum. Emmett'ın hedefi, nehrin yanındaki aşınmış, büyükçe granit bir kaya parçasıydı. Bu kaya biraz yuvarlak ve yamuk da olsa işe yarayabilirdi.

Emmett dirseğini kayaya koydu.

Kolundaki kaslara bakınca yine heyecanlanmıştım ama bunu yüzüme yansıtmamaya çalıştım. Edward bir süre herkesten daha güçlü olacağımı söylemişti. Bundan emindi ve ben de o gücü hissediyordum. Peki, gerçekten de o kadar güçlü müydüm? Emmett'ın kaslarına bakarken merak ettim. Daha iki günlük bile değildim. Gerçi benimle ilgili hiçbir şey normal değildi. Belki normal bir yeni-doğan kadar güçlü değildim. Belki de kontrolün bu kadar kolay olmasının sebebi buydu.

Dirseğimi kayaya koyarken ilgisiz görünmeye çalıştım.

"Pekâlâ, Emmett. Kazanırsam seks hayatım hakkında kimseye tek kelime etmeyeceksin, Rose'a bile. Hiçbir dokundurma, hiçbir ima, hiçbir şey yapmayacaksın."

Gözlerini kıstı. "Anlaştık. Ben kazanırsam çok daha kötüsü olacak."

Nefesimin kesildiğini duyunca şeytanca sırıttı. Gözlerinde blöfün zerresi yoktu.

"Hemen geri mi çekileceksin, küçük kardeşim?" diye alay

etti benimle. "Sende vahşi olan hiçbir şey yok, değil mi? Eminim o kulübede tek bir çizik bile yoktur." Güldü. "Edward sana Rose ve benim kaç ev yıktığımızı söyledi mi?"

Dişlerimi sıkıp o kocaman elini kavradım. "Bir, iki –"

"Üç," diye homurdanıp elimi itmeye başladı.

Hiçbir şey olmadı.

Harcadığı gücü hissedebiliyordum. Yeni aklım hesaplamalarda çok iyi gibi görünüyordu ve benim verdiğim tepkiyi karşılayamadığını görüyordum, eli kolaylıkla kayaya düşecek gibiydi. Basınç artınca merak ettim. Saatte altmış beşle keskin bir yokuştan inen bir çimento kamyonunun da aynı güce sahip olup olmadığını düşündüm. Seksenle inse? Yüzle? Belki daha hızlı.

Gücü, beni hareket ettirmeye yetmiyordu.

Eli, elimi ezici bir güçle itiyordu ama bu tatsız bir his değildi. Tuhaf bir şekilde iyi hissettiriyordu. Uyandığımdan beri çok dikkatli davranmış, bir şeyleri kırmamak için çabalamıştım. Kaslarımı kullanabilmek ilginç bir rahatlamaydı. Gücün kısıtlanması yerine, akmasına izin vermek.

Emmett homurdandı, alnı kırıştı ve bütün vücudu gerilip hareket etmeyen elime karşı kaskatı kesildi. Bu çılgın gücün keyfini çıkarırken biraz uğraşmasına izin verdim.

Yalnızca birkaç saniye sürdü çünkü sıkılmıştım, Emmett kaybetmişti.

Güldüm. Emmett dişlerinin arasından öfkeyle hırladı.

"Sadece çeneni kapalı tut," diye hatırlattım, elim kayaya gömerken. Çatlamanın sağır edici yankısı ağaçlarda duyuldu. Kaya zangırdadı ve sekizde biri kadar büyüklükte bir parçası koparak Emmett'ın ayağına düştü. Gülmeme hâkim olamadım. Jacob ve Edward'ın gülme sesleri de geliyordu.

Emmett kaya parçasını nehre doğru fırlattı. Taş, küçük bir akça ağacı ikiye bölüp başka bir ağaca çarptı.

"Rövanş. Yarın."

"Gücüm o kadar çabuk kaybolmayacaktır," dedim. "Belki bir ay daha beklemelisin."

Emmett gürledi. "Yarın."

"Tamam, nasıl istersen."

Sessizce geri dönerken Emmett granite yumruk atarak onu parçalara ayırdı. Çocukça bir hareketti.

Bildiğim en güçlü vampirden daha güçlü olduğumu gösteren kanıttan büyülenmişçesine ellerimi, parmaklarımı iyice açarak kayanın üzerine koydum. Sonra parmaklarımla yavaşça taşı kazmaya başladım, kazmaktan çok eziyor gibiydim. Taş elimin altında sert bir peynir gibiydi. Sonunda bir çukur oluştu.

"Süper," diye geveledim.

Yüzümde bir sırıtmayla yerimde aniden dönerek karate hareketi yaparak elimin yan tarafıyla taşa vurdum. Taş titreyip toz çıkararak ikiye ayrıldı.

Kıkırdamaya başladım.

Arkamdaki kahkahalara pek aldırmadan kalan parçaları da yumruk ve tekmelerle kırıntılara çevirdim. Çok eğleniyor, bir yandan da kıs kıs gülüyordum. Tiz çınlayan başka bir kıkırdama duyana kadar bu aptal oyunumu bırakmadım.

"Güldü mü?"

Herkes benim gibi donup kalmış bir halde Renesmee'ye bakıyordu.

"Evet," dedi Edward.

"Kim gülmüyordu ki?" diye geveledi Jacob, gözlerini devirerek.

"İlk seferinde kendinin de böyle olmadığını söyleyemezsin, köpek," diye dalga geçti Edward, sesinde düşmanlıktan eser yoktu.

"O farklı bir şey," dedi Jacob. Sonra şakayla Edward'ın omzuna vurduğunu gördüm. "Bella'nın artık yetişkin gibi davranması lazım. Evli ve artık bir anne falan. Biraz daha oturaklı davranması gerekmiyor mu?"

Renesmee suratını buruşturup Edward'ın yüzüne dokundu.

"Ne istiyor?" diye sordum.

"Daha az oturaklı olmanı," dedi Edward sırıtarak. "Seni izlerken benim kadar eğlenmiş."

"Komik miyim?" diye sordum Renesmee'ye, fırlayıp ona uzanırken o da bana uzanmıştı. Onu Edward'ın kollarından aldım ve elimdeki bir parça taşı gösterdim. "Denemek ister misin?"

O mükemmel gülümsemesiyle gülümsedi ve taşı eline aldı. Kaşlarını çatarak iyice konsantre oldu ve taşı sıktı.

Küçük bir ezme sesi ve biraz da toz çıktı. Renesmee somurttu ve elindeki yığını bana uzattı.

"Ben yaparım," dedim ve taşı kuma çevirdim..

Ellerini çırpıp güldü. Onun güzel sesini duyunca hepimiz güldük.

Güneş birden bulutların arasından görünüp kırmızı ve altın renklerle üzerimizde süzüldü. Birden kendimi gün batımı altında parlayan cildimin güzelliğinde kaybettim. Sersemlemiştim.

Renesmee elmas parlaklığındaki kolumu okşayıp kolunu kolumun yanına koydu. Onun teni zayıf bir ışıltıya sahipti; gizli ve gizemli. Beni güneşli bir günde evin içinde tutacak parlaklık gibi değildi onunki. Yüzüme dokundu, aramızdaki farkı düşünüyor ve üzülüyordu.

"En güzel sensin," dedim ona.

"Bunu kabul edeceğimden emin değilim," dedi Edward. Ona cevap vermek için döndüğümde yüzündeki güneş ışığı beni afallattı ve sesim kesildi.

Jacob elini yüzüne siper etmişti. "Tuhaf," dedi.

"Ne hayranlık uyandıran bir yaratık," diye mırıldandı Edward, neredeyse Jacob'ın yorumu bir iltifatmış gibi ona katıldı. Hem gözleri kamaşmıştı, hem de aynı derecede göz kamaştırıcıydı.

Tuhaf bir histi, şaşırtıcı değildi. Sanırım şimdi her şey ilginç geliyordu, bu yetenekli olma meselesi falan. İnsanken, hiçbir şeyde en iyi olmamıştım. Renée'yi idare etmekte iyiydim ama herhalde birçok insan bunu daha iyi yapardı. Mesela Phil bu konuda oldukça başarılı görünüyordu. İyi bir öğrenciydim ama hiçbir zaman sınıfın en iyisi olmamıştım. Tabii ki atletik olarak hiçbir işe yaramazdım. Sanatsal, müzikal hiçbir yeteneğim de yoktu. Kimse bana okuduğum kitaplar için ödül falan vermemişti. On sekiz yıllık vasatlıktan sonra, ortalama olmaya alışmıştım artık. Bir konuda parlama arzusundan vazgeçeli çok olmuştu. Elimdekilerle en iyisini yapmaya çalışırken asla kendi dünyama yetememiştim.

Ama artık gerçekten farklıydım. Hayret verici birine dönüşmüştüm, onlara ve kendime karşı. Sanki vampir olmak için doğmuştum. Bu fikir beni güldürüyordu ama neşelendiriyordu da Dünyadaki gerçek yerimi bulmuştum, yetebildiğim, parladığım yeri.

27. SEYAHAT PLANLARI

Vampir olduğumdan beri mitolojiyi daha ciddiye alır olmuştum.
Ölümsüz olduğum ilk üç aya bakınca hayatımın iplerinin, Kader'in tezgâhında nasıl göründüğünü hayal ettim. Kim bilir, belki gerçekten de Kader diye bir şey vardı. İplerimin renk değiştirdiğine emindim. Herhalde güzel bir bejle başlamıştı; destekleyici ve düşmanca olmayan ve arka fonda iyi duracak bir renk. Şimdi ise parlak bir kırmızı ya da belki de ışıltılı bir altın rengiydi.
Ailemin ve arkadaşlarımın beni saran desenleri güzeldi, canlıydı, ışık içinde parlayan tamamlayıcı renklerdi.
Hayatıma soktuğum bazı iplere şaşıyordum. Kurt adamlar, derin ormansı renkleriyle benim çok da beklediğim bir şey değildi. Jacob ve Setli farklıydılar. Ama eski arkadaşlarım Quil ve Embry de Jacob'ın sürüsüne katılarak dokuduğumuz kumaşın bir parçası olmuşlardı. Sam ve Emily bile biraz renk katmışlardı. Ailelerimiz arasındaki gerilim, aslına bakılacak olursa, Renesmee sayesinde azalmıştı. Onu sevmek çok kolaydı.
Sue ve Leah Clearwater da hayatlarımıza karışmıştı; hiç beklemediğim iki renk daha.
Sue, Charlie'nin bizim dünyamıza ayak uydurmasını üstlenmişti. Onunla Cullenlar'ın evine gelmişti, hem de oğlu Seth'in, Jake'ın sürüsünün birçok elemanının rahat olduğu kadar rahat olmamasına rağmen. Çok konuşmamış, sadece onu koruma amacıyla Charlie'nin etrafında dolanmıştı. Renesmee kafa karıştıracak kadar ileri seviyede bir şey yaptığında, Charlie'nin baktığı ilk kişi hep Sue oluyordu. Cevap olarak Sue Seth'e, *Ya, bana mı söylüyorsun?* dermiş gibi bakıyordu.

Leah'nın rahatsızlığı, Sue'nunkinden bile daha büyüktü ve birleşen ailemizin bu ortaklığına açıkça düşman olan tek parçasıydı. Yine de Jacob'la aralarındaki yeni dostluk onu hepimize yakın tutuyordu. Bir seferinde Jacob'a tereddütle sormuştum. Burnumu sokmak istememiştim ama ilişkileri öncekinden çok daha farklı bir hal almıştı ve bu da beni meraklandırmıştı. Omuz silkip bunun sürüyle ilgili olduğunu söylemişti. Leah onun komutan yardımcısıydı, yani benim çok önceden isimlendirdiğim gibi 'beta'sıydı.

"Bu Alfa olayını yapacaksam," diye açıklamıştı Jacob, "formalitelere de uysam iyi olur."

Bu yeni sorumluluk Leah'nın onunla daha sık kararlar almasına sebep olmuştu ve Jacob da sürekli Renesmee'yle birlikte olduğu için...

Leah bize yakın olmaktan mutlu değildi ama o bir istisnaydı. Mutluluk, hayatımdaki ana unsurdu. Öyle ki, Jasper'la olan ilişkim hayal edemeyeceğim kadar düzelmişti.

Gerçi en başta bu beni rahatsız etmişti.

"Of!" diye şikâyet etmiştim Edward'a, Renesmee'yi beşiğine yatırdıktan sonra. "Eğer Charlie ya da Sue'yu hâlâ öldürmediysem, bu demektir ki böyle bir şey olmayacak. Keşke Jasper böyle çevremde dönüp durmasa!"

"Kimse senden şüphe duymuyor Bella, zerre kadar bile," demişti. "Jasper'ın nasıl olduğunu bilirsin, iyi hislere karşı koyamıyor. Sen sürekli mutlusun, aşkım, o da düşünmeden sana doğru çekiliyor."

Ve sonra Edward bana sarılmıştı çünkü onun için hiçbir şey benim yeni hayatımdaki bunaltıcı coşkunluğum kadar mutlu edici değildi.

Ve ben, neredeyse, her an böylesine keyifliydim. Gündüzler kızıma olan düşkünlüğüme doymam için yeterli olmuyordu; geceler de Edward'a olan ihtiyacımı yeteri derecede karşılamıyordu.

Keyfin başka bir yönü de vardı elbette. Eğer hayatımızın dokuma kumaşını ters çevirirsem, arkadaki desenin umutsuz grilerle, şüphe ve korkuyu çizdiğini hayal ediyordum.

Renesmee ilk kelimesini tam bir haftalıkken söyledi. Kelime *Anne*'ydi, bu beni havalara uçurabilirdi ama bu hızlı ilerlemesinden o kadar korkuyordum ki, ona zar zor gülümsemiştim. İlk kelimesinin ardından hemen ilk cümlesini kurması da pek yardımcı olmamıştı. "Anne, dedem nerede?" diye sormuştu temiz, soprano bir sesle. Konuşarak söylemesinin tek sebebi de benim odanın karşı tarafında olmamdı. Rosalie'ye çoktan normal (yani başka bir açıdan tümüyle anormal) iletişim yolunu kullanarak sormuştu. Rosalie cevabı bilmediği için Renesmee bana da sormuştu.

İlk kez yürüdüğünde daha üç hafta geçmemişti. Uzun süre Alice'e bakmış, halasının vazolardaki buketleri düzelterek odanın içinde elinde çiçeklerle dans edişini izlemişti. Sonra Renesmee hiç sarsılmadan ayağa kalktı ve neredeyse nazik denebilecek bir şekilde yürüdü.

Jacob hızla alkışlamaya başladı çünkü açıkça bu Renesmee'nin beklediği bir tepkiydi. Jacob'ın ona bağlılığı kendi tepkilerini ikinci plana atmasına sebep oluyordu. İlk tepkisi her zaman Renesmee'ye ihtiyacı olanı vermek oluyordu. Ama göz göze gelince, benim gözlerimdeki paniğin Jacob'ın gözlerinde de yankılandığını gördüm. Ben de alkışladım, korkumu Renesmee'den gizlemeye çalışıyordum. Edward da yanımda sessizce tezahürat etti ama daha konuşmadan aynı şeyi düşündüğümüzü biliyordum.

Edward ve Carlisle kendilerini araştırmaya verdiler, cevaplar aradılar. Çok az şey vardı ve bunlar kanıtlanabilir şeyler değildi.

Alice ve Rosalie güne genellikle moda gösterileriyle başlıyorlardı. Renesmee bir giysiyi asla ikinci kez giymiyordu. Bu, kısmen giydiklerinin neredeyse anında küçük gelmesinden ve kısmen de Alice ve Rosalie'nin haftaları değil yılları kapsıyormuş gibi görünecek bir bebek albümü yapıyor olmalarındandı. Binlerce resim çektiler, hızlandırılmış çocukluğunu belgeliyorlardı.

Üçüncü ayda, Renesmee ilk yaşını bitiren bir bebek gibiydi. Ya da iki yaşını yeni bitiren küçük bir çocuk. Bir yaşına göre iri, iki yaşma göre küçüktü. Tam olarak bebek gibi değildi, daha zayıf ve daha narindi. Ölçüleri daha dengeliydi, bir yetişkininki gibi. Bronz bukleleri beline kadar uzanıyordu. Gönlüm onları kesmeye el vermiyordu, Alice izin vermiş olsaydı bile bunu yapamazdım. Renesmee, akıcı dilbilgisi ve telaffuzuyla güzel konuşabiliyordu ama buna pek tenezzül etmiyordu, daha çok istediği şeyi insanlara *göstermeyi* tercih ediyordu. Sadece yürümüyor ayrıca koşabiliyor ve dans da edebiliyordu. Hatta okuyabiliyordu da.

Ona bir gece Tennyson okuyordum, çünkü onun şiirlerinin akışı ve ritmi dinlendiriciydi. (Sürekli yeni şeyler arıyordum; Renesmee diğer çocuklar gibi uyku öncesi hikâyelerin tekrarlanmasını sevmiyordu ve resimli kitaplara karşı da pek bir sabrı yoktu.) Yanağıma dokunmak için uzandı, aklındaki görüntüde kitabı kendisi tutuyordu. Gülümseyerek kitabı ona verdim.

"Burada tatlı bir müzik var," diye duraksamadan okudu, "otlardaki güllerin taç yapraklarından daha yumuşak, ya da çiğ damlalarının durgun sulara düşerken –"

Kitabı farkında olmadan elinden aldım.

"Eğer sen okursan, nasıl uyuyacaksın?" diye sordum, güçlükle sesimin titremesine engel olmaya çalışarak.

Carlisle'ın hesaplarına göre, Renesmee'nin vücudunun gelişimi yavaşlıyor ama aklı hızla gelişiyordu. Yavaşlamaya devam etse bile en az dört yıl içinde bir yetişkin olacaktı.

Dört yıl. On beş yaşında yaşlı bir kadın.

On beş yıllık bir hayat.

Ama çok sağlıklıydı. Canlı, parlak, ışıltılı ve mutlu. Onun bu iyi hali şu an için mutlu olmamı kolaylaştırıyordu ve geleceği düşünmeyi yarına bırakıyordum.

Carlisle ve Edward, seçeneklerimizi her açıdan değerlendirerek alçak sesle konuşurlarken, onları duymamaya çalışıyordum. Bu konuşmaları Jacob çevredeyken yapmazlardı çünkü yaşlanmayı durduracak bir şey vardı ama bu Jacob'ın duymaktan hoşlanacağı bir şey değildi. Ben de hoşlanmıyordum. *Çok tehlikeli!* diye bağırıyordu içgüdülerim bana. Jacob ve Renesmee birçok yönden birbirlerine benziyorlardı, ikisi de melezdi, ikisi de aynı anda iki şeydi. Ve kurt adam bilgilerine göre, vampir zehri onlar için ölümsüzlük değildi, ölüm fermanıydı...

Carlisle ve Edward uzaktan yapabilecekleri bütün araştırmayı yapmışlardı. Şimdi eski efsaneleri kaynaklarından takip etmeye hazırlanıyorduk. Brezilya'ya geri dönüp oradan başlayacaktık. Ticunalar'ın Renesmee gibi çocuklara dair efsaneleri vardı... Eğer onun gibi çocuklar dünyaya geldiyse, belki yarı-ölümsüz çocuklarla ilgili hikâyeler hâlâ biliniyor olabilirdi...

Asıl soru ise ne zaman gideceğimizdi.

Bu yolculuğu geciktiren bendim. Bir sebebi, bayramlar geçene kadar Charlie için Forks'ta kalmak istememdi. Ama daha çok, önce başka bir yolculuğa çıkmam gerektiğini bilmemdendi, bu yolculuk kesinlikle daha öncelikliydi. Ve bu yola yalnız çıkmalıydım.

Bu benim vampir olmamdan bu yana Edward'la tartıştığımız tek şey olmuştu. Çekişmenin ana konusu yolculuğun "yalnız" yapılma kısmıydı. Ama gerçekler ortadaydı ve benimki mantığa yatkın gelebilen tek plandı. Volturiler'i görmeliydim ve bunu yaparken yalnız olmalıydım.

Eski kâbuslardan ve rüyalardan arınmışken bile Volturiler'i unutmak imkânsızdı. Kendilerini hatırlatmayı çok iyi biliyorlardı.

Aro'nun hediyesi gelene kadar Alice'ın Volturi liderlerine düğün bildirisi gönderdiğini bilmiyordum. Biz Esme Adası'ndayken, Alice, zihninde Volturi askerlerinden, harap edici şekilde güçlü olan ikizleri, Jane ve Alec'i görmüştü. Caius hâlâ insan olup olmadığımı görmek için bir av topluluğu yollamayı planlıyordu çünkü bildirilerinin aksine ben vampir dünyasının sırrını biliyordum, ya onlara katılmalı ya da susturulmalıydım... Kalıcı bir şekilde. Bu yüzden Alice onlara ilanı yollamıştı. Bunun arkasındaki anlamı deşifre etmeye çalışırken bunun onları yavaşlatacağını düşünmüştü. Ama eninde sonunda geleceklerdi. Bu kesindi.

Hediyenin kendisi açık bir tehdit içermiyordu. Müsrifçeydi evet, neredeyse korkunç derecede müsrifçeydi. Tehdit Aro'nun tebrik notunda gizliydi. Kendi el yazısıyla, ağır, düz, kare bir kâğıda siyah mürekkeple yazılmıştı:

Yeni gelin Bayan Cullen'ı yüz yüze görmek için sabırsızlanıyorum.

Hediye şatafatlı bir şekilde, antika ahşap, altın ve incilerle işlenmiş, değerli taşlarla süslü bir kutuya konmuştu. Alice yalnız bu kutunun bile paha biçilmez bir hazine olduğunu ve içine konacak her mücevheri gölgede bırakacağını söylemişti.

"On üçüncü yüzyılda İngiliz John'un rehine verdiği hükümdarlık mücevherlerine ne olduğunu hep merak etmişimdir," dedi Carlisle. "Volturiler kendi paylarını almışlarsa çok da şaşırmam."

Kolye sadeydi. Kalın altın zincir, yılan gibi boynuma doğru kıvrılıyordu. Üzerinde, golf topu büyüklüğünde bir elmas vardı.

Aro'nun notundaki gizlenmemiş hatırlatma beni mücevherden daha çok ilgilendiriyordu. Volturiler ölümsüz olduğumu görmek istiyorlardı, Cullenlar'ın Volturiler'in komutlarına uyduğundan emin olmak istiyorlardı. Ve bunu hemen görmek istiyorlardı. Forks'un yakınlarına gelmelerine izin veremezdik. Buradaki hayatımızın güvende olması için tek bir yol vardı.

"Yalnız gitmiyorsun," diye ısrar etmişti Edward dişlerinin arasından. Elleri yumruk olmuştu.

"Beni incitmeyecekler," demiştim, elimden geldiğince onu yatıştırmaya çalışarak. Sesimin kendimden emin çıkmasına çabalamıştım. "Bunun için bir sebepleri yok ki. Ben bir vampirim. Konu kapanmıştır."

"Hayır. Kesinlikle hayır."

"Edward, Renesmee'yi korumanın tek yolu bu."

Bunun üzerine bir şey diyemiyordu.

Aro'yu tanıdığım kısa zaman içinde bile, onun koleksiyoncu olduğunu görebilmiştim. Onun paha biçilmez hazineleri yaşayan parçalarıydı. Güzelliğe, yeteneğe ve izindeki ölümsüzler arasında az bulunan şeylere, mahzeninde kilitli bulunan her mücevherden daha çok imreniyordu. Alice ve Edward'ın yeteneklerine imrenmesi yeterince büyük bir şanssızlık olmuştu. Carlisle'ın ailesini kıskanması için ona başka bir sebep vermeyecektim. Renesmee güzel, yetenekli ve eşsizdi. Türünün tek örneğiydi. Onu görmesine izin veremezdik, başkasının düşüncelerinin içinde bile...

Ve düşüncelerini duyamadığı tek kişi de bendim. Tabii ki yalnız gidecektim.

Alice seyahatim hakkında hiçbir sıkıntı görmemişti ama görüşünün bulanıklığı için de endişelenmişti. Görüntülerin bazen, çakışan dış kararlar olduğunda ve bunlar çözülemediğinde puslu olduklarını söylemişti. Bu belirsizlik Edward'ın tereddüt etmesine sebep olmuştu. Kesinlikle bu buluşmanın gerçekleşmesine karşıydı. Benimle aktarma yapacağım Londra'ya kadar beraber gelmeyi istemişti ama Renesmee'yi ebeveynlerinden ikisi de olmaksızın bırakmak istemiyordum. Onun yerine Carlisle geliyordu. Carlisle'ın benden yalnız birkaç saat uzaklıkta olduğunu bilmek, Edward'ı da beni de rahatlatmıştı.

Alice geleceğe bakmaya devam etmişti ama bulduğu şeyler, aradıklarıyla bağlantılı değildi. Borsada yeni bir eğilim, İrina'nın barışmak için ziyareti (gerçi daha kesin olarak bir karar vermemişti), altı hafta sonra gelecek bir kar fırtınası, Renée'den gelecek bir telefon... Daha "kalın" bir sesle konuşmak için çalışmalar yapıyor ve bu konuda her gün daha da iyi oluyordum. Renée hâlâ hasta olduğumu ama artık iyileşmeye başladığımı sanıyordu.

Renesmee'nin üç ayını doldurmasından sonraki gün İtalya biletlerimizi aldık. Bunu çok kısa bir yolculuk olarak düşündüğüm için gidişimden Charlie'ye bahsetmedim. Jacob biliyordu ve o da, bu konuda Edward'ın tarafını tutuyordu. Yine de bugünkü tartışma Brezilya'yla ilgiliydi. Jacob da bizimle gelmeyi kafaya koymuştu.

Üçümüz; Jacob, Renesmee ve ben, beraber avlanıyorduk. Hayvan kanı içeren yemek düzeni Renesmee'nin en sevdiği şey değildi ve bu yüzden Jacob'ın bizimle gelmesine izin veriyordum. Jacob aralarında bir yarış belirlemişti ve bu da Renesmee'yi her şeyden daha çok istekli yapıyordu.

Renesmee insanlar konusunda, iyi ve kötü arasındaki farkı açıkça anlamıştı, sadece bağışlanmış kanın iyi olacağını düşünüyordu. İnsan yemekleri de yemişti ve bu sistemine uygun görünmüştü ama tüm katı yemeklere benim bir zamanlar karnabahar ve bezelyeye gösterdiğim direnişi göstermişti. Onun için hayvan kanı bile bu yiyeceklerden daha iyiydi. Rekabeti seven bir doğası vardı ve Jacob'ı yenme mücadelesi de onu avlanmaya istekli kılmıştı.

Renesmee de önümüzden dans eder gibi koşturup sevdiği bir kokuyu bulmaya çalışıyordu. "Jacob," dedim onu ikna etmeye çalışırken. "Senin burada bazı yükümlülüklerin var. Seth, Leah –"

Güldü. "Ben sürümün dadısı değilim. Zaten hepsinin La Push'ta sorumlulukları var."

"Senin gibi yani? Sen de resmi olarak liseyi bırakıyor musun yani? Renesmee'ye ayak uydurmak istiyorsan çok daha fazla çalışman gerekiyor."

"Sadece izne çıkıyorum. Okula her şey... Yavaşladığında döneceğim."

Bunu dediğinde dikkatim dağılmıştı ve ikimiz de bir anda Renesmee'ye baktık. Başının çok üstünde uçuşan kar tanelerine bakıyordu. Sarı otların olduğu bu alanda, karlar daha yere yapışamadan eriyorlardı. Elbisesi kardan bir ton daha koyuydu ve kızılımsı-kahve kıvırcıkları, güneş bulutların arkasına saklanmış olmasına rağmen parıldıyordu.

Onu izlediğimiz sırada, birden çömelip dört beş metre yukarı havaya zıpladı. Küçük elleriyle kar tanelerini tutmaya çalıştı ve sonra tekrar nazikçe yere kondu.

Bizi şok eden gülümsemesiyle döndü. Gerçekten de bu her zaman görebileceğiniz bir şey değildi. Elindeki karı erimeden bize gösterdi.

"Güzel," dedi Jacob, Renesmee'nin takdir edilmek istediğini bilerek. "Ama sanırım oyalanıyorsun, Messie."

Jacob'ın üstüne atladı. Tam düşeceği sırada Jacob kollarını açmıştı. Çok uyumlu hareket etmişlerdi. Söyleyeceği bir şey olduğunda bu şekilde hareket ediyordu. Hâlâ sesli konuşmayı tercih etmiyordu.

Renesmee Jacob'ın yüzüne dokundu. Hepimiz bir geyiğin ormanda ilerlediğini dinlerken o tapılası şekilde kaşlarını çatmıştı.

"Tabii ki susadın, Nessie," diye cevap verdi Jacob biraz alaycı bir ses tonuyla ama yine de ona karşı çok anlayışlıydı. "Yine benim en büyüğünü yakalamamdan korkuyorsun!"

Jacob'ın kollarından sıçrayarak hafifçe yere kondu ve gözlerini çevirip avının olduğu yere doğru baktı. Bunu yaptığında Edward'a çok benziyordu. Sonra ağaçların arasına doğru fırladı.

"Ben hallederim," dedi Jacob, ben takip etmek için arkasından ilerlediğimde. Üstündekini çıkarıp çoktan titreyerek arkasından koşmaya başlamıştı bile. "Hile yaparsan sayılmaz," dedi Renesmee'ye.

Başımı sallayarak arkalarından havalanan yapraklara bakıp gülümsedim. Bazen Jacob, Renesmee'den daha çocuksu olabiliyordu.

Avcılara birkaç dakika bekleyerek avanta verdim. Onları takip etmek kolaydan da öte olacaktı. Renesmee beni avının büyüklüğüyle şaşırtmaya bayılırdı. Tekrar gülümsedim.

Dar çimenlik çok hareketsiz ve boştu. Uçuşan kar neredeyse durmuştu. Alice, daha uzun haftalar boyunca tutmayacağını görmüştü.

Genelde Edward ve ben avlanmaya beraber çıkardık. Ama Edward bugün Carlisle'la beraberdi, Rio gezisini planlıyorlar ve bunları Jacob'ın arkasından halletmeye çalışıyorlardı... Yüzüm asıldı. Döndüğümde Jacob'ın tarafını tutacaktım. Bizimle gelmeliydi. Bu onun için de çok önemliydi. Bütün hayatı, tıpkı benimki gibi, buna bağlıydı.

Düşüncelerim yakın gelecekte kaybolmuşken, gözlerim dağ tarafına bakındı. Av ve tehlike arıyordum ama bunun hakkında çok fazla düşünmeme gerek yoktu.

Ya da bakınmam için belki de bir sebep vardı, bilincim daha fark etmeden keskin duyularımın hemen yakaladığı küçücük bir şey...

Gözlerim uçurumun etrafını tararken, gümüş - ya da altın mıydı? - bir parıltı dikkatimi çekti.

Gözlerim orada olmaması gereken renge takıldı, bir kartalın bile göremeyeceği kadar uzaktaki şey, buradan bakınca oldukça puslu görünüyordu. Bakakalmıştım.

O da bana bakıyordu.

Şüphesiz bu bir vampirdi. Dişi bir vampir. Teni mermer gibi beyazdı ve insan cildinden milyonlarca kez daha pürüzsüzdü. Bulutların altında bile hafifçe parıldıyordu. Cildi onu ele vermemiş olsaydı bile, hareketsizliği verirdi. Sadece vampirler ve heykeller bu kadar sabit durabilirdi.

Saçları mattı, mat sarı, neredeyse gümüşi. Gözlerimin yakaladığı parıltı buydu. Çene çizgisine kadar dümdüz uzanan saçları, ortadan eşit bir şekilde ayrılmıştı.

Bana yabancı biriydi. Buna emindim. Onu hiç görmemiştim, insan olarak bile. Hafızamdaki çamurlu yüzlerin hiçbirine benzemiyordu. Ama koyu altın gözlerine bakınca onu hemen tanımıştım.

İrina en sonunda gelmeye karar vermişti.

Bir an ona baktım ve o da bana baktı. Onun da benim kim olduğumu anlayıp anlamadığını merak ettim. El sallarmış gibi elimi hafifçe kaldırdım ama dudakları hafifçe gerildi ve yüzüne düşmanca bir ifade yerleşti.

Ormandan gelen Renesmee'nin zafer çığlığını ve Jacob'ın ona eşlik eden ulumasını duydum. Sesin yankısı ona geldiğinde, İrina'nın yüzünün de refleks olarak aniden sarsıldığını gördüm. Gözleri hafifçe sağa kaydı. Ne gördüğünü biliyordum. Kocaman kızıl-kahve bir kurt adam, belki de onun Laurant'ını öldürenin ta kendisiydi bu.

Bizi ne kadar zamandır izliyordu? Sevecen bakışmalarımızı görebilecek kadar uzun olduğuna emindim.

Yüzü acı içinde kasıldı.

İçgüdüsel olarak ellerimi önümde, özür diler bir şekilde tuttum. Tekrar bana döndü, dudağı dişlerini göstererek gerildi. Hırlarken çenesi iyice açılmıştı.

Zayıf ses bana ulaştığında çoktan dönüp ormanın içinde kaybolmuştu bile.

"Kahretsin!" diye inledim.

Renesmee ve Jacob'ın arkasından ormana fırladım. Onları gözümün önünden ayırmak istemiyordum. İrina'nın ne tarafa gittiğini ya da ne kadar kızgın olduğunu bilmiyordum. Öç duygusu, vampirlerde sıkça görülen bir saplantıydı ve kolay kolay zapt edilemiyordu.

Tüm gücümle koşarak onlara ulaşmam yalnız iki saniye sürdü. "Benimki daha büyük," derken duydum Renesmee'yi, kalın dikenli çalılar arasından onların olduğu küçük alana çıkmıştım.

Yüzümdeki ifadeyi görünce Jacob'ın kulakları geriye doğru yattı. Öne atılıp dişlerini gösterdi. Ağzında hâlâ öldürdüğü avın kanını taşıyordu. Gözleri ormanı taradı. Boğazında gittikçe artan hırlamayı duyabiliyordum.

Renesmee de Jacob gibi tetiğe geçmişti. Ayakucundaki ölü geyiği bırakarak bekleyen kollarıma sıçradı ve meraklı ellerini yanaklarıma dayadı.

"Aşırı tepki gösteriyorum," dedim onlara hemen. "Sorun yok, sanırım. Bekleyin."

Cep telefonumu çıkarıp hızlı arama tuşuna bastım. Edward ilk çalışta açtı. Jacob ve Renesmee, dikkatle Edward'a anlattıklarımı dinlediler.

"Gel, Carlisle'ı da getir." Sesim öyle çok titremişti ki, Jacob anlayabildi mi, diye merak ettim. "İrina'yı gördüm ve o da beni gördü ama sonra Jacob'ı da gördü ve sinirlenip kaçtı, sanırım yani. Burada görünmedi, yani henüz, ama oldukça kızgın görünüyordu o yüzden belki gelir. Gelmezse, sen ve Carlisle arkasından gidip onunla konuşmalısınız. Çok kötü şeyler hissediyorum."

Jacob gürledi.

"Yarım dakika içinde orada oluruz," dedi Edward. Telefondan, koşarken çıkan sesleri duyabiliyordum.

Dar çimenliğe geri döndük ve sessizce beklerken, Jacob ve ben dikkatle çevredeki tanımadık sesleri duymaya çalıştık.

Sonra çok tanıdık bir ses duyduk. Edward hemen yanı başımdaydı, hemen birkaç saniye sonra da Carlisle geldi. Carlisle'ı takip eden ağır pençe seslerini duyunca şaşırdım. Sanırım şaşırmamalıydım. Renesmee'yle ilgili en ufak bir tehlike söz konusu olduğunda Jacob takviye kuvvetler çağırıyordu.

"Şu tepedeydi," diye onu gördüğüm noktayı gösterdim. Eğer İrina kaçıyorsa, şimdiye kadar çoktan iyi bir ilerleme kaydetmiş olmalıydı. Durup Carlisle'ı dinler miydi acaba? Önceki yüz ifadesi öyle demiyordu. "Belki Emmett ve Jasper'ı da çağırmaksınız. O gerçekten... Sinirli görünüyordu. Bana hırladı."

"Ne?" dedi Edward öfkeyle.

Carlisle, elini Edward'ın koluna koydu. "O yasta. Ben peşinden giderim."

"Ben de seninle geliyorum," dedi Edward.

Uzunca bakıştılar, belki de Carlisle, Edward'ın İrina'ya olan rahatsızlığıyla akıl okuma açısından yapacağı yardımı karşılaştırıyordu. Sonunda Carlisle onayladı ve Jasper ya da Emmett'ı aramadan, İrina'nın izini bulmak için yola çıktılar.

Jacob sabırsızca burnuyla sırtımı dürttü. Her ihtimale karşı Renesmee'nin eve dönüp güvende olmasını istiyordu. Ona hak verdim ve eve doğru, yanımızda Seth ve Leah ile birlikte koştuk.

Renesmee kollarımda, halinden memnun bir şekilde duruyordu. Bir eli hâlâ yüzümdeydi. Avlanma gezisi iptal olduğu için bağışlanmış kan içecekti. Düşünceleri kendinden emin gibiydi.

28. GELECEK

Carlisle ve Edward, İrina'ya yetişememişlerdi. Diğer kıyıya yüzüp izin aynı doğrultuda devam edip etmediğine baktılar ama iki yönde de ondan hiçbir iz yoktu.

Benim suçumdu. O gelmişti, Alice'in gördüğü gibi, Cullenlar'la barış yapmaya gelmişti ama benim Jacob'la olan dostluğum onu sinirlendirmişti. Keşke Jacob değişime uğramadan onu fark etmiş olsaydım. Keşke başka bir yerde avlanıyor olsaydık.

Yapacak pek bir şey yoktu. Carlisle, bu hayal kırıklığı yaratan haberleri iletmek için Tanya'yı aradı. Tanya ve Kate, İrina'yı, benim düğünüme gelmeye karar verdiklerinden beri görmemişlerdi ve İrina'nın bu kadar yakına gelip eve gelmemiş olması onları perişan etmişti. Geçici bir ayrılık olsa bile, kız kardeşlerini kaybetmek onlar için kolay değildi. Bunun yüzyıllar önce annelerini kaybetmenin acı hatırasını geri getirip getirmediğini merak etmiştim.

Alice, İrina'nın yakın geleceğine dair birkaç görüntü yakalayabilmişti ama ortada çok fazla somut bir şey yoktu. Alice'ın görebildiği kadarıyla Denaliler'e gitmiyordu. Görüntü çok pusluydu. Alice'in tek görebildiği İrina'nın gözle görülür şekilde sinirli olduğuydu. Karların bürüdüğü doğada kuzeye doğru mu gidiyordu? Batıya mı? Yüzünde de perişan bir ifade vardı. Yönü belli olmayan yasında henüz yeni bir karar vermemişti.

Günler geçti, hiçbir şeyi unutmadım ama İrina ve çektiği acı aklımın arkalarında bir yere yerleşti. Şimdi düşünecek daha önemli şeyler vardı. Birkaç gün içinde italya'ya gitmek için yola çıkacaktım. Geri döndüğümde de hep beraber Güney Amerika'ya gidecektik.

Her detayın üzerinden yüz kere geçmiştik. Ticunalar'la başlayacaktık, efsanelerinin izini kaynağında sürecektik. Jacob'ın bizimle gelmesi onaylanmış değildi, yine de planlarda öne çıkmıştı çünkü vampirlere inanan hiç kimse hikâyelerini frizden biriyle paylaşmazdı. Eğer Ticunalar'dan bir şey bulamazsak, o alanda başka birçok kabile vardı. Carlisle'ın Amazon'dan bazı eski arkadaşları vardı. Eğer onları bulabilirsek, belki onlar da bize bilgi verebilirlerdi. Ya da en azından cevapları bulabilmemiz için bize tavsiyelerde bulunabilirlerdi. Üç Amazon vampirin, karışık vampirlerle ilgili bir vukuatlarının olması pek muhtemel değildi çünkü üçü de dişiydi. Araştırmamızın ne kadar süreceğini bilmemizin de bir imkânı yoktu.

Charlie'ye bu uzun yolculuktan henüz bahsetmemiştim, Edward ve Carlisle'ın konuşmaları sürerken ben de Charlie'ye haberleri nasıl vermem gerektiği konusunda kafa patlatıyordum.

İçimden tartışırken Renesmee'ye bakıyordum. Koltuğa kıvrılmıştı, ağır uykusunda yavaşça nefes alıp veriyordu. Bukleleri yüzünün kenarında yaylanıyordu. Genelde Edward ve ben kulübeye gider onu yatağına yatırırdık ama bu gece Edward, Carlisle'la derin planlama sohbetlerine daldığı için biz de orada kalmıştık.

Emmett ve Jasper'ın av ihtimallerini planlamaları daha heyecanlıydı. Amazon bizim normal avlarımızdan daha farklı av seçenekleri sunuyordu. Jaguarlar ve panterler örneğin. Emmett, bir anakondayla güreşmek için sabırsızlanıyordu. Esme ve Rosalie yanlarında ne götüreceklerini planlıyorlardı. Jacob da Sam'in sürüsüyle gitmiş, yokluğunda işlerin nasıl işleyeceği hakkında konuşuyordu.

Alice, odada kendi standartlarına göre yavaşça hareket ederek zaten düzenli olan alanı toparlıyordu. Yüzündeki dalgalanıştan geleceğe bakıyor olduğunu görebiliyordum. Yüzündeki ifade gidip geliyordu. Alice, Renesmee ve Jacob'ın görüntülerinde yarattığı kör noktaların ötesini görmeye çalışıyordu, ta ki Jasper ona, "Bırak, Alice. O artık bizi ilgilendirmiyor," diyene kadar. Ve bir anda odaya sessizlik hâkim oldu. Alice yine İrina için endişeleniyor olmalıydı.

Sonra Alice içi beyaz ve kırmızı güllerle dolu olan kristal bir vazoyu kaldırarak mutfağa gitti. Beyaz güllerden birinde çok hafif bir solma belirtisi vardı ama Alice görüşünün kısıtlı oluşunu unutmak için bu gece tümüyle kusursuz olmaya odaklanıyordu.

Yine Renesmee'ye baktığım için, vazonun Alice'in parmaklarından ne zaman kaydığını görmedim. Sadece sıçrama sesini' duydum ve mutfağın mermer zemininde binlerce parçaya ayrılan vazoyu gördüm.

Kristal dört bir yana dağılırken hareketsizce Alice'in sırtına baka kalmıştık.

Benim ilk mantıksız tahminim, Alice'in bize bir şaka yaptığıydı. Çünkü Alice'in vazoyu *kazayla* düşürmesi gibi bir ihtimal söz konusu olamazdı, ben bile, eğer yakalayamayacağım düşünsem, olduğum yerden fırlayıp düşmeden yakalayabilirdim. Nasıl olup da parmaklarından kayabilmişti ki? O her şeyden emin parmaklarından?

Bir vampirin bir şeyi kazayla düşürdüğünü hiç görmemiştim. Hiç ama hiç.

Ve sonra Alice bize döndü, öyle hızlıydı ki hiç hareket etmemiş gibiydi.

Gözleri yarı burada yarı gele ekteydi, fal taşı gibi açılmış, donakalmıştı. Gözlerine bakmak bir mezara içinden bakmak gibiydi; bakışlarındaki dehşet ve çaresizlik ve acıda gömülüydüm.

Edward'ın şiddetle nefes aldığını duydum, boğulur gibiydi.

"Ne oldu?" diye gürledi Jasper. Kırık kristallerin üstüne basıp geçerek Alice'in yanına gitti ve onu omuzlarından tutup sarstı. "Ne var, Alice?"

Emmett dişlerini göstererek cama atıldı, bir saldırı olduğunu düşünmüştü.

Yalnızca benim gibi donmuş olan Esme, Carlisle, Rose ve ben sessizce duruyorduk. ·

Jasper Alice'i yeniden sarstı. "Ne oldu?"

"Buraya geliyorlar," diye fısıldadı Alice ve Edward aynı anda. "Hepsi."

Sessizlik.

İlk kez, durumu en çabuk anlayan ben olmuştum çünkü sözlerindeki bir şey görüşümü tetiklemişti. Bu sadece bir rüyanın uzak bir hatırasıydı. Sanki bir örtünün arkasından izliyormuşum gibi zayıf ve belli belirsizdi bir görüntü... Aklımda bir dizi karanlığın bana doğru yaklaştığını gördüm, yarı-unutulmuş bir kâbusun hayaletiydi bu. Örtülü görüntüde gözlerinin kırmızısının nasıl parıldadığını göremiyordum ya da ıslak, keskin dişlerinin nasıl ışıldadığını, ama pırıltıların nerede olması gerektiğini biliyordum...

Görüntünün hatırasından daha da güçlü bir şekilde *hissin* hatırası geldi. Arkamdaki değerli şeyi korumak için içimi burkan bir ihtiyaç hissettim.

Renesmee'yi kollarımın arasına alıp tenimin içine gizleyip görünmez yapmak istiyordum. Ama ona bakmak için dönemedim bile. Taş gibi değil ama buz gibi hissediyordum. Vampir olarak tekrar doğduğumdan beri ilk kez soğuğu hissetmiştim.

Korkularımın onaylamasına pek de ihtiyacım yoktu. Çoktan biliyordum.

"Volturiler," diye sızlandı Alice.

"Hepsi," diye aynı anda inledi Edward.

"Neden?" diye fısıldadı Alice kendi kendine. "Nasıl?"

"Ne zaman?" diye fısıldadı Edward.

"Neden?" dedi Esme.

"Ne zaman?" diye tekrarladı Jasper.

Alice gözlerini kırpmadı ama sanki onları bir örtüyle kaplamıştı. Gözleri çok uzaklara dalıp gitmiş gibiydi. Korkusu sadece dudaklarından belli oluyordu.

"Çok fazla zamanımız yok," dedi Edward'la aynı anda. Sonra devam etti. "Ormanda kar var, kasabada kar var. Bir aydan biraz fazla."

"Neden?" diye sordu Carlisle.

Bu soruyu Esme cevapladı. "Bir sebepleri olmalı. Belki de onu görmek için..."

"Bunun Bella'yla ilgisi yok," dedi Alice uzaklardaymış gibi konuşarak. "Hepsi geliyor. Aro, Caius, Marcus, korumaların hepsi ve hatta eşleri bile."

"Eşleri kuleyi asla terk etmezler ki," diye karşı çıktı Jasper. "Asla. Güney isyanlarında, Rumenler onları devirmeye çalışırken, ölümsüz çocukları avlarken bile terk etmediler. Asla."

"Bu sefer geliyorlar," diye fısıldadı Edward.

"Ama *neden?*" dedi Carlisle yeniden. "Eliçbir şey yapmadık ki! Ve yapmışsak bile, *bunların* olmasına sebep olacak ne yapmış olabiliriz ki?"

"Çok kalabalığız," dedi Edward. "Emin olmak istiyorlar..." Cümlesini bitirmedi.

"Bu en önemli soruyu cevaplamıyor! Neden?"

Carlisle'ın sorusunun cevabını bildiğimi, aynı zamanda da bilmediğimi hissettim. Sebep Renesmee'ydi, buna emindim. Bir şekilde, başından beri onun için geleceklerini biliyordum. Bilinçaltım, daha onu taşıdığımı bilmeden *önce* beni uyarmıştı. Tuhaftı ama bunu bekliyordum. Volturiler'in bir gün mutluluğumu benden alacağını, bir şekilde her zaman biliyordum işte.

Ama yine de bu, soruyu cevaplamıyordu.

"Geri dön Alice," diye rica etti Jasper. "Sebebi ara."

Alice yavaşça başını salladı. "Aniden karşıma çıktı, Jasper. Onları aramıyordum, bizi bile aramıyordum. İrina'yı arıyordum. Onu bulmayı beklediğim yerde değildi..." Alice koptu, gözleri yeniden uzaklaştı. Uzun bir saniye boşluğa baktı.

Ve sonra başı sarsıldı, gözleri taş gibi sert bakıyordu. Edward'ın nefesini tuttuğunu duydum.

"İrina onlara gitmeye karar verdi," dedi Alice. "Volturiler'e gitmeye. Ve sonra onlar da karar verecekler... Sanki onun gelmesini bekliyor gibiler. Sanki kararlarını çoktan vermişler ve sadece onu bekliyorlar..."

Yeniden sessizlik oldu. Hepimiz olacakları sindirmeye çalışıyorduk. İrina, Volturiler'e ne söyleyecekti de Alice'ın gördükleri gerçekleşecekti?

"Onu durdurabilir miyiz?" diye sordu Jasper.

"İmkânı yok. Gitmiş bile."

"Ne yapıyor?" diye sordu Carlisle ama ben artık konuşmaya dikkat edemiyordum. Bütün dikkatim, aklımda özenle oluşan görüntüye odaklanmıştı.

İrina'yı tepede durmuş izlerken görmüştüm. Ne görmüştü?

Bir vampir ve bir kurt adamın yakın arkadaş olduğunu. O görüntüye odaklandım, tepkisini açıkça anlatan o görüntüye. Ama onun gördüğü bu değildi.

O bir çocuk görmüştü. Olağanüstü güzellikte bir çocuk. Ve bu çocuk, düşen karların arasında hiç de insana benzemiyordu...

İrina... Yetim kardeşler... Carlisle, annelerini Volturi adaletine kurban vermelerinin, Tanya, Kate ve İrina'yı yasa takipçisi yaptığını söylemişti.

Daha yarım dakika önce Jasper kendi ağzıyla söylemişti: *Ölümsüz çocukları adarlarken bile...* Ölümsüz çocuklar... Ağza alınmaz, korkunç bir tabii.

İrina'nın geçmişine sahip biri, o gün orada gördüklerine nasıl bir anlam verebilirdi ki? Renesmee'nin kalp atışını duyacak kadar yakma gelmemişti, vücudundaki sıcaklığı hissetmemişti. Renesmee'nin yanaklarındaki gül renginin bizim işimiz olduğunu da düşünmüş olabilirdi.

Sonuçta Cullenlar kurt adamlarla birleşmişti. İrina'nın bakış açısına göre, belki de bu bizim her şeyi yapabileceğimizi gösteriyordu...

İrina, Cullenlar'ı ihbar etmenin görevi olduğunu düşünmüş ve sonunda Laurent'in yasını tutarak değil, ama bunu yaparsa neler olacağını bilerek ellerini ovuşturmuş olmalıydı. Görünen o ki vicdanı, yüzyıllar süren arkadaşlığa baskın çıkmıştı.

Volturiler'in de böyle bir ihlale karşısındaki tepkileri kesindi, çoktan karar verilmişti.

Dönüp yüzümü Renesmee'nin buklelerine gömdüm ve uyuyan bedenini saçlarımla örttüm.

Diğerleri benim çoktan yapmış olduğum çözümlemeye ulaşınca odaya yeniden bir sessizlik çöktü.

"Ölümsüz bir çocuk," diye fısıldadı Carlisle.

Edward'ın yanıma diz çözüp kollarını ikimizin etrafına sardığını hissettim.

'Ama o yanılıyor," diye devam ettim. "Renesmee o çocuklar gibi değil ki. Onlar donmuştu ama Renesmee her gün fazlasıyla büyüyor. Onlar kontrol edilemiyordu ama Renesmee Charlie'yi ya da Sue'yu asla incitmiyor ya da onlara bir şeyler göstermiyor. O kendisini kontrol edebiliyor. Birçok yetişkinden daha zeki. Bu durumdan rahatsız olmaları için bir sebep olamaz ki..."

Birinin, benim haklı olduğumu görmesini istiyordum. Odadaki buzdan gerginliğin kırılmasını beklerken boşboğazlılığa devam ettim.

Uzun bir süre kimse konuşmadı.

Sonra Edward saçlarıma doğru fısıldadı. "Bu duruşmaya açtıkları bir suç değil ki aşkım," dedi sessizce. "Aro, İrina'nın düşüncelerinde kanıtı gördü. Onlar yok etmeye geliyorlar, mantığa uydurmaya değil."

"Ama hatalılar," dedim inatla.

"Bunu onlara göstermemiz için beklemeyeceklerdir."

Sesi hâlâ kısık çıkıyordu, nazik, kadifemsi... Ama yine de o sesteki acı ve perişanlığı duymamak imkânsızdı. Sesi, Alice'in gözleri gibi olmuştu, bir mezarın içi gibi.

"Ne yapabiliriz?" diye üsteledim.

Renesmee kollarımda huzur içinde uyurken öyle sıcak ve kusursuzdu ki. Renesmee'nin çabuk büyümesi hakkında çok kaygılanmıştım, on yıl falan yaşayacağından endişelenmiştim. Şimdi bu korku o kadar ironik görünüyordu ki...

Neredeyse sadece bir aylık vaktimiz kalmıştı...

Sınır bu muydu yani? İnsanların bütün hayatları boyunca yaşadıklarından çok daha fazla mutlu olmuştum. Dünyada eşit derecede mutluluk ve acıyı buyuran bir doğa kanunu mu vardı? Benim neşem dengeyi mi bozuyordu? Sadece dört ay yaşamayı mı hak etmiştim?

Cevabı olmayan soruma cevap veren Emmett'tı.

"Savaşırız," dedi sakince.

"Kazanamayız," diye gürledi Jasper. Alice'i korumaya çalışırken vücudunun nasıl kıvrılacağını, yüzünün nasıl görüneceğini hayal edebiliyordum.

"Ama kaçamayız da, Demetri orada olacak." Emmett iğrenir gibi bir ses çıkardı ve içgüdüsel olarak onun Volturiler'in iz sürücüsünden değil, kaçma düşüncesi yüzünden bu şekilde konuştuğunu anlamıştım. "Hem kazanamayacağımızı düşünmüyorum," dedi. "Birkaç seçeneğimiz var, yalnız savaşmak zorunda değiliz."

Hemen başımı kaldırdım. "Quileuteler'in ölüm fermanını da çıkaramayız, Emmett!"

"Sakin ol, Bella." Yüz ifadesi anakondalarla güreşmek istediğini söylediği andakinden pek farklı değildi. İmha edilme tehlikesi bile Emmett'in bakış açısını, o meydan okumaya hevesli yeteneğini değiştiremezdi. "Sürüden bahsetmiyorum. Gerçi, gerçekçi ol, Sam ya da Jacob saldırıyı görmezden gelir mi sanıyorsun? Nessie'yle ilgili olmasa bile bunu yapmazlar. Tabii Aro'nun, İrina yüzünden, sürü ile olan birliğimizi bildiğini söylemeye gerek bile yok. Ama ben diğer dostlarımızı düşünüyordum."

Carlisle fısıltıyla cevapladı. "Ölüm fermanını çıkarmayacağımız diğer dostlarımız."

"Onların kararına bırakırız," dedi Emmett sakinleştirmeye çalışan bir ses tonuyla. "Bizimle dövüşmek zorundalar demiyorum." Zihninde şekillenen planı görebiliyordum. "Yalnızca yanımızda dursalar, sadece Volturiler'i tereddüde düşürecek kadar. Bella haklı. Eğer onları durdurup dinlemelerini sağlayabilirsek... Gerçi o zaman savaşacak sebebi ortadan kaldırmış oluruz ama..."

Emmett'ın yüzünde bir gülümseme oluşur gibi oldu. Kimsenin ona vurmamış olmasına şaşırmıştım. Ben vurmak istedim.

"Evet," dedi Esme hevesle. "Bu kulağa mantıklı geliyor, Emmett. Tek ihtiyacımız Volturiler'in bir an için durması, bizi dinleyecek kadar dursalar yeter."

"Tanıklarla gösteri yapmaya ihtiyacımız olacak," dedi Rosalie sesi titreyerek.

Esme başını sallayarak onayladı, Rosalie'nin sesindeki alay tonunu duymamış gibiydi. "Dostlarımızdan bunu isteyebiliriz. Sadece tanık olmalarını."

"Biz onlar için yapardık," dedi Emmett.

"Bunu doğru şekilde bir sormamız gerekiyor," diye mırıldandı Alice. Gözlerinin yerinde yine karanlık boşluklar vardı. "Çok dikkatle gösterilmeliler."

"Gösterilmek mi?" dedi Jasper.

Alice ve Edward dönüp Renesmee'ye baktılar. Sonra Alice'in gözlerine tekrar bir örtü indi.

"Tanya'nın ailesi," dedi. "Siobhan'ın topluluğu. Amun'unkiler. Göçebelerden bazıları, özellikle Garett ve Mary. Belki Alistar."

"Ya Peter ve Charlotte?" diye sordu Jasper tereddütle, sanki cevabın olumsuz olmasını istiyor gibiydi. Böylece eski erkek kardeşi bu katliama katılmamış olurdu.

"Belki."

"Amazonlar?" diye sordu Carlisle. "Kachiri, Zafrina ve Senna?"

Alice çok derinlere inmiş gibi görünüyordu. Sonunda titredi ve gözleri şimdiki zamana döndü. Ufacık bir an Carlisle'la göz göze gelip yere baktı.

"Göremiyorum."

"O da neydi?" diye sordu Edward, fısıltısı emir gibiydi. "Ormandaki şey. Onları aramaya mı gidiyoruz?"

"Göremiyorum," diye tekrarladı Alice, Edward'ın gözlerine bakmayarak. Edward'ın suratından kafasının karışmış olduğu anlaşılabiliyordu. "Ayrılıp acele etmeliyiz, kar tutmadan önce yola çıkmalıyız. Bulabildiğimiz herkesi onlara göstermek için buraya getirmeliyiz." Yeniden uzaklaştı. "Eleazar'a sorun. Burada sadece ölümsüz bir çocuktan fazlası var."

Alice hâlâ transtaydı ve sessizlik odayı uğursuz bir şekilde hâkimiyetine almıştı. Sonra Alice yavaşça gözlerini kırptı. Gözleri şimdiki zamanda olmasına rağmen tuhaf şekilde donuktu.

"Çok fazla şey var. Acele etmeliyiz," diye fısıldadı.

"Alice?" diye sordu Edward. "Çok hızlıydı, anlayamadım. Neydi o?"

"Göremiyorum!" diye bağırdı Alice. "Jacob gelmek üzere!"

Rosalie ön kapıya doğru ilerledi. "Ben ilgilenirim – "

"Hayır, bırak gelsin," dedi Alice, sesi her kelimeyle daha da geriliyordu. Jasper'ın elini tutup onu arka kapıya doğru çekti. "Nessie'den de uzakta olmam gerekiyor. Gitmeliyim. Konsantre olmalıyım. Görebildiğim her şeyi görmeliyim. Gitmek zorundayım. Hadi, Jasper, kaybedecek zaman yok!"

Hepimiz Jacob'ın merdivenleri çıkışını duyduk. Alice sabırsızca Jasper'ın elini çekti. Jasper sessizce onu izledi, gözleri Edward'ınki gibi şaşkındı. Arka kapıdan gümüş gecenin içine doğru süzüldüler.

Sonra, "Çabuk!" diye seslendi bize. "Hepsini bulup getirmelisiniz!"

"Neyi bulacaksınız?" diye sordu Jacob arkasından kapıyı kapatırken. "Alice nereye gitti?"

Kimse cevap vermedi, hepimiz öylece bakakalmıştık.

Jacob saçlarındaki ıslaklığı silkeledi ve kollarını sıyırdı, gözleri Renesmee'nin üzerindeydi. "Selam Bella! Şimdiye kadar eve gitmiş olursunuz diye düşünmüştüm..."

Nihayet bana bakmıştı. Göz kırptı ve bakakaldı. Odadaki havanın gerginliğinden bir şeyler olduğunu anlamıştı. Ezilmiş güllerin olduğu yere bakış attı. Parmakları titriyordu.

"Ne?" diye sordu. "Ne oldu?"

Nereden başlayacağımı bilemiyordum. Diğerleri de doğru sözleri düşünemiyor gibiydi.

Edward üç büyük adımla odayı geçip Renesmee ve benim yanıma diz çöktü. Vücudunu sarsan o sıcaklığı hissedebiliyordum. Elleri titriyordu.

"O iyi mi?" diye üsteledi ve alnına dokundu. Sonra kalbini dinlemek için başını eğdi. "Benimle dalga geçme Bella, lütfen!"

Sadece, "Renesmee'nin bir şeyi yok," diyebildim.

"O zaman kim?"

"Hepimiz, Jacob," diye fısıldadım. Benim sesim de mezarın içinden gelir gibiydi. "Bitti. Hepimiz ölüme mahkûm edildik."

29. TERK

Bütün gece korku ve keder heykelleri gibi oturduk. Alice geri dönmedi.
Hareketsizlik içinde kendimizden geçmiştik. Carlisle durumu Jacob'a anlatmak için dudaklarını zar zor aralamıştı. Tekrar anlatmak durumu daha beter yapmıştı, Emmett o zamandan beri tek kelime etmiyordu.
Güneş doğup da, Renesmee'nin yakında ellerimin altında kımıldayacağını düşündüğümde Alice'in de neden bu kadar geciktiğini merak ettim. Kızımın merakıyla yüzleşmeden daha fazla şey öğrenmeyi, bazı cevaplara sahip olmayı umuyordum. Beni biraz olsun güldürüp kızımdan korkunç gerçeği gizlememi sağlayabilecek küçücük bir umut kırpıntısı diliyordum.
Yüzüm bütün gece kaskatı bir maske giymiş gibiydi. Hâlâ gülümseme yeteneğimin olduğundan şüpheliydim.
Jacob köşede horluyordu, yerde bir post yığını gibi kıvrılmıştı ve uykusunda titriyordu. Sam her şeyi biliyordu, kurtlar kendilerini hazırlıyorlardı. Ama bu hazırlık kendilerini ailemin geri kalanıyla birlikte ölüme vermekten başka bir şey değildi ki.
Gün ışığı arka camlara vurdu, ve Edward'ın tenini ışıldattı. Alice gittiğinden beri gözlerimi Edward'ın gözlerinden ayırmamıştım. Birbirimize bakıp durmuştuk, birbirimizi kaybedersek ne olacağını düşünüyorduk. Güneş benim tenime de ulaştığında, acı dolu gözlerinde kendi aksimi gördüm.
Önce kaşları, sonra da dudakları belirsiz bir hareketle oynadı.
"Alice," dedi.
Sesi çözülen bir buzun kırılma sesi gibiydi. Hepimiz birazcık kırılıp yumuşamıştık. Tekrar hareket ediyorduk.

"Gideli çok oldu," dedi Rosalie şaşkınlıkla.

"Nerede kalmış olabilir?" diye merak etti Emmett ve kapıya doğru bir adım attı.

Esme elini omzuna koydu. "Rahatsız etmesek iyi olur... "

"Hiç bu kadar geç kalmamıştı," dedi Edward. Yüzüne yeni bir endişe maskesi yerleşmişti. Sonra gözleri birden korku ve panikle açıldı. "Carlisle sen engelleyici bir şey görmüyorsun, değil mi? Alice'in, onun için birini gönderdiklerini anlayacağı kadar zaman geçti mi?"

Aklıma Aro'nun yarı saydam yüzü geldi. Aro, Alice'in aklının her köşesini görmüştü, onun neler yapabileceğini biliyordu...

Emmett o kadar uzun süre küfretti ki Jacob ayağa fırlayıp hırlamaya başladı. Bu hırlamayı, sürüsünden gelen diğer sesler takip etti.

Jacob'a, "Renesmee'yle kal!" diye haykırdım ve hızla kapıya koştum.

Hâlâ hepsinden daha güçlüydüm. Gücümü öne geçmek için kullandım. Esme'yi ve Rosalie'yi hemen geçerek ormanın içine, Edward ve Carlisle'ın yanına koşmuştum.

"Alice'i şaşırtmayı başarabilmişler mi?" diye sordu Carlisle, sesi sanki tüm gücüyle koşuyor gibi değil, yerinde duruyor gibiydi.

"Nasıl yapabildiklerini bilmiyorum," diye cevap verdi Edward. "Ama Aro onu herkesten daha iyi tanıyor. Benden bile."

"Bu bir tuzak mı?" diye seslendi Emmett arkamızdan.

"Belki de," dedi Edward. "Alice ve Jasper'ınkinden başka koku yok. Nereye gidiyorlardı?"

Alice ve Jasper'ın izi geniş bir kavis gibi kıvrılıyordu, önce evin doğusuna doğru uzanıp ırmağın diğer yakasında kuzeye doğru yönelmiş ve birkaç kilometre sonra tekrar batıya dönüyordu. Irmağı tekrar geçtik. Edward bize öncülük ediyordu, tümüyle konsantre olmuştu.

"Kokuyu yakaladınız mı?" diye seslendi Esme ırmağı ikinci kere geçtikten sonra. En arkadaydı. Güneydoğuyu işaret ediyordu.

"Ana izde kalmalıyız, neredeyse Quileute sınırındayız," dedi

Edward gergin bir ses tonuyla. "Bir arada kalmalıyız. Kuzeye mi güneye mi gittiklerine bakalım."

Anlaşma sınırını diğerleri kadar iyi bilmiyordum ama doğudan belli belirsiz kurt kokuları geliyordu. Edward ve Carlisle alışkanlıktan yavaşladılar ve izin sınırdan dönmesini beklediler.

Sonra kurt kokusu güçlendi ve Edward başını dikti. Aniden durdu. Hepimiz onun gibi donmuştuk.

"Sam?" diye sordu Edward düz bir sesle. "Ne oldu?"

Sam, birkaç yüz metre ileriden ağaçların arasından çıktı ve çabucak insan şekline geçti. Yanında iki koca kurt vardı; Paul ve Jared. Sam'in bize yaklaşması biraz zaman aldı, insan yürüyüşü beni sabırsızlandırmıştı. Hareket halinde olmak, bir şeyler yapıyor olmak istiyordum. Alice'in güvende olduğundan emin olmak istiyordum.

Sam'in aklını okurken Edward'ın yüzünün bembeyaz kesildiğini gördüm. Sam onu görmezden gelip Carlisle'a bakarak konuşmaya başladı.

"Gece yarısından sonra Alice ve Jasper buraya gelerek okyanusa gitmek için iznimizi istediler. Onlara izin vererek kıyıya kadar eşlik ettim. Hemen suya girdiler ama dönmediler. Beraber yürürken Alice beni, sizi görene kadar Jacob'a bir şey söylemem konusunda uyardı. Siz onu aramak için buraya geldiğinizde bu notu vermemi istedi. Bana hepimizin hayatı buna bağlı olduğu için, dediklerini yapmamı söyledi."

Carlisle'a katlanmış kağıt parçasını uzatırken Sam'in yüzünde ümitsiz bir ifade vardı. Kağıdın üstüne siyah küçük yazılar vardı, bir kitap sayfasıydı. Carlisle kağıdı açarken, keskin gözlerim kitaba ait kelimeleri okuyordu. Benim gördüğüm tarafında *Venedik Tacıri* yazıyordu. Carlisle açarken kağıttan kendi kokumun geldiğini fark ettim. Bu benim kitaplarımdan birine ait bir sayfaydı. Charlie'nin evinden birkaç parça şeyi kulübeye getirmiştim; birkaç normal giysi, annemden gelen bütün mektuplar ve en sevdiğim kitaplar. Shakespeare koleksiyonumun eski püskü kitapları, dün sabah, kulübenin oturma odasındaki rafta duruyordu.

"Alice bizi bırakmaya karar vermiş," diye fısıldadı Carlisle.

"Ne?" diye bağırdı Rosalie.

Carlisle hepimizin okuyabilmesi için kâğıdı çevirdi.

Bizi aramayın. Kaybedecek zaman yok. Unutmayın: Tanya, Siobhan, Amun, Alistar ve bulabildiğiniz bütün göçebeler. Biz de yolda Peter ve Charlotte'u arayacağız. Sizi böyle vedasız ve açıklamasız bırakıp gittiğimiz için üzgünüz. Böyle olması gerekiyordu. Sizi seviyoruz.

Hepimiz yeniden donakalmıştık, kurtların nefes alışları ve kalp atışları haricinde, çevrede sessizlik hâkimdi. Zihinleri oldukça gürültülü olmalıydı. İlk hareket eden Edward oldu ve Sam'in aklındakilere cevap vermek için konuştu.

"Evet, her şey o kadar tehlikeli."

"Aileyi terk edecek kadar mı?" diye sordu Sam, ses tonunda kınama vardı. Carlisle'a vermeden önce notu okumadığı açıktı. Şimdi üzülmüştü, Alice'i dinlediği için de pişmandı.

Edward'ın yüz ifadesi sertti. Sam'e öfkeli ya da kibirli geliyor olabilirdi ama ben, yüzünün sert hatlarındaki acıyı görebiliyordum.

"Ne gördüğünü bilmiyoruz," dedi Edward. "Alice kalpsiz ya da korkak değil. Sadece bizden fazla şey biliyor."

"Biz böyle yapmazdık - "

"Siz birbirinize bizden farklı bir şekilde bağlısınız," diye atıldı Edward. "Biz kendi irademize de sahibiz."

Sam'in yüz ifadesi değişti ve gözleri birden karanlığa gömüldü.

"Ama yine de uyarıyı dikkate almalısınız," diye devam etti Edward. "Bu sizin karışmak isteyeceğiniz bir şey değil. Hâlâ Alice'in gördüğünden korunmak için bir şansınız var."

Sam çetin bir ifadeyle gülümsedi. "Biz kaçmayız." Arkasından Paul homurdandı.

"Ailenin gurur için öldürülmesine izin verme," diye lafa girdi Carlisle sessizce.

Sam, Carlisle'a daha yumuşak bir ifadeyle baktı. "Edward'ın da dediği gibi, bizim sizinki gibi bir özgürlüğümüz yok. Renesmee artık sizin olduğu kadar bizim de ailemizin parçası. Jacob onu bırakamaz ve biz de Jacob'ı bırakamayız." Gözleri Alice'in notuna kaydı ve dudakları iyice gerildi.

"Onu tanımıyorsunuz," dedi Edward.

"Siz tanıyor musunuz?" diye sordu Sam dobra dobra.

Carlisle, elini Edward'ın omzuna koydu. "Yapacak çok işimiz var, oğlum. Alice'in kararı ne olursa olsun, onun önerisini dinlememek ahmaklık olur. Haydi, eve gidip çalışmaya başlayalım."

Edward başını sallayarak onayladı, yüzü hâlâ acı içinde kaskatıydı. Arkamda Esme'nin sessiz ve yaşsız ağlamasını duydum.

Bu vücudun içindeyken nasıl ağlayacağımı bilmiyordum. Gözlerimi ayırmadan bakmaktan başka bir şey yapamadım. Henüz içimde bir duygu yoktu. Hiçbir şey gerçek gibi değildi, sanki bunca zamandan sonra tekrar rüya görüyormuşum gibiydi. Kâbusun içindeymişim gibi.

"Teşekkürler Sam," dedi Carlisle.

"Üzgünüm," diye cevap verdi Sam. "Gitmesine izin vermemeliydik."

"Doğru olanı yaptınız," dedi Carlisle. "Alice istediğini yapmakta özgürdür."

Cullenlar'ı her zaman bir bütün ol düşünmüştüm, görünmez bir birlik olarak. Birden, bunun her zaman böyle olmadığını hatırladım. Carlisle; Edward, Esme, Rosalie ve Emmett'ı yaratmıştı; Edward da beni. Biz fiziksel olarak kan ve vampir zehri yoluyla bağlıydık. Hiçbir zaman Alice ve Jasper'ın, aileye evlatlık olarak alınmadıklarını hesaba katmamıştım. İşin doğrusu, Alice'in Cullenlar'ı evlatlık edindiğiydi. Jasper'la beraber ayrı geçmişleriyle gelmiş, kendilerine zaten kurulmuş olan bir aile bulmuşlardı. İkisi de Cullen ailesi dışındaki hayatı biliyordu. Gerçekten de, Cullenlar'la olan hayatının bittiğini görünce başka, yeni bir hayat mı seçmişti?

O zaman mahvolmuştuk, değil mi? Hiçbir umudumuz yoktu. Alice'i bizim tarafımızda sağ kalma şansı olduğuna ikna edecek bir parça ışık bile yoktu.

Parlak sabah havası ağırlaşmış, kararmıştı. Şimdi sanki umutsuzluğumun karanlığına batmış gibi görünüyordu.

"Savaşmadan teslim olmuyorum," diye hırladı Emmett.

"Alice ne yapmamız gerektiğini söyledi. Hadi başlayalım."

Diğerleri de başlarını sallayarak onu onayladılar. Alice'in bize sunduğu şans ne kadar olursa olsun, ona güvenmekten başka çaremiz yoktu. Kimse umutsuzluğa teslim olup ölmeyi beklemeyecekti.

Evet, hepimiz savaşacaktık. Başka ne yapabilirdik ki? Ve görünen o ki, diğerlerini de bu işe bulaştıracaktık çünkü Alice bizi terk etmeden önce böyle demişti. Alice'in son uyarısını nasıl dikkate almazdık ki? Kurtlar da, Renesmee için, bizimle birlikte savaşacaklardı.

Biz savaşacaktık, onlar savaşacaktı ve hepimiz ölecektik.

Diğerlerinin hissettiği azmi hissetmemiştim. Alice ihtimalleri biliyordu. Bize, bizim için görebildiği tek şansı vermişti ama bu güvenilmeyecek kadar küçük bir ihtimaldi.

Sam'in eleştirel yüz ifadesine arkamı dönüp Carlisle'ın arkasından eve doğru yürürken çoktan yenildiğimi hissediyordum.

Şimdi daha normal koşuyorduk, önceki gibi panikle acele etmiyorduk. Irmağa doğru yaklaştığımızda Esme başını kaldırdı.

"Orada başka bir iz daha vardı. Ve yeniydi."

İleriyi, buraya gelirken Edward'ın dikkatini çekmeye çalıştığı yönü gösteriyordu. Alice'i kurtarmak için koşturduğumuzda gösterdiği yönü...

"Bu önceki günden kalmış olmalı. Sadece Alice var, Jasper yok," dedi Edward ruhsuzca.

Esme'nin yüzü buruştu.

Sağa doğru ayrılarak biraz arkalarında kaldım. Edward'ın haklı olduğuna emindim ama aynı zamanda... Peki, Alice'in notu benim kitabıma nasıl girmişti?

"Bella?" dedi Edward duygusuz bir sesle.

"Bu izi takip etmek istiyorum," dedim ona, Alice'in hafif kokusunu koklayarak. İzleme konusunda daha yeniydim ama koku bana aynı geliyordu.

Edward'ın altın rengi gözleri boştu. "Bu büyük ihtimalle bizi eve yönlendirecek."

"O zaman sizinle orada buluşurum."

Önce beni yalnız göndereceğini sandım ama sonra ben birkaç adım uzaklaşır uzaklaşmaz boş gözleri hayata döndü.
"Ben de seninle geliyorum," dedi sessizce. "Evde buluşuruz Carlisle."
Carlisle ve diğerleri gittiler. Onların gözden kaybolmalarını bekleyip Edward'a soran gözlerle baktım.
"Benden uzaklaşmana izin veremezdim," dedi alçak bir sesle. "Bunu düşünmek bile içimi acıtıyor."
Bu açıklama yeterli olmuştu. Bir an için ondan ayrıldığımı düşündüm ve ne kadar kısa süre için olursa olsun, bunun acı vereceğini anladım.
Artık beraber geçireceğimiz çok fazla zamanımız kalmamıştı.
Ona elimi uzattım.
"Acele edelim," dedi. "Renesmee uyanacak."
Ve tekrar koşmaya başladık.
Sırf merakımız yüzünden, Renesmee'den uzakta zaman geçirmek muhtemelen aptallıktı. Ama o not beni tedirgin etmişti. Alice, notu bir kayaya ya da eşya bulamıyorsa bir ağaç gövdesine yazabilirdi. Otoyolun kıyısındaki evlerden bir post-it çalabilirdi. Neden benim kitabıma? Ne zaman almıştı ki onu?
Tahmin ettiğim gibi, izler bizi Cullenlar'ın evinden ve kurtlardan uzak dolambaçlı yollardan kulübeye çıkardı. Bunu görünce Edward'ın kaşları, kafası karışmış gibi gerildi.
Anlamaya çalışıyordu. "Jasper'a beklemesini söyleyip buraya mı geldi yani?"
Neredeyse kulübeye gelmiştik. Endişeliydim. Edward'ın elini tutuyor olmama sevinmiştim ama bir yandan da yalnız olmam gerektiğini hissediyordum. Sayfayı koparıp Jasper'a getirmek Alice'in yapacağı bir şey değildi. Bu hareketinde bir mesaj var gibiydi, benim hiç de anlamadığım bir mesaj. Ama bu benim kitabımdı, bu yüzden mesaj bana hitap ediyor olmalıydı. Edward'ın bilmesini isteyeceği bir şey olsaydı, onun kitaplarından bir sayfa koparmaz mıydı?
"Bana bir dakika ver, olur mu?" dedim, elini bırakarak. Kapıya gelmiştik.

Alnı kırıştı. "Bella?"

"Lütfen? Otuz saniye."

Cevap vermesini beklemedim. İçeri fırladım ve kapıyı arkamdan kapattım. Doğruca kitap rafına gittim. Alice'in kokusu tazeydi, bir günlükten daha yeniydi.

Benim yakmadığım bir ateş, şöminede azalmış ama sıcak olarak parıldıyordu. *Venedik Taciri* kitabımı raftan alıp ilk sayfasını açtım.

Orada, yırtılmış sayfanın köşesinde, *Venedik Taciri, William Shakspeare* kelimelerinin altında bir not vardı.

Bunu yok et.

Altında da bir isim ve Seattle'daki bir adres vardı.

Edward otuz saniye yerine on üç saniye sonra geldiğinde kitabın yanışını izliyordum.

"Neler oluyor Bella?"

"Buraya gelmiş. Notu yazmak için kitaplarımdan birinin sayfasını koparmış."

"Neden?"

"Nedenini bilmiyorum."

"Neden yakıyorsun?"

"Ben... Ben..." Yüzüm, acı ve umutsuzlukla soldu. Alice'in bana ne demek istediğini bilmiyordum ama benden başka kimsenin öğrenmemesi için çabaladığı belliydi. Edward'ın aklını okuyamadığı tek kişiydim. Onun öğrenmesini de istemiyor olmalıydı ve büyük ihtimalle bunun iyi bir sebebi vardı. "İçimden öyle geldi."

"Ne yaptığını bilmiyoruz," dedi sessizce.

Alevlere baktım. Edward'a yalan söyleyebilen tek kişi bendim. Alice'in benden istediği bu muydu? Son ricası bu muydu?

"İtalya'ya giderken bindiğimiz uçakta, seni kurtarmak için gelirken... Jasper'a arkamızdan gelmesin diye yalan söylemişti. Volturiler'le yüzleşirse Jasper'ın öleceğini biliyordu. Onu tehlikeye atmaktansa kendi ölümünü tercih ediyordu. Benim ölmemi. Senin ölmeni," diye fısıldadım.

Edward cevap vermedi.

"Onun öncelikleri var," dedim. Bunun düşüncesi bile kalbimi acıtmaya yetmişti.

"İnanmıyorum," dedi Edward. Bunu, benimle tartışır gibi söylememişti, sanki kendisiyle tartışıyordu. "Belki tehlikede olan sadece Jasper'dı. Planı bizler için işe yarayabilirdi ama Jasper kalsa kaybedecekti. Belki de..."

"Bize bunu söyleyebilir ve yine Jasper'ı gönderebilirdi."

"Peki, Jasper gider miydi? Belki yine ona yalan söylüyordur."

"Belki de," dedim, onu onaylıyormuş gibi yaparak. "Eve gitmeliyiz. Fazla zamanımız kalmadı."

Edward elimi tuttu ve koşmaya başladık.

Alice'in notu beni umutlandırmamıştı. Eğer gelen katliamı önlemenin bir yolu olsaydı, Alice burada kalırdı. Başka bir ihtimal göremiyordum. Yani bana verdiği başka bir şeydi. Kaçış planı değildi. Ama başka ne istediğimi düşünebilirdi ki? Belki *bir şeyi* kurtarmak için bir yol mu? Hâlâ kurtarabileceğim bir şey var mıydı?

Carlisle ve diğerleri yokluğumuzda boş durmamışlardı. Onlardan sadece beş dakika önce ayrılmış olmamıza rağmen çoktan gitmek için hazırlanmışlardı. Jacob tekrar insana dönüşmüştü, kucağında Renesmee'yle duruyordu. İkisi de fal taşı gibi açılmış gözlerle bizi izliyordu.

Rosalie, ipek elbisesini, dayanıklı görünen bir kot pantolon, koşu ayakkabıları ve düğmeli bir gömlekle değiştirmişti. Esme de benzer şekilde giyinmişti. Sehpanın üzerinde bir dünya küresi duruyordu ama onunla işlerini bitirmiş, bizi bekliyorlardı.

Şimdi hava öncekinden daha pozitifti. Bir şeyler yapıyor olmak onlara iyi gelmişti. Umutları Alice'in söylediklerine bağlanmıştı.

Küreye bakıp nereye gidiyor olduğumuzu düşündüm.

"Biz kalacak mıyız?" diye sordu Edward, Carlisle'a bakarak.

"Alice Renesmee'yi insanlara göstermek zorunda kalacağımızı ve bunun hakkında dikkatli olmamız gerektiğini söylemişti," dedi Carlisle. "Bulabildiğimiz herkesi buraya size göndereceğiz. Edward, o mayın alanını kollamakta en başarılı olan sensin."

Edward onu sertçe onayladı ama yine de mutlu değildi.

"Kaplayacak çok yer var."

"Ayrılıyoruz," diye cevapladı Emmett. "Rose ve ben göçebelerin peşine düşeceğiz."

"Senin ellerin de dolu olacak," dedi Carlisle. "Tanya'nın ailesi sabahleyin burada olacak ve sebebini bilmiyorlar. İrina'nın verdiği tepkiyi vermemeleri için, ilk olarak onları ikna etmelisin. Sonra, Alice'in Eleazar hakkında ne demek istediğini bulmalısın. Sonra, bize tanıklık yapmak için kalacaklar mı göreceğiz. Diğerleri geldikçe aynı şeyler tekrar başlayacak, onları buraya gelmek için ikna edebilirsek tabii." Carlisle iç geçirdi. "Senin işin en zoru olabilir. Yardım etmek için elimizden geldiği kadar çabuk döneceğiz."

Carlisle elini Edward'ın omzuna koydu ve sonra da beni alnımdan öptü. Esme ikimize birden sarıldı. Emmett yumruğuyla omuzlarımıza dokundu. Rosalie gülümsemeye çalıştı ve Renesmee'ye öpücük gönderdi. Jacob'a veda olarak da yüzünü ekşitmekten başka bir şey yapmadı.

"İyi şanslar," dedi Edward.

"Size de," dedi Carlisle. "Hepimizin şansa ihtiyacı olacak."

İşlerin yolunda gitmesini umut ederek gidişlerini izledim, bir yandan da bilgisayarla birkaç saniye yalnız kalabilmeyi hayal ediyordum. Şu J. Jenks denen kişinin kim olduğunu bulmam ve Alice'in onun ismini, yalnız bana, verebilmek için neden onca zahmete girdiğini öğrenmem gerekiyordu.

Renesmee Jacob'ın kucağında dönerek yanağına dokundu.

"Carlisle'ın arkadaşları gelecek mi bilmiyorum. Umarım gelirler. Şimdi sayımız oldukça azaldı," diye mırıldandı Jacob, Renesmee'ye.

Demek biliyordu. Renesmee her şeyi çoktan, oldukça net bir şekilde anlamıştı. Şu "mühürlenen kurt, mühürlendiği kişiye her istediğini verir" saçmalığı artık baymaya başlamıştı. Onu korumak, sorusuna cevap vermekten daha önemli değil miydi?

Renesmee'nin yüzüne dikkatle baktım. Korkmuş ya da gergin görünmüyordu. O sessiz yöntemiyle Jacob'la konuşurken oldukça ciddiydi.

"Hayır, biz yardım edemeyiz. Biz burada kalmalıyız," diye devam etti Jacob. "İnsanlar seni görmeye geliyorlar."

Renesmee somurttu.

"Hayır, benim bir yere gitmem gerekmiyor," dedi ona Jacob. Sonra yanılmış olabildiğini fark edip Edward'a baktı. "Değil mi?"

Edward durakladı.

"Söyle haydi," dedi Jacob, iyice gerilmişti.

"Bize yardıma gelecek vampirler, bizim gibi değil," dedi Edward. "Bir tek Tanya'nın ailesi bizim ailemiz gibi insan hayatına saygı gösteriyor ama onlar bile kurt adamlardan pek hazzetmiyorlar. Sanırım güvende olmak için – "

"Ben kendime bakabilirim," diye sözünü kesti Jacob.

"Renesmee için de daha güvenli olurdu," diye devam etti Edward, "eğer onunla ilgili hikâyemiz bir de kurt adamlarla lekelenmemiş olursa yani."

"Arkadaşlara bak. Sırf şimdi beraber takıldığınız kişiler yüzünden size arkalarını mı dönecekler?"

"Sanırım, normal koşullarda daha hoşgörülü olacaklardır. Ama anlamalısın. Zaten Nessie'yi kabul etmek onlar için basit bir şey olmayacak. Neden bunu biraz daha zorlaştıralım ki?"

Carlisle, ölümsüz çocuklar hakkındaki yasaları dün gece Jacob'a anlatmıştı. "Ölümsüz çocuklar gerçekten de o kadar kötü mü?" diye sordu.

"Vampir toplumunun zihninde bıraktıkları yaranın derinliğini tahmin bile edemezsin."

"Edward..." Jacob'ın, Edward'ın ismini hiçbir sertlik olmadan söylemesi, bana hâlâ tuhaf geliyordu.

"Biliyorum Jake. Ondan ayrı olmanın ne kadar zor olduğunu biliyorum. Önce onlara anlatarak başlar, tepkilerini görürüz. Önümüzdeki haftalar boyunca Nessie'nin kimliği bir gizlenip bir açıklanacak. Onu tanıştırma zamanı gelene kadar kulübede kalması gerekecek. Bu evden güvenli bir mesafe uzaklıkta kalabildiğiniz sürece..."

"Bunu yapabilirim. Sabah gelenler olacak ha?"

"Evet. En yakın arkadaşlarımız. Onlarla olan işimizi olabildiğince açık bir yerde halletsek iyi olur. Siz burada kalabilirsiniz. Tanya seni biliyor. Hatta Seth'le tanışmıştı bile."

"Tamam."

"Sam'c de olanları anlatmalısın. Yakında ormanda yabancılar olacak."

"Doğru. Gerçi dün olanlardan sonra ona biraz sessizlik borcum var. "

"Genelde yapılacak en doğru şey Alice'i dinlemektir."

Jacob'ın dişlen kenetlendi. Alice ve Jasper'ın yaptıkları hakkında Sam'le aynı fikri paylaştığını görebiliyordum.

Onlar konuşurken, aklım dağınıkmış ve gerginmiş gibi görünmeye çalışarak arka camlara doğru ilerledim. Böyle görünmeye çalışmak çok da zor değildi. Başımı salondan yemek odasına doğru kıvrılan duvara, bilgisayar masalarının hemen yanına yasladım. Ormana doğru bakarken parmaklarımı tuşlar üzerinde gezdirdim, bunu sanki dalgın bir hareketmiş gibi yapmaya çalışıyordum. Vampirler dalgınlıkla hareket ederler miydi acaba? Kimsenin bana dikkat ettiğini sanmıyordum ama emin olmak için arkamı da dönmedim. Monitör açıldı. Parmaklarımı tuşlarda gezdirmeye devam ettim. Sonra ahşap masaya da parlaklarımla vurarak sıradan bir hareket gibi göstermeye çalıştım. Sonra tekrar tuşlara bastım.

Ekranı gözlerimle taradım.

J. Jenks diye biri yoktu ama jason Jenks vardı. Avukattı. Klavyeye temas etmeye devam ettim ama hareketimi bir ritme uydurmaya çalışıyordum; kucağınızda oturduğunu unuttuğunuz bir kediyi dalgınca okşar gibi. Jason Jenks'in firmasının gösterişli bir web sitesi vardı ama buradaki adres yanlıştı. Seattle'daydı ama farklı bir posta kodu verilmişti. Telefon numarasını aldım ve klavyeyi kedi gibi okşamaya devam ederek bu sefer de adresi aradım ama hiçbir şey çıkmadı. Haritaya bakmak istedim ama bu, şansımı zorlamak olurdu. Gezdiğim siteleri silmek için son kez gezdi parmaklarım...

Dışarıya bakarak ahşabı tıklamaya biraz daha devam ettim. Hafif ayak seslerinin bana doğru geldiğini duydum ve önceki gibi bir yüz ifadesiyle bakmaya çalışarak döndüm.

Renesmee bana uzandı, ben de kollarımı açtım. Hemen kollarıma geldi, üzerinde yoğun bir kurt adam kokusu vardı. Başını boynuma yasladı.

Buna dayanabilir miydim, bilmiyordum. Kendi hayatım, Edward'ın hayatı ve ailemin diğer üyeleri için korksam da hiçbiri kızım için hissettiğim, karnımı deşen o dehşet gibi değildi. Yapabileceğim tek şey olsa da onu kurtarmanın bir yolu olmalıydı.

Birden tek istediğimin bu olduğunu fark ettim. Gerisine katlanmam gerekirse katlanırdım ama ona bir şey olmamalıydı.

Benim kurtarmam gereken tek şey onun hayatıydı.

Alice böyle hissedeceğimi bilmiş miydi?

Renesmee'nin eli hafifçe yanağıma dokundu.

Bana kendi yüzümü gösterdi, Edward'ın, Jacob'ın, Rosalie'nin, Esme ve Carlisle'ın, Alice ve Jasper'ın yüzleri hızla geçti. Setli ve Leah. Charlie, Sue ve Billy. Tekrar ve tekrar. Endişeliydi. Gerçi sadece endişeleniyordu. Jake'in en kötü kısmı ondan gizlediğini anlayabiliyordum. Hiç umudumuzun olmadığını ve hepimizin bir ay gibi bir süre içinde öleceği kısmını.

Düşünceleri Alice'in yüzünde takıldı. Özler gibi ve meraklıydı. Alice neredeydi?

"Bilmiyorum," diye fısıldadım. "Ama o Alice. Her zamanki gibi doğru olanı yapıyordur."

Kendi için doğru olanı yani. Onu o şekilde düşünmek istemiyordum ama bu durum başka nasıl anlaşılabilirdi ki?

Renesmee iç geçirdi ve onu daha çok özledi.

"Ben de özlüyorum."

Yüzümün yeniden çalıştığını hissettim, içimdeki kedere yakışacak bir yüz ifadesi arıyordum. Gözlerim tuhaf ve kuruydu. Dudağımı ısırdım. Sonraki nefesimde sanki hava boğazımda aksar gibi oldu, sanki boğuluyormuşum gibi.

Renesmee yüzüme bakmak için geri çekildi ve yüzümün onun düşüncelerindeki yansımasını gördüm. Esme'nin sabahki haline benziyordum.

Demek ağlamak böyle oluyordu.

Beni izlerken Renesmee'nin gözleri de ıslak ıslak parlıyordu. Yüzümü okşarken bana hiçbir şey göstermiyor sadece beni yatıştırmaya çalışıyordu.

Aramızdaki anne kız bağının Renée ve benim aramda olduğu gibi tersine işleyeceğini hiç düşünmemiştim. Ama gelecekle ilgili hiç net bir fikrim olmamıştı ki.

Renesmee'nin gözünün kenarından bir damla süzüldü. Onu bir öpücükle sildim. Şaşkınlıkla gözüne dokundu, sonra parmağının ucundaki ıslaklığa baktı.

"Ağlama," dedim ona. "Her şey yoluna girecek. İyi olacaksın. Seni korumak için bir yol bulacağım."

Yapacak başka hiçbir şeyim kalmasa bile Renesmee'yi kurtaracaktım. Alice'ın bana vereceği şeyin bu olduğuna artık emindim. O bilirdi. Bana bir yol gösterirdi.

30. KARŞI KONULMAZ

Düşünecek öyle çok şey vardı ki.

J. Jenks'i bulmak için yalnız kalacağım zamanı nasıl bulacaktım ve Alice neden onun adını yazmıştı?

Alice'in verdiği ipucunun Renesmee'yle ilgisi yoksa, kızımı kurtarmak için ne yapabilirdim?

Tanya'nın ailesine, olanları nasıl açıklayacaktık? Ya onlar da İrina gibi tepki verirlerse? Ya bu bir dövüşe dönerse?

Dövüşmeyi bilmiyordum. Sadece bir ay içinde nasıl öğrenecektim? Volturi üyelerinden birine tehlike yaşatabilmek için dövüşmeyi yeterince çabuk öğreneceğim bir yol var mıydı? Yoksa tümüyle işe yaramaz mı olacaktım? Çabucak, kolayca dağılan başka bir yeni-doğan vampir mi olacaktım?

Bir sürü cevaba ihtiyacım vardı ama sorularımı sorma şansım yoktu.

Renesmee için biraz normallik istediğim için uyku zamanında onu kulübeye götürmek istemiştim. Jacob şimdi kurt olarak daha rahattı. Her an dövüşe hazır olduğunu hissetmesi gerginliğini azaltıyordu. Keşke ben de kendimi öyle hazır hissedebilseydim. Tümüyle hazır bir halde ormana koşmuştu.

İyice sızdığında Renesmee'yi yatağına yatırdım ve sorabildiğim soruları Edward'a sormak için ön odaya gittim. Sessiz aklımın verdiği avantaja rağmen ondan bir şey gizlemek benim için zordu.

Bana arkasını dönmüş, ateşi izliyordu.

"Edward, ben - "

Döndü ve hemen yanıma geldi, ben yüzümdeki şiddetli ifadeyi daha yeni görebilmişken dudaklarını dudaklarıma yapıştırıp kollarını belime doladı.

Gecenin geri kalanında sorularımı bir daha düşünmedim.

Ona olan fiziksel tutkumu kontrol altına alabilmek için yılların geçmesi gerektiğim düşünmüştüm. Ve keyfine varabilmek için de yüzyılların olduğunu. Ama beraber sadece bir ayımız vardı... Bu sona nasıl dayanacağımı bilmiyordum. Zihnimdeki bu bencil düşünceleri engelleyemiyordum. Tek istediğim, o kısıtlı zamanda onu olabildiğince çok sevmekti.

Güneş doğduğunda kendimi ondan ayırmam zor olmuştu ama yapacak işlerimiz vardı. Bize verilen görev, ailemizin diğer üyelerinin yaptığı aramaların hepsinden daha zordu. Bizi nelerin beklediğim düşününce gerildim. Bütün sinirlerim bir yay gibi gerilmişti.

Ben, Alice'i, o an istediğimden çok daha fazla hatırlatan dolabımızda, aceleyle giyinmeye çalışırken, "Keşke onlara Nessie'den bahsetmeden önce Elezar'dan bize gereken bilgiyi alabilsek," diye mırıldandı Edward. "Her ihtimale karşı."

"Ama sorumuzu anlamadan nasıl cevaplayabilirler ki," dedim. "Sence açıklamamıza izin verecekler mi?"

"Bilmiyorum."

Hâlâ uyuyan Renesmee'yi yatağından alıp sıkıca sarıldım. Kıvırcıkları yüzüme değiyor, tatlı kokusu başka her kokuyu bastıracak kadar yakından geliyordu.

Bugünün bir saniyesini bile harcamayacaktım. Almam gereken cevaplar vardı ve bugün Edward'la ne kadar yalnız kalacağımızı bilmiyordum. Tanya'nın ailesiyle her şey yolunda giderse, o zaman uzun süre misafirlerimiz olacaktı.

"Edward bana dövüşmeyi öğretir misin?" diye sordum. Vereceği tepkiyi düşünerek gerilmiştim.

Aynı beklediğim gibi olmuştu. Dondu ve sonra gözleri, beni anlamaya çalışarak üzerimde gezindi. Sanki bana ilk kez bakıyor gibiydi. Kollarımda uyuyan kızımıza baktı.

"Eğer dövüşe kadar gelirsek, yapacak pek bir şeyimiz olmayacak," dedi.

Sesimi düz tutmaya çalıştım. "Beni kendimi savunamayacak şekilde bırakır mıydın?"

Sarsıcı bir şekilde yutkundu ve oldukça sert bir şekilde ka-

pının kolunu sıktı. Sonra beni başıyla onaylayarak, "Şey... O zaman en yakın zamanda çalışmaya başlamalıyız."
Ben de başımı salladım ve büyük eve doğru ilerlemeye başladık. Acele etmiyorduk.
Herhangi bir fark yaratabilecek bir şey yapabilir miyim diye merak ettim. Az da olsa kendi çapımda özeldim, eğer okunamayacak bir aklım olması beni özel yapıyorsa tabii. Bunu kullanarak bir işe yarayabilir miydim?
"Onların en büyük avantajı nedir? Hiç güçsüz yanları var mı?"
Edward, Volturiler'den bahsettiğimi biliyordu.
"Alec ve Jane onların en büyük silahı," dedi duygusuzca, sanki bir basketbol takımından bahsediyormuşuz gibiydi. "Savunmada kalanlar pek de bir şey yapmıyor."
"Çünkü Jane seni olduğun yerde yakabilir, değil mi? En azından zihnen. Alec ne yapıyor? Onun Jane'den daha tehlikeli olduğunu söylememiş miydin?"
"Evet. Bir şekilde öyle. O Jane'in antidotu. Jane, tahmin edebileceğin en kötü acıyı hissetmeni sağlıyor, Alec ise hiçbir şey hissetmemeni. Hiç ama hiçbir şey. Bazen Volturiler, eğer nazik bir ruh hali içindelerse, birini idam etmeden önce Alec'in onu uyuşturmasını isterler. Özellikle de eğer bu teslim olmuş ya da onları bir şekilde memnun etmiş biriyse."
"Uyuşturmak mı? Ama bu nasıl Jane'den daha tehlikeli oluyor ki?"
"Çünkü o tüm hisleri koparıp alıyor. Acı yok, ama görmek, duymak ya da koklamak da yok. Bütün duyulardan mahrum olmak yani. Karanlıkta yapayalnız oluyorsun. Seni yaktıklarında bunu hissetmiyorsun bile."
Tüylerim ürperdi. Umabileceğimiz en iyi şey bu muydu? Ölüm geldiğinde onu görememek ya da hissedememek mi?
Edward aynı ruhsuz tonla devam etti, "İkisi de seni bir şekilde aciz bırakıyor, seni umutsuz bir hedef yapıyor. Aralarındaki fark, Aro ve benim aramdaki fark gibi. Aro insanların akıllarından geçenleri ayrı ayrı duyabiliyor. Jane de yalnız odaklandığı kişinin canını yakıyor. Ama ben herkesin düşüncesini aynı anda duyabiliyorum."

Demek istediğini anladığımda üşüdüğümü hissettim. "Alec hepimizi aynı anda kısıtlayabilir mi yani?" diye fısıldadım.

"Evet," dedi. "Eğer yeteneğini bize karşı kullanırsa, bizi kuşatıp öldürene kadar hepimiz kör ve sağır olarak kalırız. Belki de, bizi parçalara ayırma zahmetine bile girmeden doğruca yakarlar. Eh, dövüşmeye de çalışabiliriz ama onlardan birinin canını acıtmak yerine birbirimizi incittiğimizle kalırız."

Birkaç saniye sessizce yürüdük.

Aklımda bir fikir belirmeye başlıyordu. Çok da parlak bir fikir değildi ama hiç yoktan iyiydi.

"Alec'in çok iyi bir dövüşçü olduğunu mu düşünüyorsun?" diye sordum. "Yapabildikleri haricinde yani. Eğer yeteneği olmadan dövüşmek zorunda kalsa... Bunu denemiş midir merak ediyorum."

Edward bana keskin bir bakış attı. "Aklından ne geçiyor?"

İleri baktım. "Eh, sanırım o dediklerini bana uygulayamayacaktır, değil mi? Yaptığı şey Aro'nun ya da Jane'ın ve senin yaptığın gibi bir şeyse. Belki... Eğer hiç kendini savunmadıysa... Ve ben de birkaç teknik öğrenirsem – "

"O yüzyıllardır Volturiler'le birlikte," diye sözümü kesti Edward, birden paniklemişti. Herhalde o da benim aklıma gelen sahneyi düşünmüştü: Cullenlar umutsuzca duygusuz sütunlar gibi dururken yalnız ben vardım. Dövüşebilen tek kişi bendim. "Evet, onun gücüne bağışık olacaksın ama sen yine de yeni bir vampirsin Bella. Seni birkaç hafta içinde o kadar güçlü bir dövüşçüye çeviremem. Eminim o eğitilmiştir."

"Belki öyle, belki de değil. Diğerlerinin yapamayıp benim yapabildiğim tek şey bu. Onu bir an oyalasam bile – " Diğerlerine bir şans verecek kadar dayanabilir miydim?

"Lütfen Bella," dedi Edward dişlerinin arasından. "Bunu konuşmayalım."

"Biraz mantıklı olmaya çalış."

"Yapabildiklerimi sana öğretmeye çalışırım ama lütfen onları oyalamak için kendini kurban edeceğini düşündürtme bana – " Sonra birden sustu ve cümlesine devam edemedi.

Başımı sallayarak onu onayladım. Planlarımı kendime saklayacaktım. Önce Alec ve sonra, eğer kazanacak kadar mucizevi olursam, Jane. Eğer Voltunler'in bu rahatsız edici üstünlüklerini ortadan kaldırabilirsem, belki o zaman bir şansımız olabilirdi... Ya onları oyalayacak hatta ortadan kaldıracak kadar güçlüysem? Düşünüyordum da, aslında Jane ya da Alec neden dövüş teknikleri öğrenmeye ihtiyaç duymuş olsunlardı ki? Küçük, huysuz Jane'in öğrenmeye çalışacağını bile düşünemiyordum.

Eğer onları öldürebilirsem, çok şey değişirdi.

"Her şeyi öğrenmeliyim. Bana öğretebileceğin her şeyi önümüzdeki ay boyunca öğrenmeliyim," diye mırıldandım.

Edward beni duymazlıktan geldi.

Sonra sıra kime gelecekti? Planlamamı yapmam gerektiğini düşündüm, eğer Alec'i canlı olarak geçebilirsem, durmayacaktım. Aklımın okunamamasının bana sağlayabileceği başka bir avantaj olabilir mi diye düşündüm. Diğerlerinin neler yapabildiğini bilmiyordum. Karşımda büyük Felix gibi savaşçılar olacaktı. Bu aşamada dövüşmek için Emmett'a fırsat verebilirdim. Demetri haricinde, diğer Volturi korumaları hakkında pek bir şey bilmiyordum...

Demetri'yi düşünürken yüzüm ifadesizdi. Onun iyi bir savaşçı olduğundan şüphem yoktu. Bu kadar uzun süre saldırının ön saflarında sağ kalabilmesinin başka yolu yoktu. Onların izcisi olduğu için liderlik eden de oydu ve şüphesiz dünyanın en iyi izcisiydi. Eğer ondan iyi bir vampir daha olsaydı, zaten Volturiler onu alırdı. Aro çevresinde hep en iyisini ister, ikinci iyilere mahal vermezdi.

Demetri olmasaydı, kaçabilirdik. Kalanlarımız yani. Kızım, kollarımda sıcacık duruyordu... Biri onu alıp kaçabilirdi. Jacob ya da Rosalie, artık kim kalırsa.

Ve... Demetri olmasaydı, Alice ve Jasper da sonsuza kadar güvende olurdu. Alice'in gördüğü bu muydu? Ailemizin bir parçasının devam edebileceğini mi görmüştü? En azından ikisinin.

Bunu ondan esirgeyebilir miydim?

"Demetri..." dedim.

"Demetri benimdir," dedi Edward sert bir sesle. Yüzüne baktığımda ifadesinin şiddetlendiğini gördüm.

"Neden?" diye fısıldadım.

Önce cevaplamadı. Nihayet cevap verdiğinde nehre gelmiştik, "Alice için. Ona son elli yıl için verebileceğim tek teşekkür bu olabilir."

Demek o da benim gibi düşünüyordu.

Jacob'ın ağır pençelerinin donmuş zemine vuruşunu duydum. Saniyeler içinde yanıma gelmiş koşuyordu, kara gözleri Renesmee'ye odaklanmıştı.

Onu başımla selamladıktan sonra sorularıma döndüm. Fazla zamanımız kalmamıştı.

"Edward, sence Alice neden Volturiler'i Eleazar'a sormamızı söyledi? O son zamanlarda İtalya'da falan mıydı? Ne biliyor olabilir ki?"

"Konu Volturiler olduğunda Eleazar her şeyi bilir. Senin bilmediğini unutmuşum. Eleazar da onlardan biriydi."

İstemsiz olarak tısladım, yanımda duran Jacob da hırladı.

"Ne?" Düğünümüze gelen siyah saçlı adamı, uzun, kül rengi pelerin içinde hayal etmeye çalışıyordum.

Edward'ın yüzü yumuşamıştı, hafifçe gülümsedi. "Eleazar çok nazik bir insandır. Volturiler'den tam olarak memnun değildi ama yasaya uyulmasına saygı duyuyordu. Daha büyük bir amaç uğruna çalıştığını hissediyordu. Onlarla geçirdiği zaman için pişman değil. Ama Carmen'i bulduğunda, dünyadaki huzurunu buldu. Birbirlerine çok benziyorlar, ikisi de vampirlerden daha merhametliler." Yeniden gülümsedi. "Tanya ve kardeşlerine rastladılar ve bir daha arkalarına bakmadılar. Bu yaşam şekline uygunlar. Tanyalar'ı bulmasalardı bile, insan kanı olmadan yaşayacakları bir yol bulacaklarından emindim."

Zihnimdeki görüntüler birbiriyle çatışıyordu. Merhametli bir Volturi askeri mi?

Edward, Jacob'a bakarak sessiz bir soruyu cevapladı. "Hayır, savaşçılardan biri değildi. Onda kullanışlı buldukları bir yetenek vardı."

Jacob daha sonra, soracağını tahmin ettiğim diğer soruyu sormuş olmalıydı.

"Diğerlerinin yeteneklerini ayrıştırma yeteneği vardı," dedi

Edward ona. "Aro'ya, belli bir yakınlığa geldiği herhangi bir vampirin nasıl bir yeteneği olduğunu söylüyordu. Bu Volturiler savaşa gittiklerinde faydalı olmuştu. Düşmanlarında sorun yaratacak bir yetenek gördüğünde onları uyarıyordu. Bu çok nadirdir ama Volturiler'i bir an olsun durdurmak için oldukça iyi bir yeteneğin olması gerekir. Onun bu yeteneği Aro'ya, sonradan kullanabileceği birini kurtarma şansı veriyordu. Eleazar'ın yeteneği belli bir dereceye kadar insanlarla da çalışıyor. Gerçi insanlar için oldukça konsantre olması gerekiyor çünkü gizli yetenekler çok belirsiz olabiliyor. Aro, vampir yapmak istediği insanları ona test ettirirdi. Gittiği zaman da çok üzülmüştü."

"Gitmesine izin mi verdiler?" diye sordum. "Öylece gitti mi yani?"

Gülümsemesi şimdi daha karanlık, neredeyse buruktu. "Volturiler sana göründüğü gibi kötü adamlar değiller. Onların kuruluşu barış ve medeniyeti esas alıyor. Korumaların her biri bu amaç doğrultusunda çalışır. Bu öyle prestijli bir şeydir ki, hepsi orada olmaktan gurur duyarlar, orada kalmak için zorlanmazlar."

Yere bakıp kaşlarımı çattım.

"Yalnız suçlular tarafından iğrenç ve şeytani oldukları iddia edilir, Bella."

"Biz suçlu değiliz."

Jacob da beni onaylamak için havladı.

"Bunu bilmiyorlar."

"Sence gerçekten de onları durdurup bizi dinlemelerini sağlayabilir miyiz?"

Edward çok kısa bir süre tereddüt ettikten sonra omuz silkti. "Eğer yanımızda olacak yeterli sayıda dostumuz olursa... Belki."

Eğer. Birden bugün Edward ve benim yüzleşmemiz gereken şeyleri hatırladım. İkimiz de hızlanmaya başladık. Jacob da hemen bize yetişti.

"Tanya geç kalmaz," dedi Edward. "Hazır olmalıyız."

Nasıl hazır olacaktık ki? Düzenlemeler yaptık sonra yeniden yaptık, düşündük bir daha düşündük. Renesmee'yi göstermeli mıydık? Yoksa önce saklamak mıydık? Jacob odada olmalı mıydı? Dışarı da mı olmalıydı? Sürüsüne yakında durmalarını ama görünmez olmalarını söylemişti. O da mı aynısını yapmalıydı?

Sonunda Renesmee, insan halindeki Jacob ve ben yemek odasına kıvrılan köşedeki büyük masada oturup bekledik. Jacob, Renesmee'yı tutmamı istedi, gerekli olduğunda hemen değişebilmek istiyordu.

Onun kollarımda olmasından memnun olsam da, bu kendimi işe yaramaz biri olarak hissetmeme sebep oluyordu. Olgun vampirler için kolay bir hedef olduğumu hatırlatıyordu. Bu durumda zaten ellerime ihtiyacım yoktu.

Tanya, Kate, Carmen ve Eleazar'ı düğünden hatırlamaya çalıştım. Yüzleri benim insansı hafızamda silikti. Sadece güzel olduklarını biliyordum, iki sarışın ve iki esmer. Gözlerinde iyilik olup olmadığını hatırlamaya çalıştım.

Edward arkadaki cam duvara yaslanmış, ön kapıya bakıyordu.

Otoyoldan geçen arabaların seslerini dinliyorduk ama hiçbiri yavaşlamıyordu.

Renesmee boynuma sokulmuştu, eli yanağımdaydı ama bana görüntüler göstermiyordu. Şu anda hissettikleri için bir görüntüsü yoktu.

"Ya beni sevmezlerse?" diye fısıldadı ve hepimizin gözleri ona çevrildi.

"Tabii ki sevecekler," diye konuşmaya başladı Jacob ama onu hemen bakışlarımla susturdum.

"Seni anlamıyorlar Renesmee çünkü senin gibi biriyle hiç karşılaşmadılar," dedim. Gerçekleşmeyecek sözler vermek istemiyordum. "Anlamalarını sağlamak da, maalesef biraz güç olabilir."

İç geçirdi. Birden zihnimden hepimizin resmi geçti. Vampir, insan, kurt adam. O hiçbiri değildi.

"Sen özelsin ama bu kötü bir şey değil."

Bu fikrime katılmıyormuş gibi başını iki yana salladı. Gergin yüzlerimizi düşündü. "Bu benim suçum."

"Hayır," dedik Jacob, Edward ve ben aynı anda. Ama daha

fazla tartışamadan beklediğimiz sesleri duyduk; otoyoldan buraya dönen yola girmek için yavaşlayan arabayı.. Edward, onları karşılamak için kapıya gitti. Renesmee saçlarımın arasına saklandı. Jacob ve ben birbirimize baktık, ikimiz de umutsuzduk.

Araba ormandan hızlıca geçti, Charlie ya da Sue'nun gelişinden daha hızlıydı. Çimenliğe park ettiklerini duyduk. Dört kapı açıldı ve kapandı. Kapıya yaklaşırken hiç konuşmadılar. Daha çalınmadan Edward kapıyı açtı.

"Edward!" dedi heyecanlı bir kadın sesi.

"Merhaba Tanya, Kate, Eleazar, Carmen."

Üçü de mırıltılarla onu selamladılar.

"Carlisle bir an önce seninle konuşmamızı söyledi," dedi bir ses, Tanya'ydı bu. Hâlâ dışarıda olduklarını duyabiliyordum. Edward'ın kapı girişinde olduğunu hayal ettim. "Sorun nedir? Kurt adamlarla başınız belada mı?"

Jacob sıkıntıyla gözlerini devirdi.

"Hayır," dedi Edward. "Kurt adamlarla olan anlaşmamız her zamankinden daha güçlü." İçlerinden biri kıkırdadı.

"Bizi içeri davet etmeyecek misin?" diye sordu Tanya. Sonra cevap beklemeden devam etti. "Carlisle nerede?"

"Carlisle'ın gitmesi gerekiyordu."

Kısa bir sessizlik oldu.

"Neler oluyor Edward?" diye üsteledi Tanya.

"Bana birkaç dakika verirseniz," dedi Edward. "Benim için anlatması çok güç olan bir şeyi açıklamam gerekiyor ve bunu anlayana kadar açık fikirli olmanıza ihtiyacım var."

"Carlisle iyi mi?" diye sordu kaygılı bir erkek sesi. Eleazar.

"Hiçbirimiz iyi değiliz, Eleazar," dedi Edward ve sonra bir şeyi sıvazladığını işittim, sanırım bu Eleazar'ın koluydu. "Ama fiziksel olarak soruyorsanız, Carlisle iyi."

"Fiziksel olarak mı?" diye sordu Tanya. "Ne demek istiyorsun?"

"Bütün ailemin büyük bir tehlike altında olduğunu söylemeye çalışıyorum. Ama anlatmadan önce, bana söz vermenizi istiyorum. Tepki vermeden önce dinleyin. Beni iyi dinlemeniz için yalvarıyorum size."

Daha uzun bir sessizlik oldu. Jacob'la birbirimize baktık.

"Dinliyoruz," dedi Tanya en sonunda. "'Yargılamadan önce dinleyeceğiz."

"Teşekkürler Tanya," dedi Edward coşkuyla. "Başka şansımız olsaydı sizi bu olaya dâhil etmezdik."

Edward hareket etti. Dört çift ayağın içeri girdiğini duyduk.

Biri kokladı. "Kurt adamların da bu işe dâhil olduğunu biliyordum," diye söylendi Tanya.

"Evet ve yine bizim tarafımızdalar."

Bu hatırlatma Tanya'yı susturdu.

"Bella nerede?" dedi diğer kadın sesi. "O nasıl?"

"O da bize katılacak. O iyi, teşekkürler. Ölümsüzlüğe inanılmaz bir maharetle geçti."

"Bize şu tehlikeden bahset, Edward," dedi Tanya sessizce. "Dinleyeceğiz ve sizin tarafınızda olacağız. Ait olduğumuz tarafta."

Edward derin bir nefes aldı. "Önce tanık olmanızı istiyorum. Dinleyin, odanın içini dinleyin. Ne duyuyorsunuz?"

Sessizlik oldu, sonra birisinin hareket ettiğini duyduk.

"Lütfen, önce dinleyin," dedi Edward.

"Bir kurt adam sanırım. Kalbini duyabiliyorum," dedi Tanya.

"Başka?"

Sessizlik.

"Bu gümbürtü de ne?" Kate ya da Carmen'di bunu soran. "Bu...bir çeşit kuş mu?"

"Hayır, ama ne duyduğunuzu unutmayın. Şimdi neyin kokusunu alıyorsunuz? Kurt adam dışında."

"Burada bir insan mı var?" diye fısıldadı Eleazar.

"Hayır," diye karşı çıktı Tanya. "İnsan değil bu...ama...insana, buradaki diğer kokulardan daha yakın. Bu nedir Edward? Bu kokuyu daha önce aldığımı sanmıyorum."

"Kesinlikle almadın, Tanya. Lütfen, lütfen bunun tümüyle yem bir şey olduğunu hatırlayın. Önyargılı fikirleri bırakın."

"Dinleyeceğime dair söz verdim, Edward."

"Tamam o zaman. Bella? Renesmee'yi getir lütfen."

Bacaklarım tuhaf bir şekilde uyuşmuştu ama bu duygunun aslında yalnızca aklımda olduğunu biliyordum. Köşeye doğru yürürken, hiçbir şeyden çekinmemeye ve pasif hareketler sergilememeye karar verdim. Jacob, bir gölge gibi, arkamdan gelirken, vücudundaki sıcaklık da beni takip ediyordu.

Büyük odaya bir adım daha attım ve sonra dondum, daha ileriye gidemiyordum. Renesmee derin bir nefes alıp saçlarımın arasından çıktı, küçük omuzları gergindi, terslenmeyi bekler gibiydi.

Tepkilerine karşı kendimi hazırladığımı sanıyordum. Suçlamalar için, bağırmalar için, gerginliğin vereceği hareketsizlik için.

Tanya, çilek rengi kıvırcık saçları titreyerek zehirli yılan gören bir insan gibi dört adım geri fırladı. Kate kapı girişine kadar sıçrayıp kendini duvara yasladı. Kenetlenmiş dişlerinin arasından şok olmuş bir tıslama duyuldu. Eleazar, koruyucu bir edayla kendisini Carmen'in önüne attı.

Jacob'ın, "Ah lütfen," dediğini duydum.

Edward kolunu Renesmee ve benim etrafıma doladı. "Dinleyeceğinize söz verdiniz," diye hatırlattı onlara.

"Bazı şeylerin dinlenilmesine gerek yoktur!" diye bağırdı Tanya. "Nasıl yapabildin, Edward? Bunun ne demek olduğunu bilmiyor musun?"

"Buradan gitmeliyiz," dedi Kate gergince, eli kapı kulundaydı.

"Edward..." Eleazar söyleyecek söz bulamıyor gibi görünüyordu.

"Durun," dedi Edward, sesi şimdi daha sertti. "Ne duyduğunuzu, ne kokladığınızı hatırlayın. Renesmee, olduğunu sandığınız şey değil."

"Bu kuralın istisnası yok, Edward," dedi Tanya.

"Tanya," dedi Edward, "onun kalp atışını duyabiliyorsun! Dur ve bunun ne demek olduğunu bir düşün."

"Kalp atışı mı?" diye fısıldadı Carmen, Eleazar'ın omzunun üstünden bakarken.

"O tam olarak bir vampir çocuk değil," diye cevapladı Edward, dikkatini Carmen'in diğerlerine göre daha az düşmanca olan yüz ifadesine vermişti. "O yarı-insan."

Sanki Edward onlarla bilmedikleri bir dilde konuşuyormuş gibi baktılar.

"Beni dinleyin." Edward'ın sesi ikna edici kadife bir tona büründü. "Renesmee eşsizdir. Onun babası benim. Yaratıcısı değilim, biyolojik babasıyım yani."

Tanya'nın başı hafifçe titriyordu ama bunun farkında değil gibiydi.

"Edward, sen buna inanacağımızı mı sanı - " diye başladı Eleazar.

"Bana buna uygun başka bir açıklama yap, Eleazar. Vücudunun sıcaklığını hissedebiliyorsun. Damarlarında kan var, Eleazar. Kokusunu alabiliyorsun."

"Nasıl?" dedi Kate.

"Bella onun biyolojik annesi," dedi Edward ona. "insanken ona hamile kaldı, onu taşıdı ve doğurdu. Bu onu neredeyse öldürüyordu. Onu kurtarmak için vampir zehrimi ona verdim."

"Daha önce hiç böyle bir şey duymadım," dedi Eleazar. Omuzları hâlâ gergin, yüzü soğuktu.

"Vampirler ve insanlar arasındaki fiziksel ilişkiler hiç de yaygın değil," dedi Edward, ses tonunda biraz da kara mizah vardı. "Böyle bir şeyin gerçekleşmesi durumunda sağ kalabilen insanlara da pek rastlanmıyor. Sizce de öyle değil mi kuzenler?"

Kate ve Tanya kaşlarını çatarak ona baktılar.

"Gel Eleazar. Benzerliği görebilirsin."

Edward'ın sözlerine tek tepki veren Carmen olmuştu. Eleazar'ın arkasından çıktı, onun uyarısını dikkate almadı ve dikkatlice yürüyerek benim önümde durdu. Hafifçe eğildi ve Renesmee'nin yüzüne baktı.

"Annenin gözlerini almışsın," dedi alçak ve sakin bir sesle, "ve babanın da yüzünü." Ve sonra, sanki kendine hâkim olamıyormuş gibi Renesmee'ye gülümsedi.

Renesmee'nin buna cevaben verdiği gülümseme baş döndürücüydü. Carmen'a bakarak yüzüme dokundu. Carmen'in yüzüne dokunmak istiyor, bunun doğru olup olmayacağını soruyordu.

"Renesmee'nin sana biraz kendisinden bahsetmesine müsaade eder misin?" diye sordum Carmen'e. Hâlâ fısıltıdan daha yüksek bir sesle konuşamayacak kadar gergindim. "Dokunarak anlatım yeteneğine sahip."

Carmen hâlâ gülümseyerek Renesmee'ye bakıyordu. "Sen konuşabiliyor musun küçüğüm?"

"Evet," diye cevapladı Renesmee. Carmen hariç hepsi sesi duyar duymaz yerlerinden sıçradılar. "Ama sana anlatabildiğimden fazlasını gösterebilirim."

Küçük elini Carmen'in yanağına koydu.

Carmen, elektrik şoku yemiş gibi kaskatı kesildi. Eleazar hemen yanına geldi, onu çekmek ister gibi omuzlarını tutuyordu.

"Dur," dedi Carmen netes nefese, gözleri Renesmee'ye kilitlenmişti.

Renesmee, Carmen'a açıklamasını "gösterdi". Carmen gösterilenleri izlerken Edward da dikkatle onu dinliyordu. Ben de onun duyabildiklerini duymak isterdim. Jacob arkamda sabırsızca dikiliyordu ve onun da benim istediğim şeyi yapmayı arzu ettiğini biliyordum.

"Nessie ona ne gösteriyor?" diye söylendi.

"Her şeyi," diye mırıldandı Edward.

Başka bir dakika daha geçtikten sonra Renesmee elini çekti. Afallamış vampire dostça gülümsedi.

"Bu gerçekten senin kazın, değil mi?" dedi Carmen, gözlerini Edward'a çevirerek. "Ne canlı bir yetenek! Bu ancak çok yetenekli bir babadan gelebilirdi."

"Sana gösterdiklerine inanıyor musun?" diye sordu Edward gergince.

"Şüphesiz," dedi Carmen.

Eleazar'ın yüzü hâlâ endişeli ve sertti. "Carmen!"

Carmen Eleazar'ın elini avucuna alıp sıktı. "İmkânsız gibi görünebilir ama Edward sana doğruyu söylüyor. Çocuğun sana göstermesine izin ver."

Carmen, Eleazar'ı bana doğru itekleyip Renesmee'ye başını salladı. "Göster ona, tatlım."

Renesmee gülümsedi, Carmen'in onayı onu sevindirmişti. Hafifçe Eleazar'ın alnına dokundu.

"Aman Tanrım!" diyerek geri çekildi Eleazar.

"Sana ne yaptı?" diye sordu Tanya ve tedbirli bir şekilde yanıma geldi. Kate de ilerledi.

"O sadece hikâyeyi sana kendi tarafından göstermeye çalışıyordu," dedi Carmen yatıştırıcı bir sesle.

Renesmee sabırsızca dudak büzdü. "Lütfen izleyin," dedi Eleazar'a. Uzanıp elini Eleazar'a yaklaştırarak bekledi.

Eleazar ona şüpheyle baktıktan sonra Carmen'e bir bakış atıp yardım istedi. Carmen yüreklendirici bir şekilde başını salladı. Eleazar derin bir nefes aldı ve eğilerek başını Renesmee'nin eline değdirdi.

Başladığında tüyleri ürperdi ama yine de izlemeye devam etti, gözleri konsantre olmuş gibi kapanmıştı.

"Ah," diyerek iç geçirdi, birkaç dakika sonra gözlerini yeniden açarken. "Anladım."

Renesmee ona gülümsedi. Eleazar tereddüt etti ve sonra biraz gönülsüzce de olsa ona gülümsedi.

"Eleazar?" dedi Tanya.

"Dedikleri doğru, Tanya. Bu ölümsüz bir çocuk değil. Yarı insan. Gel. Kendin gör."

İlk önce Tanya, sonra da Kate sessizce karşıma geçti. İkisi de Renesmee'nin ilk görüntüsüyle irkilmişlerdi. Ama sonra, aynı Carmen ve Eleazar gibi, inanmışlardı.

Edward'ın pürüzsüz yüzüne baktım, gerçekten bu kadar kolay olabilir miydi? Altın rengi gözleri netti, gölgelenmemişti. Demek ki bunda bir aldanma yoktu.

"Dinlediğiniz için teşekkür ederim," dedi sessizce.

"Ama bizi uyardığın büyük bir tehlike vardı," dedi. Tanya. "Bu çocuktan bahsetmiyordun herhalde. O zaman sorun kesin Volturiler. Ondan nasıl haberleri oldu ki? Ne zaman geliyorlar?"

Bu kadar çabuk anlamış olmasına şaşırmamıştım. Bu aile için tehlikeli olabilecek başka ne vardı ki? Volturiler'den başka...

"Bella, dağda İrina'yı gördüğünde," diye açıkladı Edward, "Renesmee de oradaydı."

Kate tısladı, "Bunu İrina mı yaptı? Size? Carlisle'a? İrina ha?"

"Hayır," diye fısıldadı Tanya. "Başka birisi..."

'Alice onun Volturiler'e gittiğini gördü," dedi Edward. Alice'in adını söylediğinde, diğerlerinin, onun hafifçe ırkildiğini görüp görmediğini merak ettim.

"Nasıl böyle bir şey yapabildi?" diye sordu Eleazar.

"Renesmee'yi uzaktan gördüğünü düşün. Açıklamamızı beklemediğini."

Tanya gözlerini kıstı. "Ne düşünürse düşünsün... Siz bizim ailemizsiniz."

"Artık İrina'nın seçimiyle ilgili yapacak bir şey yok. Çok geç. Alice bize bir ay verdi."

Tanya ve Eleazar'ın başları bir yana eğildi. Kate'in kaşları kalktı.

"Neden bir ay?" diye sordu Eleazar.

"Hepsi geliyor. Hazırlık yapılması gerekmiş olmalı."

Eleazar güçlükle nefes aldı. "Bütün korumalar mı?"

"Sadece korumalar da değil," dedi Edward. "Aro, Caius, Marcus. Eşleri bile."

Hepsinin gözlerinde dehşet vardı.

"İmkânsız," dedi Eleazar.

"Ben de iki gün önce böyle demiştim," dedi Edward.

Eleazar kaşlarını çattı ve neredeyse hırlar gibi konuştu. "Ama bu hiç anlamlı gelmiyor. Neden kendilerini ve eşlerini tehlikeye atsınlar ki?"

"O açıdan bakınca anlamlı gelmiyor. Alice, yaptığımızı sandıkları şeye verecekleri cezadan daha fazlası olacağını söylüyor. Senin bize yardım edebileceğini düşünüyordu."

"Cezadan fazlası mı? Ama başka ne olabilir ki?" Eleazar volta atmaya başladı, arka kapıya gidip geliyordu, yere bakarken kaşları kalkmıştı.

"Diğerleri nerede, Edward? Carlisle, Alice ve diğerleri?" dedi Tanya.

Edward'ın sorunun yalnızca bir bölümünü cevapladı. "Bize yardım edecek arkadaşlar arıyorlar."

Tanya ona doğru eğildi. "Edward, ne kadar arkadaş toplarsanız toplayın, kazanmanıza yardım edemeyiz. Yalnızca sizinle ölebiliriz. Bunu bilmelisiniz. Aslında biz dördümüz, İrina'nın yaptığından sonra bunu hak ediyoruz. Geçmişte de, yine onun yüzünden sizi hayal kırıklığına uğratmıştık."

"Biz, bizimle savaşıp ölmenizi istemiyoruz, Tanya. Carlisle asla sizden böyle bir şey istemez, biliyorsun."

"O zaman ne istiyorsunuz?"

"Sadece görgü tanıklarına ihtiyacımız var. Eğer onları bilan için durdurabilirsek. Eğer açıklamamıza izin verirlerse..." Renesmee'nin yanağına dokundu ve elini alıp onun tenine dokundurdu. "Kendi gözlerinle görünce hikâyemizden şüphe etmek zorlaşıyor."

Tanya yavaşça başıyla onayladı. "Sence onun geçmişi Volturiler'e önemli gelecek mi?"

"Geçmişi onun geleceğini gösteriyor. Yasağın sebebi, sırrımızın ehlileşemeyen çocuk sürüsü tarafından açığa çıkmasını engellemekti."

"Ben tehlikeli değilim," dedi Renesmee. Yüksek, net sesini, diğerlerine nasıl geldiğini düşünerek dinledim. "Dedemi, Sııe'yu ya da Billy'yi hiç incitmedim. İnsanları seviyorum. Ve *Jacob*ım gibi kurt-insanları da." Edward'ın elini bırakıp arkaya uzanarak Jacob'ın kolunu sıvazladı.

Tanya ve Kate bakıştılar.

"İrina bu kadar çabuk gelmeseydi," dedi Edward, "bunların hiçbiri olmayacaktı. Renesmee beklenmeyecek bir şekilde büyüyor. Bu ayın sonunda yarım yıl daha büyümüş olacak."

"Eh, bu kesinlikle tanıklık edebileceğimiz bir şey," dedi Carmen. "Onun geliştiğini gördüğümüze yemin edebiliriz. Volturiler böyle bir kanıtı nasıl görmezden gelebilir ki?"

Eleazar, "Nasıl, kesinlikle?" diye mırıldandı, başını kaldırmadan volta atmaya devam ederken.

"Evet, sizin için tanıklık edebiliriz," dedi Tanya. "Bu kadarını kesinlikle yapabiliriz. Başka ne yapabileceğimizi de düşünürüz."

"Tanya." Edward, Tanya'nın aklından geçen bir şeylere karşı çıkıyordu. "Bizimle birlikte dövüşmenizi beklemiyoruz."

"Eğer Volturiler durmaz ve tanıklığımızı dinlemezlerse, öylece duramayız ya," diye üsteledi Tanya. "Tabii ki kendim için konuşuyorum."

Kate güldü. "Gerçekten de benden bu kadar şüphe mi ediyor musun?"

Tanya ona gülümsedi. "En nihayetinde bu intihar girişimi gibi bir şey."

Kate ona gülümseyip omuz silkti. "Ben de varım."

"Ben de çocuğu korumak için elimden geleni yaparım," diye katıldı Carmen. Sonra da karşı koyamıyormuş gibi kollarını ona uzattı. "Seni kucağıma alabilir miyim, bebeğim?"

Renesmee, Carmen'e uzandı, yeni arkadaşını sevmişti. Carmen ona sıkıca sarıldı, İspanyolca bir şeyler mırıldandı.

Charlıe'yle ve ondan önce de Cullenlar'la olduğu gibi Renesmee karşı koyulmazdı. Herkesi kendine çeken şey neydi böyle? Onu korumak için hayatlarını ortaya koymalarını sağlayacak şey neydi?

Bir an yapmaya çalıştığımız şeyin mümkün olduğunu düşündüm. Belki Renesmee imkânsızı başarır ve kendini düşmanlarımıza sevdirirdi.

Sonra Alice'in gittiğini hatırladım ve umudum, ortaya çıktığı kadar çabuk yok oldu.

31. YETENEKLİ

"Kurt adamların bu olaydaki rolü ne?" diye sordu Tanya, Jacob'ı süzerek.

Jacob, Edward cevap vermeden konuşmaya başladı. "Eğer Volturiler durup Nessie yani Renesmee hakkında söyleyeceklerimizi dinlemezlerse, onları durduracağız."

"Çok cesurca çocuğum ama bu senden çok daha deneyimli dövüşçüler için bile imkânsız olurdu."

"Neler yapabildiğimizi bilmiyorsun."

Tanya omuz sılktı. "Kendi hayatınız, nasıl harcayacağınız size kalmış."

Jacob'ın gözleri Renesmee'ye kaydı. Hâlâ Carmen'in kucağındaydı, Kate de yanlarındaydı. Jacob'la aralarındaki özlemi görmek kolaydı.

"Çok özel bir şey bu ufaklık," dedi Tanya. "Karşı koymak zor."

"Çok yetenekli bir aile," diye mırıldandı Eleazar volta atmaya devam ederken. Temposu artmıştı, kapı ve Carmen arasında gidip geliyordu. "Babası akıl okuyucu, annesi kalkan ve bu olağanüstü çocuğun sihri de hepimizi büyülüyor. Bu yeteneğin bir adı var mı ya da bu vampir kırmasına ait normal bir şey mi, merak ediyorum. Gerçi böyle bir şeyin normal sayılacağını sanmıyorum."

"Affedersin," dedi Edward sersemlemiş bir sesle. Sonra uzandı ve yine kapıya dönen Eleazar'ı omzundan yakaladı. "Az önce eşim için ne dedin?"

Eleazar, merakla Edward'a baktı. "Kalkandı sanırım. Şu anda beni engelliyor, o yüzden çok da emin olamıyorum."

Kafam karışmıştı. Kalkan mı? Engellemek derken neyi kastediyordu? Burada duruyordum ama hiçbir şeyi savunuyor falan değildim ki.

"Kalkan mı?" diye tekrarladı Edward, şaşkındı.

"Hadi ama Edward! Eğer onu ben okuyamıyorsam, senin de okuyabildiğini sanmıyorum. Şimdi onun düşüncelerini okuyabiliyor musun?" diye sordu Eleazar.

"Hayır," diye mırıldandı Edward. "Ama ben bunu hiçbir zaman yapamadım ki. O insanken bile."

"Hiçbir zaman mı? İlginç. Bu eğer değişiminden önce de bu kadar belirginse, daha güçlü, henüz gizli duran bir yeteneği işaret eder. Ayrıca bu yetenek hâlâ ham olmalı, o daha birkaç aylık." Edward'a neredeyse öfkeli denebilecek bir bakış attı. "Ve görünen o ki, ne yaptığını da bilmiyor. Tümüyle bilinçsiz. İronik. Aro, beni dünyanın her köşesine gönderdi, sırf böyle kuraldışı şeyler bulayım diye ve şimdi siz bunu kazara keşfediyorsunuz. Hem de ne olduğunu bile bilmiyorsunuz." Eleazar kuşkuyla başını salladı.

Somurttum. "Neden bahsediyorsun sen? Nasıl *kalkan* olabilirim ben? Bu ne demek ki?" Kalkan deyince aklıma gelen tek şey orta çağdan kalma, gülünç, zırhlı bir giysiydi.

Eleazar başını yana eğip beni inceledi. "Sanırım korumaların arasındayken fazla resmiydik. Gerçek şu ki, yetenekleri kategorize etmek göreceli bir şeydir, gelişigüzel bir iş. Her yetenek eşsizdir, aynısından iki tane bulamazsın. Ami Bella, sen kolayca sınıflandırılabilirsin. Tümüyle savunma amaçlı olan, taşıyıcısını koruyan yeteneklere *kalkan* denir. Eliç yeteneklerini test ettin mi? Eşinden ve benden başka birini engellediğin oldu mu?"

Yeni beynim ne kadar hızlı çalışsa da, ona cevap vermem birkaç saniyemi aldı.

"Sadece belli şeyler için oluyor," dedim. "Benim aklım biraz...özel. Ama Jasper'ın ruh halimle oynamasını ya da Alice'in geleceğimi görmesini engellemiyor."

"Tümüyle akli bir savunma," dedi Eleazar kendi kendine. "Sınırlı ama güçlü."

"Aro da onu duyamamıştı," dedi Edward. "Gerçi tanıştıklarında Bella insandı."

Eleazar'ın gözleri açıldı.

"Jane beni incitmeye çalışmıştı ama yapamadı," dedim. "Edward, Demetri'nin de beni bulamayacağını düşünüyor ve Alec'in de bana bir şey yapamayacağını. Bu iyi bir şey mi?"

Eleazar hâlâ şaşkındı. "Oldukça."

"Kalkan!" dedi Edward, sesine güçlü bir tatmin yerleşmişti. "Hiç bu açıdan düşünmemiştim. Karşılaştığım tek kalkan Renata'ydı ve onun yaptıkları çok daha farklıydı."

Eleazar biraz kendine gelmişti. "Evet, hiçbir yetenek kendini aynı şekilde göstermez çünkü hiç kimse aynı şekilde düşünmez."

"Reneta kim? O ne yapıyordu?" diye sordum. Renesmee de ilgilenmişti, Carmen'ın kucağından eğilmiş, bize bakıyordu.

"Reneta, Aro'nun kişisel koruması," dedi Eleazar. "Çok pratik bir kalkan ve çok da güçlü."

Aro'nun ürpertici kulesinde, küçük bir vampir grubunun onun etrafında dolandığını hayal meyal hatırlıyordum, kimisi erkek, kimisi kadındı. Kadınların yüzünü hatırlayamıyordum. Biri Reneta olmalıydı.

"Acaba... " dedi Eleazar. "Bildiğin gibi Reneta fiziksel bir saldırı sırasında güçlü bir kalkan görevi görür. Ona ya da Aro'ya biri yaklaşırsa, onların...dikkati dağılır. Onun etrafına yaydığı itici bir güç var. Sen başka bir yöne gitmek istiyorsun ama kafan karışıyor ve bir de bakmışsın başka yöne gitmişsin. Kalkanını çevresinin birkaç metre ötesine açabiliyor. İhtiyaç olduğunda Caius ve Marcus'u da koruyor, ama önceliği elbette Aro.

"Aslında yaptığı fiziksel bir şey değil. 'Yeteneklerimizin birçoğu gibi, akılda yer alıyor. Eğer seni itmeye çalışırsa, kim kazanır merak ediyorum?" Başını salladı. "Aro ya da Jane'ın yeteneklerinin engellendiğini hiç duymamıştım."

"Anneciğim, sen özelsin," dedi Renesmee hiç şaşırmayarak, sanki giysilerimdeki renk için yorum yapar gibi.

Aklım karışmıştı. Ben yeteneğimi bilmiyor muydum yani? Benim, o korkunç yeni doğan vampir yıllarını atlamamı sağlayan süper bir kendimi kontrol etme yeteneğim vardı. Vampirlerin en fazla bir ekstra yetenekleri olabilirdi, değil mi?

Ya da Edward başta doğru mu düşünmüştü? Carlisle kendimi kontrol etme yeteneğimin doğaldan öte bir şey olduğunu söylemeden önce, Edward bunun benim iyi hazırlanışımın bir sonucu olduğunu söylemişti.

Hangisi doğruydu? Daha fazlasını yapabiliyor muydum? Olduğum şeyin bir ismi ve kategorisi mi vardı?

"Taşırabilir misin?" diye sordu Kate, konuyla ilgilenmiş gibi görünüyordu.

"Taşırmak mı?" diye sordum.

"Kendinin dışına çıkmak," diye açıkladı Kate. "Kendinden başkasına kalkan olmak."

"Bilmiyorum. Hiç denemedim. Böyle bir şey yapmam gerektiğini bilmiyordum."

"Yapamayabilirsin," dedi Kate. "Tanrı biliyor ya, yüzyıllardır üzerinde çalışıyorum ama yapabildiğim en iyi şey, tenimden elektrik geçirmek."

Ona baktım, şaşırmıştım.

"Kate'in saldırı gücü var," dedi Edward. "Jane'inki gibi."

Birden irkildim, bunun üzerine Kate güldü.

"Sadist falan değilim," dedi. "Bu sadece kavgada işe yarayan bir şey."

Kate'in söylediklerinden sonra aklımda bağlantılar kurmaya başladım. *Kendinden başkasına kalkan olmak* demişti. Sanki tuhaf, sessiz aklıma birini dâhil edebilirmişim gibi.

Edward'ın Volturi kulesindeki antika duvarlara sindiğini hatırladım. Bu insan hafızama ait bir anı olsa da, keskindi, diğerlerinden çok daha acı doluydu, sanki beynimin bir parçasına kazınmış gibiydi.

Ya böyle bir şeyin olmasını engelleyebiliyorsam? Ya onu koruyabilirsem? Renesmee'yi koruyabilirsem? Ya onlara da kalkan olmamın az da olsa bir ihtimali varsa?

"Bana ne yapmam gerektiğini öğretmelisin" dedim, düşünmeden Kate'in kolunu tutarak. "Bunun nasıl yapıldığını göstermelisin!"

Kate irkildi. "Belki. Tabii, eğer etki alanımı ezmeyi bırakırsan."

"Ah, üzgünüm!"

"Gerçekten kalkan oluyorsun," dedi Kate. "O hareket koluna elektrik şoku vermeliydi. Ama sen hiçbir şey hissetmedin, değil mi?"

"Bunu yapmana gerek yoktu, Kate. Sana zarar vermek istemedi," dedi Edward dişlerinin arasından. "İkimiz de onu duymazdan geldik.

"Hayır, hiçbir şey hissetmedim. Elektrik akımı olayını mı yapıyordun?"

"Evet. Hımm. Bunu hissedemeyen birine rastlamamıştım, ölümsüz ya da insan."

"Cildinle yansıttığını mı söylemiştin?"

Kate başıyla onayladı. "Önceden sadece avuçlarımdaydı. Biraz Aro gibi."

"Ya da Renesmce," dedi Edward.

"Ama üzerinde çok çalıştıktan sonra, tüm vücuduma aktarabilmeye başladım. Bu iyi bir savunma yöntemi. Bana dokunan kimse, elektro şok tabancasına maruz kalan bir insaıi gibi oluyor. Bir saniye duruyorlar ama bu da bu iş için yeterince uzun bir süre."

Kate'i yarım yamalak dinliyordum çünkü düşüncelerim küçük ailemi koruyabilme fikri etrafında dönüyordu. Eğer yeterince çabuk öğrenebilirsem... Coşkuyla şu yansıtma işinde de iyi olmayı diledim, vampirliğin her alanında gizemli bir şekilde iyi olabilseydim keşke... İnsan hayatım beni, doğal yetenekler konusunda hazırlamamıştı ve bu kabiliyetin de uzun süreceğine güvenemiyordum.

Sanırım hayatımda hiçbir şeyi bu kadar çok istememiştim. Tek istediğim sevdiklerimi koruyabilmekti.

Aklım çok dağıldığı için, onlar konuşmaya başlayana kadar Edward ve Eleazar'ın sessiz bakışmalarını fark edememiştim.

"Bir istisna düşünebiliyor musun peki?" diye sordu Edward.

Neden bahsettiklerini anlamak için kafamı kaldırdığımda herkesin gözlerini dikmiş ikisine baktıklarını gördüm. Dikkatle birbirlerine doğru eğilmişlerdi, Edward'ın ifadesi sert ve kuşkulu, Eleazar'ınki ise memnuniyetsiz ve gönülsüzdü.

"Onları o şekilde düşünmek istemiyorum," dedi Eleazar dişlerinin arasından. Odadaki havanın aniden bu kadar değişmesine şaşırmıştım.

"Eğer haklıysan - " diye başladı Eleazar.

Edward sözünü kesti. "Düşünce sana aitti, bana değil."

"O zaman, ben haklıysam, bunun ne anlama geleceğini düşünemiyorum bile. Bu yarattığımız dünya hakkındaki her şeyi değiştirir. Hayatımın anlamını değiştirir. Parçası olduğum şeyi."

"Sen her zaman iyi niyetli birisi oldun, Eleazar."

"Bunun ne önemi var ki? Ben ne yaptım? Kaç hayatı. :."

Tanya elini Eleazar'ın omzuna koydu. "Ne kaçırdık, arkadaşım? Ben de öğreneyim de bu düşünceleri tartışayım. Sen hayatında kendini kınamanı gerektirecek bir şey yapmadın."

"Ah, yapmadım mı?" diye mırıldandı Eleazar. Sonra Tanya'nın elinden kurtularak volta atmaya döndü, bu sefer daha da hızlıydı.

Tanya onu izledi, sonra Edward'a döndü. "Açıkla."

Edward başıyla onayladı ve Eleazar'a bakarak konuştu. "Bu kadar çok sayıda Volturi'nın neden bizi cezalandırmak için geldiğini düşünüyordu. Bunun onların tarzı olmadığını düşündü. Tabii ki, biz olgun bir aileyiz ama geçmişte bizim gibi aileler birbirlerini korumak için birleştiler ve sayılarına rağmen asla şimdiki gibi bir meydan okuma görmediler. Hepimiz yakınız, bu büyük bir faktör ama o kadar da büyük değil. Sonra, ailelerin cezalandırıldığı diğer zamanları hatırladı ve bir düzen oluğunu keşfetti. Bu düzeni Eleazar haricindeki korumalar hiç fark etmemişlerdi çünkü Eleazar gizlice Aro'ya bildiriyordu. Öyle bir düzen ki, her yüzyılda bir gibi bir sürede tekrarlanıyordu."

"Neymiş bu düzen?" diye sordu Carmen.

"Aro cezalandırma seferlerine çok sık katılmaz," dedi Edward. "Ama geçmişte, Aro özel bir şeyi istediğinde, hemen o ailenin affedilmez bir suç işlediğine dair kanıtlar bulunurdu. Büyükler de korumalarla birlikte, adaleti yerine getirmek için sefere katılırlardı. Ve sonra, ailenin ortadan kaldırılması kararlaştırıldığında, Aro, düşüncelerinde pişmanlık gördüğünü iddia ettiği bir üyeyi affederdi. Ve bu vampir, her zaman, Aro'nun hayranlık duyduğu bir yeteneğe sahip olurdu. Bu kişiye korumalar arasında bir yer verilirdi. Yetenekli vampir de bu onuru taşımaktan dolayı minnettar kalırdı."

"Bunu istemek için aptal olmak lazım," dedi Kate.

Bunu duyan Eleazar öfkelendi.

"Korumaların içinde biri var," dedi Edward, Eleazar'ın öfkeli tepkisini açıklamak için. "Adı Chelsea. İnsanların birbirlerine olan duygusal bağları üzerinde etkisi var. Bu bağları koparıp sağlamlaştırabiliyor. Birinin Volturiler'e bağlı, onlara ait hissetmesini, onları memnun etmek istemesini sağlayabiliyor..."

Eleazar aniden durdu. "Chelsea'nin neden önemli olduğunu anladık. Bir dövüşte, ailenin fertlerini aileden ayırırsak, onları çok daha çabuk yenebiliyorduk. Ailedeki masum üyeleri, suçlu olanlardan duygusal olarak ayırabildiğimizde gereksiz bir acımasızlık uygulamadan adaleti sağlamış oluyorduk. Suçlular müdahale olmadan cezalandırılıyordu ve masumlarsa affedilebiliyordu. Chelsea onları birbirlerine bağlayan bağları koparıyordu. Bu bana büyük bir kibarlık gibi görünmüştü, Aro'nun merhametinin bir kanıtı gibi. Chelsea'nin bizim grubumuzu da daha sıkı tuttuğundan şüphelenmiştim ama bu da iyi bir şeydi. Bizi daha etkin kılıyordu. Bir arada olmamızı kolaylaştırıyordu."

Bu eski anılarımı çözümledi. Korumaların efendilerine böyle memnuniyetle, neredeyse aşkla kendilerini adamalarını o zaman anlayamamıştım.

Eleazar omuz silkti. "Carmen'le gidebilmiştim." Sonra başını saldı. "Ama çiftler arasındaki bağdan daha az sağlam olan bütün bağlar tehlikede. Normal bir ailede en azından. Onlarınki bizimkinden daha zayıf çünkü insan kanıyla beslenmemek bizi daha medeni yapıyor, gerçek sevgi ile bağlanmamızı sağlıyor. Chelsea'nin böyle bir birliği yıkabileceğini sanmıyorum, Tanya."

Tanya başıyla onayladı. Eleazar analizine devam etti.

"Sanırım Aro'nun gelmeye karar vermesinin ve yanında o kadar kişiyi getirmesinin sebebi, amacının cezalandırmak değil suçlamak olması," dedi Eleazar. "Durumu kontrol edebilmek için burada olmak istiyor. Ama bu kadar geniş ve yetenekli bir aileden korunmak için de tüm korumalarına ihtiyacı var. Öte yandan bu diğerlerini Volterra'da korumasız bırakıyor. Çok riskli, birileri bu durumdan istifade etmek isteyebilir. O yüzden hepsi geliyor. Başka nasıl istediği yetenekleri aldığından emin olabilir ki? Onları çok istiyor olmalı," dedi Eleazar.

"Geçen bahar düşüncelerinden gördüğüm kadarıyla, Aro, Alice'i istediği kadar hiçbir şeyi istemedi," dedi Edward nefes kadar kısık bir sesle.

Ağzım açık kalmıştı. Çok önce aklıma düşmüş o kâbus görüntülerini hatırladım: Edward ve Alice siyah pelerinler içinde, kan kırmızısı gözleriyle, soğuk yüz ifadeleriyle bir gölge gibiler, Aro'nun elini tutuyorlar... Alice de bunu mu görmüştü? Chelsea'nin onu bizden koparıp Aro, Caius ve Marcus'a bağladığını mı görmüştü?

"Alice'in gitmesinin sebebi bu mu?" diye sordum, sesim titreyerek.

Edward elini yanağıma koydu. "Sanırım bu. Aro'nun en çok istediği şeyi almasını engellemek için. Gücünü Aro'dan sakınmak için."

Tanya ve Kate'in mırıldandıklarını duyunca onların Alice'in gittiğini bilmediklerini hatırladım.

"Seni de istiyor," diye fısıldadım.

Edward omuz silkti. "Onu istediği kadar değil. Ona sahip olduğu şeyden fazlasını veremem ki. Ve tabii bir de beni istediğini yaptırmaya zorlayacak bir yol bulması gerekir. Beni tanıyor ve bunun ne kadar zor olduğunu biliyor." Alaylı bir şekilde kaşını kaldırdı.

Eleazar, Edward'ın bu ilgisiz tavrını görünce suratını astı. "Senin güçsüzlüklerini de biliyor," deyip bana baktı.

"Bunu şimdi tartışmamız gerekmiyor," dedi Edward hemen.

Eleazar uyarıyı dikkate almadı ve devam etti. "Herhalde eşim de isteyecektir. Onu insan haliyle bile alt edebilen bir yetenek ilgisini çekmiştir."

Edward bu konunun konuşulmasından rahatsız olmuşa benziyordu. Ben de sevmemiştim. Eğer Aro bir şey yapmamı isterse, tek yapması gereken Edward'ı tehdit etmek olacaktı ve ben de boyun eğecektim. Aynısı onun için de geçerliydi.

Ölüm daha mı kolaydı? Gerçekten de ondan korkmalı mıydık?

Edward konuyu değiştirdi. "Bence Volturiler bunun için, bir bahane için bekliyordu. Bu bahanenin nasıl geleceğini bilmiyorlardı ama ortaya çıktığında neler yapacaklarını çoktan yapacaklarını planlamışlardı. Bu yüzden Alice, daha İrina bir şey yapmadan, kararlarını görebilmişti. Karar çoktan verilmişti, yalnızca bir bahane bekliyorlardı."

"Eğer Volturiler, bütün ölümsüzlerin onlara olan güvenini böyle suiistimal ediyorlarsa..." diye mırıldandı Carmen.

"Fark eder mi?" diye sordu Eleazar. "Kim inanır ki? Hem diğerleri de Volturiler'in güçlerini kötüye kullandıklarına ikna olsalar bile, bu nasıl bir fark yaratır ki? Kimse onlara karşı gelemez."

"Bazılarımız deneyecek kadar deli ama," diye söylendi Kate.

Edward başını salladı. "Yalnızca tanıklık etmek için buradasınız, Kate. Aro'nun amacı ne olursa olsun, bunun için Volturiler'in itibarını zedeleyeceğini sanmıyorum. Eğer tartışmayı kendi lehimize çevirebilirsek, bizi bırakmaya mecbur kalacak."

"Tabii ki," diye mırıldandı Tanya.

Kimse ikna olmuş görünmüyordu. Birkaç uzun dakika boyunca kimse bir şey demedi.

Sonra bir aracın otoyoldan Cullenlar'ın evinin yoluna doğru kıvrıldığını duydum.

"Ah olamaz, Charlie," diye söylendim. "Belki Demliler yukarıya geçseler – "

"Hayır," dedi Edward. Gözleri uzaklardaydı, boşluğa bakar gibi kapıya bakıyordu. "Bu baban değil." Bakışları bana döndü. "Alice, Peter ve Charlotte'u gönderdi. Sonraki raunt için hazır olmalıyız."

32. MİSAFİR

Cullenlar'ın büyük evi bir sürü misafirle doluydu. Hiçbiri uyumadığı için yatacak yer problemi olmuyordu. Sadece yemek zamanları biraz riskliydi. Misafirlerimiz ellerinden geldiği kadar iş birliği yapıyorlar, Forks ve La Push'tan uzaklaşarak şehrin dışında avlanıyorlardı. Edward yardımsever bir ev sahibi olarak, hiç çekinmeden arabalarını ödünç veriyordu. Bu tavizi benim hoşuma gitmiyordu.

Jacob daha da bozulmuştu. Kurt adamlar, insan hayatının kaybını engellemek için vardılar ve şimdi sürünün sınırlarının yakınlarında insanlar ölüyordu. Ama bu şartlar altında, Renesmee tehlike altındayken, çenesini kapatmış ve vampirlere bakmaktansa yere bakıyordu.

Gelen misafirlerin Jacob'ı kolayca kabullenmelerine hayret etmiştim. Edward'ın bahsettiği şeyler hiç sorun olmamıştı. Jacob onlar için görünmez gibiydi. İnsan gibi olduğu söylenemezdi, yemek de değildi. Ona, hayvan sevmeyen insanların, arkadaşlarının evcil hayvanlarına davrandıkları gibi davranıyorlardı.

Leah, Seth, Quil ve Embry'ye, Sam'le koşma görevi verilmişti. Renesmee'den ayrı kalabilseydi Jacob'da onlara katılmak isterdi. Renesmee ise Carlisle'ın garip arkadaşlarını hayrete düşürmekle meşguldü.

Renesmee'nin Denaliler'e tanıtılma sahnesini altı kere oynadık. Önce, Alice'ın hiçbir şey açıklamadan gönderdiği Peter ve Charlotte'a anlattık. Alice'i tanıyan bir çok kişi gibi onlar da, hiçbir bilgi olmaksızın söylediklerine güvenmişlerdi. Alice onlara nereye gittiklerine dair bir şey söylememişti. Onları bir daha göreceğine dair bir söz de vermemişti.

Peter da, Charlotte da ölümsüz çocuk görmemişlerdi. Kuralı bilmelerine rağmen tepkileri Denali vampirlerininki gibi olmamıştı. Renesmee'nin "açıklamasını" merakla dinlemişlerdi. Onlar da, Tanya'nın ailesi gibi, tanıklık yapmaya hazırdılar.

Carlisle, İrlanda ve Mısır'dan arkadaşlarını göndermişti.

İlk gelen İrlandalı klandı ve şaşırtıcı biçimde kolay ikna oldular. Siobhan, muazzam duruşu, hem güzel, hem büyüleyici olan vücuduyla dalgalanır gibi hareket eden bir kadındı. Klanın lideri oydu ama o ve sert yüzlü eşi Liam, ailelerinin en yeni üyesinin yargısına güveniyorlardı. Küçük Maggie, yaylanan kırmızı bukleleriyle fiziksel olarak diğerlerinden farklı değildi ama yalan söylendiğinde bunu anlama yeteneği vardı. Bu yüzden Siobhan ve Liam, daha Renesmee'ye dokunmadan hikâyemizi kabul ettiler.

Amun ve diğer Mısırlı vampirler ise apayrı bir hikâyeydi. Ailenin daha genç iki üyesi Benjamin ve Tia, Renesmee'nin açıklamasına ikna olmalarına rağmen Amun ona dokunmayı reddederek ailesine gitmelerini emretti. Benjamin, tuhaf şekilde neşeli ve bir çocuktan biraz daha büyük görünen, aynı anda hem güvenilir hem sakar görünebilen bir vampirdi. Amun'u, birliklerini bozmayı içeren üstü kapalı birkaç tehditle kalmaya ikna etti. Amun kaldı ama Renesmee'ye dokunmayı reddediyor, eşi Kebi'nin de ona dokunmasına izin vermiyordu. Topluluk üyeleri, fiziksel olarak birbirlerine çok benziyordu. Amun en yaşlı üye ve liderdi. Kebi, Amun'u gölge gibi izliyor ve önüne geçmiyordu. Onun tek kelime ettiğini duymamıştım. Tia, Benjamin'in eşiydi ve o da sessiz bir kadındı ama konuştuğu zaman söylediği her şey derin bir kavrayış ve ağırlığın ürünü oluyordu. Yine de hepsi Benjamin'in etrafında dönüyordu, sanki dengelerini sağlamak için onun görünmez çekiciliğine bağlıymış gibiydiler. Eleazar'ın gözlerini açarak ona baktığını gördüğümde bu çocuğun diğerlerini etrafına toplamak gibi bir yeteneği olduğunu düşündüm.

"Öyle değil," demişti Edward o gece yalnız kaldığımızda. "Yeteneği öyle eşsiz ki, Amun onu kaybetmekten çok korkuyor. Bizim Renesmee'yi Aro'nun bilgisinden saklamaya karar vermemiz gibi," - iç çekti - "Amun da Benjamin'i ondan uzak tutmaya çalışıyor. Benjamin'i yaratırken özel olacağını biliyordu."

"Ne yapabiliyor?"

"Eleazar'ın daha önce görmediği bir şey. Benim hiç duymadığım bir şey. Senin kalkanının bile karşısında bir şey yapamayacağı bir şey. Elementleri etkileyebiliyor; toprak, rüzgâr, su ve ateş. Gerçekten de yapıyor bunu, akıl illüzyonu değil. Benjamin hâlâ bu konuda çalışıyor ve Amun da onu bir silaha çevirmek istiyor. Ama Benjamin'in ne kadar bağımsız olduğunu görüyorsun. Kendini kullandırtmayacaktır."

"Sen onu seviyorsun,"

"Onun doğru ve yanlışla ilgili çok net bir hissi var. Bu tavrını seviyorum."

Amun'un ise değişik bir tavrı vardı. O ve Kebi bunu kendilerine saklamışlardı. Gerçi Benjamin ve Tia, Denaliler ve İrlandalı aileyle arkadaş olma yolunda ilerliyorlardı. Carlisle'ın dönüşünün Amun'un gerginliğini azaltmasını umuyorduk.

Emmett ve Rose da tek bireyleri göndermişlerdi, Carlisle'ın göçebe arkadaşlarından bulabildiklerini.

Önce Garrett geldi, uzun boylu, zayıf, aç-kırmızı gözleri olan bir vampirdi ve uzun kum rengi saçlarını bir deri parçasıyla tutturmuştu. Bakar bakmaz onun bir maceraperest olduğu açıkça anlaşılıyordu. Sırf kendisini test etmek için ona sunacağımız her mücadeleyi kabul edeceğini düşünüyordum. Hemen Denali kardeşleriyle sohbete başlamış, alışılmadık hayat tarzları hakkında bitmek bilmeyen sorular sormuştu.

Mary ve Randall da geldiler, arkadaştılar ama beraber gezmiyorlardı. Renesmee'nin hikâyesini dinlediler ve diğerleri gibi tanık olmayı kabul ettiler. Denaliler gibi onlar da, Volturiler dinlemek için durmazlarsa ne yapabileceklerini düşündüler. Üç göçebe de bizim yanımızda savaşma fikrinden bahsetmişti.

Her yeni gelen kişiyle birlikte Jacob daha da somurtuyordu. Yapabildiğinde uzak duruyordu ve beceremediğinde de Renesmee'ye şikâyette bulunup bütün yeni kan emici isimlerini bilmesini istiyorlarsa birinin bir indeks hazırlaması gerektiğini söylüyordu.*

---

*İndeks için en son sayfaya bakın.

Carlisle ve Esme gitmelerinden bir hafta sonra geri döndüler, Emmett ve Rosalie ise birkaç gün sonra. Onların gelmesiyle hepimiz daha iyi hissetmiştik. Carlisle başka bir arkadaşını daha getirmişti, gerçi *arkadaş* yanlış bir terim olurdu. Alistar, Carlisle'ı en yakını olarak saymasına rağmen onu ziyarete anca yüzyılda bir katlanabilen nefret dolu, İngiliz bir vampirdi. Yalnız dolaşmayı seviyordu, Carlisle onu buraya getirmek için çok ısrar etmiş olmalıydı. Bütün arkadaşlarını dışlamıştı ve burada toplanmış aileler arasında da hiç seveni olmadığı belliydi.

Derin derin düşünen, koyu saçlı vampir, Amun gibi Renesmee'ye dokunmayı reddetmiş ama Carlisle'a söz vermişti. Edward; Carlisle, Esme ve bana, Alistar'ın burada olmaktan korktuğunu ama sonuçları bilmekten daha da çok korktuğunu söylemişti. Otoritelerden oldum olası şüphe etmişti ve doğal olarak Volturiler'den de şüphe ediyordu. Şimdi olanlarsa korktuğu şeyleri doğruluyordu.

Çatıya çıkıp, "Tabii ki burada olduğumu bilecekler," diye kendi kendine söylendiğini duyduk, burası onun somurtma mekânıydı. "Aro'dan bunu gizlemek olanaksız. Yüzyıllarca kaçmak demek olur bu. Carlisle'ın son on yılda konuştuğu herkes listede olacak. Kendimi böyle bir şeye sürüklediğime inanamıyorum. İnsan arkadaşından böyle bir şey ister mi!"

Ama eğer Volturiler'den kaçmak konusunda haklıysa, en azından bu konuda hepimizden daha şanslı olduğunu söyleyebilirdim. Demetri kadar etkili ve kesin olamasa da, o da bir izciydi. Aradığı şeye doğru anlaşılmaz bir çekim duyuyordu. Ama bu çekim, ona kaçacak yönü bulmak konusunda yeterli yardımı verir ve Demetri'nin zıt yönüne doğru kaçabilirdi.

Sonra beklenmedik bir çift arkadaş daha geldi. Beklenmedikti çünkü ne Carlisle ne de Rosalie Amazonlarla bir iletişim kurabilmişlerdi.

"Carlisle," dedi kediye benzeyen kadınlardan daha uzun olanı. İkisinin de uzun kolları, bacakları, parmakları, uzun siyah saç örgüleri, uzun burunları ve uzun yüzleri vardı. Hayvan derisinden başka bir şey giymiyorlardı. Onları vahşi gösteren sadece giydikleri acayip kıyafetleri değildi, kıpkırmızı, huzursuz gözlerinden, ani hareketlerine kadar her şeyleri vahşiydi.

Ama onları Alice göndermişti ve, kibar bir tabirle, bunu öğrenmek ilginç olmuştu, Alice'in Güney Amerika'da ne işi vardı? Sırf kimse Amazonlara ulaşamıyor diye mi gitmişti oraya?

"Zafrına ve Senna! Ama Kachiri nerede?" diye sordu Carlisle. "Siz üçünüzü hiç ayrı görmemiştim."

"Alice ayrılmamız gerektiğini söyledi," diye cevapladı Zafrina, görüntüsüne uyan kaba, derin bir sesle. "Birbirimizden ayrı olmak rahatsızlık veriyor ama Alice bize ihtiyacınız olduğunu söyledi, kendisinin de Kachiri'ye başka bir yerde ihtiyacı vardı. Bize söylediği tek şey buydu, bir de acele etmemiz gerektiği...?" Zafrina'nın sözleri sonunda bir soruya dönüştü ve bunu sık sık yaptığım için artık bir alışkanlık haline gelmiş olsa da, yine de azalmayan bir titremeyle Renesmee'yi yanlarına getirdim.

Korkunç görüntülerine rağmen sakinlik içinde hikâyemizi dinlediler ve sonra Renesmee'nin onlara gösterdiği kanıtı izlediler. Diğerleri gibi onlar da Renesmee'den etkilenmişlerdi ama yine de Renesmee'nin yanında oluşları beni endişelendiriyordu. Senna sürekli Zafrina'nın yakınındaydı ama konuşmuyordu. Ama Amun ve Kebi gibi de değillerdi. Kebi'nin tavrı itaatkârdı, Senna ve Zafrina ise aynı organizmanın iki farklı organı gibiydiler, ağzın olduğu tarafta Zafrina vardı.

Başta tuhaf gelse de, Alice'le ilgili haberler rahatlatıcıydı. Aro'nun onun için planladığını engellemek için anlaşılmaz bir görevin peşinde olduğu belliydi.

Edward, Amazonların bizim tarafımızda olduğunu duyunca heyecanlanmıştı çünkü Zafrina müthiş yeteneklere sahipti. Tabii ki Edward Zafrina'dan bizimle savaşmasını istemiyordu ama Volturiler tanıklarımızı görmek için durmazlarsa, başka bir şekilde durdurulabilirlerdi.

"Çok gerçekçi bir illüzyon," diye açıkladı Edward, yine benim her zamanki gibi göremediğim anlaşılınca. Zafrina benim bağışıklığımdan etkilenmişti, daha önce görmediği bir şey olduğunu söylemişti. Edward bana ne kaçırdığımı anlatırken, o da huzursuzca dolanıyordu. Edward konuşurken, bazen gözlen boşluğa bakar gibi görünüyordu. "İnsanlara görmelerim istediği şeyi gösteriyor, yalnızca ve yalnızca istediği şeyi görmelerim sağlıyor. Örneğin şimdi ben bir yağmur ormanında yalnızım. Kollarımda seni hissetmiyor olsam, buna o kadar net bir şekilde inanabilirim ki."

Zafrina gülümsedi. Bir saniye sonra Edward'ın gözleri tekrar odaklandı ve o da gülümsedi.

"Etkileyici," dedi.

Renesmee, konuşmadan büyülenmiş bir şekilde korkusuzca Zarfina'ya uzanıyordu.

"Ben de görebilir miyim?" diye sordu.

"Ne görmek istersin?" dedi Zafrina.

"Babama gösterdiğini."

Zafrina başıyla onayladıktan sonra Renesmee'nin gözlerinin de boşluğa baktığını gördüm. Bir saniye sonra Renesmee de gülümsedi.

"Daha çok," dedi.

Artık Renesmee'yi Zafrina'dan ve *tatlı resimlerden* uzak tutmak zordu. Endişeleniyordum çünkü Zafrina'nın hiç de tatlı olmayan resimler gösterebildiğini de biliyordum. Ama Renesmee'nin düşüncelerine bakınca Zafrina'nın görüntülerini ben de görebiliyordum, Renesmee'nin kendi hatıraları kadar netti, gerçek gibiydi. Böylece uygun olup olmadıklarına karar verebiliyordum.

Onu kucağımdan kolay kolay indirmesem de, Zafrina'nın Renesmee'yi eğlendirmesi iyi bir şey olduğunu kabul ediyordum. Ellerime ihtiyacım vardı. Öğrenecek çok şeyim vardı, hem fiziksel hem zihinsel olarak. Ve önümüzdeki zaman da çok kısaydı.

İlk dövüş öğrenme deneyimim iyi gitmedi.

Edward beni iki saniyede yere sermişti. Ama güreşmem için izin vermek yerine, ki bunu kesinlikle yapabilirdim, benden uzaklaştı. Hemen yanlış bir şey olduğunu anladım, hâlâ taş gibi donmuş bir halde karşıya bakıyordu.

"Üzgünüm Bella," dedi.

"Yo, ben iyiyim," dedim. "Hadi tekrar deneyelim."

"Yapamam."

"Ne demek yapamam? Daha yeni başladık."

Cevap vermedi.

"Bak, iyi olmadığımı biliyorum ama bana yardım etmezsen daha iyi olamam ki."

Hiçbir şey demedi. Oyun olsun diye ona vurdum. Hiçbir savunma göstermedi ve ikimiz de yere düştük. Dudaklarımı boynuna bastırdığımda hiç kımıldamadı.

"Ben kazandım," dedim.

Gözlerini kıstı ama hiçbir şey demedi.

"Edward? Sorun nedir? Neden bana öğretmiyorsun?"

Bir dakika geçti.

"Sadece...dayanamıyorum. Emmett ve Rosalie de benim kadar biliyorlar. Tanya ve Eleazar daha bile fazla. Başkasına sor."

"Bu hiç de adil değil! Sen bu işte iyisin. Daha önce Jasper'a yardım etmiştin, onunla ve diğerleriyle de dövüşmüştün. Neden ben? Neyi yanlış yaptım?"

Sabrı taşmış gibi iç çekti. Gözleri altın gibi değil daha koyu bir renkti şimdi.

"Sana öyle bakmak, hedef olarak görmek... Seni öldürebileceğim bütün yolları görmek..." İrkildi. "Bu her şeyi benim için daha gerçek yapıyor. Öğretmeninin kim olduğunun bir fark yaratacağı kadar vaktimiz yok. Herkes sana temel şeyleri gösterebilir."

Kaşlarımı çattım.

Dudağıma dokundu ve gülümsedi. "Hem zaten Volturiler duracaklar. Anlamalarını sağlayacağız."

"Ama ya durmazlarsa! Öğrenmem gerekiyor."

"Başka bir hoca bul."

Bu konu hakkındaki son konuşmamız bu olmadı ama onu bu kararından hiç caydıramadım.

Emmett öğretmeye daha istekliydi ama bu bana daha çok kaybettiği bilek güreşlerinin intikamı gibi geliyordu. Eğer hâlâ morarabiliyor olsaydım baştan aşağı mosmor olurdum. Rose, Tanya ve Eleazar sabırlı ve destekleyici oldular. Bu bana, Jasper'ın geçen haziran diğerlerine dövüş talimatları verdiği zamanı hatırlatmıştı. Bazı misafirler de eğitimimi eğlendirici bulmuş ve kimisi yardım teklif etmişti. Göçebe Garrett birkaç kere denedi, şaşırtıcı bir şekilde iyi bir öğretmendi. Çevresindekilerle çok kolay iletişim kuruyordu, kendine bir aile bulmamasına şaşırmıştım. Bir kez Zafrina'yla bile dövüştüm, Renesmee de Jacob'ın kucağından bizi izledi. Birkaç numara öğrendim ama bir daha ondan yardım istemedim. İşin aslı, Zafrina'yı çok seviyordum ve beni gerçekten incitmeyeceğini biliyordum ama yine de bu vahşi kadın beni çok korkutuyordu.

Hocalardan çok şey öğrendim ama bilgilerim sadece temel şeylerdi. Alec ya da Jane'e karşı kaç saniye dayanabileceğime dair hiçbir fikrim yoktu.

Renesmee'yle olmadığım ya da dövüşmeyi öğrenmediğim her dakika, arka bahçede Kate'le çalıştım. İç kalkanımı dışarı çıkarıp başka birim daha korumak için. Edward, eğitim konusunda beni cesaretlendiriyordu. Katkıda bulunmaktan dolayı memnun olduğunu biliyordum ama bir yandan da savaş alanından uzakta durmamı istiyordu.

Çok zordu. Tutunacak, üzerinde çalışılacak somut bir şey yoktu. Yalnızca bir işe yaramak arzusu vardı, Edward'ı, Renesmee'yi ve ailemden olabildiğince insanı benimle koruyabilme arzusu... Defalarca kez o bulanık kalkanı dışıma çıkarmayı denedim, tek tük zayıf başarılarım oldu. Bu sanki görünmez, plastik bir bandı esnetmeye benziyordu. Öyle bir banttı ki, katı haldeyken aniden gaz haline geçebiliyordu.

Edward'dan başka kimse kobayımız olmak istememişti. Ben akılımın derinlikleriyle boğuşurken, o, defalarca Kate'in gönderdiği şoka maruz kalmıştı. Saatlerce çalışıyorduk, bütün bu uğraş beni zihnen çok yoruyordu.

İşe yaramaz kollarım arasında Edward'ın, Kate'in şokları yüzünden canının yanması beni kahrediyordu. Kalkanımı ikimizin çevresine açmaya çalışıyordum. Arada bir yapabilsem de, hemen sonra yeniden kaybediyordum.

Bu egzersizden nefret ediyordum. Kate yerine Zafrina yardım etse daha iyi olur, diye düşünüyordum. O zaman Edward'ın yapacağı tek şey ben engelleyene kadar Zafrina'nın görüntülerini izlemek olurdu. Ama Kate daha iyi bir motivasyon kaynağına ihtiyacım olduğu konusunda ısrar etmişti, bu da Edward'ın incindığini görmekten nefret etmekti. Bana ilk gün yeteneğini sadist amaçlar için kullanmadığını söylemişti ama şimdi bundan şüphelenmeye başlamıştım, sanki bundan zevk alıyor gibiydi.

"Hey," dedi Edward neşeyle, sesindeki gerilimi gizlemeye çalışarak. Beni dövüşten uzak tutacak her şeye vardı. "Bu sonuncu fazla acıtmadı. İyi gidiyorsun, Bella."

Derin bir nefes alıp doğru yaptığım şeyi anlamaya çalıştım. Esnek bandı test ettim, onu katı fazda tutmaya çalışarak çevremde esnetmeye çalışıyordum.

'Yeniden Kate," dedim dişlerimin arasından.

Kate elini Edward'ın omzuna koydu.

Edward rahat bir nefes aldı. "Hiçbir şey olmadı."

Kate tek kaşını kaldırdı. "Düşük bile değildi."

"İyi," dedim.

"Hazırlan," dedi ve Edward'a tekrar dokundu.

Bu sefer Edward ürperdi ve dişlerinin arasından alçak bir tıslama çıktı.

"Üzgünüm! Üzgünüm! Üzgünüm!" diye bağırdım, dudaklarımı ısırarak. Neden doğru yapamıyordum ki şunu?

"Harika gidiyorsun, Bella," dedi Edward beni sıkıca kendine çekerek. 'Yalnız birkaç gündür çalışıyorsun ve şimdiden ara sıra yansıttığın oluyor. Kate ona ne kadar iyi gittiğini söylesene."

Kate dudak büzdü. "Bilmiyorum. Muazzam bir yeteneği olduğu belli ve daha bu yeteneğe yeni yeni dokunmaya başladık. Daha iyisini yapabilir, eminim. Yalnızca onu teşvik edecek bir şey yok."

Ona inanamayarak baktım, dudaklarım ister istemez gerilmişti. O yanımda Edward'ı şok ederken nasıl motivasyonum olduğunu düşünmezdi ki?

Bizi izleyenler arasında mırıldanmalar oldu. Önce Eleazar, Carmen ve Tanya gelmişti, sonra Garrett da onlara katıldı, sonra Benjamin ve Tıa, Siobhan ve Maggie ve şimdi Alıstar bile üçüncü katın camından bizi dikizliyordu. Edward'a katılıyor, iyi gittiğimi düşünüyorlardı.

"Kate... " dedi Edward, onu uyaran bir ses tonuyla ama o çoktan harekete geçmişti. Zafrina, Senna ve Renesmee'nin yavaşça yürüdükleri, ırmağın kıyısına fırladı. Renesmee, Zafrina'nın elini tutuyordu ve görüntüleri değiş tokuş edip duruyorlardı. Jacob ise birkaç adım arkalarından onları izliyordu.

"Nessie," dedi Kate, yeni gelenler de bu sinir bozucu takma isme alışmışlardı. "Annene yardım etmek ister misin?"

"Hayır," dedim hırlar gibi.

Edward beni yatıştırmak için sarıldı. Ama Renesmee, Kate, Zafrina ve Senna ile bana doğru gelirken kollarından çıktım.

"Kesinlikle hayır, Kate," diye tısladım.

Renesmee bana uzandı. Hemen kollarımı açtım ve o da başını omzuma gömdü.

"Ama anneciğim, ben de yardım etmek istiyorum," dedi kararlı bir sesle, bir yandan da bana ikimizin bir takım olduğu resimler gösteriyordu.

"Hayır," dedim hemen çekilerek. Kate bana yaklaşmıştı, eli bize uzanmış bir halde duruyordu.

"Bizden uzak dur, Kate," diye uyardım onu.

"Hayır." Gelmeye devam etti. Bir avcı gibi gülümsüyordu.

Renesmee'yi sırtıma aldım, hâlâ Kate'den uzaklaşmaya devam ediyordum. Artık ellerim serbestti ve Kate ellerini uzatmaktansa bizden uzak dursa iyi ederdi.

Herhalde Kate anlayamıyordu, bir annenin çocuğuna karşı hissettiklerini bilemezdi. Ne kadar ileri gittiğinin farkında değildi. Öyle öfkelenmiştim ki, görüşüm tuhafça kızıla çalan bir renge dönmüş, dilime yanan metal tadı gelmişti. Bastırmaya çalıştığım gücüm kaslarımda akmaya başlamıştı ve eğer beni zorlarsa onu elmas parçaları gibi ezeceğimi biliyordum.

Öfke, varlığımın her parçasının ona odaklanmasına sebep olmuştu. Şimdi kalkanımın esnekliğini daha iyi hissedebiliyordum. Onun banttan çok, beni baştan aşağı saran bir katman olduğunu hissediyordum. Öfkenin tüm vücudumda dalgalanmasıyla şimdi onu daha iyi anlıyor, daha iyi tutuyordum. Kate'in gardımı geçme ihtimaline karşı, kalkanı dışıma doğru esnettim ve Renesmee'yi de içine aldım.

Kate başka bir adım daha attı ve dişlerimin arasından boğazımı yırtan hırçın bir hırlama çıktı.

"Dikkat et, Kate," diye uyardı Edward onu.

Kate bir adım daha attı ve benim kadar acemi birinin bile fark edebileceği bir hata yaptı. Benden az ilerideyken, dönüp Edward'a baktı.

Renesmee arkamda güvendeydi.

"Nessie'den bir şey duyabiliyor musun?" diye sordu Kate ona, sesi sakındı.

Edward, Kate'le aramıza girdi.

"Hayır, hiçbir şey duymuyorum," diye cevap verdi. "Şimdi Bella'dan biraz uzaklaş da sakinleşsin Kate. Onu böyle kışkırtmamalısın. Biliyorum, yeni doğan bir vampir gibi değil ama o sadece birkaç aylık."

"Bunu kibarca yapacak zamanımız kalmadı, Edward. Onu zorlamak zorundayız. Yalnız birkaç haftamız var ve onun bütün bunları yapabilecek potansiyeli – "

"Bir dakika çekil, Kate."

Kate yüzünü astı ama Edward'ın uyarısını benimkinden daha ciddiye almıştı.

Renesmee'nin eli boynumdaydı, Kate'in saldırısını düşünüyordu ve bana bir zarar vermek istemediğini, babacığının da bu işin içinde olduğunu gösteriyordu.

Bu beni sakinleştirmedi. Işık yelpazesi hâlâ kırmızıya bulanmış bir haldeydi. Ama şimdi kendimi daha iyi kontrol edebiliyor ve Kate'ın sözlerindeki anlamı görebiliyordum. Öfke bana yardım etmişti. Baskı altında daha çabuk öğrenecektim.

Ama bu, bu durumdan hoşlandığım anlamına gelmiyordu.

"Kate," diye gürledim. Elimi Edward'ın sırtına koydum. Kalkanımın hâlâ Renesmee ve benim etrafımızda güçlü ve esnek olduğunu hissedebiliyordum. Onu iterek Edward'ı da sarmasına çabaladım. "Yeniden," dedim Kate'e. Bu sefer sesimde öfke yoktu. "Yalnızca Edward'a."

Edward'ın omzuna dokundu.

"Hiçbir şey hissetmedim," dedi Edward. Sesindeki gülümsemeyi duyabiliyordum.

'Ya şimdi?" diye sordu Kate.

'Yine bir şey yok."

"Şimdi?" Bu sefer sesi daha sert çıkmıştı.

"Hiçbir şey."

Kate homurdandı ve geri çekildi.

"Bunu görebiliyor musun?" diye sordu Zafrina, üçümüze bakarak.

"Görmemem gereken bir şey görmüyorum," dedi Edward.

"Ya sen Renesmee?"

Renesmee gülümsedi ve Zafrina başını salladı.

Öfkem neredeyse tümüyle çekilmişti ve dişlerimi kenetleyip daha hızlı nefes alarak esnek kalkanı dışarı itmeye başladım. Ne kadar tutarsam o kadar ağırlaşıyor gibiydi. Geri çekip içeri doğru sürükledim.

"Panik yapmayın," diye uyardı Zafrina, beni izleyen diğer vampirleri. "Ne kadar genişletebileceğim görmek istiyorum."

Herkes şok olmuş bir halde bakıyordu; Eleazar, Carmen, Tanya, Garrett, Benjamin, Tia, Siobhan, Maggie; yani Zafrina her ne yapıyorsa ona hazırlıklı olan Senna hariç herkesin bakışları boş ve yüz ifadeleri gergindi.

"Görüşünüz geri geldiğinde elinizi kaldırın," dedi Zafrina. "Şimdi Bella. Kaç kişiyi kalkanına aldığını görebilirsin."

Edward ve Renesmee'den sonra en yakınımda duran Kate'ti ama o bile üç metre uzaktaydı. Çenemi kilitleyip kalkanı daha uzağa yaymaya çalıştım. Santim santim Kate'e doğru sürükledim, ilerledikçe ortaya çıkan tepkilere karşı direnmeye çalışıyordum. Kate'in gergin ifadesini izleyerek ilerledim ve gözlerini kırpıştırıp tekrar odaklayabildiğinde rahat bir nefes aldım.

"Büyüleyici!" diye mırıldandı Edward. "Sanki tek taraflı cam gibi. Düşündüklerini okuyabiliyorum ama onlar bana erişemiyor. Ve dışarıdayken duyamamama rağmen şimdi Renesmee'yi duyuyorum. Eminim Kate de şimdi bu şemsiyenin altında bana şok verebilir. Ama seni hâlâ duyamıyorum... Nasıl oluyor acaba? Eğer..."

Kendi kendine mırıldanmaya devam etti ama onu dinleyecek halde değildim. Dişlerimi sıktım, kalkanı Kate'e en yakın olan Garrett'a ulaştırmaya çalışıyordum. Elini kaldırdı.

"Çok iyi," dedi Zafrina. "Şimdi – "

Ama çok erken konuşmuştu. Zor bir nefesle, kalkanımın fazla esnemiş bir bant gibi asıl şekline döndüğünü hissettim. Renesmee ilk kez Zafrina'nın diğerlerine gösterdiği körlüğü gördü ve sırtımda titremeye başladı. Yorgun bir halde, onu da alacak şekilde kalkanı tekrar esnetmeye çalıştım.

"Bir dakika verir misiniz?" dedim hızla nefes alarak. Vampir olduğumdan beri dinlenmeye hiç ihtiyaç duymamıştım. Bu kadar bitkin ve aynı zamanda da güçlü hissetmek sinir bozucuydu.

"Tabii," dedi Zafrina ve diğerlerine görüşlerini verdi.

"Kate," diye seslendi Garrett diğerleri mırıldanmaya başlamışken. Garrett aslında egzersizlerime katılan ve yeteneği olmayan tek vampirdi. Bu maceraperesti neyin cezp ettiğini merak etmiştim.

'Yapma Garrett," diye uyardı Edward.

Garrett buna rağmen Kate'e doğru yürümeye devam etti, dudakları büzülmüştü. "Senin bir vampiri yere yatırabileceğini söylediler."

"Evet," dedi. Sonra muzip bir gülümsemeyle parmaklarını ona doğru uzattı. "Merak ediyor musun?"

Garrett omuz sılktı. "Daha önce hiç böyle bir şey görmedim. Abartılmış olabilir gibi geliyor..."

"Belki de," dedi Kate, sesi birden ciddileşmişti. "Belki sadece güçsüz ya da genç vampirlerde işe yarıyordun Emin değilim. Gerçi sen güçlü görünüyorsun. Herhalde yeteneğime dayanırdın." Davet eder gibi elini uzattı. Yüz ifadesinden onu dövüş için kışkırttığını anlayabiliyordum.

Garrett, bu meydan okumaya sırıtarak karşılık verdi. Kendinden emin bir şekilde işaret parmağıyla Kate'in avucuna dokundu.

Sonra yüksek sesle nefes alarak dizlerinin üzerine, sonra da geriye düştü. Başı bir granit parçasına çarptı ve keskin bir çatlama sesi duyuldu. Bunu izlemek şok ediciydi. Bir ölümsüzün o şekilde aciz kaldığını görmek beni ürkütmüştü.

"Sana demiştim," diye söylendi Edward.

Garrett'ın gözleri birkaç saniye titredi, sonra tekrar açıldı.

Yüzünde meraklı bir gülümsemeyle dönerek sırıtan Kate'e baktı.

"Vay canına," dedi.

"Hoşuna gitti mi?" diye sordu Kate, alaycı bir ses tonuyla.

"Deli değilim," diye güldü Garrett, yavaşça kalkmaya çalışırken, "ama bu gerçekten iyiydi!"

"Ben de öyle duymuştum."

Edward gözlerini devirdi.

Sonra ön taraftan bir koşuşturma duyduk. Carlisle'ın şaşkın bir sesle konuştuğunu duyuyordum.

"Sizi Alice mi gönderdi?" diye soruyordu birine, sesi şüpheli, biraz da üzgündü.

Başka beklenmedik bir misafir daha mı?

Edward ön tarafa koşarken diğerleri de onu takip etti. Ben daha yavaş gittim,. Renesmee hâlâ sırtımdaydı. Carlisle'a biraz zaman verebilirdim. Yeni misafiri hazırlaması ve bir fikir vermesi için.

Mutfak kapısından dikkatle içeri girerken Renesmee'yi kollarıma aldım. Bir yandan da konuşmalarını dinliyordum.

"Bizi kimse göndermedi," dedi derin, fısıltılı bir ses. Aro ve Caius'un seslerini hatırlayıp olduğum yerde donakaldım.

Ön odanın kalabalık olduğunu biliyordum, neredeyse herkes yeni misafiri görmek için oraya gitmişti ama hiç gürültü yoktu.

Carlisle'ın sesi sakin ve tedbirliydi. "O zaman sizi buraya getiren nedir?"

"Dünya seyahati," dedi başka bir ses, diğeri kadar çatlak bir sesti bu da. "Volturiler'in size doğru geldiğini duyduk. Ve yalnız olmayacağınıza dair başka fısıltılar da vardı. Demek ki doğruymuş. Bu etkileyici bir toplantı olmuş."

"Volturiler'e meydan okumuyoruz," dedi Carlisle gergin bir ses tonuyla. "Bir yanlış anlaşılma olmuş, hepsi bu. Tabii, çok ciddi bir şey bu ama düzelteceğimizi umuyoruz. Burada gördüğünüz vampirler bizim tanıklarımız. Volturiler'in sadece bizi dinlemelerini istiyoruz. Biz - "

"Ne yaptığınızı düşündükleri umurumuzda değil," diye sözünü kesti ilk ses. "Ve yasayı ihlal etmiş olmanız da."

"Bunu dikkat çekici bir şekilde yapmış olmanıza rağmen," diye ekledi ikinci ses.

"Bir buçuk milenyumdur o beş para etmez Italyanlar'a meydan okumak için bekliyorduk," dedi ilki. "Eğer düşmeleri için bir şans varsa, bunu görmek isteriz."

"Bunun için yardım bile edebiliriz," dedi ikincisi. Akıcı bir şekilde, hiç durmadan konuşuyorlardı. Keskin olmayan bir kulak aynı kişinin konuştuğunu sanabilirdi. "Eğer başarılı olabileceğimizi düşünürsek."

"Bella?" diye seslendi Edward. "Renesmee'yi getir lütfen. Belki de Rumen ziyaretçilerimizin iddialarını test etmeliyiz."

Rumenler Renesmee'den hoşlanmazlarsa, içerideki vampirlerin yarısının onu koruyacaklarını biliyor olmak iyiydi. Seslerini ve sözlerindeki o tehditkâr tonu sevmemiştim. Odaya girdiğimde, birçok kişinin de benimle aynı fikirde olduğunu gördüm. Hareketsiz vampirlerin birçoğu düşmanca gözlerle bakıyorlardı ve Carmen, Tanya, Zafrina ve Senna da belli belirsiz savunmacı bir pozla kendilerini Renesmee ve yeni misafirler arasına yerleştirmişlerdi.

Kapıdaki vampirler ufak tefektiler biri siyah saçlı, diğeri de sarışındı. Sarışının saçları öyle değişik bir tondaydı ki solgun gri gibi görünüyordu. Yüzlerinde Volturiler gibi tozlu bir görüntü vardı ama onlarınki kadar belirgin değildi. Emin olamıyordum çünkü Volturiler'i sadece insan gözlerimle görmüştüm, bu yüzden iyi bir karşılaştırma yapamıyordum. Keskin, kısık gözleri şarap rengiydi. Basit siyah giysiler giyiyorlardı. Bu giysiler modern görünüşlü olsa da eski tasarımların izlerini taşıyordu.

Esmer olan odaya girdiğimde sırıttı. "Şuna da bak! Carlisle, sanki biraz yaramazlık yapmışsın, değil mi?"

"Düşündüğün gibi değil, Stefan."

"Zaten umurumuzda değil," dedi sarışın olan. "Dediğimiz gibi."

"O zaman inceleyebilirsiniz Vladimir ama Volturiler'e meydan okumayı planlamıyoruz. Dediğimiz gibi."

"O zaman dua ederiz," diye başladı Stefan.

"Ve şanslı olmayı dileriz," diye bitirdi Vladimir.

* * *

Sonuç olarak on yedi tanığımız olmuştu. İrlandalı Siobhan, Liam ve Maggie; Mısırlı Amun, Kebi, Benjamin ve Tia; Amazonlar Zafrina ve Senna; Rumen Vladimir ve Stefan ve göçebeler Charlotte, Peter, Garrett, Alistar, Mary ve Randall ailemize ekleniyordu. Tanya, Kate, Eleazar ve Carmen de ailenin parçası olarak sayılmakta ısrar etmişlerdi.

Bu grup, ölümsüzler tarihinde yapılan ilk dostça bir araya gelme olmuştu. İşin Volturi kısmını düşünmezsek...

Hepimiz biraz olsun umutlanmaya başlamıştık. Ben bile. Renesmee bu kadar kısa zamanda kaç kişinin gönlünü kazanmıştı. Volturiler ufacık bir saniye dinleseler...

Rumenler'in sağ kalan son iki üyesi, on beş yüzyıl önce imparatorluklarını yıkanlara olan buruk kinlerine odaklanmışlardı. Renesmee'ye dokunmadılar ama ona nefret de göstermediler. Kurt adamlarla olan birliğimiz için de gizemli bir şekilde memnundular. Zafrina ve Kate yardımıyla kalkanımla yaptığım egzersizleri izlediler, Edward'ın duyulmayan soruları cevaplamasını izlediler, Benjamin'in aklıyla nehirden su alıp havadan keskin bir rüzgâr yapışını izlediler ve gözleri ateşli bir umutla parlamaya başladı. Volturiler nihayet güçlerine uygun bir karşılık bulacaklardı.

Biz aynı şeyleri ummuyorduk ama sonuçta hepimizin içinde umut vardı.

33. SAHTE KİMLİKLER

"Charlie, şu *gerektiği kadar bilme* işine uymamız gerekiyor. Biliyorum, Renesmee'yi görmeyeli bir haftadan fazla oldu ama bizi şimdi ziyaret etmen hiç de iyi bir fikir değil. Benim, Renesmee'yi sana getirmeme ne dersin?"

Charlie o kadar sessiz kalmıştı ki görünenin altında kalan anlamı kavradı mı, diye merak ettim.

Ama sonra konuştu, "Bilmem gerekmiyor." Bu kadar yavaş tepki vermesinin sebebinin, kendisini doğaüstü şeylerden sakınması olduğunu anlamıştım.

"Tamam, ufaklık," dedi Charlie. "Onu bu sabah getirebilir misin? Sue bana yemek getirecek. O da benim yemek yapmam konusunda senin olduğun kadar endişeli."

Charlie güldü ve eski günleri hatırlayıp iç çekti.

"Bu sabah uygun." Ne kadar çabuk o kadar iyi. Bunu zaten çok ertelemiştim.

"Jake de sizinle gelecek mi?"

Charlie kurt adamların mühürlenme olayını bilmese bile, kimse Jacob ve Renesmee arasındaki bağdan bihaber olamazdı.

"Muhtemelen." Jacob'ın Renesmee'yi kan emiciler olmadan görme şansını isteyerek kaçıracağını hiç sanmıyordum.

"Belki Billy'yi de çağırmalıyım," dedi Charlie. "Ama... Hımm. Belki başka zaman."

Charlie'nin söylediklerine çok dikkat etmiyordum ama Billy'den bahsettiğinde nasıl gönülsüz olduğunu fark etmiştim. Bunu çok önemsemedim. Charlie ve Billy yetişkin insanlardı; eğer aralarında bir şey olduysa, bunu kendileri halledebilirlerdi. Benim zaten saplantı haline getirecek çok fazla önemli şeyim vardı.

"Birazdan görüşürüz o zaman," deyip kapattım.

Bu yolculuk babamı yirmi yedi vampirden korumaktan fazlası içindi, gerçi onlar bahsettiğimiz sınırların içinde kalan kimseyi öldürmeyeceklerine dair söz vermişlerdi ama yine de... Hiçbir insanın bu grubun içine düşmemesi gerekiyordu. Edward'a söylediğim bahane buydu: O buraya gelmesin diye, Renesmee'yi Charlie'ye götürecektim. Bu evden ayrılmak için iyi bir bahaneydi ama gerçek nedenim kesinlikle bu değildi.

"Neden senin Ferrari'yi alamıyoruz ki?" diye şikâyet etti Jacob garajda buluştuğumuzda. Ben çoktan Renesmee'yle birlikte Edward'ın Volvo'suna binmiştim.

Edward bana *soma arabasını* vermişti ama tahmin ettiği üzere onun beklediği hevesi göstermemiştim. Tabii ki güzel ve hızlıydı ama ben koşmayı seviyordum.

"Fazla dikkat çekici," diye cevap verdim. "Yaya olarak da gidebilirdik ama bu da Charlie'yi korkutabilir."

Jacob söylendi ama yine de ön koltuğa oturdu. Renesmee benim kucağımdan onunkine geçti.

"Nasılsın?" diye sordum ona garajdan çıkarken.

"Sence?" diye sordu Jacob. "Şu pis kokulu kan emicilerden bıktım." Yüz ifademi görünce ben konuşmadan devam etti. "Tamam, biliyorum, biliyorum. Onlar iyi adamlar, yardım etmek için buradalar, bizi kurtaracaklar, falan filan. İstediğini söyle, yine de Dracula Bir ve Dracula İki insanın tüylerini ayağa dikiyor."

Gülümsedim. Rumenler benim de en sevdiğim misafirler sayılmazdı. "Bu konuda sana karşı çıkamam."

Renesmee de kafasını salladı ama bir şey demedi, bizim aksimize Rumenler'i tuhaf bir şekilde büyüleyici buluyordu. Ona dokunmadıkları için onlarla sesli konuşmuştu. Alışılmadık tenleri hakkında sorular sormuştu, alınacaklarından korkmama rağmen sormasına sevinmiştim çünkü ben de çok merak etmiştim.

Bu ilgisine bozulmamışlardı.

"Çok uzun bir süre hareketsiz durduk, çocuğum," diye cevaplamıştı Vladimir. "Kendi ilahiliğimizi seyre daldık. Her şeyin bize gelmesi bir işaretti. Avlar, diplomatlar, bizden iyilik isteyenler. Tahtlarımıza oturduk ve kendimizi tanrı sandık. Uzun bir süre değiştiğimizi fark etmedik, neredeyse taş kesilmiştik. Sanırım Volturiler kalelerimizi yakarken aslında bize bir iyilik yapmış oldular. Stefan ve ben, en azından, taşlaşmaya devam etmedik. Şimdi Volturiler'in gözleri tozla dolu ama bizimkiler parlak. Sanırım bu gözlerini oyuklarından çıkarırken bizim için bir avantaj olacak."

Bunu duyduktan sonra Renesmee'yi onlardan uzak tutmaya çalışmıştım.

"Charlie'yle ne kadar kalacağız?" diye sordu Jacob düşüncelerimi dağıtarak. Evden ve misafirlerden uzaklaşırken gözle görülür şekilde rahatlıyordu. Beni vampir olarak görmemesine sevinmiştim. Ben hâlâ sadece Bella'ydım.

"Aslında biraz kalacağız."

Sesimdeki değişik ton dikkatini çekmişti.

"Babamı ziyaretimiz haricinde olan başka bir şeyler mi var?"

"Jake, Edward'ın yanındayken düşüncelerini kontrol etme konusunda çok iyisin ya... "

Kaim kaşlarından biri kaldırdı. "Eee?"

Sadece Renesmee'ye bakarak başımı sallamakla yetindim. Renesmee camdan dışarı bakıyordu ve konuşmamızla ne kadar ilgilendiğini anlayamıyordum ama daha ileri giderek riske atmak da istemiyordum.

Jacob bir şeyler eklememi bekledi ve söylediklerimi düşünürken dudaklarını büzdü.

Sessizce ilerlerken, lensler yüzünden gözlerimi kısarak bakıyordum. Gözlerimin rengi şimdi kesinlikle baştaki kadar korkunç değildi, kıpkırmızıdan kırmızımsı bir turuncuya dönmüştü. Yakında lenslerden kurtulabileceğim kadar koyu sarı olurdu, umarım Charlie bu değişiklikten rahatsız olmazdı.

Charlie'ye vardığımızda Jacob hâlâ yarım kalan konuşmamızı düşünüyordu. Yağmurda, insan adımlarıyla yürürken de konuşmadık. Babam bizi bekliyordu ve kapıyı çalmadan açtı.

"Selam çocuklar! Sanki yıllar oldu! Ah Nessie, şu haline bak! Dedeye gel bakalım! Yemin ederim büyümüşsün sen. Zayıf görünüyorsun, Ness." Bana bir bakış attı. "Yoksa seni orada iyi beslemiyorlar mı?"

"Sadece büyüme şekli," diye söylendim. "Selam Sue," diye seslendim içeriye doğru. Mutfaktan tavuk, domates, sarımsak ve peynir kokusu geliyordu, herhalde bu koku benden başka herkese güzel geliyor olmalıydı.

Renesmee gülümsedi ve gamzeleri ortaya çıktı. Charlie'nin önünde hiç konuşmamıştı.

"Hadi soğukta kalmayın çocuklar. Damadım nerede?"

"Arkadaşlarını eğlendiriyor," dedi Jacob, gülerek. "Bu döngünün içinde olmadığın için çok şanslısın, Charlie. Tek söyleyebileceğim bu."

Jacob'a hafifçe vurduğumda Charlie irkildi.

"Ah," diye söylendi Jacob. Ben hafifçe vurdum sanmıştım.

"Aslında Charlie, benim de yapacak işlerim var."

Jacob bana baktı ama bir şey demedi.

"Noel alışverişini mi geciktirdin, Bells? Biliyorsun sadece birkaç günün kaldı."

"Ha, evet Noel alışverişi," dedim. Charlie de ağacı kuruyor olmalıydı, ambalaj tozu kokusunun sebebi bu olmalıydı.

"Merak etme Nessie," diye fısıldadı Renesmee'nin kulağına. "Eğer annen yetiştiremezse bana güvenebilirsin."

Gözlerimi devirdim, açıkçası hiç de Noel'i falan düşünmüyordum.

"Yemek hazır," diye seslendi Sue mutfaktan. "Haydi çocuklar."

"Görüşürüz baba," derken Jacob'la da çabucak bakıştık. Bunu Edward'ın yanında düşünse bile, paylaşacağı fazla bir şey olmayacaktı. Ne yapacağıma dair hiçbir fikri yoktu.

Aslında arabaya giderken benim de ne yapacağıma dâir çok da fikrim yoktu.

Yollar kaygan ve karanlıktı ama araba kullanmak artık beni korkutmuyordu. Reflekslerim bu iş için uygundu ve yola pek de dikkat etmiyordum. Sorun hızımın dikkat çekmemesine çalışmaktı. Bugünün işini bitirip şu gizemi çözmek istiyordum böylece en önemli işim olan eğitime dönebilirdim. Kimisini korumayı, diğerlerini öldürmeyi öğrendiğim eğitime.

Kalkanımı daha iyi kullanmayı öğreniyordum. Kate'in artık beni motive etmesi gerekmiyordu çünkü anahtarın öfkelenmek olduğunu biliyor ve öfkelenecek şeyler bulmakta hiç de zorlanmıyordum. Bu yüzden Zafrina'yla çalışıyordum. İlerleyişimden memnundu. Artık bir dakikadan kısa bir zamanda üç metre kadar bir alanı kavrayabiliyordum. Bu sabah kalkanı aklımdan tümüyle çıkarabilmem üzerinde çalışmıştık. Bunun ne gibi bir fayda sağlayacağını anlamamıştım ama Zafrina bunun beni güçlendireceğini söylemişti. Yalnız kol kaslarını değil, karın ve sırt kaslarını da çalıştırıp sonunda daha fazla ağırlık kaldırabilmek gibi.

Bunda pek iyi değildim. Bana gösterdiği orman görüntüsünü sadece bir an görebilmiştim.

Ama karşılaşacağım şeylere sadece iki hafta kalmıştı ve daha önemli olan şeyleri kaçırmak istemiyordum. Bugün işe koyulacaktım.

Uygun haritaları ezberlemiştim ve internette bulamadığım J. Jenks'e ait o adresi bulmak zor olmayacaktı. Sonraki adımda Alice'in bana vermediği diğer adresteki Jason Jenks'e gidecektim.

Buranın iyi bir muhit olmadığını söylemek, durumu biraz hafifletmek olurdu. Cullenlar'ın en sıradan arabası bile burada fazla gösterişli duruyordu. Benim eski Chevrolet buraya uyabilirdi. İnsan yıllarım boyunca, kapıları kilitleyip cesaretimin el verdiği ölçüde hızla kaçabileceğim bir yerdi burası. Bu yüzden biraz büyülenmiştim. Alice'i burada hayal edemiyordum.

Binaların hepsi üç katlı ve dardı. Dairelere ayrılmış eski evlerdi. Dökülen boyalara bakınca renklerini söylemek zordu. Her şey grinin çeşitli tonlarına bürünmüştü. Çok az evin alt katında dükkân vardı: Pencereleri siyaha boyanmış pis bir bar, kapısında ışıklarla *tarot kartları* yazan bir medyum, dövmeci, ön camı bantlarla yapıştırılmış günlük bakım evi. Hiçbir odada ışık yoktu ama dışarıdaki havaya bakınca insanların kesinlikle ışığa ihtiyacı olması gerektiğini düşünmüştüm. Uzaktan gelen mırıltılı sesler, kulağa televizyon gibi geliyordu.

Çevrede insanlar vardı; iki kişi birbirlerine zıt yönlere doğru yağmurda ilerliyordu, başka biri de bir hukuk bürosunun verandasında oturmuş ıslak bir gazete okuyarak ıslık çalıyordu. Bu ıslık ortam için fazla keyifliydi.

Bu kaygısız ıslıkçı tarafından sersemlemiş olduğum için o terk edilmiş binanın aradığım adres olması gerektiğini en başta fark edemedim. Dövmeci haricinde hiçbir kapıda numara yoktu, ama burası da iki kapı ötedeydi.

Frene basıp biraz bekledim. Bir şekilde oraya girecektim ama ıshkçı beni görmeden bu nasıl olacaktı? Sonraki sokağa park edip arkadan girebilirdim... Ama orada daha fazla insan olabilirdi. Çatıdan? O kadar karanlık mıydı ki?

"Bayan," diye seslendi ıslıkçı bana.

Onu duyamıyormuş gibi camı indirdim.

Adam gazetesini indirdi. Giysileri beni şaşırtmıştı. Böyle bir çöplük için fazla iyi giyinmişti. Koku alabilmem için hiçbir esinti yoktu ama koyu kırmızı gömleği ipeğe benziyordu. Kıvırcık siyah saçları dağınıktı ama koyu teni pürüzsüz ve kusursuzdu, dişleri de beyaz ve düzdü. Tezat bir görüntüsü vardı.

"Belki de arabanızı oraya park etmemelisiniz, bayan," dedi. "Geri döndüğünüzde yerinde bulamayabilirsiniz."

"Uyarı için teşekkürler," dedim.

Motoru durdurup dışarı çıktım. Belki bu ıslıkçı arkadaştan bilgi almak, içeri girmekten daha kolay olabilirdi. Büyük gri şemsiyemi açtım, elbisemin ıslanmasına aldırdığım için değil ama insanlar gibi davranmak için.

Adam yağmurda gözlerini kısarak bana baktı ve sonra gözleri açıldı. Yutkundu ve ben yaklaşırken kalbi hızla atmaya başladı.

"Birini arıyorum," diye başladım.

"Ben biriyim," dedi gülümseyerek. "Senin için ne yapabilirim, güzelim?"

"Siz J. Jenks misiniz?"

"Ah," dedi, anlamış gibiydi. Ayağa kalktı ve kısık gözlerle beni inceledi. "Neden J'i arıyorsunuz?"

"Bu beni ilgilendirir." Ayrıca, bu konuda bir fikrim de yoktu. "Sen J misin?"

"Hayır."

Uzun bir an karşı karşıya durduk, keskin gözleri düz, dar, inci grisi elbisemde aşağı yukarı gidip geldi. Nihayet bakışı yüzüme ulaşabilmişti. "Normal müşterilere benzemiyorsun."

"Belki normal de değilim," diye kabul ettim. "Ama bir an önce onu görmem gerekiyor."

"Ne yapacağımı bilmiyorum," dedi.

"Neden bana adını söylemiyorsun?"

Sırıttı. "Max."

"Tanıştığımıza memnun oldum, Max. Şimdi neden bana *normaller* için ne yaptığını söylemiyorsun?"

Sırıtışı söndü, somurttu. "J'in normal müşterileri sana benzemez. Senin türün buradaki ofise uğramaz. Sen o gösterişli gökdelene gidersin."

Bendeki diğer adresi tekrarladım.

"Evet, orası," dedi yine kuşkuyla. "Neden oraya gitmedin ki?"

"Bana verilen adres buydu. Çok güvenilir bir kaynak tarafından verildi."

"İyi bir şey için olsaydı, burada olmazdın."

Dudaklarım büzüldü. Blöf yapmayı hiç beceremezdim ama Alice de bana başka bir seçenek bırakmamıştı. "Belki de hiç de iyi bir şey için gelmedim."

Max'in yüzü savunmaya geçti. "Bakın bayan – "

"Bella."

"Peki. Bella. Bakın, bu işe ihtiyacım var. J bana burada oturmam için iyi para veriyor. Size yardım etmek isterim ama tabii varsayımsal konuşuyorum, değil mi? Ya da kayıt dışı, yani siz nasıl düşünmek isterseniz. Ama birini buradan geçirirsem başı belaya girer, işimden olurum. Sorunumu anlıyor musunuz?"

Dudağımı ısırarak biraz düşündüm. "Benim gibi birini daha önce burada görmedin, öyle mi? Kız kardeşim benden daha kısa ve simsiyah diken diken saçları var."

"J kardeşinizi tanıyor mu?"

"Sanırım."

Max bir an düşündü. Ona gülümsedim ve nefesi tekledi. "Ne yapacağımı söyleyeyim. J'i arayacağım ve sizi tarif edeceğim. O karar versin."

Bu J. Jenks ne biliyordu böyle? Benim tarifim ona bir şey ifade edecek miydi? Bu rahatsız edici bir düşünceydi.

"Soyadını Cullen," dedim, bir yandan çok bilgi verip vermediğimi merak ederek. Alice'e sinirlenmeye başlıyordum. Bu kadar bilgisiz olmam gerekiyor muydu yani? Birkaç kelime fazladan bilsem ne olurdu...

"Cullen, tamam."

O ararken telefon numarasını kolayca alabildim. Bu işe yaramazsa, J. Jenks'i kendim arayabilirdim.

"Hey J, ben Max. Seni acil durumlar hariç bu numaradan aramamam gerektiğini biliyorum.

Acil bir durum mu var? Az da olsa telefondan gelen sesi duyabiliyordum.

"Yani, tam olarak öyle denemez. Seni görmek için gelen bir kız var..."

Burda acil bir durum göremiyorum. Neden normal muameleyi uygulamadın?

"Normal muameleyi uygulamadım çünkü hiç de normal görünmüyor bu kız - "

Polis mi?

"Hayır - "

Bundan emin olamazsın ki. Kubarevler'den birine benziyor mu?

"Hayır. İzin ver anlatayım, olur mu? Kız kardeşini tanıdığını falan söylüyor."

Sanmıyorum. Nasıl biri?

"O şeye benziyor..." Gözleri yüzümden ayakkabıma kadar gezindi. "Mankene benziyor işte." Gülümsedim, bana göz kırparak devam etti. "Taş gibi, mat tenli, beline kadar koyu kahve saçları var ve sanki bir de uyumaya ihtiyacı var gibi. Tanıdık geldi mi?"

Hayır, gelmedi. Güzel kadınlara olan zaafından da hiç memnun değilim -

"Ya, güzellere dayanamıyorum. Napalım, günah mı? Seni rahatsız ettiğim için üzgünüm. Unut gitsin."

"İsım," diye fısıldadım.

"Ah evet, bekle," dedi Max. "Adının Bella Cullen olduğunu söylüyor. Buna ne dersin?"

Derin bir sessizlik oldu, sonra telefonun diğer ucundaki ses birden ağza alınmayacak sözlerle bağırmaya başladı. Max'in bütün yüz ifadesi değişmişti, Birden bütün o şakalaşmalar kayboldu ve dudakları soldu.

"Sormadın ki!" diye bağırdı Max paniklemiş bir halde.

J kendini toparlarken başka bir sessizlik oldu.

Güzel ve mat mı? diye sordu J biraz daha sakince.

"Ben de öyle dedim, değil mi?"

Güzel ve mat mı? Bu adam vampirler hakkında ne biliyordu? O da mı bizdendi yoksa? Böyle bir şeye hazır değildim. Dişlerimi sıktım. Alice beni neye sürüklemişti böyle?

Max, başka aşağılayıcı sözler ve komutlar eşliğinde sessizce bekledi ve sonra neredeyse korkuyla bana baktı. "Ama şehirdeki müşterilerle sadece perşembeleri görüşürsün. Tamam, tamam!" Telefonu kapattı.

"Beni görmek mi istiyor?" diye sordum sevinçle.

Max öfkeyle baktı. "Öncelikli bir müşteri olduğunu söyleyebilirdin."

"Öyle olduğumu bilmiyordum ki."

"Polis olabileceğini düşündüm," diye kabul etti. "Yani polise benzemiyorsun ama garip davranıyorsun, güzelim."

Omuz silktim.

"Uyuşturucu şebekesi mi?" diye tahminde bulundu.

"Kim, ben mi?"

"Evet, ya da sevgilin falan."

"Hayır, üzgünüm. Uyuşturucuyu sevmem, kocam da sevmez."

"Evlisin ha."

Gülümsedim.

"Mafya?"

"Hayır."

"Elmas kaçakçılığı?"

"Lütfen! Bu tür insanlarla mı uğraşıyorsun sen, Max? Belki de yeni bir işe ihtiyacın vardır."

Biraz eğlendiğimi kabul etmeliydim. Charlie ve Sue haricinde başka bir insanla görüşmemiştim. Onu öyle bocalarken görmek eğlendiriciydi. Onu öldürmemenin bu kadar kolay olması da beni ayrıca sevindiriyordu.

"Büyük ve *kötü* bir şeylere bulaşmış olman lazım," dedi.

"İnan durum düşündüğün gibi değil."

"Hepsi böyle der. Ama başka kimin belgelere ihtiyacı olur ki? Ya da J'in onlar için istediği parayı verebilir misin demeliydim. Beni ilgilendirmez zaten," dedi ve sonra *evli* kelimesini tekrarladı.

Bana yepyeni bir adres ve tarif verdi, sonra da arkamdan şüpheli ve pişman gözlerle baktı.

Bu noktada, her şeye hazırdım; James Bond filmlerindeki kötü adamların yüksek teknolojili sığınakları uygun olurdu. Bu yüzden Max'in test etmek için bana yanlış adresi verdiğini düşündüm ya da belki bu sığınak yeraltındaydı, iyi bir muhitte gizliydi.

Arabayı açık bir alana çekip tabelayı okudum:

JASON SCOTT, HUKUK DANIŞMANI

İçerideki ofiste bej ve yeşil tonları hâkimdi, gösterişsizdi. Vampir kokusu yoktu, bu rahatlamama yardımcı oldu. Yalnızca tanımadığım bir insan vardı, o kadar. Duvarın önünde bir akvaryum vardı ve nazik, güzel sarışın bir resepsiyon görevlisi masasında oturuyordu.

"Merhaba," diye selamladı beni. "Size nasıl yardımcı olabilirim?"

"Bay Scott'ı görmeye gelmiştim."

"Randevunuz var mı?"

"Pek sayılmaz."

Biraz sırıtır gibi oldu. "O zaman bu biraz vakit alabilir. Neden oturmuyorsunuz, ben de – "

April! diye kükredi masasındaki telefondan bir ses. *Bayan Cullen diye birini bekliyorum.*

Gülümseyerek kendimi işaret ettim.

Onu hemen gönder. Anlıyor musun? Ne olursa olsun.

Sesinde sabırsızlıktan başka şeyler de duyuyordum: Gerginlik. Heyecan.

"Şimdi geldi," dedi April.

Ne? İçeri gönder! Ne bekliyorsun?
"Hemen Bay Scott!" Ayağa kalktı, beni kısa koridora yöneltti ve içecek bir şey teklif etti.
"Buyurun," dedi beni ofise alırken.
"Kapıyı arkandan kapat," diye emretti sert bir ses.
April aceleyle odadan çıkarken masasında oturan adamı inceledim. Kısa boylu ve neredeyse keldi, herhalde elli beş yaşlarında vardı, göbekliydi. Kırmızı ipek bir kravat takmıştı, mavi beyaz çizgili bir gömlek ve lacivert bir ceket giymişti. Bir de titrerken alnında yapışkan beyaz ter damlacıkları oluşuyordu.
J kendine gelip yerinden kalktı. Elini uzattı.
"Bayan Cullen. Şeref verdiniz."
Uzanıp çabucak elini sıktım. Soğuk elime değince ırkildi ama şaşırmış gibi görünmüyordu.
"Bay Jenks, ya da Scott mı demeliyim?"
Yeniden irkildi. "Nasıl isterseniz, tabii ki."
"En iyisi siz bana Bella diyin ben de size J, olur mu?"
"Eski dostlar gibi," diye onayladı ve ipek mendiliyle alnını sildi. Oturmamı rica etti ve kendisi de yerine oturdu. "Bunu sormam lazım, nihayet Bay Jasper'ın güzel eşiyle mi tanışıyorum?"
Bir an düşündüm. Demek bu adam Alice'i değil Jasper'ı tanıyordu. Onu tanıyor ve ondan korkuyordu da. "Onun kardeşinin eşiyim aslında."
Bunun ne anlama geldiğini anlamaya çalışarak dudaklarını büzdü.
"Bay Jasper'ın iyi olduğunu umuyorum?" diye sordu dikkatle.
"Eminim iyidir. Şu an tatilde."
Bu J'in kafa karışıklığını gidermiş gibiydi. Kendi kendine başıyla onayladı. "Benim ana ofisime gelmeliydiniz. Asistanlarım sizi hemen benimle görüştürürlerdi, hoş olmayan kanallara başvurmak zorunda kalmazdınız."
Başımı onaylar gibi salladım. Alice'in neden bana varoş adresi verdiğinden emin değildim.
"Ah olsun, şu anda buradasınız. Sizin için ne yapabilirim?"

"Belgeler," dedim, sesimi neden bahsettiğimi bilir gibi çıkarmaya çalışıyordum.

"Tabii ki," diye onayladı hemen J. "Doğum belgelerinden mi, ölüm belgelerinden mi, ehliyetlerden mi, pasaportlardan mı, sosyal güvenlik kartlarından mı bahsediyoruz?"

Derin bir nefes alıp gülümsedim, Max bana yardımcı olmuştu.

Ve sonra gülümsemem söndü. Alice beni buraya bir sebep için göndermişti ve bunun Renesmee'yi korumak için olduğuna emindim. Bana son hediyesiydi. İhtiyacım olduğunu düşündüğü bir şey.

Renesmee'nin sahteciliğe ihtiyaç duymasını gerektiren tek şey kaçmak olabilirdi. Ve Renesmee'nin kaçmasını gerektiren tek sebep de kaybetmiş olmamız olurdu.

Eğer Edward ve ben onunla beraber kaçarsak, bu belgelere hemen ihtiyacı olmazdı. Eminim kimlikler Edward'ın kolayca edinebildiği ya da kendinin yapabildiği şeylerdi ve eminim onlarsız kaçma yollarını da biliyordu. Renesmee'yle binlerce kilometre uzağa kaçabilirdik. Okyanusu bile yüzerek geçebilirdik.

Eğer onu korumak için yanında olursam.

Bunları Edward'dan gizli yapmamızın sebebi, onun bildiklerini Aro'nun da bilecek olmasıydı. Kaybedersek, Edward'ı yok etmeden önce ondan istediği bilgiyi alacaktı.

Şüphelendiğim gibiydi. Kazanamayacaktık. Ama Demetri'yi öldürmek için bir şansımız olacak, Renesmee'ye kaçma şansını verecektik.

Donuk kalbim göğüs kafesimde ağırlaşıyordu. Bütün umutlarım gün ışığında kaybolan sis gibi sönmüştü. Gözlerim yandı.

Kime bırakacaktım? Charlie'ye mi? Ama o sadece savunmasız bir insandı. Hem Renesmee'yi ona nasıl verecektim ki? Dövüşe yakın bir yerde olmayacaktı ki. Geriye tek kişi kalıyordu. Zaten başka kimse olamazdı.

J duraksadığımı anlamasın diye bu düşüncelerimin zihnimden çabucak geçtiğini umuyordum.

"İki doğum sertifikası, iki pasaport ve bir ehliyet," dedim kısık, gergin bir ses tonuyla.

Yüzümdeki değişikliği fark ettiyse de etmemiş gibi davrandı.

"İsimler?"

"Jacob... Wolfe. Ve... Vanessa Wolfe." Nessie, Vanessa için uygun bir kısaltma gibi görünmüştü. Jacob, Wolfe* soyadını sevecekti.

Kalemin kâğıtta çıkardığı sesler arasında, "İkinci isimleri var mı?" diye sordu.

"Genel bir şeyler koyabilirsiniz."

"Nasıl isterseniz. Yaşlar?"

"Erkek için yirmi yedi, kız için de beş." Jacob idare edebilirdi. O bir canavardı. Ve Renesmee'nin büyüme hızına bakılırsa, belki daha büyük bir şeyler söylemeliydim. Jacob da üvey babası olurdu...

"Belgeleri hemen bitirmemi istiyorsanız, fotoğraflara ihtiyacım var," dedi J düşüncelerimi bölerek. "Bay Jasper genelde kendi bitirmeyi severdi."

J'in, Alice'in neye benzediğini bilmemesinin sebebi anlaşılıyordu.

"Bir dakika," dedim.

Bu şans olmalıydı. Cüzdanımda birkaç aile resmi vardı. Bu iş için mükemmeldi. Jacob, Renesmee'yi ön veranda merdivenlerinde kucağında tutuyordu. Bir ay önce "çekilmişti. Alice bana bunu gitmeden birkaç gün önce vermişti... Ah. Demek pek de şansla ilgili bir şey değildi bu. Alice bu fotoğrafın bende olacağını biliyordu. Belki bana vermeden önce, ihtiyacım olacağını görmüştü.

"Buyurun."

J resmi biraz inceledi. "Kızınız size çok benziyor."

Gerildim. "Babasına daha çok benziyor."

"Bu adam değil herhalde," diyerek Jacob'ın yüzünü gösterdi.

Gözlerimi kıstım ve J'in parlak alnında yeni ter damlaları oluşmaya başladı.

"Hayır. O ailemin yakın, çok yakın bir dostu."

*İngilizce "Kurt" anlamına gelen "Wolf" kelimesine gönderme yapılıyor.

"Bağışlayın," diye geveledi ve yazmaya devam etti. "Belgelere ne zaman ihtiyacınız var?"

"Bir hafta içinde alabilir miyim?"

"Acil bir sipariş olur. İki katı fiyatına gelir, ama bağışlayın. Bir an kiminle konuştuğumu unuttum."

Jasper'ı tanıdığı belliydi.

"Bana bir rakam verin."

Söylemeye çekindi ama Jasper'la karşılaştığına göre, paranın sorun olmadığını bildiğinden emindim. Cullenlar'ın, dünyanın dört bir yanında çeşitli isimlerle açtırdıkları kabarık banka hesapları haricinde, evin her köşesinde de, toplasan, küçük bir ülkeyi on yıl idare edecek kadar para bulabilirdiniz. Kimsenin bugün yanıma aldığım küçük miktarı fark edeceğini sanmıyordum.

J ücreti bir kâğıdın köşesine yazdı.

Başımı sakince sallayarak onayladım. Yanımda ondan fazlası vardı. Çantamı açıp miktarı saydım, paraları beş binlikler halinde ayırdığım için çabucak hazırladım.

"İşte."

"Ah Bella, hepsini şimdi vermen gerekmiyor. Yarısını teslimattan sonra vermen daha iyi olur."

Heyecanlı adama bitkince gülümsedim. "Ama sana güveniyorum J. Hem belgeleri aldığımda aynı miktarı bir daha ikramiye olarak veririm."

"Buna gerek yok."

"Merak etme." Yanımda götüremeyecektim ya. "O zaman haftaya aynı saatte yine burada buluşalım mı?"

Bana acılı bir şekilde baktı. "Aslında ben bu tür işlemler için gerçek işimle ilgisiz yerlerde buluşmayı tercih ederim."

"Tabii ki. Her şeyi beklediğin şekilde yapmadığımı biliyorum."

"Konu Cullen ailesi olunca bir şey beklememek gerektiğini biliyorum artık." Önce yüzünü buruşturdu ama hemen kendini toparladı. "Bir hafta sonra saat sekizde Pacifico'da buluşalım mı? Nehrin kıyısında, yemekleri de güzeldir."

Ayağa kalkıp elini sıktım. Bu sefer irkilmedi. Ama aklında başka bir endişe var gibiydi.

"Yetiştirmekte bir sorununuz olmaz, değil mi?" diye sordum.

"Ne?" Başını kaldırdı, soruma hazırlıksız yakalanmış gibiydi. "Yetiştirmek mi? Ah hayır. Hiç merak etmeyin. Belgelerinizi zamanında yetiştireceğim."

J'in gerçek endişelerini anlamak için Edward'ın burada olması iyi olurdu. İç çektim. Edward'dan bir şeyler gizlemek, benim için yeterince kötüydü, ondan ayrı olmak da öyle.

"O zaman bir hafta sonra görüşürüz."

34. BİLDİRİ

Daha arabadan inmeden müziği duymuştum. Edward, Alıce'in gittiği geceden beri piyanosuna dokunmamıştı. Arabanın kapısını kaparken şarkı benim ninnime dönüşmüştü. Edward beni böyle karşılıyordu.

Renesmee'yi arabadan çıkarırken yavaş hareket ediyordum. Bütün gün dışarıdaydık ve o uyumuştu. Jacob'ı Charlie'de bırakmıştık, Sue ile eve döneceğini söylemişti. Acaba Charlie'nin kapısından çıkarken yüzümde gördüğü ifadeyi mi unutmaya çalışıyordu.

Yavaşça Cullenlar'ın evine yürürken, bu beyaz evi saran umut ve canlanmanın sabah benim içimde de bulunmuş olduğunu düşündüm. Şimdi ne kadar da yabancı geliyordu bu hisler.

Edward ben içeri girerken dönüp gülümsedi ama çalmaya devam etti.

"Hoş geldin," dedi sanki bu alelade bir günmüşçesine. Odada takip içinde olan başka on iki vampir daha yokmuş, bir düzinesi de başka bir yerlerde değilmiş gibi. "Charlie'yle güzel zaman geçirdiniz mi bugün?"

"Evet. Uzun süre ayrı kaldığımız için üzgünüm. Renesmee için biraz Noel alışverişi yaptım. Biliyorum kutlamayacağız ama..." Omuz silktim.

Edward'ın dudakları büzüldü. Çalmayı bırakıp olduğu yerden bana doğru döndü. Beni belimden tutup kendine çekti.

"Benim hiç aklıma gelmemişti. Eğer kutlamak istersen – "

"Hayır," diye kestim sözünü. Dayanabileceğimden fazla sahte heyecan yaratmaya çalışma düşüncesiyle irkilmiştim. "Sadece ona bir şey vermeden geçsin istemedim."

"Ben görebilir miyim?"
"İstersen. Küçük bir şey."
Renesmee tümüyle bilinçsizdi, boynuma sokulmuş uyuyordu. Ona özendim. Gerçeklikten kaçmak güzel olabilirdi, birkaç saat de olsa.

Çantamı dikkatle, içindeki paraları gösterecek kadar açmadan kadife mücevher kesesini çıkardım.

"Arabayla geçerken bir antikacıda görmüştüm."
Avcuna koydum. İnce uzun askısı olan yuvarlak bir madalyondu bu. Açılabiliyordu. İçinde fotoğraf koymak için küçük bir boşluk, karşısında da Fransızca bir yazı vardı.

"Ne yazdığını biliyor musun?" dedi farklı bir ses tonuyla.
"Satıcı 'kendi hayatımdan daha çok' gibi bir şeyler söyledi. Doğru mu?"
"Evet, doğru söylemiş."
Bana baktı, topaz gözleri inceler gibi bakıyordu. Bir an göz göze geldik sonra televizyon yüzünden dikkatim dağılmış gibi yaptım.

"Umarım beğenir," diye geveledim.
"Tabii ki beğenir," dedi sıradan bir şekilde. O an, ondan bir şey gizlediğimi bildiğinden emindim.

"Hadi onu eve götürelim," dedi, ayağa kalkıp omuzlanma sarılarak.

Duraksadım.
"Ne oldu?"
"Emmett'la biraz çalışmak istiyordum..." Bütün gün dışarıda olduğum için geri kalmıştım.

Emmett, koltukta Rose'la oturuyordu ve tabii ki elinde uzaktan kumanda vardı. Bana bakıp sırıttı. "Harika. Ormanın biraz incelmeye ihtiyacı vardı."

Edward, önce Emmett'a sonra bana bakıp surat astı.
"Yarın bunun için bir sürü vakit olacak," dedi.
"Komik olma," diye şikâyet ettim. "Artık *bir sürü zaman* diye bir şey yok. Öyle bir şey yok artık. Öğrenecek çok şeyim var ve –"

Sözümü kesti. "Yarın."

Yüzünde öyle bir ifade vardı ki Emmett bile onunla tartışmaya kalkmadı.

Gündelik hayata dönmenin bu kadar zor oluşuna şaşırmıştım. Ama o ufacık umudu da yitirince her şey imkânsız görünmeye başlamıştı.

Olumlu şeylere odaklanmaya çalıştım. Kızımın ve Jacob'ın başımıza geleceklerden kurtulma şansları vardı. Eğer bir gelecekleri olursa, o zaman bu zafer demek olurdu, değil mi? Küçük grubumuz onların kaçması için savaşacaktı. Evet, Alice'in stratejisi, yalnız biz iyi bir şekilde savaşırsak anlamlı oluyordu. O zaman bu bir çeşit zafer de demek olacaktı, hele de Volturiler'e son bin yıl içinde ciddi anlamda meydan okunmadığını düşünülürse.

Bu, dünyanın sonu demek değildi. Sadece Cullenlar'ın sonuydu. Edward'ın ve benim sonumuzdu.

Bu şekilde olmasını tercih ederdim, en azından son kısmının. Bir daha Edward'sız yaşayamazdım; eğer o bu dünyadan giderse, ben de arkasından giderdim.

Arada bir öbür dünyada bizler için bir şey olup olmadığını merak ediyordum. Edward'ın buna inanmadığını biliyordum ama Carlisle inanıyordu. Ben kendim de hayal edemiyordum. Öte yandan, Edward'ın da bir yerlerde var olmadığını düşünemiyordum. Eğer herhangi bir yerde beraber olursak, bu mutlu bir son olurdu.

Ve böylece günlerim aynı şekilde devam etti ama artık her şey çok daha zordu.

Noel günü Charlie'yi görmeye gittik; Edward, Renesmee, Jacob ve ben. Jacob'ın tüm sürüsü de oradaydı, ek olarak Sam, Emily, ve Sue da. Onların Charlie'nin evindeki küçük odalarda dolanmaları, büyük sıcak vücutlarıyla onun gelişigüzel süslediği ağacın etrafında olmaları iyi bir şeydi. Kurt adamlara her zaman güvenebilirdiniz. Onların heyecanındaki elektrik benim ruhsuzluğumu gizliyordu. Edward da her zaman olduğu gibi benden çok daha iyi bir aktördü.

Renesmee, ona şafak vaktinde verdiğim madalyonu takmıştı ve cebinde de Edward'ın verdiği mp3 çalar vardı, beş bin şarkı kapasiteli bu alet Edward'ın en sevdiği şarkılarla dolmuştu bile. Bileğinde de Quileuteler'e ait, söz yüzüğü yerine geçen örgü tipi bir kurdele vardı. Edward bunu görünce dişlerini göstermişti ama bu beni beni rahatsız etmemişti

Yakında, çok yakında, onu Jacob'ın himayesine verecektim. Bu kadar güvendiğim bir bağlılıktan nasıl rahatsız olurdum ki?

Edward, Charlie'ye de bir hediye vererek günü kurtarmıştı. Hediye hızlı kargoyla dün gelmişti ve Charlie bütün sabahı yeni, sonarlı balık avlama sisteminin kalın el kitabını okuyarak geçirmişti.

Kurt adamların yeme şekillerine bakılırsa Sue'nun yemeği güzel olmalıydı. Bu buluşmanın dışarıdan nasıl göründüğünü merak ediyordum. Biz kendi rolümüzü iyi oynuyor muyduk? Dışarıdan bakan bir yabancı bizim mutlu bir arkadaş grubu olduğumuzu, Noel'i neşe içinde geçirdiğimizi düşünür müydü?

Sanırım, gitme zamanı gelince, Edward ve Jacob da benim kadar rahatlamıştı. Yapacak bunca önemli şey varken insan etiketleri üzerine bu kadar çaba sarf etmek garip gelmişti. Aynı zamanda herhalde Charlie'yi son kez görüyordum. Belki bunu tam olarak kavrayamayacak kadar hissizleşmiş olmam iyi bir şeydi.

Annemi düğünden beri görmemiştim. İki yıl önce açılan mesafeye şimdi şükrediyordum. O, benim dünyam için çok kırılgandı. Charlie daha güçlüydü.

Belki şimdi veda edebilecek kadar güçlüydü ama ben değildim.

Arabanın içi sessizdi, dışarıda karla karışık yağmur vardı. Renesmee kucağıma oturdu, madalyonuyla oynuyor, açıp kapayıp duruyordu. Onu izlerken, Edward onun aklını okuyamasa, Jacob'a neler derdim diye düşündüm.

Eğer her şey güvenli hale gelirse onu Charlie'ye götür. Bir gün babama bütün hikâyeyi anlat. Ona, onu ne kadar sevdiğimi söyle, insan hayatım bitse bile ondan ayrı olmaya dayanamadığımı anlat. Ona en iyi baba olduğunu söyle. Ona, sevgimi Renée'ye iletmesini söyle, tüm kalbimle onun iyi ve mutlu olmasını diliyorum...

Geç olmadan Jacob'a belgeleri verecektim. Bir de Charlie

için bir not. Renesmee için bir mektup. Ona artık onu sevdiğimi söyleyemeyeceğim zaman gelince okuması için bir şey.

Arabayı meydana çekerken Cullenlar'ın evinin dışında alışılmadık bir şey görünmemesine rağmen içeriden gizli bir kargaşa duyuluyordu. Bir sürü kısık ses mırıldanıp söyleniyordu. Kulağa gergin geliyordu, tartışma gibiydi. Carlisle ve Amun'un sesini diğerlerinkinden daha sık duyuyordum.

Edward, garaja gitmek yerine arabayı evin önüne park etti. Arabadan inmeden *önce* tereddütle birbirimize baktık.

Jacob'ın da tutumu değişmiş, daha ciddi ve dikkatli olmuştu. Şimdi Alfa durumunda olduğunu düşündüm. Görünen o ki, bir şey olmuştu ve o da, Sam ve kendisi için gerekecek bilgiyi alacaktı.

"Alistar gitmiş," diye mırıldadı Edward merdivenlerden hızla çıkarken.

Her şey açıkça ortadaydı. İzleyiciler bir halka oluşturmuştu. Bu halka Alistar ve tartışmanın içinde olan üç vampir hariç diğer tüm vampirlerden oluşuyordu. Esme, Kebi ve Tia merkezdeki vampirlere en yakın olanlardı. Odanın ortasında duran Amun, karşısındaki Carlisle ve Benjamin'e tıslıyordu.

Edward hemen Esme'nin yanına gitti, giderken beni de elimden tutarak çekmişti. Renesmee'ye daha sıkı sarıldım.

"Amun, eğer gitmek istiyorsan, kimse seni kalman için zorlamıyor," dedi Carlisle sakin bir tavırla.

"Ailemin yarısını çalıyorsun, Carlisle!" diye bağırdı Amun, parmağıyla Benjamin'i gösteriyordu. "Beni buraya bu yüzden mi çağırdın? Benden çalmak için mi?"

Carlisle iç çekti ve Benjamin sıkıntı içinde gözlerini devirdi.

"Evet, Carlisle Volturiler'le kavga çıkarıp tüm ailesini tehlikeye attı, sırf beni tuzağa düşürmek için," dedi Benjamin alayla. "Mantıklı ol, Amun. Ben doğru olanı yapmak istiyorum, başka bir aileye falan katılmıyorum. Carlisle'ın da dediği gibi, istediğini yapabilirsin elbette."

"Bunun sonu iyi değil," diye söylendi Amun. "Alistar burada aklı başında olan tek vampirdi. Aslında hepimiz kaçmalıyız."

"Kime aklı başında dediğini bir düşün," diye mırıldandı Tıa.

"Hepimiz katledileceğiz!"

"Kavga falan olmayacak," dedi Carlisle düz bir sesle.

"Öyle mi dersin?"

"Böyle bir şey olursa istediğin zaman taraf değiştirebilirsin, Amun. Eminim Volturiler senin yardımını takdir edecektir."

Araun küçümseyerek güldü. "Belki de doğrusu budur."

Carlisle'ın cevabı yumuşak ve içtendi. "Bunu sana karşı kullanmam, Amun. Uzun zamandır dosttuk ama benim için ölmeni de istemem."

Amun'un sesi de daha kontrollüydü. "Ama Benjamin'i de kendinle birlikte ölüme sürüklüyorsun."

Carlisle elini Amun'un omzuna koydu. Amun silkelenip geri çekildi.

"Kalacağım Carlisle ama bu senin zararına olabilir. Eğer kurtulmak için gereken buysa onlara katılacağım. Volturiler'ı yeneceğinizi düşündüğünüz için hepiniz aptalsınız." Öfkeli bir bakış atıp iç geçirdi. Renesmee ve bana bakarak kızgın bir tonla konuştu. "Bu çocuğun büyüdüğüne dair tanıklık edeceğim. Bu gerçeğin ta kendisi. Bunu herkes görebilir."

"Bizim de tek istediğimiz bu."

Amun yüzünü ekşitti. "Ama alabildiğiniz tek şey bu değil gibi görünüyor." Benjamin'e döndü. "Sana hayat verdim. Ve sen bunu harcıyorsun."

Benjamin'in yüzü iyice soğudu. ifadesi, o çocukça görünümüyle büyük bir tezat yaratıyordu. "Bu esnada irademi de değiştirememen acı olmuş, belki o zaman benden memnun olurdun."

Amun'un gözleri kısıldı. Kebi'ye ani bir işaret yaptı ve bizi geçerek ön kapıya gittiler.

"Gitmiyor," dedi Edward bana sessizce. "Ama artık daha da uzak duracak. Volturiler'e katılma konusunda blöf yapmıyordu."

"Alistar neden gitti?" diye fısıldadım.

"Kimse emin olamıyor, not bırakmamış. Söylenmelerinden

anlaşıldığı kadarıyla, savaşın kaçınılmaz olduğunu düşündüğü açık. Tavrına rağmen Carlisle'ı, onunla beraber Volturiler'e karşı savaşacak kadar önemsiyor. Sanırım tehlikenin çok büyük olduğuna karar verdi." Edward omuz silkti.

Konuşmanın ikimiz arasında geçtiği açıkça ortada olsa da, tabii ki herkes duyabiliyordu. Eleazar Edward'ın yorumunu cevapladı.

"Kendi kendine söylenmelerinden anlaşılıyor ki, bundan biraz daha fazlası var. Alistar ne kadar masum olursak olalım, onların bizi dinlemeyeceğini düşünüyordu. Amaçlarına ulaşmak için bir bahane bulacaklarına inanıyordu."

Vampirler gergin bir ifadeyle birbirlerine bakındılar. Volturiler'in, kendi kutsal yasalarını kazanç için kullanmaları pek de alışageldik bir düşünce değildi. Sadece Rumenler sakindi, hatta yarı gülümser halleri biraz ironikti. Diğerlerinin, düşmanları hakkında ne düşündüklerini görmek onlara keyif veriyor gibiydi.

Aynı anda bir sürü tartışma başladı ama ben Rumenler'inkini dinledim. Belki de Vladimir'in sürekli benim olduğum yöne doğru bakmasındandı.

"Alistar'ın haklı olduğunu umuyorum," diye mırıldandı Stefan Vladimir'e. "Sonuç ne olursa olsun, herkes öğrenecek. Dünyanın, Volturiler'in ne hale geldiğini görmesinin zamanı geldi artık. Onların, hayat şeklimizi korumak için uğraştıkları yalanına herkes inanırsa kaybetmezler."

"En azından bizim hâkimiyetimizde, biz, olduğumuz şey konusunda dürüsttük," diye cevapladı Vladimir.

Stefan başıyla onayladı. "Hiçbir zaman beyaz şapkalar giyip kendimizi aziz ilan etmedik."

"Savaş zamanının geldiğini düşünüyorum," dedi Vladimir. "Beraber savaşacak böyle bir gücü bulabileceğimizi hayal edebiliyor musun? Bu kadar iyi bir şans bir daha gelir mi?"

"Hiçbir şey imkânsız değil. Belki bir gün - "

"On beş yüzyıldır bekliyoruz, Stefan. Ve bu yıllar onları daha da güçlendirdi." Vladimir durup bir daha bana baktı. Onu izlediğimi gördüğünde hiçbir şaşırma belirtisi göstermedi. "Eğer bu çatışmayı Volturiler kazanırsa, geldiklerinden daha da güçlü olarak gidecekler. Güçlerine ekledikleri her fetihle daha da güçlenecekler. Şu yeni doğanın bile tek başına onlara ne vereceğini düşünsene," - başıyla beni işaret etti - "ve daha yeteneklerini keşfetmeye yeni başladı. Ya toprakları hareket ettirebilene ne demeli." Vladimir bu kez başıyla ciddileşmiş Benjamin'i gösterdi. Şimdi neredeyse herkes benim gibi Rumenler'e kulak kesilmişti. "Şu ikisiyle, illüzyona ya da ateş dokunmasına ihtiyaçları kalmaz." Bakışları Zafrina ve Kate'e dönmüştü.

Stefan Edward'a baktı. "Akıl okuyucuya bile ihtiyaçları kalmaz. Ama demek istediğini anlıyorum. Kazanırlarsa kesinlikle çok daha güçlü olacaklar."

"Bu kadarını kazanmalarına izin veremeyiz, sence de öyle değil mi?"

Stefan iç geçirdi. "Bence de öyle olmalı. Ve bu da demek oluyor ki..."

"Hâlâ umut varken onlara karşı durmalıyız."

"Onları topallatsak, korumasız bıraksak bile..."

"O zaman bir gün, diğerleri yarım kalmış işimizi bitirir."

"Ve uzun zamandır süren kan davamız sonlanmış olur. Nihayet."

Gözlerini birbirlerine kenetleyip aynı anda mırıldandılar. "Tek çıkar yol bu gibi görünüyor."

"O zaman savaşacağız," dedi Stefan.

Ayrı olduklarını görsem de gülümseyişlerinde aynı anlam vardı.

"Savaşacağız," diye katıldı ona Vladimir.

Sanırım bu iyi bir şeydi, Alistar gibi ben de savaşın kaçınılmaz olduğunu düşünüyordum. Bu durumda, yanımızda iki vampirin daha savaşması faydamıza olacaktı. Ama yine de Rumenler'in kararları beni ürpertiyordu.

"Biz de savaşacağız," dedi Tia, o taş gibi sert sesi her zamankinden heybetliydi. "Volturiler'in otoritelerini aşacaklarını düşünüyoruz. Onlara ait olmak gibi bir niyetimiz yok." Eşine baktı.

Benjamin sırıttı ve Rumenler'e şeytani bir bakış attı. "Görünen o ki, ben önemli bir eşyayım. Özgür kalma savaşımı kazanmalıyım."

"Bu benim kralın egemenliğine karşı savaştığım ilk sefer değil," dedi Garrett alaylı bir tonla. Sonra gidip Benjamin'in sırtını sıvazladı. "Zulümden özgürlüğe."

"Carlisle'la kalıyoruz," dedi Tanya. "Ve onun yanında savaşıyoruz."

Rumenler'in bildirisi, diğerlerine de böyle bir bildiri yapma ihtiyacı vermiş olmalıydı.

"Biz daha karar vermedik," dedi Peter. Küçük topluluğuna baktı. Charlotte'un dudakları tatmin olmamış gibi büzülmüştü. O kararını vermiş gibi görünüyordu. Ne olduğunu merak ettim.

"Benim için de geçerli bu," dedi Randall.

"Benim için de," diye ekledi Mary.

"Sürüler de Cullenlarla savaşacak," dedi Jacob birden. "Vampirlerden korkmuyoruz," diye ekledi sırıtarak.

"Çocuklar," diye homurdandı Peter.

"Bebekler," diye düzeltti Randall.

Jacob alaylı bir tavırla güldü.

"Ben de varım," dedi Maggie, Siobhan'ın korumacı elim iterek. "Doğru olanın Carlisle'ın yanında olmak olduğunu biliyorum. Bunu göz ardı edemem."

Siobhan kaygılı gözlerle ailesinin yeni üyesine baktı. "Carlisle," dedi, sanki ikisi yalnızmış gibi, toplantının birden ciddileşen atmosferini ve beklenmeyen bildirileri görmezden gelerek. "Sonucun savaşmaya gelmesini istemiyorum."

"Ben de Siobhan. Bu istediğim son şey, biliyorsun." Belli belirsiz gülümsedi. "Belki de sen her şeyin barış yoluyla halledilmesine konsantre olmalısın."

"Biliyorsun, bu işe yaramayacaktır," dedi Siobhan.

Rose ve Carlisle'ın İrlandalı lider hakkındaki konuşmalarını hatırladım. Carlisle, Siobhan'ın gizli ama güçlü bir yeteneği olduğuna inanıyordu, bu yetenekle çevresindeki şeylerin istediği şekilde gelişmesini sağlayabiliyordu ama Siobhan buna inanmıyordu.

"Zarar da vermez," dedi Carlisle.

Siobhan gözlerini devirdi. "İstediğim sonucu gözümde mi canlandırayım?" diye sordu alaylı bir şekilde.

Carlisle şimdi açıkça gülümsüyordu. "Zahmet olmazsa."

"O zaman benim ailemin bildiri yapmasına gerek yok, değil mi?" dedi. "Savaş çıkmasının ihtimali yoksa." Elini tekrar Maggie'nin omzuna koyup onu kendine doğru çekti. Siobhan'ın eşi Liam sessiz ve ifadesiz duruyordu.

Neredeyse odadaki herkes Carlisle ve Siobhan'ın şaka olduğu anlaşılan bakışları yüzünden şaşırmışlardı ama bunun üzerine bir açıklama yapmadılar.

Bu, dramatik söylemlerin sonu olmuştu. Topluluk yavaşça dağıldı, kimi avlanmaya gitti, kimi de Carlisle'ın kitaplarına, televizyonlara ya da bilgisayarlara doğru dağıldı.

Edward, Renesmee ve ben avlanmaya çıktığımızda Jacob da bizimle geldi.

"Salak sülükler," diye söyleniyordu kendi kendine dışarı çıktığımızda. "Kendilerini çok üstün sanıyorlar." Homurdandı.

Bebekler onların üstün hayatlarını kurtarınca şaşıracaklar, değil mi?" dedi Edward.

Jake gülümsedi ve onun omzuna vurdu. "Aynen öyle."

Bu son avlanma gezimiz değildi. Hepimiz daha yakın yerlerde, Volturiler'i beklediğimiz zamanlarda da avlanacaktık. Tarih net olmadığı için, Alice'in gördüğü gibi, her ihtimale karşı o büyük beyzbol meydanında birkaç gece kalacaktık. Tek bildiğimiz karın tutacağı gün gelecekleriydi. Volturiler'in kasabaya çok yaklaşmasını istemiyorduk ve Demetli de onları olduğumuz yere yönlendirecekti. Kimin izini takip edeceğini merak ettim ve beni takip edemeyeceği için Edward'ı takıp edeceğini düşündüm.

Avlanırken, ava ya da kayalıklı zemine daha düşmeden eriyen karlara fazla dikkat etmeden Demetri'yi düşünüyordum. Beni takip edemediğini fark edecek miydi? Ne yapacaktı? Aro ne yapacaktı? Ya da Edward yanılıyor muydu? Direnebileceğim şeylerin küçük istisnaları vardı. Aklımın dışında kalan her şeye karşı kırılgandım, Jasper'ın, Alice'in ve Benjamin'in yapabildiği şeylere karşı. Belki Demetri'nin yeteneği de başka türlü çalışıyordu.

Ve sonra beni beynimden vuran bir şey düşündüm. Kanının yarısı çekilmiş geyik, ellerimden yere düştü. Kar taneleri sıcak vücuduna birkaç santim kala cızırdayarak buharlaşıyordu. Ruhsuzca kanlı ellerime baktım.

Edward tepkimi görünce kendi avını bırakıp yanıma geldi.

"Sorun nedir?" diye sordu kısık bir sesle, gözleri etrafımızdaki ormanı tarıyor, tepkimin sebebi olabilecek bir şey arıyordu.

Sadece, "Renesmee," diyebildim.

"Şuradaki ağaçların orada," dedi. "Onun ve Jacob'ın düşüncelerini duyabiliyorum. O iyi."

"Demek istediğim bu değildi," dedim. "Kalkanımı düşünüyordum, sen bunun gerçekten değerli olduğunu ve bir şekilde yardım edeceğini düşünüyorsun. Biliyorum, diğerleri de Zafrına ve Benjamin'i kalkana alabilmemi umuyor, birkaç saniye bile olsa. Ya bu bir bataysa? Ya kaybetmemizin sebebi senin bana olan güveninse?"

Sesim isteriklik sınırına ulaşmıştı ama yine de alçak sesle konuşabiliyordum. Renesmee'yi üzmek istemiyordum.

"Bella, nereden çıktı bu? Tabii ki senin kendini koruyabilmen harika bir şey ama başkalarını kurtarmaktan sorumlu değilsin. Kendini boş yere sıkıntıya sokma."

"Ama ya hiçbir şeyi koruyamıyorsam?" diye fısıldadım. "Yapabildiklerim, hatalı ve düzensiz. Hiçbir anlamı yok. Belki de Alec'e karşı hiç işe yaramayacak. "

"Şşş," diyerek susturdu beni. "Panik yapma. Ve Alec'i merak etme. Onun yaptığı, Jane ya da Zafrina'nın yaptığından farklı değil. Sadece illüzyon, o da benim gibi senin aklına giremez."

"Ama Renesmee girebiliyor!" diye tısladım dişlerimin arasından. "Bu çok.doğal gelmişti, hiç sorgulamadım. Ama herkese yapabildiği gibi benim aklıma da düşünceler sokabiliyor. Benim kalkanımın delikleri var Edward!"

Ona umutsuzca baktım, açığa vurduğum gerçeklere onun da katılmasını bekliyordum. Dudakları büzüldü, sanki bir şeyi nasıl söyleyeceğine karar veremiyor gibiydi. İfadesi son derece sakındı.

"Bunu uzun zamandır düşünüyordun, değil mi?" Bu kadar bariz bir şeyi aylardır anlamamış olduğum için kendimi aptal gibi hissettim.

Belli belirsiz bir gülümsemeyle başını evet anlamında salladı. "Sana ilk dokunduğu zaman."

Kendi salaklığıma iç geçirdim ama onun sakinliği beni yatıştırmıştı. "Ve bu seni rahatsız etmiyor mu? Bir sorun olduğunu düşünmüyor musun?"

"İki teorim var, biri diğerinden daha olası."

"Daha az olası olanı söyle önce."

"O senin kızın," dedi. "Genetik olarak yarısı sen. Hep aklının başka frekansta olduğunu söyleyerek sana takılırdım. Belki o da aynı frekansta."

Bunu doğru bulmamıştım. "Ama sen de onun aklını gayet iyi okuyabiliyorsun. Herkes okuyabiliyor. Ya Altec de başka frekanstaysa? Ya - ?"

Parmağıyla dudaklarımı kapadı. "Bunu ben de düşündüm. Bu yüzden diğer teorinin daha olası olduğunu düşünüyorum."

Dişlerimi sıkıp bekledim.

"Renesmee sana ilk hatırasını gösterdiğinde Carlisle'ın bana ne dediğini hatırlıyor musun?"

Tabii ki hatırlıyordum. "Bunun ilginç olduğunu söylemişti. Senin yapabildiğinin tam tersini yaptığım."

"Evet. Ben de merak ettim. Belki senin yeteneğini alıp dönüştürmüştür, diye düşündüm."

Bunu düşündüm.

"Sen herkesi dışarıda tutuyorsun," diye başladı.

"Ve onu da kimse dışarıda tutamıyor..." diye ekledim duraksayarak.

"Benim teorim bu," dedi. "Ve eğer senin aklına da girebiliyorsa, bu gezegende onu kıyıda tutabilen bir kalkan olduğundan şüpheliyim. Bunun faydası olacak. Gördüğüm kadarıyla, onun düşüncelerini gören kimse doğruluğundan şüphe etmiyor. Ve sanırım kimse onları görmeyi engelleyemiyor, eğer yeterince yaklaşabilirse. Eğer Aro anlatmasına izin verirse..."

Renesmee'nin, Aro'nun aç gözlerine yakın olma düşüncesi bile beni ürkütüyordu.

Edward, gerilmiş omuzlarımı ovdu. "En azından onu gerçekleri görebilmekten alıkoyacak bir şey yok."

"Ama gerçek onu durdurmaya yetecek mi?" diye mırıldandım.

Edward'ın da buna verecek bir cevabı yoktu.

35. BEKLENEN TARİH

"Dışarı mı çıkıyorsun?" diye sordu Edward, ses tonu kayıtsızdı. Yüz ifadesinde zoraki bir soğukkanlılık vardı. Renesmee'vi göğsüne biraz daha sıkı bastırdı.

"Evet, birkaç dakikalık bir şeyler..." diye karşılık verdim, onun kadar ciddi olmayan bir edayla.

O en sevdiğim gülümsemesiyle gülümsedi. "Sonra hemen bana dön."

"Her zaman."

Yine Volvo'sunu aldım, son kullanışımdan beri kilometreyi kontrol etti mi diye merak ediyordum. Ne kadarını anlayabilirdi? Bir sırrım olduğunu kesinlikle anlamıştı. Neden ona açıklamadığımı anlayabilir miydi? Aro'nun onun bildiği her şeyi bileceğini tahmin etmiş miydi? Edward'ın bu sonuca ulaştığını düşünüyordum, bu yüzden benden herhangi bir sebep göstermemi beklemiyordu. Bu halimi çok düşünmemeye çalışıyordu. Bunları Alice'in gitmesinden sonraki sabah olanlarla, kitabı yakışımla birleştirmiş miydi? O kadar ilerisini düşünmüş müydü, bilmiyordum.

Kasvetli bir akşam üzeriydi, daha şimdiden gün batımı havayı karartmıştı. Karanlığın içinden, gözlerimi ağır bulutlarda tutarak ilerledim. Bu gece kar yağacak mıydı? Yerleri kaplayacak ve Alice'in gördüğü sahneyi yaratacak mıydı? Edward iki günümüzün kaldığını hesaplamıştı. Sonra meydana giderek Volturiler'i seçtiğimiz bu bölgeye çekecektik.

Kararmış ormanda ilerlerken, Seattle'a son gidişimi düşündüm. Alice'in beni o harabeye göndermesinin sebebini bildiğimi düşünmüştüm. Eğer diğer ofise gitseydim beni oraya neden gönderdiğini anlayabilecek miydim? Onunla avukat Jason Jenks ya da Jason Scott olarak karşılaşsaydım, onun içindeki yasadışı belge tedarikçisi J. Jenks'i bulup çıkarabilecek miydim? İyi bir şeyin beklenemeyeceği bir yola gitmem gerekmişti, bu benim ilk ipucum olmuştu.

Restoranın otoparkına arabayı bıraktığımda hava iyice kararmıştı. Lenslerimi takıp J'i içeride bekledim. Ben bu bunaltıcı ihtiyacı hemen karşılayıp eve gitmek için acele etsem de, J kendini ele vermemek adına çok dikkatliydi. Bu işi otoparkta halletmenin, onun prensiplerine ters düştüğünü anlamıştım.

Girişte Jenks adını verince itaatkâr garson beni taş şöminesinde ateş yanan küçük, özel bir odaya götürdü. Alıce'in uygun elbise olarak niteleyeceği bir giysiyi gizlesin diye giydiğim paltomu alırken altından çıkan açık renkli saten elbiseyi görünce şaşkınlıkla derin bir nefes aldı. Gururumun okşanmasını engelleyemedim; Edward'dan başka birilerine de güzel görünmeye daha alışamamıştım. Garson odadan çıkarken yarım yamalak iltifatlar geveledi.

Beklerken, parmaklarımı, o kaçınılmaz el sıkışması için, ateşe doğru tutarak biraz ısıtmaya çalıştım. Gerçi J'in Cullenlar'la ilgili farklı bir şeylerin olduğunu fark etmiş olduğu belliydi ama yine de pratik yapmanın faydası vardı.

Yarım saniye boyunca, elimi ateşe koymanın nasıl bir şey olacağını düşündüm. Yandığım zaman nasıl hissedeceğimi.

J'in içeri girişi bu iğrenç düşünceyi dağıttı. Garson onun da paltosunu alınca bu gece için özenli giyinenin yalnız ben olmadığını anladım.

"Üzgünüm, geciktim," dedi J yalnız kalır kalmaz.

"Hayır, tam zamanında geldin."

Elim uzattı ve el sıkıştık, parmakları hâlâ benimkilerden fark edilebilir derecede daha sıcaktı. Ama buna aldırmadı.

"Büyüleyici görünüyorsunuz, Bayan Cullen."

"Teşekkürler J. Lütfen bana Bella de."

"Sizinle çalışmanın Bay Japser'la çalışmaktan çok daha farklı olduğunu söylemeliyim. Çok daha az... Rahatsızlık verici." Kararsızca güldü.

"Gerçekten mi? Jasper'ın her zaman yatıştırıcı olduğunu düşünürüm."

"Öyle mi?" diye mırıldandı kibarca, bana katılmadığı açıktı. Ne ilginç. Jasper bu adama ne yapmıştı ki?

"Jasper'ı uzun zamandır mı tanıyorsunuz?"

İç çekti, rahatsız olmuşa benziyordu. "Bay Jasper'la yirmi yılı aşkın süredir çalışıyorum, eski ortağım da ondan on beş yıl öncesinde tanımıştı. O hiç değişmiyor." Olduğu yere büzüldü.

"Evet, Jasper öyledir."

J başını, sanki rahatsız edici düşüncelerden silkiniyormuş gibi salladı. "Oturmaz mıydın Bella?"

"Aslında biraz acelem var. Eve kadar uzun bir yolum var," dedim ve çantamdaki kalın beyaz zarfı çıkarıp ona uzattım.

"Ah," dedi, sesinde biraz hayal kırıklığı vardı. Zarfı alıp parayı saymaya bile tenezzül etmeden ceketinin iç cebine koydu. "Biraz konuşabiliriz diye umuyordum."

"Ne hakkında?" diye sordum merakla.

"Önce belgelerinizi vereyim. Memnun olduğunuzdan emin olmak istiyorum."

Dönüp çantasını masaya koydu ve açtı. Büyük boy ambalaj kâğıdı olan bir zarf çıkardı.

Ne aramam gerektiğini bilemesem de zarfı açıp içindekilere merakla baktım. J, Jacob'ın resmini alıp değiştirmişti, böylece resmin hem pasaport hem de ehliyettekiyle aynı olduğu hemen belli olmuyordu. Venessa Wolfe'un pasaportuna bir saniye bakıp hemen bakışlarımı çevirdim çünkü boğazımda bir şey düğümleniyordu.

"Teşekkürler," dedim.

Gözleri hafifçe kısılınca incelememden memnun kalmadığını hissettim. "Her parçanın kusursuz olduğuna dair seni temin ederim. Hepsi uzmanlar tarafından titizlikle incelendi."

"Eminim öyledir. Benim için yaptıkların dolayı sana gerçekten minnettarım J."

"Zevk duydum, Bella. Bundan sonra da Cullen ailesinin her türlü ihtiyacı için bana gelmekten çekinme." Tam olarak söylemedi ama bağlantı için Jasper'ın yerini almam için bir davetti bu.

"Konuşmak istediğin başka bir konu var mıydı?"

"Ah, evet. Biraz hassas bir konu..." Sorgular bir ifadeyle taş şömineye baktı. Şöminenin yakınına oturdum, o da yanıma oturdu. Yine alnından terler damladığı için cebinden mavi ipek bir mendil çıkarıp silmeye başladı.

"Sız Bay Jasper'ın karısının kardeşi miydiniz yoksa kardeşi ile mi evlisiniz?" diye sordu.

"Kardeşi ile evliyim," dedim, konunun neye bağlanacağını merak ediyordum.

"O zaman Bay Edward'ın eşisiniz herhalde?"

"Evet."

Özür diler bir ifadeyle gülümsedi. "Bütün isimleri defalarca kez gördüm. Gecikmiş tebriklerimi sunuyorum. Bay Edward'ın bu kadar zaman sonra böyle güzel bir eş bulması çok güzel."

"Çok teşekkür ederim."

Alnındaki terlen silerek duraksadı. "Yıllar boyunca Bay Jasper ve tüm aile ile sağlıklı bir ilişki geliştirdiğimi anlamışsınızdır."

Dikkatle başımı salladım.

Derin bir nefes aldı ve sonra tekrar hiçbir şey söylemeden bıraktı.

"J, lütfen söylemen gerekeni söyle."

Başka bir nefes aldı ve çabucak geveleyerek konuştu.

"Küçük kızı babasından kaçırmayacağınıza dair beni temin ederseniz, bu akşam daha iyi uyuyabilirim."

"Ah," diyebildim sadece, afallamıştım. Nasıl yanlış bir sonuca vardığını anlamam bir dakika sürdü. "Ah hayır. Böyle bir şey değil." Güçsüz bir gülümsemeyle onu temin etmeye çalıştım. "Ben sadece bana ve kocama bir şey olursa diye ona güvenli bir yer hazırlamaya çalışıyorum."

Gözlerini kıstı. "Bir şeyin olmasını mı bekliyorsunuz?" Kızardı ve sonra özür diledi. "Beni ilgilendirmez."

Kızarıklığın yüzüne iyice yayılmasını izledim, her zaman olduğu gibi, sıradan bir yeni doğan olmadığım için memnundum. J, sahtecilik yönü bir tarafa bırakılırsa, iyi bir adama benziyordu ve onu öldürmek kötü olurdu.

"Bundan hiçbir zaman emin olamayız," diyerek iç geçirdim.

Yüzü asıldı. "O zaman size bol şans diliyorum. Ve lütfen beni yanlış anlamayın canım, ama... Eğer Bay Jasper gelirse ve bana belgelere hangi isimleri koyduğumu sorarsa..."

"Tabii ki ona hemen söylemelisiniz. Bu işlemden Bay Jasper'ın da haberinin olmasını isterim."

İçtenliğim, biraz olsun gerginliğini kırmış gibi görünüyordu.

"Pekâlâ," dedi. "Ama size yemeğe kalmanız için ısrar edemem, değil mi?"

"Üzgünüm J. Ama şimdi vaktim çok kısıtlı."

"O zaman tekrar, sağlığınız ve mutluluğunuzu diliyorum. Güllen ailesinin ihtiyacı olan her şey için beni aramaktan çekinme, Bella."

"Teşekkürler J."

Kaçak belgelerimle oradan ayrıldım. Arkama baktığımda J'in de bana baktığını gördüm, yüzündeki ifadede gerginlik ve pişmanlık vardı.

Geri dönüşüm daha kısa sürdü. *Gece* karanlıktı, o yüzden farları kapatıp kendimi yola vurdum. Eve vardığımda, Alice'in Porsche'u ve benim Ferrari'm de dâhil olmak üzere birçok araba yerinde değildi. Vampirler, susuzluklarını doyurmak için olabildiğince uzağa gidiyorlardı. Gece avlanırken nasıl olduklarını düşünmemeye çalıştım.

On odada yalnızca Kate ve Garrett vardı, hayvan kanının besin değeri hakkında tartışıyorlardı. Hayvan avına çıkmanın Garret için güç bir şey olduğunu anlamıştım.

Edward, uyuması için Renesmee'yi eve götürmüş olmalıydı. Jacob da hiç şüphesiz ormanda, kulübeye yakın bir yerdeydi. Ailenin kalanı da avlanıyor olmalıydı. Belki de Denaliler'le çıkmışlardı.

Bu da evi bana bırakıyordu. Bu durumdan faydalanmak için elimi çabuk tuttum.

Kokudan anladığım kadarıyla, gittiklerinden bu yana, Alice ve Jasper'ın odasına giren ilk kişi bendim. Sessizce büyük dolaplarını arayıp uygun bir çanta buldum. Bu Alice'in olmalıydı, küçük deri bir sırt çantasıydı, Renesmee'nın de taşıyabileceği kadar küçüktü. Sonra içine biraz para koydum, aslında ortalama bir Amerikan ailesinin yıllık giderlerini karşılayacak kadar para vardı burada. Hırsızlığımın en çok bu odada fark edilmeyeceğini düşünmüştüm çünkü bu oda herkesi mutsuz ediyordu. Paranın üzerine de sahte pasaport ve kimliklerin olduğu zarfı koydum. Sonra Alice ve Jasper'ın yatağına oturup kızıma ve en yakın arkadaşıma hayatlarını kurtarmak için verebileceğim tek şey olan çantaya baktım. Umutsuzca yatağa yığılmıştım.

Ama başka ne yapabilirdim ki?

Sonra orada öylece dururken birden aklıma iyi bir fikir geldi.

Eğer...

Eğer Jacob ve Renesmee'nin kaçacaklarını farz ediyorsam, o zaman bu Demetri'nin öleceği anlamına geliyordu. Bu da sağ kalanlara biraz olsun nefes alacak alan bırakırdı, yani Alice ve Jasper'a da.

O zaman Alice ve Jasper, Jacob ve Renesmee'ye yardım edebilirlerdi, değil mi? Eğer tekrar görüşürlerse, Renesmee olabilecek en iyi güvenliğe sahip olurdu. Bunun olmaması için bir sebep yoktu, tabii hem Jacob'ın hem de Renesmee'nin Alice için kör birer nokta olduklarını hesaba katmazsak. Onları nasıl arayacaktı ki?

Bir an düşündüm sonra odadan ayrılarak Carlisle ve Esme'nin büyük odalarına giden koridoru geçtim. Her zaman olduğu gibi Esme'nin masası planlarla doluydu. Boş bir kâğıt ve kalem aldım.

Sonra boş kâğıda beş dakika bakakaldım ve kararıma konsantre olmaya çalıştım. Alice, Jacob ve Renesmee'yi göremiyordu ama beni görebiliyordu. Onun bu an'ı görüyor olduğunu gözümde canlandırırken, umutsuzca, dikkat etmeyecek kadar meşgul olmamasını umuyordum.

Yavaşça ve nazikçe, kâğıda büyük harflerle RIO DE JANERIO yazdım.

Rio onları göndermek için en iyi yerdi. Buradan uzaktı,

hem gelen son raporlara göre Alice ve Jasper da zaten Güney Amerika'daydı ve yeni problemlerimiz ortaya çıktı diye eskiler kaybolmamıştı. Hâlâ Renesmee'nin geleceğiyle, çabuk büyümesiyle ilgili sorular gizemini koruyordu. Zaten bunlar için de güneye gidecektik. Bundan sonra efsaneleri araştırmak Jacob'ın ve umarım Alice'in işi olacaktı.

Aniden yoklamaya başlayan hıçkırıklara karşı başımı salladım ve dişlerimi kenetledim. Renesmee'nin bensiz gitmesi daha iyiydi. Ama onu şimdiden özlemiştim ve buna dayanamıyordum.

Derin bir nefes alıp notu Jacob'ın yakında bulacağı çantaya koydum.

Jacob'ın okulunun Portekizce öğretmesi çok düşük bir ihtimal olduğundan, en azından İspanyolca dersleri almış olduğunu umuyordum.

Şimdi beklemekten başka bir şey kalmamıştı.

Edward ve Carlisle, iki gün boyunca, Alice'in Volturiler'in geleceğini söylediği o alanda kaldılar. Burası, geçen yaz Victoria'nın yeni doğanlarının saldırdığı o ölüm alanıydı. Bunlar Carlisle'a tekrar ya da *dejavu* olarak gelmiş olmalıydı.

Benim için hepsi yeni olacaktı. Bu sefer Edward ve ben ailemizin yanında olacaktık.

Volturiler'in yalnız Edward ya da Carlisle'ı takip etmesi sadece bir hayal olurdu. Acaba avları kaçmadığında bu onları şaşırtacak mıydı? Bu onları tedbirli yapacak mıydı? Volturiler'in sakınmaya ihtiyaç duyabileceklerini hiçbir şekilde hayal bile edemiyordum.

Umduğumuz gibi Demetri'ye görünmez olsam bile Edward'la kaldım. Tabii ki. Beraber olmak için sadece birkaç saatimiz kalmıştı.

Edward ve ben veda sahnesi yaratmamıştık, zaten böyle bir şey de planlamamıştım. Bunu dile dökmek, her şeyi bitirecekti. Bir hikâyenin son sayfasına SON yazmak gibi bir şeydi bu. Bu yüzden birbirimize veda etmedik ve çok yakın durup sürekli birbirimize dokunduk. Bizi bulan, nasıl bir son olursa olsun, ayrı bulamayacaktı.

Renesmee için, birkaç metre geriye, korunaklı ormanda bir çadır kurduk ve orada soğukta Jacob'la kamp yaparken kendimizi bir *dejavu'nun* içinde bulduk. Geçen hazirandan bu yana her şeyin böyle değişmesine inanmak neredeyse imkânsızdı. Yedi ay önce, üçlü arkadaşlığımız imkânsız görünüyordu, üç ayrı kalp kırıklığı bizi bekliyordu. Şimdi her şey kusursuz bir dengedeydi. Yapboz parçalarının nihayet böyle birleştikten hemen sonra yok edilecek olması ne kadar da ironikti.

Yılbaşından önceki gece tekrar kar yağmaya başladı. Bu sefer ufak kar taneleri meydanın kayalık yüzeyinde erimedi. Renesmee ve Jacob uyurken, kar önce ince bir buz katmanı yarattı sonra daha kalın yığılmalar oluşturdu. Güneş doğduğunda, Alice'in gördüğü sahne tamamlanmıştı. Edward ve ben parıltılı alana bakarken el ele tutuşuyorduk. İkimiz de tek kelime etmedik.

Sabahın erken saatinde diğerleri de toplandı, gözleri hazırlıklarının sessiz kanıtlarını taşıyordu; kimininki açık altın, kimininki zengin kırmızı renkteydi. Hepimiz bir araya geldikten sonra kurtların da ormanda gezdiklerini duyduk. Jacob çadırdan fırladı ve Renesmee'yi uykuda bırakarak diğerlerine katılmaya gitti.

Edward ve Carlisle, tanıklık yapmaları için diğerlerini izleyici şeklinde yerleştiriyorlardı.

Renesmee'nin uyanmasını beklerken onu çadırın yan tarafından izliyordum. Uyandığında, iki gün önce özenle seçtiğim kıyafetlerini giydirdim. Bunlar fırfırlı ve kadınsı şeylerdi ama bir insan bütün ülkeyi bir kurt adamın sırtında bile geçirse hiç giyilmemiş gibi görünecek kadar sağlamdı. Ceketinin üzerine de, içinde belgelerin, paranın, ipucunun, ona ve Jacob'a ve Charlie'ye ve Renée'ye yazdığım sevgi dolu notların olduğu deri sırt çantasını taktım. Renesmee, bu çantayı taşıyabilecek kadar güçlüydü.

Yüzümdeki acıyı gördüğünde gözleri açılmıştı. Ama ne yaptığımı sormayacak kadar beni anlıyordu.

"Seni seviyorum," dedim ona. "Her şeyden çok."

"Ben de seni seviyorum, anneciğim," diye cevap verdi. Boynundaki madalyona dokundu, artık içinde onun, Edward'ın ve benim beraber olduğumuz küçük bir fotoğraf vardı. "Her zaman birlikte olacağız."

"Kalplerimizde her zaman birlikte olacağız," diye düzelttim nefes kadar sessiz bir fısıltıyla. "Ama bugün, zamanı geldiğinde beni bırakmak zorundasın."

Gözleri iyice açılmıştı, elini yanağıma koydu. Sessiz *hayır* cevabı, adeta bir çığlık gibiydi.

Yutkunmamak için direndim, boğazım şişmişti. "Benim için yapar mısın bunu? Lütfen?"

Parmaklarını yanağıma daha sert bastırdı. *Neden?*

"Sana söyleyemem," diye fısıldadım. "Ama yakında anlayacaksın. Söz veriyorum."

Aklımda Jacob'ın yüzünü gördüm.

Başımı sallayarak onayladım sonra parmaklarını çe' tim. "Bunu düşünme," diye fısıldadım kulağına. "Sana kaçmanı söyleyene kadar Jacob'a söyleme, tamam mı?"

Bunu anladı ve o da başını salladı.

Cebimden son bir detay daha çıkardım.

Renesmee'nin çantasını hazırlarken beklenmeyen bir renk parlaklığı gözümü almıştı. Bir ışık huzmesi antik kutuya değmişti. Bunu bir an düşünüp sonra omuz silktim. Alice'in ipuçlarını birleştirince, bu karşılaşmanın barışla sonuçlanmayacağı belliydi. Ama yine de neden her şeye olabildiğince dostça başlamıyoruz ki? diye sordum kendime. Bunun bir zararı olur muydu? Demek ki hâlâ, biraz da olsa umudum vardı; kör, duygusuz bir umuttu bu, ama yine de Aro'nun bana gönderdiği düğün hediyesini almıştım.

Altın halatı boynuma takınca devasa elmasların ağırlığını boynumda hissettim.

"Güzel," diye fısıldadı Renesmee. Sonra kollarını boynuma doladı. Onu göğsüme bastırdım ve çadırdan dışarı, alana doğru taşıdım.

Edward biz yaklaşırken tek kaşını kaldırdı ama Renesmee'nin ya da benim aksesuarım hakkında bir yorum yapmadı. Sadece kollarını ikimizin etrafına doladı ve uzun bir andan sonra derin bir iç çekişle bizi bıraktı. Gözlerinde bir veda göremedim. Belki bundan sonraki hayat için daha büyük umutları vardı.

Yerimizi aldık, Renesmee sırtıma çıkınca ellerim serbest kalmıştı. Carlisle, Edward, Emmett, Rosalie, Tanya, Kate ve Eleazar'ın oluşturduğu ilk sıranın birkaç adım arkasında durdum. Benjamin ve Zafrina bana yakındı. Onları elimden geldiği kadar korumak benim görevimdi. Onlar bizim en iyi saldırı silahlarımızdı. Eğer Volturiler birkaç saniye bile olsa göremezlerse, birden her şey değişecekti.

Zafrina sert ve acımasızdı, Senna da yanında onun yansıması gibi duruyordu. Benjamin yere oturmuştu, avuçları yere değiyordu. Sessizce eksiklikler hakkında söyleniyordu. Geçen akşam, herkese büyük kaya parçaları dağıtmıştı. Bunlar bir vampiri yaralamaya yetmeyecekti ama oyalamasını umuyorduk.

Tanıklar sağ ve solumuzda kümelendiler, kendilerini adadıklarını bildirenler diğerlerinden daha yakında duruyorlardı. Siobhan'ın şakaklarını ovduğunu fark ettim. Konsantre olmak için gözlerini yummuştu. Carlisle'a şaka mı yapıyordu? Yoksa gerçekten de barış içinde bir sonuç mu hayal ediyordu?

Arkamızdaki ormanlıkta görünmez bir halde bekleyen kurtlar sabit ve hazırdı. Sadece hızlı nefes alışlarını ve atan kalplerini duyuyorduk.

Bulutlar havayı kaplayarak ışığı dağıttığı için sabah mı akşam mı olduğu çok belli değildi. Edward'ın gözleri kısılmış, dikkatle görüntüyü izliyordu. Bu sahneyi ikinci kez gördüğünden emindim, ilki Alice'in gördüğü sahneydi. Artık sayılı dakikalarımız ya da saniyelerimiz kalmıştı.

Bütün ailemiz ve yandaşlarımız, kendilerini en kötü ihtimale hazırlamışlardı.

Kocaman kızıl-kahve Alfa kurt ormandan çıkarak gelip yanımda durdu, tehlike altındayken Renesmee'den ayrı durmak onun için çok güç olmalıydı.

Renesmee uzanıp parmaklarını onun kalın omzunda gezdirdi ve bedeni biraz olsun rahatladı. Jacob yakınında olduğunda daha sakındı. Ben de kendimi birazcık daha iyi hissetmiştim. Jacob, Renesmee'yi e olduğu sürece, kızım iyi olacaktı.

Edward, elini uzatıp sırtıma dokundu. Ben de kolumu ona uzatıp elini tuttum, parmaklarımı sıktı.

Bir dakika daha geçti ve kendimi yaklaşan birilerinin sesini duymak için zorlarken buldum.

Sonra Edward kasılarak kenetlenmiş dişleri arasından kısık bir sesle tısladı. Gözleri durduğumuz yerin kuzeyine odaklandı.

Saniyeler geçerken onun baktığı yere bakarak bekledik.

36. KAN TUTKUSU

Parlak bir gösteri gibi geldiler. Muhteşem bir güzellikleri vardı.

Sert, ciddi bir şekilde dizilmişlerdi. Beraber hareket ediyorlardı ama marş şeklinde değildi. Ağaçlarla kusursuz bir uyum içindeydiler; karın üzerinde akıp giden karanlık bir şekil gibiydiler.

Dış kısımdakiler griydi. Renk bu oluşumun ortasına doğru, her sıra ile birlikte daha da kararıyordu, ortada derin bir siyah vardı. Her yüzü bir cüppe çeviriyor, gölgeliyordu. Ayaklarının sesi öyle düzenliydi ki kulağa müzik gibi geliyordu. Bu karmaşık ritim asla durmayacak gibiydi.

Şeklin dışarı doğru kıvrıldığını görmüyordum. Hareketleri oldukça katıydı, bir yelpazenin açılması gibi nazik ama katıydı. Gri pelerinli olanlar yanlara doğru yayılırlarken daha koyu renkli olanlar tam merkezde yükseliyorlardı, bütün hareketler kontrollüydü.

İlerleyişleri yavaş ama temkinliydi. Acele etmeden, gerilmeden, heyecanlanmadan ilerliyorlardı.

Bu neredeyse benim eski kâbusum gibiydi. Eksik olan tek şey, rüyamdaki yüzlerde gördüğüm şeytani arzu, o kinci zevkin gülümsemeleriydi. Şimdi Volturiler, hiçbir duygu göstermeyecek kadar disiplinli görünüyorlardı. Ve karşılarında onları bekleyen ve onlarla karşılaştırıldığında birden oldukça düzensiz ve hazırlıksız görünen vampir topluluğuna karşı hiçbir şaşkınlık ya da korku kırıntısı göstermediler. Yanımızda duran koca kurda da şaşırmadırlar.

Saymadan edemedim. Otuz iki kişilerdi. En arkada, kimsesiz gibi ayrı görünen siyah pelerinli kişilerin eşler olduğunu anlamıştım, savunmalı halleri saldırıya katılmayacaklarını gösteriyordu. Onları saymasak bile yine de sayımız onlarınkinden azdı. Bizde savaşabilecek yalnız on dokuz kişi vardı ve kalan yedi kişi de ancak yok edilişimizi izlerdi. Bize katılan on kurdu saysak bile bizi geçiyorlardı.

"İngiliz askerleri geliyor, İngiliz askerleri geliyor," diye homurdandı Garrett kendi kendine ve sonra güldü. Kate'e doğru bir adım kaydı.

"Gerçekten geldiler," diye fısıldadı Vladimir Stefan'a.

"Eşler," diye tısladı Stefan. "Bütün korumalar. Hepsi beraber. Volterra'yı denememmiz iyi olmuş."

Sonra sayıları yeterli değilmiş gibi, arkalarından başka vampirler de alana girdi.

Sonsuz gibi görünen bu vampir alanındaki yem yüzler, Volturiler'in ifadesiz disiplinleri ile tezat içindeydi, onların tüm duyguları yüzlerindeydi. Önce şok vardı yüzlerinde, sonra da onları bekleyenleri görmenin verdiği korku. Ama bu endişeleri çabuk geçti, ürkütücü sayıları ve Volturi gücünün arkasında oldukları için güvendeydiler. İfadeleri onları şaşırtmamızdan önceki hallerine döndü.

Yüzlerindeki ifade o kadar açıktı ki, akıllarındakini anlamak kolaydı. Bunlar, çılgınlığa sürüklenmiş adalete köle olmuş, kızgın, gürültücü bir kalabalıktı. Onların yüzlerini görene kadar vampirler dünyasının ölümsüz çocuklara karşı hissettiklerini tam olarak anlamamıştım.

Açıkça görünüyordu ki, bu kırk kişiden fazla olan, düzensiz sürü Volturiler'in kendi tanıklarıydı. Öldüğümüzde, herkese suçluların kökünün kurutulduğunu, Volturiler'in onlara tarafsız davrandığını söyleyeceklerdi. Birçoğunda tanıklık etme isteğinden fazlası vardı, yıkıp yakmaya yardım etmek istiyorlardı.

Volturiler'in avantajlarını ortadan bir şekilde kaldırsak bile, bizi gömerlerdi. Demetri'yi öldürsek bile Jacob bunun üstesinden gelemezdi.

Bunu hissedebiliyordum. Umutsuzluk havayı sarmıştı ve artık beni yere daha da büyük bir baskıyla itiyordu.

Vampirlerden biri iki tarafa da aitmiş gibi görünmüyordu; İrina'nın iki taraf arasında kararsız kaldığında fark ettim, yüzünde diğerlerininkinden oldukça farklı bir ifade vardı. İrina'nın dehşet içindeki bakışı sıranın önündeki Tanya'ya kilitlenmişti. Edward hırladı, çok kısık ama coşkun bir sesti bu.

"Alistar haklıydı," diye mırıldandı Carlisle'a.

Carlisle'ın Edward'a soran gözlerle baktığını gördüm.

"Alistar haklı mıydı?" diye fısıldadı Tanya.

"Onlar, yani Caius ve Aro, yok edip aralarına kazandırmak için geldiler." Edward, yalnız bizim taraftakilerin duyacağı kadar sessizdi. "Stratejilerini çoktan harekete geçirmişler. Eğer İrina'nın suçlamasının yanlışlığı bir şekilde kanıtlanırsa, istediklerim almak için bir sebep bulmaya yeminliler. Ama şu anda Renesmee'yi görebilirler, bu yüzden umutlular. Diğer yapmacık suçlar için kendimizi savunabiliriz ama önce Renesmee hakkındaki gerçeği duymak için durmaları gerekiyor." Sonra daha da kısık sesle konuştu. "Ama bunu yapmaya hiç de niyetleri yok."

Jacob tuhaf, dargın bir ses çıkardı.

Ve sonra, beklenmedik bir şekilde, iki saniye sonra geçit alayı durdu. Hareketlerinin kusursuzca uyumlu müziği sustu. Disiplinleri kırılmamıştı, Volturiler tek vücut halinde durmuşlardı. Bizden yüz metre kadar uzaktaydılar.

Arkamdaki geniş kalplerin atışlarını daha yakından duyuyordum. Göz ucuyla Volturiler'i durduran şeye baktım.

Kurtlar bize katılmıştı.

Düzensiz sıramızın iki yanına, sınırlayıcı kollar gibi dizilmişlerdi. 'Yalnız bir an bakarak ondan fazla kurt olduğunu görebilmiştim, kimisini tanıyordum kimisini önceden hiç görmemiştim. On altı, Jacob'ı sayarsak on yedi kurt eşit şekilde çevremize dağılmıştı. Boylarından ve büyük pençelerinden anlaşıldığı kadarıyla yeni kurtlar çok çok gençti. Bunu daha önceden tahmin edebilirdim. Çevrede bu kadar vampir olunca kurt adamların nüfusu da patlamıştı.

Daha çok çocuk ölecekti. Sam'in buna nasıl izin verdiğini merak ettim ama sonra başka seçeneğinin olmadığını fark ettim. Eğer bütün kurtlar burada olmasaydı bile, Volturiler diğerlerini de bulmadan gitmezlerdi. Kurtlar tüm türlerini bu bahse yatırmışlardı.

Ve kaybedecektik.

Birden, çok öfkelendim. Kızgınlıktan da öte, öldüresiye öfkelenmiştim. Umutsuzluğum tümüyle yok olmuştu. Solgun kırmızı bir parıltı önümdeki karanlık şekilleri aydınlattı. Tek istediğim dişlerimi onlara geçirmekti, onları paramparça edip parçalarını yakmak için toplamaktı. Öyle gözüm dönmüştü ki onların canlı canlı yandığı yığınların çevresinde dans edebilir, onlar küllere dönerken gülebilirdim. Birden dudaklarım gerildi ve kısık sesle oldukça vahşi bir şekilde hırladım. Sonra da dudaklarımdaki ifadenin gülümsemeye döndüğünü fark ettim.

Yanımda duran Zafrina ve Senna da benim öfkeli hırlamamı tekrarladılar. Edward tuttuğu elimi sıktı ve beni uyardı.

Gölgeli Voltun yüzlerinin birçoğu hâlâ ifadesizdi. Yalnız iki çift göz duygularını ele veriyordu. Tam merkezde elleri birbirine değen Aro ve Caius durumu değerlendirmek için durmuşlardı ve bütün korumalar da onlarla beraber durmuş, öldürmek için emir bekliyorlardı. Birbirlerine bakmıyorlardı ama iletişim içinde oldukları açıktı. Marcus, Aro'nun diğer eline dokunmasına rağmen bu konuşmanın içindeymiş gibi görünmüyordu. Yüz ifadesi korumalarınla kadar olmasa da, neredeyse o kadar boştu. Onu gördüğüm bir önceki seferde olduğu gibi tümüyle sıkılmış görünüyordu.

Volturiler'in tanıklarının vücutları bize doğru uzandı, gözleri öfkeyle Renesmee ve bana kenetlenmişti ama ormana yakın durarak Volturiler ve kendileri arasında büyük bir aralık bırakıyorlardı. Yalnız İrina, Volturiler'in yakınında dolanıyordu, kumral saçlı itibarlı eşlerin ve devasa korumalarının birkaç adım gerisindeydi.

Aro'nun hemen arkasında, koyu gri pelerinin içinde bir kadın vardı. Emin olmadım ama o da Aro'nun sırtına dokunuyor olabilirdi. Bu da diğer kalkan Reneta mıydı?

Onun, Eleazar gibi, *beni* geri püskürtüp püskürtemeyeceğini merak ettim.

Ama hayatımı Caius ya da Aro'ya ulaşmak için harcamayacaktım. Daha önemli hedeflerim vardı.

Onları kalabalığın içinde aradım ve merkezin yakınlarında iki küçük, koyu gri pelerini gördüm. Alec ve Jane, korumaların en küçük üyeleriydi, Marcus'un yanında duruyorlardı, diğer taraflarındaysa Demetri vardı. Güzel yüzlerinde ifade yoktu, hiçbir şeyi ele vermiyordu. Merkezdeki eski düz siyah pelerinlerden sonra, en koyu renkli olanlar onların pelerinleriydi. Cadı ikizler, diyordu Vladimir onlara. Onların gücü Volturiler'in saldırılarının önemli bir kısmını oluşturuyordu. Aro'nun koleksiyonundaki mücevherler gibiydiler.

Aro ve Caius'ın bulutlu kırmızı gözleri bizim olduğumuz sırayı kolaçan etti. Burada olmayan bir şeyi ararken hepimizin yüzüne teker teker bakan Aro'nun yüzünde oluşan hayal kırıklığını gördüm. Hüsranla dudaklarını büzdü.

O an, Alıce'in gitmiş olmasına şükrettim.

Duraksama uzadıkça, Edward'ın nefes alışının hızlandığını duydum.

"Edward?" diye sordu Carlisle, sesi kısık ve endişeliydi.

"Nasıl devam edeceklerine emin değiller. Seçeneklerini düşünüyorlar, ana hedefleri seçiyorlar. Ben, tabii ki sen, Eleazar, Tanya... Marcus birbirimize olan bağlarımızın gücüne bakıp zayıf noktalar arıyor. Rumenler'in burada oluşu onları rahatsız ediyor. Tanımadıkları yüzler hakkında kaygılanıyorlar, özellikle Zafrina ve Senna için. Ve tabii ki kurtlar için. Hiçbir zaman sayıca azınlıkta bir durumda olmadılar, onları durduran bu oldu."

"Sayıca azınlıkta mı?" diye fısıldadı Tanya kuşkuyla.

"Tanıklarını saymıyorlar," dedi Edward. "Onlar korumalara göre değersizler. Aro izleyenlerin olmasından hoşlanıyor."

"Konuşmalı mıyım?" diye sordu Carlisle.

Edward ilk önce duraksadı ve sonra başını sallayarak onayladı. "Sahip olacağın tek şans bu olacak."

Carlisle omuzlarını dikleştirip savunma hattından birkaç adım öne atıldı. Onu yalnız ve savunmasız görmekten nefret etmiştim.

Kollarını açtı ve selamlıyormuş gibi avuçlarını kaldırdı. "Aro, eski dostum, asırlar oldu."

Bir an için beyaz alana ölüm sessizliği hâkimdi. Aro'nun, Carlisle'ın sözlerine karşı yaptığı değerlendirmeyi dinlerken Edward'ın gerginliğinin yükseldiğini hissedebiliyordum. Saniyeler geçtikçe hava da daha çok geriliyordu.

Sonra Aro, Volturiler'in önüne geçerek merkezden çıktı. Kalkan olan Renata da, sanki eli Aro'nun pelerinine dikilmiş gibi onunla beraber yürüdü. Volturiler ilk kez tepki vermişti. Sıra boyunca homurdanmalar oldu, kaşlar çatıldı, dudaklar gerildi ve dişler göründü. Korumalardan birkaçı eğilir gibi oldu.

Aro tek elini onlara doğru kaldırdı. "Rahat olun."

Birkaç adım daha attıktan sonra başını yana eğdi. Bulanık gözleri merakla parladı.

"Doğru söylüyorsun, Carlisle," dedi o ince sesiyle. "Ama beni ve sevdiklerimi öldürmek için bir ordu oluşturduğunu düşününce pek yersiz."

Carlisle başını iki yana salladı ve sanki aralarında yüz metre yokmuş gibi elini uzattı. "Niyetimin hiçbir zaman bu olmadığını anlamak için elimi tutmalısın."

Zeki gözleri kısıldı. "Ama yaptığının yanında, sevgili Carlisle, niyetinin ne önemi olabilir ki?" Yüzünü astı ve yüzünden bir üzgünlük gölgesi geçti, bunun içten olup olmadığını anlayamadım.

"Beni cezalandırmak için geldiğin suçu işlemedim."

"O zaman kenara çekil ve sorumlu olanları cezalandırmamıza izin ver. Gerçekten de Carlisle, bugün hiçbir şey beni, senin hayatını korumak kadar memnun edemez."

"Kimse yasaları çiğnemedi, Aro. İzin ver anlatayım." Carlisle yeniden elini uzattı.

Aro cevap veremeden Caius çabucak yanına geldi.

"Kendin için yaptığın anlamsız kurallar ve gereksiz yasalar var Carlisle," diye tısladı beyaz saçlı vampir. "Gerçekten önemli olan bir tanesini çiğnemek için kendini savunman nasıl mümkün olabilir?"

'Yasa çiğnenmedi. Eğer beni dinlerseniz – "

"Çocuğu görüyoruz, Carlisle," diye gürledi Caius. "Bize aptal muamelesi yapma."

"O ölümsüz bir çocuk değil. O vampir değil. Bunu birkaç dakikada kanıtlayabilirim - "

Caius sözünü kesti. "Eğer yasaklılardan biri değilse, neden onu korumak için bir ordu kurdun?"

"Onlar tanık Caius, tıpkı senin getirdiklerin gibi. Carlisle ormanın kıyısındaki kızgın topluluğu gösterdi, kimisi tepki olarak hırladı. "Bu arkadaşların herhangi biri çocukla ilgili gerçeği söyleyebilir sana. Ya da sadece ona bakabilirsin, Caius. Yanaklarında insan kanının dolaştığını görebilirsin."

"Hile!" diye kestirip attı Caius. "Muhbir nerede? Öne çıksın!" Başını çevirip eşlerin yanında duran İrina'ya baktı. "Sen! Gel!"

İrina anlayamayarak ona baktı, yüzünde korkunç bir kâbustan tam olarak uyanamamış bir insanın ifadesi vardı. Caius sabırsızca bekledi. Eşlerin koruyucularından biri İrina'yı kabaca dürttü. İrina gözlerini kırpıştırdı ve sonra Caius'a doğru yürüdü. Birkaç metre kala durdu, gözleri hâlâ kardeşlerindeydi.

Caius aralarındaki mesafeyi hızla geçip İrina'nın yüzünü tokatladı.

Bu acıtmazdı ama harekette korkunç şekilde küçük düşürücü bir şey vardı. Birinin bir köpeği tekmelemesini izlemek gibiydi. Tanya ve Kate aynı anda tısladılar.

İrina'nın vücudu sertleşti ve gözleri nihayet Caius'un üzerinde odaklandı. Parmağıyla, sırtımdaki Renesmee'yi gösterdi, Renesmee'nin parmakları hâlâ Jacob'ın postundaydı. Caius, benim öfkeli duruşumu görünce öfkelendi. Jacob'ın göğsünden bir hırlama çıktı.

"Senin gördüğün çocuk bu mu?" diye üsteledi Caius. "Açıkça insandan farklı olan?"

İrina bize baktı, alana girdiğinden beri ilk kez Renesmee'yi inceliyordu. Başı bir yana eğildi, kafasının karıştığı belliydi.

"Ee?" diye gürledi Caius.

"Ben... Ben emin değilim," dedi, ses tonu şaşkındı.

Caius'un yüzü onu tekrar tokatlamak ister gibi gerildi. "Ne demek istiyorsun?" dedi sert bir fısıltıyla.

"Aynı görünmüyor ama sanırım aynı çocuk. Demek istediğim, o değişmiş. Bu çocuk gördüğüm çocuktan daha büyük ama - "

Caius'ın öfkeli nefesi, dişlerinin arasından çatırdadı. İrina sözlerine devam edemedi. Aro, Caius'un yanına giderek dizginleyici bir şekilde elini omzuna koydu.

"Kendine gel, kardeş. Bunu halletmek için zamanımız var. Acele etmeye gerek yok."

Caius, kasvetli bir ifadeyle İrina'ya arkasını döndü.

"Şimdi tatlım," dedi Aro sıcak, tatlı bir mırıltıyla. "Bana ne demek istediğini göster." Elini sersemlemiş vampire uzattı.

İrina çok da emin olamayarak elini tuttu. Aro onun elini sadece beş saniye tuttu.

"Görüyor musun Caius?" dedi. "İhtiyacımız olanı almak oldukça basit bir mesele."

Caius cevap vermedi. Gözünün ucuyla izleyenlere ve topluluğa baktı, sonra tekrar Carlisle'a döndü.

"Elimizde bir gizem var gibi görünüyor. Çocuğun büyüdüğü görülüyor. Yine de İrina'nın ilk hatırası ölümsüz bir çocuğa ait."

"Benim anlatmaya çalıştığım da buydu," dedi Carlisle. Sesindeki değişimden rahatladığını anlayabiliyordum. Hepimizin belirsiz umutlarını çivilediği şey de böyle durup dinlemeleriydi.

Ben hiç rahatlamamıştım. Neredeyse öfkeden uyuşmuş olarak Edward'ın bahsettiği strateji katlarını bekliyordum.

Carlisle tekrar elini uzattı.

Aro bir an duraksadı. "Hikâyeye daha yakın olan birinden açıklama almayı tercih ederim, dostum. İhlali senin yaptığını düşünmekle hata mı ettim?"

"İhlal olmadı."

"Öyle olsun, gerçeğin her parçasını göreceğim." Aro'nun yumuşak sesi sertleşmişti. "Ve en iyi yol, kanıtı senin yetenekli oğlundan almak." Başıyla Edward'ı işaret etti. "Çocuğu ve yeni doğan eşini sıkı sıkı tuttuğuna göre Edward'la ilgili olduğuna inanıyorum."

Tabii ki Edward'ı istiyordu. Edward'ın aklım bir kere görebildiğinde, hepimizin düşüncelerini bilecekti. Benimkiler hariç.

Edward çabucak dönerek, gözlerime bakmadan beni ve Renesmee'yi alınlarımızdan öptü. Sonra uzun adımlarla karşı alanda yürüdü ve Carlisle'in omzunu sıvazladı. Arkamdan kısık bir inilti duydum, Esme'nin korkusu iyice yüzeye çıkmıştı.

Volturi askerleri etrafında gördüğüm kırmızı sis öncekinden daha parlaktı, Edward'ın beyaz alanı tek başını geçmesini izlemeye dayanamıyordum ama Renesmee'nin de düşmanlarımıza bir adım olsun daha yakın olmasını istemiyordum. Bu iki karşıt ihtiyaç beni ikiye böldü; öylesine kaskatı kesilmiştim ki kemiklerim bu basınçla paramparça olabilirdi.

Edward alanın orta noktasını geçip onlara daha da yaklaştığında Jane'in gülümsediğini gördüm.

O küçük kendini beğenmiş gülümseme, artık benim için bardağı taşırmıştı. Öfkem iyice yükseldi ve önceki kan tutkusunun da ötesine geçti. Deliliği dilimde hissedebiliyordum. Kaslarım gerildi ve hiç düşünmeden hareket ettim. Zihnimdeki tüm gücü toplayıp kalkanımı attım ve o güne kadar yapmış olduğum en iyi mesafenin on katı kadar olan alan boyunca savurdum. Nefesim kesilir gibi olmuştu.

Kalkan benden katıksız bir enerji balonu gibi çıktı. Canlı bir şey gibiydi, onu hissedebiliyordum, doruğundan kenarlarına kadar hissedebiliyordum.

Esnek kalkanım artık çekilemiyordu. O saf güç anında, hepsinin benim zihnimde olduğunu fark ettim. Sonra onu serbest bıraktım ve kalkanım rahatça bir elli metre kadar genişledi. Bu yalnızca konsantrasyonumun ufak bir kısmını işgal ediyordu. Onun da vücudumdaki bir kas gibi esnediğini hissedebiliyordum, isteklerime itaat ediyordu. Onu itip uzattım ve oval bir şekle çevirdim. Esnek kalkanın altındaki her şey bir anda benim bir parçam olmuştu, kalkanın altında yer alan bütün şeylerin hayat gücünü, parlak bir sıcaklık, beni çevreleyen ışık gibi hissedebiliyordum. Kalkanı, alan boyunca biraz daha itip Edward'ın parlak ışığını hissettiğimde rahatladım. Bu yeni kası Edward'ı örtecek şekilde tutarak düşmanlarımız ve onun arasında ince ama kırılmaz bir zar oluşturmuştum.

Bütün bunlar olurken sadece bir saniye geçmişti, Edward hâlâ Aro'ya doğru yürüyordu. Her şey kesinlikle değişmişti ama benden başka kimse patlamayı fark etmemişti. Kendime engel olamadan korkutucu bir şekilde güldüm. Diğerlerinin bana baktığını hissettim ve Jacob'ın büyük kara gözlerinin bana aklımı oynatmışım gibi baktığını gördüm.

Edward, Aro'dan birkaç adına ötede durdu ve o sırada hayal kırıklığı ile fark kesinlikle yapabilmeme rağmen, birbirlerinin akıllarını görmelerini engellememeliydim. Tüm hazırlıklarımızın çıkış noktası buydu: Aro'nun hikâyenin bizim tarafımızı duyması. Bunu yapmak neredeyse fiziksel olarak acı veriyordu ama gönülsüzce kalkanımı geri çektim ve Edward yeniden görüşe girdi. Gülme havası kayboldu. Tümüyle Edward'a odaklandım, yanlış bir şey olması halinde onu kalkanın içine almak' için hazır bekledim.

Edward'ın çenesi kibirle yukarı kalktı ve sanki saygılarını sunuyormuş gibi elini Aro'ya uzattı. Aro bu tavırdan zevk duymuştu ama bu zevki herkes tarafından paylaşılmıyordu. Renata, Aro'nun gölgesinde heyecanla kıpırdandı. Caius'un öfkeli ifadesi kâğıt gibi duran yüzüne kalıcı olarak kazınmış gibiydi. Küçük Jane ona dişlerini gösterdi ve yanında duran Alec'in gözleri kısıldı. Onun da benim gibi her olasılığa karşı hazır beklediğim düşündüm.

Aro aralarındaki mesafeyi düşünmeden kapattı, gerçekten korkacak neyi vardı ki? Daha açık gri pelerinlerin hantal gölgeleri birkaç metre ötedeydi. Jane ve onun yakan yeteneği Edward'ı acı ile yere serebilirdi. Alec onu kör edip sonra Aro'ya yaklaşamadan sağır edebilirdi. Hiçbiri onları durduracak güce sahip olduğumu bilmiyordu. Edward bile.

Aro kaygısız bir gülümsemeyle Edward'ın elini tuttu. Gözleri hemen kapandı ve sonra bilgilerin şiddetli saldırısıyla omuzları çöktü.

Her sır, her strateji, her düşünce, Edward'ın diğer akıllardan son bir ayda duyduğu her şey şimdi Aro'ya aitti. Ayrıca Alice'in her görüsü, ailemizle geçirdiğimiz her sessiz an, Renesmee'nin aklındaki her resim, her öpücük, Edward'la aramızdaki her dokunuş da... Bunların hepsi de artık Aro'ya aitti.

Hayal kırıklığı ile tısladım ve rahatsızlığımdan dolayı kalkan çevremizde daha da genişledi.

"Sakin ol Bella," diye fısıldadı Zafrina.

Dişlerimi sıktım.

Aro, Edward'ın hatıralarına odaklanmaya devam etti. Edward'ın başı eğilmiş, boynundaki kaslar Aro'nun ondan aldığı düşüncelerin yansımasını ve Aro'nun tepkisini görünce kasılmıştı.

Bu iki taraflı ama eşit olmayan konuşma öyle uzun sürdü ki, korumalar bile rahatsız olmaya başladı. Kısık mırıltılar, Caius sessiz olmalarını söyleyene kadar sürdü. Jane kendine hâkim olamıyormuş gibi ilerliyordu ve Renata'nın yüzü de sıkıntı ile kasılmıştı. Bir an için bu güçlü ama panik olmuş kalkanı inceledim; Aro'ya fayda sağlasa bile bir savaşçı değildi o. Görevi korumaktı, savaşmak değil. Onda kan tutkusu yoktu. Benim gibi hamdı ve biliyordum ki ikimiz savaşıyor olsaydık ben onu yok ederdim.

Yeniden Aro'ya odaklandım. Gözleri açıldığında ifadesi korku ve merakla karışmıştı. Tedbirliydi. Edward'ın elini bırakmadı.

Edward'ın kasları biraz olsun rahatladı.

"Gördün mü?" dedi Edward, kadife sesi sakindi.

"Evet, gördüm, kesinlikle," diye onayladı Aro. Sesi kulağa şaşırtıcı bir şekilde neredeyse eğleniyor gibi geliyordu. "Tanrıların ya da ölümlülerin bu kadar net gördüğünü zannetmiyorum."

Korumaların disiplinli yüzleri de benimki gibi kuşkulu görünüyordu.

"Üzerinde düşünecek çok şey verdin, genç arkadaşım," diye devam etti Aro. "Beklediğimden çok daha fazlasını." Hâlâ Edward'ın elini bırakmamıştı ve dinleyenler de Edward'ın gergin tavrını paylaşıyordu.

Edward cevap vermedi.

"Onunla tanışabilir miyim?" diye sordu Aro, neredeyse yalvarır gibi. Aniden ilgilenmeye başlamıştı. "Yaşadığım yüzyıllar boyunca böyle bir şeyin olabileceğini asla hayal bile etmemiştim. Tarihimize işleyen bir şey bu!"

"Neden bahsediyorsun, Aro?" diye atıldı Caius, Edward cevap veremeden. Aro'nun bu isteğini duyunca, Renesmee'yi kollarıma aldım ve onu koruma içgüdüsüyle göğsüme bastırdım.

"Hiç aklına gelmeyecek bir şeyden, benim pratik zekâlı arkadaşım. Uygulamak için geldiğimiz adalet artık burası için geçerli değil."

Caius bu sözleri duyunca şaşırmıştı.

"Rahat ol kardeşim," diyerek uyardı onu Aro.

Bu iyi haber olmalıydı, bizim duymayı umduğumuz sözler de bunlardı zaten. Aro, gerçeklen dinlemişti. Aro, yasanın çiğnenmediğini kabul etmişti.

Benim gözlerim sadece Edward'a odaklanmıştı. Sırtındaki kasların gerildiğini gördüm. Aro'nun Caius'a söylediklerini tekrar düşündüm ve buradaki çifte anlamı gördüm.

"Beni kızınla tanıştıracak mısın?" diye sordu Aro Edward'a.

Sadece Caius değil herkes hayrete düşmüştü.

Edward gönülsüzce başını sallayarak onayladı. Renesmee diğerlerinin gönlünü kazanmıştı. Aro eski vampirlerin lideri gibi görünüyordu. Eğer o bizim tarafımızı tutarsa, diğerleri bize karşı gelir miydi?

Aro hâlâ Edward'ın elini bırakmamıştı ve sonra hiçbirimizin duymadığı bir soruyu cevapladı.

"Bu şartlar altında, bu noktada uzlaşmanın kesinlikle kabul edilebilir olduğunu düşünüyorum. Ortada buluşacağız."

Aro elini bırakınca Edward bize doğru döndü ve Aro da ona katıldı. Bir kolunu çok yakın arkadaşıymış gibi Edward'ın omzuna atmıştı, böylece Edward'ın teniyle olan temasını da sürdürmüş oluyordu. Alanı, bizim olduğumuz tarata doğru geçmeye başladılar.

Bütün korumalar peşine düştü. Aro onlara bakmadan kayıtsızca elini kaldırdı.

"Durun arkadaşlar. ışçıl olursak bizi incitmek niyetinde değiller."

Korumalar buna öncekinden çok daha açıkça tepki gösterdi. Hırlayıp tıslayarak tepki verdiler ama oldukları yerden kıpırdamıyorlardı. Renata, Aro'ya daha da yaklaşmış, korku içinde inliyordu.

"Efendim," diye fısıldadı.

"Kaygılanma canım," diye cevapladı. "Her şey yolunda."

"Belki korumalardan birkaç kişiyi de getirmelisin," diye önerdi Edward. "Bu onları rahatlatacaktır."

Aro bunun akıllıca olduğunu düşünür gibi başını salladı. İki kere parmaklarını şaklattı. "Felix, Demetri."

İki vampir hemen yanına geldiler. Onları son gördüğümden bu yana hiç değişmemişlerdi. İkisi de uzundu ve koyu renk saçları vardı, Demetri sert ve bir kılıç gibi zayıftı, Felix ise hantal ve tehditkârdı.

Beşi birden karşı alanın ortasında durdular.

"Bella," diye seslendi Edward. "Renesmee'yi getir... Ve birkaç arkadaşımızı da."

Derin bir nefes aldım. Bedenim bu fikre karşı çıkarak kasılmıştı. Renesmee'yi çatışmanın orta yerine götürme fikrine... Ama Edward'a güveniyordum. Aro bir hainlik planlıyor olsaydı Edward bunu bilirdi.

Aro'nun yanında üç koruyucusu vardı, o zaman ben de yanımda iki kişi götürecektim. Kırar vermem kısa sürdü.

"Jacob? Emmett?" dedim sessizce. Emmett, çünkü gitmek için ölüyordu. Jacob, çünkü arkada kalmaya dayanamayacaktı.

İkisi de başını sallayarak onayladı. Emmett sırıttı.

Onları iki yanıma alarak alanı geçtim. Seçtiklerimi görünce korumalardan bir gürültü daha yükseldi, açıkça, kurt adama güvenmiyorlardı. Aro elini kaldırdı ve tepkileri yine susturdu.

"İlginç bir arkadaşınız var," diye mırıldandı Demetri Edward'a.

Edward tepki vermedi ama Jacob'ın dişlerinin arasından kısık bir hırlama çıktı.

Aro'dan birkaç metre uzaklıkta durduk. Edward Aro'nun kolundan kurtularak hemen bize katıldı ve elimi tuttu.

Bir an birbirimize sessizce baktık. Sonra Felix sessizce beni selamladı.

"Tekrar merhaba, Bella." Ukalaca sırıtırken bir yandan da gözünün ucuyla Jacob'ın her hareketini takip etmeyi ihmal etmiyordu.

Dağ gibi kocaman olan bu vampire hoşnutsuzlukla gülümsedim. "Selam Felix."

Felix güldü. "İyi görünüyorsun. Ölümsüzlük yakışmış."

"Çok teşekkürler."

"Bir şey değil. Ne yazık ki... "

Yorumunu havada sessizliğe asılı bıraktı ama sonunu anlamak için Edward'ın yeteneğine ihtiyacım yoktu. *Ne yazık ki sizi birazdan öldüreceğiz,*

"Evet, çok kötü, değil mi?" diye mırıldandım.

Felix göz kırptı.

Aro konuşmalarımıza hiç dikkat etmiyordu. Başını bir yana eğdi, büyülenmişti. "Onun tuhaf kalbini duyabiliyorum," diye mırıldandı, neredeyse kelimelerine eşlik eden hareketli bir müzik vardı. "Tuhaf kokusunu alabiliyorum." Sonra puslu gözleri bana dikildi. "Gerçekten, genç Bella, ölümsüzlük sana olabilecek en fevkalade şekilde yakışmış," dedi. "Bu hayat için tasarlanmış gibisin."

Övgüsüne başımı sallayarak cevap verdim

"Hediyemi beğendin mi?" diye sordu, boynumdakine göz atarak.

"Çok güzel ve çok çok cömert bir hediye. Teşekkürler. Size bir teşekkür notu göndermeliydim."

Aro zevkle gülümsedi. "Yüzyıllardır bende duran bir şeydi. Yeni yüzünü tamamlayacağını düşünmüştüm, öyle de olmuş."

Volturi sırasının ortasından küçük bir tıslama duydum. Aro'nun omzunun üstünden arkadakilere baktım.

Hımm. Jane, Aro'nun bana bir hediye vermesinden hoşnut değilmiş gibi görünüyordu.

Aro dikkatimi çekmek için boğazını temizledi. "Kızına selam verebilir miyim güzel Bella?" diye sordu tatlı bir şekilde.

Bizim umduğumuz tam da buydu, diye hatırlattım kendime. Renesmee'yi alıp oradan kaçma güdüsüne karşı koyup birkaç adım attım. Kalkanım arkamda pelerin gibi dalgalanıyordu,

Renesmee açığa çıkarken ailemin kalanını korumaya devam ediyordum. Renesmee'yı kalkandan çıkardığım için kendimi kötü hissediyordum.

Aro yanımıza geldi, yüzü sevecendi.

"Mükemmel," diye mırıldandı. "Sen ve Edward gibi." Sonra daha yüksek sesle, "Merhaba Renesmee," dedi.

Renesmee hemen bana baktı. Ben de başımla onayladım.

"Merhaba Aro," diyerek ince, çınlayan sesiyle resmi bir cevap verdi.

Aro'nun gözleri şaşkındı.

"O da ne?" diye tısladı Caius arkadan. Bunu sormak zorunda olmak bile onu çileden çıkartmıştı.

"Yarı ölümlü, yarı ölümsüz," dedi Aro ona ve korumalara, gözlerini Renesmee'den ayırmadan. "Bu yeni doğan, henüz insanken hamile kalıp taşımış onu."

"İmkânsız," dedi Caius.

"O zaman beni kandırdıklarını mı düşünüyorsun, kardeş?" Aro'nun ifadesi eğleniyor gibiydi ama Caius irkildi. "Şu duyduğun kalp atışı da mı hile?"

Caius surat astı, Aro'nun bu soruları onu hayal kırıklığına uğratmış gibiydi.

"Sakin ve dikkatli ol kardeş," diye uyardı Aro, hâlâ Renesmee'ye bakıyordu. "Adaleti ne kadar sevdiğini çok iyi bilirim ama bu eşsiz küçüğe, türünden dolayı karşı olmakta hiçbir adalet yok. Ve öğrenecek çok şey var, çok şey! Biliyorum tarihi toplamaktan benim gibi heyecan duymuyorsun ama bana hoşgörü göster, kardeşim. İnanılmazlığıyla beni afallatan bir şey bulduğum için. Adalet için ve yanlış arkadaşların üzüntüsü için gelmiştik ama bak ne bulduk! Kimliğimize ve ihtimallerimize ait yeni ve parlak bilgiler."

Elini Renesmee'ye uzatarak onu çağırdı. Ama Renesmee'nin istediği bu değildi. Doğrularak parmak uçlarını Aro'nun yüzüne değdirdi.

Aro, neredeyse herkesin yaptığı gibi şokla tepki vermedi; o da Edward kadar başkasının aklını okumaya alışıktı.

Gülümsemesi genişledi ve tatminle iç çekti. "Harika," diye fısıldadı.

Kollarımda duran Renesmee rahatladı, küçük yüzü çok ciddiydi.

"Lütfen?" dedi.

Aro'nun gülümsemesi nazikti. "Tabii ki, sevdiklerini incitmek gibi bir niyetim yok, değerli Renesmee."

Aro'nun sesi öyle rahatlatıcı ve şefkatliydi ki bir an ona inanmıştım. Sonra Edward'ın dişlerinin kenetlendiğim ve arkamızdan Maggie'nin bu yalana öfkeyle tısladığını duydum.

"Merak ediyorum," dedi Aro düşünceli bir şekilde, önceki sözlerine verilen tepkiden habersiz gibiydi. Gözleri beklenmeyen bir hareketle Jacob'a döndü ve diğer Volturiler'in yaptığı gibi devasa kurda tiksintiyle bakmaktansa, gözleri anlayamadığım bir özlemle doldu.

"Öyle değil," dedi Edward, sesine ani bir sertlik gelmişti.

"Sadece yanlış bir düşünceydi," dedi Aro. Sonra gözleri arkamızdaki iki sıra kurt adama döndü. Renesmee ona ne gösterdiyse, bu kurtları onun için ilginç bir hale getirmişti.

"Onlar bize ait değiller, Aro. Bizim emirlerimize o şekilde uymuyorlar. Buradalar çünkü böyle istiyorlar."

Edward tehditkâr bir şekilde hırladı.

"Ama size oldukça bağlı görünüyorlar," dedi Aro. "Ve eşine ve senin... Ailene. Sadıklar." Son sözü söylerken sesi inanılmaz derecede yumuşak çıkmıştı.

"Onlar insan yaşamını korumaya yeminliler, Aro. Böylece bizimle aynı anda var olabiliyorlar ama sizinle değil. Tabii eğer yaşam şeklinizi tekrar gözden geçirmiyorsanız."

Aro keyifle güldü. "Yalnızca yanlış bir düşünceydi," diye yineledi. "Nasıl olduğunu bilirsin. Hiçbirimiz bilinçaltımızdaki tutkuları dizginleyemeyiz."

Edward yüzünü buruşturdu. "Nasıl olduğunu biliyorum. Ve bahsettiğin şekildeki düşüncelerle, arkasında bir amaç gizli olanların farkını da biliyorum. Asla işe yaramayacak, Aro."

Jacob'ın geniş başı Edward'a döndü ve dişlerinin arasından solgun bir sızlanma çıktı.

"Koruyucu köpekler fikri ilgisini çekti," diye mırıldandı Edward.

Bir saniye ölüm sessizliği oldu ve sonra sürüden yükselen öfkeli hırlamalar alanı doldurdu.

Sam, keskin bir havlama ile emir verdi ve şikâyetler sustu.

"Sanırım bu, sorumu cevaplıyor," dedi Aro, yine gülüyordu. "Bu grup tarafım seçmiş."

Edward tısladı ve öne eğildi. Kolunu kavradım, Aro'nun düşüncelerinde, Edward'ı böyle vahşi davranmaya itecek ne olduğunu merak ettim. Felix ve Demetri de eğildiler. Aro yeniden elini sallayarak onları durdurdu. Onlar da önceki pozisyonlarına döndü, Edward da.

"Tartışacak çok şey var," dedi Aro, ses tonu birden bir iş adamı gibi çıkmıştı. "Karar verilecek çok şey var. Eğer sizler ve tüylü koruyucunuz izin verirse, sevgili Cullenlar, kardeşlerime danışmalıyım."

37. GİZLİ PLANLAR

Aro alanın güney kısmında endişeyle bekleyen korumalarının arasına dönmedi, bunun yerine onlara gelmelerini işaret etti.

Edward da anında geriye doğru gitmeye başladı, benim ve Emmett'ın da kolunu çekiyordu. Geriye doğru çekildik, gözlerimiz ilerleyen tehlikedeydi. Jacob en yavaş ilerleyenimizdi, omuzlarındaki tüyler dikilmişti, Aro'ya dış gösteriyordu. Biz çekilirken Renesmee de onun kuyruğunun ucunu bir tasma gibi tutup bizimle gelmesi için çekmeye çalışıyordu. Kara pelerinler yeniden Aro'yu çevrelediğinde biz de ailemizin yanına varmıştık.

Şimdi onlarla aramızda sadece elli metre vardı, herhangi birimizin saniyenin bir parçasında geçebileceği kadar yakındık artık.

Caius hemen Aro'yla tartışmaya başladı.

"Bu rezalete nasıl tahammül edebiliyorsun? Böyle bir aldatmacaya bürünmüş bu kadar büyük bir suça karşı burada nasıl böyle aciz dururuz?" Kollarını gergince iki yana açmıştı, elleri pençe gibi kıvrılmıştı. Neden Aro'ya dokunup düşüncelerini paylaşmadığını merak ediyordum. Şimdi yüksek rütbelerde ayrım mı görmeye başlamıştık? Bu kadar şanslı olabilir miydik?

"Çünkü doğru," dedi Aro ona sakince. "Kelimesi kelimesine. Bu mucizevi çocuğun büyüdüğüne dair tanıklık etmek için ne kadar çok kişinin durduğuna baksana. Hepsi onun damarlarında kanın aktığına şahitler." Aro, Amun'dan başlayıp Siobhan'a kadar uzanan topluluğa işaret etti.

Caius tuhaf bir tepki verdi. Yüzündeki öfke dağıldı ve yerini soğuk hesaplara bıraktı. Volturi yüzünde belirsiz bir gerginlikle tanıklarına baktı.

Ben de öfkeli topluluğa baktım ve artık bu tanıma uymadıklarını gördüm. O azgınlıkları yerini şaşkınlığa bırakmıştı. Kalabalık, olanları anlamlandırmaya çalışırken meydandan fısıltılı konuşmalar yükseliyordu.

Caius derin düşüncelere dalmış bir halde surat astı. Bu ifadesi, beni endişelendirdiği gibi, için için yanan öfkemi de alevlendirdi. Ya korumalar görünmez bir uyarı ile yeniden harekete geçerse diye endişeleniyordum. Korkuyla kalkanımı inceledim; önceki gibi içine girilmez görünüyordu. Onu alçak bir kubbe gibi üzerimize yaydım.

Dostlarım ve ailemin, hafif, keskin ışıklarını hissedebiliyordum, hepsinin ayrı bir tadı vardı ve bunu pratik yaparak öğreneceğimi düşünmüştüm. Edward'ınkini çoktan biliyordum, hepsininkinden parlaktı. Parlak noktaların çevresinde kalan fazladan boş yerler canımı sıkıyordu; kalkanın fiziksel bir sınırı yoktu ve Volturiler'den yeteneği olan herhangi biri o alana girerse, benden başkasını koruyamayacaktı. Esnek kalkanı daha yakına getirmeye çalışırken alnımın kırıştığını hissettim. En uzakta olan Carlisle'dı, kalkanı çektim ve tam olarak onun bedenini saracak şekle yaymaya çalıştım.

Kalkanım benimle işbirliği yapıyor gibiydi. Carlisle Tanya'nın yanına yanaştığında onun şeklini almış, onunla esnemişti.

Büyülenmiş şekilde daha fazla bağ alıp, bize taraf olan herkese yansıtmaya çalıştım. Kalkan onlara isteyerek yapışıyor ve onlar hareket ettikçe hareket ediyordu.

Yalnız bir saniye geçmişti, Caius hâlâ düşünüyordu.

"Kurt adamlar," diye mırıldandı sonunda.

Ani bir panikle kurt adamların savunmasız olduklarını fark ettim. Onlara ulaşmak için uğraşırken tuhaf bir şekilde hâlâ onların parıltısını hissedebildiğimi de fark etmiştim. Merakla, kalkanı daha sıkıca çektim, en uzaktaki Amun ve Kebi'ye kadar çektim, onlar da kurt adamlarla dışarıda duruyorlardı. Diğer tarafta kaldıklarında ışıkları kayboldu. Artık yeni kalkanım altında değildiler. Ama kurtlar hâlâ parlıyorlardı, en azından yarısı.

Hımm... Yeniden dışarı çektim ve Sam de kalkanın altına girene kadar devam ettim. Şimdi tüm kurtlar parıldıyordu.

Akılları benim düşündüğümden daha bağlı olmalıydı. Eğer Alfa benim kalkanım içindeyse, diğerleri de onun kadar korunmuş oluyordu.

"Ah, kardeşim..." diye cevapladı Aro, Caius'un yorumunu.

"Onlarla olan dostluklarını da savunacak mısın?" diye çıkıştı Caius. "Ay'ın Çocukları zamanın şafağından beri bizim sert düşmanlarımız oldu. Onları Avrupa ve Asya'da neredeyse yok ettik. Ama Carlisle bunu bir istilayla yüreklendiriyor, şüphesiz bizi ortadan kaldırmak için. Bu çarpık yaşam tarzını sürdürebilmek için."

Edward öksürdü ve Caius ona ters ters baktı. Aro, sanki bu vampirden utanmış gibi ince, kırılgan eliyle yüzünü kapattı.

"Caius, gün ortasındayız," dedi Edward. Jacob'ı gösterdi. "Gördüğün gibi onlar Ay'ın Çocukları değil. Dünyanın diğer ucundaki düşmanlarınızla hiçbir bağları yok."

"Burada mutantları yetiştirmişsinizdir," diye bağırdı Caius.

Edward dişlerini sıktı, sonra gevşedi ve düz bir sesle cevap verdi, "Onlar kurt adam bile değil. Bana inanmıyorsan, Aro sana anlatabilir."

Kurt adam değiller mi? Jacob'a baktım. Omuz sılker gibi yaptı. O da Edward'ın neyden bahsettiğini bilmiyordu.

"Sevgili Caius, bana düşüncelerini söyleseydin sana bu konuda baskı yapmamanı söylerdim," diye mırıldadı Aro. "Bu yaratıklar kendilerine kurt adam dese bile, değiller. Onlara verilecek uygun bir isim varsa, o da şekil değiştirici olur. Kurt olmak tümüyle şans, ilk değişim olduğunda ayı ya da atmaca ya da panter olabilirdiler. Bu yaratıkların Ay'ın Çocukları'yla hiçbir bağlantıları yok. Bu yeteneklerini babalarından almışlar. Bu sadece genetik. Soylarını gerçek kurt adamlar gibi başkalarına bulaştırarak devam ettirmiyorlar."

Caius öfkeyle Aro'ya baktı, yüzünde rahatsızlık bir de, belki de ihanet suçlaması vardı.

"Sırrımızı biliyorlar," dedi kesin bir tonla.

Edward suçlamaya cevap vermek için baktı ama Aro daha

hızlı davranarak söze girdi. "Onlar doğaüstü dünyanın yaratıkları kardeşim. Belki sırra bizden daha çok bağlılar, bizi ele vermezler. Dikkat Caius. Aldatıcı suçlamalar bir işimize yaramaz."

Caius derin bir nefes alıp başını sallayarak onayladı. Uzun, anlamlı bir şekilde bakıştılar.

Onun, Aro'nun dikkatle seçilmiş sözlerindeki talimatı anladığımı düşündüm. Yanlış suçlamalar, iki tarafta izleyen tanıkları ikna etmeye yaramıyordu. Aro, Caius'a sonraki stratejiye geçmelerini söylüyordu. İkisi arasındaki gerilim Caius'un gösteriden Aro kadar hoşlanmamasından mı oluşuyor diye merak ettim. Eğer Caius için katliam, sönmemiş itibarlarından daha önemliyse böyle olmalıydı.

"Muhbirle konuşmak istiyorum," diye duyurdu birden Caius ve öfkeli bakışını İrina'ya çevirdi.

İrina, Caius ve Aro'nun konuşmalarına dikkat etmiyordu; yüzü acı içinde buruşmuştu, gözleri ölmek için sırada duran kardeşlerine kenetlenmişti. Yüzünden, artık suçlamasının tümüyle yanlış olduğunu bildiği anlaşılıyordu.

"İrina," diye gürledi Caius, ismini söylemekten hiç hoşlanmamış gibiydi.

İrina başını kaldırdı, hemen ürküp korkmaya başlamıştı.

Caius parmağını şaklattı.

İrına kararsızca Volturi topluluğunun yanından Caius'un karşısına geldi.

"Demek iddialarında oldukça hatalıydın," diye başladı Caius.

Tanya ve Kate korku içinde öne eğildiler.

"Üzgünüm," diye fısıldadı İrina. "Gördüklerimden emin olmam gerekirdi. Ama hiç aklıma gelmemişti..." Çaresizce bizi gösterdi.

"Sevgili Caius, onun bu kadar tuhaf ve imkânsız bir şeyi tahmin etmesini bekleyebilir miydin?" diye sordu Aro. "Hepimiz aynı şeyi düşünürdük."

Caius, Aro'yu susturmak için parmaklarını salladı.

"Hepimiz hata yaptığını biliyoruz," dedi kabaca. "Senin sebeplerinden bahsetmek istemiştim ben."

İrina gergince Caius'un devam etmesini bekledikten sonra, "Benim sebeplerim mi?" dedi.

"Evet, en başında onlara casusluk yapma sebebinden."

İrina *casus* kelimesini duyunca ürktü.

"Cullenlar'dan hoşnut değildin, öyle değil mi?"

Perişan gözlerini Carlisle'ın yüzüne çevirdi. "Öyleydim," diye kabul etti.

"Çünkü...?" diye devam etti Caius.

"Çünkü kurt adamlar arkadaşımı öldürdü," diye fısıldadı. "Ve Cullenlar onun öcünü almama izin vermedi."

"Şekil değiştiriciler," diye düzeltti Aro çabucak.

"Demek Cullenlar, kendi ırkımız yerine şekil değiştiricilerin tarafında oldular, hatta kendi arkadaşlarının arkadaşına karşı oldular," diyerek özetledi Caius.

Edward, iğrenmiş gibi bir ses çıkardı. Caius zihnindeki listesinde geziniyor, uygun olabilecek bir suçlama arıyordu.

İrina'nın omuzları sertleşti. "Ben böyle düşünmüştüm."

Caius tekrar bekledi ve sonra patladı, "Eğer şekil değiştiriciler ve onların hareketini desteklediğin için Cullenlar hakkında şikâyetçi olmak istersen, şimdi tam zamanı." Yüzüne acımasız bir gülümseme yerleşti, İrina'nın ona istediği bahaneyi vermesini bekliyordu.

Belki de Caius gerçek ailelerin nasıl olduğunu, buradaki ilişkilerin güç sevgisine değil, kişi sevgisine dayandığını anlayamıyordu. Belki intikamın gücünü fazla abartmıştı.

İrina'nın çenesi çözüldü ve omuzları dikleşti.

"Hayır, kurtlara ya da Cullenlar'a karşı hiçbir şikâyetim yok. Bugün buraya ölümsüz bir çocuğu öldürmeye geldiniz. Ölümsüz bir çocuk yok. Bu benim hatamdı ve bütün sorumluluğu üzerime alıyorum. Ama Cullenlar masum ve burada olmak için başka bir sebebiniz yok. Üzgünüm," dedi bize, sonra yüzünü Volturi tanıklarına çevirdi. "İşlenmiş bir suç yok. Burada kalmanız için geçerli bir sebep yok."

O konuşurken Caius elini kaldırdı. Elinde garip metal bir nesne vardı, süslü ve kıvrılmış bir şeydi bu.

Bu bir sinyaldi. Buna verilen karşılık o kadar hızlıydı ki hepimiz inanamayıp afallayarak bakakaldık. Tepki bile veremeden bir an içinde gerçekleşmişti.

Üç Volturi askeri öne çıktı ve İrina onların gri pelerinleri arasında görünmez oldu. Aynı anda alana korkunç metalik bir ses yayıldı. Caius gri arbedenin ortasına doğru kaydı ve şok edici ciyaklayan ses herkesi ürkütürken birden alevler yükselmeye başladı. Askerler yarattıkları ani cehennemden yerlerine döndüler.

Caius, İrina'nın cayır cayır yanan kalıntılarının yanında durdu, elindeki nesne hâlâ ateş püskürtüyordu.

Küçük bir klik sesiyle Caius'un elindeki kayboldu. Volturiler'in arkasındaki tanıkların nefesi kesilmişti.

Biz de, hiçbir ses çıkaramayacak kadar donakalmıştık. Ölümün acımasız ve durdurulamaz bir hızla gelmesi bir şey; onu olurken izlemek başka bir şeydi.

Caius soğuk bir şekilde gülümsedi. "İşte şimdi yaptıklarının sorumluluğunu aldı."

Gözleri ön sıradaki, Tanya ve Kate'in üzerinde gezindi.

O an, Caius'un gerçek aile bağlarını asla hafife almadığını anladım. Bu bir taktikti. İrina'nın şikâyette bulunmasını istememişti, meydan okumasını istemişti. Onu öldürmek için bir bahane bulup kullanmıştı.

Bu zirvedeki yapmacık barış, ipte yürüyen bir fil gibi sendeliyordu. Dövüş başladığında, artık bunu durdurmanın bir yolu yoktu. Taraflardan biri ortadan kalkana kadar ölümler çoğalacaktı. Bu da bizim tarafımızdı. Caius bunu biliyordu.

Edward da.

"Onları durdurun!" diye bağırdı Edward. Sonra da delirmiş bir öfkeyle Caius'a doğru atılan Tanya'nın kolunu tutmak için atıldı. Carlisle, daha o Edward'ın elinden kurtulamadan onu belinden tutmuştu.

"Ona artık yardım edemeyiz," dedi Edward, Tanya gitmek için mücadele ederken. "Caius'un istediğini yapmış olursun!"

Kate'i zapt etmek daha zordu. Tanya gibi sözsüz feryatlarla hepimizin sonunu getirecek uzun bir adım attı. Rosalie ona en yakın olandı ama Rose onu tutmaya çalışırken Kate ona öyle bir elektrik şoku verdi ki Rose yere düştü. Emmett da onu yakalayarak durdurmaya çalıştı ama Kate ondan da kurtuldu. Kimse onu durduramıyor gibiydi.

Garrett kendini ona doğru savurup onu yere çekti. Kollarını ona doladı, ama çok geçmeden onun da elektrik şokuyla kasıldığını gördüm.

"Zafrina," diye bağırdı Edward.

Kate'in gözleri boşa bakıyor gibiydi çığlıkları iniltilere dönüştü. Tanya da mücadele etmeyi bıraktı.

"Bana görüşümü geri ver," diye tısladı Tanya.

Umutsuzlukla ama zarifçe idare edebiliyordum. Kalkanımı arkadaşlarımın etrafına daha sıkıca sardım. Kalkanı, Kate'in üstünden alırken Garrett'ın üstünde tutmaya dikkat ediyordum.

Garrett tekrar kendine geldi ve Kate'i karın üzerinde tutmaya çalıştı.

"Eğer kalkmana izin verirsem, yine beni yere serecek misin, Kate?" diye fısıldadı.

Kate cevaben hırladı, hâlâ kör gibi kıvranıyordu.

"Beni dinleyin, Tanya, Kate," dedi Carlisle kısık ama heyecanlı bir fısıltıyla. "İntikam şimdi onu geri getirmeyecek. İrina hayatlarınızı böyle harcamanızı istemezdi. Ne yaptığınızı düşünün. Eğer onlara saldırırsanız hepimiz ölürüz."

Tanya'nın omuzları kederle çöktü ve destek için Carlisle'a yaslandı. Kate ise sonunda sabitti. Carlisle ve Garrett, yaslı kardeşleri teselli etmeye devam ettiler, sözleriyle rahatlatmaktan çok durumun önemini belirtiyor gibiydiler.

Dikkatim herkesin bu kargaşa anında baktığı yerdeydi ama gözümün ucuyla Edward'ın ve Carlisle ve Garrett haricindeki herkesin tekrar gardını aldığını gördüm.

Caius öfkeliydi, karın üzerindeki Kate ve Garrett'a kızgın gözlerle, kuşkuyla bakıyordu. Aro da onları izliyordu, yüzündeki en belirgin ifade kuşkuydu. Kate'in yeteneğini biliyordu. Bu gücü Edward'ın anılarında görmüştü.

Şimdi olanları anlamış mıydı, kalkanımın Edward'ın bildiğinden çok daha öteye gidebildiğini görmüş müydü? Yoksa Garrett'ın kendi bağışıklığını yarattığını mı düşünmüştü?

Voltun korumaları artık disiplinli bir dikkatle dikilmiyorlardı, onlar da öne eğilmişti, saldırdığımız anda karşı saldırı yapmak için hazır bekliyorlardı.

Arkalarındaki kırk üç tanığın ifadeleri değişmiş, olanları geldiklerinden çok farklı bir ifadeyle izliyorlardı. Şaşkınlık yerini şüpheye bırakmıştı. İrina'nın yıldırım hızıyla öldürülmesi herkesi sarsmıştı. Onun suçu neydi?

Şimdi Volturi tanıkları neler olduğunu sorgulamaya başlamıştı. Aro, ben izlerken dönüp arkasına baktı, yüzünde bir anlık oluşan kızgın ifade onu ele verdi. İzleyicilerin olması ters etki yaratmıştı.

Stefan ve Vladimir'in, Aro'nun rahatsızlığına sessiz bir sevinçle mırıldanarak tepki verdiklerini duydum.

Aro, Rumenler'in deyimiyle alnının akını korumayı istiyordu. Ama Volturiler'in sırf itibarlarını korumak için bizi bırakacağını sanmıyordum. Bizimle işleri bittikten sonra tanıklarını da aynı sebeple doğrayacaklardı. Bu yabancılar için tuhaf, anı bir acıma duydum. Demetri onları da köklerini kurutana kadar avlayacaktı.

Jacob ve Renesmee için, Alice ve Jasper için, ve başlarına geleceklerden habersiz bu kalabalık için, Demetri'nin ölmesi gerekiyordu.

Aro, hafifçe Caius'ın omzuna dokundu. "İrina, bu çocuk hakkında yanlış tanıklık ettiği için öldürüldü." Demek bahaneleri buydu. Devam etti. "Belki de artık gerçek meselemize dönmeliyiz?"

Caius diklendi ve ifadesi sertleşti. Karşısına bakarken hiçbir şey görmüyor gibiydi. Yüzü bana tuhaf bir şekilde, rütbesi indirilen birini hatırlattı.

Aro ileri yürüdü, Renata, Felix ve Demetri de otomatik olarak onunla birlikte hareket ettiler.

"Titiz olmak için," dedi, "tanıklarınızdan bazılarıyla konuşmak istiyorum. Usulüne uygun olması için." Elini salladı.

Aynı anda iki şey oldu. Caius'ın gözleri Aro'ya odaklandı ve o küçük acımasız gülümsemesi geri geldi. Edward tısladı, ellerini sıkıca yumruk yapmıştı.

Ona çaresizce ne olduğunu sormak istiyordum ama Aro en ufak bir nefesi bile duyacak kadar yakındaydı. Carlisle'ın korkuyla Edward'ın yüzüne baktığını gördüm, sonra onun yüzü de sertleşti.

Caius'un başarısız suçlamalar ve düşüncesiz dövüş girişimlerinden oluşan büyük hatasına karşılık Aro daha etkili bir strateji bulmuş olmalıydı.

Aro, Amun ve Kebi'den on metre uzakta durdu. Yakındaki kurtlar öfkelendiler ama yerlerinde kaldılar.

"Ah Amun, benim güney komşum!" dedi Aro içten bir tavırla. "Beni son ziyaretinin üstünden ne çok zaman geçti."

Amun korkuyla kaskatı kesilmişti, Kebi de yanında bir heykel gibi duruyordu. "Zamanın bir anlamı yok; geçtiğini hissetmiyorum bile," dedi Amun hareketsiz dudaklarının arasından.

"Çok doğru," dedi Aro. "Ama belki de senin uzakta durmak için bir sebebin vardı."

Amun bir şey demedi.

'Yeni gelenleri ailenin düzenine alıştırmak çok zaman alıyor. Bunu iyi biliyorum! Bu usandırıcı durumla baş etmeleri için benim çevremde başkalarının olması iyi. Yeni eklenenlerin böyle iyi uyduğunu gördüğüme sevindim. Tanışmayı isterdim. Eminim yakında beni görmeye geleceektiniz."

"Tabii ki," dedi Amun, ses tonu öyle duygusuzdu ki, bunu korkuyla mı alayla mı söylediği belli değildi.

"Ah, şimdi hep birlikteyiz! Çok güzel değil mi?"

Amun başını sallayarak onayladı, yüzünde hiçbir ifade yoktu.

"Ama sizin burada oluşunuz hiç de hoş değil, ne yazık ki. Carlisle sizi tanık olarak mı çağırdı?"

"Evet."

"Ve onun için neye şahit oldun?"

Amun yine o soğuk duygusuzlukla konuştu. "Çocuğu inceledim. Onun ölümsüz bir çocuk olmadığı hemen anlaşılıyor..."

"Belki terimlerimizi tanımlamalıyız," diye sözünü kesti Aro, "artık yeni sınıflandırmalar var. Ölümsüz çocuk derken, tabii ki insan olup ısırılan ve vampire dönüştürülen bir çocuktan bahsediyorsun."

"Evet, demek istediğim buydu."

"Bu çocuk hakkında başka nasıl şeyler gözlemledin?"

"Senin Edward'ın aklında gördüklerini. Onun biyolojik olarak babası olduğunu. Büyüdüğünü. Öğrendiğini."

"Evet, evet," dedi Aro, sevimli ses tonunda sabırsızlığın izi vardı. "Ama burada olduğun birkaç hafta içinde spesifik olarak ne gördün?"

Amun'un alnı kırıştı. "Büyüdüğünü... hem de hızla."

Aro gülümsedi. "Ve sen onun yaşamasına izin verilmesi gerektiğine inanıyor musun?"

Dudaklarımdan bir tıslama çıktı ve bu tepkiyi tek veren de ben değildim. Bizim tarafımızdaki vampirlerin yarısı itirazımı tekrarladı. Ses, öfkeli bir cızırtının havada asılı kalması gibiydi. Alanın karşı tarafında duran birkaç Volturi tanığı da aynı sesi çıkardı. Edward geri adım atarak dizginlemek ister gibi elini belime sardı.

Aro, sese doğru dönmedi ama Amun ona tedirgin gözlerle bakmıştı.

"Buraya yargılamak için gelmedik," dedi çift.

Aro hafifçe güldü. "Yalnız senin fikrini duymak istiyorum."

"Çocukta hiçbir tehlike görmüyorum. Büyümesinden bile daha hızlı bir şekilde öğreniyor."

Aro başını sallayarak düşündü. Sonra hemen arkasını döndü.

"Aro?" diye seslendi Amun.

Aro ona döndü. "Evet, dostum?"

"Şahitliğimi yaptım. Burada bir işim kalmadı. Eşim ve ben şimdi gitmek istiyoruz."

Aro sevecen bir şekilde gülümsedi. "Tabii ki. Biraz olsun sohbet edebildiğimiz için memnunum. Ve eminim, birbirimizi yakında tekrar göreceğiz."

Amun'un dudakları gergindi, başını sallayarak üstü kapalı tehdidi anladığını belli etti. Kebi'nin koluna dokundu ve sonra ikisi hızla koşarak ağaçların arasında kayboldular. Uzun bir süre durmadan koşacaklarına emindim.

Aro sıranın batı kısmına doğru süzülürken korumaları da gerginlik içindeydi. Siobhan'ın önüne geldiğinde durdu.

"Merhaba, sevgili Siobhan. Her zamanki gibi güzelsin."

Siobhan başını eğerek bekledi.

"Ya sen?" diye sordu Aro. "Sen de sorularımı Amun gibi mi cevaplayacaksın?"

"Evet," dedi Siobhan. "Ama bir şeyler daha ekleyebilirim. Renesmee sınırları anlıyor, insanlara karşı bir tehlike arz etmiyor, duruma bizden daha iyi uyuyor. Sırrımızı açığa vurma tehdidini göstermiyor."

"Hiçbir tehdit olmadığına emin misin?" diye sordu Aro.

Edward hırladı.

Caius'un bulutlu kırmızı gözleri parladı.

Renata savunmacı bir şekilde efendisine uzandı.

Ve Garrett Kate'i serbest bırakarak, bu kez kendisini durdurmaya çalışan Kate'e aldırmadan bir adım attı.

Siobhan yavaşça cevapladı, "Seni anladığımı sanmıyorum."

Aro biraz geri çekilerek korumalarına yaklaştı. Renata, Felix ve Demetri, ona gölgesinden bile daha yakındılar.

"Çiğnenmiş bir yasa yok," dedi Aro yatıştırıcı bir sesle ama hepimiz bir şartlanmanın geldiğini biliyorduk. İçimde kaynamaya başlayan öfkeye karşı mücadele ettim. Bu öfkeyi kalkanıma fırlatıp onu daha da kalınlaştırdım ve herkesin güvende olduğundan iyice emin oldum.

"Çiğnenmiş bir yasa yok," diye tekrarladı Aro. "Ama bu hiçbir tehlikenin olmadığı anlamına mı geliyor? Hayır." Başını nazikçe salladı. "Bu ayrı bir mesele."

Sinirler iyice gerilmişti. Dövüşçü grubumuzun kenarında duran Maggie, başını kızgınlıkla salladı.

Aro düşünceli bir şekilde yürüdü, sanki ayakları yere hiç değmeden süzülüyormuş gibiydi. Her hareketiyle korumalarına daha da yaklaştığını fark ettim.

"O eşsiz...tümüyle, olanaksız şekilde eşsiz. Bu kadar güzel bir şeyi yok etmek büyük bir ziyan olur. Hem de ondan çok şey öğrenebilecekken..." Sanki devam etmek istemiyormuş gibi iç geçirdi. "Ama tehlike var, gözden kaçmayacak bir tehlike hem de."

Kimse bu iddiasına bir cevap vermedi. O, kendi kendine konuşuyor gibi devam ederken etrafta ölüm sessizliği vardı.

"İnsanlar ilerlerken ve bilime olan inançları ve dünyayı kontrolleri artarken bizi keşfetme ihtimallerinin düşmesi ne kadar da ironik. Ve onların doğaüstü şeylere olan şüpheleriyle daha da serbest davranabiliyoruz ama teknolojide yeterince ilerlediler ve eğer isterlerse bizi tehdit edebilecek hatta ortadan kaldırabilecek güce sahipler.

"Binlerce, binlerce yıldır, sırrımızı saklamak oldukça kolaydı, kimseye güvenmemiz gerekmiyordu. Bu son, öfkeli yüzyılda ölümsüzleri bile tehlikeye sokan silahlar doğdu. Şimdi bizi koruyan tek şey insanlar tarafından bir efsane sanılmaktan başka bir şey değil.

"Bu hayret verici çocuk," -elini kaldırıp avucunu Renesmee'nin üzerine koyuyormuş gibi yaptı, şimdi yeniden kırk metre kadar uzakta Volturiler'in durduğu yerdeydi - "onun potansiyelini bilebilsek, bizi korumak için her zaman gizli kalacağına kesin olarak emin olabilsek. Ama ne hale geleceğini bilmiyoruz! Kendi anne-babasının, onun geleceğine dair korkuları var. Büyüyünce nasıl olacağını bilemiyoruz." Durdu, önce tanıklarımıza baktı ve sonra anlamlı bir ifadeyle kendi tanıklarına baktı.- Sesi, sözlerinin ağırlığı altında ezilmiş gibi çıkmıştı.

Hâlâ kendi tanıklarına bakarak yeniden konuştu. "Yalnızca bilinen şeyler güvenlidir. Sadece bilinen şeylere izin verilebilir. Bilinmeyen... savunmasızlıktır."

Caius'ın gülümsemesi saldırganca yüzüne yayıldı.

"Çizmeyi aşıyorsun Aro," dedi Carlisle soğuk bir sesle.

"Sakin ol dostum." Aro gülümsedi, yüzü de, sesi de hiç olmadığı kadar sevecendi. "Acele etmeyelim. Her açıdan bakalım."

"Gözden geçirilecek bir bakış açısı önerebilir miyim?", dedi Garrett, bir adım daha ilerleyerek.

"Göçebe," dedi Aro ve başını sallayarak izin verdi.

Garrett onu selamladı. Alanın ucunda bir arada duran topluluğa baktı ve doğrudan Volturi tanıklarına doğru konuştu.

"Buraya diğerleri gibi, Carlisle'ın ricası ile şahitlik yapmaya geldim," dedi. "Ama bu çocuğa bakılınca, artık buna gerek olduğunu sanmıyorum. Onun ne olduğunu hepimiz görebiliyoruz.

"Başka bir şey için tanıklık yapmak için kaldım. Sizin için." Parmağını ihtiyatlı tanık vampirlere doğru uzattı. "İkiniz – Mekanna, Charles – ve bazılarınızın da benim gibi göçebe olduğunuzu biliyorum. Kimseye bağlı olmadığınızı. Size söyleyeceklerimi iyi düşünün.

"Bu eski vampirler, size söyledikleri gibi buraya adaleti sağlamak için gelmediler. Bundan şüphelenmiştik ve şimdi doğru olduğu kanıtlanmış oldu. Onlar yoldan çıkmış olarak geldiler ama bu hareketlerine bir kulp bulmuşlardı. Şimdi gerçek amaçlarına ulaşmak için aradıkları çürük bahaneleri bulduklarına şahit olun. Burada bir aileyi ortadan kaldırmak için mazeret aramalarına şahit olun." Carlisle ve Tanya'yı gösteriyordu.

"Volturiler buraya, rakip olarak algıladıklarını silmek için geldiler. Belki benim gibi siz de klanın altın gözlerine ve mucizesine baktınız. Onları anlamak zor, bu doğru. Ama eski vampirler onlara baktıklarında tuhaf seçimlerinin yanında başka bir şey daha görüyorlar. Gücü görüyorlar.

"Bu aile içindeki bağlara tanık oldum, onlar gerçek bir aile. Bu altın gözlüler kendi doğalarını reddediyorlar. Peki, bunun karşılığında tutkunun verdiği sevinçten daha fazlasını bulabildiler mi? Burada olduğum süre içinde onlarla ilgili bir araştırma yapma şansım oldu ve bana öyle geldi ki bu yoğun aile bağlarının esası, bu özverili hayatın barışçıl, huzurlu karakteri. Burada, geniş güneyli klanlarda gördüğümüz, büyüyüp kan davasına dönüşen bir çatışma yok. Egemenlik düşüncesi yok. Ve Aro bunu benden daha iyi biliyor."

Garrett'in sözleri Aro'yu mahkûm ederken ben de Aro'nun yüzünü izledim, gerginlikle bir tepki vermesini bekledim. Ama Aro'nun yüzü sadece eğlenir gibiydi, sanki öfke nöbeti geçiren bir çocuğa bakıp kimsenin ona dikkat etmediğini fark etmiş gibi bakıyordu.

"Carlisle bizi temin etti, bize neler olacağını söylediğinde, bizi buraya dövüşmek için çağırmadığını da söyledi. Bu tanıklar," – Garrett, Siobhan ve Liam'ı işaret etti – "kanıt göstermeyi kabul ettiler, Volturiler'i durdurarak Carlisle'ın gerçeği göstermesi için.

"Ama bazılarımız merak ettik," - gözlerini Eleazar'a çevirdi - "acaba Carlisle'ın gerçeğin yanında olması, bu sözde adaleti durdurmaya yeterli olacak mıydı? Acaba Volturiler buraya sırrımızın güvenliğini korumaya mı, yoksa kendi güçlerini korumaya mı geldiler? Yasadışı bir düzeni mi yoksa bir yaşam tarzını mı yok etmeye geldiler? Tehlikenin yalnız bir yanlış anlaşmadan kaynakladığını anlamak onları tatmin edebilir miydi? Yoksa gereğini adalet bahanesi olmadan da yapacaklar mıydı?

"Bu sorulara bir cevabımız var. Bunu Aro'nun yalan sözlerinde duyduk - aramızda yalanları anlama yeteneğine sahip biri var - ve şimdi bunu Caiusin hevesli gülümsemesinde de görüyoruz. Onların korumaları, aklı olmayan silahlar ve onlar efendilerinin egemenlik arayışlarındaki piyonlardan başka bir şey değiller.

"Yani daha çok soru var, bunlar *sizin* cevap vermeniz gereken sorular. Siz göçebeleri kim yönetiyor? Kendinizden başka birinin iradesine güveniyor musunuz? Kendi yolunuzu seçmek için özgür müsünüz yoksa nasıl yaşayacağınıza Volturiler mi karar veriyor?

"Buraya şahitlik yapmaya geldim ama dövüşmek için de kalırım. Volturiler çocuğun ölmesini falan önemsemiyor. Onlar bizim özgür irademizin ölmesini bekliyorlar."

Sonra dönüp eski vampirlerle yüzleşti. "O zaman diyorum ki, gelin! Artık akla yatkın yalanlar duymayalım. Niyetlerinizde bizim gibi dürüst olun. Biz özgürlüğümüzü savunacağız. Saldıracaksınız ya da saldırmayacaksınız. Şimdi seçiminizi yapın ve bırakın tanıklar da gerçek meseleyi görsünler."

Bir kez daha Volturi tanıklarına baktı. Sözlerinin gücü o yüzlerdeki ifadelere yayılmıştı. "Bize katılmayı düşünebilirsiniz. Eğer Volturiler'in sizi sağ bırakıp bu *hikâyeyi* anlatmanıza izin vereceğini sanıyorsanız, yanılıyorsunuz. Yok edilebiliriz," - omuz silkti - "ama belki de edilmeyiz. Belki onların sandığı gibi değiliz. Belki Volturiler sonunda güçlerine denk birini buldular. Ama sizi temin ederim ki, eğer yenilirsek, siz de yenilmiş olursunuz."

Ateşli konuşmasını bitirirken Kate'in yanına doğru geriledi ve öne eğilerek saldırıya hazır bir şekilde bekledi.

Aro gülümsedi. "Çok tatlı bir nutuk, devrimci dostum."

Garrett aynı hazır pozisyonda bekledi. "Devrimci mi?" diye hırladı. "Kime karşı devrim yapıyormuşum, sorabilir miyim? Sen benim kralım mısın? Benim de sana yağcı korumaların gibi *efendim* diye hitap etmemi mi istiyorsun?"

"Sakin ol Garrett," dedi Aro hoşgörülü bir ses tonuyla. "'Yalnız senin doğduğun zamana gönderme yapmıştım. Hâlâ vatansever olduğunu görüyorum."

Garrett ona öfkeyle bakıyordu.

"Hadi tanıklarımıza soralım," diye önerdi Aro. "Kırarımızı vermeden onların ne düşündüğünü duyalım. Söyleyin bize dostlar," - bize arkasını döndü ve ormanın kıyısındaki kalabalığa doğru ilerledi - "tüm bu olanlar hakkında siz ne düşünüyorsunuz? Sizi temin ederim ki, bizim korktuğumuz, çocuk değildi. Riski alıp çocuğun yaşamasına izin verir miyiz? Bu ailenin bütünlüğü için dünyamızı tehlikeye atar mıyız? Ya da kararlı Garrett haklı mı? Bizim egemenlik arayışımıza karşı onlara katılacak mısınız?"

Tanıklar dikkatle onun gözlerine baktılar. İçlerinden biri, kısa boylu, siyah saçlı bir kadın, yanındaki sarışın erkeğe baktı.

"Tek seçeneğimiz bu mu?" diye sordu kadın birden, bakışı yeniden Aro'ya dönmüştü. "Sizinle anlaşmak ya da size karşı dövüşmek?"

"Tabii ki hayır, güzeller güzeli Makenna," dedi Aro. "Konseyin kararına katılmasanız bile, Amun gibi, barış içinde de gidebilirsiniz."

Makenna eşinin yüzüne tekrar baktı ve başını dikkatle salladı.

"Buraya dövüşmek için gelmedik." Duraksadı, derin bir nefes verdi ve devam etti, "Buraya tanıklık etmek için geldik. Ve şuna şahit olduk ki, mahkûm edilen bu aile masumdur. Garrett'ın iddia ettiği her şey doğru."

"Ah," dedi Aro üzgünce. "Olayları böyle gördüğün için üzgünüm. Ama işimizin doğası böyledir."

"Bu benim gördüğüm bir şey değil, hissettiğim bir şey," dedi Makenna'nın mısır püskülü saçlı eşi, yüksek, heyecanlı bir sesle konuşmuştu. Garrett'a baktı. "Garrett dedi ki yalanları anlayabiliyorlarmış. Ben de doğru söylendiğinde bunu anlayabiliyorum, tam tersi de geçerli." Aro'nun tepkisini beklerken korku dolu gözlerle eşine doğru yaklaştı.

"Korkma, dostum Charles. Vatanseverin söylediğine gönülden inandığına şüphe yok," Aro hafifçe güldü. Bunun üzerine Charles'ın gözleri kısıldı.

"Buna şahidiz," dedi Makenna. "Şimdi gidiyoruz."

O ve Charles yavaşça gerilediler ve ormanda kaybolana kadar dönmediler, sonra üç kişi daha arkalarından fırladı.

Kalan otuz yedi vampiri inceledim. Birkaç tanesi bir karar veremeyecek kadar şaşkındı. Ama çoğunluğu bu yüzleşmenin gidişatını anlamış gibi görünüyordu. Peşlerine düşeceklerin kim olacağını anlamak için bir hareket beklediklerini düşündüm.

Aro'nun da benim gördüğümü şeyi gördüğüne emindim. Döndü ve korumalarına doğru yürümeye başladı. Önlerinde durup onlara konuştu.

"Sayıca azınlıktayız sevgili dostlar," dedi. "Dışarıdan bir yardım bekleyemeyiz. Bu sorunu kararsız mı bırakacağız?"

"Hayır, efendimiz," diye fısıldadılar aynı anda.

"Dünyamızın savunulması, bazılarımızı kaybetmemize değecek mi?"

"Evet," dediler. "Korkmuyoruz."

Aro gülümsedi ve siyah örtülü yoldaşlarına döndü.

"Kardeşler," dedi Aro kasvetle, "burada hesaba katılması gereken çok şey var."

"Konuşalım," dedi Caius hevesle.

"Konuşalım," dedi Marcus ilgisiz bir tonla.

Aro bize tekrar arkasını dönmüş, diğer eski vampirlere bakıyordu. El ele tutuşup siyah örtülü bir üçgen oluşturdular.

Aro'nun dikkati sessiz konuşmalara bağlandığı anda tanıklarından iki kişi daha sessizce ormanda kayboldu. Onların iyiliği için hızlı olmalarını umuyordum.

Zamanı gelmişti. Dikkatle, Renesmee'nin boynundaki kollarımı gevşettim.

"Sana söylediğimi hatırlıyor musun?"

Yaşlar gözlerine doldu ama başını sallayarak onayladı. "Seni seviyorum," diye fısıldadı.

Edward bizi izliyordu, gözleri genişlemişti. Jacob da büyük siyah gözünün ucuyla bizi izliyordu.

"Ben de seni seviyorum," dedim ve sonra madalyonuna dokundum. "Kendi hayatımdan çok," diye ekledim ve alnından öptüm.

Jacob endişeli bir halde inledi.

Uzanıp kulağına fısıldadım. "Tümüyle dikkatlerinin dağılmış olmasını bekle ve sonra Renesmee'yle kaç. Buradan olabildiğince uzağa gidin. Gereken şeyler Renesmee'nin çantasında."

Edward'ın ve Jacob'ın yüzündeki korku ifadesi neredeyse tıpatıp aynıydı.

Renesmee, Edward'a uzandı ve birbirlerine sıkıca sarıldılar.

"Benden gizlediğin bu muydu?" dedi bana Renesmee'ye sarılırken.

"Aro'dan gizlediğim buydu," diye fısıldadım.

"Alice mı...?"

Onaylamak için başımı salladım.

Yüzü anlayış ve acıyla doldu. Alice'in ipuçlarını birleştirdiğimde benim yüzümdeki ifade de böyle mi olmuştu?

Jacob sessizce hırıldıyordu. Boynundaki tüyler dikilmişti ve dişleri görünüyordu.

Edward, Renesmee'yi alnından ve iki yanağından öptükten sonra onu Jacob'ın omzuna oturttu. Renesmee çevik bir hareketle yerleşti ve Jacob'ı tüylerinden tuttu.

Jacob bana döndü, gözlerinde derin bir acı vardı, hırlaması hâlâ göğsünü dağlıyordu.

"Renesmee için güvenebileceğim tek kişi sensin," diye mırıldandım ona. "Onu bu kadar sevmeseydin, böyle bir şeyi yapmayı asla göze alamazdım. Onu koruyabileceğini biliyorum, Jacob."

Yeniden sızlandı ve bana yaklaştı.

"Biliyorum," dedim. "Ben de seni seviyorum, Jake. Her zaman en yakın dostum olacaksın."

Kızıl kahve tüylerine kocaman bir gözyaşı düştü.

Edward da ona doğru eğildi. "Güle güle, Jacob, kardeşim... oğlum."

Diğerleri de bu veda sahnesinden bihaber değildi. Gözleri sessiz kara üçgene kenetlenmişti ama bizi dinlediklerini biliyordum.

"Hiç umut yok mu yani?" diye fısıldadı Carlisle. Sesinde korkudan eser yoktu. Sadece kararlılık ve kabullenme vardı.

"Kesinlikle umut var," diye mırıldandım. *Bu doğru olabilir*, dedim kendime. "Ama ben yalnızca kendi kaderimi biliyorum."

Edward elimi tuttu. Kaderim derken bunun onu da içerdiğini biliyordu. Biz bir bütünün iki yarısıydık.

Arkamda, Esme'nin belli belirsiz nefesini duydum. Yanımızdan geçti, geçerken yüzlerimize dokundu ve Carlisle'ın yanına geçip elini tuttu.

Birden, veda ve sevgi sözcükleriyle çevrelenmiştik.

"Eğer bunu atlatırsak," diye fısıldadı Garrett Kate'e, "senin yanından asla ayrılmayacağım."

"Bunu bana şimdi mi söylüyorsun," diye söylendi Kate.

Rosalie ve Emmett da çabucak ama tutkuyla öpüştüler.

Tia, Benjamin'in yüzünü okşadı. O da keyifle gülümseyip onun elini tuttu ve yanağına bastırdı.

Bütün sevgi ve acı ifadelerini göremedim. Kalkanımın dışından baskı yapan bir hareketlilik dikkatimi dağıtmıştı. Nereden geldiğini anlayamamıştım ama grubumuzun kenarındakileri, özellikle de Siobhan ve Liam'ı hedef aldığını hissedebiliyordum. Sonra, bu baskı hiçbir zarar vermeden ortadan kayboldu.

Eski vampirlerin sessiz, hareketsiz duruşlarında bir değişiklik olmadı. Ama muhtemelen benim kaçırdığım bir işaret vardı.

"Hazırlanın," diye fısıldadım diğerlerine. "Başlıyor."

38. GÜÇ

"Chelsea bağlarımızı kırmaya çalışıyor," diye fısıldadı Edward. "Ama bulamıyor. Bizi burada hissedemiyor..." Gözleri bana çevrildi. "Bunu sen mi yapıyorsun?"

Neşesiz bir ifadeyle gülümsedim. "Hepsinin üzerindeyim."

Edward benden biraz uzaklaşarak Carlisle'a uzandı. Aynı anda, Carlisle'ın ışığının kalkanda durduğu yerde daha keskin bir dürtme hissettim. Acılı değildi ama hoş da değildi.

"Carlisle? İyi misin?" dedi Edward çılgınca.

"Evet. Neden?"

"Jane," diye cevap verdi Edward.

Aynı anda, bir düzine saldırı kalkana değdi, on iki farklı ışığı hedeflemişti. Bükerek kalkanın zarar görmediğinden emin oldum. Jane onu delmiş gibi görünmüyordu. Çabucak etrafıma baktım, herkes iyiydi.

"İnanılmaz," dedi Edward.

"Neden kararı beklemiyorlar?" diye tısladı Tanya.

"Her zamanki prosedür," diye cevapladı Edward ters bir tavırla. "Genelde, kaçmasınlar diye dava sürecinde bazılarını aciz bırakıyorlar."

Jane'e baktım, grubumuza kuşku dolu bir öfkeyle bakıyordu. Onun ani saldırılarına benim dışımda dayanabilen olmadığına emindim.

Bu pek olgunca değildi. Ama eğer Aro henüz farkında değilse bile, biraz sonra kalkanımın Edward'ın bildiğinden çok daha güçlü olduğunu tahmin edeceğinden emindim. Yani artık zaten bir hedeftim ve kendimi gizlemenin bir anlamı yoktu. Bu yüzden kocaman, kibirli bir sırıtışla Jane'e baktım.

Gözleri kısıldı ve bu kez benim üzerime bir baskının geldiğini hissettim.

Dudaklarımı daha genişçe açarak dişlerimi gösterdim.

Jane ince sesiyle hırladı. Herkes yerinden sıçradı hatta o disiplinli askerler bile. Eski vampirler hariç herkes. İkizi de kolunu tuttu.

Rumenler karanlık bir kahkaha koyuverdiler.

"Bu sefer olacağını söylemiştim," dedi Vladimir Stefan'a.

"Şu cadının yüzüne bak," diye kıkırdadı Stefan.

Alec, yatıştırmak için kardeşinin omzunu sıvazladı ve sonra onu kolunun altına aldı. Bize döndüğünde yüzü, kusursuzca düz ve tümüyle bir melek gibi görünüyordu.

Başka bir baskı daha bekledim, Alec'in de saldırmasını bekledim ama hiçbir şey hissetmedim. Bize bakmaya devam etti, güzel yüzü sakinleşmişti. Saldırıyor muydu? Kalkanımın içine girebiliyor muydu? Onu görebilen sadece ben miydim? Edward'ın elini kavradım.

"İyi misin?" dedim heyecanla.

"Evet," diye fısıldadı.

"Alec de deniyor mu?"

Edward başını sallayarak onayladı. "Onun yeteneği Jane'inkinden daha yavaştır. Bize birkaç saniye içinde ulaşır."

Neyi bekleyeceğimden emin olduktan sonra bunu ben de görmüştüm.

Karın üzerinden tuhaf açık bir sis yayılmaya başlamıştı, beyazın üzerinde neredeyse görünmezdi. Bana bir serabı hatırlattı, manzara biraz eğiliyor gibiydi, titrek bir ışığı andırıyordu. Kalkanımı Carlisle ve diğerlerinin durduğu ön sıradan çekerken, sessiz sessiz gelen sis ona dokunduğunda olacaklardan korkuyordum. Ya benim görünmez kalkanımı geçerse? Kaçmalı mıydık?

Ayağımızın altındaki zeminden kısık bir mırıltı geldi ve anı bir rüzgâr karı coşkulu bir tipiye çevirip Volturilerle aramızdaki alanı doldurdu. Benjamin de tehdidi görmüştü ve şimdi o sisi bizden geriye üflüyordu. Kar, onun rüzgârı nereye üflediğini görmemizi sağlıyordu ama sis buna bir tepki vermemişti. Sanki rüzgâr gölgeye üflüyordu ve gölge bunun karşısında dokunulmazdı.

Eski vampirlerin üçgen duruşu nihayet bozuldu. Acı dolu bir iniltiyle, derin, dar çatlak açıldı ve alanın ortasında uzun bir zikzak haline geldi. Ayağımın altındaki zemin bir an sallandı. Kar birikintileri açılan oyuğa doğru çöktü ama sis onu geçerek ilerlemeye devam etti.

Aro ve Caius yerin yanlışını fal taşı gibi açılmış gözlerle izliyorlardı. Marcus da ifadesiz bir yüzle yere baktı.

Konuşmadılar; sis bize yaklaşırken onlar da bekliyorlardı. Rüzgâr daha sert esti ama sisi dağıtmadı. Jane şimdi gülümsüyordu.

Ve sonra sis bir duvara çarptı.

Kalkanıma çarpar çarpmaz tadını almıştım, yoğun, tatlı, iç bayıltıcı bir tadı vardı, bana anestetik bir ilacın dilimdeki sönük tadını hatırlattı.

Sis yukarı çıktı; bir delik, güçsüz bir alan arıyordu. Bulamadı. Şaşırtıcı büyüklükte koruyucu bir perde gibiydi.

Benjamin'in yanındakilerin nefesi kesilmişti.

"Aferin Bella," diye yüreklendirdi Benjamin, kısık bir sesle.

Gülümsemem geri geldi.

Alec'in kısık gözlerini görebiliyordum. Sis, kalkanımı zarar veremeden yalayıp geçince yüzünde derin bir şüphe oluşmuştu.

Ve sonra bunu yapabileceğimi anladım. Öncelikli olan, ilk ölecek olan ben olacaktım, bu açıkça belli oluyordu ama ben durdukça Volturiler'le daha eşit sayılırdık. Benjamin ve Zafrina hâlâ bizimleydi.

"Konsantre olmam gerekecek," diye fısıldadım Edward'a. "Dövüş anında kalkanı doğru insanların etrafında tutmak daha zor olacak."

"Onları senden uzak tutarım."

"Hayır. Demetri'yi halletmek *zorundasın*. Zafrina onları benden uzak tutar."

Zafrina ağırbaşlı bir ifadeyle başını sallayarak söylediklerimi onayladı. "Kimse ona dokunamayacak," diye söz verdi Edward'a.

"Jane ve Alec'in peşinden gidecektim ama burada daha çok işe yararım."

"Jane benim," diye tısladı Kate. "Onun kendi zehrinden tatması gerekiyor."

"Alec'in de bana bir sürü hayat borcu var ama onunkiyle idare edebilirim," diye hırladı Vladimir diğer taraftan. "O benim."

"Ben Caius'ı istiyorum sadece," dedi Tanya.

Diğerleri de rakipleri bölüşmeye başladı ama bu çabucak yarıda kesildi.

Alec'in işe yaramaz sisine bakan Aro, en sonunda konuştu.

"Oylamaya geçmeden önce," diye başladı.

Başımı öfkeyle salladım. Bu zırvalardan sıkılmıştım. Kan tutkusu, içimde yeniden tutuşmaya başlamıştı ve diğerlerine sadece yerimde durarak yardım edeceğim için üzülmüştüm çünkü dövüşmek istiyordum.

"Size hatırlatayım," diye devam etti Aro, "konseyin kararı ne olursa olsun, şiddete gerek yok."

Edward karanlık bir kahkaha attı.

Aro ona üzgün bir ifadeyle baktı. "Sizlerden birini bile kaybetmek türümüz için büyük bir kayıp olur. Ama özellikle seni, genç Edward ve senin yeni doğmuş eşini. Volturiler birçoğunuzu aramızdaki rütbelerde görmekten memnun olacaktır. Bella, Benjamin, Zafrina, Kate. Önünüzde birçok seçenek var. Lütfen onları gözden geçirin."

Chelsea'nin bizi etkileme girişimi kalkanımın kenarında güçsüzce kaldı. Aro'nun bakışı sert gözlerimizde gezindi, bir duraksama belirtisi arıyordu ama ifadesinden böyle bir şey bulamadığı anlaşılıyordu.

Beni ve Edward'ı tutmak istediğini biliyordum, Alice gibi bizi de kölesi yapmak istiyordu. Ama bu savaş fazla büyüktü ve ben yaşarsam kazanamayacaktı. Ona beni öldürmemek için bir yol bırakmadığım için memnundum.

"O zaman oylayalım," dedi sesinde oldukça belirgin olan bir gönülsüzlükle.

Caius hevesli bir telaşla konuştu. "Bu çocuğun henüz bilinmeyen özellikleri var. Böyle bir riski almak için hiçbir sebep yok. Yok edilmeli, onu koruyanlarla beraber." Sonra beklenti ile gülümsedi.

O acımasız sırıtışına cevap vermek için meydan okuyan bir çığlık atmamak için kendimi zor tutmuştum.

Marcus oy verirken ilgisiz gözlerini kaldırıp ileri bakar gibi yaptı.

"Yakın bir tehlike görmüyorum. Çocuk şimdilik yeterince güvenilir. Durumu daha sonra da değerlendirebiliriz. Şimdi barış içinde gidelim." Sesi kardeşlerinin nefeslerinden bile daha zayıftı.

Onun bu hemfikir olmayan sözleri üzerine askerlerden hiçbiri gevşemedi. Caius'ın sırıtışı da solmadı. Sanki Marcus hiç konuşmamış gibiydi.

"Karar vermeyi sağlayacak oy bana ait gibi görünüyor o zaman," dedi Aro, düşünceli bir halde.

Yanımda duran Edward birden kaskatı kesildi. "Evet!" diye tısladı.

Ona bakma riskine girdim. Yüzü, anlamadığım bir zafer ifadesiyle parlamıştı. Bu, yok edici bir meleğin tüm dünyanın yandığını görünce yüzünde oluşabilecek bir ifadeyi andırıyordu. Güzel ve ürkütücüydü.

Askerlerden alçak bir tepki geldi, tedirgin bir halde mırıldanıyorlardı.

"Aro?" diye seslendi Edward, neredeyse bağırıyordu, sesindeki zafer tonunu gizleyemiyordu.

Aro bir an duraksadı ve cevap vermeden önce bu yeni oluşan havayı değerlendirdi. "Evet, Edward? Başka bir şey mi var...?"

"Belki de," dedi Edward cana yakın bir şekilde, açıklanmayan heyecanını kontrol etmeye çalışıyordu. "Önce, bir noktayı netleştirebilir miyim?"

"Tabii ki," dedi Aro, kaşlarını kaldırarak, şimdi sesinde kibar bir ilgiden başka bir şey yoktu. Dişlerim kenetlendi çünkü Aro en çok merhametli göründüğünde tehlikeli oluyordu.

"Kızımda öngördüğünüz tehlike, nasıl büyüyeceğini bilmediğimizden mi kaynaklanıyor? Meselenin aslı bu mu?"

"Evet, dostum Edward," diye onayladı Aro. "Eğer emin

olabilseydik...büyüdükçe insan dünyasından saklı kalacağına, gizliliğimizi tehlikeye atmayacağına emin olsaydık..." diyerek omuz silkti.

"Demek, emin olabilseydiniz," dedi Edward, "neye dönüşeceğini tam olarak bilseydiniz...o zaman konseye falan da ihtiyaç olmaz mıydı?"

"*Kesinlikle* emin olmanın bir yolu olsaydı," dedi Aro, çatlak sesi biraz daha tiz çıkıyordu şimdi. Edward'ın konuyu nereye getirdiğini göremiyordu. Ben de göremiyordum. "O zaman, evet, tartışacak bir şey kalmazdı."

"Ve barış içinde ayrılırdık, yeniden iyi dost olurduk?" diye sordu Edward biraz ironi ile.

Aro daha da tiz bir sesle konuştu. "Tabii ki, genç dostum. Hiçbir şey beni daha çok memnun edemezdi."

Edward sevinçle güldü. "O zaman önerebileceğim bir şey var."

Aro gözlerini kıstı. "O kesinlikle eşsiz. Onun geleceği yalnızca tahmin edilebilir."

"Tam olarak eşsiz değil," diye karşı çıktı Edward. "Kesinlikle ender ama eşsiz değil."

Dikkatim dağılmasın diye içimde aniden canlanan umudu ve şoku bastırdım. O hastalıklı sis hâlâ kalkanımın dışında dolanıyordu. Ve odaklanmaya çalışırken, kesici bir baskının kalkana değdiğini hissettim.

"Aro, Jane'e, karıma saldırmayı bırakmasını söyler misin?" diye sordu Edward nazikçe. "Hâlâ kanıtları tartışıyoruz."

Aro tek elini kaldırdı. "Sakin olun, canlarım. Onu dinleyelim."

Baskı yok oldu. Jane dişlerini gösterdi. Ona sırıtmaktan kendimi alamadım.

"Neden bize katılmıyorsun, Alice?" diye seslendi Edward yüksek sesle.

'Alice," diye fısıldadı Esme, şok olmuştu.
Alice!
Alice, Alice, Alice!
"Alice!" "Alice!" diye mırıldandı çevremdeki diğer sesler de.

"Alice," dedi Aro.

İçimde, rahatlama ve adeta can yakan bir keyif dalgalandı. Kalkanı yerinde tutmak için büyük bir güç sarf etmem gerekti. Alec'in sisi hâlâ zayıf noktalar arıyordu ve boşluk bırakırsam Jane bunu görecekti.

Ve sonra onları ormanda koşarken duydum, uçarak aramızdaki mesafeyi kapatmaya çalışırken bir an için bile olsun durmuyorlardı.

İki taraf da beklenti içinde hareketsiz bir şekilde onları bekliyordu. Volturi tanıkları yeni bir şaşkınlıkla kaşlarını çatmıştı.

Sonra Alice güney-batı yönünden alana doğru geldi. Onu tekrar görmenin yarattığı büyük mutluluk az kalsın dizlerimin bağını çözecekti. Jasper onun yalnız birkaç santim arkasındaydı, öfkeyle bakıyordu. Yanlarında üç yabancı vardı; ilki uzun, kaslı bir dişiydi, koyu dağınık saçları vardı, belli ki Kachiri'ydi bu. Diğer Amazonlar'ınki gibi, bacakları ve kolları uzundu.

İkinci, zeytin tenli bir dişi vampirdi, sırtında uzun bir örgü uzanıyordu. Derin şarabi gözleri alandakilere endişe ile bakıyordu.

Sonuncusu da genç bir adamdı... Koşuşu hızlı ya da akıcı değildi. Teni koyu kahveydi. Sakıngan gözleri topluluğa baktı. Saçları siyah ve kadınınki gibi örgülüydü ama o kadar uzun değildi. Güzeldi.

Bize yaklaştıkça, yeni birses, izleyicilere yeni bir şok dalgası verdi, bu hızlı bir kalbin atış sesiydi.

Alice hafifçe dağılan sisin üzerinden atlayıp Edward'ın yanına geldi. Uzanıp koluna dokundum, Edward, Esme ve Carlisle da aynı şeyi yaptı. Başka bir şekilde hoş geldin demek için zaman yoktu. Jasper ve diğerleri de onu kalkan boyunca izlediler.

Sonradan gelenler görünmez sınırı hiçbir zorluk çekmeden geçtiğinde, bütün korumalar merakla izlemeye devam ettiler. Kaslı olan Felix ve onun gibiler, aniden umut dolan gözlerini bana çevirdiler. Kalkanımın neyi geri püskürtebildiğinden emin olamamışlardı ama şimdi fiziksel bir saldırıyı durduramadığı açıkça görülmüştü ve Aro komut verdiği anda, anı saldırı yalnız bana yönelecekti. Zafrina'nın kaç kişiyi kör edebileceğinden emin değildim ve bunun onları ne kadar yavaşlatacağını da bilmiyordum. Kate ve Vladimir'in, Jane ve Alec'i ortadan kaldırmasına yetecek miydi? Böyle bir durumda tek istediğim bu olacaktı.

Edward, onların düşüncelerindeki tepkiyi okuyunca öfkeyle sertleşti. Kendini kontrol edip Aro ile konuşmaya devam etti.

"Alice geçtiğimiz haftalarda kendi tanıklarını arıyordu," dedi eski vampirlere. "Ve eli boş dönmedi. Alice, neden getirdiğin tanıkları bizimle tanıştırmıyorsun?"

Caius hırıldadı. "Tanık saati geçti! Oyunu kullan Aro!"

Aro kardeşini susturmak için parmağını kaldırdı, gözleri Alice'e kilitlenmişti.

Alice hafifçe ileri çıkarak yabancıları tanıttı. "Bu Huilen ve onun yeğeni Nahuel."

Sesi hâlâ duyabiliyorduk...

Alice yeni gelenlerin ilişkilerini isimlendirdiğinde Caius gözlerini kıstı. Volturi tanıkları da kendi aralarında tısladılar. Vampirlerin dünyası artık değişiyordu ve herkes bunu hissedebiliyordu.

"Konuş Huilen," diye buyurdu Aro. "Tanıklık etmek için geldiğin şeyi anlat."

İnce kadın gergin bir ifadeyle Alice'e baktı. Alice onu yüreklendirmek için başını salladı ve Kachiri uzun elini küçük vampirin omzuna koydu.

"Ben Huilen," dedi kadın, net ama tuhaf bir aksanla konuşuyordu. Devam ettiğinde onun bu hikâyeyi anlatmak için hazırlandığını anlamıştım. Söyledikleri çocuk tekerlemeleri gibi bir düzenle dökülüyordu dudaklarından. "Bir buçuk asır önce, halkım Mapucheler'le yaşardım. Kardeşim Pire'ydi. Annem ve babam, onun açık teni yüzünden, ona dağların üzerindeki karların adını vermişti. Ve o çok güzeldi, fazla güzeldi. Bir gün bana bir sır verdi ve onu ormanda bir meleğin bulduğunu, onu gecelen ziyaret ettiğini söyledi. Onu uyardım." Huilen başını kederle salladı. "Sanki tenindeki morluklar yeterince uyarmıyormuş gibi. Bunun efsanelerimizdeki Libishomen olduğunu biliyordum ama o dinlemedi. Büyülenmişti.

"Bana, koyu saçlı meleğinin çocuğuna hamile olduğundan emin olduğunu söyledi. Onu kaçmaktan vazgeçirmeye çalışmadım, babam ve annem, çocuğun ve Pire'ın da öldürülmesi gerektiğini düşüneceklerdi, bunu biliyordum. Onunla ormanın en derin yerlerine gittim. Şeytani meleğini aradı ama hiçbir şey bulamadı, onu önemsiyordum ve bu yüzden gücü tükendiğinde onun için avlandım. O hayvanları çiğ çiğ yer, kanlarını içerdi. Karnında taşıdığının ne olduğunu anlamıştım. Bu canavarı öldürmeden önce kardeşimin hayatını kurtarmayı umuyordum.

"Ama o içindeki çocuğu seviyordu. İçinde büyüyüp kemiklerini kırmaya başladığında ona orman kedisi anlamına gelen Nahuel ismini takmıştı ve bütün olanlara rağmen onu sevmeye devam ediyordu.

"Onu kurtaramadım. Çocuk onu parçalayarak dışarı çıktı ve Pire hemen öldü. Bana Nahuel'e bakmam için yalvarmıştı. Son arzusu buydu, ben de kabul ettim.

"Ama çocuk, onu Pire'ın vücudundan kaldırmaya çalışırken beni ısırdı. Ölmek için ormana sürüklendim. Fazla uzaklaşamadım, acı çok fazlaydı. Ama o beni buldu, bu yeni doğmuş çocuk emekleyerek yanıma geldi ve bekledi. Acı bittiğinde, yanıma kıvrılıp uyudu.

"Kendi avlanmaya başlayıncaya kadar ona baktım. Ormanın çevresindeki köylerden beslendik. Evimizden hiç bu kadar uzaklaşmamıştık ama Nahuel çocuğu görmek istedi."

Huilen anlatacaklarını bitirdiğinde başını eğdi ve geri döndü, kısmen Kachiri'nin arkasında kalmıştı.

Aro'nun dudakları büzülmüştü. Koyu renkli gence baktı.

"Nahuel, sen yüz elli yaşında mısın?" diye sordu.

"On yıl ekleyin ya da çıkarın," diye cevapladı, güzel sıcak sesiyle. Belli belirsiz bir aksanı vardı. "Biz saymıyoruz."

"Ve kaç yaşında olgunluğa ulaştın?"

"Doğduktan yedi yıl kadar sonra, tümüyle büyümüştüm."

"O zamandan beri hiç değişmedin mi?"

Nahuel omuz silkti. "Fark ettiğim kadarıyla hayır."

Jacob'ın bedeninde bir ürperti hissettim ama şimdi bunu düşünmek istemiyordum. Tehlike geçene kadar bekleyip öyle konsantre olacaktım.

"Nasıl besleniyorsun?" dedi Aro, ilgilenmiş görünüyordu.

"Çoğunlukla kanla ama insan yemeği de yiyorum. İkisiyle de yaşayabiliyorum. "

"Sen bir ölümsüz yaratabilme yetisine sahip miydin?" Aro Huilen'ı işaret ederken sesi aniden gerilmişti. Kalkanıma tekrar odaklandım; kim bilir belki de yeni bir bahane arıyordu.

"Evet, ama diğerleri yapamıyor."

Üç gruptan da şok mırıltıları yükseldi.

Aro'nun kaşları kalktı. "Diğerleri mi?"

"Kız kardeşlerim." Nahuel tekrar omuz silkti.

Aro bir an için donakaldı ama sonra hemen kendini topladı.

"Belki hikâyenin geri kalanını da bize anlatmak istersin, daha fazlası var gibi geliyor."

Nahuel'in yüzü ekşidi.

"Babam, annemin ölümünden birkaç yıl sonra beni aramaya geldi." Bunları söylerken yakışıklı yüzü biraz bozulmuştu. "Beni bulduğuna sevinmişti." Nahuel'in ses tonundan bu duygunun karşılıklı olmadığı anlaşılıyordu. "İki kızı vardı ama oğlu yoktu. Benim de kardeşlerimin yaptığı gibi ona katılmamı istedi.

"Yalnız olmadığıma şaşırmıştı. Kardeşlerimde vampir zehri yoktu ama bunun cinsiyete mi yoksa şansa mı bağlı olduğunu bilmiyorum. Ben çoktan Huilen'la bir aile kurmuştum ve onunla giderek hayatımda bir değişiklik yapmak istemedim. Onu zaman zaman görüyorum. Yeni bir kız kardeşim var, on yıl önce yetişkinliğe erişti."

"Babanın adı ne?" diye sordu Caius sıktığı dişlerinin arasından.

"Joham," diye cevapladı Nahuel. "O kendini bir bilim adamı olarak değerlendiriyor. Yeni üstün bir ırk yarattığını düşünüyor." Sesindeki iğrenti tonunu gizlemek için bir sebep görmüyor gibiydi.

Caius bana baktı. "Senin kızın, o zehirli mi?" dedi sertçe.

"Hayır," diye cevap verdim. Nahuel'in başı da bana çevrilmişti.

Caius, teyit için Aro'ya baktı ama Aro kendi düşüncelerine dalmıştı. Dudaklarını büzdü ve Carlisle'a baktı, sonra Edward'a baktı, ve sonunda gözleri benim üzerimde kaldı.

Caius hırıldandı. "Buradaki sapkınlığın icabına bakıp sonra güneye doğru ilerleyelim," diye zorladı Aro'yu.

Aro, uzun, gergin bir an boyunca gözlerime bakakaldı. Ne aradığını bilmiyordum ya da ne bulduğunu ama beni tarttığı o an boyunca yüzünde bir şey değişti. Dudakları ve gözlerindeki ufak değişiklikten kararını verdiğini anlıyordum.

"Kardeş," dedi yumuşak bir sesle Caius'a. "Burada bir tehlike yok. Bu olağanüstü bir gelişme ama hiçbir tehdit görmüyorum. Bu yarı vampir çocuklar da bize benziyor gibi görünüyorlar."

"Oyunu böyle mi kullanıyorsun?" diye üsteledi Caius.

"Evet."

Caius kaşlarını çattı. "Ya bu Joham? Bu deney tutkunu ölümsüz ne olacak?"

"Belki onunla konuşmalıyız," dedi Aro.

"İsterseniz Joham'ı durdurun," dedi Nahuel. "Ama kız kardeşlerimi rahat bırakın. Onlar masum."

Aro vakur bir ifadeyle başını salladı. Sonra sıcak bir gülümsemeyle korumalarına döndü.

"Arkadaşlarım," diye seslendi. "Bugün savaşmıyoruz."

Korumalar hep birlikte başlarıyla onaylayarak rahata geçtiler. Sis çabucak dağıldı ama yine de kalkanımı tuttum. Belki bu da başka bir numaraydı.

Aro tekrar bize döndüğünde yüzlerindeki ifadeleri inceledim. Yüzü hiç olmadığı kadar sevecendi, ama öncekinden farklı olarak görünenin altında tuhaf bir karanlık görmüştüm. Entrikaları bitmiş gibiydi. Caius çileden çıkmıştı ama öfkesi içe dönmüştü. Marcus sıkılmış görünüyordu. Bunun için başka bir söz yoktu. Korumalar kayıtsız bir şekilde yeniden bir bütün olmuşlardı. Gitmek için hazırdılar. Volturi şahitleri hâlâ tetikteydi ve sonra birer birer ormana doğru dağılarak gözden kayboldular. Sayıları azaldıkça kalanlar da daha hızlı hareket ediyordu. Kısa bir süre içinde hepsi gitmişti.

Aro elini neredeyse özür diler gibi uzattı. Arkasındaki korumaların büyük bir kısmı, Caius ve Marcus, sessiz, gizemli eşleriyle birlikte acele ile uzaklaşıyordu, yalnız kişisel koruma olduğu anlaşılan üç tanesi Aro ile kaldı.

"Bunun şiddet olmadan çözülmüş olmasından mutluyum," dedi tatlı bir sesle. "Dostum Carlisle, sana tekrar dostum demekten öyle mutluyum ki! Umarım, aramızda bir dargınlık yoktur. Görevimizin omzumuza yüklediği ağırlığın ne kadar katı olduğunu biliyorsunuz."

"Bizi rahat bırak Aro," dedi Carlisle sertçe. "Lütfen bizim burada hayatımızı gizli yaşadığımızı hatırla ve korumalarının bu çevrede avlanmasına izin verme."

"Tabii ki Carlisle," dedi Aro. "Hoşnutsuzluğa sebep olduğum için üzgünüm, sevgili dostum. Belki zaman içinde beni affedersin."

"Eğer zaman içinde bize dostumuz olduğunu kanıtlarsan..."

Aro başını eğdi, yüzüne vicdan azabı yayılmıştı. Son dört Volturi'nin de ağaçların arasında kaybolmasını sessizce izledik.

Etraf çok sessizdi, yine de kalkanımı indirmedim.

"Bitti mi?" diye fısıldadım Edward'a.

Bana kocaman bir gülümsemeyle cevap verdi. "Evet. Vazgeçtiler. Her kabadayı gibi onlar da kasıntılı yürüyüşlerinin altında saklanan ödleklerden başka bir şey değiller." Güldü.

Alice de güldü. "Merak etmeyin, arkadaşlar. Geri dönmeyecekler. Şimdi herkes rahatlayabilir."

Herkes susmaya devam ediyordu.

Fakat sonra tehlikenin tamamen sona erdiğini anladık.

Tezahüratlar yükseldi. Sağır edici ulumalar alanı doldurdu. Maggie, Siobhan'ın sırtını sıvazladı. Rosalie ve Emmett tekrar öpüştüler. Benjamin ve Tia da, Carmen ve Eleazar gibi sıkıca sarıldılar. Esme, Alice ve Jasper'ı kucakladı. Carlisle sevecenlikle yeni gelen ve hepimizi kurtaran Güney Amerikalılar'a teşekkür etti. Kachiri, Zafrina ve Senna'ya yaklaştı. Garrett, Kate'i havaya kaldırarak olduğu yerde döndürdü.

Stefan öfkeyle yere tükürdü. Vladimir dişlerini acı bir ifadeyle kenetledi.

Ben de yanımdaki devasa kurda uzanarak kızımı kucağıma aldım. Aynı anda, Edward'ın kolları da bizi sardı.

"Nessie, Nessie, Nessie," diye şakıdım.

Jacob büyük havlamak gülüşüyle gülüp burnunun ucunu kafama değdirdi.

"Sus bakalım," diye söylendim.

"Seninle kalabiliyor muyum?" dedi Nessie.

"Sonsuza kadar," dedim.

Sonsuza kadar zamanımız vardı. Ve Nessie iyi, sağlıklı ve güçlü olacaktı. Tıpkı yarı insan Nahuel gibi, yüz elli yıl sonra bile hâlâ genç olacaktı. Ve hep beraber olacaktık.

Mutluluk içimde adeta bir bomba gibi patladı, öyle aşırı, öyle çılgındı ki, bir an buna dayanamayacağımı sandım.

"Sonsuza kadar," diye tekrarladı Edward kulağıma.

Daha fazla konuşamadım. Başımı kaldırıp onu öyle bir tutkuyla öptüm ki orman ateşlenebilirdi.

Ve ben bunu fark etmezdim bile.

39. SONSUZA KADAR MUTLU

"Yanı bu aslında birçok şeyin birleşmesi ile oldu ama özetle...Bella," diye açıklıyordu Edward. Ailemiz ve kalan iki misafirle birlikte Cullenlar'ın büyük odasında oturuyorduk, hava kararmıştı.

Vladimir ve Stefan kutlamamızı bitirmeden ortadan kaybolmuşlardı. Sonuç onları aşırı derecede hayal kırıklığına uğratmıştı ama Edward, onların Volturiler'in ödlekliğinden neredeyse bu hayal kırıklıklarını telafi edecek kadar zevk aldığını söylemişti.

Benjamin ve Tıa, Amun ve Kebi'nin peşinden gidip onlara sonucu bildirmek istemişlerdi. Onları tekrar göreceğimizden emindim. Göçebelerin hiçbiri oyalanmamıştı. Peter ve Charlotte, Jasper'la ufak bir sohbet ettikten sonra yola koyuldular.

Yeniden bir araya gelen Amazonlar da evlerine dönmek için sabırsızlanıyordu, sevdikleri yağmur ormanlarından uzak kalmaya dayanamamışlardı ama yine de bazılarından daha gönülsüzce ayrıldılar.

"Çocukla birlikte beni ziyarete gelmelisiniz," diye üstelemişti Zafrina. "Bana söz ver."

Nessie de elini boynuma koyarak aynı şekilde rica etmişti.

"Tabii ki Zafrina," demiştim.

"Çok iyi arkadaş olalım Nessie," demişti Zafrina hemen gitmeden önce.

İrlandalı aile de yola çıkmak üzereydi.

"Aferin Sıobhan," dedi Carlisle ona veda ederken.

"Ah, düşüncenin gücü," diye cevapladı alay ederek Siobhan.

Sonra ciddileşti. "Tabii ki daha bitmedi. Volturiler burada olanları affetmeyecektir."

Buna Edward cevap vermişti. "Ciddi anlamda sarsıldılar, güvenleri kırıldı. Ama evet, bir gün bunu atlatacaklar. Ve o zaman..." Gözlerini kıstı. "Bizimle teker teker uğraşacaklarını düşünüyorum."

"Saldıracakları zaman Alice bizi uyaracaktır," dedi Siobhan kendinden emin bir sesle. "Ve yeniden toplanacağız. Belki dünyanın Volturiler'den temizleneceği gün de gelecek."

"O gün gelebilir," diye cevapladı Carlisle. "Gelirse, beraber olacağız."

"Evet dostum, öyle olacağız," dedi Siobhan. "Hem zaten ben düşünce gücünü kullanırsam nasıl başarısız olabiliriz ki?" diye ekledi ve kahkahayı bastı.

"Aynen öyle," dedi Carlisle. O ve Siobhan kucaklaştılar ve sonra Carlisle Liam'la tokalaştı. "Alistar'ı bulup olanları anlatmaya çalışın. On yıl boyunca bir kayanın altında gizlenmesini istemem."

Siobhan yeniden güldü. Maggie, Nessie ve bana sarıldı ve sonra ayrıldılar.

Denaliler en son gidenlerdi. Garrett da onlarla gitti ve bundan sonra da onlardan ayrılmayacağına emindim. Kutlama atmosferi Kate ve Tanya'ya fazla gelmişti, kaybettikleri kardeşlerin yasını tutmak için zamana ihtiyaç duyuyorlardı.

Kalanlar Huilen ve Nahuel'di, gerçi ben onların da Amazonlar'la gitmesini beklemiştim. Carlisle, büyülenmiş bir halde Huilen'le sohbete dalmıştı. Nahuel ona yakın oturuyordu, Edward'ın hikâyenin kalanını bize kendi gözünden anlatmasını dinliyordu.

"Alice, Aro'ya savaştan kaçması için bir bahane verdi. Eğer Bella'dan bu kadar korkmuş olmasaydı, esas plana devam ederdi."

"Korktu mu?" diye sordum kuşkuyla. "Benden mi?"

Bana tam olarak anlamadığım bir bakışla gülümsedi, yumuşaktı ama ayrıca meraklı ve kızgın da görünüyordu. "Gücünü tam olarak ne zaman anlayabileceksin?" dedi yumuşakça. Sonra daha yüksek sesle konuştu, diğerlerine de hitap ediyordu. "Volturiler yirmi beş asırdır adil şekilde savaşmamışlardı. Ve hiç ama hiçbir zaman avantajlı olmadıkları bir yerde de savaşmadılar. Özellikle Jane ve Alec onlara katıldığından beri, sadece karşı koyulamayan katliamlar yaptılar.

"Onlara nasıl göründüğümüzü görmeliydin! Genelde, Alec kurbanların duyularını keserdi. Bu yolla, karar verildiğinde kimse kaçamıyordu. Ama biz orada durup hazır beklerken onlar Bella'nın yeteneği sayesinde, işe yaramaz yeteneklerle, bizim kendi yeteneklerimiz karşısında sayıca az kaldılar. Aro, Zafrina bizim tarafımızdayken, savaş başladığında onların kör kalacağını biliyordu. Eminim sayımız oldukça azalırdı ama aynı durumun kendileri için de geçerli olduğunu biliyorlardı. Kaybetmeleri için büyük bir olasılık vardı. Onlar önceden bu olasılıkla hiç karşılaşmamışlardı. Bugün de bunu iyi idare edemediler."

"At boyunda kurtlarla çevrilmişken de güvenli hissetmeleri zor olmuştur," diye güldü Emmett, Jacob'ın kolunu dürterek.

Jacob ona sırıttı.

"Zaten onları durduran ilk şey kurtlardı," dedim.

"Tabii ki," dedi Jacob.

"Kesinlikle," dedi Edward. "Bu da hiç görmedikleri bir şeydi. Ay'ın Çocukları ender olarak sürü halinde gezerler ve kendilerine çok hâkim olamazlar. On altı devasa kalabalık kurt, onlar için hiç de hazırlıklı olmadıkları bir sürprizdi. Aslında Caius'un kurt adamlardan ödü patlıyor. Bin yıl önce neredeyse bir kurda yeniliyordu ve bunu hiç atlatamadı."

"Yani gerçek kurt adamlar var?" diye sordum. "Dolunay, gümüş mermi falan yani?"

Jacob homurdandı. "Gerçek ha. Bu beni hayal ürünü mü yapıyor?"

"Ne demek istediğimi biliyorsun."

"Dolunay, evet," dedi Edward. "Gümüş mermiler, hayır, o sadece insanların bir şansı olduğunu düşünmelerim sağlayan bir efsaneydi. Onlardan fazla kalmadı. Caius neredeyse onların kökünü kuruttu."

"Bundan daha önce neden bahsetmedin?"

"Konusu hiç açılmadı ki."

Gözlerimi devirdim ve Alice güldü, Edward'ın kolunun altındaydı, ileri eğilip bana göz kırptı.

Ona dik dik baktım.

Elbette, onu çok seviyordum. Ama şimdi eve döndükten sonra ve gidişinin sadece bir numara olduğunu fark edecek şansım olunca, ona gıcık olmaya başlamıştım. Alice'ın bir açıklama yapması gerekiyordu.

Alice iç geçirdi. "Çıkar ağzındaki baklayı, Bella."

"Bunu bana nasıl yapabildin, Alice?"

"Böyle olması gerekiyordu."

"Gerekli mi!" diye patladım. "Beni hepimizin öleceğine inandırdın! Haftalardır enkaz gibi geziyorum."

"Öyle de olabilirdi," dedi sakince. "O zaman Nessie'yi kurtarmak için hazırlık yapman gerekiyordu."

İçgüdüsel olarak kucağımda uyuyan Nessie'yi daha sıkı tuttum.

"Ama başka yolların olduğunu da biliyordun," diye suçladım onu. "Umut olduğunu biliyordun. Bana her şeyi anlatabileceğin aklına gelmedi mi? Aro yüzünden Edward'ın umutsuz olduğumuzu düşünmesi gerekiyordu biliyorum ama bana söyleyebilirdin."

Bir an için şüpheli gözlerle bana baktı. "Sanmıyorum," dedi. "O kadar iyi bir oyuncu değilsin."

"Oyunculuk yeteneğim yüzünden mi yani?"

"Bağırma Bella. Bunu ayarlamak ne kadar karmaşıktı haberin var mı? Nahuel'in yaşadığından emin bile değildim, tek bildiğim, göremediğim bir şeyi aramam gerektiğiydi! Kör bir noktayı aradığını hayal etsene, hiç de kolay bir şey değildi. Bir de yeterince acelemiz yokmuş gibi bulduğumuz tanıkları da buraya göndermemiz gerekiyordu. Ve bir de, belki sen bana talimat gönderirsin diye gözlerimi sürekli açık tutmaya da çalışıyordum. Bana bir ara şu Rio'da ne olduğunu anlatman gerekecek. Hepsinden de önemlisi, Volturiler'in yapabileceği her numarayı düşünüp onların stratejilerine hazırlıklı olmanız için ipucu göndermem gerekiyordu ve her ihtimali görebilmek için sadece birkaç saatim vardı. Ayrıca, sizi terk ettiğimden emin olmanız gerekiyordu çünkü Aro da buna inanmalıydı. Kendimi aşağılığın teki hissetmediğimi sanıyorsan - "

"Tamam, tamam!" diye kestim sözünü. "Üzgünüm! Senin için de zor olduğunu biliyorum. Sadece...seni çok özledim işte. Bana bir daha böyle bir şey yapma, Alice."

Alice'in titreyen kahkahası odada çınladı ve hepimiz bu güzel melodiyi bir kez daha duyabildiğimiz için gülümsedik. "Ben de seni özledim, Bella. O yüzden affet beni ve günün süper kahramanı olmakla tatmin olmaya çalış."

Şimdi herkes gülüyordu, utanarak yüzümü Nessie'nin saçlarının arasına sakladım.

Edward bugün alanda olanları analiz etmeye devam etti. Volturiler'i kaçırtanın benim kalkanım olduğunu söylüyordu. Herkesin bana bakışı beni rahatsız etmişti. Hatta Edward'ın bakışı bile beni rahatsız etmeyi başarmıştı. Etkilenmiş bakışları görmezden gelmeye çalıştım, gözlerimi çoğunlukla Nessie'nin uyuyan yüzünde ya da Jacob'ın değişmeyen ifadesinde tutuyordum. Onun için sadece Bella olacaktım ve bu bana büyük bir rahatlama veriyordu.

En görmezden gelinemeyecek olan bakış aynı zamanda en şaşırtıcı olandı.

Yarı insan yarı vampir Nahuel'in beni belli bir şekilde düşünmesinden kaynaklanmıyordu bu. Her gün vampirlerle dövüştüğümü ve bugün yaşanan sahnenin çok olağan olduğunu düşünüyor da olabilirdi. Ama bu çocuk, gözlerini bir kez olsun benden ayırmamıştı. Belki de Nessie'ye bakıyordu. Bu da beni rahatsız etmişti.

Nessie'nin onun türü içinde kardeşi olmayan tek dişi olduğundan bihaber olamazdı.

Bu fikrin henüz Jacob'ın aklına geldiğini sanmıyordum. Çabuk gelmesini de ummuyordum. Beni uzun süre idare edecek kadar savaş görmüştüm.

Sonunda, diğerlerinin Edward'a soracakları sorular bitti ve konuşma daha küçük sohbetlere bölündü.

Tuhaf bir şekilde yorgun hissetmiştim. Uykulu değildim

tabii ki ama bu yeterince uzun bir gün olmuştu. Biraz rahatlamak, biraz normallik istiyordum. Nessie'nin kendi yatağında uyumasını, küçük evimin duvarları içinde olmayı istiyordum.

Edward'a baktım ve bir an onun aklını okuyabileceğimi hissettim. Onun da benim hissettiklerimi hissettiğini görebiliyordum. O da rahatlamaya hazırdı.

"Nessie'yi götürsek mi..."

"İyi fikir," diye onayladı hemen. "Dün gece de, o horlamalarla rahat uyuduğunu sanmıyorum."

Jacob'a sırıttı.

Jacob gözlerini devirip esnedi. "Ben de bir yatakta uyumayalı uzun zaman oldu. Eminim babam beni tekrar evde görmekten mutlu olacaktır."

Yanağına dokundum. "Teşekkürler, Jacob."

"Her zaman buradayım, Bella. Ama sen bunu zaten biliyorsun."

Ayağa kalkıp, Nessie'yi başının üzerinden öptü, sonra aynı şekilde beni de öptü. Ve sonra da Edward'ın omzuna vurdu. "Yarın görüşürüz çocuklar. Sanırım şimdi her şey biraz sıkıcı olacak, değil mi?"

"Bunu hevesle bekliyorum," dedi Edward.

O gittiğinde biz de kalktık. Nessie'nin uyanmaması için dikkat etmeye çalışıyordum. Sonunda sağlam bir uyku çekebildiği için çok mutluydum. Küçük omuzlarına ne çok yük binmişti. Tekrar çocukluğuna dönme zamanıydı, güvende olabilme zamanıydı. Birkaç yıl daha çocuk olarak kalacaktı.

Huzur ve emniyet fikri, bana bunları her an hissedemeyen birini hatırlattı.

"Ah Jasper?" dedim kapıya doğru ilerlerken.

Jasper, Alice ve Esme arasında sıkışmış gibi duruyordu, bir şekilde ailenin daha merkezinde görünüyordu. "Evet Bella?"

"Merak ettim de, J. Jenks neden senin adını duyunca bile geriliyor?"

Jasper güldü. "İş ilişkilerinin korku ve ticari kazanç ile geliştiğini tecrübe ettim de o kadar."

Yüzüm düştü ve bundan böyle J ile olan ilişkileri devralarak onu muhtemel bir kalp krizinden korumak için kendime söz verdim.

Ailemiz tarafından öpülüp, kucaklandık ve onlara iyi geceler diledik. Kafama takılan tek şey Nahuel'di, arkamızdan dikkatle, sanki peşimizden gelmek ister gibi bakıyordu.

Nehri geçince, insandan biraz daha hızlı yürürken el ele tutuştuk, acelemiz yoktu. Bir sonu beklemekten bıkmıştım ye sadece yavaş olmak istiyordum. Edward da böyle hissediyor olmalıydı.

"İtiraf etmeliyim ki, Jacob'a tümüyle hayran oldum," dedi Edward.

"Kurtlar gerçekten de durumu çok etkilediler, değil mi?"

"Demek istediğim bu değildi. Bugün bir kez bile olsun, Nessie'nin altı buçuk yıl içinde tümüyle büyüyeceğini düşünmedi."

Bunu bir an düşündüm. "Onu o şekilde görmüyor. Büyümesi için acele etmiyor. Sadece onun mutlu olmasını istiyor."

"Biliyorum. Dediğim gibi, etkileyici. Ama daha kötüsü de olabilirdi."

Suratımı astım. "Bunu yaklaşık altı buçuk yıl kadar daha düşünmeyeceğim."

Edward güldü ve sonra iç geçirdi. "Tabii ki, zamanı geldiğinde rakipleri olacak gibi görünüyor."

Suratım bu sefer iyice asıldı. "Fark ettim. Nahuel'e bugün için minnettarım ama gözünü ayırmadan bakması biraz tuhaftı. Nessie'nin onun akrabası olmayan tek yarı vampir olması umurumda değil."

"Hayır, ona bakmıyordu. Sana bakıyordu."

Böyle görünüyordu...ama bu anlamsızdı. "Niye bana baksın ki?"

"Çünkü sen hayattasın," dedi sessizce.

'Anlamadım."

"Bütün hayatı boyunca," diye açıkladı, " ki o benden elli yıl daha yaşlı - "

"Moruk," dedim gülerek.

Duymazdan geldi. "Kendisinin şeytani bir yaratık, doğası

gereği bir katil olduğunu düşünmüştü. Kız kardeşleri de annelerini öldürdü ama bunu hiç düşünmediler. Joham, onları, kendilerini tanrı, insanları hayvan olarak düşünecek şekilde yetiştirdi."

"Bu çok üzücü," diye mırıldandım.

"Ve sonra o üçümüzü gördü ve ilk kez sırf yarı ölümsüz olduğu için şeytani bir varlık olmadığını fark etti, Bana bakıyor ve...babasının nasıl olması gerektiğim görüyor."

"Sen her açıdan oldukça idealsin," dedim.

Güldü ve sonra yeniden ciddileşti. "Sana bakıyor ve annesinin yaşayabileceği hayatı görüyor."

"Zavallı Nahuel," diye mırıldandım ve iç çektim, biliyordum ki bundan sonra nasıl bakarsa baksın ona kötü gözle bakamayacaktım.

"Onun için üzülme. Şimdi mutlu. Bugün, en sonunda kendini affetmeye başladı."

Nahuel'in mutluluğunu düşününce gülümsedim ve sonra bugünün mutluluğa ait bir gün olduğunu düşündüm. İrina'nın kurban edilmesi, beyaz ışığın üzerindeki karanlık bir gölge gibiydi ve kusursuzluğa gölge düşürüyordu ama neşemiz yadsınamazdı. Uğruna savaştığım hayat yeniden güvendeydi. Ailem yeniden bir araya gelmişti. Kızımın önünde sonsuzluğa uzanan güzel bir gelecek vardı. Yarın babamı görmeye gidecektim ve gözlerimdeki korkunun yerini neşeye bıraktığını görecekti ve o da mutlu olacaktı. Birden, onu orada yalnız bulmayacağımı düşündüm. Geçtiğimiz birkaç haftadır olmam gerektiği kadar gözlemci olamamıştım ama bunu başından beri biliyordum. Sue, Charlie'yle olacaktı, yani kurt adamların annesi, vampirin babasıyla olacaktı ve Charlie artık yalnız olmayacaktı. Bunu düşününce yüzüme geniş bir gülümseme yayıldı.

Ama bu mutluluk gelgitinde hepsinden kesin olan bir gerçek vardı: Edward'la olacaktım. Sonsuza kadar.

Bu son birkaç haftayı tekrarlamak istemiyordum ama kabul etmem gerekirdi ki bu sayede elimdekilere her zamankinden daha çok şükretmeyi öğrenmiştim.

Kulübe, gümüşi mavi gecenin altındaki kusursuz huzurla

çevrelenmişti. Nessie'yi yatağına yatırdık. Uyurken gülümsüyordu.

Aro'nun hediyesini boynumdan çıkardım ve Nessie'nin odasının bir köşesine koydum. İsterse onunla oynayabilirdi, parıltılı şeyleri seviyordu.

Edward'la yavaşça odamıza yürüdük.

"Kutlamalar gecesi," diye mırıldandı ve başımı kaldırıp dudaklarıma yöneldi.

"Bekle," dedim durup onu geri iterek.

Şaşkınlıkla bana baktı. Normalde onu iten asla ben olmazdım, bu bir kural gibiydi. Peki, bu kuraldan fazla bir şeydi. Bu ilkti.

"Bir şey denemek istiyorum," dedim ona, şaşkın ifadesine biraz gülümseyerek.

Ellerimi yüzünün iki tarafına koyarak gözümü kapatıp konsantre oldum.

Zafrina bana öğretmeye çalışırken çok başarılı değildim ama şimdi kalkanımı daha iyi tanıyordum. Onu üzerimden çıkarmaya karşı çıkan tarafımı biliyordum, bu kendi hayatımı her şeyin üstüne koymaya çalışan otomatik bir dürtüydü.

Yine de bu kendimle birlikte diğer insanları da kalkana almak kadar kolay bir şey değildi. Kendimi korumaya karşı direnç gösterirken elastiğin yeniden çekildiğini hissediyordum. Bütün dikkatimi toplayarak kalkanı tümüyle kendi üzerimden atmak için gerdim.

"Bella!" diye fısıldadı Edward, şok olmuştu.

İşte o zaman yapabildiğimi anlamıştım ve daha fazla konsantre olarak bu an için sakladığım belli hatıraları tarayarak aklımdan akmalarını sağladım. Onun da gördüğünü umuyordum.

Bazı hatıralarım çok net değildi, bunlar insanlığıma aitti: Yüzünü ilk gördüğüm an... Beni çimenlikte ilk kez tuttuğunda hissettiklerim... Benijames'ın elinden kurtardığında gidip gelen bilincimin karanlığında çınlayan sesi... Evlendiğimiz gün beni beklediği andaki yüzü... Adadaki değerli her an... Karnımdaki bebeğimize dokunan soğuk elleri...

Ama keskin hatıralar netlikle görülüyordu: Gözlerimi yeni hayatıma açtığım andaki yüzü... O ilk öpücük... O ilk gece...

Dudakları, birden vahşi bir şekilde dudaklarıma değip konsantrasyonumu bozdu.

Nefesim kesilerek ağırlığı vücudumun dışında tutmaya çalışan kalkanımı kaybettim. Esnek bir bant gibi eski yerine sıçradı ve yeniden düşüncelerimi korumaya devam etti.

"Ah, kaçırdım!" diye iç geçirdim.

"Duydum seni," dedi. "Nasıl? Nasıl yaptın bunu?"

"Zafrina'nın fikriydi. Birkaç kere denemiştik."

Sersemlemişti. Gözlerini kırpıştırıp başını salladı.

"Artık biliyorsun," dedim hafifçe ve omuz silktim. "Kimse kimseyi benim seni sevdiğim kadar sevmedi."

"Neredeyse haklısın." Gülümsedi. "Yalnız bir istisna biliyorum."

"Yalancı."

Beni yeniden öpmeye başladı ve sonra birden durdu.

"Yeniden yapabilir misin?" diye sordu.

Yüzümü ekşittim. "Bu çok zor."

Hevesle bekledi.

"En ufak bir dikkat dağılmasıyla kaçırıyorum," diye uyardım onu.

"Uslu duracağım," dedi.

Dudaklarımı büzüp gözlerimi kıstım. Sonra gülümsedim.

Ellerimi yeniden yüzüne koydum, kalkanımı aklımdan ittim ve kaldığım yerden devam ettim, yeni hayatımın ilk gecesiyle... Detayları düşündüm.

Yeniden beni öperek dikkatimi dağıttığında güldüm.

"Kahretsin," diye hırıldadı, büyük bir açlıkla beni öperken.

"Üzerinde çalışacağımız bir sürü vaktimiz olacak," diye hatırlattım ona.

"Sonsuza ve sonsuza ve sonsuza kadar," diye mırıldandı.

"Bana da kesinlikle öyle geliyor."

Ve sonra, sonsuzun küçük ama mükemmel olan bu parçasına büyük bir mutlulukla devam ettik.

VAMPİR İNDEKSİ

Ailelere Göre
- -

★ ölçülebilir olağanüstü yeteneklere sahip vampirleri, üstü çizili olanlar da bu kitabın öncesinde ölmüş olanları işaret eder.

AMAZONLAR
Kachiri
Senna
~~Zafrina~~★

DENALİLER
Eleazar★ - Carmen
Irina - ~~Laurent~~
Kate★
~~Sasha~~
Tanya
~~Vasili~~

MISIRLILAR
Amun - Kebi
Benjamin★ - Tia

İRLANDALILAR Renata★
Maggie★
Siobhan★ - Liam

OLİMPİYA
Carlisle - Esme
Edward★ - Bella★
Jasper★ - Alice★
Renesmee★
Rosalie - Emmett

RUMENLER
Stefan
Vladimir

VOLTURİLER
Aro★ - Sulpıcıa
Caius - Athenodora
Marcus★ - ~~Didyme~~★

VOLTURİ KORUMALARI (kısmen)
Alec★
Chelsea★ - Afton★
Corin★
Demetri★
Felix★
Heidi★
Jane★

Santiago

AMERİKALI GÖÇEBELER (kısmen)
Garrett
~~James~~★ - ~~Victoria~~★
Mary
Peter - Charlotte
Randall

AVRUPALI GÖÇEBELER (kısmen)
Alistar★
Charles★ - Makenna